향원익청·1

향원익청·1

인향人香, 아! 그리운 사람

곽병찬 지음

도서출판 길

향원익청·1

인향人香, 아! 그리운 사람

2018년 9월 10일 제1판 제1쇄 찍음
2018년 9월 15일 제1판 제1쇄 펴냄

지은이 | 곽병찬
펴낸이 | 박우정

기획 | 이승우
편집 | 이남숙
전산 | 한향림

펴낸곳 | 도서출판 길
주소 | 06032 서울 강남구 도산대로 25길 16 우리빌딩 201호
전화 | 02) 595-3153 팩스 | 02) 595-3165
등록 | 1997년 6월 17일 제113호

ISBN 978-89-6445-161-8(세트)
    978-89-6445-162-5 03800

'곽병찬의 향원익청'이라는 표제 아래, 2013년 5월부터 2017년 7월까지 『한겨레』에 연재했던 글을 모았다. 사람 따로 자연 따로일 수는 없겠지만 편의상 제1권에는 사람을, 제2권에는 자연을 모았다. 좁은 식견과 어둔 눈으로 선택했으니, 미처 챙기지 못한 것들이 허다하다. 두고두고 마음의 짐이 될 것 같다.

글을 쓰는 동안 늘 부끄러웠다. 과연 제대로 알고, 느끼고, 새겨서 그 향기를 전했는지, 돌아서면 후회됐다. "눈 덮인 벌판에 발자국 어지럽히지 말라"는 서산대사의 경책警策처럼 뒷사람을 오도하는 것은 아닐까 걱정도 했다. 눈 밝은 이들이 잘못과 모자람을 바로잡고 채워 그 온전함을 되살리기만 간절히 바란다.

돌아보니 '향원익청'에 소개한 것들은 어짊, 관대함, 의로움, 곧음, 어울림, 그리고 무죄한 이들의 고결한 고통과 슬픔과 한恨에 대한 보고였다. 폭력에 대한 나름의 고발이기도 했다. 시대의 최약자였던 조선 여인에 대한 퇴계 이황의 존중과 배려, 천리포수목원을 일군 동성애자 민병갈의 고독한 꿈, 경상도의 학봉 김성일 가家와 전라도의 제봉 고경명 가의 우정과 연대, 처절했던 대종교 나철 대종사와 신도들의 불꽃 같은 희생, 천민 출신으로 저를 억압하던 조국의 국권 회복에 모든 것을 바친 홍범도와 최재형의 헌신, 천생 선비였던 벽초 홍명희의 곧음, "백 리라도 기어서 가라"던 무위당 장일순의 낮춤과 모심, 원교 이광사의 죽은 아내에 대한 처절한 그리움, 차별의 벽 앞에서 결국 날개 꺾인 '시의 혼' 옥봉과 매창의 한, 그리고 가난한 모든 것들이 서로 기대어 사는 우포늪의 생명들, 지금은 천상의 길이 된 운탄길에 뿌려진 눈물과 땀과 피 ……. 모두가 멀어질수록 그 향기 더 맑아지는 것들이었다.

　연재는 사소한 인연에서 비롯됐다. 언젠가 문학평론가 정현기 선생의 소개로 한 화장품업체 직원들과 이야기를 나누게 됐다. 얼굴에 크림한 번 찍어 바르지 않는 사람과 화장품업계 종사자들과의 만남은 애당초 잘못된 것이었다. 싸구려 인공 재료를 멀리하고 가급적 천연향을 쓴다는, 규모는 작지만 포부만큼은 다부진 이 회사의 방침이 양쪽을 잇는 끈이 되었다. 물론 내가 되레 묻고 싶은 것이 있긴 했다. 세계에서 가장 많이 화장품을 쓰는 게 이 나라 국민이라는데, 도대체 화장품이란 게 건강이나 아름다움과 무슨 상관인가?

　그런 물음으로 모처럼 즐거운 자리의 산통을 깰 만큼 막무가내는 아니었던지라, 서로의 공통 관심사를 찾아 두루뭉술 넘어갔다. "도대체 아름다움이란 뭐지?" 고상하기는 하지만 이 풀기 힘든 화제는 사실 석학이라도 풀어가기 어려운 이야기였다. 시중에 돌아다니는 상식과 주워들은 몇 가지 지식을 얼기설기 얽은 게 고작이었다. 힘들게 시간을 때우고 보니, 마음에 짐으로 남았다. 시작은 그렇게 어처구니없었다.

공자는 아침에 도를 이루면 저녁에 죽어도 좋다고 했다. 불가에서 깨달음은 생사의 경계를 넘는 경지다. 예수는 빵으로만 사는 것이 아니라 말씀으로 산다고 했다. 성인들이 말하는 도道와 깨달음과 말씀(logos, 로고스, 지혜)은 다르지 않다. 흔히 말하는 진선미眞善美의 다른 이름일 것이다. 식의주食衣住가 인간의 생존 조건이라면, 진선미는 인간 존엄성의 바탕이다. 그런 존엄한 인간을 두고 쓰는 표현이 있다. 공자가 안빈낙도를 온전히 살아가는 제자 '안회'顔回를 두고 했다는 말이다. "아름답구나('어질구나'로 번역하기도 한다), 안회여!" '아름다운 사람.' 이 얼마나 그리던 삶이요 모습인가.

그러나 오랜 가부장제로 말미암은 왜곡 때문인지 아름답다고 할 때 우선 떠올리는 건 여인의 미태美態다. 역사가 전하는 범위 안에서 여인의 미색만큼 치명적인 것은 없었다. 오죽하면 경국지색(傾國之色, 나라를 거덜 낸 미인)이란 말이 나왔을까. 달기妲己, 포사褒姒, 서시西施, 양귀비楊貴妃를 두고 중국인들이 하는 말이었다. 중국인들은 침어沈魚, 낙안落雁, 폐월閉月, 수화羞花라는 말도 지어냈다. 연못에서 헤엄치는 물고기를 바라보던 서시의 눈길과 마주친 물고기는 숨이 멎어 연못 바닥으로 가라앉았고(침어), 왕소군王昭君이 비파 타는 모습을 보고는 기러기가 날갯짓을 잊어 땅으로 추락했으며(낙안), 달을 바라보며 수심에 젖어 있는 초선貂蟬의 미모에 달마저 어쩔 줄 몰라 구름 뒤로 숨었다거나(폐월), 양귀비와 마주친 꽃은 제 모습이 부끄러워 꽃잎을 닫았다(수화)는 것이니, 미색이란 얼마나 치명적인가.

서양에서도 17세기 프랑스의 수학자 블레즈 파스칼Blaise Pascal은 "클레오파트라의 코가 조금만 낮았어도 세계 역사는 바뀌었을 것"이라고 말했다. 클레오파트라는 중국의 경국지색이 그랬던 것처럼 로마의 두 영웅 카이사르와 안토니우스를 쥐락펴락했다. 그로 말미암아 세계 제국 로마는 분열했고, 내전을 치렀다.

치명성이 그러했으니, 인간은 끊임없이 미색의 공식을 찾으려 애썼다. 그것만 찾아낸다면 돈과 권력을 한 손에 거머쥘 수 있는 것 아닌가. 중국인은 이런 공약수를 끌어냈다. 붉은 입술에 하얀 치아(단순호치, 丹脣皓齒), 맑은 눈에 하얀 치아(명모호치, 明眸皓齒), 눈같이 하얀 살갗과 꽃다운 얼굴(설부화용, 雪膚花容), 소처럼 속눈썹이 길고 정연한 미녀(첩여우왕, 睫如牛王) 따위가 그것이다. 서구에선 수학적 기준을 도출하려 했고, 오랜 노력의 결과가 이른바 황금비율(1:1,618)이다. 이목구비나 머리·몸통·다리 사이 최적의 수학적 비례.

그러나 부질없는 노력이었다. 클레오파트라는 그렇게 뛰어난 미색이 아니었다. 그를 세상에 알린 『영웅전』의 저자 플루타르코스의 평가였다. 다만 "대화할 때 설득력 있는 지성과 감성, 대상을 향기롭게 감싸는 태도가 상대방에게 무언가 강렬한 자극을 주었다"라고 했다. 클레오파트라는 지중해 연안의 여러 나라 언어에 익숙했고, 역사와 철학과 풍물에 대해 능통했으며, 목소리는 현악기처럼 감미로웠다는 것이다.

사실 서구인들이 구원의 여인으로 꼽는 베아트리체(단테의 희곡 『신곡』)와 그레트헨(괴테의 소설 『파우스트』)은 절색으로 그려지지 않았다. 베아트리체는 영혼이 고결한 여인이었고, 그레트헨은 순수한 여인이었다. 『젊은 베르테르의 슬픔』의 로테 역시 순정하고 발랄한 모습으로 그려졌다.

중국의 미인들도 마찬가지였다. 양귀비는 뚱뚱했고, 서시는 위장병으로 병색이 완연했으며, 왕소군은 늘 수심에 차 있었다. 당나라 현종은 양귀비가 얼마나 통통했으면 "자네는 바람에 날려갈 수 없으니 다행이오"라고 놀렸을까. 서시는 배가 아파 항상 찡그리고 다녔다. 비파 선율에 얽힌 비애가 없었다면 왕소군의 아름다움은 평범했을 것이고, 달빛 아래 창백한 수심이 아니었다면 초선의 신비는 사라졌을 것이다.

신윤복의 미인도 속 여인도 요즘 시선으로 보면 그저 '복스러운 자태'다.

　이런 이야기는 사실 여성에게는 물론 남성에게도 모욕적이다. 애완의 대상으로만 바라본다는 점에서 여성에게는 모욕적이고, 남성은 그저 보고 즐기는 자로만 규정되는 것이 기분 나쁠 것이다. 나아가 다른 생명과 자연 현상에 대한 무지이자 편견이 아닐 수 없다. 사실 조화와 숭고와 합목적성의 원천은 자연이다. 하지만 이렇게 논의를 확장하면 논의는 더 꼬인다. 인간 하나를 두고서도 갈피를 잡지 못하는데 생물과 무생물 전체를 아우르는 규정과 정의를 어떻게 끌어낼 수 있을까.

　이런 난관에 부딪혔을 때 학자들이 흔히 써먹는 방법이 있다. 어원에서 실마리를 찾는 것이다. 우선 한자의 뿌리부터 보자. '미'美는 '羊'이 '큰'大 것을 뜻한다. 고대 중국인들에게 양은 먹을 것(고기)을 주고 옷(털)을 주며 각종 도구의 소재(뼈)를 주는 것이었다. 복스러운 양이 새끼를 거느리고 초원에서 풀을 뜯는 모습은 보기만 해도 배가 부르고 따듯하고 평안하다. 그런 행복을 가져다주는 것, 그것이 고대 중국인들이 꿈꾸던 미였다.

　'선'善을 '있는 그대로' 파자하면 "양을 나누어 먹는다"이다. 거친 음식이라도 이웃과 나누는 것은 선한 일이지만, 큰 양(美)을 함께 나누는 모습은 얼마나 행복한가. 나아가 이웃과 함께 나누어 먹기(善) 위해 잘 기른 양(美)은 얼마나 아름다운가. 고대인들에게 선과 미, 미와 선은 이렇듯 동전의 앞뒤처럼 붙어다니는 것이었다.

　진선盡善에 진미盡美가 어울려 완전함을 뜻하는 진선진미盡善盡美가 되는 것은 그런 까닭이다. 선을 다하고, 아름다움을 다하였으니, 이보다 더 완전한 것이 어디 있을까. 이는 공자가 순舜 임금의 음악인 소악韶樂을 듣고 평가했다는 "대단히 아름답고도 선하다"盡善盡美라는 말에서 유래했다. 순은 요堯로부터 천하를 물려받아 평화의 치세를 이룬 임금이다. 권력을 이양받는 과정이 아름다웠으며, 공동체의 평화를 이뤘으니 선했다. 그를 추모하는 소악은 이런 과정과 결과를 표현했다. 공자는 소악을 듣고는 "석 달 동안 고기맛을 잊었노"라고 말했다.

공자의 진선진미에서 선은 종내 이루어낸 결과요, 미는 그 동기와 과정의 순정함이다. 따라서 선함이 없는 아름다움은 있을 수 없고, 아름다움이 없는 선함도 존재할 수 없다. 『구약성서』에서 여호와가 인간을 끝으로 천지창조를 마친 뒤 했다는 찬탄도 이와 다르지 않다. "지으신 모든 것을 보니, 보시기에 심히 아름다웠더라('좋았더라'로 번역되기도 한다)"(「창세기」 1:31). 이 또한 진선진미였다.

공자는 선함을 이루는 덕목으로 다섯 가지 도리를 꼽았다. 어질고, 의로우며, 바르고, 지혜로우며 믿음이 있어야 한다는 오상五常, 곧 인의예지신仁義禮智信이다. 맹자는 이 가운데 인의예지 네 가지를 사람이 지니고 있는 도덕적 본성이라고 했다. 어짊은 타인의 고통을 나의 고통으로 느끼는 데서 비롯하며, 의로움은 부끄러움을 아는 데서 비롯하고, 곧고 바름은 먼저 내어주는 것으로 말미암으며, 지혜로움은 시비를 가리고 끝내 시비를 넘어서는 데서 비롯한다. 이런 도덕적 본성을 체현한 이를 두고 옛사람은 가인佳人이라고 했다. '맑고 밝은(佳) 사람(人)'이다. 지금은 사라져버린 이름이다.

요즘처럼 미색이 넘쳐나는 적도 없을 것이다. 부모로부터 물려받은 이른바 자연미인도 있겠지만, 수많은 성형외과에서 이목구비를 깎고 높이고 빼고 넣어 조형한 미색이 쏟아져 나온다. 그런 이들이 '아름답다'는 형용사 대신 섹시(sexy, 육감적)란 표현을 더 선호한다는 건 다행스런 일이다.

물론 그런 미색을 만들어내는 것도 쉬운 일이 아니다. 비싼 비용도 문제지만, '선풍기 아줌마'처럼 의료 사고가 잦고 심지어 사망 사고에 이르는 경우도 있다. 그래도 '아름다움'을 이루는 것처럼 필생의 사업은 아니다.

언젠가 국회 대법관 지명자 청문회에서 민유숙 후보자는 가장 존경하는 사람을 묻는 물음에 주저하지 않고 "일본군 위안부 할머니"라고 답했다. "세상의 여성들에게는 죽음보다 더 고통스럽고 수치스러운 억압과 유린의 경험을 털어놓았다. 그와 같은 반인륜 범죄, 인권유린이 다시는 벌어지지 않도록 하기 위해서였다. 가족마저 외면하고 내쳐버린 그 상처를 드러냄으로써 전쟁범죄의 참혹성과 반인륜성에 경종을 울렸다." 상처투성이에 이제는 아흔 안팎의 볼품없는 할머니들이 그에게는 가장 아름다운 사람이었다. 그 아름다움이 어떻게 성형으로 이루어질 수 있을까.

연쇄살인범 유영철은 언젠가 피해자 유족인 고정원 씨에게 이런 편지를 썼다. "지금에 와서 제가 어떤 말씀으로 사죄를 드려도 어르신의 마음에 위로가 되지 않을 거라 믿습니다. 용서를 구하고자 이렇게 용기를 낸 것은 아닙니다. 다만 저 같은 인간을 벌하지 말라 하신 어르신의 간곡함을 읽고 이 인간이 얼마나 못난 짓을 했는지 피눈물을 흘리고 있을 뿐입니다. …… 다시 태어나면 봉사만 하는 생을 살고 싶군요. 내가 아닌 남을 위해 살아가는 삶이 참으로 아름답고 행복하다는 걸 많이 느끼곤 합니다."

고정원 씨는 유영철에 의해 어머니와 아내, 그리고 4대 독자인 아들까지 죽임을 당했다. 그는 살인범에 대한 저주와 증오에 앞서, 절망했다. 도대체 살아가야 할 이유도 의미도 찾을 수 없었다. 그는 급기야 한강 다리 난간에 올랐다. 그때 불현듯 이런 생각이 들었다. "이왕 죽는 거, 유영철을 용서하고 죽자." 그는 법원에 탄원서를 냈다. "판사님 (그를) 죽여서는 안 됩니다. 그가 사형을 당하는 날이 나의 사형 날입니다. 가족들을 대표해서 용서를 빕니다." 세상에 태어나 행복을 모르고 살아온 유영철은 그제야 진실로 아름다운 것을 보았다. 그의 목숨을 건 용서가 유영철의 영혼을 구원했다.

국회의원 박주민에게 김관홍 잠수사는 '아름다운 불꽃'이었다. 2016년 6월 22일 김 잠수사를 영원히 떠나보내는 자리에서 그는 이렇게 말했다. "여기 모인 우리의 가슴엔 그 어떤 물로도 끌 수 없는 불이 타오르고 있습니다. 이 불을 지키고 들불로 만들어 김 잠수사가 꿈꿨던 사회를 꼭 만들 수 있기를 다짐합니다."

정부가 뒷짐 지고 있을 때, 침몰한 세월호 선체로 뛰어들어 292구의 주검을 수습했던 25명의 민간잠수사 중 한 사람인 김관홍. 그는 물살에 휩쓸려 실신하고서도, 하루에 한 번 이상 들어가서는 안 되는 그 깊은 바다를 하루 네댓 번씩 뛰어들었다. 마지막 11구가 남아 있을 때 정부는 그와 동료들을 현장에서 쫓아냈다. 정부는 한걸음 더 나아가 민간잠수사들을 범죄자로 몰았다. 동료 이광욱이 과로로 숨지자 동료 잠수사 공우영을 업무상과실치사 혐의로 기소한 것이다.

이후 김관홍은 생업을 포기하다시피 하면서 세월호 침몰의 진상과 정부가 구조를 회피한 진실을 밝히고, 정부가 사법처리하려 한 동료를 지원하는 데 전념했다. 하지만 진실은 드러나지 않았고, 책임을 져야 할 자들은 피해자들과 그 조력자들을 억압했다. 김관홍은 2년 뒤인 2016년 6월 17일 경기도 고양 비닐하우스 자택에서 먼저 간 학생들의 뒤를 따라갔다. 겉모습은 투박하고 우락부락했지만, 안팎이 참으로 '아름다운 사람'이었다.

예술작품도 미색으로 평가되지는 않는다. 천경자의 「미인도」속 미인은 결코 미인이 아니다. 국내 작가 가운데 가장 고가에 거래된다는 박수근이나 이중섭의 작품 속 인물도 그렇다. 기이하거나 평범하거나 초현실적이다. 케테 콜비츠Käthe Kollwitz의 조각 「죽은 아이를 안고 있는 어머니」(일명 '피에타')나 콜비츠를 모델로 에른스트 바를라흐Ernst Barlach 가 조각한 「천사상」, 그리고 미켈란젤로Michelangelo의 「피에타」도 그렇다. 콜비츠는 제1차 세계대전에서 아들을, 제2차 세계대전에서 손자를 잃었다. 그 참담한 슬픔과 고통을 콜비츠는 '아들과 어머니'로 조형했으며, 바를라흐는 비통한 콜비츠를 모델로 '천사상'(나치가 파괴했다)을 조각했다. 미켈란젤로의 「피에타」에서 그 어머니는 고통을 참느라 얼마나 힘주어 잡았으면 아들의 옆구리를 쥐고 있는 그의 손가락 하나하나가 살을 파고들었다. 고통의 깊이와 고결함의 높이는 비례한다.

아름다움을 객관적으로 정의하고 기준을 세우는 것은 독선이다. 객관성은 사람에게 동의를 강제한다. 그렇다고 아름다움을 각자의 주관적 취미 판단에 맡기는 것도 무책임해 보인다. 따지고 보면 어떤 사회나 각 개인이 일정하게 공감하고 동의하는 아름다움이 있다. 합목적성, 즉 어떤 목적을 실현하는 데 최적화된 형식과 내용이 그 하나다. '탐스러운 양'이 그런 경우일 것이다.

한걸음 더 나아가 '무목적적 합목적성'이라는 개념도 있다. 이마누엘 칸트Immanuel Kant가 미적 판단의 기준으로 제시한 이 난해한 개념은 그러나 최저 수준의 필요조건일 뿐이다. 꽃은 더 많은 결실과 번식에 최적화된 형태를 취하고 있다. 그렇다고 이기적인 유전자가 종족 번식을 위해 스스로 그렇게 꾸민 것은 아니다. 오히려 그 아름다움과 꿀과 향기로 벌과 나비, 그리고 인간 등 이웃한 다른 생명을 이롭게 한다. 이처럼 자연계의 생명은 목적이나 이해를 떠나(무목적) 합목적성을 실현하고 있다.

하지만 이것으로도 모든 것을 포괄할 순 없다. 콜비츠의 작품에는 자유와 정의, 평화를 향한 정치적 선언이 각인돼 있다. 이중섭의 말년 그림은 가족들과 재회하기 위해 필요한 돈을 마련하기 위해 그린 것들이다. 이런 의도와 목적을 이유로 미적 판단에서 배제할 순 없다.

쇠귀 신영복의 고민은 여기에서 비롯됐다. 그가 아름다움의 뿌리를 앎에 둔 것은 그 때문이었다. 앎은 단순한 지식이 아니다. 도리와 이치 등 삶의 진실에 대한 깨달음이다. 깨달음은 과학적 지식처럼 그 자체로 완결성을 갖지 않는다. 실천을 통해 검증되고, 실천을 통해 그 내용이 현실화될 때 완성된다.

불가佛家의 이상적 인간인 보살은 상구보리上求菩提와 하화중생下化衆生을 추구하는 이들이다. 부처의 제자라면 모름지기 수행을 통해 진리를 깨치고, 진리로써 중생을 제도해야 한다. 세상에 변하지 않는 것이 없고(제행무상, 諸行無常), 모든 존재엔 '나'라는 고정된 실체가 없다(제법무아, 諸法無我)는 것을 깨달았다면, '나' 없는 삶을 살아가야 한다. '나' 없는 삶이란 소유하고 욕망하는 것에서 자유로운 삶이다. 욕망하고 유혹하며 억압하고 군림하는 대신에 내어주고 낮추고 섬기며 살아야 한다. 앎과 함이 하나이듯 깨달음과 실천도 하나다.

신영복은 그래서 아름다움의 맞은편에 모름다움 곧 모름, 무지를 두었다. 탐진치貪瞋癡 삼독三毒을 포괄하는 개념이다. 모름다움이란 탐욕과 화냄과 어리석음 속에서 허우적거리는 모습을 표현한다. 맹목적으로 미태를 추구하거나, 미태로 현혹하려 하는 것 역시 모름다움에 해당할 것이다.

하지만 아름다움=앎이란 느슨한 그물로도 포획할 수 없는 게 있다. 새끼를 보호하기 위해 목숨을 던지는 어미들의 희생, 다음 세대와 다음 생명을 위해 뿌리 끝부터 잎 끝까지 모든 것을 희생하는 풀의 헌신을 담아내지 못한다. 보잘것없어 보이는 풀과 꽃은 앎과 깨달음 없이도 아름다움을 구현한다. 사람과 새와 물고기와 물풀, 수목 모두를 품에 안고, 서로가 서로에게 의지하며 살아가도록 하는 호수나 늪도 마찬가지다. 하루의 삶이 시작할 때 그곳에서 피어오르는 새벽 물안개의 신비나 하루 일이 끝나는 저녁에 깔리는 석양 놀빛의 장엄함, 모두가 잠들 때 깨어나 밤하늘을 수놓는 별들의 아름다움 등 우포늪의 자연은 이미 앎과 모름의 차원을 넘어섰다. 아름다움을 인간의 전유물로 삼는 것도 문제다.

  그러면 무엇으로 아름다움을 말할 수 있을까. 나의 짧은 지식과 좁은 생각, 속된 감각으로는 아름다움을 정의할 방도가 없다. 그래서 아름다움이란 무엇인가라고 묻기보다 아름다움은 어떻게 느껴지는가에 주목했다. 그 실마리를 제공한 것이 중국 송나라의 철학자 염계濂溪 주돈이周敦頤의 「애련설」이었다. 연꽃의 덕성을 노래한 문장이다.

  "…… 진흙에서 나왔으나 더럽지 않고出淤泥而不染 맑은 물로 씻겼으나(단장했으나) 유혹하지 않고濯淸漣而不妖 속은 비었지만 줄기는 곧으며中通外直 함부로 가지를 치지 않고不蔓不枝 향기는 멀수록 맑고香遠益淸 꼿꼿하고 깨끗하게 서 있어亭亭淨植 멀리서 볼 수는 있으나 함부로 희롱할 수 없다可遠觀而不可褻玩焉……."

  연꽃을 찬양한 문장은 많지만, 이만큼 그 덕성을 알뜰하게 정리한 것은 찾기 힘들다. 불가에서 정리한 것도 있다. 처염상정處染常淨, 화과동시花果同時, 종자부실種子不失. 진흙탕에 있지만 언제나 깨끗하고, 꽃과 열매가 동시에 피고 열리며, 수천 년이 지나도 씨앗(본성)은 변하지 않는다(발아한다)는 것이다. 하지만 맑고 밝은 본래 성품을 설명하기 위해 연꽃의 성질을 이용한 정리다. 염계의 「애련설」도 유학자들이 최선의 인간형으로 상정한 '군자'의 덕목을 설명하는 데 이용된다. 하지만 연꽃의 속성을 정리해 보니 그렇다는 것이지, 군자의 속성을 설명하기 위해 연꽃의 성질을 끌어댄 것은 아니다.

그가 꼽은 연꽃의 여러 덕성 가운데 성격이 다른 게 하나 있다. 향원익청香遠益淸이다. 다른 덕성은 구체적인 형태로 나타나지만, 향원익청은 추상적이다. 사실 연꽃의 향은 매우 옅다. 조금만 떨어져도 인간의 코로는 그 향기를 가늠하기 힘들다. 그런데도 멀어질수록 그 향기 맑아진다고 했으니 어폐가 있다. 사라짐이 맑아짐일 순 없다. 염계에게 연꽃 향기는 감각이 아니라 마음으로 느끼는 것이었다. 고결한 인간, 진실한 문장, 희생적인 헌신에서 느껴지는 향훈 같은 것이다.

향훈香薰, 옛사람이 흔히 아름다움 대신 쓴 말이다. 멀어질수록 더 그리운 체취, 멀어질수록 더 깊어지는 그리움, 멀어질수록 더 사무치는 모습과 풍경 등을 향훈으로 표현했다. 아름다움이 향훈을 얻어 사람에서 생명으로, 생명에서 자연계로 확장된다. 말초적 감각에서 심연의 마음으로 또 상상으로, 기쁨에서 슬픔으로, 평안에서 고통으로, 간절함에서 한으로까지 확장된다.

우리 주변에는 그런 사람이나 장면이 참으로 많다. 병탄과 전쟁과 독재 등 굴곡과 고난의 현대사를 살아왔기에 그랬을 것이다. 시대가 폭력적이었기에 더 의로웠고, 시대가 가난했기에 더 따뜻했으며, 시대가 편협했기에 더 관대했고, 시대가 무지했기에 더 지혜로웠으며, 시대가 간사했기에 더 믿음직했으며, 시대가 어두웠기에 더 밝고, 더러웠기에 더 맑았던 이들이 많았던 것이다. 그 어머니가 '열사'보다는 '아름다운 청년'으로 기억되기를 바랐던 이한열, 박종철, 전태일, 윤동주…… 그들은 "죽는 날까지 하늘을 우러러 한 점 부끄럼 없이" 살려고 진선진미의 삶을 살았다. 그들의 슬픔과 고통은 시대의 정화수였고, 시대의 위로였다. 그들은 밤하늘의 별처럼 우리를 어둠에서 빛으로, 절망에서 희망으로 이끌었다. 그 빛과 향훈은 진흙탕 속 고통이 빚어낸 것이니, 아름다움이란 얼마나 위대한 역설인가.

어떤 분들은 흙 속에 너무 깊이 파묻혀 있어 오랫동안 그 향기를 세상에 드러내지 못했다. 노비 출신의 최재형, 동성애자 민병갈, 안동의 어머니 김락, 우포늪 할머니 등. 다행인 것은 세상의 무관심 속에서도 그 삶을 기억하고, 그 덕성을 기려온 이들이 있었다는 사실이다. 그들의 기억과 노력이 없었다면, 그 향훈은 세상에 널리 알려져 세상을 아름답게 하는 데 더 많은 시간이 필요했을 것이다. 이 자리를 빌려 잠깐 꼽아보면 이여성, 김병일, 임준수, 고영준, 김수필(최재형기념사업회 이사장), 이종찬(홍범도기념사업회 이사장), 노창재, 이시우 등 헤아리기 힘들다.

운전도 못 하는 나를 싣고 우리 땅 구석구석에 데려다주고, 때론 밝은 눈으로 그런 이들을 찾아내 알려 준 아내 조영주는 이 책의 또 다른 필자다. 물론 4년간 귀한 지면을 내준 『한겨레』 가족들의 배려가 없었다면 이 글은 세상에 나올 수 없었다. 머리 숙여 감사를 드린다. 도서출판 길 가족들에게도 감사를 드린다. 대중적이지도 않고, 그렇다고 학술적이지도 않은 글을 선뜻 책으로 엮어준 것은 박우정 대표와 이승우 편집장의 배려였다. 어수선한 원고를 깔끔하게 정리해 준 건 이남숙 편집자였다. 못난 글을 지어놓고 많은 분들을 고생시켰다. 송구하다.

2018년 7월
곽병찬

차례

향원익청 1
인향人香, 아! 그리운 사람

제1부

제2부

제3부

제4부

차례

향원익청 2/화향花香, 정녕 돌아갈 그곳

제1부

제2부

제
1
부

보수주의자여,
이 사람을 보라

"어려서 몹시 미련하더니 늙어서 더욱 어리석었다. 사람들이 '우愚라 부르세' 하기에 좋다고 하였다. 어려서 잔병이 많더니 늙어서 앉은뱅이가 되었다. 사람들이 '벽옹躄翁이라 하게' 하기에 좋다고 하였다." 심산心山 김창숙金昌淑, 1879~1962이 벽옹 김우金愚라 불리게 된 사연이다. 그의 어리석음은 "성인의 글을 읽고도 시대를 구하려 한 뜻을 얻으려 하지 않는다면 이는 거짓 선비"라는, 평생을 고집스레 지킨 신념에서 비롯됐다.

스물여섯 살 때인 1905년 을사늑약이 체결되자, 스승 대계大溪 이승희李承熙와 함께 경복궁 앞에서 5적五賊의 목을 칠 것을 청하는 상소를 올리면서 민족운동에 발을 디뎠다. 귀향해 대한협회 성주 지부를 결성하고, 국채보상운동 차원에서 단연회斷煙會를 조직했으며 1909년 성주에 사립 성명학교星明學校를 설립했다. 그해 송병준宋秉畯, 이용구李容九 등 일진회一進會가 한일병합조약을 재촉하는 상소를 조정에 내고 일본 정부에는 합병청원서를 냈다. 이에 김창숙은 '역적을 토멸하지 않는 자 또한 역적'이라는 서슬 퍼런 내용의 '일진회 성토 건의서'를 내어 중추원과 각 신문사에 돌렸다. 그 일로 8개월간 감옥살이를 해야 했다.

헌병분견소와 경찰주재소에서 받았다는 심문 내용은 그의 결기를 세상에 알리는 계기가 되었다. "한일병합론은 천하대세를 꿰뚫어 본 주장인데, 이 성토문은 시세를 아는 호걸들에게 비웃음을 사기에 알맞다." "당신들은 충과 역의 분간도 모르고 있으니, 반드시 나라를 팔아먹는 역적이 뒤따라 생겨날 것이다. 나는 일본이 망할 날이 머지않은 것을 걱정한다." "귀국 황제가 합방을 허용하면 어떻게 하겠는가?" "그것은 난명이니, 나는 따르지 않을 것이다." "반역 아닌가." "사직이 임금보다 중한지라 난명은 따르지 않는 것이 충성하는 일이다."

병탄 이후 광인처럼 지내던 김창숙을 독립운동의 최전선으로 떠민 것은 3·1운동이었다. 파리평화회의에 조선의 독립을 청원하기 위해 전국을 다니며 유림 137명에게서 서명을 받았다. 서명이 첨부된 장서를 휴대하고 중국으로 건너가 이미 파리로 떠난 김규식金奎植을 통해 해외에 전파했다(제1차 유림단사건, 유림 500여 명이 체포되었다). 서로군정서 군사선전위원장에 추대됐고, 1925년 몽골에 군사기지를 세우기로 하고 국내에 잠입해 군자금을 모았다(제2차 유림단사건, 유림 600여 명이 체포되었다). 이듬해엔 동척 및 식산은행에 폭탄을 던진 나석주羅錫疇 의사의 의거를 지원했다. 장남 환기煥基가 일경의 고문으로 사망한 1927년 그는 상하이에서 지병을 치료하던 중 체포돼 국내로 압송됐다.

10년 가까이 신출귀몰했던 김창숙이었으니, 독이 오른 일제는 전기 고문은 물론 통닭구이, 압슬(정강이뼈 짓이기기) 등 온갖 고문을 했다. 그러나 김창숙에게서 구한 것은 시 한 편뿐이었다. "조국의 광복을 도모한 지 10년 ……뇌락한 내 평생 백일하에 분명하거늘, 고문을 야단스레 할 필요가 무엇인가."

그는 '구차하게 삶을 구하지 않겠다'라며 변론도, 항소도 모두 거부했다. "나는 대한 사람으로 일본의 법률을 부인한다. 일본 법률을 부인하면서 일본 법률가에게 변호를 위탁한다면 이 얼마나 대의에 어긋나는 일인가. …… 나는 포로다. 구차하게 살고자 하는 것은 치욕이다." "앞으로 재판에 크게 불리할 텐데 ……." "나는 생사를 일찍이 염두에 두지 않았으니 걱정할 것이 없네."

검사는 무기징역을 구형했고, 판사는 징역 14년을 선고했다. 유례없는 중형이었다. 고문으로 하반신 불구가 된데다 지병이 악화돼 병감에 갇혔다. 그러나 형무소의 지시를 따르지 않아 독서와 집필을 금지당하거나 잡범 감옥에 갇히기도 했다. 지병이 심각해지자 일제는 1934년 보석으로 풀어주었다. 울산 백양사에 사실상 연금돼 요양할 때는 일경이 창씨개명을 거듭 압박했다. "병들어 죽을 날도 머지않았으니, 다시 감옥에 넣든지 말든지 마음대로 하라."

1943년 겨울, 김창숙은 둘째 찬기粲基를 임시정부가 있는 충칭重慶으로 보냈다. 찬기는 열일곱 살 고등학교 때부터 독립운동의 의지를 실천에 옮겨 몇 차례 투옥되고, 일경의 감시 속에서 살았다. 중국으로 간 찬기는 해방이 되어서도 돌아오지 않았다. 김창숙은 1946년 10월, 환국한 임시정부 요인들로부터 찬기의 사망 소식을 듣게 된다.

결기는 해방 후 오히려 더 날카로워졌다. 그가 목숨처럼 지키려던 가치는 자주와 민족이었다. 이는 임시정부를 법통으로 하는 남북통일국가 수립이라는 신념으로 나타났다. 이승만李承晚 체제가 장기집권 인권유린 독재로 흐르면서부터는 민주주의가 하나 더 추가됐다. 그는 이 세

가지 가치에 어긋나는 이념이나 사람에 대해서는 목숨을 걸고 맞서고, 저항했다. 그 대표적인 대상이 친일파, 공산주의자, 찬탁론자, 단독정부 수립론자였다.

김창숙은 송진우宋鎭禹를 자택으로 초대했다. 일제 치하에서 훼절하지 않고 단호하게 맞섰지만, 해방 후 악질 친일 부호들이 대거 입당해 있던 한민당 당수였다. "한민당이 왜 외면당하는지 아시오." "가르침을 주신다면 삼가 받들어 시행하겠습니다." "두 가지 길이 있소. 당을 완전히 개조해 악질 친일 분자를 숙청하거나, 개조할 힘이 없다면 그대가 당분간 당에서 떠나는 길이 그것이오." "동지들과 상의해 국민들에게 밝히겠습니다." 송진우는 그로부터 얼마 되지 않아 암살당했다.

반탁을 외치던 좌익이 돌연 찬탁으로 돌아서자 이를 성토하는 성명서를 발표하려 했다. 주위에선 테러를 걱정해 만류했다. 성명을 발표하더라도 '비밀 처소에서 화를 피할 방안을 미리 강구해야' 한다고 권고하기도 했다. "나는 테러가 겁나 숨을 사람이 아니다. 장차 공산당 지도자들을 불러 직접 죄를 따지겠다." 성명을 발표한 뒤 남로당 간부들을 집으로 초청했다.

박헌영朴憲永, 이관술李觀述, 이영李英, 최익한崔益翰, 이승엽李承燁, 홍남표洪南杓, 이우적李友狄 등을 불렀지만, 남로당 조직부장 이승엽과 『해방일보』 주필 이우적 그리고 이후에 이관술이 찾아왔다. 이관술이 말했다. "미국이란 이리를 견제하려면 소련이 필요합니다." "저도 이리요, 이도 이리다. 한 이리를 견제하기 위해 다른 이리를 끌어들이는 격이니 우리 한인은 두 이리의 이빨에 종자도 없이 사라질 것이다."

전쟁이 났다. 북으로 갔던 이승엽이 서울시인민위원장으로 돌아왔다. 일곱 차례나 부하들을 보내 자수 성명서 발표를 압박했다. "내 나이 일흔하나로 이제 죽는다 할지라도 맹세코 너희들의 협박에 나의 고집을 꺾지 않겠다." 통하지 않자 이승엽이 직접 찾아왔다. 준비해 온 선전 방송용 원고를 내밀며 서명을 요구했다. "내 생사는 네 마음에 달렸으니, 자 나를 쏘라. 나는 김일성金日成을 지지할 수 없다." 그는 이승엽이 메고 온 총의 총구를 저의 가슴에 들이대며 말했다.

그가 가장 치열하게 맞선 것은 이승만이었다. 상하이 임시정부 시절 이승만은 임시대통령으로서 미국에 조선의 위임통치를 청원했다. 김창숙은 단재丹齋 신채호申采浩 등과 이승만에 대한 탄핵을 제기했고 끝내 관철시켰다. "이번에는 미국의 노예로 만들겠다는 것인가." 김창숙은 그 일을 "독립운동을 하던 중 가장 통쾌했던 일"이라고 회상하곤 했다.

해방 후 이승만은 미군정을 업고 유력자가 되었다. 신탁통치에 대한 이승만의 뜻을 알고자 단도직입으로 물었다. 이승만은 미국의 눈치를 보느라 횡설수설했다. "(신탁통치가) 미국의 정책으로 확정된 건 아닌데……." 김창숙이 재차 묻자 슬그머니 말꼬리를 돌렸다. "건국에 가장 필요한 게 재정인데, 재력을 동원할 수 있소?" "지금 가장 시급한 것은 민족의 단결인데 그게 무슨 말이요." 이후 김창숙은 이승만을 두 번 다시 개인적으로 만나지 않았다.

김구金九 등 반탁 진영은 비상국민대회의를 통해 새 정부 수립의 모체로 최고정무위원회를 두었다. 국민대회는 정무위원회 의장에 이승만, 부의장에 김규식, 총리에 김구, 그리고 스물여덟 명의 위원을 선임했다. 그런데 위원회가 졸지에 미군정청장의 자문기구(남조선민주의원)로 바뀌어 있었다. 의장 이승만이 꾸민 짓이었다. 1946년 2월 18일 정무위원회에서 김창숙은 이승만에게 따졌다. "당신은 오늘 이미 민족을 팔았거니와 어찌 다른 날에 국가를 팔지 않는다 보장하겠소?" 허겁지겁 퇴장하는 이승만의 등 뒤로 심산이 외쳤다. "어찌 그리도 비겁한가!"

권좌에 오른 이승만은 오로지 권력을 장악하고 확장하는 데 혈안이었다. 정적들을 빨갱이로 몰아 제거하거나 암살했다. 부산으로 도망가서도 마찬가지였다. 수많은 청장년이 굶어 죽고 얼어 죽은 국민방위군 사건, 거창 등지에서의 양민학살사건, 중석불重石弗사건 등이 잇따랐다. 1951년 봄 김창숙은 이승만 하야 경고문을 발표했다. 그는 수감됐다.

이듬해 이승만은 국회프락치사건을 조작하고 정치깡패와 어용단체를 동원해 개헌을 추진했다. 김창숙과 야당 의원 예순여 명이 참가한 부산 국제구락부 반독재호헌구국선언이 열린 것은 그때(6월 20일)였다. 대회장은 정치깡패의 테러로 피투성이가 됐다. "심산은 땃벌떼에게 테러를 당하여 머리가 터지셨다. 의장석에 앉은뱅이 애국투사 한 분만 두고 조병옥趙炳玉, 이시영李始榮, 장택상張澤相 등 참가자 전원은 피신했다. 비참한 현실에 원통해서 통곡을 참을 수 없었다"(며느리 손응교). 혼자서는 옴짝달싹 못하는 김창숙은 깡패들에게 무자비한 폭행을 당하면서도 "이승만이가 이 판을 만들어? 어디 두고 보자"라고 고함을 질렀다. 김창숙은 이 일로 다시 부산형무소에 수감됐다.

경북 성주의 김창숙선생기념관에는 그의 두루마기와 속옷 등이 전시돼 있다. 1927년 체포돼 고문당하면서 흘린 핏자국이 지금도 선명한 '혈의'다. 성주 유림은 김창숙의 결기와 차림을 지금까지 이어오고 있다. 2016년 7월 갓과 탕건, 두루마기 등 한복을 입은 성주 유림 120명은 청와대 입구 청운효자동주민센터 앞에서 이런 상소문을 청와대에 제출했다. "성주는 국난으로 어려울 때 목숨을 걸고 나라를 지킨 유림을 대표하는 독립운동가 심산 김창숙 선생의 얼이 깃든 곳이다. 사드 배치 결정 과정에서 배제되고 무시당한 모멸감으로 억장이 무너지는 아픔을 참을 길 없다."

이승만의 보복은 집요했다. 김창숙이 피땀 흘려 복원하고 설립한 유도회와 성균관대에서 그를 쫓아냈다. 1956년 2월에는 성균관대 총장 직을 박탈하고, 이듬해 7월엔 유도회 대표자대회를 유린한 뒤 친일파 이명세李明世, 이범승李範昇, 윤우경尹宇景 등을 집행부에 앉혔다. 이승만 자신은 개신교 장로이면서도 유도회 총재가 되었다. 유도회는 이승만 의 관변조직으로 전락했다.

낙향한 김창숙은 '반귀거래사'에서 통한을 이렇게 토로했다. "…… 저기 저 사이비, 군자들, 맹세코 이 땅에서 쓸어버리리, 길에서 죽기로 니, 무슨 한이랴."

집안 살림은 비참했다. 지독한 궁핍 속에서도 김창숙은 정당한 이유 가 없는 돈은 받지 않았다. 양일동梁一東과 이재학李在鶴 등 국회의원 예 순두 명이 병원비로 쓰라며 놓고 간 53만 5,000환을 돌려보냈다. 자유 당 정문흠鄭文欽 의원 등이 보낸 14만 5,000환도 거절했다. 누군가 보내 온 먹거리도 그 사람의 됨됨이가 괜찮아야 먹지, 시원찮은 사람이면 썩 혀 버리거나 돌려보냈다. 며느리에게는 쌀이 없으면, 준다고 받지 말고 반드시 꾸어다 쓰라고 했다. 그런 시아버지를 홀로 돌봐야 할 며느리로 서는 하루하루가 살얼음판을 걷는 삶이었다.

며느리 손씨는 육필 회고에서 이렇게 한탄했다. "스물이 겨우 넘어 갖은 풍상 속에 두 아이 어미가 되어 죽지도 살지도 못하는 신세가 되 었다. 나 또한 기구한 운명을 타고나서, 역시 기구한 집안에 들어와 스 물일곱 살에 부군(김찬기, 김창숙의 둘째 아들)과 사별하고, 궂은일만 잔뜩 짊어지고……, 이 무슨 운명이란 말이냐. 하루에도 몇 번씩 염라국을 들락거린다. 아무리 현명하고 조조 같은 꾀가 있어도 수습하기 어려운 집안 형편인데, 지식도 없고 능력도 없는 내가 어이할 것인지, 암울하 기만 하다. 문을 열고 바깥에 나와 여러 가지 상념에 잠겨 불빛이 깜박 이는 성주읍을 바라보며 호소했다. '창천이여, 신명이여, 나에게 지혜를 주소서, 이런 상황에서는 어이해야 합니까.'"

겉으로는 드러내지 않았지만 김창숙의 속마음은 따뜻하고 깊었다. 손 씨는 이렇게 회고했다. "하루는 시아버지께서 담뱃불을 붙여 달라 하시면서 나에게 담뱃대를 주셨다. 그로부터 나는 줄담배를 피는 애연가가 됐다." 고생하는 며느리를 위해 그가 한 유일한 위로였다.

그는 언젠가 죽은 아내를 생각하며 이렇게 눈물짓기도 했다. "도망쳐 고향으로 돌아오니, 낯선 나그네인 양 쓸쓸하기만, 무너진 창가에 쓰러 져 누웠으니, 집안에는 남은 양식이 없구나. 당신은 나를 버리고 떠나 갔으니, 병든 이 몸 그 누가 살펴주리. 당신이 옆에 있는 것 같아 불러보 았지만, 눈을 들어보니 홀연 간 곳이 없구려."

김창숙은 유림대표자대회사건 이후 반강제로 낙향했지만 고향에 오 래 머물 수 없었다. 1956년 정부통령 선거, 1958년 민의원 선거에서 드 러난 민심의 이반을 확인한 이승만은 그해 말 경위권을 동원해 '신국 가보안법'을 통과시켰다. 4대 정부통령 선거를 앞두고 전 국민과 정치 권의 입을 틀어막으려는 것이었다. 정부 비판은 곧 북한 찬양이고 이적 행위가 되었다. 김창숙은 손자의 등에 업혀 상경했다. 민권 쟁취와 구 국운동을 위한 전국민총궐기연합체 구성과 함께 반독재투쟁에 나섰 다. 그는 다시 이승만의 하야를 촉구하는 성명을 냈다. "이 법은 이 민 족을 억압하는 망국법이다. 대한민국은 이제 민주공화국이 아니라 경 찰국이다. 이 대통령은 국민 앞에 사과하고 하야하라." 그러나 3·15부 정선거가 저질러지고 이는 4·19혁명으로 이어졌다.

혁명으로 민주주의가 회복될 조짐을 보이자 끝내 이루지 못한 민족 자주통일 문제에 천착했다. 시민사회단체들은 민족자주통일중앙협의 회를 결성하고 그를 대표로 추대했다. 그러나 5·16쿠데타는 그의 꿈 을 다시 짓밟았다. "……평화는 어느 때에나 실현되려는가, 통일은 어느 때에 이루어지려는가, 밝은 하늘 정녕 다시 안 오면, 차라리 죽음이여, 빨리 오려무나."

쿠데타의 광풍이 몰아칠 때 김창숙은 중앙의료원에 있었다. 온몸 구석구석 스며든 병은 그를 꼼짝 못하게 했다. "나의 병은 어찌, 그리 고질인가, 나의 목숨은 어찌 그리 끈질긴가, 살자 하니 뗏목을 타고 떠나갈 바다도 없구나, 죽자 하니 묻힐 산 하나 없구나, 나 죽거든 나의 뼈를, 티끌 세상에 두지 말고, 한 횃불로 태워, 모진 바람에 날려, 푸른 물에 부치라……."

사경을 헤매던 1962년 5월 초 박정희朴正熙가 중앙의료원 병실로 문안을 왔다. 친일 부역 경력을 세탁하기 위한 것이기도 했지만, 이런 인연도 있었다. 김창숙의 둘째 아들 찬기와 박정희의 둘째 형 상희相熙는 가까웠다. 찬기는 1927년 진주학생운동을 주도했고, 상희는 신간회 선산지부의 간부로 활동했다. "당시 두 사람은 성주와 선산 젊은이들의 우상"(찬기의 둘째 딸 김주)이었다. 찬기는 부친의 뜻을 따라 1943년 충청의 임시정부로 탈출했다가 그곳에서 죽었고, 상희는 1946년 대구 10월 항쟁 때 경북 선산에서 경찰과 대치하다가 죽었다. 박정희는 이런 사실을 잘 알고 있었다.

"옛날에는 광복을 꾀하여, 북경 상해 10년, 온갖 고생 다 겪으며, 잠시도 쉬지 않고, 동분서주하였네. 뜻한 과업 성취하지도 못한 채, 머리만이 눈 맞은 듯, 하루 저녁, 미친 회오리바람 급히 일더니, 병약한 이 몸, 적의 감옥에 갇혔네, 때로는 전기로 혼을 앗아갔고, 때로는 쇠사슬로 걸어올렸네, 고문은 비록 참혹하고 독하였지만, 담소하는 정신은 명랑하였네, 10여 년간 옥살이를 하다 보니, 구차스레 투생하는 것이, 원망스러웠네, 맏아들 왜놈에게 죽고, 둘째 아들 오랑캐에게 죽어, 사람 죽고 가문 이리 망하니, 젊은 과부와 아이들 모조리 표류되었네, 폐인

된 이 앉은뱅이, 인사도 못 차리고, 집안에만 틀어박혀, 헛되이 탄식만 하네." 5월 10일 김창숙은 '칼날 위의 한 생'을 마감했다.

박정희와 친분이 두터웠지만 김창숙을 삶과 문학의 사표로 삼았던 시인 구상具常은 그의 죽음 앞에서 이렇게 슬퍼했다. "……당신 계셔 대한이 가득하더니, 당신 가셔 대한이 빈 것만 같소이다."

2000년 5월 24일 김수환金壽煥 추기경은 심산상을 수상한 뒤 관례에 따라 김창숙의 묘소에서 고유제를 지냈다. 그는 정통 유교식으로 진행된 제사에서 주저하지 않고 재배再拜를 하고 음복을 했다. "이분은 민족의 스승 되시는 분인데, 지금 살아서 나오신다면 누군들 절을 하지 않겠습니까."

안동 독립운동의 대모,
이 여인을 기억하는 이 누군가?

일제 경찰은 독립운동의 소굴로 지목된 경상북도에서 일어난 주요 사건과 인물, 그리고 수사과정과 결과 등을 정리해 전국 경찰에 배포했다. 독립운동가와 사상범들을 전담하는 고등경찰에게는 필독서였다. 「고등경찰요사」이다.

이 문서를 발굴해 살펴보던 안동대 교수 김희곤은 한 대목에서 뒤통수를 맞은 듯 눈앞이 아찔했다. "……안동의 양반 고 이중업李中業의 처는 대정 18년(1919년) 소요(3 · 1독립만세운동) 당시 수비대에 끌려가 취조받은 결과 실명했고, 이후 11년 동안 고생하다가 소화 4년(1929년) 2월 사망했다. 때문에 아들 이동흠은 일본에 대한 적의를 밤낮으로 잊을 수 없었다고 고백하고 있는 것처럼……."

김희곤 교수는 경상북도독립운동기념관(구 안동독립운동기념관) 관장으로, 자타가 공인하는 안동 독립운동사의 권위자였다. 그런 그가 '일제에게 두 눈을 잃은 이중업의 처'를 모르고 있었던 것이다. 부끄럽기도 하고, 참담하기도 했다. 무지했다는 게 부끄러웠고, 저 자신을 포함해 여성 독립운동가에 대해 무관심했던 연구 풍토가 참담했다.

기암 이중업은 역사학계에 이미 잘 알려진 독립운동가. 병탄과 함께 단식 끝에 순절한 향산響山 이만도李晩燾의 맏아들로, 그 자신도 부친의 뜻을 따라 을미의병의 봉화를 올린 선성의진의 전사였고 대한광복회 독립자금 모금운동, 1차 유림단의거 등에 연루돼 일제의 감옥을 들락날락한 지사였다.

김 교수는 '이중업 처'의 이름이라도 파악하기 위해 이중업의 제적등본을 뗐다. 거기에도 성명은 없이 그저 의성 김씨 김진린의 딸로만 나와 있었다. 김진린의 제적등본을 뗐다. 그에게는 슬하에 4남3녀가 있었는데, 향산 가로 시집간 딸은 막내 '락'이었다. 맏이는 백하 김대락. 7남매는 남녀 구분 없이 락洛 자 돌림이었는데, 유일하게 막내만 '락' 외자였다. 두 언니는 김우락, 김순락이었다. 돌림자를 딸의 외자 이름으로 쓰는 경우는 흔치 않았다. 제대로 이름이 호적에 올랐는지 의심스러웠다.

김 교수는 이중업의 증손에게 증조할머니에 대해 물었다. 답은 간단했다. "선대 할머니 중에 일제 경찰에 끌려가 눈이 멀어 돌아가셨다는 분이 있다는 것만 알고 있다." 후손 중 알 만한 이들을 찾아다니며 수소문했지만, 이보다 더 구체적인 증언은 없었다. 김 교수는 「고등경찰요사」에 등장하는 '이중업의 처'의 이름을 김락金洛으로 받아들일 수밖에 없었다. 쓸쓸했다. 남정네들보다 더 치열하게 싸웠는데 어째서 그를 기리는 추모의 글 한 편, 전하는 이야기 한 조각 없을까? '여자이기 때문에?' 그 밖에는 달리 설명할 길이 없었다.

1919년 3월 17일과 22일 안동 예안에선 두 차례 만세시위가 일어났다. 김락은 쉰일곱 살의 나이로 만세운동에 참여했다. 일제는 이미 오래전부터 그를 주목하고 있던 터였다. 일제에 가장 비타협적이었던 안동, 그중에서도 가장 저항이 심하던 곳이 진성 이씨, 퇴계 후손의 집성촌인 하계마을이었다. 그 중심에는 자정순국自靖殉國한 이만도의 집안이 있었다. 김락은 그 안주인이었다. 본때를 보이기에 이보다 더 좋을 순 없었다.

시아버지 이만도는 1896년 을미의병 가운데 가장 공격적이었던 예안의병을 일으키고 대장을 잠시 맡았다. 예안의병이 일제 수비대를 습격해 벌어진 태봉전투에 대한 보복으로 일제는 안동과 예안 일대 1,000가구를 방화하는 등 처절한 살상극을 벌였다. 하지만 이만도를 잡아들일 순 없었다. 퇴계 가의 자손으로서 안동 사회와 영남 유림에서 차지하는 그의 위상은 너무 높았다. 자칫 벌집을 쑤셔놓는 꼴이 될 수 있었다.

이만도는 1910년 국권이 박탈되자 자정순국을 결심하고, 단식에 들어갔다. 그의 단식이 알려지자 전국의 유림 지도자들이 하계마을로 몰려들었다. 아무도 말릴 수 없었다. 아니 말려도 돌아설 이만도가 아니라는 것을 알고 있었다. 순국하기까지 단식은 24일간 계속됐다. 그사이 시아버지의 수발과 수많은 손님 접대는 김락의 몫이었다.

이만도가 세상을 떠나고 두 달 뒤 고향 내앞(임하면 천전리)에서 다시 청천벽력 같은 소식이 전해졌다. 집안의 대들보였던 큰오빠 백하白下 김대락金大洛이 12월 24일 예순여섯 살의 노구를 이끌고 서간도로 망명을 떠났다는 것이다. 집안의 청장년은 물론 만삭인 손부와 손녀까지도 모두 데리고 갔다. 고향엔 7남매 중 오빠 한 명만 남았다.

망명 중 조카며느리는 압록강을 건너자마자 출산했다. 큰할아버지 김대락은 아이의 태명을 '쾌당'이라 했다. "통쾌하도다!" 왜놈 치하에서 벗어나 태어난 것만으로도 김대락은 그렇게 기뻤다. 해가 바뀌면서 이번엔 큰언니 우락의 남편 석주石洲 이상룡李相龍이 문중 서른여 가구를 이끌고 만주로 망명했다. 김락은 졸지에 사고무친 신세가 되었다. 언제 다시 오빠와 언니들을 볼 수 있을까.

처남 매부 사이인 김대락과 이상룡은 안동의 대표적인 문중인 의성 김씨와 고성 이씨의 종손이었다. 애초 위정척사의 기치를 높이 들었던 보수유림의 대표였지만, 이상룡이 대한협회 안동지부를 설립하면서 혁신유림으로 돌아서자 김대락도 여기에 합류했다. 경북 최초의 중등학교인 협동학교가 한 세대 아래인 김동삼金東三과 유인식柳寅植 등에 의해 1907년 내앞에 세워졌을 때만 해도 둘은 시큰둥했다. 그러나 이상룡이 협동학교를 적극 지원하자 김대락은 사랑채를 협동학교 교사로, 안채는 기숙사로 내주고 자신은 초막으로 옮아가 살았다.

김대락과 이상룡은 전 재산을 팔아 조성한 자금으로 만주에 독립군 기지를 세우려 했다. 경제적 토대인 경학사를 세우고, 신흥강습소를 설립했다. 협동학교 설립자인 유인식과 김동삼이 실무책임자로 경학사를 이끌었고, 신흥강습소를 신흥중학교, 무관학교로 발전시켰다.

그런 김대락은 4년 만인 1914년 만리타향에서 죽음을 맞았다. 그의 유해를 맞이한 것은 유족이 아니라 일제 경찰이었다. 일경은 내앞 종택 앞에 초소를 세우고, 들고 나는 이들의 면면과 일거수일투족을 감시했다. 김락은 아버지처럼 따랐던 큰오빠의 유해 앞에서 마음껏 울 수도 없었다.

2002년 김대락의 가묘를 조성할 때 역사학자 조동걸은 이런 비문을 지었다. "백하는 유학자, 선비, 계몽주의 민족운동가, 독립군 기지를 개척한 독립운동 선구자다⋯⋯. 세상에 외치노니 지사연하는 학자가 의리를 찾는다면 여기 와서 물어보라. 애국자연하는 위정자가 구국의 길을 묻는다면 여기 와서 배우라. 저승으로 가는 늙은이가 인생을 아름답게 마감하는 지혜를 구한다면 여기 와서 묻고 배우라고 하자."

큰오빠가 유해로 돌아올 당시 남편인 이중업은 국내에서 독립운동의 일선에서 뛰고 있었다. 이중업은 구한말 30대에 이미 부친을 따라 예안의병에 입진해 태봉전투 등에 참전했고, 1914년 예안과 봉화에 봉기를 유도하는 전단을 만들어 뿌렸다. 큰 아들 동흠은 3·1운동 한 해 전, 대한광복회 일원으로 친일 갑부로부터 군자금을 확보하다가 4월 체포됐다. 광복회 총사령 고헌固軒 박상진朴尚鎭은 그가 체포되기 전 김락의 돌봄 아래 그의 집에 피신하기도 했다.

맏사위 김용환金龍煥은 이미 세 차례나 구속되는 등 감옥을 들락날락하고 있었다. 그는 의성 김씨 학봉鶴峯 김성일金誠― 가의 종손이었지만, 1907년 이강년 의진에 입진해 안동·영양·예천·문경 등의 전투에 참전했고, 1909년엔 김상태金尚台 의병에도 입진해 봉화 서벽전투에 참전했다. 비밀독립운동단체인 용의단을 조직해 매국노 집단인 일진회 간부들에 대한 암살을 시도했으며, 1919년 1월엔 만주로 망명하려다 신의주에서 체포돼 압송되기도 했다.

일제 경찰이 김락을 호시탐탐 노린 것은 이 때문이었다. 그들이 보기에 이 모든 독립운동가와 활동의 중심에 김락이 있었다. '김락만 쥐어짜면 얼마나 많은 정보를 얻을 수 있을까.' 쉰일곱 살의 할머니를 만세운동 현장에서 체포한 것이나, 이를 핑계로 두 눈이 멀 정도로 극악스럽게 고문을 한 것은 그 때문이었다.

물론 어떻게 고문을 했는지는 알 수 없다. 그저 상상해 볼 뿐이다. 안동시 지원으로 제작된 창작오페라 「김락」(부제 '민족의 딸, 아내 그리고 어머니')의 한 장면. "김락은 온갖 고문에도 자백은커녕 신음 소리 하나 내지 않는다. 고등경찰 요시다는 달군 인두로 위협한다. 김락은 이렇게 대꾸한다. '사쿠라야, 사쿠라야, 이른 봄의 햇살을 만끽하라, 찰나에 사라지는 너의 운명이 가련하고 불쌍하구나. ……간절히 원하면, 꿈은 현실이 되는 법. 기필코 내 눈으로 찬란한 광명의 아침을 보리라.' 머리끝까지 화가 치민 요시다는 인두로 그의 두 눈을 지진다. 그에게서 세상의 빛, 찬란한 광명의 아침을 영원히 빼앗아버린다." 물론 허구다. 그러나 일제 경찰이 스스로 "수비대의 취조 결과 (김락이) 실명했다"라고 했으니, 전체 맥락은 진실과 크게 다르지 않을 것이다.

실명 뒤에도 시련은 계속 덮친다. 남편은 그가 수비대에 끌려가 있는 동안 파리 베르사유강화회의에 독립청원을 하는 1차 유림단의거에 가담한다. 미국·영국·프랑스 등 승전국들에 식민지 조선은 안중에도 없었다. 오히려 가재는 게 편이라고 식민지배자인 일본 편을 들었다. 1차 의거가 실패로 끝나자 이중업은 다시 심산 김창숙 등과 함께 이번엔 쑨원孫文 등 신생 중화민국의 실력자에게 조선 독립에 대한 지원을 호소하는 2차 청원운동을 벌인다. 이중업은 1921년 청원서와 서명 명부 등을 들고 중국으로 떠나기 직전 세상을 떴다. 김락은 실명한 채 남편의 주검을 수습해야 했다.

남편의 상을 치르고 났을 때쯤이었을 것이다. 김락은 자결을 시도한다. 살아남아 아들이 가는 길을 막고 며느리에게 짐만 지워서야 되겠는가?

맏사위는 1920년 다시 의용단을 조직해 만주의 독립군에 보낼 군자금 모금에 나섰다가 1922년 체포된다. 4번째 구속이었다. 더 기가 막힌 건 맏사위가 출소 후 안동 최고의 파락호破落戶 짓을 하고 다닌다는 것이었다. 노름판에 뛰어들어 종가의 전답 250여 마지기와 임천서원 및 묘위토 250여 마지기, 그리고 300년 가까이 내려오던 학봉종가를 세 차례나 처분했다. 그가 종가를 팔면 문중에서 다시 사서 되돌려주고, 또 팔아 노름에 쓰면 다시 되사서 돌려주기를 세 차례나 한 것이다. 오죽했으면 문중에서 맏사위를 내쫓기로 결정했을까. 그러면 딸은 어떻게 되는가.

물론 맏사위는 사찰을 피하고, 군자금을 아무도 모르게 만주의 독립군에게 보내기 위해 파락호 짓을 한 것이었다. 얼마나 감쪽같았는지 가족들도 몰랐다. 눈 멀고 귀 어두운 장모 김락으로선 가슴만 쥐어뜯을 일이었다. 그저 또 붙들려갔다는 비보만 접하곤 했을 터이니, 비통함만 쌓였다. 둘째 사위 유동저柳東著도 안동에서 청년회 활동을 주도하고 있었다.

이번엔 두 아들 동흠과 종흠이 매형 김용환의 뒤를 따랐다. 동흠은 1925년 동생 종흠과 함께 만주에 독립군 기지 설립을 위한 군자금 모금활동을 하다가 1926년 함께 체포된다. 두 아들까지. 사면이 절벽이었다. 봉사로 7년간 며느리 고생시켰으면 됐지⋯⋯. 그가 두 번째 자결을 시도한 건 아마도 이때쯤일 것으로 추정된다. 두 아들은 이듬해 출소한다.

한 시름 놓았지만 이미 몸과 마음은 만신창이가 됐다. 김락은 1929년 세상을 떴다. 그토록 엄청난 일들을 겪었다면, 사진 한 장, 일화 한 토막이라도 남겼을 법한데, 김락은 시댁 식구들 사이에서 그저 할머니로만 불렸지 이름조차 남기지 못했다.

박근혜 정부의 국방부는 박정희를 추모하며 내놓은 약전略傳에 '박정희 광복군'이란 내용을 포함시켰다. 박정희는 1944년 일본육군사관학교를 졸업하고, 중국을 침략하고 대한독립군을 소탕한 만주국 장교로 일제의 '충성스런 하수인' 노릇을 했다. 광복이 되고 한 달 뒤인 1945년 9월 21일 그는 눈치 빠르게 광복군에 가입했다. 자신의 더러운 과거를 세탁하고, 시류에 편승하기 위해서였다. 그런 약삭빠른 '임기응변'까지도 정사에 남기려는 게 이 나라 남성 권력자의 생얼굴이다.

이에 비해 김락 할머니에 대한 처사는 씁쓸함을 넘어 참담하기까지 하다. 할머니에겐 평생 마음속에 쌓아둔 한을 토로한 내방가사가 내앞친정집에 있었다고도 전해지지만, 일부는 6·25전쟁 와중에 소실되고, 일부는 전후 도로공사 인부들의 숙소로 이용될 때 휴지로 쓰여 지금은 한 장도 남아 있지 않다. 그의 손때가 묻은 향산고택은 안동시내로 이전·복원됐지만, 시아버지와 남편과 두 아들, 그리고 그 자신이 구국독립운동에 나섰던, 실명 후 지팡이에 의지해 홀로 배회하던 하계마을은 안동댐 건설과 함께 수몰돼 흔적도 없이 사라졌다.

그는 그저 일제 고등경찰이 남긴 「고등경찰요사」 속 '취조 중 실명한 이중업의 처'로만 남았고, 여느 아낙네가 그렇듯이 죽어서도 합장묘 비석에 '기암 진성 이공'의 처 '의성 김씨'로만 기록돼 있다. 독립운동의 요람이라는 안동도 김락을 기억하지 않았고, '3대 독립운동'을 자랑하던 향산 가의 후손들도 2001년 그가 독립유공자 명단에 오르기 전까지는 그의 행적을 대부분 잊고 있었다. 왜 그랬을까? 여자이기 때문일까? 묻는다. '우리는 무엇을 기억해야 하는가?'

조선의 노비,
연해주 한인의 별이 되다

19세기 말 연해주 한인마을을 방문한 영국의 지리학자 이사벨라 비숍Isabella Bishop은 여행기 『한국과 그 이웃나라들』에서 이렇게 회고했다. "그곳에서 나는 조선 사람의 훌륭한 품성과 근면성을 보았고, 그 민족의 장래성을 보았다.""조선에서 흔히 볼 수 있는 연약하고 의심 많으며 위축된 모습이 이곳에서는 솔직함과 독립심을 가진 모습으로 변화되어 있었다."

비숍이 여행했던 1890년 중후반은 러시아 귀화인 최재형(崔才亨, 1858~1920, 러시아 이름은 최표트르 세묘노비치)이 연추(煙秋)의 도헌(읍장)으로 있을 때였다. 당시 러시아는 동진정책에 따라 연해주에 군대를 증파했다. 러시아어를 자유자재로 구사했던 최재형의 성실성과 능력을 높이 산 러시아인들은 그에게 통역, 도로 및 막사공사 하청, 식료품 등의 군납을 맡졌다. 그는 서른이 되기 전에 연해주 굴지의 거부가 되었다. 도올 김용옥이 '동양의 카네기'에 비유할 정도였다.

하지만 카네기처럼 돈벌이에 중독된 사람이 아니었다. 그는 저의 재산과 능력과 기회를 공동체에 바쳤다. 한인들이 소·돼지·닭 등을 길러 군납할 수 있도록 했고, 도로 및 막사공사는 한인의 일자리로 활용했다. 민물과 만나는 슬라반카의 한인들에게는 연어를 잡아 살과 알을 납품하도록 했다. 마을에는 학교와 공원을 세웠다. 러시아 관리는 그런 그를 도헌으로 추천했고, 읍민들은 쌍수로 환영했다. 그를 어찌나 존경하고 따랐는지, 1907년 연해주에 머물던 안중근安重根 의사는 "한인의 집집마다 최재형의 초상화가 걸려 있었다"라고 기억했다.

그런 최재형이었지만, 그에겐 천형과도 같은 낙인이 있었다. 그는 조선의 노비였다. 부친은 함경북도 경흥 송 진사 댁 노비였고, 어머니는 빚에 팔려간 기생이었다. 국적으로는 귀화한 러시아인이었지만, 조선 양반들에게는 여전히 종놈의 자식이었다.

그는 아홉 살 되던 1869년 아버지의 손에 이끌려 할아버지, 형 부부와 함께 두만강을 건너 러시아 땅 한인마을 지신허地新墟로 왔다. 당시 경흥에는 3~4년째 혹심한 가뭄과 기근이 계속되었다. 봄에는 흙비, 한여름엔 대홍수로 초근목피도 어려울 때였다. 돌림병에 걸린 어머니는 치료는커녕 미음 한 그릇 제대로 먹지도 못하고 죽었다. 종살이하던 송 진사 곳간엔 곡식이 가득했지만 문은 굳게 잠겨 있었다. 어머니를 묻던 날 밤, 아버지는 굶주린 농민들에게 곳간 문을 열어놓고는 그 길로 도강했다. 굶어 죽으나, 잡혀 죽으나, 죽기는 마찬가지였다. 자식들이 하루라도 노비의 삶에서 벗어날 수 있다면 다행 아닌가.

지신허엔 착취와 억압이 없었지만, 굶주림은 마찬가지였다. 최재형은 열한 살 무렵 더 넓은 세상으로 무작정 가출했다. 일주일여 만에 기아로 포시에트 항구 부둣가에 쓰러져 있던 그는 천행으로 무역선 빅토리아호 선장 부부의 눈에 띄었다. 그는 선장 부부의 도움으로 배에 올라 포시에트에서 일본·중국·필리핀·싱가포르·인도·탄자니아·남아공·포르투갈·프랑스·네덜란드를 거쳐 네바 강을 거슬러 러시아 상트페테르부르크까지 두 차례 왕복했다. 이 과정에서 비즈니스의 생리를 깨쳤고, 선장의 부인 나타샤에게 러시아어는 물론 문학과 역사 등을 배웠다. 선장 부부가 무역업을 그만두고 상트페테르부르크로 떠나면서 그는 블라디보스토크의 모르스키 무역상사에서 3년간 더 근무했다.

1881년 가족을 찾아 연추로 갔다. 한인들은 여전히 궁핍했다. 그는 기회가 보장된 블라디보스토크로 돌아가지 않고 연추(얀치혜)에 남아, 조국에서 버림받은 동포들의 생활 향상을 위해 헌신했다. 함께 일하고 함께 벌었고, 함께 마을을 가꿨고, 함께 아이들을 가르쳤다. 도헌이 되기 전 니콜라예프스코예소학교를 사재로 지었고, 도헌이 된 이후 한인 마을마다 서른두 개의 소학교를 세우고 6년제 고등중학교도 설립했다. 도헌 월급은 모두 장학금으로 출연했다. 1900년 6월 중국에서 의화단 사건이 일어났다. 베이징의 외국 공관들까지 공격당하자, 러시아는 이를 핑계로 만주에 20만 대군을 진주시켰다. 최재형의 군납 사업은 비약적으로 성장했다.

그 무렵 간도관찰사 이범윤李範允이 찾아왔다. 그는 자신이 왕실의 일족임을 자랑하며, 최재형에게 고종이 내린 마패를 내보였다. "이 마패를 지닌 사람은 황제 폐하를 대신한다는 걸 명심하시오. 당신도 나를 무조건 도와야 하오." 고압적이었다. 그는 최재형이 노비 출신인 것을 알고 있었다.

양반만의 나라였던 조선. 양반들은 부패와 무능과 무책임 속에서 그 나라를 망쳐놓았고, 백성들은 기아와 절망 속으로 내몰렸다. 그런데 이제와, 러시아 땅에선 개뼈다귀만도 못한 마패를 들고 위세를 부렸다. 돈을 내놓으라고? 웬만하면 내쫓아도 시원찮을 판이었다. 그러나 그는 두 말 않고 막대한 돈을 건넸다. 이범윤을 '간도의 호랑이'로 만든 사포대는 그렇게 창설됐다. 그런 이범윤 부대가 1904년 러일전쟁이 터지자 아예 연추로 넘어왔다. 대한제국 정부의 소환령을 거부하고 러시아 편에서 일본과 싸우겠다는 것이었다. 그들을 보살피는 건 최재형의 몫이었다. 그러나 전쟁은 러시아의 허무한 패배로 끝났다.

이범윤 부대에는 양반 출신들이 많았다. 그들은 '노비 출신 최재형'을 얕잡아보았다. 툭하면 명령하듯 다그쳤다. 무기를 모아라, 의병을 모아라, 지시만 하려 했다. 항일무장투쟁의 방향을 놓고는 즉각적이고 전면적인 국내 진공을 주장해 최재형을 아연케 했다. 쥐꼬리만도 못한 병력으로 일본 제국주의 군대와 전면전을? 최재형은 이들의 요구를 묵살했다. 더 큰 조직을 만들어야 했다.

이들과는 다른 '양반'도 있었다. 특히 안중근, 신채호申采浩, 이상설李相卨 등은 특별했다. 이들의 든든한 지원 속에 1908년 5월 우선 연해주 최초의 독립운동단체인 동의회(同義會, 총장 최재형)를 창립했다. 동의회는 최재형이 내놓은 1만 3,000루블, 이위종李瑋鍾의 부친(이범진 전 러시아 공사)이 전해 온 1만 루블, 최재형과 안중근이 모금한 6,000루블을 기금으로, 6월 이범윤을 총대장에, 안중근을 참모중장으로 한 연추의병을 창설했다. 연추의병은 7월부터 국내의 홍범도洪範圖 부대 등과 연합작전을 펼쳐 접경 지역의 일본군을 혼란에 빠뜨렸다. 그러나 9월 안중근의 실수로 영산전투에서 일본 정규군에 대패했다. 이범윤 부대는 최재형에게 책임을 물으려 했다.

1909년 초 블라디보스토크 자택 앞에서 네 발의 총성이 울렸다. 두 발은 최재형의 왼쪽 다리를 관통했고, 한 발은 그의 어깨를 스쳤다. 범인은 이범윤의 부관이었다. 그해 5월엔 이범윤이 피습당했다. 이번엔 최재형을 따르는 이들의 소행이었다. 조국 독립이라는 대의는 같았지만, 고루한 양반들과 연해주 한인들 사이엔 그만큼 골이 깊었다.

최재형은 그 골을 메우기 위해 혼신의 힘을 다했다. 고루한 양반네들에게 정성을 다했고, 분노한 연해주 한인들을 다독였다. 이와 함께 바뀐 정세에 맞는 운동 방법을 찾았다. 그는 1909년 주 2회 발행하는 『대동공보』大東共報를 인수했다. 주필엔 국내에서 『대한매일신보』에 「시일야방성대곡」을 게재했다가 투옥됐던 장지연張志淵을 영입했다. 실의에 차 있던 안중근에게도 논설을 쓰며 때를 기다리도록 했다. 『대동공보』는 당시 한인의 대변지이자 독립투쟁에 불을 지피는 봉화였다.

1909년 10월 26일 하얼빈 역에서 일곱 발의 총성이 울렸다. 이토 히로부미伊藤博文와 그 수행원들이 쓰러졌다. 당시 안중근 의사가 사용한 권총은 최재형이 건넨 8연발 브라우닝 권총이었다. 이토 히로부미의 일정 및 동선과 관련한 정보는 『대동공보』 편집장이었던 이강李剛이 제공했다. 현장 접근을 위해 그가 지참했던 신분증도 『대동공보』 특파기자증이었다.

일제는 집요하게 '배후'를 캤다. 그러나 안중근 의사는, 자신은 대한의군 참모중장이며 임명한 사람은 김두성 총독이라고 주장하며 배후를 숨겼다. 김두성은 의병장 유인석이니, 고종이니 혹은 최재형이니 여러 관측이 있지만, 안중근은 오로지 김두성을 앞세워 연해주 독립운동의 '대부'와 그 동지들을 보호했다.

안중근 의사의 순국 후 최재형은 그 부인과 가족을 돌봤다. 동생 안정근安定根도 그의 지원 속에서 의병활동을 계속했다. 최재형은 『대동공보』에 400루블을 별도로 보내, 안중근 의사 순국에 관한 특별판을 제작해 배포하도록 했다.

대한제국이 일제에 병탄되면서, 러시아의 태도가 바뀌었다. 일제의 압력에 따라 연해주의 항일독립운동지사들을 가혹하게 탄압했다. 유인석과 이범윤 등이 추진하던 13도의군이 좌절됐으며, 한인 지도자 마흔여 명이 체포돼 여덟 명은 이르쿠츠크 등으로 추방당했다. 『대동공보』도 폐간됐다. 그렇다고 손을 놓을 최재형이 아니었다. 그는 새로운 운동 방안을 모색했다.

당시 연해주에는 구국운동에 앞장선 이들이 대거 몰려와 있었다. 유인석·우병렬禹炳烈·이진룡李鎭龍 등 연해주 무장투쟁 계열, 이상설·이동녕李東寧·이동휘李東輝·이시영李始榮 등 간도에서 넘어온 지사들, 정재관鄭在寬·이강·전명운田明雲·이성무·안창호 등 미주에서 활동하던 활동가들, 이종호李鐘浩·이갑李甲·조성환曺成煥·유동열柳東說 등 국내 신민회 계열 등이 그들이었다. 최재형은 이 모든 독립지사와 연해주 한인들을 망라한 단체를 조직했다. 러시아와 일제의 사찰을 피하기 위해 조직의 목표를 한인 동포에게 실업實業을 권장하고 일자리를 소개하며 신교육을 보급하는 것을 표방하기로 했다.

1911년 5월 회장 최재형, 부회장 홍범도 체제의 권업회가 출범했다. 연흑룡주 총독 곤다치, 연해주 군지사 마나킨, 러시아 정교 주교감독국 책임비서 포라노브키 등이 명예회원으로 포함됐다. 극동 지역의 러시아 인사들과 깊은 인맥을 쌓아온 최재형이 발로 뛴 결과였다. 권업회는 1914년 강제로 해산당할 때 무려 8,579명의 회원을 거느린 연해주 지역 항일독립운동의 중심 기관이었다. 기관지 『권업신문』의 주필은 신채호였으며 이상설과 장도빈張道斌 등이 함께 근무했다.

제1차 세계대전이 진행되던 1917년, 10월 혁명으로 소비에트 정권이 들어섰다. 상황은 또 반전했다. 미국·영국·프랑스·일본 4개국은 이듬해 3월 소련이 독일과 단독 강화협상을 체결하자 혁명을 저지하기 위해 출병했다. 일본은 7만 3,000여 병력을 시베리아로 파병해 반혁명군(백위파)을 지원했다. 최재형은 다시 선택해야 했다. 적군인가 백군인가. 최재형에겐 조국만 있을 뿐 이념은 없었다. 과연 어느 쪽이 일본에 맞서 싸울 것인가? 이것만이 그의 고려 사항이었다. 결론은 혁명군이었다.

최재형은 환갑의 나이에 아들들과 함께 항일 빨치산 전선에 섰다. 큰아들은 이르쿠츠크 전선에서 전사했다. 둘째 아들 역시 연해주 빨치산 참모장으로 싸웠다. 1920년 4월 4일 밤 일본군이 연해주 일대에서 빨치산과 전면전에 나섰다. 블라디보스토크의 신한촌은 불탔고, 저항하던 빨치산 수십 명과 한인 300여 명이 학살당했다(4월 참변).

그날 밤 최재형은 가족을 지키기 위해 우수리스크 자택으로 돌아왔다. 그의 다섯째 딸 올가는 그날의 일을 이렇게 회상했다. "엄마와 언니들은 아버지에게 빨치산부대로 도망가라고 했다. 아버지는 말씀하셨다. '절대 그럴 수 없다. 내가 도망치면 너희 모두 일본군에 끌려가 고문을 당할 것이다. 나는 살아갈 날이 조금 남았으니 죽어도 좋다. 너희들은 더 살아야 한다. 나 혼자 죽는 편이 더 낫다.' ……다음 날 새벽, 열린 창문으로 일본군에 끌려가는 아버지의 뒷모습이 보였다"(다섯째 딸 올가의 회상). 최재형은 우수리스크 감옥에서 멀지 않은 왕바실재 산기슭에서 동지 김이직金理直과 엄인섭嚴仁燮 등과 함께 학살당했다.

매년 4월 5일이면 우수리스크의 '영원한 불꽃 추모광장'에서는 지방정부 주관으로 4월 참변 추모제가 열린다. 왼쪽엔 한인 희생자, 오른쪽엔 러시아인 희생자의 위패가 놓이고, 중앙엔 최재형 초상화가 놓인다.

무엇이 최재형을, 자신과 가족을 짐승처럼 부리던 조국의 독립을 위해 거대한 부와 하나뿐인 생명까지 바치도록 했을까. 그는 동의회 결성 취지문에서 이렇게 피를 토했다. "만약 조국이 멸망하고 형체가 없어

지면 우리는 뿌리 없는 부평이라, 다시 어디로 돌아가겠는가."

　그는 아들 넷과 딸 일곱을 두었다. 큰 아들 최운학은 러시아 내전 때 반혁명군과 전투하다 이르쿠츠크에서 전사했다. 시베리아의 전설적 빨치산이었던 둘째 최성학, 큰 딸 최페트로브나는 간첩으로 내몰려 1938년에 처형당했다. 다섯째 딸 올가와 셋째 아들 발렌티도 1937년 투옥됐으며, 사위 다섯 명은 모두 간첩죄로 처형됐다. 제2의 조국을 위해 그렇게 헌신했지만, 운명은 참담했다. 조국을 잃은 '부평의 운명'이란 그런 것이었다.

아직도 귀환하지 못하는
간도 호랑이

2013년 10월 25일 여천 홍범도장군기념사업회(이사장 이종찬)는 카자 흐스탄 크질오르다에서 여천汝千 홍범도洪範圖, 1868~1943 70주기 기념 식을 주관했다. 현지의 한인들은 공식 행사 뒤 답례로 연극「홍범도 장 군」을 공연했다. 배우들의 함경도 사투리는 유창했고, 극중 의병의 의 기와 꿈은 눈물겨웠다. 관객은 105년 전 함경도 삼수갑산, 의병 전장으 로 빠져들었다.

지금 이렇게 돌베개를 베고 바람을 덮고 밤을 지내지만, 만백성이 흘린 눈 물이 봄날의 홍수가 되어 나려밀 때면 어즈러운 덤불들은 바다 속 깊이 무칠 것입니다. 어머니는 맨발로 달려나와 우리를 부득혀 안고 락루하실 것이지요. 일남아, (아주 훗날) 아해들이 너에게 달려와 무릎 꿇고 '의병에

다니셨지요?' '의병대장 홍범도를 아십니까?' 저마다 물으면 너는 사자와 같이 머리를 높이 들고 이야기를 들려줄 터이고, 그 이야기는 그들의 노래가 되어 천대만대로 떨칠 것이다.

연극이 끝나자 감동한 이종찬 이사장은 무대로 올라가 배우들의 손을 일일이 잡고 우리말로 감격과 고마움을 표시했다. "잊지 못할 감동입니다. 감사합니다." 배우들은 당황했다. 그의 말을 전혀 못 알아들었던 것이다. 그것이 기념사업회 회원들에겐 더 큰 감동이었다. 배우들은 조선말을 모른 채 대사를 완벽하게 외워 전달했던 것이다. 이런 일이 가능했던 것은 홍범도 장군에 대한 그들의 깊은 존경과 애정 때문이었다.

기념사업회는 2년 뒤 다시 중국 투먼圖們 시 수남촌에서 봉오동전투 95주년 기념식을 치르고 전적지를 둘러보았다. "두만강을 건너온 일본군 추격대는 후안산環山을 거쳐, 저기 고려령의 산기슭을 돌아 이곳으로 오게 됩니다. 마을 사람들은 독립군인 줄 알고 뛰어나와 만세를 부르며 환영했는데, 그들은 마을을 쑥대밭으로 만든 뒤 저기 장달리 고개를 넘어 봉오동으로 갑니다."

옌벤대 김철수 교수가 남봉오동에서 손가락으로 가리키는 곳은 산과 구릉, 숲과 들뿐이었다. 크질오르다에서 홍범도의 삶과 투쟁을 경험했던 회원들은 눈을 반짝이며 상상의 날개를 펴는 듯했지만, 막연히 '홍범도' 세 글자만 아는 이에게 김철수 교수가 가리키는 산천은 그저 황량하고 쓸쓸하기만 했다.

봉오골 역시 마찬가지였다. 초입은 거대한 댐으로 막혀 있고, 봉오동은 모두 수장돼 있었다. "여기서 10킬로미터쯤 더 들어가야 전투 현장입니다. 봉오골은 하·중·상동 마을로 되어 있습니다. 일본군은 저기 오른쪽 능선 노루목을 넘어 봉오골로 진입합니다." 수남촌 촌장은 열심히 설명했지만, 보이는 건 길고 긴 호수의 잔물결뿐이었다. 그렇게 봉오동전투의 기억은 알뜰하게 지워지고 있었다.

홍범도. 태어난 지 7일 만에 어머니가 돌아가시고, 아버지가 동냥젖으로 키운 아이. 아홉 살 땐 부친마저 여의고, 철들 무렵부터 머슴살이를 했던 소년. 평양의 친군서영에 나팔수로 입대해 명사수로 날리다가 난폭한 상관을 두들겨 패고 탈영했으며 제지공장에 들어가서도 폭력적인 사장을 두들겨 패고 금강산 신계사에 절 머슴으로 들어갔다가, 한 비구니를 만나 사랑을 맺은, 피가 뜨거운 청년. 불량배들을 만나 아내와 생이별하고, '을미의병'이 되어 일본 군경, 친일파들을 처단하다가 5년여 만에 아내와 재회해 북청에서 뒤늦은 신접살림을 차렸지만, 1907년 정미사변과 함께 본격화한 조직적 항일투쟁 속에서 아내와 첫째 아들을 잃은 불행한 남자. 경상 북부의 신돌석申乭石 장군과 함께 거의 유일한 평민 출신 의병장. 1907년 11월 일본군 30여 명을 사살한 후 치령전투 이후 1년 남짓 60여 차례의 교전을 벌이면서 단 한 번도 패한 적 없는 의병사의 전설. '하늘을 나는 홍범도'라고 하여 일본군조차 외경했지만 지금 이 나라의 의병사에선 자취가 거의 지워진 인물.

도저히 그를 잡거나 사살할 수 없었던 일본군은 부인과 맏아들을 잡아들여 귀순공작을 벌이려 했고, (투항 권고문을 쓰라는 요구에) "망해 가는 나라를 바로잡으려는 영웅호걸이, 아낙네가 이같이 어리석은 글을 쓴다고 굴복하리라 믿는가!" 오히려 호통을 치다가 당한 고문 후유증으로 아내는 옥사했다. 그로부터 1개월 뒤 맏아들은 1908년 6월 함흥수비대와 교전 중에 전사했다. 그럼에도 오히려 무장투쟁의 의지를 더 다졌던 사내가 홍범도였다.

일본군 정보기관의 평가는 이랬다.

"홍범도의 성격은 호걸의 기풍이 있어서, 배하의 자들로부터 하느님처럼 숭배를 받"았다. 그 이유는 "사람 됨됨이가 소박하고 성실하며 청렴하고 명예를 탐하지 않았고, 대의를 위해 다른 사람에게 몸을 굽히는 것을 꺼리지 않았"기 때문이었다(사학자 송우혜). 그는 "언제나 계급장도 없는 졸병과 같은 차림이었고, '왜놈이 아니라 제 동료를 잡는 데 쓰이는' 지휘도나 권총 대신 왜놈 잡을 장총 두 자루를 지니고 다녔다"(여천의 참모 홍상표).

봉오동전투는 1920년 6월 4일 새벽 홍범도 부대가 두만강을 넘어 함경북도 종성 강양동의 일본 헌병순찰대를 파괴하면서 시작됐다. 일본군은 남양수비대 소속 1개 중대와 헌병경찰중대로 월경 추격대를 편성해 뒤쫓다가 삼둔자에 매복해 있던 홍범도 부대에 섬멸을 당했다. 이에 따라 함경북도 나남의 일본군 19사단은 대규모 토벌대를 편성해 근거지 섬멸 작전에 착수한다.

당시 봉오골에는 터줏대감인 최진동崔振東의 군무도독부, 홍범도의 대한독립군, 안무의 대한국민회의 국민군이 연합부대를 형성하고 있었다. 군정의 최고 책임자는 최진동이었고 작전은 홍범도가 맡았다. 지휘부는 일본군이 오기 전 상·중·하촌 마을 사람들은 모두 피신시키고, 이천오李千五 중대를 상촌 서북단에, 강상모姜尙模 중대는 동산에, 강시범姜時範 중대는 북산에, 조권식曺權植 부대는 서산 남단에 그리고 나머지 2개 중대는 자신의 인솔 아래 서산 중북단에 매복시켰고, 이화일李化日 부대로 하여금 고려령 밑 그리고 장달리마을 뒤 고개에 숨어 있다가 일본군을 봉오골 상동으로 유인하도록 했다.

봉오골 상동은 삿갓을 뒤집어놓은 지형. 의도대로 일본군 본대가 삿갓 안으로 들어오자, 사방에서 사격을 퍼부었다. 일본군은 제대로 저항도 못하고 3시간 만에 사망자 157명을 포함해 사상자 500여 명을 남기고 비파동 쪽으로 도망쳤다. 임진왜란 때 이순신, 권율 장군이 거둔 대첩 이후 일본 정규군을 상대로 거둔 첫 대승이었다. 4개월 뒤 청산리대첩의 예고편이기도 했다.

청산리전투에 대한 일본 정보기관의 보고는 이랬다. "10월 하순 고도구 어랑촌 및 봉밀구 방면에서 일본 군대에 완강히 저항한 주력부대는 홍범도가 인솔한 부대였다." 박창욱 옌볜대 교수의 평가는 이렇다. "김좌진 부대는 백운평전투, 천수평 및 어랑촌 전투 외에는 특별히 다른 활약이 없었다. 반면 홍범도 연합부대는 완루구, 어랑촌, 대굼창, 천보산, 맹개골, 고동하 등 나머지 전투를 주도했다. 적들은 37여단장 아즈마 소장이 직접 지휘하는 보병 주력과 이이쓰가 부대, 27연대의 주력을 동원해 홍범도 부대를 공략했다." 그도 그럴 것이 "김좌진의 북로군정서는 전력은 강했지만, 수백리를 강행군해 청산리에 도착한 직후였고, 식량난에 허덕이고 있었다. 반면 홍범도 부대는 9월 하순 가장 먼저 도착해 전투에 대비했다"(장세윤 박사).

화룡현 청산리 일대의 전적지 역시 모두 숲과 풀에 덮여버렸다. 찾아볼래야 찾을 수 없었다. 그때 그 독립군의 함성도, 그들이 흘린 피도, 고향땅 부모님을 그리며 불렀던 망향가도, 불굴의 의지를 북돋우던 군가 소리도 없었다. 장세윤 박사가 아무리 손짓 발짓 하며 설명해도 그저 산과 구릉, 그리고 풀숲과 나무뿐이었다. 한국광복회가 2001년 청산리대첩 80주년을 기념해 청산촌 앞 구릉 봉우리에 세운 17.6미터의 청산리대첩 기념비만 우두커니 서 있을 뿐이다.

그렇게 묻혀지는 것보다 더 안타까운 건 홍범도의 조국에서 이루어진 말소와 왜곡이다. 김좌진의 참모였고, 이승만 정권의 국무총리였던 이범석은 저서 『우등불』에서 홍범도를 아예 독불장군이거나 도망자로 묘사했다. 그가 청산리전투에서 도망치다 일본군에 부대원과 무기를 빼앗긴 패장이었다는 것이다. 일본군이 노획한 무기도 모두 홍범도 부대의 것이라고 쓰기도 했다. 국책기관인 한국독립사편찬위원회도 청산리대첩에서 홍범도를 지웠다. 그것이 이 땅의 정설이 되었다.

머슴 출신이어서 주류로부터 외면을 당했고, 청산리대첩 후 소련 공산당에 가입했다는 이유로 지워졌던 홍범도. 그러나 그가 1922년 입당한 것은 당시 적군만이 일제에 맞서 함께 싸우고 군수품을 지원할 수 있다고 믿었기 때문이었다. 실제로 당시엔 그랬다. 하지만 러시아혁명이 끝나자 적군은 조선독립군을 내팽개쳤다. "붉은 당이 연해주의 군권과 정권을 완전히 장악한 뒤 한인들은 무장해제당했으며, 그들의 의식주를 돌보아주지 않아, 수만의 한인 군인은 거지가 되어 사방으로 흩어졌고, 중국으로 출경을 허락하지 않아 풍천설지에서 얼어 죽은 귀신들이 되었다"(일제의 정보 보고). 게다가 스탈린은 제2차 세계대전이 발발하자 한인을 적성민족으로 낙인찍어 1937년 10월부터 11월까지 17만 명 이상을 시베리아 횡단철도 가축 운반칸에 실어 중앙아시아로 강제 이주시켰다. 한국어를 소련 내 소수민족 언어에서 제외해, 한인학교를 설립할 수도 없고, 한글을 가르칠 수도 없게 했다. 심지어 타지로 여행하는 것도 금지했다.

홍범도는 카자흐스탄 황무지에서 움막 생활을 하다가 1938년 크질오르다로 이주해, 병원 경비와 극장 수위를 전전하며 말년을 보냈다. 1943년 10월 벗들을 불러 돼지를 잡아 대접했다. "어쩐지 몸이 좋지 않아, 이게 마지막일지도 모르겠으니 친구들에게 한번 대접하고 싶었다." 이것이 마지막이었다. 그는 10월 25일 눈을 감았다. "최후의 한 사람까지 조국 독립이라는 소지 관철에 분투함으로써, 우리 독립을 최후까지 외치다가 죽은 후에야 그쳐야 한다"(봉오동전투 주민 환영식에서)던 각오와 꿈도 접었다. 그는 크질오르다 중앙공동묘지에 묻혔다. 그곳 사람들이

성금으로 조성해 중앙묘지 전면에 세워진 청동 반신조각상만이 이역 만리 객지에서 항일투쟁 불후의 전설을 증언한다. 조국은 그러나 그가 유해로나마 고국에 돌아오는 것도 외면하고 있다.

박상진

"아들아,
너의 죽음이 나의 삶보다 낫구나"

"세상에 사람으로 태어나 살았어도 그 시대에 아무 이익이 없고 죽은 뒤에도 후세에 남길 만한 소문이 없이 그냥 왔다가 그냥 가게 됨은 온 천하 사람들이 모두 그렇게 하는 일이지만 만약 너같이 죽는다면 슬퍼할 것이 없다 하겠다."

대한광복회 총사령 고헌固軒 박상진朴尙鎭, 1884~1921 의사의 부친 박시규朴時奎는 아들의 삼년상을 탈상하면서 조촐한 제상을 차리고, 손수 지은 제문을 올렸다. 세로 30센티미터에 길이 200센티미터가 넘는 한지 두루마리를 빼곡히 채운, 한문 113행 2,700여 자나 되는 장문의 제문이었다. 간혹 부인의 죽음을 절구나 율시로 애도하는('도망') 경우는 있지만, 먼저 간 자식(악상)의 영전에 제문을 올리는 건 드문 일이었다. 게다가 그 내용이 얼마나 절절했던지 참례했던 매운梅雲 이정희李庭禧

58

는 제문의 소지를 막고 건네받았다. 고헌의 글은 일제의 거듭된 압수수색으로 편지글 등 네 점만 남아 있는 형편이니, 이정희의 요청이 없었던들 박상진의 개인사와 가족사는 세상에 알려지기 힘들었을 것이다.

"네가 죽던 날 옥졸은 울먹이면서 '의인이 죽으니 천지가 깜깜해지고 시정은 점방 문이 모두 닫혔다'라고 전하였고, 장사 지내던 날 길거리에 가득한 남녀들이 상여를 따라 통곡하자 남모르는 나그네까지도 눈물을 흘리지 않은 이가 없었다. 모두들 '죽었어도 오히려 영광'이라고 하였다. 또 영국인과 우리 조선인 수십 명은 경관들의 조사를 피해 15리쯤 떨어진 동촌역전에 와서 통곡했다. 발인할 때 기마대가 길가의 늘어선 손님들을 휘몰아 쫓는 모습은 참혹했다."

고헌 박상진. 1884년 1월 22일 울산 북구 송정동에서 박시규와 여강 이씨 사이에서 태어나, 대한광복회사건으로 1918년 2월 체포되어 1921년 8월 11일 순국했다. 대한광복회는 총사령 박상진, 지휘장 우재룡禹在龍 · 권영만權寧萬, 재무부장 최준崔俊, 사무총괄 이복우 등의 본부 조직 외에 경상(지부장 채기중), 경기(김선호), 충청(김한종), 전라(이병찬), 강원(김동호), 황해(이관구), 평안(조현균), 함경도(최봉주) 등 전국 조직을 갖추고, 만주 지부(길림광복회, 지부장 이진룡)까지 둔 병탄 후 최초 최대 규모의 항일투쟁단체였다. '비밀, 폭동, 암살, 명령'은 광복회의 4대 행동강령이었다.

결성되자마자 광복회는 전대미문의 사건을 벌인다. 경주세금마차탈취사건이다. 1915년 12월 24일 경주 영덕 영일에서 징수한 세금을 대구로 운반하던 우편마차에서 현금 행랑을 통째로 빼돌린 것이다. 주역은 박상진이 공들여 영입한 우재룡과 권영만이었다. 이어 1916년 1월 보성의 양재학, 5월 낙안의 서도현 처단, 6월 데라우치 조선총독 암살 기도, 1917년 11월 영남 갑부 장승원 처단, 1918년 1월 충청도 박용하 처단 등을 비롯해 운산금광, 직산금광, 상동중석광 습격사건이 잇따랐다. 모두 대한광복회의 무장투쟁을 위한 군자금 확보를 위한 사건이었다.

박용하 처단으로 장두환이 1918년 1월 검거되면서 박상진, 김한종, 임세규, 김경태, 채기중, 이관구, 이병찬 등 지휘부가 차례로 체포됐다. 이후 광복회와 연루돼 연행된 사람이 1,000여 명에 이르고, 이 가운데 서른여섯 명이 기소되었으며 다섯 명이 사형을 당했다. 일제 치하에서 단일 사건으로는 최대 규모였다.

이로써 광복회는 역사 속으로 사라진다. 그러나 그 정신은 이듬해 3·1만세운동으로 이어지고, 의협투쟁은 1920년대 비밀결사와 의열투쟁의 선구가 되었으며, 백야 김좌진 등이 이끈 청산리대첩의 원동력이 되기도 했다. 김좌진은 운산금광 습격사건으로 처형된 만주지부장 이진룡의 후임이었다. 아울러 왕정복고를 꾀하던 복벽주의 계열과 주권재민의 이념을 따르는 공화주의자들이 함께 자주독립을 추구하는 선례가 되었다.

그런 박상진이었으니 처형은 피할 수 없었다. 하지만 부친 박시규는 아들의 구명에 필사적이었다. 경주에서 대구로, 대구에서 공주로, 공주에서 경성으로 그리고 경성에서 대구로 옮아다니며 옥바라지를 했다. 심지어 일본 에도로 건너가 정한론의 대부 스에나가 미사오末永節 집에 머물며 정관계에 구명을 호소했다. 얼마나 열심이었던지, 이 소문을 들은 울산 출신의 조선 유학생 김천해金天海 등 10여 명이 한밤중에 찾아와 면박을 주기도 했다. "의사의 부친으로서 의사에게 누를 끼칠까 두렵습니다." 그런 눈물겨운 노력 덕택인지, 일본의 각의에서 박상진 감형 문제가 세 차례나 논의됐다고 한다.

물론 박상진은 구차한 생존을 극구 거부했다. "몸을 깨끗이 갖고 죽는 것이 저의 소원입니다. 어찌 구구한 짓을 할 필요가 있겠습니까." 아들은 말렸지만 부친은 막무가내였다. 그러자 아들은 이렇게 따지기도 했다. "죽으면 죽었지, 저들과 더불어 삶을 구한다면 사는 것이 죽는 것만 못합니다. 본래부터 이렇게 결정한 저의 마음을 왜 모르십니까?"

그 마음은 알았지만 부친은 서운했다. "남쪽과 북쪽으로 수없이 쫓아다닌 것은 너의 목숨을 꼭 살려보려고 한 것인데, 너는 끝내 죽음을 당연한 일로 알고 그만 후회 없이 가버렸다. 이로 본다면 너의 죽음이 오히려 나의 산 것보다 낫다 하겠다."

훗날 박상진의 처형 소식을 들은 중국 청조의 왕족 후예인 원헌原憲은 박시규 앞에 꿇어앉아 "중국에서도 아드님의 의열은 자세히 보도되었다"라며 만사를 써주었고, 한 인도 사람도 그를 찾아와 "우리나라에서도 박상진의 소문을 듣고 잘못된 자들을 처단하는 기풍이 일어나고 있다"라며 거액의 향초값을 부의했다. "(그럼에도) 나는 왜 어리석은 사람처럼 마음속에 온갖 슬픔을 쌓아 마음의 병을 자초하는지 모르겠구나."

박상진은 경성형무소 1호 사형수였던 스승 왕산旺山 허위許蔿가 가던 길을 그대로 따랐다. 허위는 1907년 정미의병을 일으켜 13도 창의군 군사장으로 서울진공작전에 앞장서는 등 불퇴전의 대일 항전을 하다가 체포됐으며, 변호인 조력 등을 모두 거부하다가 처형됐다. 박상진은 1904년 중국의 지한파 반종례潘宗禮와 함께 중국 톈진을 여행하면서, 제국주의 열강에 침탈당하는 중국의 현실을 목도했다. 반종례는 그해 말 조선에서 을사늑약이 체결되자, '머잖아 일제가 중국마저 침탈할 것'이라며 경종 차원의 자살을 결행한 인물이다.

박상진은 1905년 스승의 권유로 양정의숙 법률경제과에 입학한다. 그곳에서 상덕태상회를 함께 세운 평생 동지 김덕기·오혁태·안희제 등을 만난다. 1910년 판사 시험에 합격하고 평양법원 판사로 발령받았지만, 일제의 주구走狗가 될 수 없다 하여 임용을 거부했다. 그사이 의병장 신돌석과 의형제를 맺고 김좌진과 함께 비밀결사 신민회에 가입했다. 1910년 1월 순종의 남서순행 때 친일파 수괴 송병준 암살을 시도했다. 스승이 순국한 뒤부터 그는 구국계몽운동에서 무장독립투쟁 쪽으로 바뀌어 있었다.

1910년 말 만주로 건너간 박상진은 허위의 중형인 허겸許蒹을 비롯해 손일민孫逸民·김대락·이상룡·김동삼 등 1세대 독립지사들을 만나게 된다. 당시 이상룡 등은 삼원포에서 경학원과 신흥학교를 운영하며, 병농일체의 둔전을 통해 군사도 기르고 군자금도 모아 때가 되면 국내로 진공할 계획을 세우고 있었다. 박상진은 이때 가져간 거액의 돈으로 중국 단둥과 조선 신의주에 독립지사의 연락 거점인 안동여관을 설립하는 데 지원했다. 두 여관의 책임자는 광복회의 주축인 회당 손일민과 벽도碧濤 양제안梁濟安이었다.

이듬해 연해주와 함경도를 거쳐 돌아온 박상진은 경천어동지회를 결성했다. '바람이 부신다', '비가 오신다' 등 천지만물에 경어를 사용하는 방식으로 조직원끼리 소통하기로 한 데서 나온 이름이었다. 유세단 수백 명은 당시 조선인에게 인기가 있던 육각목, 담뱃대, 웅담, 생부자 등 중국 물품을 판매하는 보부상으로 위장했다. 시장에서 만나는 조선인들에게 만주 이주를 설득했다. 만주 독립지사들의 둔전병 육성 계획을 지원하려던 것이었다. 결과는 괄목할 만했다. 조선총독부 자료에 따르면, 여러 가지 요인이 있었겠지만 1911년 11만 7,000여 명이던 만주 이주가 1912년에는 23만 8,000여 명으로 급증했다.

1912년 상하이를 방문해 신해혁명을 경험한 박상진은 조선 혁명의 필요성을 절감한다. 돌아오자마자 상덕태상회를 세우고 전국에 자본금 1만 원 규모의 잡화상 100곳 설립을 추진했다. 이들 조직은 중국 안둥(지금의 단둥)의 삼달양행이나 창춘의 상원양행, 그리고 중국 단둥과 신의주의 안동여관과 함께 국내외 독립운동의 거점이었다. 박상진은 이듬해 다시 중국을 방문해 난징에서 쑨원을 예방하고 조선 독립과 혁명에 대한 지원을 호소했다. 이는 중국 군관학교에 한인특설부를 두게 하는 계기가 되었다. 쑨원은 박상진의 젊은 의기를 격려하며 미제권총 1자루를 줬다. 만주에선 군벌 장궈린張國林과도 수차례 회동해 조선의 독립운동에 대한 지원을 호소했다.

1914년 다시 만주를 방문했을 때 양제안으로부터 풍기광복단 단장 소몽素夢 채기중蔡基中을 소개받는다. 채기중은 1913년 결성된 풍기광복단의 중심 인물이었다. 채기중으로부터 다시 산남의진의 선봉장이었던 불굴의 투사 백산 우재룡을 소개받았다. 김천 지례에 은둔하려던 우재룡은 박상진의 설득으로 다시 전선에 선다.

이와 별도로 1915년 1월 대구에서 윤상태尹相泰·서상일徐相日·이시영·정운일鄭雲馹 등이 추진하던 조선국권회복단 설립에도 참여한다. 그리고 그해 8월 25일 풍기광복단(의병투쟁 계열), 조선국권회복단과 달성친목회(애국계몽운동 계열), 그리고 호서 서북지역의 무장투장 계열 조직과 통합을 추진했고, 그 결과 탄생한 것이 대한광복회였다. 광복회 동지들은 이렇게 다짐했다. "나라의 독립은 물론 일생에 독립을 달성치 못할 경우 자자손손에 이르기까지 불구대천의 원수 일본을 완전 축출할 때까지 절대불변하며 생명을 바칠 것을 천지신명에게 맹세한다."

박상진이 독립운동에 헌신하면서 전답 7,000두락(마지기)에 임야 100만여 평에 이르던 가산은 급격히 쪼그라들었다. 그는 1907년 허위에게 당시 신문사 두 개를 세울 수 있다는 5만 원을 제공했다. 1912년 상덕태상회를 세울 때는 전답 1,000여 마지기를 팔았다. 중국을 드나들고 광복회를 조직하면서 그 이상의 가산을 썼다. 1914년 내외물산을 세울 때는 남은 전답 900여 마지기마저 저당잡혔다. 그가 투옥되면서 이 전답마저 소유권이 남도 아닌 처사촌에게 넘어갔다. 그가 순국할 즈음엔 묻힐 묘지조차 없었고, 가족은 처가에서 준 논 5마지기에 가족의 생계를 의탁해야 했다.

부친은 이렇게 하소연했다. "일곱 집안 100여 명의 식구가 갑자기 모두 거지가 되어 사방으로 떠돌아다니고, 나도 혼자 옛집을 지키고 있다가 며칠 동안 굶어서 죽을 지경에 이르렀다." "네 아내가 낮에도 가끔 울음소리를 내는 바람에 나의 심간心肝을 마치 칼로 도려내는 듯하며, 우리 형님(박상진의 양부)은 흰 머리를 날리면서 고독한 생활로 남에게 얹혀 있게 되었으니, 내가 목석이 아닌 만큼 이 쌓이고 쩔이는 한이 먼 우주까지 뻗치지 않을 수 있겠느냐? 참으로 비참한 신세다."

이후 박상진 집안의 궁핍은 대대손손 이어졌다. 1961년 3월 5일 『부산일보』엔 "우국의 얼만이 양식"이라는 제목의 기사가 사회면 머리로 실렸다. "갸륵한 조상의 큰 뜻을 양식 삼아 굶주린 창자를 움켜쥐고, 그래도 하루 속히 민족통일이 되어 다 같이 잘살 수 있는 날이 오기를 기다리면서 끈기 있게 살아가는 순국선열의 후예, ……박경중(당시 예순한 살) 씨 일가족 19명은 시내 부암동 577번지의 외딴 산 아래에서 고달픈 삶을 이어가고 있다. ……아버지로부터 물려받은 썩지 않은 정신만을 단 하나의 재산 삼아 고향인 울산 송정을 떠나 부산 부암동으로 옮겨온 지 벌써 5년, 어머니 최영백 씨는 얼음처럼 싸늘한 방바닥에 누렇게 부은 몸을 의지하고, ……가족들은 싸늘한 보리밥도 제대로 못 이어 때로는 보릿가루를 물에 타서 마시는 것으로 빈 창자를 메워가고 있다."

박경중은 박상진의 아들이고, 최영백은 박상진의 부인이다. 부인은 당시 전국에서 열 손가락 안에 꼽히던 조선인 갑부 경주 최씨 둘째 아들의 맏딸이었다. 최영백은 손부가 시집온 지 사흘도 안 돼 쌀이 떨어지자 이렇게 말했다고 한다. "네가 일찍 우리 집안에 들어왔다면 경주까지 흙 한 번 밟지 않고 갈 수 있었을 텐데…….".

박상진은 장두환張斗煥이 체포되자, 안동 도산면 하계마을의 이동흠 집으로 피신한다. 이동흠은 국권피탈과 함께 24일간 단식 끝에 순국한 향산 이만도의 손자이며, 유림단사건으로 투옥됐던 기암 이중업의 맏아들이다. 그곳에서 어머니의 사망 소식을 듣는다. 귀가는 체포이자 처형이라는 사실을 잘 알고 있었지만, 그는 경주 녹동 집으로 돌아간다.

박상진은 1921년 8월 11일 오후 1시, 대구감옥 교수대에 올랐다. 대한독립 만세 삼창과 함께 형이 집행되고 박상진은 13분 만에 절명했다. 네 장의 유서를 남겼다지만 현존하지 않고, 한 장의 사진과 세 장의 서신, 한 건의 서류만 남긴 채 36년 6개월 남짓한 삶을 마감했다. 박상진은 순국 전날 이렇게 한탄했다. "어머님 장례 마치지 못한 채/ 군주의 원수도 갚지 못했고/ 빼앗긴 강토마저 되찾지 못했으니/ 이내 몸 무슨 면목으로 저승엘 갈꼬." 순국 직전 남겼다는 절명시는 살아남은 이들의 가슴을 찌른다. "다시 태어나기 힘든 이 세상에/ 다행히 대장부로 태어났건만/ 이룬 일 하나 없이 저 세상에 가려 하니/ 청산이 조롱하고 녹수가 비웃는구나."

그런 아들의 넋을 떠나보내는 부친의 마지막 별사 역시 애를 끊는다. "이 제문은 오직 내가 너에게 전하는 고별사요, 이 술과 음식은 오직 너에게 권하는 바이니, 너는 흐르는 눈물을 닦고 흠향하기 바란다. 오호! 가슴이 아프구나! 많이 들기 바란다."

제봉 가의 길,
녹천의 칼과 춘강의 붓

자연의 속도와 리듬과 순환을 추구하는 슬로시티, 이 모임에 가입하려면 세 가지 조건을 충족해야 한다. 인구 5만 명 이하에 주변 자연환경과 조응하는 주거 형태, 그리고 슬로푸드 생산이 그것이다. 이 조건을 완벽하게 구비한 마을 가운데 하나가 전라남도 담양군 창평면 삼지내 마을이다.

얼마나 자부심이 컸으면 그랬을까. 창평의 면사무소 도로명 주소는 '창평면 돌담길 9'이다. 월봉산 줄기에서 발원한 개천은 마을에 이르러 세 갈래로 나뉘어 흐르고, 돌담은 물길을 따라 이어진다. 자연의 흐름에 인간의 주거와 삶이 맡겨진 것이니, 개울의 속도는 삼지내 삶의 속도가 되었다. 마을 밖은 일망무제의 들판이지만, 돌담 안 텃밭은 가옥 구조의 일부가 되었다. 거기에 수백 년 전통의 한과와 엿, 그리고 창평

국밥은 옛 맛 그대로이니, 창평의 속살은 여전히 옛것 그대로다.

그렇다고 창평을 돌담 밑 개울처럼 초탈한 은둔자로 보아선 안 된다. 월봉산 밑 유천리 너른 들판을 적시고 창평천으로 모여드는 개울 소리에 잠깐 귀 기울이면 그 사연을 들을 수 있다. 세상을 구하려던 활인검의 시퍼런 검광과 널리 사람을 이롭게 하려던 향학의 열망에 관한 이야기가 그것이다.

물은 월봉산에서 발원했으되, 이야기의 연원은 제봉霽峰 고경명高敬命에서 비롯된다. 의병장 제봉에게는 아들이 여섯 있었다. 임진왜란 때 왕이 백성을 버리고 의주로 피난길에 올랐다는 소식을 들은 그는 광주에서 의병을 일으켜 첫째 준봉 종후, 둘째 학봉 인후와 함께 북상한다. 제봉이 이끄는 호남의병이 연산에 이르렀을 때 왜군은 금산에서 남진하고 있었다. 곡창인 호남을 먼저 함락시키려는 것이었다.

농경국 조선에서 호남을 잃으면 국가를 내주는 것이나 마찬가지였다. 제봉의 의병은 금산에서 왜적과 맞선다. 선봉에 섰던 준봉은 퇴각 명령에 따라 후퇴하던 중 부친과 동생의 전사 소식을 듣는다. 준봉은 시신이라도 수습하려 했지만, 함께 싸우던 의병의 만류에 눈물을 뿌리며 물러선다.

4개월 뒤 적이 물러나자 금산 산중에 가매장되어 있던 부친과 동생의 죽음을 거둬 장례를 지낸 뒤 준봉은 만사 제쳐두고 복수를 벼른다. 이듬해 6월 왜적은 다시 호남을 장악하기 위해 진주성에서 일대 접전을 벌인다. 1차 전투에선 관군과 의병의 연합작전에 말려 대패한다. 왜군은 설욕을 위해 다시 주력을 진주성으로 투입한다. 이때 준봉은 복수의 기치를 높이 들고 김천일金千鎰과 최경회崔慶會 등 호남 의병장들과 함께 진주성으로 들어가 결사 항전을 한다. 압도적인 화력과 조직력 앞에서 불가항력이었다. 성문이 무너지자 김천일, 최경회와 함께 촉석루에서 몸을 던진다. '진주 3장사'다.

제봉의 막냇동생 경형, 가노 봉이와 귀인도 이 전투에서 전사했다. 제봉의 또 다른 동생 경신은 제주도로 전마를 구하러 갔다가 풍랑을 만나 익사했다. 호남 최고의 명문가 장흥 고씨 종손 집안은 졸지에 난가(亂家, 돌볼 어른이 없는 집안)가 되었다.

몸이 약했던 셋째 준후는 어려서 세상을 떠났고, 다섯째 유후는 잇따른 비보에 가슴을 치다가 죽었다. 여섯째 용후는 아직 어렸으니 남은 건 20대의 넷째 순후뿐이었다. 순후는 정유재란을 일으켜 왜적이 다시 호남을 노릴 때 80여 명에 이르는 식솔을 이끌고, 첫째 형 준봉의 처가(고성 이씨)인 안동 임청각으로 피난을 떠났다. 임청각은 99칸의 대저택이었고, 종손은 사돈지간을 떠나 제봉과 막역했다. 사돈집에 잠시 머물지만, 명군 사령부가 임청각을 지휘소로 쓰면서 나와야 했다. 오갈 데 없는 제봉 집안의 식솔을 거둔 것은 학봉 김성일(고인후와 호가 같다)가를 비롯한 예안 이씨 등 안동 명문가들이었다. 특히 학봉이 진주성에서 순절한 학봉 가는 역시 장손을 진주성에서 잃은 제봉 식솔을 따듯하게 맞아주었다.

순후는 그곳에서 소작 등 닥치는 대로 일을 하며 가족을 보살폈다. 왜군이 남부 해안으로 철수하자 순후는 식솔을 이끌고 고향 광주 압보촌(지금의 광주 남구 대촌면 압촌마을)으로 돌아왔다. 둘째 고인후의 다섯 아들은 창평 외가에 맡겨졌다. 사위와 딸을 왜적에게 잃은 외조부모는 사고무친의 외손들을 따듯하게 보살폈다. 훗날 호남 근대 교육의 산실이 된 상월정과 많은 재산까지 외손에게 물려줬다. 학봉의 후손들이 창평에 세거하게 된 건 이 때문이었다.

형 순후의 보살핌 속에서 학업에 전념하던 막내 청사 용후는 가족이 고향으로 돌아간 뒤에도 안동에 남아 계속 공부를 했다. 그는 1606년

대과에 급제, 고성부사 등을 거쳐 안동부사로 부임했을 때 학봉 김성일의 노부인을 생모처럼 모셨다.

양대 왜란으로 가세는 기울었지만, 제봉 집안은 당시 조선 최고의 혼처였다. 학문과 벼슬과 순절 세 가지를 완벽하게 갖췄다. 벼슬에선 조부 때부터 아들 대까지 4대가 문과에 급제했다. 특히 열아홉 살에 식년문과에 장원급제한 제봉은 학문적으로 명망을 얻었다. 게다가 삼부자와 두 형제가 순절했으며, 제봉, 준봉, 학봉은 국가에서 불천위不遷位로 지정했으니, 조선을 통틀어도 찾아보기 힘든 집안이었다.

삼부자가 순절하고 300여 년 뒤 창평 유천리 학봉 종택에는 다시 대일항전의 기치가 높이 걸렸다. '가국지수'家國之讐. 가족과 국가의 원수를 처단하라! 1895년 10월 명성왕후 민비 시해와 단발령을 계기로 전국 곳곳에서 의병이 일어나자 호남에서는 1896년 2월 기우만奇宇萬·기삼연奇參衍·고광순高光洵·이학상李鶴相 등이 기병한다. 녹천鹿泉 고광순高光洵, 1848~1907은 학봉의 11세 봉사손이었다.

1차 기병은 고종의 명에 따라 허무하게 해산한다. 고광순은 을사늑약 체결 이듬해인 1906년 11월 다시 장성의 기우만, 광양의 백낙구白洛龜 등과 함께 기병한다. 이번에도 순천성을 공략하다가 패하면서 호남 의진은 흩어진다. 모두 물러섰지만, 고광순은 포기하지 않았다. 이듬해 1월 창평에서 다시 기병한다. 나이 예순, 제봉 할아버지가 순절한 나이였다.

고광순의 목숨은 이미 나라에 내놓은 터였다. 창평의병을 일으키면서 그는 부인에게 부탁했다. "내 옷섶에 이름 석 자를 붉은 실로 새겨주시오." 왜적이 전리품으로 수급(머리)을 베어가도 신원을 알 수 있도록 하기 위함이었다. 이는 300년 전 임진왜란 때 제봉, 준봉, 학봉이 출병하면서도 그러했다. 고광순은 또 '불원복'(不遠復, 광복이 멀지 않았다) 세 글자가 새겨진 태극기를 만들어 가슴에 품었다. 그리고 준봉이 그러했던 것처럼 '가국지수'의 깃발을 들고 자신을 복수의병장이라 하였다.

1907년 1월 출정한 창평의병은 한원, 창평, 능주, 화순 등지에서 활동하면서 한때 화순을 점령하기도 했지만 동복면에서 관군에게 패한다. 고광순은 남은 병력을 이끌고 9월 18일 지리산 피아골 연곡사로 들어갔다. 지금까지 거듭된 패배를 거울 삼아 의병을 정예화해 장기 항전 채비를 갖추기 위함이었다. 그곳에서 지리산 포수들을 모집하는 한편 영호남 각지의 의병장에게 격문을 보내 지리산에서 연합전선을 구축하자고 호소했다.

일제는 긴장했다. 초기에 뿌리를 뽑기 위해 진해에 주둔하던 해군 중포병대대 1개 소대와 광주의 육군 1개 중대, 그리고 진주경찰서의 순경 등으로 토벌대를 편성해 연곡사를 습격했다. 1907년 10월 16일이었다. 당시 의병 본진은 공교롭게도 화개의 일본군을 기습하려고 떠난 터여서, 연곡사엔 의병 스무댓 명밖에 없었다. 고광순은 그곳에서 마지막까지 맞서다 열세 명의 동지와 함께 최후를 맞았다. 비록 적장이지만 일제는 이 불굴의 의병을 '호남의병의 선구자' 혹은 '고충신'이라고 불렀다.

을사늑약 후 유천리 종가에서 의병을 일으키려 분주할 때, 아랫마을 삼지내엔 학봉 10세손으로 규장각 직각(국립도서관장)이었던 춘강春崗 고정주高鼎柱, 1863~1933가 관직을 내놓고 돌아온다. '국권이 사실상 일본에 넘어갔는데, 남아서 무엇할 것인가.' 고정주는 고광순과 생각이 달랐다. "러시아 대군을 격파한 일본군을 의병 몇 명이 어떻게 대적할 것이며, 그들의 대포를 어떻게 화승총 몇 정으로 맞설 수 있을까."

고정주는 이듬해 월봉산 기슭의 상월정에 작은 학당을 연다. 처음엔 아들 고광준, 사위인 김성수 등에게 신학문을 가르치기 위한 것이었지만, 학생이 늘면서 영학숙으로 개편했다. 외국인 선교사를 데려와 영어와 일어, 한문, 산술 등을 가르쳤다. 이때 송진우, 백관수 등이 함께했다. 영학숙은 창흥의숙으로 커지고, 이때 입학생 가운데 한 사람이 초대 대법원장 가인 김병로였다. 김성수와 김병로 외가는 창평이었다. 김성수의 경우 모친은 물론 아내와 두 며느리도 장흥 고씨 학봉파였다. 그래서 김성수는 '장흥 고씨로 병풍을 둘렀다'라는 이야기를 들었다. 이들은 동학혁명이 전라도 전역을 휩쓸 때 창평 외가로 피난했던 터였다. 당시 농민군은 고씨 문중에 손가락 하나 대지 않았다.

고정주가 굳이 사람을 보내 소년 송진우를 학교로 부른 데에는 담양 고을에 알려진 소년 송진우의 영민함 외에 이런 사연이 있었다. 송진우는 면앙정 송순의 직계 후손으로, 고정주의 11대조 제봉은 면앙정 밑에서 수학했다. 송순의 회방연(과거에 급제한 지 예순 돌이 됨을 기념하는 잔치) 때 제봉은 고봉 기대승, 송강 정철, 백호 임제와 함께 가마를 멘 네 애제자 중 한 명이었다. 제봉이 송순에게서 학문을 익혔고, 300여 년 뒤 제봉의 자손 고정주가 송순의 자손 송진우를 가르친 것이었다.

1909년 창흥의숙은 학교 인가를 받아 창평학교로, 병탄 뒤에는 창흥국민학교로 개편됐다. 한미한 시골 소학교였지만, 창평학교는 걸출한 인재들을 배출했다. 고재청 국회부의장, 고재호 대법관, 고재필 보사부장관, 고재종 전남교육감, 고중석 헌법재판관, 이한기 전 국무총리, 이회창 전 총리의 외삼촌인 김홍용, 문용, 성용(전 국회의원) 등……. 이회창의 모친도 이 학교 출신이었고, 이회창 자신도 이곳에서 2년여 간 수학했다.

고정주는 이 밖에 창평상회를 설립해 각종 잡화를 팔거나 급전을 빌려줬다. 당시 일본인들은 전국 각지에서 고리대로 가난한 농민들의 주머니를 긁어내고 있었지만, 창평상회로 말미암아 일본인들의 고리채가 창평에는 발을 붙이지 못했다.

전라남도엔 3성 3평이 있다. 일제 때 일본인들의 약발이 먹히지 않던 곳이다. 산이 많고 험한 보성·곡성·장성이 3성이고, 들이 넓은 창평·함평·남평이 3평이다. 창평 삼지내는 춘강 고정주 자손의 집성촌이다.

혹자는 창평학교를 일러 대한민국 민족주의 우파의 산실이라고 한다. 하지만 당시로서는 진보 교육의 발상지라고 해야 옳다. 민족주의 우파의 적통은 칼로써 일제와 맞선 고광순으로 이어졌다. 고정주는 낙향할 때 이미 단발을 했고, 서양 학문을 가르쳤으니 향리에서는 친일파 논란까지 일었다. 고광순이 가문의 전통인 보수주의 본령을 강고히 지켰다면, 고정주는 여기에 진보적 날개를 단 것이었다.

다툼이란 없었다. 유천과 삼지내가 창평천으로 모이듯 모두 광복으로 가는 한길인데 다툴 일이 무엇인가. 오히려 창평의병은 군량미를 만석꾼 춘강창고에서 가져다 썼고, 고정주는 못 본 척했다. 제봉 가의 충절이 수백 년 견고했던 것은 이런 건강한 좌우의 날개 때문이었다.

한국 스포츠의 아버지, 젊은 그대여! 나라를 지고 달려라

1945년 11월, 우익 성향의 단체 신구회는 해방 후 처음으로 여론 조사를 실시해 발표했다. 조선을 이끌어갈 양심적 지도자는? 여운형 33퍼센트, 이승만 21퍼센트, 김구 18퍼센트, 박헌영 16퍼센트, 김일성 9퍼센트, 김규식 5퍼센트. 생존 인물 가운데 최고의 혁명가는? 여운형 20퍼센트, 이승만 18퍼센트, 박헌영 17퍼센트, 김구 16퍼센트, 김일성 7퍼센트, 김규식 5퍼센트. 얼마 지나지 않아 미군정 장관 존 하지John Hodge는 미국 정부에 극비보고서를 낸다. '지금 당장 대통령선거를 할 경우 1등 여운형, 2등 김구, 이승만 3등.'

경기도 양평군 양서면 신원리 묘골 몽양여운형기념관은 2016년 11월 특별한 전시회를 열었다. "한반도를 짊어지고 달려라!" 서거 70주기가 되는 2017년 7월까지 열린 이 전시회의 표제어였다. 1936년

1월 조선인으로서 일본 대표로 베를린올림픽에 출전한 손기정, 남승룡(이상 마라톤) 등 일곱 명의 선수를 격려하는 '올림픽의 밤'에서 했다는 몽양夢陽 여운형呂運亨, 1886~1947의 축사 한 대목이다. "제군은 비록 가슴에는 일장기를 달고 가지만 등에는 한반도를 짊어지고 간다는 것을 잊어서는 안 된다." "남성답게 씩씩하게 싸우라. 비겁하지 않게 정정당당히 스포츠맨십으로 싸우라. 나는 청년을 내남 가리지 않고 좋아한다. 무릇 청년은 진리와 정의를 위해서는 목숨도 아끼지 않는 불가슴을 안고 있기 때문이다."

전시장에 들어서면 이성구(李性求, 1936년 베를린올림픽 농구 대표 선수)의 육성이 들려온다. "선생님은 이렇게 말씀하셨습니다. '우리는 스포츠 정신, 특히 권투 정신을 굳세게 지켜야 합니다. 열 번 맞고, 열 번 떨어져도 다시 일어나 상대방을 단 한 대로 녹아웃시킬 수 있는 게 권투입니다. 지금은 나라가 망했지만, 우리는 언젠가 반드시 일어나 한 방에 일본을 녹다운시킬 수 있습니다.'" 1932년 로스앤젤레스올림픽 권투 라이트급에 출전한 황을수黃乙秀 선수를 격려하며 했던 말이다. '지하의 투사, 지상의 신사'였으며 '따뜻한 인민의 벗'이었던 몽양 여운형. 구국운동의 큰 그늘에 가려져 있었지만, 그는 뜻밖에도 '조선 스포츠의 아버지'였다.

그의 스포츠에 대한 관심은 구한말 애국계몽운동에 뛰어들 때부터 시작됐다. 1908년 양평 묘골 생가에 광동학교를 세우고, 1910년엔 남궁억南宮檍의 권고로 강원도 강릉에 신설 초당학교와 동진학교를 관장했다. 그때마다 그는 한글과 역사 등 교과목 외에 조선기독교청년회 YMCA 시절 몸에 익힌 스포츠도 가르쳤다. 망명지 중국 상하이에 인성학교를 설립할 때는 야구단까지 함께 결성했다.

병탄 뒤에는 YMCA의 초대 총무인 선교사 질레트P. Gillett 밑에서 운동부장을 맡아 각종 스포츠가 국내에 뿌리 내리도록 했다. 1912년엔 한국 최초의 야구팀(YMCA야구단)을 이끌고 도쿄 원정경기를 가기도 했다. 동포를 결속하고 민족의식을 강화하는 데 스포츠만 한 것이 없다는 것을 그는 잘 알고 있었다. 1930년대 그는 조선체육회 이사이자 조선육상연맹, 조선농구협회, 축구협회, 동양권투회, 고려탁구연맹의 회장을 지냈고, 조선유도유단자회, 스포츠여성구락부의 고문을 역임했다. 한동안 그는 사실상 조선인의 모든 경기단체를 이끌었다.

1914년 중국에 망명한 뒤 그의 주요 관심사와 활동은 항일독립운동이었다. 1918년 상하이에서 조선인 최초의 정당인 신한청년당을 결성했다. 신한청년당은 1차 세계대전 후 전후 평화체제 구축을 논의하려는 파리만국평화회의에 조선인 대표(김규식)를 파견한다. 이 사실을 국내외에 알리고 지원을 받기 위해, 김철金澈을 국내로, 장덕수張德秀를 일본에 파견했고, 자신은 간도와 연해주를 순회했다. 이듬해 2월 1일 김교헌·김규식·김동삼·김약연·김좌진·이동녕·이동휘·이상룡·이승만·이시영·박은식·신규식·신채호·안창호·윤세복·황상규 등 독립지사 39인이 서명 발표한 무오독립선언, 일본 유학생들이 발표한 2·8독립선언은 그런 맥락 속에서 나왔다. 이어 국내에선 3·1독립만세운동이 일어났다. 이후 뿔뿔이 흩어져 있던 독립지사들이 상하이로 모여들었고, 이는 상하이 임시정부 수립의 한 중요한 계기가 되었다.

이 와중에도 몽양은 스포츠에 대한 관심을 놓지 않았다. 1914년 난징 시절엔 육상과 축구 특기생으로 진릉대학에서 수학했고, 1917년 상하이로 와서는 상하이한인체육회를 결성했으며, 동포 야구단과 인성학교 소년야구단을 설립해 대학팀이나 서양 소년야구단과 친선경기를 가졌다. 1928년 푸단대학 명예교수로 위촉돼 축구팀과 야구단을 이끌었다. 그해 쑨원의 지원으로 중국체육회 종신회원이 되었다.

1929년엔 후단대 축구팀과 함께 싱가포르·필리핀 등지에서 친선경기를 하면서, 현지인들의 요청으로 아시아 민족의 단결을 촉구하고 미국·영국 제국주의의 침략성과 야만성을 성토하는 연설을 하기도 했다. "이 낙원이 소수 백인의 수중에 장악되어 있는 것이 실로 유감스러울 뿐이다"라는 내용이었다. 이 발언이 문제가 돼 상하이로 돌아온 뒤 일제 경찰에 붙잡혀 조선으로 압송됐다. 그가 체포된 곳은 다름 아닌, 큐슈제국대학과 상하이구락부의 야구시합이 열리던 원동경기장이었다.

만기 출옥한 그는 1933년 2월『조선중앙일보』5대 사장으로 취임해 이 신문을『동아일보』,『조선일보』와 함께 조선의 3대 신문으로 키운다. 이때 신문의 영향력을 바탕으로 각종 경기단체를 설립하거나 대표를 맡는다. 1934년엔 서울육상경기연맹을 창설했다. 그해 그가 대회장으로 개최한 제2회 '조선 풀 마라손 대회'는 베를린올림픽의 영웅 손기정孫基禎과 남승용南昇龍을 탄생시켰다. 손기정은 이 대회에서 우승한 이후 국내외 각종 대회를 휩쓸었고, 전일본올림픽대표선발전에서 우승했다. 손기정과 남승용의 양정고보 팀은 전일본중등학교마라톤대회에서 220여 참가팀을 물리치고 우승하기도 했다. 손기정은 여운형의 둘째 아들 홍구와 절친했으며, 여운형을 아버님처럼 모시며 따랐다.

여운형은 1936년 8월 9일 손기정의 올림픽 마라톤 제패를 지면을 통해 접하고 연일 민족의식을 고취했다. 10일치 호외 뒷면에 실린 심훈沈熏의 축시는 상징적이다. "……나는 외치고 싶다!/ 전 세계 인류를 향해서 외치고 싶다/ 인제도 인제도 너희들은 우리를/ 약한 족속이라고 부를 터이냐."

총독부는 거듭 주의를 줬지만 여운형은 무시했다. 당시 담당 기자 유해붕은 이렇게 전했다. "선생님은 이렇게 말씀하셨습니다. 붓대가 꺾어질 때까지 마음껏 민족의식을 주입할 것이며, 그놈들의 주의를 들을 필요가 없다." 13일치는 1판에서부터 일장기를 말소한 채 손기정의 올림픽 마라톤 우승 시상식 사진을 보도했다. "당시 일장 마크를 말소하였다고 우월감을 가진 적은 한번도 없었다. 『조선중앙일보』는 어떠한 경우든지 일장기를 한번도 게재한 일이 없었다"(유해붕). 『동아일보』는 2판(지방판)에서부터 일장기를 말소했다. 결국 이 문제 때문에 여운형은 사장직을 사임하고, 신문은 자진 휴간을 거쳐 폐간했다. 사죄하느니 차라리 붓을 꺾었다.

『동아일보』의 처신과는 대조적이었다. 강제 휴간됐다가 1년 뒤 복간하면서 『동아일보』는 이런 사고를 냈다. "이제 당국으로부터 발행 정지 해제의 관대한 처분을 받아 앞으로는 한층 더 근신하여 이같은 불상사를 야기치 않도록 주의할 것은 물론이거니와 지면을 혁신하고 대일본제국의 언론기관으로서 공정한 사명을 다해 조선 통치의 익찬을 기하려 하오니 독자 제위께서는 헤아리시어 더욱더 애독해 주시기를 바라나이다."

여운형의 지명도와 영향력은 그로 말미암아 더 커졌다. 그런 여운형에 대해 일제의 회유는 집요했다. 중국의 마오쩌둥毛澤東이나 장제스蔣介石 양쪽과 가까운 여운형을 중일화평공작에 이용하기 위한 것이었다. 일제는 1940년부터 1942년까지 다섯 차례나 여운형을 일본으로 초청해 유력 정치인들을 만나게 했다. 독립지사들 사이에서는 '여운형도 넘어갔다'는 개탄이 나왔다. 그러나 여운형은 일본 방문을 통해 일제의 패망을 확신하게 됐고, 조선으로 돌아와 이 같은 생각을 전하면서 해방에 대비한 조직 결성에 착수한다. 일제는 그런 그를 유언비어 날조 등의 혐의로 투옥할 수밖에 없었다. 회유는커녕 입을 틀어막아야 했다.

1943년 가출옥 뒤 조동호·이상도·이상백·장권 등 체육인들과 함께 중단됐던 조직 결성에 박차를 가한다. 그 결실이 1944년 8월 결성된 '건국동맹'이었다. 1945년 3월 일제의 부평 조병창 공장장인 중좌 채병덕蔡秉德(해방 후 육군참모총장을 지냈다)으로부터 유사시 무기 인수를 약속받았다. 목숨을 걸고 채병덕과 접촉했던 인물이 손기정이었다.

일제의 패망 전야, 여운형은 총독부 정무총감 엔도 류사쿠遠藤柳作로부터 전화를 받았다. 다음 날 8시 관저에서 만나자는 것이었다. 두 사람은 8월 15일 오전 10시 엔도 류사쿠의 관저에서 만났다. 히로히토 일왕이 항복선언을 발표하기 전이었다. 엔도 류사쿠는 여운형에게 치안권을 위임하겠으니 조선 거류 일본인의 신변안전을 보장해 달라고 했다. 엔도 류사쿠는 여운형에 앞서 고하古下 송진우宋鎭禹와도 접촉을 했지만, 그가 여운형을 선택한 이유는 여운형이 대중적 신망도 높고, 건국동맹 등 조직 역량도 탄탄했기 때문이었다. 이 자리에서 여운형은 5가지 조건을 걸었다. 즉 정치범과 경제사범의 즉각 석방, 3개월간 서울 시민의 식량 확보, 치안유지 건설사업을 방해하지 말 것, 학생 청년활동에 간섭하지 말 것, 노동자의 건설사업을 방해하지 말 것 등이었다.

그날 오후 여운형은 건국동맹을 토대로 건국준비위원회(건준)를 결성했다. 위원장 여운형, 부위원장 안재홍安在鴻으로 출범한 건준은 불과 10여 일 만에 전국에 145개 지부를 확보했다. 16일엔 건국치안대를 창설했다. 해방 공간에서 가장 염려됐던 것은 무정부 상태였고, 이를 극복하는 게 초미의 과제였다.

치안대의 주력은 체육인들이었다. 유도사범 장권張權을 필두로 우리나라 최초의 국제농구심판 자격을 얻은 정상윤·김성진 등 체육계 저명인사들과 그 제자들이 모여들었다. 16일 휘문중학교 강당에서 열린 결단식에는 체육계 및 무도계의 대표와 중학교 체육교사, 전문학교 학생 대표들이 구름처럼 몰려들었으며, 곧 2,000여 명의 치안대원을 확보했다. 주요 사업장이나 기관에도 독자적인 치안대를 조직하도록 했고, 지방에 대원을 파견해 각 지역별 치안대 구성을 지원했다.

치안대장 장권은 1910년대 초 몽양이 YMCA 체육부장으로 있을 때 간사였으며, 유도계 원로 석진경·방영두·이제황 등의 스승이었다. 정상윤(사무국장, 농구), 장일홍(사무차장, 사이클), 송병무(총무부장, 육상), 조영하(지역동원본부장, 수영), 석진경(경리부장, 유도), 이규현(학도부장, 역도), 방영두(소방대장, 유도), 안대경(감찰대장, 농구) 등이 실무를 책임졌다.

치안대는 열흘 만에 전국 162개 지부를 두었고, 주요 시설물이나 기계를 보호하고, 수원지와 전기·철도 시설을 경비했다. 일본인이나 친일파에 대한 사적인 복수와 약탈을 막았고, 이들이 조선에서 긁어모은 재산이나 문화재 따위를 빼돌리는 것을 막았다.

9월 6일 미군정이 치안을 장악하면서 치안대는 해산됐다. 체육인들은 조선체육동지회(위원장 이상백)를 결성해 체육회 재건에 나섰다. 동지회는 11월 2일 조선체육회로 전환하면서 초대 회장에 몽양을 만장일치로 추대했다.

몽양은 스포츠의 덕목을 잘 알고 있었다. 국권 상실기엔 민족적 정체성을 지키는 보루였고, 혼란기에는 민족적 통합을 이끌어내는 촉매였으며, 국가적 궁핍 속에서는 '할 수 있다'는 의지를 불러일으키는 자극제가 바로 스포츠였다. 그는 건준이 미군정의 견제 속에 위축되고, 좌우를 아우르는 인민공화국마저 외면당하는 국면에서 스포츠를 통한 민족 통합에 나섰다. 조선의 스포츠계는 그런 몽양을 적극 지원했다.

그는 무엇보다 먼저 올림픽 참가에 집중했다. 정부도 없는 상황이었지만 대한민국의 존재를 세상에 알리고 세계인으로부터 독립을 공인받는데 올림픽만큼 절호의 기회는 없었다. 1946년 7월 조선체육회 산하에 올림픽대책위원회를 두었다. 종목별 경기연맹을 발족시키고, 육상·축구·농구·레슬링·복싱 등 5개 종목의 국제경기연맹 가입을 성사시켰다. 국제올림픽위원회IOC 가입 자격을 확보한 것이다.

1947년 5월 29일 전경무田耕武 조선올림픽조직위원회 부위원장을 태운 미 군용기가 서울을 출발해 일본으로 향했다. 스웨덴 스톡홀름에서 열리는 IOC 총회에 참석하려는 것이었다. 그러나 비행기는 일본 도쿄비행장 근처의 산과 충돌해 탑승자 전원이 사망했다. 올림픽 참가는 물거품이 되는 듯했다. 체육계와 국민이 비탄에 빠졌을 때 몽양은 미국에 머물던 한국이민위원회 위원장 이원순李元淳에게 부탁했고, 이원순은 급거 스톡홀름으로 떠났다. 정부가 없어 여권을 발급받을 수 없었지만, 조선올림픽위원회가 작성하고 미 군정청이 공증한 증명서를 이용했다. 6월 20일 기적이 일어났다. IOC는 조선체육회의 이런 눈물겨운 노력을 인정해 가입을 승인한 것이다. (조선올림픽위원회는 1948년 7월 런던올림픽에 7개 종목, 67명의 선수단을 파견했다. 이 대회에서 역도의 김성집, 복싱의 한수안 선수는 동메달을 획득해, 대한민국의 존재를 전 세계에 알렸다.)

1947년 7월 19일 옛 동대문운동장에서 올림픽참가기념경기대회가 열렸다. 이 대회 위원장인 몽양을 태운 차가 성북동을 떠나 혜화동로터리를 돌아서 명륜동 방향으로 틀었다. 파출소 앞 도로에 트럭 한 대가 세워져 있었다. 몽양의 승용차가 속도를 줄이는 순간 괴한이 뒤 범퍼로 튀어 올라왔다. 세 발의 총성이 울리고, 몽양은 절명했다. 해방 후 극좌극우로부터 무려 11번의 테러를 당했던 몽양이었지만, 12번째 테러는 피하지 못했다. 범인은 한지근. 배후에는 이승만과 장택상 등의 지원을 받은 것으로 알려진 극우테러조직 백의사가 있었다. 몽양과 함께 중국에서 신한청년당을 결성했던 장덕수도 그해 12월 이 단체에 의해 암살됐다.

경기는 모두 취소되었다. 거국적 잔치는 졸지에 거국적 '초상'으로 바뀌었다. '인민장'으로 치러진 몽양의 장례식은 체육계 주도로 치러졌다. 마지막 가는 길의 운구 역시 손기정·이상백·김성집·이성구·석진경·이제황·정상윤·김유창·이순재 등 체육인들이 맡았다. 치안대장이었던 장권은 몽양의 피살에 절망해 월북했다.

장자의 우화 중엔 '만촉의 전쟁'이 있다(『장자』「측양」편). 달팽이의 오른쪽 뿔과 왼쪽 뿔에 있다는 만과 촉이라는 나라의 전쟁에 관한 것이다. 달팽이 뿔에 세웠으니 오죽 보잘것없으랴마는 두 나라는 사사건건 갈등하고 충돌하다가 전쟁을 벌였다. 결국 국민들이 도륙을 당하고, 종내 두 나라 모두 망했다는 것이다.

만촉의 우화를 빌려 벽초 홍명희는 『서울신문』에 추모시를 발표했다. "사람은 길고 짧음 재면서 잘났다 다투지만/ 그대는 숲에 솟은 나무처럼 우뚝했지/ 안면엔 가슴에서 인 온화한 바람이 항상 감돌고/ 변설은 혀끝에서 강물 쏟아지듯 했네// 명성은 우레처럼 온 나라를 흔들어도/ 육십 년 인생사는 부침도 심했다/ 도대체 이런 분을 죽여서 어쩌자는 것인가/ 오호라 슬프다/ 만촉은 모두 온전키 어려우리니."

몽양 일대기 『혈농어수』血濃於水의 저자 강준식은 몽양의 삶을 이렇게 정리했다. "몽양은 우파로부터는 빨갱이로 매도되었고, 좌파로부터는 기회주의자나 회색분자라고 공격을 받았다. 또 친일파니 친미파니 친소파니 하는 각종 비난도 들었다. 그러나 ……그는 일본과 협상했지만, '사냥개의 이빨처럼' 깨끗할 수 있었고, 미국과 협상했지만 '(그들에게) 놀아나지 않았고' 소련과 접촉했지만 '붉어지지 않았다.' 그의 중심에는 언제나 피(민족)는 물(이념)보다 진하다는 혈농어수의 정신이 있었다. 한사코 좌우 양쪽을 아우르려는 좌우 합작 정신도 이같은 정체성 확인에서 비롯된 것이었다."

몽양은 테러에 희생되고 58년 만인 2005년에야 건국훈장 대통령장

(2급)이 추서됐다. 뜻있는 이들의 끊임없는 청원으로 2008년 대한민국 장(1급)으로 승급됐고, 국비로 기념관도 세워졌다. 극좌와 극우가 매장하려 했던 몽양을 필사적으로 되살려 낸 건 몽양기념사업회였다.

박근혜 정권 말기인 2016년 12월 양평군은 몽양기념사업회를 기념관 운영에서 배제했다. 대신 신원리새마을회 등에 운영권을 넘겼다. 몽양에 대한 테러는 이렇게 계속되었다.

정정화

역사는 얼마나 더 뜨거워야 그 서러움 녹일까

배곯는 아내와 아이를 보다 못해 일자리를 찾아 나선 아비는 돌아올 줄 모른다. 집 떠난 지 벌써 10년. 어미는 옥수수 행상으로 호구지책을 삼았다. 발길은 평안도 어느 깊은 산골 금광까지 닿았다. 어미의 손에 이끌린 아이의 보채는 소리는 커졌고, 어미의 마음도 아이의 울음과 함께 무너졌다. 기진한 아이는 결국 길가 돌무덤에 묻혔다. 무덤 위에 도라지꽃 한 송이 피고, 산꿩이 울던 어느 날, 여인의 머리카락은 절집 마당 한 귀퉁이에 눈물방울과 함께 툭툭 떨어졌다.

시인 백석은 이야기를 이렇게 옮겼다.

여승은 합장을 하고 절을 했다.

가지취의 내음새가 났다.

쓸쓸한 낯이 옛날같이 늙었다.

나는 불경佛經처럼 서러워졌다.

평안도의 어느 산 깊은 금덤판

나는 파리한 여인에게서 옥수수를 샀다.

여인은 나어린 딸아이를 때리며 가을밤같이 차게 울었다.

섶벌같이 나아간 지아비 기다려 십 년이 갔다.

지아비는 돌아오지 않고

어린 딸은 도라지꽃이 좋아 돌무덤으로 갔다.

산꿩도 섧게 울은 슬픈 날이 있었다.

산절의 마당귀에 여인의 머리오리가 눈물방울과 같이 떨어진 날이 있

었다.

—「여승」

　　신경림 시인은 대학 시절 청계천 중고서점을 뒤지다가 백석의 시집
『사슴』을 찾아냈다. 시인은 설레는 마음에 밥도 먹는 둥 마는 둥 『사슴』
에 빠졌다. "실린 시는 마흔 편도 안 됐지만, 그 감동은 열 권의 장편소
설을 읽은 것보다 더 컸다." 「여승」은 그중 한 편. 그걸 읽고 또 읽느라
시인이 밤을 새운 것이 여러 날이었다고 했다. 하긴 시인이 아니어도,
「여승」은 일순 머릿속을 하얗게 표백해 버린다. 단 한 가지 감정, 서러
움만 남기고.

불현듯 수당修堂 정정화鄭靖和, 1900~91가 떠올랐다. 연상의 장난이었다. 운명의 무게를 이기지 못하고 불가에 귀의한 여인과, 그런 가혹한 운명에 정면으로 맞서 싸운 수당. 설사 여인의 서러움이 백석 시절 일제 치하의 여인들 혹은 민중의 보편적인 것이었고, 「여승」이 그런 서러움을 형상화한 것이라고 해석하더라도, 여승에서 정정화를 연상하는 건 억지였다.

하지만 그런 연상에는 무언가 사연이 있고, 까닭이 있을 텐데…… 지나친 믿음일까?

언젠가 서울역사박물관은 기획전으로 '조국으로 가는 길'을 마련했다. 동농東農 김가진金嘉鎭 가족의 독립운동 이야기였다. 중추원 의장을 지낸 대한제국의 대신. 독립협회 창립에 참여하고, 일제하 비밀결사체인 조선민족대동단 총재로 추대되어 일흔네 살의 나이에 상하이로 망명해 임시정부의 울타리가 되었던 김가진. 아버지의 뜻을 따라 함께 망명해 임시정부의 잔심부름부터 국무원 비서까지, 임시정부의 산 역사가 된 성엄省俺 김의한金毅漢. 말없이 떠난 시아버지와 남편의 뒤를 따라 가 임시정부의 안살림을 도맡다시피 했던 정정화. 세 사람, 한 가족의 특별한 독립운동 이야기였다. 그중에서도 특별한 건 정정화였다.

전시는 1919년 10월 김가진과 김의한의 망명과 임시정부 활동, 1920년 1월 정정화의 단독 망명과 상하이에서 가족과 재회로부터 시작해 1946년 김의한과 정정화의 귀환까지를 담았다. 김가진은 무장독립운동을 추진하던 중 1922년 상하이에서 사실상 기아와 영양실조로 별세한다. 정정화는 임시정부 어른들의 이런 생활고를 덜기 위해 1922년까지 세 차례 국내로 잠입해 자금을 모아 임시정부 살림에 보탰다. 세 번째 잠입 때는 신의주 건너편 안둥(지금의 단둥)에서 검거돼 서울 종로경찰서로 압송됐다.

1932년 윤봉길 의사의 의거와 함께 임시정부는 상하이에서 쫓겨났고, 대륙의 떠돌이가 되었다. 김의한과 정정화 부부는 임시정부와 떨어져 늦게 얻은 아들(김자동)과 함께 저장성 자싱과 항저우, 장시성 평신과 우닝 등을 떠돌았다. 1937년 중일전쟁 발발과 함께 임시정부는 일제의 추격을 피해 난징에서 충칭에 이르는 장정에 올라야 했다. 우닝, 창사, 광저우, 류저우, 치장을 거쳐 충칭까지 3년에 걸쳐 5,000여 킬로미터를 때론 목선으로, 때론 버스에 실려 이동했다. 바위 같았던 백범조차 '기적장강만리풍'이라고 했던 피난길이었다. 정정화는 이 장정에 합류했다.

그는 대범했다. "중국에는 쑤저우에서 나고 항저우에서 살며 광저우에서 먹고 류저우에서 죽는 게 소원이라는 말이 있다. 쑤저우는 미인으로, 항저우는 풍광으로, 광저우는 요리로 그리고 류저우는 관棺으로 유명했다. 나는 상하이 탈출 후 4주를 모두 둘러본 셈이었다"(수당 『장강일기』).

정정화는 1922년 체포되고도 1931년까지 세 차례 더 국내를 오갔다. 5척 단구에 가냘팠던 정정화, 그런 여인의 담력에 남정네들은 혀를 내둘렀다. 임시정부에서 가장 담대했다던 우천藕泉 조완구趙琬九는 "조자룡의 일신이 모두 담膽, 정정화의 일신 역시 모두 담"이라 하기도 했다. '임시정부의 잔다르크'라는 애칭은 김의한과 가까웠던 나절로 우승규禹昇圭가 붙여주었다. 그런 정정화를 보고 백범은 이런 휘호를 썼다. "봄바람같이 큰 뜻은 만물을 품고/ 가을 물 같은 문장은 티끌에 물들지 않네春風大雄能容物, 秋水文章不染塵." 정정화는 임시정부와 함께 만리를 쫓겨다니면서도 가족은 물론 임시정부 식구 누구 하나 손을 놓지 않았다.

전시는 1945년 8월 15일 일왕 히로히토의 항복 선언 이후 1946년 1월 충칭을 떠나 다시 '탈출의 장정' 길을 되짚어 상하이를 거쳐 5월 부산항으로 귀환하는 것으로 맺는다. 김가진의 유해는 상하이 만국공묘에 남았으니, 가족으로서는 미완의 귀환이었다. 게다가 6·25 때 납북된 김의한은 평양 재북열사릉에 묻혔고, 1991년 작고한 정정화는 대전 국립현충원에 묻혔으니, 가족에게 해방은 영원한 이산이었을 뿐이다.

이후의 사정은 에필로그의 짧은 기록 사진들로 대신했다. 일본 앞잡이들이 날뛰고, 백범 선생은 암살당하고, 6·25전쟁이 발발하고, 인민공화국 치하에서 김의한이 납북당하고, 아들은 의용군으로 끌려갔고, 정정화 본인은 인민공화국 때 북쪽 인물을 만나고도 신고하지 않았다는 혐의(불고지)로 수감됐다가 요시찰 인물로 낙인찍히고…….

망명 시절 정정화에게 조국은 "중원 내륙에 흙바람이 몰아칠 때, 굵은 빗줄기가 천형인 듯 쏟아져 내려 가슴을 갈가리 찢어놓을 때, 그래서 서글프고 쓸쓸할 때마다 늘 생각이 사무치던 곳"이었다. 망명 26년 세월은 "결코 평탄치 않은 역경이었지만, 적어도 이상이 세워져 있었고, 목표가 뚜렷했으며, 희망에 차 있던 시기"였다. 그래서 변절, 매국, 부일 등 민족의 가슴에 못을 박는 몹쓸 것들이 종횡무진으로 활개 칠 때도 그는 흔들리지 않고 꼿꼿했다.

그러나 1946년 5월 부산 앞바다에 도착했지만 사흘씩이나 배 위에 머물러 있어야 할 때 정정화는 조국에서의 암울한 삶을 예감했다. "중원 대륙을 헤매며 20년을 보냈어도, 그 사흘만큼 지루하고 딱한 신세는 아니었다. 비록 제 나라 잃고 남의 나라에서 유랑생활을 했을망정 부산 앞바다의 사흘만큼 딱한 신세는 결코 아니었다."

일본군 대신 점령군이 되어 호령하는 미군. 그런 미군에 의해 중용돼 다시 또 날뛰는 일제 앞잡이들……. 게다가 그가 사랑하고 존경하는 모든 것을 빼앗겼다. 김구 선생은 암살당했고, 김의한·조소앙·안재홍·조완구·김규식·엄항섭·최동오 등은 납북됐으며, 아들은 한때 의용군으로 끌려가기도 했다. 정정화는 이렇게 절규했다. "왜 이다지 험하기만 할까? 왜 이다지 매정하고 야박할까. 나는 그때 비로소 조국에 하소연했다. 잘못이 내게 있다면 나를 처벌하라고. 내가 더 해야 할 일이 있다면 나를 부르라고. 내가 붙들고 있는 사람을 부르지 말라고. 벌주지 말라고."

정정화에겐 돌아갈 집조차 없었다. 시아버지가 일군 백운장은 일본 놈들 손에 넘어갔다가 해방 이후 이승만 정권은 적산이라 하여 당사자도 모르게 돈 받고 팔아버렸다. 그가 유년 시절을 보낸 예산 대술면 시산리 친정집 역시 사라졌다. 사람도 없고, 집도 없었다.

1·4후퇴 때 정정화는 서울에 남는다. 연로한 시어머니, 어린 손녀와 함께 피난을 갈 수 없었다. 혹시 남편이 돌아올까? 미련도 있었다. 그게 화근이었다. 그해 추석을 정정화는 종로경찰서 유치장에서 보내야 했다. 부역죄가 뒤집어씌워져 있었다. "(유치장) 문턱을 넘어서는 순간 내 심정은 갈가리 찢겨나갔다. 왜놈 경찰의 손아귀에 들어갈 때와 부역죄로 동포 경찰관의 손에 끌려 들어갈 때를 견주어보아 모든 게 너무나 달랐다." "서러웠다. 슬펐다. 이유가 너무 분명한 쓸쓸함이었고, 서글픔이었다. ……아침저녁으로 퍼붓는 간수들의 욕지거리, ……머리 위로 치켜드는 간수의 손에 여지없이 들려 있던 채찍."

중국 대륙의 풍찬노숙 속에서도 꼿꼿했던 그의 몸에서는 담도 기력도 다 빠져나갔다. "6·25는 ……슬그머니 남편을 빼앗아갔고, 맹랑하게도 나를 한 달 동안 감옥에 집어넣었다. 그리고 나를 주저앉게 만들었다. 이제 겁 없이 국경을 넘나들던 예전의 내가 아니었다. 한 달간의 그 차가웠던 마룻바닥이 내 가슴마저도 식게 만든 것이었다." 아들 김자동은 당시 어머니를 이렇게 회상했다. "어머니는 그 후부터 중국 시절의 당당하고 패기 넘치던 모습을 전혀 보여 주지 않았다. 얼굴빛은 예전에 내게 헝겊신을 꿰매주던 때의 그것이 아니었다."

정정화는 그때의 서러움을 칠언절구에 담았다. "아직껏 고생 남아 옥에 간힌 몸 되니餘苦未盡入獄中, 늙은 몸 쇠약하여 목숨 겨우 붙었구나老驅衰弱句息存, 혁명 위해 살아온 반평생 길인데半生所事爲革命, 오늘날 이 굴욕이 과연 그 보답인가今日受辱果是報."

이후 정정화의 40년 삶은 아득했다. 그가 중국 대륙에서 풍찬노숙하며 꿈꾸던 그런 날이 과연 올지 기다리는 날들이었다. "그 하루하루는 혹시나 하여 기다리고, 내 분이겠거니 체념하고, 그래도 또 모르지 하며 헛된 기대도 가져보면서, 한 땀 한 땀 천조각을 깁듯이 메워 온 나날이었다." "미쳐 돌아가는 세상이 어떻게 전개되고 끝나는가를 똑똑히 보고 싶은" 마음도 있었다. 허망한 명예나 이름을 바라서도 아니고, 알량한 재력이나 권력에 대한 미련 때문도 아니었다.

"맥없이 서쪽 하늘 땅 밑으로 묻혀 버린 황혼 녘의 저녁 해, 한치 앞을 내다볼 수 없었던 칠흑 같은 오밤중, 그러나 마침내 햇살을 받고 동터 오는 새벽, 이 모두를 지켜본 사람이 계명성을 듣고도 잠자리에 들지 않고, 졸린 눈 비비며 나머지 아침을 마저 지켜보려는 심사와도 같았다." 그러나 그가 맞는 하루 또 하루의 아침은 언제나 '춥고 쓸쓸한 것'이었다.

그러고 보니, 정정화와 백석의 「여승」은 닮았다. "쓸쓸한 낯이 옛날 같이 늙었다." 하지만 정정화의 서러움은 그 어떤 시인도 감당할 수 있는 게 아니었다. 독립지사들의 흘린 피 위에 세워진 해방된 조국은 오히려 그들을 가두고 모욕하고 고문하고 낙인찍고 감시하고 죽였다. 정정화에게서 사랑하고 존경하고 그리워하던 사람들을 모두 빼앗아갔다. 어떤 시인이 이 가혹한 운명을 감당할 수 있을까. 그 서러움을 드러내려면 역사는 얼마나 깊고 뜨거워야 할 것인가.

북으로 간 조국의 산과 별과 물,
약산 · 약수 · 여성

남과 북에 세 친구가 있었다. 조국의 독립을 위해 한 점 부끄럼 없이 살자던 친구들이었다. 북으로 간 세 친구는 독립운동의 전설이 되었고 남으로 내려온 세 친구는 민주주의와 평화의 별이 되었다. 그러나 이들의 삶은 불행했다. 남과 북은 이들을 핍박하고 버렸다.

약산若山 김원봉金元鳳, 1898~1958, 경남 밀양 출생과 여성如星 이명건李明建, 1901~, 경북 칠곡 출생은 중앙학교 선후배 사이. 열아홉에 이미 독립운동을 위해 중국으로 넘어갔던 김원봉이었고, 대구에서 중학교 때부터 요주의 인물이었던 이명건이었으니 두 사람은 만나자마자 의기투합했다. 이들은 1917년 가을 휘문학교 문예반 행사에서 약수若水 김두전金枓全, 1893~1964, 경남 동래 출생을 만났다. 김두전은 당시 학원가에선 이미 항일전선의 책사로 명성이 자자했다.

세 친구는 중국으로 건너가 독립운동에 뛰어들기로 하고, 백민白民 황상규黃尙奎를 찾아갔다. 김원봉의 고모부였던 황상규는 친일모리배 처단으로 유명한 대한광복단 간부였다. 황상규는 '조국을 잊지 말라'며 세 친구에게 새 이름을 주었다. 약산(산처럼, 김원봉), 약수(물처럼, 김두전), 여성(별처럼, 이명건). 조국의 산과 물과 별이 되라는 것이었다. 그 자신이 조국의 한 줌 흙이고자 했던 황상규다운 작명이었다.

1918년 세 친구는 중국으로 건너갔다. 이들이 독립운동을 모색할 때 국내에선 3·1독립만세운동이 일어났다. 민중의 거대한 힘은 세 친구를 전율케 했고, 일제의 악랄한 진압은 피를 끓게 했다. 약수와 여성은 "독립은 해외에서만 할 게 아니라 국내에서 인민 대중을 조직해 싸워야 한다"라며 고국으로 돌아왔다. 약산은 "무장력을 갖추지 못하면 독립은 이뤄질 수 없다"라며 지린의 의군부를 거쳐 신흥무관학교에 입교했다.

약산은 그곳에서 6개월간 무기와 폭탄 제조를 비롯해 조작법과 군사 훈련 등을 받았다. 이어 황상규의 지도 아래 의열단을 결성했다. 일제의 고위 관료, 장교, 매국노들이 그 이름만 들어도 오금이 저리던 바로 그 단체였다. 공약 10조는 이런 내용을 담고 있다. "조선의 독립과 세계 만인의 평등을 위하여 신명을 바쳐 희생한다. ……죽음을 피하지 아니하며 단의에 뜻을 다한다. 하나가 아홉을 위하여 아홉이 하나를 위하여 헌신한다. 단의를 배반한 자는 학살한다."

약산은 황상규가 밀양경찰서폭탄투척사건 배후로 검거되면서 의열단 의백이 된다. 총독 등 반드시 죽여야 할 일곱 부류(7가살)와 총독부 등 반드시 파괴해야 할 다섯 종류의 기관(5파괴)에 대한 암살과 파괴 공작은 대부분 그의 지휘 아래 이루어졌다. 당시 그에게 일제가 건 현상금은 김구 주석(60만 원)보다 훨씬 많은 100만 원이었다. 이후 조직적인 무력투쟁의 필요성을 절감한 약산은 조선의용대를 창설했고 대중적 지원을 위해 조선민족혁명당을 창당한다. 임시정부가 결성되자 임시정부 2인자인 군무부장을 역임하는 한편 광복군 2지대장을 맡았다.

여성은 대구로 돌아와 학생들을 중심으로 혜성단을 조직했다. 대구 인근에선 청년 학생들 사이에 이미 전설이었던 그였다. 그는 혜성단을 통해 친일 부호들을 겁박해 독립자금을 각출하고, 악덕 관리에 대한 암살을 경고하는 등의 활동을 하다가 체포됐다. 3년간 복역 후 출소한 여성은 일본으로 건너가 미리 와 있던 약수와 함께 사회주의 성향의 북성회를 결성했다. 일본에서의 활동에 한계를 느낀 그는 다시 상하이로 건너가 약소민족 독립운동 책략을 연구하면서 민족통일전선의 필요성을 절감한다. 귀국 후 『동아일보』 조사부장을 지내면서 식민지 조선의 실태를 낱낱이 기록한 『숫자조선연구』(5권)를 출간하고, 1936년 손기정 선수 베를린올림픽 마라톤 제패 때 신문사 동료인 이상범 화백과 함께 일장기 말소사건에 연루돼 강제 해직을 당했다. 이후 조선의 문화와 풍속을 알리기 위한 역사풍속화를 제작하면서 복식사도 연구해, 1940년 조선 최초로 고구려·신라·백제 삼국의 패션쇼를 열기도 했다.

약수는 노동자의 조직화를 통한 해방에 관심이 컸다. 귀국하자마자 우리나라 최초의 노동운동단체인 조선노동공제회를 결성했다가 체포된다. 출소 후 일본으로 건너가 박열朴烈 등과 무정부주의 계열의 흑도회를 결성했다가 노선이 맞지 않아 뒤따라 일본에 온 여성 등과 함께 북성회를 조직한다. 1922년 귀국한 약수는 일본에서의 경험을 살려 1924년 김사국·이영·정백 등과 함께 조선노농총동맹과 조선청년총동맹을 창설하고, 이를 바탕으로 이듬해 조선공산당(1차)을 조직해 국제공산당으로부터 승인을 받는다. 그러나 박헌영朴憲永이 이끄는 화요회와 갈등을 겪다가 제명당하고, 엎친 데 덮친 격으로 일경에 체포돼 조선공산당 창당 혐의로 6년간 감옥살이를 했다. 약수는 일제하에서 모두 9년 7개월간 복역했다.

약수의 6촌 형이 김두봉金枓奉. 일제의 문화말살정책 속에서 한글을 지키기 위해 한글사전『말모이』편찬에 주도적으로 참여했던 한글학자다. 상하이 임시정부에서 의정원 의원이자 임시사료편찬위원회에서 편찬위원으로 활동했다. 1935년 결성된 조선민족혁명당 내무부장 겸 선전부장으로 약산과 함께 활동을 했다.

해방이 되었다. 세 친구는 서울에서 다시 만났다. 오랜 세월은 세 사람의 정치적 지향을 갈라놓았다. 약산은 중도좌파, 여성은 중도, 약수는 중도우파의 길을 선택했다. 그렇다고 이들이 했던 다짐까지 달라진 건 아니었다. 조국의 완전한 해방과 통일정부 수립이라는 목표에는 확고하게 일치했다.

해방 후 정세는 이들의 기대와는 정반대 방향으로 전개되었다. 또 다른 식민체제였고, 일찌감치 분단으로 치닫고 있었다. 약산은 임시정부 동지들과 함께 활동했다. 그러나 이들이 좌우 합작을 거부하자, 조선의 용단 및 조선민족혁명당 동지들과 함께 인민공화당을 창당해 좌우 합작의 고리 구실을 하려 했다.

그러나 당시 정치권은 미군정의 보호 아래 극우세력이 판을 치고 있었다. 좌우 합작의 상징적 인물인 몽양 여운형이 암살되고, 약산은 일제의 고등경찰인 노덕술盧德述에 체포돼 온갖 모멸을 당한다. 일제가 천문학적 현상금을 걸고도 잡지 못했던 그를 7가살의 대상자가 체포해 온갖 치욕을 안긴 것이다. 귀가한 약산은 방문을 걸어 잠근 채 사흘 동안 통음하며 울분을 삭였다. 1948년 평양에서 열린 남북연석회의에 참석 차 방북했던 그는 남쪽으로 돌아오지 않았다.

여성은 해방 직전부터 몽양과 함께 활동했다. 1944년 몽양의 건국동맹에 참여했고, 해방 후에는 건국준비위원회(건준), 사회노동당, 근로인민당 등 몽양의 좌우 합작 노선을 지원했다. 그에게도 몽양의 피살은 충격을 넘어 절망이었다. 좌절한 여성은 약산과 함께 남북연석회의에 참석했다가 그곳에 눌러앉았다. '한국의 벨라스케스'로 평가받는 화가 이쾌대李快大가 그의 친동생이다. 이쾌대 역시 남쪽에서 살 수 없어 형이 있던 '북으로 피신했다'가 고향으로 돌아오지 못했다.

약수는 우파인 한국민주당에 참여했다. 오른쪽에서 좌우 합작의 불씨를 살리겠다는 생각이었지만, 박헌영과의 관계가 그를 오른쪽으로 밀어낸 측면이 강했다. 그는 조선공산당 창당의 주역이었던 자신을 음모적 술수로 축출한 화요회와 박헌영을 용서하기 힘들었다.

그러나 한민당은 좌우 합작을 거부했다. 당내의 주도세력인 지주와 친일파들은 좌우합작위원회에서 제안한 토지개혁정책을 걷어찼다. 더 이상 한민당에 남아 있을 명분이 없었다. 중도우파로서 합작을 추구했던 김규식과 함께 민중동맹 결성에 참여했다. 5·10총선에 뛰어들어 향리인 동래에서 당선되고 초대 국회부의장에 선출됐다. 약수는 국회에서 반민족행위특별조사위원회 활동에 앞장서는 등 소장파 의원의 지도자 구실을 했다. 하지만 이승만 정권과 친일파들의 표적이 됐고, 조작된 남로당 국회프락치사건으로 투옥됐다. 이승만 정권은 어설프게, 그와는 물과 기름 관계였던 남로당에 그를 엮어넣은 것이었다. 약수는 서대문형무소에서 6·25전쟁을 맞고, 서울에 진주한 인민군에 의해 풀려났다. 그는 그 길로 월북했다.

일제 치하에선 조국의 독립을 위해 비타협적으로 투쟁했고, 해방 후엔 조국의 완전한 독립과 통일정부 수립을 위해 몸을 던졌지만, 세 친구는 모두 남쪽을 버리고 북으로 올라갔다. 언제 감옥으로 끌려갈지 아니면 등 뒤에서 날아온 총알에 횡사할지 몰랐다. 그들의 월북은 이승만 정권에 의해 강요된 것이나 다름없었다.

하지만 북에서도 세 친구는 불행했다. 북한 정권도 이 세 친구의 꿈이 두려웠다. 외세로부터 완전한 독립과 평화통일! 게다가 셋은 김일성에게 전쟁 도발 책임도 물으려 했으니 가만둘 리 없었다. 약산은 북한에서 국가검열상, 내각노동상 등으로 중용되지만, 1958년 11월 숙청됐다. 대만의 장제스와 연결된 미제 간첩이라는 혐의였다. 여성도 처음엔 김일성대 역사강좌장을 역임하는 등 중용됐지만, 약산이 공식 역사에서 지워질 때 함께 사라졌다. 두 사람은 지금 어디에 묻혔는지조차 알 수 없다. 약수의 운명도 마찬가지였다. 공교롭게도 그의 발목을 잡은 것은 이승만 정권에 의해 남로당 프락치로 몰릴 때 빌미가 됐던 평화통일론이었다. 그는 전쟁 중 월북했거나 납북된 민족주의 계열의 인사들과 재북평화통일촉진협의회를 결성해 집행위원 역할을 했다. 이 협의회가 추구한 목표는 중립화통일론이었다. 김일성으로선 받아들일 수 없었다. 김일성은 한동안 이들을 선전용으로 활용하다가 단물이 빠지자 1959년 연안파를 제거할 때 함께 숙청했다. 죄목은 반당반혁명분자였다.

꿈은 높았고, 뜻은 굳셌던 친구들. 산이 되고 물이 되고 별이 되어 조국을 지켰지만, 남에도 북에도 머리 둘 곳은 없었다. 제 고향에서마저 잊혀졌다. 여성은 경북 칠곡 대지주 집안의 장남으로 그 많은 재산을 조국 독립에 바쳤지만, 칠곡 어디에도 그를 기억하는 이는 거의 없다. 동생 이쾌대까지 월북했으니, 빨갱이 낙인 속에서 집안은 풍비박산하고, 남은 재산도 누군가에 의해 약탈당했다. 지금은 그가 나고 자란 곳조차 희미하다. 약수는 동래 기장이 자랑하던 천재였고 또 제헌의회의 국회부의장까지 지냈지만, 고향에서 그는 입에 올리기조차 꺼리는 인물이 됐다. 그를 기억할 만한 흔적은 어디에도 없다. 다만 그와는 6촌 여동생이자 약산의 처였던 박차정朴次貞을 통해 조심스럽게 이야기되고 있을 뿐이다. 여고 시절부터 여성 항일운동의 전설이었던 박차정은 1944년 중국 태항산에서 팔로군과 함께 일본군과 전투를 벌이다가 전사했다. 그가 나온 동래여고(옛 동래일신여학교) 교정에는 박차정을 기리는 동상이 세워져 있다.

약산만은 고향 밀양 시민들의 자랑스런 기억으로 남아 있다. 시민들은 밀양 중앙로와 이어지는 한 간선도로에 약산로라는 이름을 주어 그를 추모한다. 그러나 그는 여전히 서훈 대상에서 제외되어 있다. 일제의 간담을 서늘케 했던 그의 활약은 영화로나 그려질 뿐이다. 이 땅의 공식 역사 속에서 조국의 산과 별과 물이 되었던 세 친구는 인멸된 것이다.

남으로 온 별 셋,
동주·익환·준하

북에서 태어나 남으로 내려온 세 친구에겐 약산·약수·여성처럼 아름다운 새 이름을 지어줄 선각은 없었다. 그러나 그들은 자신의 삶과 시와 투쟁으로 스스로 이 땅의 별이 되고 산이 되고 물이 되었다. 장준하특별법제정위원회는 8월이 되면 이 세 친구의 삶과 우정을 기리기 위해 2015년부터 '세 친구의 꿈'을 주제로 콘서트를 이어오고 있다.

윤동주尹東柱, 1917~45와 문익환文益煥, 1918~94, 아호 늦봄은 중국 연변자치주 용정현 명동촌에서 태어났다. 동주는 1917년 12월, 늦봄은 1918년 6월 생이다. 함께 명동소학교를 다녔고, 은진중학교와 평양 숭실중학교를 거쳐 용정 광명중학교를 졸업했다. 이후 동주는 연희전문학교를 거쳐 일본 릿쿄대 문학부에서, 늦봄은 일본 니혼신학교에서 공부했다. 장준하張俊河, 1918~75는 1918년 8월 평안북도 의주 고성면에서 태어나 숭실중학교를 거쳐 신성중학교를 졸업했다. 목회자가 되기 위해 일본으로 건너가 먼저 온 늦봄과 함께 니혼신학교에서 수학했다.

세 사람이 함께 다녔던 건 숭실중학교 시절이었다. 숭실중학교가 신사참배를 거부해 폐교를 당했기 때문에 이들이 한 교정에서 학창생활을 보낸 기간은 1년에 불과했다. 하지만 서로의 신앙과 뜻을 확인하고 금석지교를 맺는 데 짧은 시간은 아니었다. 동주와 늦봄은 명동교회와 명동학교에서 조국의 해방과 자유를 신앙처럼 지켜온 독립지사 김약연金躍淵 목사에게서 가르침을 받았으니 두 말할 필요가 없었다. 준하는 학창 시절 일본어로 된 교과서는 배울 수 없다며 일본어 교과서 찢기 운동을 주도했던 터였으니, 셋은 죽이 잘 맞았다.

불운은 동주에게 먼저 찾아왔다. 그는 1943년 일제 경찰이 명명한 '재교토조선인학생민족주의그룹사건'에 걸려들어 후쿠오카 감옥에 수감됐다. 그와는 사촌지간의 죽마고우이자 문우였던 송몽규宋夢奎가 주도하던 유학생 결사였다. 동주는 후쿠오카 감옥에서 생체실험이 의심되는 주사를 지속적으로 맞던 끝에 1945년 2월 옥사했다.

준하는 유학생 시절, 자신의 제자인 김희숙이 위안부로 끌려간다는 소식을 듣고는 바로 귀국해 그와 결혼했다. 당시 일제는 징발 대상에서 유부녀는 제외했다. 또 요시찰 인물인 부친을 보호하기 위해 학병으로 지원 입대했다. 입대할 때 그가 아내와 나눈 몇 마디 중에는 탈영 계획이 포함돼 있었다. 자신이 편지에 '돌베개'라는 말을 쓰면 탈출에 성공한 줄 알라는 것이었다. 실제로 준하는 6개월 만에 탈출에 성공한 후 집에 보낸 편지에 '돌베개'라는 말을 썼다고 한다. 그는 김준엽金俊燁 등 몇몇 동지와 무려 6,000리 장정 끝에 충칭 임시정부에 합류했고, 광복군 2지대에 배속됐다.

해방이 됐다. 동주를 제외한 늦봄과 준하는 서울로 돌아왔다. 두 사람은 애초의 꿈대로 목회자의 길을 가려 했다. 늦봄은 미국으로 유학을 떠났다. 하지만 준하는 위태위태한 해방 정국에 발목이 잡혔다. 철저한 민족주의자이자 사상적으로 우편향이었던 준하는, 그를 '장 목사'라고 부르는 김구의 비서로 활동했다. 김구가 암살당하자 광복군 사령관이던 이범석李範奭과 함께 우익청년단체인 민족청년단(족청)에서 활동했다. 그러나 족청이 정치깡패나 다름없이 발호하는 행태를 보이자 이범석과 결별했다. 이후 1953년 창간한『사상계』를 기반으로 이승만과 맞서 민주화의 장정에 나섰다.

4·19 이후, 혁명을 배반한 정치인들의 행태에 넌더리 난 준하는 한때 5·16쿠데타를 지지하기도 했다. 쿠데타 직후『사상계』권두언에 그는 이렇게 썼다. "일체의 구악을 뿌리 뽑고 새로운 민족적 활로를 개척할 계기……." 그러나 박정희가 조속한 민정 이양 약속을 파기하자 반박정희 전선의 선봉에 나선다. 1962년 대통령 선거에서 윤보선 후보를 지원하면서 박정희 낙선운동을 폈다. 1965년 박 정권의 한일협정과 한일국교 정상화 추진에 맞서는 격렬한 대중투쟁에서도 선두에 섰다. 1966년 사카린 밀수사건이 터지자 '밀수의 왕초는 박정희'라고 직격탄을 날리기도 했다. 유신 쿠데타가 다시 일어나고, 집과 교도소를 오가던 그는 1975년 8월 포천 약사봉에서 의문의 죽음을 당한다. 별세하기까지 그가 얻은 애칭은 '재야의 대통령'이었다.

그때까지 신학에 전념해 나름 일가를 이루고 있었던 늦봄은 장준하의 죽음 앞에서 이렇게 가슴을 쳤다. "이제 내가 죽을 차례" "네가 가다가 못 간 길을 가겠다." 그는 바로 강단에서 내려왔고, 이듬해인 1976년 명동성당에서 김대중·함석헌·윤보선 등과 유신통치의 종식을 촉구하는 '민주구국선언'을 발표했다. 늦봄은 늦게서야 감옥살이를 시작했다. 그로부터 18년 동안 그는 모두 여덟 차례 11년간 감옥살이를 했다.

1989년엔 죽음을 무릅쓰고 방북해 김일성 주석과 회담도 했다.

한반도 냉전체제에 깊은 균열을 낸 이 문제로 늦봄은 7년형을 선고받고 4년여 동안 복역했다. 출소 후 북쪽은 범민련 남쪽 본부의 재편 문제를 제기한 늦봄에 대해 안기부 프락치라고 몰아세우는 등 등 뒤에서 총을 쐈다. '통일 없이는 민주주의도 없다'라는 그의 신념은 그렇게 남과 북에서 거부당하고 매도됐다. 늦봄은 북핵 위기로 한반도에 전쟁의 먹구름이 감돌던 1994년 1월, 8번째 수감생활을 끝낸 지 10개월 만에 심장마비로 세상을 떠났다.

그래도 남행한 세 친구는 유택이라도 마련했다. 동주는 가족 친지들이 있던 중국 용정의 동산 기독교인 묘지에 안장됐다. 장례 예배를 집전한 이는 늦봄의 부친 문재린 목사였다. 할아버지는 자신이 죽으면 쓰려고 했던 비석을 손자의 묘 앞에 세웠다. 거기에 가족 친지 친구들은 이렇게 새겼다. "시인 윤동주지묘"(앞면) "나이 스물아홉, 그 재질 가히 당세에 쓰일 만하여 시로써 장차 울려퍼질 만했는데, 춘풍도 무정하여 꽃이 피고도 열매를 맺지 못하니, 아아! 아깝도다"(뒷면).

늦봄은 일흔을 앞두고 뒤늦게 먼저 간 친구를 그리며 친구의 이름을 목메어 불렀다. "너는 스물아홉에 영원이 되고/ 나는 어느새 일흔 고개에 올라섰구나/ 너는 분명 나보다 여섯 달 먼저 났지만/ 나한텐 아직도 새파란 젊은이다/ 너의 영원한 젊음 앞에서/ 이렇게 구질구질 늙어가는 게 억울하지 않느냐고/ 그냥 오기로 억울하긴 뭐가 억울해할 수야 있다만/ 네가 나와 같이 늙어가지 않는다는 게/ 여간만 다행이 아니구나/ 너마저 늙어간다면 이 땅의 꽃잎들/ 누굴 쳐다보며 젊음을 불사르겠니"(시 「동주야」에서).

인터넷에 윤동주, 문익환, 장준하 등 세 친구의 숭실학교 시절 모습이라는 사진이 돌아다녔다. 그러나 문제의 사진 속에 윤동주와 문익환은 있지만 장준하는 없다. 사진 속에서 동주의 모자는 반듯한데, 늦봄의 모자챙은 구겨져 있다. 이를 두고 늦봄은 생전 이런 에피소드를 전했다. "평소 물욕이 없는 동주가 그날만은 내 모자에 대해 그렇게 관심을 보였지. 그래서 장난 삼아 '호떡 사주면 바꿔주겠다'고 했더니 대뜸 호떡을 사길래 바꿔 썼지……."

늦봄은 경기도 마석 모란공원에 안장됐다. 그의 작고 소식을 듣고는, 이번엔 고은 시인이 땅바닥에 주저앉았다. "……오로지 당신은 조국과 겨레가 하나됨을 위하여 온몸의 세월을 다 바쳤으니 당신의 이름은 어느덧 겨레의 가슴이 되어, 이윽고 먼동 트는 아침으로 열리고 있거니……."

찢어지게 가난했던 장준하는 고 김수환 추기경의 도움으로 경기도 파주 천주교 공원묘지에 겨우 유택을 마련했다. 김 추기경은 영결미사에서 이렇게 남은 이들을 위로했다. "그의 죽음은 별이 떨어진 것이 아니라 더 새로운 빛이 되어 앞길을 밝혀주기 위해 잠시 숨은 것뿐입니다."

사후 1개월 뒤인 9월 17일 후학 및 동지 80여 명은 사고 현장에 추모비를 세웠다. "여기 이 말없는 골짝은 ……장준하 선생이 원통히 숨진 곳, 뜻을 같이하는 젊은이들이 맨 손으로 돌을 파, 비를 세우니 비록 말 못하는 돌부리 풀뿌리여, 훗날 반드시 돌베개의 뜻을 증언하리라."

조국의 밤하늘에 빛나는 별이 되려고 했던 남북의 세 친구들. 그들은 불의한 권력에 죽임을 당했고, 꿈은 날개가 꺾였다. 그러나 어찌 어둠이 빛을 가리리요. 비록 그들의 운명은 비극이었지만, 그들의 만남은 위대했고, 각자의 삶은 피투성이였지만, 그들이 맺은 우정은 밤하늘의 별처럼 창연하다. 내 가슴에도 빗돌을 세우며, '세 친구'의 별자리를 그곳에 새긴다.

운명이다,
화살은 시위를 떠났다

1929년 음력 8월 동운東芸 이중화李重華, 1881~?는 인왕산 기슭 사직
단 뒤편의 황학정에 올랐다. 정간배례를 올린 뒤 중앙의 단에 책 한 권
을 상재했다. 『조선의 궁술』.

"조선의 사예射禮는 상고 이래 천하의 영예를 얻어 지금에 이르렀다."
"(그러나) 6예(禮樂射御書數) 가운데 예는 예기가 있고, 음악은 악보가 있고
말타기에는 그림이 있고, 글쓰기에는 서첩이 있어 공부하는 이들의 지
침이 되었지만, 사예에는 한 문자의 가르침도 남아 있지 않다." 구한말
육군참장과 육군법원장 등을 역임한 신태휴申泰休가 쓴 발간 취지다.
한족이 한민족을 '동이족東夷族'이라 한 것은 동쪽의 활을 잘 쏘는 민
족이란 뜻이었다. '夷'를 파자하면 대궁大+弓. 그러나 이 나라엔 변변한

교범 한 권 없었다. 게다가 새로운 무기체계가 도입되고, 일제가 의도적으로 국궁을 억압하면서 궁술은 급속히 몰락했다. 식자들이 조선궁술연구회를 결성하고, 이중화에게 집필을 의뢰한 것은 국권은 잃었지만 정신마저 잃게 할 수는 없다는 취지에서였다.

이중화는 2년 동안 천하의 명궁, 궁시장을 취재하고, 단편적으로 궁술을 소개한 자료들을 섭렵했다. 조선 궁술의 역사를 고찰하고, 한·중·일 세 나라 활의 장단점을 따지고, 사예의 예법과 활쏘기의 자세와 방법을 소상히 기술했다. 활과 화살의 제작방법과 역대 명궁 105명의 이야기까지 담았다. 위창葦滄 오세창(吳世昌, 3·1 독립선언 민족 대표 33인 중 한 명으로 당대 최고의 명필이다)이 겉표지 제호를 쓰고, 위안스카이袁世凱의 서예 선생이던 성재惺齋 김태석金台錫이 안표지 제호를 썼으니 당대의 관심이 어느 정도였는지 잘 드러난다. 이 밖에 이운 곽헌, 한은 김종환, 금암 손완근, 철재 장문환, 예욱 지동욱, 원각 김용세 등 장안의 명필 명사들이 축하의 글을 실었다.

이중화는 단에서 물러나 사대에 올랐다. 멀리 남산이 보이고, 덕수궁 중화전 용마루가 보이고, 일제가 헐어버린 경희궁 터가 다가왔다. 황학정은 경희궁 뒷산 기슭에 있었다. 일제가 궁궐을 헐고 일본인 학교와 전매국 관사를 들이면서 헐렸다. 뜻있는 이들이 1922년 이곳, 사직단 뒤 등과정 터로 옮긴 게 지금의 황학정이다.

눈앞에 한 사람이 산발한 채 어른거린다. 충정공 민영환. 자결로써 을사늑약에 저항하고, 민족적 의분을 폭발시킨 사람. 1898년 특명전권공사로 미국과 유럽을 둘러보고 돌아와 신식 학문과 외국어를 가르치기 위해 흥화학교를 설립했다. 이듬해인 1899년 열여덟 살의 나이에 이 학교에 입학한 이중화는 1903년 졸업하자마자 민영환에 의해 영어교사로 발탁됐으며, 2년 뒤엔 총교사(교감)가 되었다. 민영환은 황학정

초대 사계장이기도 했다. 고종의 명에 따라 1989년 황학정을 지었다. '대감은 아직도 눈을 감지 못하고 계십니까?'

과녁 주변의 오방기가 나부꼈다. 덜미바람도 안바람도, 앞바람도 뒷바람도 아니었다. 종잡을 수 없는 오색바람이었다. 어디를 조준할 것인가. 이중화는 깊이 숨을 들이쉬었다.

당시 조선의 사정은 절망스러웠다. 3·1독립만세운동 이후 일제의 탄압은 날로 거세졌다. 만세운동 직후 나라 안팎에서 독립단체들이 우후죽순 세워지고, 독립을 위한 다양한 시도가 있었지만 번번이 좌절됐다. 일제는 한 걸음 더 나아가 조선의 정신이 담긴 것들은 철저하게 말살하려 했다. 함께했던 이들도 하나둘 무너졌다. 한사코 우리말을 지키려던 한힌샘 주시경周時經의 유지가 오롯이 떠올랐다. '정신만 지키면 언제든 몸은 살아난다.' 아, 흔들리는 게 깃발인가 내 마음인가.

활은 자세다. 발디딤부터 다시 고쳤다. 앞발은 과녁의 정면을 향하고 뒷발은 과녁의 오른쪽을 향했다. 두 발은 八(팔) 자도 丁(정) 자도 아니게 딛되 앞발은 계란을 밟듯이 살포시, 뒷발은 살모사를 밟듯이 무겁게 디뎌야 한다. 다리와 엉덩이와 단전에 힘을 주고, 숨을 단전에 모은다. 몇 차례 호흡에 가슴은 비고 배가 차오른다胸虛腹實.

살의 오늬를 시위의 절피에 끼웠다. 활을 이마 위로 들어올렸다. '아낙네가 물이 가득 찬 물동이를 이듯 사뿐히 올려야' 한다. '(활을 쥔) 줌손은 태산을 밀어내듯' 밀고, 시위를 잡은 손(깍지손)은 '호랑이 꼬리를 잡듯' 슬며시 당겼다. 줌손으론 과녁의 위아래를, 깍지손으로는 과녁의 좌우를 겨냥했다. 살은 수직과 수평선이 만나는 그곳으로 날아갈 것이다. 어깻죽지가 척추에 닿는다. 만작이다. 활의 안쪽 공간이 팽팽하게 비었다. 태허다. 가득 찬 술잔과도 같다. 차면 비워야 하는 법. 술은 누군가의 입으로 흘러들어 가고, 살은 과녁으로 떠날 것이다. 살촉이 떨린다.

　이중화의 당시 상황은 만작 상태였다. 시위를 떠나야 하는 살처럼, 그의 삶도 필생의 과녁을 향해 떠나야 했다. 다음 달 음력 9월 29일이면 조선어사전편찬회가 발족한다. 한글창제 기념식 자리다. 인생의 스승이던 주시경 선생을 포함해 결의 동지 108명도 모였다. 그는 이미 신명균·이극로·이윤재·최현배와 함께 집행위원에 내정됐다. 가장 연장자이기에 마음의 부담이 컸다. 당시 일제는 무엇보다 먼저 조선의 말글을 인멸하려 했다. 가장 불온했기 때문이다. 가시밭길은 피할 수 없었다.

　그러나 지금까지 당할 만큼 당했다. '그 길'을 피할 수 있는 것도 아니었다. 1910년 흥화학교가 일제에 의해 폐교되면서 그는 배재학교로 옮았다. 그곳에서 주시경 선생을 만났다. 운명적 만남이었다. 그때 삶의 큰 방향도 결정됐다. 배재학교에 있으면서 그가 한양의 역사와 문화유적을 소상하게 기술한 『경성기략』(1918), 경주의 신라 문화재와 종교와 역사와 문화유적을 꼼꼼히 기록한 『경주 기행』(1926)을 펴내고 개성의 유물 유적을 정리한 논문 등을 집필한 것은 그 연장에서 이뤄진 것이었다.

　3·1독립만세운동도 그곳에서 맞았다. 선언문 발표 전야, 그는 학감이던 강매姜邁와 별도의 유인물을 제작하고, 학생 대표들에게 시민들에게 배포하도록 했다. 독립선언문을 영문으로 번역해 외국 공관과 외국인들에게 돌렸다. 국내로 잠입했던 상하이의 독립당 연락책 최창식崔昌植을 광화문 비각 옆 자택에 숨겨주기도 했다. 1924년부터 2년간 상하이 임시의정원 의장을 역임한 이다. '내 나이 마흔아홉, 이제 무엇을 지킬 것인가.' 깍지손을 살그머니 뒤로 당기는 듯 놓았다. 다섯 손가락이 호랑이 꼬리처럼 섰다.

시인 조지훈趙芝薰이 화동 조선어학회 사무실을 처음 찾아간 것은 열여섯 살 때인 1936년 늦가을이었다. 그의 눈에 비친 당시 어학회의 풍경은 "우리말의 정리라는 민족적 일대 사업을 외로이 붙들고 노심하는 여러 선배들의 그 눈물겨운 엄숙은…… 민족적 비극의 절정에 처연히 무너져 내릴 최후의 성벽" 같았다. 그것은 조지훈의 가슴에 평생 '아름다운 무늬'로 새겨져 있었다(수필 「화동 시절의 추억」).

마침 그때는 조선어학회가 편찬회로부터 사전 작업을 넘겨받아 일에 박차를 가하고 있었다. 이중화는 이극로·이윤재·정인승·한징과 함께 전임 집필위원이었다. 그는 가장 까다롭다는 전문어 풀이의 16개 부문 중 제도 관련 용어와 음식 용어를 맡았다. 참고도서의 수집과 정리도 그의 몫이었다. 이를 위해 1935년 부임했던 경성여자미술학교 교장직도 그만두고 사전 편찬에 전념했다.

조지훈은 1942년 참여했다. 일제의 감시와 핍박 속에서 '한숨과 담배 연기로 봄날의 방 안은 음산' 했다. 가계는 각자 알아서 해야 했고, 일제의 감시와 핍박은 더욱 날카로워지고 있었다. 그런 상황에서 조지훈에게 '점잖은 서울말을 처음 들려준 어른'은 이중화였다. 최연장자임에도 이중화는 '피로와 우울' 그리고 '음산'한 분위기를 일거에 바꿔놓곤 했다.

"한 날은 그 온후한 얼굴을 들며 돋보기를 이마에 걸고 이렇게 말을 걸어왔다. '조군, 요즘 원고료 받았지? 어디 한잔 사보지 않겠나?' 내가 주전자를 빌려 술 받으러 간 사이 선생은 풋고추, 호박, 두부를 사오고, 건재(정인승)는 풍로를 빌려다가 찌개를 끓였다."

이중화는 조지훈보다 서른아홉 위였다. 이중화는 밥상에 밥은 없어도 술은 꼭 있어야 하는 애주가였다. 시집온 지 며칠 안 된 둘째 며느리가 밥상의 술을 엎었다. 새댁이 행주를 가져와 보니, 상은 말끔하게 치

106

워져 있었다. 시아버지는 새아기를 이렇게 다독였다. "귀한 술을 어찌 행주에게 먹이려고?" 조지훈이 훗날 수필 「주도유단」을 통해 주도의 급을 매길 수 있었던 것은 이중화에게 힘입은 바 컸다.

시위를 떠난 화살이 바람을 갈랐다. 이중화의 눈은 살을 좇지 않고 과녁만 응시한다. 과정에 집착하면 동기가 흔들리고 마음이 흔들린다.

1942년 10월 1일 조지훈의 예감대로 '최후의 성벽'은 무너졌다. 세 번째 독회까지 끝내고 사전 편찬을 눈앞에 두었을 때였다. 일제는 조선어학회 관련자들을 모조리 검거했다. 이른바 조선어학회사건이라는 조작사건이었다. 이중화는 한뫼 이윤재, 효창 한징과 함께 함경남도 홍원경찰서를 거쳐 함흥교도소에 수감됐다. 고문이 얼마나 혹독했던지 이윤재와 한징은 옥사했다. 당시 면회 간 둘째 아들은 아버지가 눈앞에 올 때까지 알아보지 못했다. 피골이 상접한 노인이 엉금엉금 기어오고 있었다.

1945년 1월 출옥할 때였다. 교도소 책임자가 다그쳤다. "나가면 또 불온한 짓을 할 건가." "남자가 한 번 마음먹은 일 어찌 중도에 포기하겠는가." '빠가야로'라는 욕설과 함께 손바닥이 날아왔다. 당시 이중화의 나이는 예순다섯이었다.

해방이 되었다. 조선어학회는 한글학회로 전환해 다시 사전 편찬에 나섰다. 국가적 사업을 수행하는 데도 재정은 형편없었다. 후원 재단 '한글집'을 설립하려는 데 기금이 부족했다. 이중화는 선대로부터 내려온 부천땅 9,926평을 고스란히 내놓았다. 어느 날 화동의 둘째 아들 집에 낯선 사람과 함께 들이닥쳤다. 아버지는 거두절미하고 이렇게 말했다. "이분이 해공(신익희) 선생이시다. 해외에서 독립운동을 하시느라 서울에 머물 곳이 없다. 너희가 집을 비워야겠다. 본가로 들어오너라." 당대의 수재였지만, 그는 도대체 계산이란 걸 할 줄 몰랐다.

조선어학회 주역의 최후는 쓸쓸했다. "한뫼, 효창 두 님은 옥사하셨고, 창씨(개명) 문제로 신명균 선생이 1940년 자결하셨으며, 권덕규 선생은 노방에서 눈을 감으셨고, 동운 선생은 동란 중 납북돼 생사를 모르고, 석인(정태진) 선생도 피난 중 부산에서 작고하셨다"(조지훈). 이중화는 더 불행했다. 그는 1950년 7월 24일 납북됐다. 정부는 납북 사실을 알고 있었음에도 그를 역사 속에서 지우려 했다. 가족들도 새삼 월북 시비에 걸릴까 봐 입 밖에 꺼내지 못했다.

그러나 어쩌랴. 이중화가 쏜 화살은 이미 1929년 시위를 떠났다. 운명이었다. 북쪽 어느 하늘 아래서 이중화는 『조선의 궁술』에 인용한 『예기』의 한 대목을 떠올렸을 것이다. "발이부중發而不中이면 반구저기이이의反求諸己而已矣라", '적중하지 못했으면 돌이켜 잘못을 자신에게서 구할 따름'이다(『예기』 「사의」 편).

한글학회는 1929년부터 1942년까지 작성한 원고를 바탕으로 1947년 『조선말 큰사전』 2권을 간행했다. 이중화가 납북된 뒤인 1957년까지 총 6권을 『큰사전』이라는 이름으로 편찬했다. 2013년 아주 오랜 무관심 끝에 정부는 이중화에게 건국훈장 애족장을 추서했다. 한글학회 박용규 연구원 등의 눈물겨운 노력의 결과였다.

조국은 없다,
산하만 있을 뿐

결국 하산했다. 1953년 10월 초였다. 전쟁 전야 남파돼 입산한 게 1950년 6월 24일이었으니 3년 4개월여 만이었다.

경남 창녕 대지면 석지리 창녕 성씨 고가 행랑채에 숨어들어 보고서를 작성했다. 강원도 양양에서 전함을 타고 동지 766명과 울진 임원진에 상륙해 백두대간에 오른 이래 단 한 번도 들판을 밟지 못하고 겨울 눈보라, 여름 비바람을 맞으며 산중에서 풍찬노숙해 온 세월에 대한 기록이었다…….

1950년 7월 15일 경북 신불산 배냇골에 도착했을 때 대원은 130여 명으로 줄었다. 하산 시엔 스물여덟 명뿐이었다. 중국 팔로군 출신의 간호장교 지춘란, 남도부의 연락병이자 훗날 김정일의 처남이 된 차진철, 서울법대 중퇴생 추일 등. 남도부가 그렇듯이 모두 가명이었다. 차

진철은 김정일의 결혼하지 않은 처 성혜림成惠琳의 오빠이자 김정일의 장남인 김정남의 외삼촌 성일기成一耆였다.

가로 10센티미터, 세로 17센티미터의 손바닥만 한 노트를 빼곡이 채운 보고서가 완성된 건 1953년 10월 10일이었다. 서명을 했다. 제4지구당, 부위원장 대리, 제3지대장 남도부. 한자 하河와 영문 이니셜 JS(준수)를 조합해 사인을 했다. 그의 본명은 하준수河準洙, 1921~55였다.

노트를 덮기 전 한 줄 더 추가했다. "이 서류의 보관자에 대해서는 당의 영광스러운 배려가 계실 것을 건의함." 남도부는 노트를 신문지로 돌돌 말아, 원호증과 신분증명서 그리고 몽당숟가락과 함께 갈색 유리병에 넣었다. 그리고 은신했던 행랑채 부엌 바닥을 1미터쯤 파고 묻었다.

그가 기록한 3년 4개월은 남도부란 가명으로 산에서 살아온 세월이었다. 일제의 징집을 거부한 하준수가 산으로 숨어든 때로부터 시작하면 10년이 넘는다. 함양군 병곡면 도천리 천석꾼 집안의 맏이로 태어난 하준수는 진주중학교 3학년 때 일본인 교사를 두들겨 패고 퇴학당했다. 일본 주오대학 법학부에 입학했으나 1943년 일제의 학병 징집을 피해 학업을 중단하고 고향 함양으로 돌아왔다.

순사들이 그를 잡기 위해 수시로 그의 집을 찾아왔다. 면장을 오랫동안 지냈던 부친(하종택)은 지역의 대표적인 유지였지만 아들을 보호하는 데는 한계가 있었다. 태평양 전쟁이 절정으로 치닫고, 일제 순사들이 눈에 불을 켜고 달려들자 그는 더 이상 집에 숨어 있을 수 없었다. 결국 그는 1945년 3월 함양 서북쪽 괘관산(1,341미터)으로 피신했다. 당시 함양 일원엔 학병 거부자들이 많았다. 이들은 지리산과 덕유산으로 피신했다. 지리산 칠선계곡은 그 중심이었다. 많을 때는 300여 명이 은신하고 있었다. 하준수는 그곳에서 다른 학병 거부자 73명과 함께 항일투쟁 결사체 보광당을 결성했다. '널리 빛을 비추자!' 광복을 앞당기겠다는 것이었다.

학창 시절, 그는 못하는 운동이 없었다. 가라테 유단자로, 전일본 학생 가라테 대회에서 우승까지 한 고수였다. 학교에선 럭비 대표 선수였다. 게다가 일본인 교사를 두들겨 팰 정도로 담력이 컸다. 향리에서 그는 청년들의 우상이었다. 보광당은 주재소를 습격해 총기를 탈취하는 등 무장투쟁을 벌였다.

해방 후 함양으로 하산했다. 곧 '조선건군준비위원회'를 결성하고, 주민들이 자율적으로 군수와 경찰서장을 선출하는 것을 도왔다. 몽양 여운형의 건국준비위원회(건준)가 이를 인정하자 하준수는 건준에 합류한다. 그러나 곧 미군정과 대립한다. 자치경찰이 구속한 일제 순사들을 석방하라는 미군정 부대의 요구를 받아들일 수 없었다.

이런 상황에서 장인 이민종이 추천해 하준수는 이승만의 경호대장으로 선발된다. 하지만 이승만이 친일파를 중용하고 애국지사들을 탄압하는 것을 보고는 때려치우고 귀향한다. 고향에선 경찰로 변신한 일제 순사들이 그를 공산주의로 몰아 체포하려 했다. 그는 박헌영의 조선공산당 입당 요청이나, 조선공산당과 조선신민당(백남운), 조선인민당(몽양)이 합당해 결성한 남조선노동당 입당 권유도 모두 거부했으니 공산주의와는 무관한 인물이었다. 그러나 친일 경찰은 막무가내로 그를 공산 빨치산으로 몰았고, 그는 결국 1946년 여름 하산 후 1년여 만에 다시 덕유산으로 입산한다. 그곳에서 몽양이 암살당했다는 소식을 듣는다. 1947년 7월 19일이었다. 그는 곧 남로당에 입당, 함양 군당 부위원장이 된다.

경찰이나 우익청년단과의 충돌은 이때부터 본격화했다. 그를 따르던 함양의 청년들도 다수 지리산으로 들어와 합류했다. 경찰서와 지서, 우익단체를 습격했다. 남한 단독정부 수립이 본격화하면서 2월 7일 '구국투쟁', 5월 7일 '천왕봉 무장봉기'를 벌였다. 당시 남로당은 군당별로

50~100명가량의 야산대를 꾸렸지만, 하준수 부대는 중앙당-도당-군당으로 이어지는 조직에 들어가지 않았고, 야산대와 별개로 활동했다. 그는 독자적으로 일제강점기부터 동족을 억압했던 자들과 맞섰을 뿐이었다.

5·10총선은 투표율 93퍼센트에 이르렀다. 제헌의회에 이어 8월 15일 남한 단독정부가 수립됐다. 절망한 그는 '월북'했다. 북에서 하준수는 강동정치학원 특별전술연구반 군사교관을 지냈다. 이현상李鉉相도 이 학원 훈련생이었다. 이듬해 강동정치학원 출신들은 3개의 병단으로 나뉘어 남파된다. 그는 김달삼金達三 사령관 아래 부사령관으로 제3병단 300명을 이끌고 1949년 8월 4일 경북 영일에 도착해 보현산을 중심으로 군사활동을 벌인다. '동해부대'로 알려진 이 부대는 한때 600여 명으로 커졌지만 국군 3사단에 밀려 1950년 4월 3일 퇴각했다.

2개월여 뒤 하준수는 김일성에게서 중장 계급장과 함께 새로운 이름 하나를 받는다. '한반도 남단의 부산을 장악하라.' 남도부. 그건 그가 지휘할 7군단의 작전명이기도 했다. 김일성은 이렇게 말했다고 한다. "군단을 이끌고 울진으로 침투하시오. …… (대구와 부산의 길목인) 신불산을 거점으로 하여, 후방에서 오는 기차를 전복하고, 군수물자를 막으시오. 나는 6월 25일 새벽에 총공격을 할 것이오. 10일 후 우리는 대구에서 만나 함께 부산으로 진격합시다." 그러나 말뿐이었다.

6월 24일 7병단은 양양에서 전함에 올랐다. 군단이라고 하지만 1, 3병단의 소수 생존자와 중국 팔로군 출신 조선족 의용군 등 766명에 불과했다. 부대는 25일 새벽 임원진에 상륙한 뒤 7월 1일 영덕 칠보산 전투와 포항 유격전을 거쳐 7월 15일 백두대간 최남단 신불산의 배냇골에 도착한다. 남은 병력은 130여 명뿐이었다.

남파 이후 남도부 부대는 고립무원이었다. 북으로부터 단 한 차례도 인력이나 무기를 보급받지 못했다. 통신도 단절됐다. 하다못해 인근 경북도당과도 7월 이래 연락이 끊겼다. 9월 14일 유엔군의 인천상륙작전 성공과 함께 북의 인민군이 퇴각했다. 그때도 북은 아무런 지시도 하지 않았다. 이후 남도부는 연락대를 세 차례나 보내 지시를 기다렸지만 아무런 응답도 없었다. 1952년 8월, 북에서 첫 문서가 도착했다. 1951년 8월 31일자 노동당중앙위원회 '94호 결정서'였다.

부대원들은 퇴각 명령을 기대했다. 식량은 물론 무기까지 자체적으로 해결해야 했던 이들은 지칠 대로 지쳐 있었다. 1950년 말부터 세 차례에 걸쳐 국군의 대토벌작전이 펼쳐졌다. 전투보다 시급한 건 먹고사는 문제였다. 보급 투쟁에 나갔던 부대원들은 하나둘 희생됐다. 그런데 94호 결정서의 요지는 '현지 사수'였다.

1953년 7월 27일 휴전협정이 체결됐다. 협상 과정에서 북쪽은 빨치산의 송환에 대해서는 일언반구도 하지 않았다. 협정 체결 직후인 7월 30일 북에선 박헌영과 이승엽 등 남로당 최고 간부들이 숙청됐다. 남부군의 이현상도 부하들에 의해 숙청당했다. 남도부는 다행히 그를 숙청할 부하들이 없어 무사했다.

휴전 소식은 그래도 대원들을 꿈에 부풀게 했다. "포로 교환이 있게 되면 꿈에도 그리던 북으로 갈 수 있을 것 아닌가." "(대원들은) 이제 산에서 풀려나고 대지를 활보하는 날이 온다고 생각했다." "죽어가던 이들이 생기를 되찾았다"(성일기).

그런 기대가 노동당 결정서 111호가 도착하면서 물거품이 되었다. 도심으로 침투해 지구당을 재건하고 지하공작을 실시하라는 것이었다. 당시 남은 인원은 서른일곱 명. 남도부는 대원들을 설득했다. 이들을 4개 조로 분산해 대구·부산 등으로 내려가도록 했다. 자신은 10월 6일 마지막으로 성일기와 함께 하산해 창녕 성씨 고가 성기수의 집 행랑채로 숨어들었다.

6·25전쟁 3년 동안 그가 기록한 7군단의 전과는 이랬다. 군경과 교전 700여 회, 군경 사살 1,800여 명, 무기 약탈 800여 정, 실탄 약탈 2만여 발, 민가 방화 100여 호, 군용열차 20여 차량 전복, 군용트럭 200여 대 파괴 등. 그는 백두대간을 호령하던 빨치산의 영웅, 신불산의 호랑이였다.

그러나 이제는 '혁명의 조국'마저 쓰다 버린 패잔병. 그런 그가 유리병을 조심스럽게 파묻는 모습을 뒤에서 성일기가 지켜보고 있었다. 제3병단 남파 때부터 하산 때까지 그의 곁을 지킨 남도부의 연락병이자 참모였다. 그의 눈에 남도부는 날갯죽지가 꺾인 독수리였고, 다리가 부러진 호랑이였다. 남도부는 곧 대구로 떠났다.

3년여 만에 생면부지의 도시로 내려온 빨치산들은 대부분 곧 체포됐다. 성일기는 12월 27일 자택에서, 유응재는 1월 16일, 이원량은 1월 19일 대구 시내에서, 지춘란은 1월 20일 팔공산 아지트에서, 하준수는 1월 21일 리어카 행상 행세를 하다가 동인동에서 체포됐다.

재판 과정에서 그는 어떤 변명도 하지 않았다. 그는 1954년 10월 사형선고를 받았고, 이듬해 8월 서대문형무소에서 총살형을 당했다. 사형 당시 입회했던 한 수사관에 따르면, 그는 눈가리개도 사양하고, 끝까지 총구를 응시하고 있었다고 한다.

이병주의 소설 『지리산』에서 주인공 하준규는 섬진강 은빛 강물을 바라보며 이렇게 말한다. "우리에겐 조국이 없다. 다만 산하만 있을 뿐이다." 하준규는 하준수의 아바타였고, 이병주와 하준수는 친구였다.

하준수는 짧은 대구 시절 일본으로 밀항을 계획했다고 한다. 북으로 돌아갈 수도, 남에 투항할 수도 없다. 그러면 어디로 갈 것인가. 그에게 조국은 없었다.

꺼지지 않는
의열의 활화산

1952년 8월 22일 오후 1시, 부산지방법원 4호 법정. 이승만 대통령 저격 음모 사건의 주범 김시현金始顯, 1883~1966 피고인은 '살해 동기'를 묻는 김용식 재판장의 물음에 이렇게 답했다.

"북한 괴뢰군들은 이미 동란 발발 6개월 전부터 전쟁 준비에 분망하였는데, 우리 국방부와 경찰은 기밀비를 무엇에 쓰고 그렇게도 정보에 어두웠는가. 게다가 이 대통령은 동란이 발발하자 이튿날 승용차를 타고 도망가 버리고, 백성들 보고는 안심하라고, 뱃속에도 없는 말을 하고 한강철교까지 끊어 선량한 시민들로 하여금 남하조차 못하게 만들어놓았다"(『동아일보』).

3개월 전 6월 25일 임시수도 부산 충무로 광장에서 열린 '6·25멸공통일의날' 기념대회에서 대통령에 대한 저격 기도가 있었다. 낡은 독일제 권총의 불발로 미수에 그쳤지만, 이승만과 그 부역자들은 간이 콩알만 해졌고, 그 독재와 무능에 넌더리 난 국민들은 잠시나마 속이 후련했다. 유시태柳時泰는 현장에서 체포됐고, 국회의원 김시현은 이튿날 자택에서 검거됐다. 두 사람은 식민지 시절 일제와 그 부역자들의 간담을 졸아붙게 한 의열단의 핵심 요원들이었다.

"……그 후에는 또 (국민)방위군사건이며 거창(양민학살)사건 등으로 민족 만대의 역적이 된 신성모를 죽이기는커녕 도리어 주일대사까지 시켰으니, 그런 대통령을 그대로 둘 수는 없었다." 공판을 지켜본 기자는 "칠십 노인이라면 거짓으로밖에 보이지 않는 정정한 기력으로 명쾌하게 대응했다"라고 기록했다.

대한민국 '국사범 1호' 김시현. 그의 답변은 신문에 대한 진술이 아니라 이승만을 향한 추상 같은 논고였다. "일국의 원수로서 의당 할복자살을 해도 용납이 안 될 것임에도 한마디 사과조차 없으니 그게 어찌 대통령이란 말인가." 목소리는 중후하고 당당했지만 발음은 짧고 어눌했다. 혀가 보통 사람보다 1/4쯤 짧은 탓이었다.

영화 「밀정」의 마지막 장면. 일제 통치기관을 파괴하기 위해 막대한 양의 폭탄과 무기를 밀반입했다가 체포된 주인공 김우진, 그는 일경의 온갖 고문을 당하던 중 울컥 피를 쏟아낸다. 피 속엔 잘린 혀가 섞여 있었다. 고문을 견디지 못해 동지들을 털어놓을까 봐 스스로 혀를 깨물어 벙어리가 되어버린 것이다. 바로 그 영화 속 김우진이 현실의 김시현이었다. 김시현은 실제로 고문을 받다가 혀의 일부를 잘라 '본의 아닌 자백'을 스스로 봉쇄했다.

그런 김시현의 싸움은 해방 후에도 계속됐다. 일제하에서의 민족해방투쟁이 해방 후 민주주의와 자주통일을 위한 투쟁으로 바뀌었을 뿐이었다. 그에게 두 개의 투쟁은 다르지 않았다. 친일모리배와 결탁한 이승만의 독재, 학생의 피로 집권했지만 무능하기 짝이 없었던 장면 정권, 쿠데타로 권력을 찬탈한 일본군 장교 출신 박정희, 셋은 민족을 배반하고, 민중을 배반한, 이 나라 이 민족의 적이었다.

1923년 3월 무기 대량 반입 사건으로 10년형을 받고 투옥된 김시현은 1929년 1월 가출옥하자 한 달 뒤 다시 중국 지린으로 탈출한다. 1931년 의열단장 김원봉 등이 설립한 조선혁명군사정치간부학교의 간부가 되어 생도 모집에 나섰다. 1934년엔 동지에서 밀정으로 배신한 한삭평을 처단했다가 다시 체포돼 5년간 실형을 살았다. 출소 후 다시 중국으로 탈출해 1941년 창춘과 지린 일대에서 항일투사를 규합하다가 또 체포돼 1년여 동안 미결 상태로 감금됐다. 정식 재판을 요구하는 단식 끝에 서울 헌병대로 이감돼 있던 중 건강이 극도로 악화돼 보석으로 풀려난다. 또 베이징으로 탈출했다가 1944년 4월 다시 검거된다. 해방이 되기까지 그는 단 한순간도 저항을 포기하지 않았으며, 일제 역시 단 한순간도 그에 대한 감시의 눈길을 떼지 않았다.

해방 후 김시현은 권력의 길이 아니라 민중에 대한 봉사와 헌신의 길을 택한다. "조국이 해방됐으면 됐지, 무엇을 더 바라겠는가." 안재홍·여운형·송진우 등 좌우 중도파 독립지사들이 함께 정치를 하자고 요청했지만 모두 뿌리쳤다. 해외에서 유리걸식하던 동포들의 구제가 우선이었다. 일본 거류 동포를 구호하기 위해 고려동지회를 결성했고, 중국 동북지역으로 떠난 동포를 위한 재중국동북동포구제회도 조직했다. 일제강점기 민족운동을 정리하기 위해 오세창·김창숙·홍명희·허헌·권동진 등과 함께 조선독립운동사 편찬위원회도 결성했다.

그러나 역사는 역류했다. 미군정의 비호 아래 친일 부역자들이 권력의 중심에서 활개치고, 독립지사들을 배척 혹은 처단하였으며, 통일된 민족국가가 아니라 단독정부 수립을 주도했다. 결국 그는 1947년 6월 김규식·여운형·안재홍·원세훈 등이 결성한 좌우합작위원회에 참여했다. 한 달 뒤 여운형이 암살되면서 합작위원회가 흔들리자 민족민주 세력의 결집과 통일국가 건설을 위한 민족자주연맹에 참여했다.

하지만 이듬해 단독정부가 수립되고 이승만 정권의 극우공포정치가 극성했다. 1949년 6월에만 반민특위 습격사건(6일), 김구 암살사건(19일), 국민보도연맹 결성 및 강제 가입이 잇따랐다. 좌시할 수 없었다. 김시현은 국회로 진출하기로 결심했다.

1950년 5월 2대 총선 민주국민당 후보로 경북 안동 갑구에 출마했다. 그의 유세 연설은 특별했다. 이런 식이었다. "나는 들어가 싸우기 위해 국회로 가려 합니다. 무슨 일을 어떻게 하는가 한번 보내놓고 봐 주십시오. 여기서는 말할 수 없습니다. 건방지다 하여 표를 안 주시면 그래도 어쩔 수 없습니다." 표를 받으려고 한 연설이 아니었다. 시대의 역류와 불의에 대한 저항의 의지와 각오를 천명하는 것이었다. 그것은 2년 뒤 현실로 나타난다.

총선이 치러지고 한 달 뒤 6·25전쟁이 터졌다. 이승만은 줄행랑쳤다. 피신한 부산 임시수도에서 그가 한 일이라곤 재선과 장기 집권을 위한 정치공작뿐이었다. 2대 총선에서 무소속이 126석을 얻었고 이승만 일파는 모두 긁어모아 봤자 57석에 그쳤다. 대통령을 국회에서 선출하던 때였기 때문에 이승만의 재선은 사실상 불가능했다. 이승만은 1951년 11월 대통령직선제 개헌안을 제출한다. 부정선거가 가능한 직선제로 바꾸려는 것이었다. 그러나 국회는 압도적으로 부결했다(1952년 1월).

이승만은 포기하지 않았다. 전쟁 중이었지만 적인 북한군이 아니라 국회와 전쟁을 벌였다. 대한노총, 대한청년단, 대한부인회 등 어용단체는 물론 백골단, 민중자결단, 땃벌떼 등 백색 테러조직들이 총동원돼 국회를 압박하고 국회의원들을 협박했다. 5월 24일엔 부산과 경상, 전라도에 계엄령을 선포했고, 이틀 뒤 국회의원 50여 명이 탄 통근버스를 강제로 견인해 헌병대로 끌고 갔다. 일주일 뒤 국제공산당에 연루됐다며 국회의원 열 명을 구속했다.

이승만은 6월 10일 폐기된 직선제 개헌안을 자구만 일부 수정해 다시 국회에 상정했다(발췌개헌안). 6월 20일 민족지사와 야당 지도부가 이승만 정권의 행패를 규탄하다가 집단 테러를 당하는 국제구락부사건이 발생했다. 김창숙·이동하·유진산·서상일 등이 중경상을 입고 체포됐다. 그리고 7월 4일 경찰과 헌병이 국회의사당과 본회의장을 겹겹이 에워싼 가운데 기립표결로 발췌개헌안을 통과시켰다.

"언제부터 살의를 갖게 됐는가?" 재판장이 물었다. 김시현은 "1951년 10월"이라고 답했다. 이승만이 개헌안을 국회에 제출하기 직전이었다.

실제로 그는 당시 의열단 동지가 운영하는 대구의 안동약방에서 동지들과 자주 술을 마셨다. 그 자리에서 "(이승만이) 청년들을 다 죽게 한다." "(그를) 반드시 죽이겠다"라고 말하곤 했다(평화운동가 박진목). "그런 말씀하지 마시라"고 충고하면 돌아온 대답은 항상 같았다. "전쟁에 지고 부산으로 쫓겨온 자가 무슨 군왕처럼 날뛰고, 법을 무시해 가면서 대통령을 더 해보겠다고 하고…… 그래서 없애버리려는 것일세. 그자는 해외에 있을 때부터 파벌을 조성하고 사욕에 치우친 일이 많았네."

김시현의 수행비서 권오상도 "민족을 버리고 간 놈이 무슨 대통령이냐, 역적이지. 죽여버리겠다"라고 입버릇처럼 말했다고 전한다. "전선에선 씨가 마를 정도로 젊은이들이 죽어가고, 민생에선 민중이 죽어가고, 유치장과 감옥엔 정치범이 넘쳐나는데, 대통령과 총리와 내무 장관이란 자들은 장기집권 흉계에 여념이 없으니…….."

서울고등검사장이던 김익진金翼鎭과도 만나 "이승만을 죽이겠다"라

고 말했다. 김익진은 이승만 정권에서 2대 검찰총장을 지내다가 대한
정치공작대의 백색테러에 대한 수사 및 기소를 중지하라는 이승만의
지시를 어겼다가 고검장으로 좌천당한 터였다.

김시현은 5월 7일 민주국민당을 탈당했다. 6월 대구로 내려가 의열
단 동지 유시태와 만나 거사를 결의했다. 저격은 유시태가 맡기로 했
다. 6월 24일 부산 영도 하숙집 근처에서 유시태와 마지막 술잔을 나누
고, 이튿날 새벽 충무동 광장 행사장을 답사한 뒤 함께 아침식사를 하
고 대회장으로 갔다. 귀빈석 앞쪽 이승만이 연설하게 될 연단 코앞에
자리를 잡았다.

사형에서 무기징역으로 감형된 김시현은 4·19혁명 전까지 꼬박
8년간 또다시 감옥살이를 했다. 일제 때 투옥까지 합치면 모두 21년의
수형생활이었다. 출소할 때 그는 이런 각오를 밝혔다. "생명을 내놓고
일을 하여, 순의된 학생들 넋을 이을 것이며, 그 뒤를 따르겠다." 2대 총
선 유세에서의 연설처럼 선언적인 게 아니었다.

7월 29일 실시된 5대 민의원 선거에 출마했다. 목전에 권력을 두고
분열에 분열을 거듭하며 진흙탕 싸움질이나 하는 민주당 행태가 역겨
워 무소속을 선택했다. 일흔일곱 살의 나이에, 건강도 말이 아니었다.
그러나 4·19학생수습위원회가 팔을 걷어붙이고 도와주었다. 학생 대
표들은 안동을 휩쓸고 다니며 선거운동을 대신했다. 대표단은 당시 최
고의 웅변가라는 신순범愼順範을 안동에 상주시켰다. "선생님의 주름
살과 흰 머리는 조국을 위해 싸운 영수증이요 보증수표요 계약서"라고
시작하는 그의 연설은 청중을 사로잡았다. "선생은 만주벌판의 고드름
을 반찬 삼아 눈물로 밥을 말아 먹으며, 평생을 독립운동에 풍찬노숙하
시고, 이미 이승만 독재와 4·19 같은 비극을 선견하시어 8년 전 부산
의 충무동에서 독재와 부패를 썻어낼 거사를 하셨다." 감동한 안동 시

민은 최고령 후보자인 김시현을 다시 그들의 대표로 뽑았다.

당선되고 하루는 김시현이 박진목을 찾아왔다. '1,000만 환을 마련해 달라'는 것이었다. 용처를 묻자 이렇게 대답했다. "지금 온 친일파가 장면 정권 밑에 다 모여 있네. 내가 지금 국회의원이니 이 신분을 가지고 저놈들 국무회의장에 들어가 폭탄 하나 터트리면 모두 종말을 고할 것 아닌가"(권광욱, 『권애라와 김시현』, 해돋이, 2012). 당시 민주당 장면 정권은 신파와 구파로 갈라져 밥그릇 싸움에 여념이 없었고, 사회경제적 혼란은 수습할 엄두도 내지 못했다. 헌정질서를 무너트린 자유당 정권에 대한 심판도 못하고, 여전히 반공극우를 절대 가치로 삼는 이들과 결탁하고, 민족통일을 위한 노력은 한발도 내딛지 못했다. 그의 이런 계획은 5·16군사쿠데타와 함께 접어야 했다.

쿠데타 후 군사정권 관변조직인 재건국민운동본부(본부장 유달영)는 그를 모시겠다며 사람을 보냈다. 병석의 그는 손사래 치며 돌려보냈다. 당시 박정희는 일제와 남로당 그리고 이승만 독재에 부역했던 자신의 더러운 과거사를 세탁하는 데 김시현을 이용하려 했다. 1차 시도는 거부당했지만 포기할 박정희가 아니었다. 김시현이 여든네 살의 나이로 세상을 뜨자 그는 장례를 사회장으로 치르도록 하고, 장례위원회 고문으로 자신의 이름을 맨 앞자리에 올렸다. 가족들이 불광동 독박골 셋방에서마저 쫓겨날 처지에 놓이자 금일봉을 보내 전셋집을 얻어 살 수 있도록 했다. 그러나 정작 김시현과 그의 가족들에게 절박했던 독립유공자 지정은 하지 않았다. 그가 이승만 대통령을 저격하려 한 전과자라는 이유에서였다.

과연 역사는 어떻게 평가할까. 그는 영원히 꺼지지 않을 의열의 불꽃이었다. 남미에 체 게바라가 있었다면, 우리에겐 김시현이 있다.

세상의
모든 억압을 쏴라

둔옹遁翁 하면 12세기 중국 남송의 주희朱熹를 먼저 떠올린다. 불학과 노장 그리고 이학을 통섭해 주자학이라는 거대한 사상체계를 집대성했고, 1천년 가까이 동북아의 정신세계를 지배한 것이다. 그가 자신을 둔옹이라 한 까닭은 이렇다.

남송에 유덕수劉德修라는 간특한 자가 있었다. 그는 과거시험에서 도학의 문장을 쓴 사람은 낙방시키고 주희가 저술한 4서도 금서로 묶어버리도록 했다. 평생 연구하고 정리한 도학이 위학으로 단죄되고 보니 주희는 참담했다. 푸젠성 우이산 기슭 초막(우이정사)에 몸을 숨겼다.

15세기 조선엔 공조판서 등을 역임했다가 경남 밀양 부북면 전사포리의 산기슭에 칩거한 안엄경安淹慶이 있다. 수양대군의 만행을 보고 권력의 그늘이 미치지 않는 곳으로 떠난 것이다. 수양대군은 조카인 단

122

종을 유폐하고, 복위운동에 나선 사육신을 능지처참하고, 그와 뜻을 같이했던 안평대군과 안완경安完慶 등을 유배지에서 사사했다. 완경은 엄경의 동생이다. 엄경은 자식들에게 "절대로 벼슬길에 나서지 말라"고 경계했다. 그와 함께 저의 호를 둔옹이라 하고, 머물던 곳을 둔옹정이라 해, 출사로 향한 문에 단단히 자물쇠를 채웠다.

둔옹의 증손자 안인은 천거가 잇따랐지만 가훈을 따랐다. 그는 인근 사포리에 재실을 짓고, 당호를 모렴당으로, 저의 호 역시 모렴당이라 했다. 염계 주돈이에 대한 흠모의 정을 담은 것이었다. 염계는 『태극도설』을 완성해, 주자학 구축의 토대를 마련한 학자.

재실은 파격이었다. 건물이야 평범하지만, 마당을 아예 연못으로 파고 연으로 채웠다. 맨땅이라곤 대문에서 재실로 들어가는 통로뿐이었다. 연못 가운데에는 섬을 만들고 대나무를 심었다. 섬의 이름을 연화봉이라 했다. 염계는 연을 사랑했다. 그 사랑이 얼마나 지극했으면, 그의 「애련설」은 그가 지은 최고의 운문으로 꼽힌다. 염계가 은거한 곳도 연화봉 아래였다.

모렴당은 재실 대청에 앉아 이런 정경을 글로 남겼다. "못의 물빛이 추녀와 달에 비치고, 연꽃 향이 안석과 문간에 스며들어, 말 없는 중에 주 선생과 합치하는 의사가 있었네."

「애련설」은 연의 7가지 덕성을 담았다. '멀수록 그 향이 맑아진다'는 향원익청香遠益清은 그중 하나다. 이이불염泥而不染(진흙탕에서 자라지만 더러움에 물들지 아니한다), 탁청련이불요濯淸漣而不妖(맑은 물에 씻어도 요염하지 않다), 중통외직中通外直(몸은 비어 있지만 줄기는 곧다), 불만부지不蔓不枝(함부로 넝쿨이나 가지를 뻗지 않는다), 정정정식亭亭淨植(바르고 깨끗하게 자란다), 하여 멀리서 바라볼지언정 함부로 희롱할 수 없다는 것이다. 이른바 군자의 덕목이다.

중국의 염계와 주희, 조선의 둔옹이나 모렴당은 모두 현실에 좌절한 이상주의자였다. 지배 권력의 패륜을 뼈저리게 경험했기에, 권력의 억압과 폭력이 없는 이상세계를 꿈꿨다. 그런 세상을 이루기 위해선 본인부터 한 경지에 이르러야 한다. "흔들리지 않는 고요한 마음의 상태寂然不動, 誠에 이르면(순수지선, 純粹至善) 5상五常의 덕(인·의·예·지·신)을 완성할 수 있다." 성리학이 말하는 도인이요 군자다. 불교의 깨달은 자, 노장의 선인이다. 그들이 꿈꾸는 세상은 정토가 될 것이다. 모렴당이 '주선생과 합치했다'는 것은 바로 이것 아니었을까.

둔옹은 감당할 수 없는 패륜을 온몸으로 경험했다. 왕위 찬탈과 살육만이 아니었다. 그의 동생 완경은 수양대군의 쿠데타를 뒤집으려다 사사됐지만, 그의 사위 홍달손洪達孫은 수양대군의 편에 서서 정난의 공신이 되었다. 그는 사육신 가운데 한 명인 성삼문의 동생 성삼성의 처를 제 집 노비로 삼았다. 그런데 그 여인은 광주 안씨로, 둔옹의 집안사람이었다. 그러고 보니 홍달손이 제 처의 조카를 취한 것이 아닌가!

둔옹이 칩거하고 450여 년 뒤 밀양엔 전혀 새로운 이상주의자들이 용약하기 시작했다. 그들은 현실 앞에서 좌절하지 않고, 은둔하지 않았다. 제 몸을 폭탄 삼아 불의한 권력을 폭파하고, 자유와 평화, 정의와 인도의 가치가 실현되는 그런 세상을 열어가려 했다. 백민 황상규, 일봉 김대지, 약산 김원봉, 석정 윤세주 그리고 최수봉·김상윤·한봉조·한봉인·김병완 등 일제와 그 부역자들을 떨게 했던 의열단의 결의형제가 그들이다. 최초의 단원 13명 가운데 절반 이상이 밀양 출신이었다.

비록 방법은 달랐지만, 둔옹이나 의열단이 꿈꾸는 세상은 비슷했다. 권력의 지배를 최소화하고, 인간의 생래적인 도덕성과 자발성을 극대화하는 사회가 그것이었다. 연꽃 하나하나가 모여 이루는 모렴당 연지와 같은 그런 세상이다.

의열단 의백 약산은 아나키스트 우당 이회영 선생이 항일무장투쟁을 위해 설립한 신흥무관학교 출신. 의열단 선언문을 쓴 사람은 역시 아나키스트 단재 신채호 선생이었다. 이들은 허구한 날 분열과 파벌싸움에 여념이 없는 상하이 임시정부에 지쳤고, 마찬가지로 패권에 골몰하던 사회주의 계열에 실망했던 터였다.

단재의 의열단 선언서(조선혁명선언)는 이렇게 맺는다. "민중은 우리 혁명의 대본영大本營이다. 폭력은 우리 혁명의 유일 무기이다. 우리는 민중 속에 가서 민중과 손을 잡고 끊임없는 폭력·암살·파괴·폭동으로써, 강도 일본의 통치를 타도하고, 우리 생활에 불합리한 일체 제도를 개조하여, 인류로써 인류를 압박하지 못하며, 사회로써 사회를 수탈하지 못하는 이상적 조선을 건설할지니라."

밀양의 주요 도로 중에는 백민로, 약산로, 석정로가 있다. 백민로는 시청 앞 서문사거리에서 남쪽으로, 석정로는 교동사거리에서 남쪽으로, 약산로는 국립식량과학원사거리에서 동쪽으로 뻗어 있다. 백민은 밀양 민족운동의 대부. 병탄 이전부터 항일운동, 민족교육운동을 하다가 3·1운동이 무력 진압되자, 약산·석정 등과 함께 의열단을 결성했다. 국내에서 대한광복단의 일원으로 일제 부역자들을 처단하는 데 앞장섰고, 의열단의 고문으로서 의열투쟁의 뼈대를 세웠다. 광복단에서 활동 중 체포돼 수감됐고, 출소 뒤엔 신간회 중앙집행위원장 등을 맡았다. 평생 항일무장투쟁에 헌신한 석정은 조선의용군 시절 중국공산당의 주력 팔로군에 배속되어 싸우다 태항산 전선에서 사망했다.

약산은 의열단 의백(단장)이요 조선의용대 사령관이요, 조선민족혁명당 총서기였다. 해방이 되었다지만 일제 고등경찰로 독립투사들을 잡아들이던 노덕술에 의해 자신이 체포되는, 그런 남쪽의 상황에 진저리가 나 월북했다. 그런 월북자의 호를 밀양 시민은 간선도로 도로명으로 삼은 것이다.

　밀양독립기념관 야외에는 밀양 독립운동가 36인의 흉상이 설치돼 있다. 다른 모든 흉상은 독립운동 관련 훈포장을 받은 분들이지만, 약산만은 수훈자가 아니다. 시민들은 오로지 독립운동가로서 약산을 평가하고 그에 합당한 예우를 한 것이다. 벽초 홍명희의 고향 괴산시가 홍명희 이름 석 자를 모두 지워버리고, 그의 작품인 『임꺽정』만 장삿속으로 이용하는 것과는 격조가 다르다.

　밀양에서 300리 떨어진 함양엔 이런 교훈을 가진 중학교가 있다. "참되자, 일하자." '일하자'라니! 야학도 공민학교도 아닌, 해방 후 두 번째로 인가받은 안의중학교의 교훈이다.

　이 학교가 개교식 겸 입학식을 거행한 건 1946년 10월 5일. 개교식만으로 보면 해방 후 최초의 중학교다. 그로부터 6개월 전인 4월 21일 안의에선 전국아나키스트대표자대회가 열렸다. 600여 명에 이르는 참석자들은 독립노농당의 창당을 결의하고, 정부 수립의 원칙을 천명했다. "자유와 평화, 그리고 생산자에 의한 생산수단의 소유!" 아나키스트의 꿈과 이상 그리고 의지를 담은 것이었다.

　"각인은 만인의 자유를 존중하고 만인은 각인의 자유를 보장한다. 무력은 인민의 자기 생활 보위의 한계를 넘어서는 안 된다. 일제가 착취한 토지나 일제에 부역해 착취한 지주의 토지는 농민에게, 착취한 공장 광산 작업장은 노동자에게 무상으로 귀속시켜야 한다." 안의중학교 교훈은 바로 이런 원칙을 함축한 것이었고, 그건 아나키스트의 신조이자 이념이었다.

　사실상 학교를 세운 이진언을 비롯해 하기락·최영준·최태호·이시우·하종진 등 창립자들은 아나키즘 조직가였다. 이 학교 역대 교장 중에는 안병준安秉駿과 시인 유치환柳致環이 있다. 안병준은 둔옹과 모렴당의 직계손이고, 유치환 시인은 두 형제(유치진과 유치상)와 함께 골수 아나키스트였다.

안의에는 안의3동이라 하여 화림동, 심진동, 원학동이 있다. 세상의 소란에서 벗어나 이상세계를 꿈꾸기에 안성맞춤인 곳이다. 이 중에서도 진리삼매에 빠진다는 심진동은 특별하다. 아나키스트 대회가 열린 곳은 바로 심진동 용추폭포 옆 용추사였다. 자신을 촛불처럼 태워 진리를 드러내고자 했던 사람들, 그들의 소망이 반영된 장소다.

심진동 계곡은 서쪽으로 황석산과 거망산, 동쪽으로 기백산과 금원산 등 1,200∼1,300미터 높이의 산줄기 사이로 나 있다. 영남 제일이라는 용추폭포엔 네 산의 정혈이 모인다는 곳이 있다. 전설이 없을 리 없다. 그러나 그 내용이 삼척 무릉계의 용추폭포 등과는 달리 비극적이다. 그곳의 이무기가 오랜 치성 끝에 하늘로 오르려다 벼락 맞아 떨어져 죽었다는 것이다.

너른 물가에 둘러앉아 저마다 이상과 꿈을 토했을 젊은 아나키스트들이 전설을 모를 리 없다. 제 몸을 촛불처럼 태워 권력의 억압을 깨고, 아름다운 세상을 구현하려 했던 사람들. 그러나 우파나 좌파, 남쪽이나 북쪽 모두 배척했던 이상주의자들. 해방된 조국에서 그들의 승천을 반길 이는 없었다.

승천하지 못한 이무기의 몸부림 탓일까, 물보라가 자욱하다. 햇살이 들더니 물안개에 무지개가 들어섰다가 곧 사라진다. 순간이다. 그러나 피고 지는 것이 순간이라고 누가 무지개를 허망하다 할까. 아름다움은 영원한 것. 꿈과 이상도 한때 꺾일지라도 용추폭포 무지개처럼 다시 피어오르고 또 피어오르는 법이다.

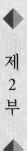

제 2 부

'대동'을 향한
금광왕의 무한도전

"1937년 7월 중일전쟁이 일어나자 북지위문품대로 1,000원을 내고, 1938년 10월 정주경찰서에 황금위문금을 냈다. 1939년 1월 1일『매일신보』에 일제의 승승장구를 기원하는 시국광고에 참여했고, 1939년 7월엔 일본군 위문대 대금으로 1,000원을 냈으며 11월 조선유도연합회 평의원을 맡았다. 이에 대한 보상으로 1940년 4월 감수포장을 받았다. 1940년 7월 잡지『삼천리』에 지원병을 격려하는 글을 게재했으며, 1941년 10월 출범한 조선임전보국단 이사로 참여했다." 민족문제연구소가 2009년 간행한『친일인명사전』에 기록된 금광왕 남호南湖 이종만李鐘萬의 '친일' 행적이다.

이에 대해 이종만의 딸 이남순은 2010년 낸 회고록(『나는 이렇게 평화가 되었다』)에서 '피맺힌 한'을 토로한다. "28전29기의 역경 속에서 오로지 농민과 광부, 근로자의 복지와 대동평등사회 구현에 헌신한 분에 대한 공정한 평가라고 할 수 없다!" 그러면서 방기중 전 연세대 교수가 1996년 발표한 연구논문 「일제 말기 대동사업체 경제자립운동의 이념」의 결론을 소개했다. "이종만이 자신의 전 재산과 기업을 바쳐 세운 대동기업체의 이념과 경영철학은 식민체제를 극복하고 새로운 국가 건설을 모색하던 진보적 민족주의 계열이 도달한 사상적 모색의 한 전형이자 실천이었다."

그건 과장이 아니었다. 이종만은 30여 년간 28번의 실패 끝에 잡은 성공의 막대한 결실을 일제와 봉건적 수탈체제 아래서 고통을 당하던 농민과 노동자에게 환원했다. 새로운 민족국가 건설을 염두에 두고 대동 경제의 모범을 세우는 데 바쳤다.

북지위문금을 내기 2개월 전 이종만은 영평금광 매각 대금 155만 원 중 50만 원(전홍관 카이스트 교수에 따르면 지금 화폐 가치로는 500억 원)을 자작농 육성과 이상적 농촌 건설을 위한 대동농촌사 설립에 쾌척했다. 조선의 동서남북 중앙 5개소에 집단농장을 위한 농지를 매입하고, 토지를 사들여 대규모 농장을 설립한 뒤 선발된 경작자들에게 소출의 3할만 의무금으로 받고 경작하게 하며, 30년이 지나면 경작자가 모든 수확물을 갖게 하며, 의무금으로는 집단 농지 추가 매입과 교육복지시설 확충에 쓴다는 것이었다. 당시 소작료는 6~7할에 달했다. 10여만 원은 영평금광 광부와 직원 1,000여 명에게 나눠주고, 인근 마을 빈민구제금으로 1만 원을 희사했으며, 광부의 아이들이 다니는 영평학원에 2,000원, 왕장공립보통학교에 1,000원을 각각 전했다. 그가 인수인계식을 끝내고 떠날 때 왕장역에는 "1,000여 명의 광부와 그 가족들, 인근 주민들이 인산인해를 이루었고 그의 덕행을 찬양해 마지않았다"라고 당시 각 신문들은 전했다. 고향인 울산에도, 대현면 교육사업비로 10만 원, 빈

민구제금으로 1만 원을 희사했으니 그가 노동자 농민 교육사업으로 환원한 금액은 80여만 원에 이르렀다. 9월엔 자신의 땅 157만 평도 내놓았다.

1938년 10월 그는 정주경찰서에 1,000원의 황금위문금을 냈다. 하지만 그해 6월 조선의 전문 기능인을 양성하기 위한 대동공업전문학교를 설립하고, 대동광업주식회사, 대동광산조합, 대동출판사 등을 세웠다. 그가 꿈꾸던 노동자-자본가, 지주-경작자의 협력에 의한 집단 경영, 균등 분배를 구현할 대동사업체의 뼈대였다. 그의 소유인 장진광산 280구, 초산 140구, 자성 300구 등 1,000구가 넘는 광구를 기반으로 설립한 대동광업주식회사가 돈줄이었다. 일제하에서 비타협적으로 일제에 맞섰던 위창 오세창이 이 회사 현판을 써준 것은 이런 취지에 공감했기 때문이었다.

대동광산조합은 자본과 기술의 영세성을 면치 못하는 조선인이 운영하는 중소 광산을 한데 모아, 일본의 대자본과 기술력에 맞서기 위해 조직한 것이었다. 위로는 사용자 조합을 결성해 자본과 기술의 영세성을 극복하고, 현장에서는 광주와 광부가 조합을 결성해 이익을 균점하고 복지제도를 확충하겠다는 것이었다.

그는 신사참배를 거부하다 폐교 위기에 몰린 민족교육의 산실 숭실전문학교를 인수하려 했다. 총독부의 방해와 숭실학교 설립자인 미국 북장로교회의 거부로 실패했다. 그 대신 1938년 6월 조선의 민족경제를 일굴 이공계 전문 인력을 양성할 대동공업전문학교를 평양에 세웠다. 설립자금만 120만 원이 들었고, 사재 30만 원까지 털어 넣었다. 이 학교는 북한 김책공업대학교의 전신이다. 주요 광업소 현장에는 무료 기술원 양성소를 세웠다. 일본 기업의 자본과 기술력을 극복하려는 것이었고, 자본가의 이윤 독점에 맞서 노-자 협조주의를 관철하려는 것이었다.

그가 일제강점기에 설립하거나 지원한 민족학교는 울산의 농업학교 등 11곳에 이르렀다. 그는 대구 등지에 농업과 공업 전문학교를 설립하고 서울엔 연구소를 개설할 계획이었다. 그가 일제에 낸 돈은 일종의 보험금이었고, 조선 노동자 농민 민족교육에 헌납한 금액에 비하면 '팥고물' 수준이었다.

1941년 태평양 전쟁을 도발하면서 일제는 금 생산 장려 정책을 중단했다. 금을 캐도 판로가 없었다. 대동광업주식회사는 부채가 800만 원에 이르렀다. 대동공업전문학교는 교사 신축에 사채까지 끌어다 썼다. 대동사업체는 졸지에 파산 위기에 봉착했다. 이종만과 총괄전무 이준열, 경리담당 임원 정현모 등이 임전보국단에 가입해, '친일' 활동을 하게 된 건 그때였다. 하지만 그것도 무위로 그쳤다. 일제는 1943년 금광을 강제로 정리했다. 대동사업체들은 사라졌다. 대동농촌사는 농민들에게 모든 토지를 넘기고 해체됐으며, 대동출판사는 대동공업전문학교 경비를 충당하기 위해 매각됐다. 29번째 도전 역시 실패였다.

이종만은 1905년 스무 살 때 부산에서 미역 도매업에 뛰어들었다. 당시는 러일전쟁 중이어서 옥도정기의 원료로 쓰이던 미역값이 폭등하였다. 그러나 러일전쟁이 생각보다 일찍 끝나면서 사업은 파산했다. 2년 뒤 어선을 빌려 대부망 사업을 시작했지만, 풍랑을 만나 배가 침몰했다. 고향인 울산 대현면 용잠리에서 서당 7개소를 통합해 대흥학교를 설립했지만, 완고한 노인들의 반발로 1년 만에 문을 닫았다. 그로 말미암아 벼 100석 소출 규모의 가산도 사라졌다. 제1차 세계대전 중 반짝 흥했던 중석광산도 종전과 함께 다시 도산했고, 1919년 금강산에서 목재업을 시작했지만 사들인 재목이 홍수에 모두 쓸려나가 망했다. 함남 영평과 북청에서 개간사업을 했지만 부자 좋은 일만 했고, 함남 동창, 명태동에서 벌인 광산도 실패했다. 하는 족족 망했지만, 이상적인 농촌 건설과 민족교육의 꿈은 포기하지 않았다. 1920년 추진한 조선농림회사는 이를 위한 시도였지만, 일제의 방해로 실패했다.

1923년 그는 훗날 그와 운명을 같이하게 될 이준열李峻烈을 만났다. 이준열은 경성고등공업전문학교(서울대 공대 전신) 출신으로 경성고학당을 운영하고 있었다. '무산자 교육운동'의 중심이던 경성고학당에서 이준열은 교육을, 이종만은 후원업체인 제빵공장 운영을 맡았다. 자금 부족으로 빵공장이 문을 닫게 되자 1928년 다시 함남 신흥군 명태동에서 금광 개발에 뛰어들지만 이번엔 3년 만에 동업자의 배신으로 망했다.

인생 역전은 방치된 영평금광을 450원에 매입하면서 이뤄졌다. 1936년 영평금광은 연간 생산액 40만 원의 알짜 금광으로 자리 잡았다. 규모가 더 큰 장진금광을 사들이면서 영평금광을 155만 원에 매각했다. 그즈음 이준열은 고려공산당재건사건으로 7년간 복역하고 막 출소한 터였다. 이준열은 회고록에서 당시를 이렇게 회고했다.

"1937년 초 어스름이 밀려올 때, 얼어붙은 겨울의 한강 강변에서 남호와 송강, 허헌, 이성환, 이훈구, 정현모, 민정기, 이영조, 김용암, 박창식, 문원주, 한장경 등이 도원결의를 맺었다. 서로의 팔뚝을 맞대며 대동을 향한 새 출발을 약속한 것이다. 아름다운 동행은 거기에서 시작되었다."

이준열은 주지하다시피 '이종만이 도장을 믿고 맡길 수 있는 동지'였고, 김병로, 이인과 함께 3대 민족 변호사였던 허헌許憲은 대동사업체의 상임감사로 이종만의 법률 고문이자 그의 의중을 대변했다. 허헌은 신간회 중앙집행위원장을 맡았다가 3년간 복역했고, 해방 후 북한 최고인민회의 의장, 김일성대학 총장, 조국통일민주주의전선 중앙위원회 의장 등을 역임했다. 대동농촌사의 기획을 맡았던 이훈구李勳求는 숭실전문학교 교수로서 농촌운동 지도자였다. 신간회 간부였던 정현모鄭賢模는 대동사업체의 경리를 담당했으며, 대동출판사의 주간을 맡았던 이관구 역시 신간회 정치부 간사를 맡았었다. 이성환은 약관의 나이에 농민운동의 지도적 역할을 한 농업이론가였다. 대동사업체가 나아갈 길은 자명했다.

이종만은 『광업조선』 권두언에서 자신의 소신을 이렇게 밝혔다. "산업 평화의 길은 공존공영의 협조정신에 있다. 생산의 분배가 공정치 못하든지, 작업상 대우에 차별이 있다면 그건 참된 공존공영의 협조정신이 아니다. (기업체가) 완전한 발달을 이루자면 참여한 모든 사람이 일용일사에서 아무리 사소한 일이라도 서로 화해하고 협조하지 않으면 안 된다. 상하 구별 없이 일심일체가 되어 공존공영의 정신 아래서 일해야한다."

이남순은 아버지를 이렇게 회고했다. "아버지는 항상 대동정신을 강조했다. 우리는 다른 나라의 식민지로 전락하여 핍박받은 백성이 되었고, 민족 안에서도 강자와 약자 사이에 많은 차별과 불평등이 있다. 모두가 평등하고 평화로운 세상을 만들어야 한다."

이종만에게 '대동'은 신념을 넘어서 하나의 신앙이었다. "모든 불평과 불행의 근원은 사심에서 시작된다. 사심을 버리고 대자아의 활연한 심경에 이르면, 세상 만물 어느 것이나 차이나 구분 없이 다 같은 본상으로 나타나게 된다. 이때 노동과 자본의 조화로운 협조 속에서 공존공영의 이상으로 나아갈 수 있으니, 이것이 대동사상의 핵심이다"(『대동일람』 서문). '대동'의 원전인 『예기』 「예운」 편은 그런 세상을 이렇게 설명한다. "권력을 독점하는 자 없이 평등하며, 재화는 공유되고 생활이 보장되며, 각 개인이 충분히 재능을 발휘할 수 있는 세상." 중국의 혁명가

캉유웨이康有爲나 쑨원이 꿈꾸던 이상사회였다. 이종만은 해방 후에도 대동사상을 선양하기 위해 1948년 대동교학회를 세운다.

1946년 5월 말 남한 최대의 탄광이었던 삼척탄광에서 노동쟁의가 벌어졌다. 광부들이 노동자 자주관리제를 좌절시키려는 미군정청과 군정 대리인 하경용에 맞선 것이었다. 요구사항은 군정의 대리인 하경용을 철회할 것, 현 사장을 유임시킬 것, 임금이나 인사 등 결정사항을 승인할 것 등이었다. 당시 이 회사 사장은 바로 이종만이었다. 그는 자주관리제를 통해 '대동'의 정신을 구현하려 했다. 미군정청은 노동자의 요구를 수용하지 않을 수 없었다.

그러나 이 도전도 실패했다. 민군정에 기대어 활개 치던 친일세력의 모략에 의해 이종만은 결국 쫓겨난다.

이종만은 1949년 월북한다. 당시 북한 정권은 새로운 대동 세상 건설을 호언했다. 그는 광업상 고문 등을 역임하며 새로운 도전을 시작했다. 그러나 지금 북한은 대동 세상과 거리가 멀다. 노동자와 농민의 이상향도 아니다. 31번째 도전도 실패했던 것이다.

'일하는 사람이 다 잘사는' 이상에 모든 걸 바친 그를 누가 비난할 수 있을까. 오히려 남이든 북이든 그의 아름다운 도전을 이 막다른 시대 '헬조선'의 어둠을 밝힐 등불로 삼아야 하지 않을까? 이종만은 1977년 사망했다. 그는 기업가로는 유일하게 북한의 애국열사릉에 묻혔다.

제주 4·3과
군인의 자격

4·3평화공원, 4·3평화기념관, 4·3희생자 유족회……. 제주 4·3엔 이름이 없다. 성('제주4·3')만 있을 뿐이다. 사망자 3만여 명, 이재민 9만 1,000여 명, 소실된 가옥 1만 5,900여 호 3만 9,000여 동. 점령군에 맞선 세계사적으로 유례가 없는 저항(존 메릴)과 학살이 일어났지만, 70년이 지나도록 대한민국은 이 사건의 성격을 규정하지 못하고 있다. 학정에 대한 저항인가 난동인가, 시민항쟁인가 공산폭동인가, 학살인가 교전인가, 사태인가 사건인가? '제주 4·3'에 이름이 없는 까닭이고, 4·3평화기념관 상설전시관 초입에 설치된 묘석이 백비白碑로 남아 있는 이유다.

노력하지 않은 것은 아니었다. 그러나 대다수 정권은 이런 노력을 물리적으로 탄압하거나 소극적으로 회피했다. 언급만 해도 국사범으로 몰았던 이승만 정권이 무너지면서 4·3의 진실을 규명하기 위한 노력이 분출했다. 그러나 5·16쿠데타로 권력을 강탈한 박정희 정권은 상황을 이승만 시절로 되돌려 놓았다. 쿠데타 직후 제주대의 진상규명동지회 회원들을 구속했고, 피해자 신고를 주도하고 학살 경찰관을 처음으로 고발한 신두방 『제주신보』 전무를 구속했다. 이와 함께 주민 132명이 한 날 한 시 한 곳에서 학살당해 암매장된 곳에 후손들이 세운 '백조일손지지' 묘비를 파괴해 매장해 버렸다. 피해자 가족까지도 빨갱이로 낙인찍은 연좌제의 고삐는 더욱 강화했다. 진실 규명의 노력은 다시 매장됐다.

그로부터 17년이 지난 뒤에야 소설가 현기영玄基榮이 북촌학살사건을 다룬 단편소설 「순이삼촌」을 발표했다. 이듬해 그는 체포돼 고문을 당했고, 소설집은 판금됐다. 그로부터 9년 뒤인 1987년, 장편 서사시 「한라산」의 작가 이산하가 국가보안법 위반혐의로 체포돼 실형을 살았다. 1990년 4·3자료집 『제주민중항쟁』을 발간한 김명식 시인도 구속돼 징역 1년 6개월을 선고받았다. 6월 항쟁으로 군사정권이 항복 선언을 했지만, 4·3에 대한 봉인은 풀리지 않았다. 국민의 정부가 출범하고서야 진상 규명 노력이 기지개를 켜기 시작했다.

2001년 미국 국립문서보관소를 뒤지던 정부의 제주 4·3위원회 진상조사팀(팀장 양조훈)은 한 장의 사진 앞에서 덜컥 숨이 멎었다. 1948년 5월 5일 오전 제주공항에서 촬영한 사진이었다. 거기엔 미군정 장관 윌리엄 딘과 통역, 제임스 맨스필드 제주 군정관, 유해진 제주지사, 안재홍 민정 장관, 조병옥 경무부장, 송호성 국방경비대 사령관, 제주 주둔 9연대 연대장 김익렬金益烈, 1921~88, 최천 제주 경찰감찰청장이 담겨 있었다. 제주의 운명을 가른 그날 오후 극비회의의 참석자들이었다.

제주중학교 안 미군 방첩대 회의실. 제주 경찰감찰청장 최천이 먼저 보고했다. "(제주도 소요사태는) 제주도에 침투한 국제공산주의자들이 남한의 정부 수립을 방해하기 위한 폭동으로 현지 공산주의자들이 가담해 확산됐다"라는 내용이었다. 김익렬의 보고가 이어졌다. 그는 경찰과 서북청년단 등의 만행을 담은 사진 증거물과 각종 증언을 제시하며 경찰의 만행에 반발한 민중 폭동이라고 규정하고, 따라서 경비대의 지휘 아래 경찰을 배제하고, '선 선무 후 토벌'을 해야 한다고 제안했다. 딘은 당황했다. 김익렬에게서 받은 자료를 조병옥에게 던지며 짜증을 냈다. "당신의 보고와 왜 이렇게 다른가."

조병옥이 제 차례도 아닌데 다짜고짜 단상으로 올라가 김익렬을 빨갱이로 몰기 시작했다. "저기 공산주의 청년 한 사람이 앉아 있소. …… 청년의 아버지는 국제공산주의자이며 현재 이북에서 공산당 간부로 열렬히 활약하고 있소. 저자는 부친의 지령에 의해 행동하고 있는 것이오." 김익렬의 부친은 그의 나이 다섯 살 때인 1925년 작고했다. 새빨간 거짓말이었다.

"저의 죄상이 드러나니까 나와 내 아버지를 하필이면 공산주의자로 몰아? 취소하지 않으면 죽여버리겠다." 김익렬이 조병옥의 복부를 걸어차고 멱살을 흔들었다. 말리려던 최천은 그의 발길질에 나뒹굴었다. 엉터리로 통역을 하던 김 아무개 목사 역시 김익렬의 발길에 걸어채였다. 그 소란 중에도 김 목사는 딘의 귀에 대고 "김익렬은 공산주의자이며 나쁜 놈"이라고 주절댔다. 출동한 헌병에 의해 소란이 진정되는가 싶더니 안재홍이 대성통곡을 했다. "아이고 분하다, 분해. 이것이 다 남의 힘을 빌려서 해방이 된 때문에 당하는 것이오. 연대장, 참으시오." 딘은 서둘러 자리를 떴다. 안재홍은 그 자리에 남아 "민족의 비극이요, 비극"이라며 땅을 쳤다.

이튿날 김익렬은 해임됐고, 딘의 심복인 박진경 중령이 내려왔다. 그는 취임식에서 '자신의 부친은 대정익찬회(골수 친일파 조직) 회원'이라며, "제주도민을 모두 죽이는 한이 있더라도 폭동을 진압하겠다"라고 밝혔다. 전면적 토벌작전 선언이었다. 그건 미군정과 군정경찰 그리고 이승만 일파의 뜻이었다. 박진경은 그 후 한 달 동안 5,000~6,000여 명의 주민을 체포했다. 대부분 무고한 시민들이었다. 그는 6월 중순 부하들에게 암살당했다.

당시 미 군정당국이 토벌작전을 서두른 것은, 미국 정부가 국제사회에서 궁지에 몰려 있었기 때문이었다. 4월 중순 소련은 유엔에서 "(소련 관할의) 북쪽은 평온한데 미군정하의 남쪽에서는 폭정에 대항해 주민들이 각지에서 폭동과 반란을 일으키고 있으며 그 좋은 예가 제주도의 폭동"이라는 내용의 성명을 발표했다. 미 정부는 군정청에 신속한 해결을 재촉했다.

제주도에선 1947년 초부터 소요사태가 악화일로에 있었다. 3월 1일 경찰의 발포로 초등생과 젖먹이 엄마 등 여섯 명이 희생되고, 3월 10일 이에 항의한 총파업이 일어나 관공서 및 민간기업 종사자의 95퍼센트가 가담했다. 경찰은 1948년 2월까지 2,500여 명을 체포했다. 이 과정에서 경찰과 서북청년단 등은 선량한 주민들을 상대로 빨갱이 혹은 밀무역 등의 혐의로 구금·폭행·약탈·강간 등을 저질렀다. 3월엔 중학생이 포함된 시민 세 명을 고문으로 죽였다. 민중은 분노했다.

4월 3일 남로당 제주도당은 11개 지서를 습격했다. 당시 무장대는 300여 명 규모로 무기는 구식 일제소총 스물일곱 자루와 권총 세 정 그리고 죽창이 고작이었다. 이후 육지 경찰과 서북청년단이 증파됐지만, 이들의 더 거친 만행은 입산자만 늘렸다. 이인 미군정 검찰총장이 "(미 군정의 실정과 관리들의 부패로) 고름이 제대로 든 것을 좌익 계열이 바늘로 터트린 것"이라고 진단한 것은 이 때문이었다.

궁지에 몰린 미국 정부는 딘에 대한 문책 논의와 함께 조속한 진압을 재촉했다. 사태의 성격도 '공산주의자들의 선동에 의해 일어난 폭동'으로 만들어, 소련의 입을 막도록 했다. 미군정은 4월 17일 자체 경비만을 서고 있던 9연대에 진압 명령을 내렸다.

연대장 김익렬의 판단은 확고했다. 경찰과 서청의 만행이 원인인 만큼 '진압작전에서 경찰을 배제하고, 선무 및 귀순 공작을 선행해야 한다'라는 것이었다. 맨스필드 제주 군정관도 동의했다. 그는 이미 협상을 통한 해결을 추진하고 있었다

첫 협상 대표로 '극우파' 유해진 지사를 지명했지만, 그는 회담 전날 급환을 핑계로 불참했다. 두 번째 대표 김정호 경찰토벌사령관 역시 회담 날짜가 되자 출장을 핑계로 서울로 튀었다. 세 번째 대표인 최천도 급병을 핑계로 회담을 피했다. 네 번째로 민족청년단장을 지명했지만, 회담은 성사되지 않았다.

김익렬은 다섯 번째 대표였다. 그는 박경훈 전 도지사 등 뜻있는 제주도 유지들의 협력을 받아 10여 일 노력한 끝에 무장대와의 평화협상을 성사시켰다. 박경훈 전 지사는 1947년 3·1발포사건에 대한 항의로 지사직을 내던진 이였다. 김익렬은 '전권'을 확약받은 뒤 가족 등에게 남기는 네 통의 유서를 작성하고는 4월 28일 오후 1시 무장대가 지정한 곳에서 김달삼金達三(본명 이승진)을 만났다. 5시간 계속된 회담에서 그는 즉각 전투 중지, 무장해제 및 투항, 범법자 명단 제출(명기된 자 이외에는 수사와 심문 대상에서 제외한다) 등의 합의를 이끌어냈다. 이행을 보증하는 차원에서 자신의 노모와 부인, 여섯 달 된 아들을 무장대가 감시할 수 있는 민가에 머물도록 했다. '사실상의 인질'로 내놓은 것이다.

하지만 미군 수뇌부의 생각은 달랐다. 회담을 추진하는 중에도 군정

장관 정치고문은 제주도로 내려와 김익렬에게 매일 두세 시간씩 강경
진압을 재촉했다. 김익렬이 거부하자 진급과 보직 특혜는 물론 돈까지
제시했다. 처음엔 5만 달러, 나중엔 10만 달러까지 액수를 늘렸다. 미국
이민 보장도 제안했다. '민족반역의 대가로 호의호식하라는 것인가?'
김익렬은 거부했다.

합의 뒤 입산자들의 귀순과 하산이 순조롭게 진행됐다. 그런데 5월
1일 돌연 오라리 연미마을에서 방화사건이 일어났다. 당시 경찰과 미
군은 서둘러 폭도들에 의해 저질러진 것이라고 규정했다. 하지만 김익
렬과 9연대 정보요원들이 현장조사를 벌인 결과는 정반대였다. 사건
은 경찰의 지휘 아래 서북청년단과 대동청년단에 의해 저질러진 것이
었다.

사건 당시 공교롭게도 미군 헬기는 경찰기동대의 출동에서부터 오라
리 연미마을이 불타기까지 장면을 입체적으로 촬영했다. 미군은 이 사
진 자료를 바탕으로 '제주도의 메이데이'라는 제목 아래 공산 폭도들
의 폭력성을 주장하는 기록영화를 만들어 국제사회에 배포했다. 당시
비판적이었던 미국 내 여론은 물론 싸늘한 국제적 시선을 잠재우는 데
이용한 것이다. 누가 보아도 미군의 개입을 의심할 수밖에 없었다.

김익렬은 맨스필드를 거쳐 미군정 정보참모본부 및 주한미군사령부
방첩대 파견장교에게 사태의 진상을 보고했지만 그들은 콧방귀도 뀌
지 않았다. 미군과 경비대와 경찰 합동으로 조사해 보자는 제안도 일
축했다. 대신 앞으로 해안선에서 5킬로미터 이상 떨어진 중산간지대
를 '적성지역'으로 간주해 토벌하라는 명령만 내렸다. 동행했던 이윤
락 정보참모가 "아이들도 빨갱이로 토벌해야 하느냐?"라고 묻자 "아이
들도 빨갱이 사상으로 물들어 있다"라고 방첩대 장교는 잘라 말했다고
한다.

오라리 방화사건 이틀 뒤 다시 또 귀순자에 대한 경찰의 무차별 총격 사건이 벌어졌다. 9연대 고문관 드루스 대위 등이 귀순자 200여 명을 호송하며 제주읍 쪽으로 내려올 때였다. 현장에서 사로잡힌 제주경찰서 소속 경찰관은 드루스 대위에게 '폭도들의 귀순공작을 방해하는 임무를 띤 특공대'라고 자백했지만, 김정호 경찰토벌대장은 폭도들의 소행이라고 잡아뗐다. 사로잡힌 경찰관은 이튿날 유치장에서 숨진 채 발견됐다. 비밀이 폭로될까 살해했지만, 경찰은 자살로 발표했다. 미군정은 경찰의 발표를 수용하고 덮어버렸다.

따라서 5일 극비회의의 결론은 이미 나 있었다. 공식화하는 일만 남았다. 김익렬이 모를 리 없었다. 그러나 초토화라는 민족적 참극만은 막아야 했다.

그가 해임된 후 제주에서는 '세계사적으로 유례가 없는 저항'(존 메릴)과 학살이 일어났다. 김익렬은 13연대장으로 발령을 받았다. 조병옥 등의 끈질긴 모함으로 쫓겨날 위기였지만, 군 동료들이 보내는 전폭적 신뢰를 미군정은 무시할 수 없었다. 13연대는 6·25전쟁 초기 서부전선에서 맨몸으로 북한군의 탱크와 맞서 남하를 저지했다. 그는 1968년 중장으로 예편한 뒤 1969년 회고록을 쓰기 시작했다. 회고록은 1970년대 초 마무리됐지만, 오랫동안 벽장 속에 갇혀 있어야 했다. "더 이상 왜곡되지 않을 때 공개하라"는 장군의 유언 때문이었다. 유고는 1989년에야 『제주일보』를 통해 빛을 보았다.

"나는 제주 4·3사건을 미군정의 감독 부족과 실정으로 말미암아 도민과 경찰이 충돌한 사건이며, 관의 극도의 압정에 견디다 못한 민이 마지막으로 들고일어난 민중폭동이라고 본다. 당시 제주도 경찰감찰청장, 제주 군정관, 조병옥 경무부장, 군정청 장관 딘 소장 등 한 사람이라도 초기에 현명하게 처리하였다면 극소수의 인명피해로 해결될 수 있었다. …… 조병옥 씨 이하 경찰은 사건 해결보다는 죄상이 노출되어 모가지가 달아날까 봐 진상을 은폐하기에 급급했다." 김익렬은 유고를 이렇게 맺었다. "……고인이 된 이들의 죄상을 규탄하여 불명예스럽게 하는 것은 나의 자존심과 교양에 비추어서도 달갑지 않은 일이다. 개인적으로는 고인이 된 이들의 죄상을 덮어두는 것이 인간적 예의라고 생각하나 침묵을 지키기에는 역사의 증인으로서 나의 양심의 가책이 너무 컸다."

김익렬 이후 미군의 요구에 대해 '노'라고 답한 군인은 지금까지 없었다.

잠들 수 없는 거북정,
비밀의 정원

잠은 쉬이 오지 않는다. 달은 이미 일림산 서쪽 산자락을 넘어가고 있었다. 득량만엔 은빛 잔물결 위로 붉은 여명이 조금씩 깔렸다. 그러나 사랑채 곳곳은 수런대는 소리들로 어수선하다. 파도처럼 밀려왔다 스러지고, 부서졌다가 되살아나는 소리들……. 해방의 환호, 도주, 토벌, 방화, 오열 그 사이로 애잔하게 꿈틀대는 서편제 보성소리.

때는 미명조차 깔리기 전이었다. 봉강鳳崗 정해룡丁海龍은 알 수 없는 예감에 일찌감치 자리를 털고 일어났다. 4시나 되었을까. 일꾼 하나가 사랑채 문을 다급하게 두드린다. 숨소리가 가쁘다. 곧 행랑채가 술렁댄다. 보성인쇄소에서 삼십 리 길, 일꾼은 파김치가 되었을 법도 한데, 목소리는 기쁨에 들떠 있다. "서방님, 해방입니다, 해방. 일본이 오늘 항복 선언을 한다고 합니다."

사발통문이 돌려지고, 동생 해진과 6촌 이내의 종희, 종호, 종팔 그리고 해두, 해묵 등 일가 젊은이들이 몰려들었다. 일꾼들은 분주하게 뒷산을 오가며 장정 키 만한 대나무 한 짐씩 져 왔다. 아침 해가 득량만을 건너 봉강리 들판과 일림산 기슭을 채울 때쯤 사랑채는 조용해졌다. 각자 일찌감치 배를 채운 뒤 잠깐씩 눈을 붙였다.

　낮 12시, 스피커에서 일본 왕의 떨리는 목소리가 흘러나왔다. 짧은 항복선언이 끝나자 정씨 일가와 일꾼들이 죽창을 들고 대문을 나섰다. 전일리 등을 거치면서 행렬은 급격히 불었다. 개울물이 냇물 되고, 냇물이 강물 되어 율포 초입 벽사정을 지날 때쯤엔 밀물이 되었다.

　정유재란 때 조선 3도 수군통제사로 복귀한 이순신은 승주·순천·낙안을 돌아 군사와 무기, 보급품 그리고 양민들과 함께 율포에 도착한다. 이순신은 그곳에서 남은 배 열두 척을 수습한다. 종사관으로 임명된 정경달丁景達은 바로 그 벽사정에서 선조의 교지를 전달했다. 이순신은 그곳에서 "신에게는 열두 척의 전함이 있습니다"라는 말과 함께 정유재란의 첫 대첩지 울돌목으로 출격한다. 정해룡은 이순신 장군과 함께 정유재란을 승리로 이끈 정경달의 13세손.

　죽창을 든 사람들은 율포 신사로 밀려갔다. 일경이 막아섰다. 경성제대를 졸업하고 동경제국대학 대학원에서 수학했던 동생 해진이 짧지만 강한 어조로 연설했다. 경고였다. 일본 순사들은 움찔 물러섰다. "너희 천황은 이미 항복했다. 너희는 이제 네 나라로 돌아가라." 득량만을 한눈에 굽어보는 둔덕 위에 거대한 불길이 일어난 건 15일 오후 2시. 잠시 뒤 봉강의 율포 양조장 앞에선 36년 만에 마을 축제가 벌어졌다.

　이튿날 봉강리 거북정으로 스리쿼터 세 대가 들이닥쳤다. 무장 일경들이 타고 있었다. 철수할 때 안전을 보장해 달라고 애걸하기 위해 찾아온 것이었다. 이튿날 전일리 팽나무숲 앞 삼거리엔 양쪽 대표 각 다섯 명이 만났다. 회천 일대 질서 유지의 책임은 정씨 가에 맡겨졌다.

해방 전 정해룡은 13대에 걸쳐 함께 살아온 종들을 방면했다. 추노꾼이 성행하던 시절, 면천을 해줘도 노비들이 떠나려 하지 않았던 봉강 집안이었다. 정해룡은 그들에게 성씨와 이름을 주고, 결혼시키고, 부쳐 먹을 땅을 떼어줬다. 끔찍했던 기미흉년, 임진흉년 때는 곳간의 모든 곡식을 풀어 기아에서 벗어나게 했다. 평소에도 그곳은 열린 곳간이었다. 향리에선 모두가 정씨 종택을 저의 종택으로, 압해 정씨 종가인 봉강 댁을 저의 종가로 여기고 있었다. 마을의 대소사는 그곳에서 결정됐다.

잠자리를 걷었다. 사랑 대청에 서니 득량만에 새벽 햇살이 눈부시게 부서진다. 문득 향기가 코끝을 스친다. 설동백. 첫서리가 오면 피기 시작하는 동백이다. 사랑채 정원엔 한반도 형상의 작은 연못이 있다. 홑겹의 연보라 꽃잎 속 노란 꽃술이 선명하다. 연못 둘레엔 정씨댁 5군자, 매화·난초·국화·대나무·솔이 사철 푸르다.

가까운 영천리 도강재 마을의 송계松溪 정응민鄭應珉은 사랑채 단골이었다. 강산江山 박유전朴裕全을 비조로 하여 서편제 보성소리를 완성한 천하의 가객. 명창 정권진·성우향·성창순은 그의 제자다. 정응민은 물론 제자들이 소리 한 자락을 완성하면 그곳에서 시연을 하곤 했다. 소해 장건상, 운암 김성숙은 물론 인촌 김성수 등이 찾아와 머물 때도 소리판은 벌어졌다. 사랑채는 문화 공간이면서 동시에 민족의 독립과 새로운 조국의 건설에 대한 논의가 이루어지던 아지트였다. 정해룡은 여운형이 이끈 근로인민당 재정부장으로 창당 주역이었다.

안채로 들어선다. 해방 공간에서의 방화 등 숱한 우여곡절에도 불구하고 건재한 본채. 대문에서 보면 중문채를 거쳐 한 단 높은 곳에 중문이 있고 그 너머에 안채가 있다. 특이하게도 중문 뒤엔 담 하나가 버티고 있어 안채를 가린다. 내외담이다. 사랑채 문 건너편에도 내외담이 있다. 안채 여인들의 동태는 그렇게 꼭꼭 가려져 있었다. 객들은 중문채 쪽문을 통해서만 사랑채로 들었다. 안채는 7칸 겹집에 5량 구조다. 큼직하다. 정면 기둥 9개 가운데 5개는 두리기둥이다. 궁궐 또는 관아에서나 쓰던 것이다. 정해룡의 증조모가 정려를 하사받은 집안이었기에 쓸 수 있었다. 본채 오른쪽 뒤편엔 사당이 있다. 사당……

"그래, 너희들은 조상도 없느냐. 어디에 불을 지르려 하느냐." 어머니의 노기 띤 목소리가 터져나왔다. 대문·행랑채·중문, 우물가 감나무까지 방화하며 들어온 이들이 사당 앞에서 발길을 멈췄다. 어머니는 사당으로 들어가, 위패를 하나씩 들고 나왔다. 12대조의 위패를 모시기까지는 긴 시간이 걸렸다. 그 사이 마을 사람들이 몰려왔다. 분위기가 험악해졌다. 경찰과 치안대가 슬그머니 물러섰고, 그래서 150년 거북정 안채는 살아남았다. 당시 해룡 형제와 종희·종호·종팔·해두 등 일가의 젊은이들은 모두 산으로 피신해 있었다.

정해룡이 혁신 계열에 몸담은 건 피할 수 없었다. 정해룡과 그 형제들이 소싯적 할아버지 앞에서 무릎 꿇고 배운 건 『천자문』·『소학』·『동몽선습』 따위가 아니었다. "선조는 누구신가.""정경달 할아버지입니다.""할아버지는 무슨 일을 하셨는가.""왜군과 싸워 물리치셨습니다." …… 그러니 병탄은 더할 수 없는 치욕이었다. 6촌 해두, 당숙 종팔 등은 일제 치하에서 실형을 살았고, 해룡 형제도 유치장에 수감됐었다.

할아버지 정각수는 상하이 임시정부에 거액의 독립자금을 지원했고, 정해룡은 직접 만주로 가거나 인편으로 항일투쟁단체에 자금을 지원했다. 안에서는 민족교육에 앞장섰다. 보성전문학교 설립에 할아버지와 본인의 이름으로 서너 차례 거액을 기부했고 향리엔 직접 양정원을 설립해 민족교육을 실시하기도 했다. 곳간은 언제나 열려 있었고, 흉년이 들면 땅을 팔아 곡식을 마련해 구휼에 썼다. 그래서 인근 주민들은 정해룡의 압해 정씨 종택을 자신의 종가인 양 존중했다.

해방이 되자마자 교사와 부지를 나라에 기증했고, 그것이 지금의 회천서초등학교가 되었다. 정해룡과 그 형제, 일가친척이 좌익운동에 휘말려 정씨 일가가 폐족이 되다시피 했어도 향리의 이웃들이 정해룡 일가를 감싸고 또 보호했던 건 그런 까닭이었다.

그런 집안이었으니, 친일파들과는 그림자라도 섞을 수 없었고, 그런 자들을 중용한 미군정과는 갈등할 수밖에 없었다. 정해룡은 해방 후 자생적 자치기구인 보성인민위원회 위원장을 맡고, 여운형의 건국준비위원회 지역위원장도 맡았다. 그러나 미군정은 인민위원회와 건준을 해체했다. 정해룡은 인민위원회 해산을 거부하다가 포고령 위반으로 체포됐다. 이어 그가 따르던 여운형이 암살당하고, 근로인민당도 해산됐다. 선택의 여지가 없었다. 종손으로서 정해룡은 칩거했고, 일가친척들은 혁신계로, 좌익으로 떠밀렸다.

단독정부가 수립되고 2개월 뒤 여순반란사건이 발발했다. 쫓기던 반란군 14연대의 일부가 일림산으로 숨어가는 길에 정씨 종택을 잠시 점거했다. 그러나 곧 토벌대에 쫓겨 산으로 들어갔다. 토벌대의 방화에서 안채가 용케 살아남은 건 그때였다. 그들은 거북정을 반란군 거점으로 간주했다.

일림산을 오른다. 봉황이 하늘을 향해 비상하려는 형국이라는 산. 그러나 좌우 날개는 꺾여, 긴 고개만 높이 쳐들고 있다. 계곡 작은 개울을 넘으면 산기슭에 삼의당이 있다. 할아버지가 과거를 포기하고 돌아와 지은 별채다. 당호엔 부정부패에 휩쓸리지 말 것, 선영을 지킬 것, 후세 교육에 철저히 할 것 등 모름지기 지켜야 할 세 가지 덕목이 담겨 있다. 삼의당 가까운 곳엔 정종희(정해룡의 삼촌)의 무덤이 있다. 건국 이래 유일무이한 장님 간첩.

인공 치하는 불과 3개월 만에 끝났다. 인공에 협조하던 일가친척들은 산으로 숨어들거나 월북했다. 정종희의 누이 국남, 형 종팔은 산으로 들어갔다가 각각 백운산과 모유산에서 사살당했다. 정종희는 일림산에서 토벌군 총에 맞아 실명했다. 정해룡과 6촌지간인 해두, 해종, 해평은 각각 백아산, 모우산, 일림산에서 사망했고, 해승은 군산교도소에서 처형당했으며, 해묵은 월북했다. 봉강댁 집사였던 종호 씨는 네 차례나 투옥됐고, 6촌 해필은 3차 보도연맹 학살 때 보성에서 처형당했다.

산판 도로를 따라 올라가니, 곳곳에 야생 차나무의 녹음이 11월에도 성성하다. 뿌리가 3미터까지 땅속으로 뻗는 차나무, 깊고 깊은 곳에서 끌어올린 각종 자양분으로 말미암아 야생차는 맛과 약 성분이 뛰어나다. 보성군은 녹차로 유명하지만, 일림산 정씨 문중산 기슭에 야생 차밭을 조성하자고 조를 정도로 흙심이 깊고, 바람과 습도와 햇살이 적절하다고 한다. 뿌리가 그리도 깊게 내렸으니, 야생 차꽃은 동백보다 더 추울 때 꽃망울을 터트린다. 20여 분 오르니 정해룡의 묘지다. 그 밑에 셋째 아들 춘상의 묘가 있다. 1980년 붙잡혀 1985년 간첩죄로 처형당한 아들이다.

정해룡은 동란을 전후해 고향집 거북정에 칩거했다. 1957년 몽양계 김성숙·장건상 등과 함께 근로인민당 재건에 나섰다. 이승만이 가만 둘 리 없었다. '근민당사건'이라 하여 남아 있는 몽양계가 줄줄이 투옥됐다. 4·19혁명 후 사회대중당을 거쳐 1961년 통일사회당을 창당하는 등 혁신계의 재건에 나섰지만, 이번엔 5·16쿠데타와 함께 혁신계는 일망타진당한다.

무죄로 출감했지만, 정해룡은 좌절했다. 해방된 조국에서 그의 이상을 펼칠 공간은 어디에도 없었다. 봉건 잔재를 일소하고, 일제의 인적·물적 유산을 청산하고, 남북이 하나 되고 자유롭고 평등한 세상에 대한 그의 꿈은 그와 그의 가문을 폐족으로 만들었다. 3,000석지기 재산도 청춘도 모두 사라졌다. 한때 거물 보수정객 서민호徐珉濠를 끌어들여 남은 혁신계 인사들이 민주사회당을 창당하지만, 1967년 대통령선거 때 후보 단일화 물살 속에서 서민호가 후보 사퇴하면서 정해룡은 낙향한다.

1965년 월북했던 동생 정해진이 고향집으로 잠행한다. 해진의 월북길에 동행했던 셋째가 돌아올 땐 손에 김일성의 편지가 들려 있었다. 이승만·박정희 체제 아래서 혁신의 꿈이 좌초하자, 정해룡은 마지막으로 북쪽의 힘을 빌리려 했던 것이다. 해진은 1967년 재차 고향을 찾았고, 그로부터 2년 뒤 정해룡은 심장병으로 급서한다. 조작된 동백림간첩단사건으로 온통 매카시즘 소용돌이 속에 빠지고, 북의 무장간첩단이 청와대를 습격하고 울진삼척지구를 휩쓸었으며, 미국의 첩보선 푸에블로호 납치사건이 터졌을 때였다. 가문은 일진광풍 앞의 촛불 신세였으니, 그의 심정이 어떠했을까.

1980년 11월, 춘상, 다섯째 길상 씨 등이 일제히 체포된다. 그때 중앙정보부 지하실로 끌려간 정해룡의 일가친척, 처가 식솔은 모두 서른두 명. 보성가족간첩단사건이다. 부인과 첫째, 둘째 아들은 일찍이 갔으니, 사실상 폐족이 되었다. "역사의 죄인이 되지 말라"勿爲歷史罪人. 사랑채에 걸린 가문의 영광스런 가훈은 멸문의 씨가 되었다.

신령한 거북이 바다로 돌아가다 우뚝 선, 영구회해靈龜回海 터의 거북정, 그러나 분단 현실 앞에서 봉황은 날개가 꺾이고, 거북은 발이 잘렸다. 아침 햇살에 씻긴 설동백의 붉은 향기가 비수처럼 섬뜩하다.

회천서초등학교 뒤 야트막한 둔덕 밑엔 정해룡의 추모비가 있다. 김성숙·장건상 등 전국의 뜻있는 이들 230명이 추렴해 마련한 추모비다. 그가 세상을 떠나고 이태 뒤 조성됐지만, 23년 뒤에나 세워질 수 있었다. 비문의 '우국지사 봉강 정해룡' 가운데 '우국'이란 말이 당대의 권력자들에게 거슬렸던 것이다. 유신체제가 몰락한 뒤 숨겨져 있던 추모비를 찾아내 다시 세우려 했지만, 이번엔 전두환 체제의 등장과 함께 지하 어딘가에 숨겨졌다. 1992년에야 향리의 유지들이, 그의 지원으로 설립된 회천서초등학교가 보이는 자리에 세울 수 있었다. 그러고 보면 역사는 조금씩 앞으로 나아가는 것일까. 그것으로 위로를 삼아도 되는 걸까?

나는 이승만의 법관이 아니다,
국민의 법관이다

어머니는 아들에게 귀에 못이 박이도록 말씀하셨다. "여염집에 태어나 평범하게 사는 게 가장 행복하다. 소신이고 명예고 떠나, 그저 네가 하고 싶은 것 하면서 자유롭게 살아라." 외할아버지의 청렴과 소신으로 말미암아 온 가족이 몸서리치게 감당해야 했던 가난의 경험에서 나온 충고였다. 어머니는 오로지 가난과 체면만을 유업으로 남겨놓은 '김 판사 집안'의 굴레에서 아들만은 벗어나길 바랐던 것이다. 그 덕분인지 외아들 이명재는 악기(색소폰) 연주자로 구름처럼 바람처럼 살았다.

2공화국 특별검찰부 부장이자 1공화국 때 부산지법원장, 대구고등법원장을 역임한 청초靑草 김용식金龍式, 1896~1963. 아버지를 잊는 게 딸(계순)에겐 힘들었지만, 외손주(이명재)에겐 어려운 일이 아니었다. 먹고사는 게 워낙 힘들었으니……. 철들면서 억울해졌다. 가족이야 불행한 기억 때문에 잊으려 할 수 있겠지만, 세상마저 외할아버지의 청렴과 지조를 잊어버리거나 지우려 할 순 없는 일이었다. 손주는 나이 마흔이 넘어 외할아버지 고향(강원도 속초 중도문리)으로 이사간 뒤부터 그의 기억을 하나둘 수습했다.

1952년 5월 25일 0시를 기해 영남 지역에 계엄령이 실시됐다. 이승만 대통령은 전국 계엄령 실시를 추진했지만, 이종찬李鐘贊 육군참모총장이 거부하자 일제 만주군 장교 출신 원용덕元容德을 앞세워 전시 수도가 있는 지역에 부분 계엄령을 실시한 것이었다. 평계는 '공비 소탕'이었지만 군은 야당 국회의원 소탕에 혈안이었다. 전쟁에 전념해야 할 시기에 군은 후방에서 정치깡패로 돌변했다. 표적은 이승만이 추진하던 대통령직선제 개헌안에 반대하던 이들이었다.

2년 전 2대 총선에서 이승만 반대파가 압도적으로 당선됐다. 국회에서 간선으로 뽑힌 이승만은 재선이 불투명했다. 2대 국회를 무력화해야 했다. 군은 25일 아침 의원들을 태우고 의사당으로 향하던 통근버스를 크레인으로 견인해 헌병대로 끌고 갔다. 국제공산당에 연루된 국회의원이 있다는 이유에서였다. 이른바 부산 정치파동의 시작이었다.

국회의원 통근버스가 견인되던 바로 그 시각, 부산지방법원 4호 법정에서는 이른바 '북괴 안전성 대남간첩단사건'에 대한 선고공판이 열리고 있었다. 피고인들은 이승만의 정적 죽산竹山 조봉암曺奉岩이 추진하던 신당 결성의 핵심인물들이었다. 검찰이 예외 없이 사형이나 무기징역을 구형했던 피고인들이었다. 10시 10분 간단한 주문에 이어 재판장(김용식 부산지법원장)은 선고를 했다. 이영근 무죄, 김종원 무죄, 홍민표 무죄, 금룡 무죄……. 검찰이 사형 혹은 무기징역을 구형한 피고인들이었지만 모두 무죄였다.

그로부터 1년 5개월 뒤, 역시 부산지법 4호 법정에서 서민호徐珉濠 의원 재심사건 선고공판이 열렸다. 거창양민학살사건 국회조사단 단장이었던 서민호에 대해 불만을 품은 한 육군 대위가 서민호를 살해하려다 오히려 서민호의 총에 맞고 숨진 사건이었다. 보통군사재판은 서민호에게 사형을, 고등군사재판은 8년 형을 선고했던 터였다. 고민하던 재판부는 법원장(김용식 판사)의 의견을 구했다. 법원장은 딱 잘라 한마디만 했다. "소신껏 하십시오." 재판장(양회경 부장판사)은 서민호의 살인혐의 부분에 대해 정당방위를 인정해 무죄를 선고했다.

이승만은 분통을 참지 못하고 김병로金炳魯 대법원장에게 격렬하게 항의했다. 독립운동가 출신인 서민호는 당시 이승만이 주도하던 직선제 개헌을 반대하던 선봉장 가운데 한 명이었다. 김병로 대법원장은 이승만의 푸념을 한 귀로 흘려버렸다.

2개월 뒤인 1953년 12월, 김용식 법원장은 김익진 당시 서울고검 검사장에게 무죄를 선고했다. 그는 1년 6개월 전 발생한 이승만 대통령 저격미수사건의 주모자로 몰려 무기징역이 구형된 피고인이었다. 김용식은 이승만의 우회적인 압력이나 특무대의 노골적인 압력에도 눈썹 하나 까딱하지 않았다.

1958년 5월 2일 4대 총선 때 그는 대구고등법원장으로서 경상북도 선거관리위원장을 겸하고 있었다. 투표 당일 월성군 안강읍에서 자유당의 부정투표가 발각돼 3,000여 명의 시민이 몽둥이 등을 들고 나와 격렬한 항의 시위를 하고 있었다. 김용식은 즉각 현지로 달려갔다. 현지 경찰서장 등이 만류했지만 뿌리쳤다. 시위대 앞에서 김용식은 호소했다. "생명을 바쳐서라도 문제를 해결할 것이니 사법부를 믿고 기다려 달라." 시위대는 물러갔다. 선거는 무효가 되어 이듬해 6월 월성군에선 재선거가 치러졌다.

총선 이튿날 오전, 대구지법 청사 마당은 물론 복도에까지 시민들이 밀려왔다. "우리가 찍은 표를 돌려달라." 대구을구 개표 부정을 항의하는 시민들이었다. 마침 대구선관위원장인 지법원장이 없었다. 김용식은 또 유권자들과 직접 만났다. "내 목숨처럼 투표함을 지키겠다." "법원만은 여러분의 방패가 될 수 있는 기관이니 안심하라. 하늘이 무너지고 땅이 꺼져도 법원만은 살아 있을 것이다." "대법원에서 공정하게 시비를 가릴 것이니 돌아가라."

당시 대구선관위는 대구을구는 물론 갑과 병 선거구까지도 모두 재검표를 실시해, 선거 무효와 당선 무효 판결을 내렸다. '법원만은 살아 있다'는 말이 유행어가 되었다.

그해는 김용식의 판사 임기(10년)가 끝나는 해였다. 김병로 대법원장은 법원장 5명에 대해 연임을 제청했다. 그러나 이승만은 김용식과 문기선 전주지법원장의 재임용을 거부했다. 문 법원장은 이철승 의원 선거법 위반 혐의에 무죄판결을 내린 것이 문제였다. 김용식에게 이승만이 할 수 있는 보복이란 고작 그것뿐이었다. 털어도 털어도 김용식에겐 먼지 한 점 나오지 않았다.

1952년 2월부터 부산지법원장으로 근무했던 김용식은 이승만의 부산 1호 관사 옆 2호 관사에 거처하고 있었다. 부산 피난 시절인데도 이승만은 생일잔치를 뻑적지근하게 벌였다. 온갖 떨거지들이 1호 관사로 찾아들었다. 그러나 바로 옆집의 김용식은 눈길 한번 돌리지 않았다. 답답한 지인이 그 이유를 물었다. "전쟁 중이라 온 국민이 고통받고 있는데 대통령이 어찌 생일잔치를 벌일 수 있느냐. 나는 대한민국의 법관이지 이승만의 법관이 아니다."

"뒤가 깨끗하면 무엇이 두렵겠는가." 그가 입버릇처럼 하던 말이었다. 법관 연임에서 거부당한 뒤 심지어 그가 사과를 상납 받았다는 풍문이 돌았고, 특별검찰부장이었던 그가 5·16쿠데타 직후 체포됐을 때도, 뇌물로 북한강변에 별장을 사들였느니 따위의 말들이 돌았다. 하지만 모두 그를 욕보이기 위한 치졸한 마타도어였다.

1946년 목포지원장 시절이었다. 적산가옥 한 채를 불하받았다. 살림이 쪼들린 부인은 집을 팔아 돈을 마련하려고 했다. 그러나 집은 목포지원 관사로 등기가 되어 있어 팔 수 없었다. 한번은 무죄선고를 받은 농부가 고맙다고 닭 한 마리를 들고 찾아왔다. "당신을 살린 것은 법관인 내가 아니라 이 나라의 법입니다." 농부는 닭을 들고 돌아갔다.

1960년 9월 장면 정부는 그를 대구고등검찰청 검사장에 임명했고, 이듬해 1월 국회는 재석 152명 중 143명의 찬성으로 그를 특별검찰부 부장에 선임했다. 3·15부정선거와 4·19 당시 발포명령 관련자 처벌을 위한 특검이었다. 서울로 올라오면서 그는 대구에서 고검 직원들에게 이렇게 말했다. "국가와 민족을 위한 마지막 봉사가 될 것이다." 가족과 친척들에게는 자신을 찾아오지 말도록 쐐기를 박았다.

많은 민원인이 유일한 혈육인 딸 계순 씨를 찾아왔다. 그중엔 전남여고 동기동창으로, 자유당 정권에서 내무·법무 장관을 지낸 홍진기洪璡基의 부인도 있었다. 그는 '남편에 대한 선처'를 부탁했다. 계순 씨가 사정을 설명하고 돌아서자 등 뒤에서 이런 소리가 들려왔다. "너네 집 권세가 평생 갈 줄 아느냐." 정치깡패 이정재李丁載도 사람을 보내 계순 씨에게 현금이 가득한 사과상자를 보냈지만 허사였다.

장면 정권은 그가 부담스러웠다. 무엇보다 군의 부정선거 및 시민학살 책임에 대한 수사 때문이었다. "6,000만 개의 눈과 귀가 우리를 지켜보고 있다. 3·15부정선거와 군의 발포명령 관련자에 대한 수사를 피할 수 없다." 카터 보위 매그루더Carter Bowie Magruder 주한 미8군사령관도 그와 따로 만나 회유했다. "한국에 꽃이 피거나 지는 것은 당신의 손에 달려 있다." 쿠데타 가능성까지 시사하며 군 관련 수사의 중단을 재촉한 것이었다.

"늙은 몸 마지막으로 한 번 일을 하고 죽으려 했으나, 너무나 큰 압력으로 하나도 제대로 일을 못하였으니 당장에 할복자결하고 싶다." 3월 초 그가 토로한 심경은 이런 분위기 속에서 나온 것이었다. 5·16쿠데타 전야였다. 그의 예언 아닌 예언은 현실이 되었다.

5월 16일 쿠데타가 발발했다. 20일 검찰관회의를 소집한 군부는 특검 수사관을 모두 트럭에 실어 마포형무소에 가둬버리고 다음 날 특검의 예산 낭비와 뇌물수수 의혹을 발표했다. 하지만 실제 이유는, 앞으로 특검의 방향을 묻는 군부의 물음에 "법대로 하겠다"라고 한 김용식의 답변이었다. 민주주의를 파괴하고 시민을 학살한 자들을 척결하려던 김용식과 특검은 4·19민주혁명을 무너트린 쿠데타 세력에 의해 그렇게 무너졌다.

당시 박정희 군부의 혁명특검부장이었던 박창암朴蒼巖은 훗날 이렇게 회고했다. "영수증 없이 수사비를 400~500만 원 썼다는 게 혐의인데, 기밀을 요하는 비용에 어떻게 영수증을 첨부할 수 있겠는가. 나는 그때 기밀비를 개인적으로 몇 백만 원씩 쓸 수 있었다. 내가 머리가 나빠 손을 못 썼다. 그를 살렸어야 했는데." 박창암은 박정희에게 "불기소 처분합시다. 곧은 사람을 처분하면 인정의 씨를 말립니다"라고 요청했다고 한다. 혁명특검은 그해 9월 그를 불기소 처분했다.

김용식의 청렴과 소신은 가족에게 고통을 요구했다. 부인(이남춘)은 철기鐵驥 이범석李範奭의 집안 누이동생이었다. 아내는 첫째가 병으로 죽었을 때도 고시공부를 하러 절에 간 남편에게 알리지 않았을 정도로 마음이 다부졌다. 그런데 둘째 아들마저 전쟁 중 잃었다. 김용식은 첫 아들의 사망을 이듬해 시험에 합격하고서야 알았다.

1953년 7월 전쟁이 끝날 무렵 의대생이던 아들에게 돌연 징집영장이 날아왔다. 이승만 정권 특무대의 보복이었다. 남편은 부산지법원장으로서 손을 쓸 수 있던 위치였지만, 김용식은 아들을 전선으로 내보냈다. 불과 일주일 후 아들은 한 줌 재로 돌아왔다. 처음엔 자살이라는 통지가 왔지만, 따지고 들자 '전사'로 바꿨다. 김용식은 현충원 안장도 포기하고 유골을 절에 안치했다. 부인은 통곡했다. "당신의 명예 때문에 아들을 그렇게 보낼 수 있느냐." 부인이 그럴 때마다 김용식은 지그시 눈을 감아버렸다.

현직에 있을 때는 관사 생활을 하면 됐지만, 현직을 떠난 뒤엔 전세방 하나 구할 돈이 없었다. 1958년 12월 법복을 벗을 때 그는 직원들이 모아준 전별금과 독지가의 도움으로 살림방이 딸린 전셋집을 겨우 얻을 수 있었다. 특검부장으로 있을 때는 서울 중학동 조계사 뒤편에서 하숙을 했다. 특검이 끝나고 대구로 내려가 변호사 생활을 할 때도 방두 개 딸린 가게를 2만 5,000원에 사글세로 얻어 살았다.

비록 쿠데타 세력에 고초를 겪긴 했지만 고등법원장, 고등검사장, 특검부장을 했던 터라 마음만 먹으면 풍족하게 살 수 있었다. 그러나 그는 사건의 성격을 봐서, 억울한 경우엔 승소할 수 있는 방법을 알려주고, 죄를 받아 마땅한 경우엔 그 이유를 설명한 뒤 돌려보냈다. 돈 되는 사건을 맡을 수 없었다.

1963년 5월 16일, 여자 두 명이 그의 변호사 사무실로 찾아와 한바탕 소란을 떨고 갔다. 빚 독촉이었다. 이영진 전 특검회계과장이 사무실에 찾아간 것은 그 직후였다. 김용식은 고물장사를 불러 중고 금고를 팔려고 흥정하고 있었다. 이씨를 본 김용식은 죄지은 사람처럼 우물거렸다. "가정부가 무슨 죄가 있어 밥까지 굶어야 되는지." 그나마 셋집도 다음 달 내놓아야 했다.

이틀 뒤 아침 10시 반 가정부 손씨가 깨우러 방문을 열었을 때 김용식은 이불을 뒤집어쓴 채 죽어 있었다. 특검이 좌절되고 3년째 되던 무렵이었다. 머리맡에는 2홉들이 소주 한 병과 유서 여섯 통이 남아 있었다. 딸 계순 씨, 가정부 손씨, 집주인, 채권자 등에게 남긴 것이었다. "죽은 아들과 부인의 유골을 내 무덤 옆에 묻어달라." "많지 않지만 빚을 남기고 떠나 미안하다." "내 손목시계를 팔아 장례비에 써달라." 그는 빚 21만 원을 남겼다.

그는 특검부장 시절 이렇게 말했다. "국민의 기대에 부응하지 못할 경우 죽음으로써 국민 앞에 사과하겠다." "쿠데타를 당해 넘어지는 일이 있다 해도 4월 혁명 영령의 품으로 들어가는 것을 영광으로 생각할 뿐." 자살을 이미 예고한 걸까?

죽어서도 머물 곳이 없었다. 처음엔 대구 성서공동묘지에 묻혔으나, 재개발 과정에서 분묘이장 공고도 없이 무덤은 파헤쳐지고 유골도 사라졌다. 지금의 대구 도양동 공원묘지 무덤은 외손주가 조성한 가묘다.

명재 씨를 만난 날, 설악산 백담사에서는 동안거 해제 법회가 열렸다. 조계종 기본선원 조실 오현 스님은 조선 중기의 문장가 신흠申欽의 한시 한 수를 들려줬다. "오동나무는 천년이 지나도 제 가락을 간직하고桐千年老恒藏曲 / 매화는 일생을 추위에 떨어도 향기를 팔지 않으며梅一生寒不賣香 / 달은 천 번을 이지러져도 본디 모습을 잃지 않고月到千虧餘本質 / 버드나무는 백 번을 꺾여도 새 가지를 낸다柳經百別又新枝." 한마음을 지키라는 당부였지만, 김용식이 끝끝내 지킨 지조의 그늘이 오히려 쓸쓸했다. 지조를 탓해야 하나, 세태를 비웃을 건가. 검찰총장은 물론 대법관도 권력에 빌붙어 부귀권세를 연장하려 기를 쓰는데…….

제 몸 살라
정의 세우리니

애니메이션 만화가가 꿈이었다는 소정이에게, 시각디자이너가 꿈이었다는 주아에게, 배우가 꿈이었다는 동협이에게, 춤을 좋아했다는 경주에게, 제빵사가 꿈이었다는 다빈이에게, 동물학자가 꿈이었다는 재강이에게, 국제구호활동가가 꿈이었다는 수연이에게, 바리스타가 꿈이었다는 준민이에게, 수화통역사가 꿈이었다는 서우에게, 박물관 큐레이터가 꿈이었다는 지아에게……(송경동 시인).

2016년 10월 28일 문화예술인행동은 광화문광장에서 '세월호 연장전' 선언을 했다. 각자가 제 연장을 들고, 베테랑 잠수사들마저 서둘러 빠져나온 저 참사의 심연 속으로 뛰어들어 가겠노라고 했다. 무너진 정의와 으깨진 생명의 잔해로 덮여 있는 그곳에서, 묻혀버린 꿈을 되살리겠다고 했다. 일거에 밀어버리려는 권력의 불도저 앞에 버티고 서서, 그 꿈의 조각을 하나씩 추슬러 맞추겠다고 했다.

정신분석학자 김서영 교수는 4월 16일 그날, 프로이트의『꿈의 해석』청소년판 해설서를 집필하다가 원고를 집어던졌다. "멈춘 시간 속에서 미래가 사라질 때, 배 유리창 한 장도 깨부수지 못하는 이 쓸데없는 말들은 도대체 어디를 향하고 있었나. 나는 여태껏 무슨 말들을 지껄여 온 것인가"(「저항의 일상화를 위하여」에서).

작가들의 자책은 극심했다. 유리창에 균열 하나 내지 못하는 문학이란 무엇이고, 그림이란 무엇이며, 노래란 무엇이고, 만화란 무엇인가. 아무리 울부짖은들 시란 무엇인가. 가난해도 자부했더랬다. 작가란 심해 잠수사와도 같은 것. 삶의 어두운 심연에서 고통과 슬픔, 그리고 꿈과 희망을 건져 올리는 존재. 그런데 그들은 극장 안락의자에서 아우슈비츠의 학살을 관람하듯이, 수백 명의 아이들이 물속으로 페이드아웃되는 걸 지켜보고만 있었던 것 아닌가!

고은 시인 등 69명의 시인은 시집『우리 모두가 세월호였다』로 통렬하게 자책했다. "이 찬란한 아이들 생때같은 새끼들을/ 앞세우고 살아갈 세상이/ 얼마나 몹쓸 살 판입니까"(고은, 「이름 짓지 못한 시」). "가만히 기다린 봄이 얼어붙은 시신으로 올라오고 있다/ 욕되고 부끄럽다, 이 참담한 땅의 어른이라는 것이"(김선우, 「이 봄의 이름을 찾지 못하고 있다」).

그리스 비극 「안티고네」의 주인공은 통치자의 금지 명령을 거역하고, 폴리네이케스의 죽음을 애도했다. 지배자들은 '역도'에 대한 애도를 금지했다. '반역에 대한 애도도 반역이다!' 지금 이곳의 권력자와 그 떨거지들처럼. 그러나 안티고네는 시신 위에 흙을 뿌리고 제주를 올려 추모한 뒤 감옥으로 간다. '그건 신의 명이었다.' 그러고는 지배자의 더러운 칼이 제 목에 닿기 전에 스스로 목숨을 거둔다.

조경사들은 시민들과 함께 서울광장 한 귀퉁이에 단순하지만 그래서 더욱더 슬픈 상청을 꾸몄다. 노란 리본은 전국 방방곡곡에서 흐느꼈다. 언제가 무엇으로든 돌아올 그들을 기다리는 등대 불빛처럼 반짝였다. '슬픈 너희들 어린 왕자처럼 다시 돌아오라.' 만화가들은 추모의 만화를 들고 전국을 배회했다. 동화·동시 작가들과 그림책 작가들이 함께 제작한 「세월호 한 뼘의 이야기」는 광장에서 아기 새를 잃은 어미 새의 이야기를 오열하듯이 읽어준다. 팝페라 가수 임형주, 바이올리니스트 정경화, 피아니스트 백건우 등은 추모곡을 헌정했다. 가수 전인권·이승철 등은 피가 뚝뚝 떨어지는 노래로, 별이 되어 하늘로 올라간 아이들을 기억하고 위로했다.

제의는 비나리를 거쳐 소지로 끝난다. 비나리와 소지는 하늘 가슴에 띄우는 지상의 통한. 소설가 김연수는 그리스 비극 「오이디푸스 왕」을 인용해 이렇게 고발했다. 테바이(테베)의 왕 오이디푸스는 예언자 테이레시아스에게 이렇게 묻는다. "누가 선왕 라이오스를 죽였는가. 그를 추방하기 전에는 이 나라는 역병에서 벗어날 길이 없다." 말할 수 없다고 버티는 예언자에게 왕은 이렇게 경고한다. "너 또한 죽임을 면할 수 없다." 그러자 답한다. "그대가 찾는 범인은 바로 그대요."

최종 책임은 저에게 있다던 대통령은 '유병언' 이름 석 자 앞에서 짐짓 몸을 떠는 척하다가는 이렇게 단언했다. "이자가 범인이다!" 그를 잡기 위해 심지어 군대까지 동원했지만, 어느 날 구더기 들끓는 주검 하나 던져놓고는, "참사의 죄인은 이렇게 죄를 받았다. 그대들은 이제 생업으로 돌아가야 하리."

이렇게도 협박했다. '나라 경제의 골든타임이 지나가고 있다.' IMF 구제금융 때 대한민국을 난파시키고, 이제는 세월호를 침몰시켜 수많은 아이를 수장시킨 탐욕의 항해사들은 그렇게 국민을 가지고 놀았다.

그들의 관심은 오로지 중단된 탐욕의 항해를 재개하는 것. 골든타임에 빈둥대던 그들이 뻔뻔스럽게도 침몰을 확인하고서야 골든타임을 운위하는 까닭이다.

> 당신들은 너무 많은 거짓말을 했다. 침몰한 순간부터 지금까지…… 유가족들이 오열하는 앞에서도, 야 거짓말하지 말라고 ○○○아, 소릴 들어가면서도, 전 국민이 지켜보는 앞에서 국민을 상대로 거짓말을 했다. 다 바꾸겠다고, 성역 없는 수사를 하겠다고, 구조에 최선을 다한다고, 구조대원 726명과 함정 261척, 항공기 35대가 투입된 수색전을 펼친다고 거짓말을 했다.
>
> — 박민규, 「눈먼 자들의 국가」

이런 절규도 있었다. "이것이 국가인가, 이것이 인간인가, 이것이 인간의 말인가"(김행숙, 「질문들」). "옥좌엔 절망이 버티고, 궐엔 겹겹이 썩은 욕망들이 우글댄다는 풍문이 그저 풍문이라면 그날, 아아 4월 16일 그 아침에, 국가는 어찌해 그 바다로 나아가지 않았던 겁니까"(이광표, 「선언」). 팝아티스트 이하와 동료 작가들은 결국 이 '미친 정부'를 수배하는 전단을 뿌렸다.

작가들이 바라는 건 복수가 아니었다. 그들은 그저 아이들의 원망과 꿈을 건져내고 싶었던 것이다. 그 꿈은 진실의 계단을 통해서야 도달할 수 있고 건져낼 수 있다. "우리는 서로서로 빛을 비추며 죽은 아이들을 찾아야 합니다. 잃어버리면 안 되는 것, 잃어버리면 안 되는 것들을 찾아 어둠 속으로 파고들어 가야 합니다"(김행숙). 신화 속의 판도라가 에피메테우스의 항아리에서 겨우 살려낸 것이 희망이었던 것처럼, 절망의 세월호에서 아이들의 꿈이라도 건져 올리려는 것이었다.

송경동 시인은 이렇게 말했다. "나의 '연장'은 어떤 역사의 밭을, 진실의 논을 일구는 데 쓰여야 할 것인가?/ 나의 '연장'은 어떤 허위의 장막을, 권력의 벽을, 독점의 금고를 깨부수는 데 쓰여야 할 것인가?/ ……그 무수한 짓밟힌 꿈들에게 나의 '연장'은 어떤 이웃이어야 할까."

가수 김장훈은 일찍이 보미의 꿈을 되살리려 별이 된 보미와 함께 「거위의 꿈」을 불렀다. 싱어송라이터 신용재는 서툰 악보로만 남은 이다운의 자작곡 「사랑하는 그대여」를 다듬어 그 꿈을 세상에 알렸다. 디자이너가 되고 싶었던 박예슬, 일러스트레이터가 되려던 빈하용의 꿈은 장영승 서촌갤러리 대표를 통해 세상을 울렸다. 김시연의 꿈은 뮤직드라마 「야, 이 돼지야」로 되살아났다. 사제가 되고 싶었던 박성호의 꿈은 합동분향소 앞 '성호의 성당'으로 세워졌다. 세상에서 가장 작지만 아름다운 성당을 지은 '세월호가족지원네트워크'의 작가와 시민들은 희생자 304명의 꿈을 기억하는 마을, 세월호 꿈마을 프로젝트를 추진하고 있다. 그들의 영상기록물을 제작하고, 아이들의 기록물로 책을 만들기도 한다.

당장 세상을 지배하는 건 탐욕. 때론 세이렌의 달콤한 거짓으로 눈을 멀게 하고, 때론 무자비한 협박과 공포로 의지를 무력화한다. 그러나 아름다운 세상을 향한 꿈은 결국 그 거짓과 위선의 포장을 찢어버린다. 진실로써 눈과 귀를 뜨게 하고, 의로운 분노를 일깨운다. 고대로부터 지금까지 권력이 이 세상에서 꿈을 거세하고 허위의식으로 채우려 해온 것은 그 때문이었다. 그래서 예수도 죽이고, 전봉준도 죽이고, 게바라도 죽이고, 킹 목사도 죽이고, 말랄라 유사프자이도 죽이려 했다. 그러나 어찌 세상의 꿈을 말소할 수 있을까. 세이렌의 유혹을 이기게 하는 별이 있고, 별이 일러주는 해도를 따라 사람 사는 세상으로 가려는 조타수들이 있는데.

그들이 2014년 11월 15일 광화문광장 이순신 장군 동상 밑으로 집결했다. 글쟁이, 춤꾼, 가객, 사진가, 영화인, 만화가, 연기자 그리고 시민은 제각각 저의 연장을 들고 진지를 구축했으며, 봉기에 나섰다. 문인들은 4시간 16분 동안 시와 산문을 낭송했고, 영화인들은 영화 「이 선을 넘어가시오」를 상영했고, 그림쟁이들은 시민들과 함께 1,000개의 타일 그림 그리기로 '세월호 기억의 벽'을 만들었다. 설치작가들은 희생된 학생 또래들이 쓰고 있는 책상과 걸상 304개를 가져와 세월호 진상규명기원탑을 만들었다.

520년 전 13척의 배로, 100여 척의 왜적을 물리친 이순신 장군. 광화문 그의 동상 밑은 오늘의 울돌목이었다. 정의로운 분노와 아름다운 꿈이 해일처럼 밀려와 불의와 위선을 쓸어버리는 명량鳴梁이었다.

옳다면
목숨을 걸어라

1868년 서른여섯 살에 사헌부 장령(정4품)에 오른 면암勉庵 최익현崔益鉉의 마음은 무거웠다. 13년 전 과거에 급제했을 때 스승(이항로)이 준 두 가지 당부 때문이었다. "부단히 학문을 연마하되 가볍게 논박하는 일이 없을 것이며, 마땅히 상소할 일이 있음에도 입을 꼭 다물고 국록이나 타먹는 일을 하지 말라." 마침 그해 스승은 세상을 떠났다. 어떻게 그 유지를 지킬 것인가.

당시는 대원군의 섭정 5년째로, 그 서슬에 대소 신료 어느 누구도 그 앞에서 찍소리도 내지 못할 때였다. 대원군은 집권 초 세도정치의 부패를 혁파하고, 과감한 인사 개혁을 통해 민심을 얻었다. 하지만 피폐한 민생을 외면한 채 왕조의 권위를 세우려 경복궁 중수를 밀어붙이면서 백성들로부터 멀어졌다. 당백전 따위를 마구 찍어내 물가 상승을 유발하고, 도성 통과세(사문세)까지 신설해 서민을 쥐어짰고, 농번기에 전국의 청장년을 궁궐 복원 공사에 동원해 원성을 샀다.

최익현은 상소(무진소, 戊辰疏)를 올렸다. 당장 토목공사를 중지하고, 당백전을 철폐하며, 사문세를 폐지하는 등 각종 수탈정책을 폐기하라는 것이었다. 대원군은 아랑곳하지 않았다. 일개 서생이……. 최익현은 1873년 10월 동부승지에 제수됐다. 발령장을 받자마자 사표를 내는 형식으로 상소를 올렸다. "인재를 선발한다며 나약한 사람들만 쓰고, 대신과 육경들은 아무런 의견도 아뢰지 않으며, 대간과 시종들은 딴청만 피우고 있다. 그리하여 조정에는 속론이 판을 치고 정론은 사라졌으며, 아첨하는 사람들이 기세를 올리고 있다. …… 쉴 새 없이 매기는 세금에 백성들은 도탄에 빠졌고, 윤리는 파괴되고 선비의 기풍은 죽어버렸다."

당시 고종은 나이 스물로, 아버지의 섭정에서 벗어나 친정을 추진하고 있었다. 그런 고종에게 최익현은 대원군을 2선으로 물러나게 하는 데 좋은 지렛대였다. 고종은 그를 다시 호조참판에 임명했고, 최익현은 다시 호조참판 사직소를 올린다(계유소, 癸酉疏). "대의멸친大義滅親!" 국가 대사를 위해 대원군과 부자의 연을 끊으라는 것이었다. 고종은 강상의 도리를 깼다는 이유로 최익현을 제주도로 유배한다. 동시에 이를 핑계로 친정을 선포한다.

1876년 병자수호조약이 체결될 즈음 최익현은 해배됐다. 그는 즉시 도끼 한 자루와 상소문을 들고 광화문 앞에 꿇어앉는다. "이 도끼로 불평등조약을 강요하는 왜적의 목을 치든가 아니면 내 목을 치십시오." 이른바 '도끼상소'다. 최익현은 흑산도에 위리안치된다.

사실 최익현의 무진소는 2년 전 스승이 올린 상소와 내용이 같았다. 화서華西 이항로李恒老, 1792~1868는 마흔여덟 살에 처음으로 휘경원 참봉에 제수된 이래 열세 차례나 벼슬을 제수 받았지만 출사하지 않았다. 고종 즉위 초 내우외환에 시달리던 조정은 국론 통일을 위한 사상적 지주가 필요했다. 고종은 신하들의 주청에 따라 이항로에게 1864년에 전라도도사, 사헌부지평, 사헌부장령 등을 잇따라 제수했다. 1866년 병인양요가 발발하자 동부승지에 임명했다.

더 이상 침묵으로 거부하는 건 도리가 아닌지라, 이항로는 한양 궐문 앞에서 동부승지 사직상소와 함께 정책건의서를 올렸다. "서양 도적과는 싸우는 것이 옳고 화친하는 것은 옳지 않다." "고통스런 현실을 알려 백성들을 일깨우고, 언로를 열며, 현명한 이를 임용하고 간사한 이는 멀리하며, 토목공사를 정지하고 사치를 버려야 국가를 보전할 수 있다." 매천梅泉 황현黃玹이 "백 년 이래 가장 바른 목소리"라고 평가한 이항로의 동부승지 사직상소였다. 이에 고종은 그를 공조참판에 제수하지만, 이항로는 다시 사직상소를 올려 "경복궁 중수를 중단하고 백성의 재물을 끌어모으는 일을 금해야 한다"며 대원군이 혁파한 서원 가운데 만동묘의 복원을 촉구했다. 그는 철두철미 중화론자였다. 이항로는 곧 벽계로 돌아왔다.

벽계. 경춘고속도로가 뚫리기 전까지만 해도 그곳은 경기도의 오지 가운데 오지였다. 이항로의 시대였다면 오죽했을까. 망우리고개 넘어 구리와 덕소를 거쳐 조안에 이르러 나룻배를 타고 양수리까지 가는 길은 강과 들과 산을 벗 삼을 만하다. 그러나 양수리에서 벽계로 가는 길은 문호리를 지나면서 가파른 산이 북한강과 예각을 이뤄 산허리를 굽이굽이 돌아가야 했다. 그렇게 20여 리를 가야 용문산에서 발원해 유명산, 중미산, 통방산, 화야산 계류가 합쳐 북한강으로 흘러드는 수입천이 나오고, 수입천을 20여 리 더 거슬러 올라야 벽계마을이 나온다. 구한말 정통 보수주의 이념이었던 위정척사의 발원지였고, 불퇴전의 결의로 맞섰던 중부 지역 항일의병의 태실이었던, 바로 그 마을이다.

이항로의 집안은 위로 6대조까지는 경기도 고양에서 세거했다. 병자호란을 겪은 뒤 '앞으로 50년간 벼슬을 하지 말라'는 유언에 따라 5대조는 양평군 서종면 정배리로 이주했다. 증조부는 더 깊은 양평 명달리 소유곡으로 옮았으며, 둘째 큰할아버지가 지금의 노문리 벽계에 정착했다. 그가 후손 없이 세상을 뜨자 부친(우록헌 이회장)이 옮아와 정착했다.

부친은 시비가 분명하고 도리가 엄격한 선비였다. 한때 과거 공부를 위해 한양에 머물렀지만, 집안이 곤궁한 탓에 처가의 도움을 받게 되자 과거를 포기하고 귀향했다. '대장부가 어찌 남의 도움으로 출세를 도모할까.' 그는 비탈뿐인 벽계의 산지를 개간해 조 100석을 거두는 중농으로 가업을 일으켰다. 지금의 이항로 생가인 청화정사도 지었으며, 자식들에게 학문을 가르쳤다.

이항로는 세 살 때부터 천자문을 익히고 여섯 살 때 『십구사략』에 정통하게 되고, 아홉 살에 이르러서는 부친이 선비들과 나누는 담론에서 말석을 차지했다. 어느 날 이기론을 논하던 중 한 선비(남기제)가 "천지 사이에 천만 가지 일이 오직 한 가지 기일 뿐"이라고 하는 이야기를 듣고는 "길을 가다가 낯선 이가 갑자기 주먹질을 한다면 무엇으로 그 잘못을 밝히겠습니까"라고 반박했다. 내면의 타고난 선함, 곧 이가 없다면 세상은 폭력과 거짓과 위선이 판을 칠 것이니 어찌 기를 주인이라 할 수 있겠느냐는 것이었다.

그가 평생 지켜온 주리론은 이때부터 형성되기 시작했다. 이항로의 주리론은, 이理가 선이요 기氣는 악이며, 정직이 이이며 거짓은 기라는 것을 요체로 한다. 주리론은 거짓을 배척하고 올바름을 지켜야 한다는 척사위정斥邪衛正의 정치사상으로 발전했고, 나라를 지키는 구국 이념이 되었다. 명의 몰락 이후 조선의 성리학자들은 중국에서는 성리학의 맥이 끊겼고, 오로지 조선에서만 그 정통이 이어지고 있다고 생각했다小中華. 조선이 지켜온 이런 질서理를 서양 제국주의의 침략氣으로부터 지키기 위해 생명을 바치는 것이야말로 선비의 도리였다. "목숨을 바쳐 정의를 이루라"死身取義는 의리론과 사생관이 그것이다.

충주전투에서 순국한 의병장 주용규朱庸奎는 전투에 앞서 이렇게 말했다고 한다. "이기고 지는 것을 따져서 싸움에 임하는 것은 군인이나 정치가들이 할 일이고, 우리 의병들은 그런 것을 따지지 않고 나아가 싸우는 군대다." 무모하기 짝이 없는 이런 비타협적 완전주의는 이항로의 가르침에서 싹튼 것이었다.

이항로 자신도 현실에서 일체의 불의나 거짓 위선과 타협하지 않았다. 열여섯 살에 성균시(국립대학교 입학시험)를 치르러 갔다가 권세가들에 의한 입시 부정을 보고는 시험도 치르지 않고 돌아왔다. 이듬해 과거의 첫 관문인 한성시에 합격했지만 부정이 되풀이되는 꼴을 보고 다시는 과거를 보지 않았다.

독학으로 주자학을 깨친 이항로는 나이 서른에 이르러 그의 명성이 경향 각지에 퍼졌고, 눈 밝고 뜻 굳센 이들이 벽계로 모여들었다. 포천의 중암 김평묵, 포천에서 양평으로 이주한 면암 최익현, 춘천의 성재 류중교와 의암 유인석, 평안북도 태천의 운암 박문일, 그리고 양평의 하거 양헌수 등이 그들이다. 제자만 450여 명. 제자의 제자까지 합치면 수천 명에 이르렀다. 이 가운데 1,000여 명이 구국의 제단에 생명을 바쳤으니, 화서학파의 일원이었던 역사학자 박은식은 이렇게 단언할 수 있었다. "의병 정신은 반만년 역사에서 저절로 우러나온 민족정신이요, 선생은 그것을 깨달아 전달한 선각자였다."

최익현은 을사늑약 후 의병을 일으켰다가 붙잡혀 대마도에서 옥사했다. 유인석은 을미의병을 일으켜 한때 중부 지역을 장악했으며 1910년 병탄과 함께 연해주로 건너가 의병 통합체인 13도의군 도총재로 추대되는 등 숨질 때까지 항일무장투쟁을 포기하지 않았다. 양헌수는 병인양요 때 강화도에서 프랑스 함대를 격퇴했다. 만주 지역의 유인석·안명근·안정근·안중근·안홍근·조병준·이세영 등, 상하이 임시정부의 박은식·김구·김승학·엄항섭·황종관 등, 광복군의 조병준·김승학·신우현·신연감·백의범·조병선·변창근·박이열·홍식·신동열 등이 그의 제자였다. 화서학파에서 독립유공을 서훈받은 이는 233명이고, 103명은 순국 순절했다.

벽계마을 이항로 생가의 안사랑 출입문에는 백록학규가 걸려 있었다. 주돈이가 백록동에서 문인들을 가르칠 때 정한 규칙이었다. 부친은 아들에게 출입할 때마다 보고 암송하도록 했다. 이항로도 훗날 스승이 되어 제자들을 가르칠 때 다음의 제학규칙을 정해 반드시 지키도록 했다. 책을 입으로만 읽지 말고 몸으로 실천하라, 아침에 일어나면 의관을 정제하고 스승에게 문안드리기를 마치 부모님께 하듯 하라, 학생들도 만나면 반드시 서로 절하고 읍하되 자신을 낮추고 남을 높이는 것을 법으로 삼아라, 일체의 성과 색(노래와 여자) 맛있는 음식을 탐하지 말고 오로지 도 닦는 것을 목표로 삼아라.

이항로는 생가 동쪽 느티나무 밑에 축대를 쌓고 강학의 터로 삼았다. 제월대(비 갠 하늘의 티 한 점 없는 달빛)다. 표지석에는 이런 시가 새겨져 있다. "작은 구름이라도 보내어/ 맑은 빛에 얼룩지우지 말라/ 지극히 맑고 지극히 밝으니/ 태양과 짝하리라." 위정척사의 의기가 선명하다.

이항로가 학문의 목표로 삼은 '성인'은 별처럼 저 홀로 빛나는 존재가 아니었다. "맹자는 그 마음속에 백성 두 글자를 항상 새겨두고 잊지 않았다." "성인이 천하의 백성을 외면하지 못하는 것은 어진 효자가 부모 형제를 외면하지 못하는 것과 같다. 성인은 천하 만민 가운데 한 사람이라도 그 덕화를 입지 못하거나 한 물건이라도 제자리를 얻지 못하면 사지의 뼈 마디마디가 땅기고 찌르는 아픔을 느낀다."

그는 벽계의 초야에서 가난하게 살았지만, 마을에 사창을 지어 흉년이 들면 민생을 살렸으며, 노역에 지쳐 죽는 사람이 있으면 가진 돈을 마을에 내주어 그를 돕도록 했다. 근본적인 방책으로 정전제의 실현에 몸을 바치기도 했다.

나라에서 저의 호소를 외면하자, 그는 나이 예순에 강원도 홍천으로 옮아가 정전제를 직접 실천했다. 벽계의 토지를 팔아 삼포와 철정에 땅을 사들이고, 자신은 맏아들과 함께 삼포에서, 막내아들은 철정에서 농민들과 함께 정전제를 실시했다. 당시 조선은 양반 지주와 상민 소작의 확대로 자영농이 날로 줄어들고 있었다. 양반은 세금을 내지 않기 때문에 국가의 조세 수입은 날로 줄어들고 있었다. 국가는 조세를 더 걷기 위해 양민을 수탈하다 보니 소규모 자영 양민들이 농지를 포기하고 제 발로 소작농이 되었다.

정전제는 중국의 하은주 3대에 걸쳐 실시했다는 토지제도로, 토지의 한 구역을 9등분하여 8호의 농가가 각각 한 구역씩 경작하고, 가운데 한 구역은 8호가 공동 경작하여 그 수확물을 나라에 바치는 제도였다. 조선 후기 다산 정약용과 구한말 이항로의 제자인 중암重菴 김평묵金平默 등은 토지, 농업, 조세문제의 해결 방안으로 정전제를 제시했다. 다산의 정전제는 사전 8에 공전 1을 주어 전체 소출의 1/9을 나라에 내도록 하는 것이었다. 물론 양반 대지주들의 반대와 국가가 토지를 매입할 여력이 없어 실시할 엄두도 못 냈다.

이항로는 삼포에 강학소인 일람재를 짓는 등 여생을 정전제에 바치려 했다. 이듬해 맏아들이 급서하고, 그다음 해엔 막내아들마저 세상을 떴다. 그다음 해엔 벽계를 지키던 둘째 아들 며느리까지 병사했다. 그래도 이항로는 삼포농장을 지켰다. 나이 예순아홉 살. 농장이 어느 정도 안정이 되고서야 둘째 사위에게 맡기고 벽계로 돌아온다.

이제 안빈을 즐길 때도 됐다. 생가 앞 계류 한복판의 바위(낙지암)에 새긴 시에는 그의 그런 꿈이 담겨 있다. "책을 덮고 말없이 앉았다가는/ 문을 열고 가고 또 가보네/ 지는 꽃이 세상의 적막 잊게 하는데/ 흐르는 물은 사람의 마음 맑게 해주네/ 만 가지 나무에 봄빛이 퍼지는데/ 온 전답에는 어제 내린 비에 곡식이 자라네/ 한가롭게 거하며 세월을 잡으니/ 공연히 옛사람의 정취가 새겨지네."

그러나 세상 걱정에 그의 시름은 깊었다. 생가 동편 명옥정 터 인근 바위에는 주자의 「무이구곡가」5곡 중 한 대목인 '애내성중만고심欸乃聲中萬古心' 각자가 새겨져 있다. "사공의 노랫가락엔 만고의 수심이 가득하네."

벽계에는 이항로가 소소한 자연풍광에서 지극한 도리와 선과 의를 새기던 벽계 8경이 있다. 제월대에서 바라보는 맑고 밝은 달빛, 명옥정에서 듣는 청아한 물소리, 생가 동편 묘고봉 위를 유유히 도는 솔개, 생가 서남쪽 개울 속 깊은 웅덩이의 물고기 솟구치는 모습과 느티나무숲, 명옥정 동편 세찬 물길이 수석에 부딪쳐 일어나는 물방울, 묘고봉 동북쪽 기슭에 우뚝 솟은 석문, 청화산 기슭의 16미터 높이의 일주암 등이 그것이다.

그러나 말이 8경이지, 기묘한 것에 익숙한 이들이라면 실망하기 십상이다. 하지만 이항로는 씨앗 하나에서 우주를 보고, 반석 하나에서 우주의 신비를 읽고, 맑은 물과 바람에서 삶의 진실을 보고 들었다. 그것이야말로 진정한 보수주의자의 자세요 안목 아닐까?

학봉 종택,
인향만리

"행랑채 제비처럼 처마 밑에라도 깃들고 싶다." 학봉鶴峯 김성일金誠
一, 1538~93 가家 종택에서 하룻밤 머물고 나오면서 비치된 방명록에 이
렇게 썼다. 의례적인 인사가 아니었다. 해장술에 천지를 분간 못해 그
런 것도 아니었고, 학봉 가家와 제봉 가家의 향기로운 가연 때문만도
아니었다.

1592년 임진왜란 때 전장으로 떠나면서, 의병장 제봉霽峰 고경명高敬
命은 가족들에게 난리의 화가 집안으로 미칠 것 같으면 안동으로 피하
라고 했다. 그곳엔 사돈인 고성 이씨 종손이 있었고, 검재의 의성 김씨
학봉이 있었다. 그해 고경명은 금산전투에서 둘째 아들과 함께 전사했
고, 김성일 역시 진주대첩을 승리로 이끈 뒤 성을 지키다 병사했다. 정
유재란 때 왜군이 남원을 장악하고 본대를 남쪽으로 돌려 호남 침략에

나설 때 넷째 아들 순후는 식솔 70여 명을 이끌고 안동으로 떠났다. 그들이 안동에 도착하고 얼마지 않아 사돈댁 임청각엔 명군 사령부가 진주해 머물 수가 없었다. 사고무친으로 우왕좌왕하던 제봉 가의 식솔들을 그때 거둔 집안 가운데 하나가 학봉 가였다. 제봉 가는 왜군이 순천 등 해안지대로 퇴각할 때까지 그곳에 머물렀다.

고경명의 막내아들 용후는 학봉의 손자 김시권金是權과 연배가 같았다. 둘은 1605년 나란히 식년시에 합격했고, 용후는 1617년 안동부사로 부임해 양가의 인연을 이어갔다. 그로부터 400여 년 뒤 13세손 고재오 전 충효부대장은 학봉 종택 입구에 주목 한 그루를 심었다. '살아 천년, 죽어 천년'의 인연을 새긴 것이었다. 영호남의 기개 높은 두 선비 집안의 정리는 그렇게 굳고 깊게 이어졌다.

행랑채 기둥엔 종부가 달아놓은 제비집 받침이 기둥마다 줄지어 있다. 해 저물기 전까지 수십 마리의 제비는 시도 때도 없이 드나들며 새끼를 키운다. 오래 전 제봉 가 사람들이 깃들었던 것처럼. 종택은 연택이었다. 하지만 제비처럼 깃 들고 싶었던 것은 학봉 가와 고봉 가의 오랜 가연 때문만은 아니었다.

……신행 때 농 사오라 시댁에서 맡긴 돈, 그 돈마저 가져가서 어디에서 쓰셨는지? 큰어매 쓰던 헌 농 신행 발에 싣고 가니 주위에서 쑥덕쑥덕, 그로부터 시집살이 주눅들어 안절부절, 끝내는 귀신 붙어 왔다 하여 강변 모래밭에 꺼내다가 부수어 불태우니, 오동나무 삼층장이 불길은 왜 그리도 높던지, 새색시 오만간장 그 광경 어떠할고, 이 모든 것 우리 아배 원망하며, 별난 시집 사느라고 오만간장 녹였더니, 오늘에야 알고 보니 이 모든 것 저 모든 것, 독립군 자금 위해 그 많던 천석 재산 다 바쳐도 모자라서, 하나뿐인 외동딸 시댁에서 보낸 농 값, 그것마저 바쳤구나……

13대 종손 김용환의 외동딸 김후웅 씨가, 부친 대신 건국훈장을 수상하는 자리에서 토로한 회한이다.

김용환金龍煥은 일제 치하에서 안동의 대표적인 파락호로 알려진 인물. 실제 윤학준(전 일본 법정대 교수)은 저서 『양반 동네 소동기』에서 개화기 3대 파락호로 흥선대원군 이하응, 1930년대 형평사 운동을 주도했던 김남수와 함께 김용환을 꼽았다. 김용환은 주변의 손가락질 속에서도 속내를 한 번도 털어놓지 않았으니, 자연 파락호는 그의 또 다른 이름이 되었다.

그는 스물한 살 때 이강년 의병부대에 가담했고, 병탄 직후엔 김상태 의병부대에 참가했다. 3·1독립만세운동 이후에는 만주 망명길에 올랐으나 신의주에서 일본 경찰에 체포되어 안동으로 압송됐다. 1921년에는 만주 지린의 서로군정서 군자금 조달 단체인 의용단의 서기로 활약하다가 1922년 일경에 네 번째로 체포됐다.

이후 김용환은 졸지에 안동의 소문난 노름꾼으로 돌변한다. 돈을 딸 때도 있고, 잃을 때도 있었지만 그는 문중 전답 700두락(18만 평)을 날렸고, 종택마저 판돈으로 날렸다. 가문의 체통 때문에 문중에서 돈을 각출해 두 번씩이나 종택을 되사서 그의 이름으로 등기했지만 그때마다 종택은 노름 밑천이 되어버렸다. 오죽했으면 외동딸이 시집갈 때, 사돈이 그의 형편을 안타깝게 여겨 새색시에게 보내온 농 값까지 노름으로 날렸을까.

그러했으니 문중이건 이웃이건 김용환을 손가락질하지 않을 리 없었다. 그때마다 김용환은 이렇게 대꾸했다. "한 집안에서 학봉과 난봉 두 봉황이 났으면 되지 않겠는가?" 김용환은 1946년 세상을 떠날 때까지도 사연을 말하지 않았다. 1980년대까지 그가 3대 파락호로 꼽힌 까닭이었다. '당연히 해야 할 일을 한 것인데, 무슨 자랑인가.'

그가 열 살 때인 1896년 7월 22일, 종택 앞마당에선 그의 삶을 뒤흔든 사건이 벌어졌다.

종택을 급습한 일경은 그곳에 숨어 있는 김회락 의병포대장을 체포했다. 그는 11대 종손 서산西山 김흥락金興洛의 4촌이었다. 분개한 일경은 마루를 뜯고 집안 가재도구를 패대기치고, 살림살이를 뒤집어 놓았다. 김흥락은 일경에 의해 포박당한 채 사랑채 앞 큰 마당에 무릎 꿇고 있었다. 김흥락은 학봉의 종손이자 퇴계학통의 정맥을 이어받은 안동 유림의 큰 스승이었다. 학봉 가의 체통과 자존심을 여지없이 뭉개버린 것이었다.

이 사실이 퍼지자 안동 유림과 의성 김씨 일가가 들고일어났다. 707명에 이르는 김흥락의 제자 대부분은 항일운동에 나섰다. 이 가운데 독립유공자로 훈장을 받은 사람만 60여 명이나 됐다. 임시정부 초대 국무령 석주石洲 이상룡李相龍도 여기에 포함됐다. 의성 김씨 집안에선 27명이, 그리고 학봉의 직계손만 16명이 건국포장을 받았다. 일흔 살의 할아버지가 당한 능욕을 지켜본 손자 김용환은 스물한 살이 되던 해부터 항일전선에 뛰어든다. 그러나 네 번이나 체포당하면서 안동 지역 최고의 요시찰 인물로 찍혔다. 일제의 감시를 감쪽같이 따돌릴 방법이 필요했다.

건국훈장 추서에는 그의 공적 사항이 이렇게 기록돼 있다. "의용단 사건으로 옥고를 치렀고, 종가의 세전 재산을 팔아 독립군 자금을 마련해 만주의 이상룡에게 전달했다. 재산 매각 자금을 노름판에서 잃은 것으로 인정받기 위해 평생 노름꾼, 파락호로 위장했다." 자신의 노름 밑천만이 아니었다. 노름판을 벌일 때면 김용환은 건장한 장사들을 그

주변에 포진시켰다. 새벽 닭 홰치는 소리가 들리고 판이 끝날 때쯤 장사들은 노름판을 덮쳐 판돈을 쓸어갔다. 노름꾼들은 어디에도 하소연할 수 없었다. 김용환이 이상룡에게 전달한 독립군자금은 그렇게 조성됐다.

120년 전 김홍락이 능욕을 당했던 마당 곳곳엔 석창포가 자라고 있다. 김성일이 임진왜란 직전 조선통신사 부사로 일본에 갔다가 돌아오는 길에 한 뿌리 구해 기르기 시작한 것이라고 한다. 귀국 후 선조에게 올린 보고 내용을 놓고 여러 논란이 있지만, 김성일은 겁박하는 도요토미 히데요시 면전에서도 조선 선비의 자존심과 기개를 보여 준 유일한 인물이었다. 사간원 정언 시절 '짐을 평가해 보라'는 선조의 하명에 "왕께서는 요순(성군)이 될 수도 있고 걸주(폭군)가 될 수도 있다"라고 말했던 그였으니, 도요토미 히데요시의 겁박에 주눅 들거나 사무라이의 칼을 두려워할 리 없었다. 일본 근대 성리학의 개조 후지와라 세이카藤原惺窩는 그런 이야기를 듣고, 김성일이 머물던 숙소로 찾아와 시를 나누며 퇴계학에 대한 가르침을 청하기도 했다.

임진년 왜군이 침략하자 김성일은 경상우도 관찰사가 되어, 곡창인 호남과 경상을 연결하는 진주성으로 내려갔다. 남명 조식에게서 민본주의 세례를 받은 그는 관군이나 명군에 의지하지 않았다. 조선 민중을 믿고 그 힘을 모으는 데 주력했다. 이미 창의한 곽재우의 의병을 지원하고, 함양·산음·단성·삼가·거창·합천 등지를 돌며 의병을 규합했다. 그 결과 당시 전국의 의병 가운데 반수 가까운 병력이 진주성으로 모여들었다(『선조실록』). 김성일이 민중의 아버지로 존경받게 된 까닭이었다.

김성일이 진주성에 오자 산속에 피신했던 판관 김시민도 성으로 돌아와 수성태세를 갖췄고, 관군은 성 밖의 최경회 등 호남 의병과 곽재우·김준민 등 경상 각지의 의병과 협력체제를 갖췄다. 3만여 왜군에 맞서 거둔 진주대첩은 김성일이 주도한 이런 민관 협력 속에서 이루어졌다. 김성일은 재침에 대비하기 위해 분투하던 중 병사한다. 그가 죽고 2개월 뒤 진주성은 왜군에 함락됐다.

훗날 광해군은 제문과 제수를 내리며 흠향하기를 빌었다. "하늘이 뽑은 호걸, 신이 내린 신령스러운 사람/ 덕을 갖추고 문장까지 뛰어난 우뚝한 명신/ 왕명을 받들어 사신을 가니 섬 오랑캐 혼이 빠지고/ 국방의 중책 맡아 왜적 토벌하니 맞설 적이 없었네/ 몸을 달려 전장을 누비기를 목숨이 다해서야 그만두었네."

학봉 종택은 조선 후기 상류층 주택의 전형적인 양식이다. 건물만 사랑채, 안채, 문간채, 사당 등 90여 칸에 이른다. 풍뢰헌과 운장각을 제외하고 김성일이 1587년 직접 설계하고 지었다. 학봉 기념관인 운장각에는 총 1만 5,000점의 유물이 소장돼 있고, 이 가운데 503점이 문화재로 지정돼 있다.

비록 국가문화재는 아니지만, 종가에서 귀하게 여기는 보물이 하나 있다. 15대 종부인 이점숙 씨가, 1566년 이황이 김성일에게 전해 준 '병명'屛銘을 3년 동안 한 땀 한 땀 수를 놓아 제작한 12폭 병명병풍이다. 병명이란 학맥의 정통성을 상징하는 것으로, 퇴계는 요·순·우·탕·문왕·무왕·주공·공자·주자에 이르는 심학의 요체를 손수 정리하고 써서 스물아홉 살의 김성일에게 전했다.

풍뢰헌은 3대 종손(김시추)이 지었다. '선한 것을 보면 바람이 몰아치듯 즉시 실행하고 허물이 있으면 고치되 우뢰처럼 신속히 고쳐야 한다'는 뜻이다. 김성일이 세운 가풍이기도 하다. 돈과 권력 앞에서 언제든 영혼을 팔아버리는 파락호의 세태. 그 속에서 학봉 종택의 제비처럼 행랑채 처마 밑에라도 둥지를 틀 수만 있다면 이 어찌 영광이 아니겠는가.

노비의 대몽항쟁,
자유의 힘은 위대했다

1253년 12월, 몽골군 주력이 충주산성을 에워싼 지 벌써 두 달이 지 났다. 한겨울 칼바람은 몽골군 기세만큼이나 드셌다. 백성들은 창날이 아니면 한파에 죽을 판이었다. 산성은 바람 앞의 촛불 신세였다.

몽골군은 고려인들을 화살받이로 앞세워 공격했다. 양근성(양평) 방 호별감 윤춘, 천룡산성(보련산성) 방호별감 조방언, 황려현령 정신단 등 몽골군이 밀려오자 싸우지도 않고 투항한 지방관들이 몽골군에 넘긴 백성들이었다. 그 뒤로는 역시 배반한 조정의 고위관리 홍복원, 이현이 고려인들을 앞으로 내몰았다. 몽골군은 그 뒤에서 고려인의 골육상잔 을 즐겼다…….

충주산성 방호별감 김윤후金允侯는 치를 떨었다. 그러나 어쩌랴. 성을 내줄 순 없었다. 충주민이 도륙당하는 것은 물론 경상도가 유린당한다. 화살을 날리도록 했다.

더 큰 문제는 식량과 식수였다. 모두 바닥을 드러내고 있었다. 혹한을 버티게 해줄 땔감도 부족했다. 양반과 향리들 사이에선 동요가 일었다. 이들을 중심으로 배반자들의 감언이설이 퍼져나갔다. 항복하면 목숨과 재산을 보장할 것이며…….

전의를 잃지 않고 있었던 건 노비와 천민들뿐이었다. 싸우다 죽으나, 살아서 노예로 사나 다를 게 없었다. 아니 싸우다 죽으면 자식들이라도 면천되어 자유민이 될지 어찌 알겠는가! 자유와 해방에 대한 희망은 전의의 원천이었다.

김윤후의 머릿속에 21년 전 2차 몽골 침입(1232년) 때 처인성전투가 떠올랐다. 2차 원정군 사령관 살리타撒禮塔는 고려 무신정권과 왕실이 도피한 강화도를 봉쇄한 뒤 나머지 병력을 이끌고 남진했다. 서울과 수원을 차례로 함락한 살리타는 용인에 이르자, 군이 삼남대로를 벗어나 동쪽으로 30리나 떨어진 처인성으로 향했다. 처인성(용인시 남사면 아곡리)은 수주(수원과 화성 일대)에 속한 천민 거주지였다. 성 안엔 조세창고가 있어 일부 군인과 승병, 그리고 인근 향·소·부곡민들이 남아 세곡을 지키고 있었다. 진위현 백현원의 승려였던 김윤후는 스승의 지시로 처인성 수성군에 합류했다.

몽골군은 멀리 들판에 진을 쳤다. 기마병 20~30명이 성 쪽으로 다가왔다. 둘레가 고작 425미터에 넓이 2만 제곱미터도 안 되는 작은 성이었으니, 적들은 방심했다. 김윤후는 노군(노비들로 이루어진 군인)을 이끌고 길목에 매복했다. 곧 몽골 척후대가 다가왔고, 그들을 향해 화살이 일제히 날았다. 앞장선 지휘관부터 차례로 쓰러졌다. 맨 앞의 지휘관은

다름 아닌 살리타였다. 그의 목이 처인성 문루에 걸렸다. 지휘관 없이
는 전투를 하지 않는 몽골군은 허둥지둥 퇴각했다. 몽골의 2차 침입은
이 화살 한 발로 종결된 셈이었다.

조정은 처인부곡을 처인현으로 승격시켰다. 공을 세운 관노와 부곡
민은 면천이 되었다. 김윤후에게는 상장군이 하사됐지만 고사했다. "한
참 싸울 때에 나에게는 활과 화살이 없었는데, 어찌 감히 과분한 상을
받겠습니까?"(『고려사』). 관노와 부곡민에게 공을 돌렸다. 대신 하급 무
관인 섭랑장을 자청해 곧 충주산성 방호별감에 임명됐다.

12월도 중순으로 접어들었다. 더 이상 기다릴 수 없었다. 미루는 건
앉아서 죽자는 것이었다. 무엇을 할 것인가. 몽골의 침략 앞에서 충주
를 지킨 것은 언제나 노군잡류별초, 곧 노비와 천민이었다. 그곳을 지
배하며 호의호식하던 양반과 관리는 몽골군의 모습이 보이기 무섭게
줄행랑쳤다. 이번에도 산성을 지킬 건 노군이었다. 이들의 사기를 북돋
워야 했다. '노비부터 해방하자.' 문제는 그들의 불신을 어떻게 해소하
느냐였다.

몽골의 1차 침입 때였다. 살리타를 대장으로 한 10만 대군은 1231년
8월 압록강을 건넜다. 주력은 12월 초 개경을 포위하고, 별동대는 경기
도 광주, 충청도 청주를 거쳐 충주성을 공격했다. 충주부사 우종주于宗
柱는 방위군을 양반들의 양반별초, 관노와 천민의 노군잡류별초로 편
제했다. 몽골군이 밀려오자 부사, 판관 등 지휘부와 양반별초는 도망쳤
다. 노군잡류별초만이 남아 노군도령 지광수池光守와 승려 우본牛本의
지휘 아래 성을 지켰다.

몽골군이 퇴각하자 도망자들이 돌아왔다. 관청과 집 안에서 은제
품이 사라진 것을 노군의 소행으로 몰아 노군 지휘부를 죽이려 했다.

노비와 천민들은 분노했다. 배은망덕한 호족과 관리들을 주살했다. 1232년 정월의 일이었다. 조정은 무력으로 난을 진압하려다, 현지 사정을 알고는 지광수와 우본에게 상을 내려 회유했다.

하지만 이후에도 관리나 호족들의 태도는 달라지지 않았다. 관노는 여전히 관노였고, 천민은 여전히 천민이었다. 노비들이 다시 일어났다. 이번엔 무신정권이 군대를 보내 난을 진압하고 우본 등을 처형했다. 몽골군의 2차 침입이 있기 직전의 일이었다. 관노와 천민들에겐 그 기억이 남아 있었다. '저 불신을 어찌할 것인가.' 말이 아니라 행동이 필요했다.

김윤후는 관노의 부적(노비문서)을 모두 가져오도록 해 그들 앞에 쌓아두었다. "만일 힘을 다하여 싸워 이긴다면 귀천을 가리지 않고 모두에게 관작을 줄 것이다." 말이 끝나자마자 문서에 불을 질렀다. 그동안 전투에서 노획한 소와 말을 직위와 공에 따라 골고루 나누어주었다. 이튿날 아침 성문이 열렸다. 기마병을 앞세운 노군이 바람처럼 내달려 적진을 헤집었다. 뜻하지 않은 공격에 몽골군은 대혼란에 빠졌고, 결국 포위를 풀고 퇴각했다. 70여일 만이었다. 그로부터 한 달 뒤 몽골군은 고려에서 철수했다.

그 후 몽골은 해마다 고려를 침입했다. 그때마다 분풀이라도 하듯 충주성을 공격했다. 충주의 자유민들은 그때마다 필사적으로 성을 지켰다. 1254년 7월 다시 침입(6차)했을 때 대장 자랄타이車羅大가 이끄는 주력군은 9월 충주산성을 공격했지만 충주민의 저항에 막혀 우회해 경상도로 진출했다. 일부 병력은 충주 서쪽의 다인철소를 공격했다. 병장기를 만드는 천민 마을이었다. 몽골군은 이곳의 병장기와 함께 장인들을 끌고 가려는 것이었다. 철소의 천민들은 유학산성에서 처절하게 항전했다. 몽골군은 이번에도 뜻을 이루지 못했다. 그 공을 기려 조정은 다인철소를 천민부락인 '소'에서 현(익안현, 지금의 이류면)으로 승격시켰다.

1255년 10월엔 경상도를 유린하고, 포로와 가축을 끌고 북으로 돌아가던 몽골군을 충주의 별초군이 대원령(하늘재)에서 기습, 1,000여 명을 사살했다. 몽골군은 이듬해 4월 다시 충주성을 공격했다. 이번에는 읍성을 함락했지만, 성민은 월악산성으로 피난한 뒤였다. 몽골군은 월악산성까지 추격, 공격했지만 함락하지 못했다. 1258년 침입(9차) 때 충주민들은 경상도를 약탈하고 돌아가던 몽골군을 박달재에서 박살냈다. 박달재전투는 개경 이남에서 몽골군이 벌인 마지막 전투였다. 자유민이 된 백성은 영웅적인 전투로 조국과 제 형제를 지켰다. 김윤후가 노비문서를 불사른 힘이었다.

반면 무신정권은 1차 침입 이후, 몽골군이 해전에 약한 것을 알고 강화도로 피신했다. 정부 주력군은 오로지 강화도 방어에만 골몰했다. 2차 침입부터 1258년 9차 침입 때까지 몽골이 고려 조정에 요구한 것은 개경 환도와 왕의 몽골 황제 배알(친조)이었다. 왕실은 그때마다 환도를 약속했지만, 실권자인 무신정권은 번번이 환도를 거부해 화친을 무산시켰다. 그들에게 환도는 정권의 종말을 뜻하는 것이었다. 국토가 유린되고 백성이 도륙되든 말든 그들의 관심사는 정권 유지였다.

이에 대해 몽골군은 더 가혹한 살육으로 압박했다. 1254년 6차 침입 때의 참상을 『고려사』 고종 41년 12월조는 이렇게 전한다. "몽골군에 사로잡힌 남녀가 무려 20만 6,800여 명이요, 살육된 자도 헤아릴 수 없었으며, 지나가는 주군마다 잿더미가 되었으니, 난이 있은 이래 이때처럼 심한 적은 없었다." 고려는 더 이상 약탈할 것이 없을 정도로 황폐해졌다. "사람들의 해골은 들에 널리고……"(『고려사』 고종 42년 4월조).

1259년 초 무신정권 내부에서 반란이 일어났다. 실력자 김준金俊이 암살당하고, 뒤를 이은 임연林衍도 피살되고, 임유부도 부하에게 살해당했다. 무신정권은 끝났다. 정변 후 100년 만이었다. 고려는 1259년 3월 개경으로 환도했고, 몽골과의 전쟁은 그것으로 끝났다.

김윤후는 1263년부터 소리 소문 없이 사라졌다. 더 무엇을 기대할 것인가. 권력자들은 탐욕스럽고, 왕실은 무능했다. 도탄에 빠진 백성의 원망은 하늘을 찔렀다. 백성이 신망하는 그런 사람을 권력은 그냥 두지 않았다.

일부 사학자들은 그가 삼별초와 함께 대몽항쟁을 계속했다고 주장하기도 하지만 근거는 없다. 추정할 수 있는 건 김윤후가 민중의 영웅 김경손金慶孫 장군의 운명을 잘 알고 있었을 것이라는 점이다. 김경손은 1231년 몽골군 1차 침입 때 몽골의 10만 대군에 맞서 귀주성을 지켰다. 1237년 전라도 지휘사로 나주에 있을 때는 이연년李延年의 난을 고작 별초군 30명으로 진압했다. 그런 김경손에게로 민심이 쏠리자, 무신정권은 그를 백령도에 유배했다가 살해했다. 몽골의 위협과 침입이 계속되던 1251년이었다. 당시 권력자들에게 두려운 대상은 몽골군이 아니라 민중과 그들이 따르는 사람이었다.

김윤후는 역사 속에서도 사라졌다. 고려 조정은 그를 지우려 했고, 고려를 무너트리고 등장한 조선 역시 배불정책의 연장 속에서 사라진 그를 되살리려 하지 않았다. 28년의 대몽골항쟁에서 최대의 승리를 거둔 처인성이나 충주산성도 잊었다. 800년 가까이 지났지만, 아직 그 위치를 비정하지 못하고 있다. 용인시 남사면 아궁리의 그 토성이 처인성인지, 월악산성 혹은 대림산성이 '충주산성'인지……

군사정변으로 권력을 탈취한 박정희, 전두환 군사정권은 오히려 고려 무신정권을 띄우기에 급급했다. 정권 유지를 위해 강화도로 도피했고 그사이 강토와 백성은 28년간 무방비 상태로 유린당했는데도, 그런 도피를 '위대한 항전'이라고 추켜세웠다. 군사 쿠데타를 합리화하기 위해 역사까지도 왜곡한 것이었다.

권력자들이 쓰는 역사는 언제나 그런 식이었다. 사실 자유의 거대한 힘을 깨달은 지도자와 해방된 노비와 천민이 이뤄낸 위대한 승리의 역사는 이들에게 위험천만했다. 끊임없이 저항과 도전을 조장할 수 있기 때문이었다.

대몽항전의 주역은 수탈당하고 억압받던 백성들이었다. 처인성이나 충주성, 충주산성전투는 물론이고, 그에 앞서 40여 일간 몽골군의 공격에 맞서 버틴 광주성전투 역시 백성들의 싸움이었다. 광주성에선 초적들까지도 힘을 보탰다.

때로 백성들은 그 무능하고 무책임한 권력자들을 향해 칼끝을 돌리기도 했다. 개성의 관노와 황해, 경기 지역의 초적 그리고 승려들과 연합해 일으킨 이통李通의 난은 그 좋은 실례였다. 관노와 천민은 자유를 향한 열망을 수용하면 조국의 방패가 되었지만, 비원을 배신하면 종묘사직을 겨냥한 창이 되었다.

역사에서 가정처럼 허망한 것은 없다. 이 사실을 잘 아는 향토사학자 김현길이지만, 조롱을 무릅쓰고 이런 가정을 내놓곤 한다. "몽골 침입 때 국가가 모든 노비와 천민을 해방하고 면천시켰다면, 천민에게 강제된 부역을 없앴다면 전쟁의 양상은 어떻게 되었을까? 국난 시기 자유의 힘을 활용했다면 이 나라는 어떻게 되었을까."

영웅은 민중의 가슴에
묻힌다고 했으니……

대도가 행해지던 때에는 천하를 공유물로 삼았다. ……간사한 모의는 일
어나지 않고, 도적질과 난적의 무리가 생겨나지 않았다. 사립문을 닫아 걸
지 않고 편안하게 살 수 있었으니 이것을 '대동'의 세상이라 했다.

—『예기』「예운편」

1925년 발간한 『진안지』는 천반산을 두고 이렇게 기술했다. "산이
험하고 암벽으로 둘러싸여 있지만, 정상부는 평평해 1만여 명이 머무
를 수 있다." 주봉에서 서쪽 능선으로 1.2킬로미터쯤 고원지대엔 성터
가 있다. 무너져 내린 돌마다 정여립 신화와 '대동 세상'의 꿈이 새겨져
있다.

정여립鄭汝立, 1546~89. 단재 신채호가 프랑스의 루소에 비유한 인물.

루소처럼 프랑스 혁명의 밑거름이 되지는 못했지만, 그의 사상과 꿈만큼은 루소의 '민약론'에 버금간다는 것이다. 신복룡 교수처럼, 영국 공화정을 처음 연 크롬웰에 비교하는 학자도 있다. 하긴 전제왕조 아래서 '왕후장상의 씨가 어디 있으며, 누군들 모시면 왕이 아니겠는가'라고 세습왕조의 정통성을 정면에서 부정했고, 차별을 원천적으로 부정하는 대동 세상을 꿈꿨으니 그런 평가가 과분하지 않다.

그러나 그런 소신과 꿈의 결과는 참혹했다. 500년 조선 역사상 최대의 옥사가 벌어지고, 그 자신은 국가 변란의 수괴로 지목돼 능지처참당했다. 주류와 비주류, 기득권 세력과 민중의 평가는 달라질 수밖에 없다. 아직도 정여립은 반란 수괴와 영웅을 가르는 담장 위에 있다.

'정여립의 난'조차 실제였는지 아니면 조작이었는지 여부가 430년 가까이 지난 지금도 논란이 분분하다. 『선조실록』은 무고에 의한 조작 사건의 취지로 기록했고, 인조 때 서인들이 떼를 써 개찬한 『선조수정실록』에선 국가 변란으로 규정했다. 게다가 정여립은 진술할 기회도 없이 체포 과정에서 죽었고, 서신 등 그가 쓴 글은 모두 불태워졌다. 남은 자료라고는 그를 고변하거나 가해한 쪽의 진술과 연루자들이 고문 과정에서 인정한 것밖에는 없다.

때문에 당파에 따라 평가가 달랐다. 150여 년 뒤 남인 계열의 남하정南夏正은 『동소만록』에서 조작 사건이라고 단언했고, 소론 집안 출신의 이긍익李肯翊은 『연려실기술』에서 정여립의 역심을 전제로 기축옥사를 기술했다. 이긍익의 부친인 이광사는 노론에 의해 숙청됐지만, 기축옥사 당시 두 사람의 선조들은 가해자 쪽인 서인이었다. 노론이 밉다고 선조들까지 조작 당사자로 규정하기는 힘들었을 것이다. 중도적 평가가 없는 건 아니다. 이광사의 직계 후손인 영재寧齋 이건창李建昌은 19세기 말 『당의통략』에서 "모반의 근거가 박약하다"라고 규정했다.

『당의통략』은 '술이부작'(述而不作, 사실만 기록할 뿐 꾸미지 않는다)의 정신으로 당쟁사를 정리한 것으로 평가되는 저작이다.

물론 정여립의 '역심' 자체를 부정하는 이는 없다. 그는 선조를 불신하고 혐오했다. 그와 연루돼 처형된 백유양白惟讓이 정여립에게 보낸 편지에서 밝힌 것처럼, 선조는 "도량이 좁고 시기심은 많으며 성질은 모질고 의심이 많았"다. 그의 기회주의적 처신은 붕당을 초래했고, 조정의 분열을 왕권 유지에 이용했으며, 내우와 외환으로 말미암은 민생의 도탄은 방치했다. '천하공물'(天下公物, 천하만물은 모두가 공유하는 것이다), '하사비군'(何事非君, 누구를 섬긴들 왕인 아닌가)론에 따르면 마땅히 몰아내야 할 군주였다.

정여립은 전주의 명문가(동래 정씨 집안)에서 태어나 20대 초반에 대과에 급제했다. 그러나 관련 기록이 모두 인멸돼, 지금은 출생연도나 출생지조차 불분명하다. 1540년 전후 전주 남문 부근에서 부친 정희증鄭希曾에게서 태어났다는 게 고작이다. 그는 선조 3년(1570) 식년문과에 2등으로 급제했지만 11년 뒤에야 정언에 기용됐다. 2년 뒤 예조좌랑을 거쳐 1584년 홍문관 수찬(6품)에 오르지만 상소가 빌미가 되어 쫓겨나고, 이듬해 그 자리에 다시 기용되지만 역시 직언이 문제가 돼 쫓겨났다.

상소의 내용은 이렇다. "나랏일이 어렵고 염려스러운데 안으로 사류들이 환산하고 밖으로 싸움이 곧 일어나려고 하니 신같이 어리석고 재빠르지 못한 사람이 그 직을 수행하기에 만에 하나라도 도움이 되지 않을까 걱정되옵니다." 자리를 걸고 직언을 하려는데 선조는 재빠르게 자리만 빼앗고 직언은 봉쇄했다. "스스로 그만두겠다고 했으니……." 수찬에 재기용되고서도 선조의 면전에서 "박순은 간사한 무리의 괴수이고, 이이는 나라를 그르친 소인이며, 성혼은 간사한 무리의 편을 들어 군부를 기망했다"라고 비판했다. 이에 선조는 "조선의 형서(形恕, 배반의 상징적 인물로, 송나라 정이천의 제자를 말한다)로다"라고 이죽거렸고, 정여립은 그 자리에서 "신이 지금부터는 다시 천안天顏을 뵐 수 없겠습니다"라며 물러났다. 사관은 그가 나가면서 "눈을 치켜뜨고 왕을 돌아보았다"라고 기록했다.

당시 국내외 정세는 급박했다. 거듭된 천재와 가뭄이 이어져, '종이 주인을 죽이고 자식이 아비를 버리는 일'이 잇따랐다. 1583년(선조 16년)엔 북방의 경원부와 안원보가 여진족에 함락되어, "시체가 들을 덮고 해골이 산더미처럼 쌓였다." 그러나 당시 조정은 군정이 문란하여 군사를 동원할 수조차 없었다. 선조는 아예 북방 영토를 포기하려 했다. "나의 생각으로 마운령 이북은 장차 저들 소유가 되고 말 것이다"(『선조실록』).

전라도 금구 동곡마을로 돌아온 정여립은 대동계를 조직했다. 당시 마을마다 있던 일반적인 대동계와 달랐다. 반상을 구별하지 않았다. 양반은 물론 상인이나 천민, 산적, 승려까지도 받아들였다. 정팔용처럼 무술에 뛰어난 인물과 운봉의 승려 의연, 도잠, 설청과 해주의 지함두 등 학식과 능력이 특출한 인물들이 가입한 것은 그 때문이었다. 전라도사 조대중 등 관리들도 가입했다. 지역적 한계를 넘어 해서(황해도)로까지 확장됐다.

계원들은 매달 한 번씩 동곡마을 인근의 제비산 월명암 근처에 모여 말타기나 활쏘기, 검법 등 무예를 연마했다. 정여립은 훈련이 끝나면 계원들 앞에서 이런 이야기를 했다고 한다. 체포된 연루자들이 심문 과정에서 했다는 말이다. "충신은 두 임금을 섬기지 않는다는 건 성현의 통론이 아니었다. 천하가 공물인데 어찌 주인이 따로 있겠는가. 맹자는 제의 선왕과 양의 혜왕에게 왕도를 행할 것을 요구하였는데 왕도란 백성을 섬기는 것 아닌가. 요와 순과 우 임금은 피가 한 방울도 섞이지 않았지만 왕위를 넘겨주어 백성을 편케 했다. 요순이야말로 성현이 아닌가."『여씨춘추』를 인용해 "천하는 한 사람의 천하가 아니요, 천하의 천하이다"라고 하기도 했고, "은나라의 탕왕이 하나라의 걸왕을 내쫓고 주나라의 무왕이 은나라 주왕을 친 것은 하늘에 순응하고 사람의 뜻에 부응한 것"이라고도 했다.

임금은 신하의 근본이 되어야 한다는 삼강오륜의 '군위신강'을 '군신상강'이라 하여 임금과 신하는 서로에게 근본이 되어야 한다고, 대등한 관계를 주장했다.

민본주의와 공화주의가 보편화된 오늘의 눈으로 보면 평범한 주장이지만, 전제왕조의 이데올로기에서 보면 국가 변란의 뜻이 아닐 수 없었다. 오늘날에도 주류 혹은 기득권 세력은 국가보안법 등의 제도로써 마음에 품은 생각이나 어설픈 의견에 대해서도 '국가 변란의 죄'나 내란예비음모죄를 뒤집어씌운다.

1587년 2월 왜적이 전함 18척을 이끌고 전라도의 손죽도 일대에서 백성 수백 명을 살육하거나 포로로 붙잡아가는 정해왜변이 일어났다. 관군으로는 감당이 어렵자 전주부윤 남경언은 지원을 요청했고, 정여립은 대동계원을 이끌고 손죽도로 내려가 왜구를 물리쳤다. 그즈음 해서에는 이런 유언비어가 나돌기 시작했다. "호남 전주 지방에 성인이 일어나 우리 백성을 구제할 것이다. 그때는 수륙의 천민과 일족, 이웃의 요역(관노)과 도피자 색출 등의 일이 모두 감면될 것이고, 공사천과 서얼을 차별하는 법을 모두 없앨 것이니……." 그건 정여립의 야망이 아니라 당시 조선 민중의 간절한 소망이었다.

그러나 이 모든 건 국가 변란의 올가미가 되었다. 서인의 고변에 따라 1589년 음력 10월 4일 체포령이 떨어졌고 정여립은 쫓기던 중 10월 14일 도피 후 7일 만에 죽었다. 하지만 그의 죽음도 의문투성이다. 자살인지 살해인지 아직 미궁이다. 『동소만록』은 그가 변숭복의 유인에 따라 천반산 기슭의 죽도에 갔다가 미리 매복해 있던 관군과 대치하던 중 죽임을 당했다고 전했다. 정여립 일행을 토벌한 민인백 진안현감의 『토역일기』는 그가 부귀면 다복동 오룡마을에서 대치 중 자살했다고 기록했다.

다만 이후 옥사는 참혹했다. 그의 주검은 문무백관 앞에서 능지처참됐고 부모·아내·자식들은 교살됐다. 또 정여립이 살던 집은 파서 연못으로 만들었고 전주에 있는 정여립의 조상의 분묘를 낱낱이 파내어 멀리 이장하도록 했고, 그와 멀고 가까운 집안들도 다른 먼 고을로 이주시켰다.

정철鄭澈을 비롯한 서인들은 이 기회에 동인의 뿌리를 아예 파버리려고 했다. 2년간 계속된 옥사에서 53명을 처형하고, 20여 명을 유배하고, 400여 명을 투옥했다. 영의정 이발李潑은 정여립을 비호했다 하여 형제와 노모, 여덟 살배기 아들까지 처형당했다. 영남의 존경받던 학자 최영경崔永慶은 정여립과는 생면부지인데도, 가상의 인물 길삼봉으로 둔갑시켜 처형했다. 정철의 주사를 비판했던 호남의 대표적인 지식인 정개청鄭介淸도 처형당했다. 좌랑 김빈金濱은 찬바람에 눈물을 흘렸는데도 정여립을 동정했다고 하여 죽임을 당했다.

당시 김천일金千鎰 장군이 올린 상소는 이반된 민심을 웅변한다. "백성들이 참혹한 화와 연좌의 죄를 눈으로 보고는 앞을 다투어 도망하여 온 마을이 텅 빈 곳이 있기에 이르렀고 …… 임금을 원망하는 소리가 구천에 사무치니, 나라의 근본이 여지없이 좌절되었다." 옥사가 끝난 1592년, 정여립의 예언대로 왜가 침략했다. 선조와 지배층은 줄행랑쳤

194

고, 갈 곳 없는 민중은 아비규환의 생지옥으로 떨어졌다.

　진정한 영웅은 민중의 가슴에 묻힌다고 했던가. 천반산 산성터 주변
은 민중의 원망과 결합돼 탄생한 정여립 신화로 빼곡하다. 군사훈련 때
마다 '大同'(대동) 깃발을 꽂았다는 깃대봉, 훈련지휘소였다는 한림대
터, 망을 본 망바위, 정여립이 말을 타고 뛰어넘었다는 30미터 거리의
뜀바위, 연단이었다는 장군바위, 수백명 분의 밥을 지었다는 죽도 쪽
강가의 돌솥 그리고 시험바위, 말바위, 의암바위…….

　천반산은 천혜의 요새였다. 1750년 제작된 '호남지도'가 '천방산'天
防山으로 기록할 정도다. 접근부터 어렵다. 진안읍에서 가자면, 동쪽으
로는 해발 750미터의 대덕산이 버티고 있고, 남쪽은 가막고개가 버티
고 있는데다 수심이 깊고 넓은 연평천을 건너야 한다. 천상 북쪽 금강
을 건너야 하는데, 강을 건너자마자 해발 875미터의 고산 줄기가 겹겹
이 막아선다. 고산의 가파른 경사지를 오르고 내리기를 거듭해야 천반
산 기슭의 장전마을에 이른다.

　장전마을에서 산성으로 오르는 것 또한 쉽지 않다. 오를 수 있는 길
은 장전마을에서 구량천 물길 따라 내려가다가 산줄기 끝자락 죽도폭
포에서 오르는 길이 하나요, 장전마을에서 물길을 거슬러 지금의 사설
휴양림 옆으로 오르는 길이 두 번째다. 마을 사람들만 아는 길도 있다.
진안군 가막리에서 연평천을 건너 장수군 천천면 신기마을 먹골에서
산성 턱 밑으로 질러 올라가는 길이다. 가파른 데다 길도 희미하다. 다
른 곳은 깎아지른 절벽이거나 급경사다. 게다가 삼면이 구량천과 연평
천으로 둘러싸여 있다. 주봉으로 이어지는 좁은 암릉을 차단하고, 나머
지 두 길만 막아서면 산성은 난공불락이었을 것이다.

　'죽도서실'은 신화를 현실과 이어주는 희미한 다리다. 구량천과 연

평천이 합수하여 죽도를 돌아가는 두물머리에 있었다는 곳이다. 정여립이 목욕을 할 때 옷을 벗어 걸었던 의암바위가 근처에 있고, 돌솥도 근처에 있다. 지금은 몇 조각 기와로만 그 흔적이 남아 있다. 관군이 급습했을 때 죽도서실엔 벼 200섬과 피잡곡 100섬이 있었다. 서실이 아니라 보급창이었던 것만은 분명하다. 변란 목적의 것인지 아니면 난리가 났을 때를 대비한 것인지는 알 수 없다.

『예기』는 부연한다. "……자기 어버이만을 친해하지 않고, 자기 자식만을 자식으로 여기지 아니한다. 노인은 그 여생을 편안히 마칠 수 있도록 하고, 젊은이는 제 역량을 충분히 발휘하도록 하고, 어린이는 건강하게 자라도록 하며 홀아비, 과부, 고아, 자식 없는 이, 병든 사람은 모두 부양받도록 한다. 남자는 일정한 직업을 가지며 여자는 (시집) 갈 곳이 있었다. 재물은 함부로 사치스럽게 쓰이지 않고, 자기만을 위해 감춰두지도 않는다. 각자의 역량은 발휘되지 않아 사장되는 일이 없으며, 그렇다고 그 역량을 자신만을 위해 쓰이는 일도 없다." 하지만 이런 대동 세상의 꿈은 예나 지금이나 역모 혹은 국가 변란의 증거일 뿐.

단재 신채호는 한탄했다. "이 같은 혁명적 학자를 어찌 용납하리오. 애매한 한 장의 고발장에 목숨을 잃고, 온 집안이 폐허가 되었다."

취해서 부르는 노래,
듣는 이 없구나

취가정에서 걸어온 길을 돌아보니 평매들 건너 장불재의 유장한 능선과 우뚝한 천왕봉, 서슬 푸른 서석대의 위엄이 한눈에 들어온다. 중봉에서 북쪽으로 뻗은 산줄기는 원효봉과 덕봉산으로 이어지고, 두 봉우리 사이 배재마루 밑에 충장사가 있다. 그러고 보니 취가정은 여느 정자와 달리 산과 들, 그리고 물의 흐름에 거슬러 돌아앉아 있었다.

450여 년 전 태어나 국망의 위기에 분연히 일어나 호남 최대의 의병을 결성했고, 곧 전국 의병을 지휘하는 총사령관이 되었지만, 졸렬한 군주의 터무니없는 의심과 모략에 의해 죽임을 당했다. 옥사한 지 65년 만에 복권되고 190년 뒤 충장사에 배향된 충장공忠壯公 김덕령金德齡, 1567~96 장군. 그를 기리는 취가정은 충장공이 밟아온 시간과 공간을 돌아보고 있다.

시민들은 충장사에서 취가정까지 그 아름답지만 비장한 길을 무등산 역사길이라 하여, 김덕령의 굵고도 비극적인 삶과 권력자들의 더러운 잇속과 비열한 모략을 기억하려 한다. 취가정에 오르면 길손을 먼저 맞이하는 건 오석에 새겨진 「취시가」, '술에 취하여 부르는 노래'다. 「취시가」, 오죽 원통했으면 죽어서도 이승을 떠나지 못하고, 혼령조차 대취하고서야 통한을 털어놓았을까. 취가정은 거기서 따온 것이었다.

김덕령과 지음 관계였던 석주石洲 권필權韠은 어느 날 꿈속에서 김덕령의 방문을 받는다. 벗은 이미 대취해 산발한 상태였고, 말없이 시집 한 권을 건네고는 사라졌다. 첫 장을 넘기자 이런 시가 나왔다. "술에 취하여 부르는 노래여/ 이 곡조 듣는 이 아무도 없네/ 나는 꽃과 달에 취함도 바라지 않고/ 공훈을 세움도 원치 않았네/ 공훈을 세우는 것도 뜬구름이요/ 꽃과 달에 취하는 것도 뜬구름이네/ 취하여 부르는 노래여/ 이 곡조 아는 이 없네/ 다만 원하노니 밝은 임금을 만나 창검으로 보답하고 지고."

김덕령의 혼령이 지은 시라는데, 그리하여 사람들은 흔히 김덕령의 작품으로 알고 있지만, 사실 그건 당대의 문장가 권필이 지어낸 스토리텔링이었다. 벗의 울분과 통한, 남은 이의 분노와 자괴감을 그런 극적 구성으로 세상에 알리고자 한 것이었다. 권필은 김덕령의 6촌 고종형인 해광海狂 송제민宋齊民의 사위다. 강화도 태생인 권필은 결혼하면서 처가 근처로 내려와 우계 성혼, 송강 정철에게서 공부를 배웠지만, 노상 어울린 것은 두 살 위인 김덕령이었다. 권필은 젊어서부터 이미 문명을 얻었던 터였고, 김덕령의 무용은 이미 한양에서조차 파다했으니, 문무 쌍벽의 두 사람은 고을과 호남의 자랑이었다.

그런 김덕령이 터무니없는 혐의로 옥사했으니, 권필의 좌절과 분노는 굳이 되새길 필요도 없었다. 하지만 '반란수괴'를 내놓고 추모할 수 없어 꿈속에서 전달받은 시 형태로 짓고, 자초지종도 거기에 맞춰 꾸몄다. "지난날 장군께서 쇠창을 잡으셨더니/ 장한 뜻 중도에 꺾이니/ 천명인 걸 어찌하리/ 한이 서린 그 영혼 지하에서 통곡하며/ 마음속의 울분을 술에 취해 읊었도다."

권필이 언급한 김덕령의 '장한 뜻'은 1902년 매천 황현이 지은 시 「충효리에서 김 장군을 애도하다」에 잘 나타나 있다. "석저장군이 만인을 대적하니/ 말 위의 구리 채찍 소리가 벽력 같네/ 포효하는 호랑이를 원숭이처럼 희롱하니/ 오랑캐들 돌아보며 새파랗게 질렸네."

김덕령은 석저촌(지금의 광주광역시 북구 충효동)에서 태어났다. 석저촌은 훗날 충효리로 이름이 바뀌어 지금까지 이어져오고 있다. 억울하게 죽은 김덕령을 복권시킨 정조가 그의 충절을 기리기 위해 하사한 이름이다. 이곳엔 지금도 500여 년 된 왕버들이 반가의 법도가 여전한 마을을 지켜오고 있다. 둘레 11미터의 거대한 둥치에서 뻗어나온 무수한 가지가 마치 옥중의 산발한 김덕령의 형상을 닮았다 하여 마을에선 '김덕령 나무'라고 부른다. 그 그늘 아래서 이 마을 아이들은 놀고 자라고, 어른들은 쉬고 늙어가고 했으니, 마을은 장군의 절의는 물론 그 통한과 함께 살아온 셈이다.

석저촌 인근은 광산 김씨 김덕령 일가의 집성촌으로 작은할아버지인 사촌 김윤재, 김윤재의 조카이자 장군의 당숙인 김성원(식영정 주인), 김윤제의 처남인 양산보(소쇄원 주인), 고모할머니의 손자 송제민 등 당대의 명사들이 개울 건너 혹은 언덕 너머에 살고 있었다. 송강 정철은 김윤제의 외손서(외손녀사위)였다.

임진왜란이 일어나자 형 김덕홍金德弘은 제봉 고경명과 함께 의병을 일으켜 금산전투에서 전사했다. 함께 출병하려 했으나 형의 당부에 따라 노모를 모셨다. 이듬해 6월 어머니가 별세하고 10월 진주성이 함락되자, 그는 형의 뒤를 따라 의병을 일으켰다. 진주성이 무너지면 다음은 호남이고, 호남이 무너지면 조선도 무너질 터. 송제민 외에 매형 김응회, 처남 이인경 등이 의기투합한 창의에 담양부사 이경린, 장성현감 이귀가 지원했다. 일거에 청장년 3,000여 명이 운집했다. 진주성 함락에 겁이 난 선조는 1594년 1월 '충용'이란 깃발을 내리고, '임시 조정' 분조의 책임자였던 광해군은 '익호'라는 휘호를 내렸으며, 4월엔 전국의 의병을 충용장 익호장군 김덕령의 휘하로 통합한다. 수군에는 이순신, 육군에는 권율, 의병에는 김덕령이었다.

김덕령은 체구가 크지 않았다. 그러나 전설 같은 이야기지만 힘은 씨름판에서 천하장사를 쓰러트리고, 날래기는 달리는 말에서 누각으로 몸을 날렸다가 다시 말에 올라탈 정도였다고 한다. 의병장이 되고는 맨손으로 잡은 호랑이 두 마리를 적진에 보내 왜군의 간담을 서늘하게 만들었다고 한다. 남원 의병장 조경남趙慶男은 『난중잡록』에서 "온 나라 사람들이 그에게 의지했고, 왜인들도 그를 겁내 (전라도를) 감히 침범하지 못했다"라고 했다.

왜적은 전투를 피하고 강화를 모색했다. 확전의 여력도 없었지만, 조선의 바다와 땅을 이순신과 김덕령이 지키고 있었다. 해안에 왜성을 짓고 장기전에 돌입했다. 구명도생에 전전긍긍했던 선조도 왜적의 의도에 호응했다. 전선은 교착됐고 김덕령의 칼집 속 신검은 녹이 슬었다. 그는 거제도와 고성 그리고 의령 정진전투 등 작은 전투에서 승리를 거뒀을 뿐, 전투다운 전투를 벌이지 못했다. 조정에 적극적인 공세를 취하게 해달라고 건의했지만 조정은 불허했다.

"바라만 봐도 무기 거둔 채 다가서지 못하니/ 칼집 속 신검엔 푸른 녹이 끼었네./ 섬멸한 뒤 아침 먹기 진실로 어렵지 않았거늘/ 운수가 기이하여 끝내 적과 접전하지 못했네."

1596년 7월 충청도 홍주에서 이몽학李夢鶴의 난이 발생했다. 조정은 김덕령의 부대에 진압 명령을 내렸다. 부대가 이동하던 중 반란은 수습 됐다. 주모자들 입에서 김덕령과 곽재우, 고언백, 최담경 등 의병장들 의 이름이 나왔다. 함께 거사를 도모하기로 했다는 것이었다. 뻔한 거 짓말이었지만, 잔꾀에 능한 선조에게는 좋은 빌미였다.

그는 의병장들이 두려웠다. 이미 한양성을 포기하고 야반도주할 때 민중의 성난 모습을 경험했다. 나라를 쑥대밭으로 만들고 민생을 도탄 에 빠트린 전쟁이 끝나면 민중은 저의 무능과 무책임을 심판하려 할 것 이다. 이몽학의 난은 그 징후였다. 그러면 민중은 누구를 앞세워 저의 권좌를 흔들 것인가. '사냥이 끝나면 사냥개부터 삶아 먹듯이' 후환을 도려내야 했다.

국청이 열렸다. 선조가 직접 신문을 했다. 김덕령을 제외한 다른 의병 장들은 풀어줬다. 모두 처형하면 민심 이반을 재촉할 수 있었다. 20여 일간 6회에 걸친 형문과 수백 회에 걸친 고문 속에서 김덕령의 정강이 뼈가 부스러지고, 살이 찢겨나가고, 피범벅이 되었다. 옥리까지도 김덕 령에게 '죽음으로써 충의를 지킨 죄'밖에 없다는 걸 알고 있었지만, 선 조는 막무가내였다.

"높은 명성은 그저 패금을 이룰 뿐이었고/ 의리가 두터운데 언제 전 투를 기피했던가/ 옥리도 감복하여 모함인 걸 알았고/ 성상도 무릎 치 며 끝내 애석해했네."

매천은 개탄했다. 쥐 같은 군주에게 무슨 '충'忠이고 '의'義인가. "서 석산 천주봉이 한 번 무너지자/ 천추토록 오로지 슬픈 구름만 쌓였네/

용강은 명주 같고 뱅어는 살졌거늘/ 왜 진즉 낚싯대 잡고 숨어 살지 않았던고."

일찍이 김덕령도 다짐한 바 있었다. "거문고 노래는 영웅의 일이 아니리니/ 모름지기 장막에서 칼춤을 춰야 할 뿐/ 전쟁이 끝나고 돌아가면/ 강호에서 낚시 외에 달리 무엇을 구할까."

그러나 강호로 돌아갈 길은 막혔다. 무등산 천왕봉은 무너졌다. 사관은 한탄했다. "(이후) 용력 있는 사람들은 모두 숨어버리고 다시는 의병을 일으키지 않았다." 이듬해 퇴각했던 왜는 다시 조선을 침략한다(정유재란).

선조는 1604년 6월 대대적인 공신 책봉을 한다. 그러나 무공을 세운 이는 18명(선무공신)에 불과했다. 나머지 86명은 왕이 의주로 도주할 때 수행했던 자들(호성공신)이었다. 호성공신 중엔 내시만 24명이 포함됐다. 의병장은 모두 배제됐다. 사관의 개탄이 이어졌다. "태조가 창업할 적에도 (공신 책봉은) 30여 명에 불과했다. 내시가 그중에 끼었다는 말을 듣지 못했다. …… 임진왜란 중 창의하여 절개를 세운 사람이 많았다. 정인홍·김면·곽재우는 영남에서 의병을 일으켰고, 김천일·고경명·조헌은 호남과 호서에서 절개를 지키고 죽었다. 그들의 공은 너무도 찬란하고 열렬하여 충의의 기개를 고취시킬 수 있음은 물론 뒷날 나약한 사람을 굳세게 하기에 충분했다……." 그러나 이들의 충절은 무시됐다. 선대왕들을 보기에도 '참으로 외람된 일'이라고 사관은 평가했다.

광주는 충장공의 도시다. 상징적으로 광주에서 가장 오래되고 번화한 도로의 이름이 충장로다. 충장사는 무등산 북쪽 기슭에 감추어져 있지만 평일에도 향불이 끊이지 않는다. 시민들은 충장공의 충과 의를 삶 속에서 생각하고 다진다.

그러나……, 도대체 누구를 위한 '충'이며 누구에 대한 '의'인가. 백성을 도탄에 빠트린 자를 위해 목숨을 바치는 게 어찌 충이며, 도탄에 빠진 백성을 버리고 저 혼자 살겠다고 줄행랑친 자를 따르는 것이 어찌 '의'인가.「취시가」를 지어 벗의 원한을 길이 기억케 한 권필의 죽음이 대비되는 것은 그 때문이다.

권필에게 선조는 입에 올리기조차 구차한 혼군이었다. 반면 광해군에게는 나름 기대하는 바가 있었다. 쥐처럼 눈치만 보던 애비와 달리 그는 전선에서 국란 극복을 위해 헌신했다. 김덕령에게 익호장의 휘호와 의병사령관의 직책을 내린 것도 그였다. 하지만 김덕령이 죄 없이 죽임을 당할 때 못 본 척했다. 대통을 이어받은 뒤에도 김덕령의 신원은커녕 돌아보지도 않았다. 게다가 외척의 전횡과 농간을 방관했으니…… 권필에게는 그 애비에 그 아들로 보였다.

광해군 3년 임숙영任叔英의 책문 문제로 조정과 장안이 소란스러웠다. 이때 시 한 편이 장안에 회자됐다. 왕과 척신들을 조롱하는 것이었다. "궁 안 버들은 낭창대고 꽃잎은 흩날리는데, 벼슬아치들의 아부는 성안을 채우고 넘치네. 조정엔 승진과 포상으로 환호 소리 가득한데, 어찌하여 선비의 입에선 곧고 위험한 말이 나오는가."

광해군은 노발대발했고, 권필을 잡아들여 주청에서 태장을 치고 주리를 틀어 죽이려 했다. 이항복 등 대신들의 반대로 겨우 함경도 경흥 유배로 감형됐다. 권필은 들것에 실려 숭인지문을 나섰다. 성문 밖에는 그를 송별하려는 벗들이 기다리고 있었다. 벗들은 이별주를 권했고, 권필은 마음껏 마시고 이튿날 죽었다. 권필이 죽고 6년 뒤 그의 절친 허균은 새로운 세상을 도모하다가 능지처참에 처해졌다. 권필은 용렬한 군주 앞에서 할 말을 했고, 허균은 그런 군주의 세상을 엎으려다 죽임을 당했다.

김덕령은 옥사하기 전 이런 시를 남겼다. "춘산에 불이 나니/ 못다 핀 꽃 다 붙는다./ 저 뫼 저 불이야 끌 물이나 있거니와/ 이 몸에 내 없는 불 일어나니/ 끌 물 없어 하노라." 분노할 때 분노하지 않고, 죽음을 앞두고서야 통탄한들 그게 무슨 소용이란 말인가!

백성의
전투

정상 부근의 산철쭉은 눈부시게 투명한 꽃 무더기를 이고 있었다. 바람이 시원하다 싶었는데, 후두둑 꽃잎이 쏟아졌다. 그제야 이미 떨어져 꽃무덤을 이루고 있는 낙화로 눈길이 갔다. 나는 생화에 취해 낙화를, 생화의 아름다움에 혹해 낙화의 슬픔을 잊고 있었다. 1597년 정유재란 때 권력자들이 버린 이 땅을 지키려다, 그곳에서 무수하게 스러져 간 이들의 희생을 잊고 살아온 것처럼.

전투 사흘째인 1597년 8월 17일 자정 무렵, 왜군의 공세는 끊이지 않았다. 동료의 주검이 쌓여 성을 타넘을 정도로 희생이 컸지만, 필사적으로 달려들었다. 이에 맞서 성안의 아낙들은 나뭇가지까지 주워 기름을 끓이고, 기름이 떨어지면 물을 끓였다. 나이 든 남정네는 돌과 끓은 물, 기름을 날랐고, 장정들은 성벽을 기어오르는 왜군들에게 던지고 부었다. 병졸들은 화살을 쏘고 칼과 창으로 성벽을 기어오르는 자들을 찔렀다. 그러나 10배 이상의 잘 훈련된 병력과 막강한 화력 앞에선 중과부적이었다.

자정이 넘어가면서 군무장 유명개柳名蓋 거창 좌수에게 올라오는 보고는 절망적이었다. 무기고를 지키던 부인 정씨에게선 화살이 다 떨어졌다는 보고였고, 서문을 지키던 정언남鄭彦男에게선 전황 대신 '싸우고 싸워도 끝이 없다'는 탄식만 전달돼 왔다. 북문과 동문을 지키던 성주 백사림白士霖은 "적은 저렇게 밀려오고, 병사들의 사기는 다해가고 있으니 어찌하면 좋겠소"라고 불안해했다. 한가위를 갓 지난 음력 18일 새벽 달빛으로 성안은 환했다. 수천 명 백성의 손에 남은 건 맨주먹뿐이었다(「의사공현보 유명개 연보」).

축시 무렵 비보가 날아왔다. '동문이 열렸다!' 장교 김필동이 군졸 20여 명과 함께 문을 열고 왜군에 투항했다는 것이다. 김필동은 백사림 김해부사가 데리고 온 군사였다. 동문이 뚫리면서 가까운 북문도 흔들리기 시작했다. 혼란에 빠진 사람들은 성을 넘어 탈출하기 시작했고, 백사림은 전선에 대한 통제력을 잃었다. 결국 백사림도 왜군 복장으로 변복을 한 채 탈출했다.

남·서문을 지키던 안의현감 존재存齋 곽준郭越, 함양군수 대소헌大笑軒 조종도趙宗道에게도 같은 소식이 전해졌다. 가토 기요마사加藤淸正, 구로다 나가마사黑田長政 등 왜군 최강의 장수들도 굴복시키지 못했던 이들이지만 이제는 독 안에 든 쥐가 되었다. 남문에서 500미터쯤 떨어진 무기고 옆 장석(지휘소 자리)에 모였다. 곽준의 둘째 사위 강준이 말했다. "이미 적들이 성에 들어왔으니 피신해야 합니다." 조종도는 말했다. "북문을 열어 자식과 여자들이 오욕을 당하지 않게 합시다." 조종도는 한마디 덧붙였다. "존재와 나는 여기서 죽을 뿐."

곽준은 우선 무기고와 식량창고를 불태우도록 지시했다. "너희는 살 길을 찾아가라. 나는 여기에서 죽어야 한다." 유명개도 피신을 종용받자 "구차히 살아서 무엇 하리, 너희들은 나가서 후일을 도모하라"고 말했다. 산성으로 올라오기 전 이미 이런 절명시를 남겼다. "성 밖에서 사는 것도 행복이었지만, 순원성을 지키다 죽는 것 또한 영광이로다."

무기고가 1/3 정도 탈 무렵 왜군이 밀려왔다. 장석 위에서 버티던 곽준은 쓰러졌다. 조종도와 유명개는 무기고 밑에서 쓰러졌다. 곽준의 두 아들도 죽었고, 딸과 며느리는 치욕을 당하기 전 자결했다. 조종도의 부인, 유명개의 부인도 자결했다. 유명개의 두 아들은 이미 14일 북문에서 왜군과 싸우다 전사했다. 성 밖에서 군사를 모으고 있었다는 거창 현감 한형의 부인 이씨도 순절했다. "내가 도망쳐 살아나간다면, 그 또한 당신에게 욕이 될 것이오." 아녀자들은 남문 서쪽의 벼랑으로 내달았다. 그곳에서 몸을 날렸다. 산철쭉 꽃이 후루룩 떨어졌다. 얼마나 많았던지 벼랑의 거대한 바위는 피로 붉게 물들었다. 피바위다. 여명이 틀 무렵 황석산성 나흘간의 전투는 끝났다.

도요토미 히데요시는 황석산성 함락을 치하하는 편지(감사장)에서 이렇게 썼다. "성내에서 조선군 353명과 계곡에서 수천 명을 죽였다고 하니……." 황석산성에 올라 왜군과 결전을 치렀던 함양, 안의, 거창, 합천, 삼가, 초계, 산음(산청) 7개 현 백성들은 대부분 그렇게 순절했다. 많게는 7,000여 명에 이른다고 전해오지만, 이 나라 역사서에는 희생자를 7개 현에서 올라온 병졸 숫자만큼만 기록하고 있다. '왜적에 맞서 500여 명이 순절하고…….'

임진왜란 때 육전에서 조선은 기동방어 전술을 썼다. 평소 여러 곳에 병력을 분산했다가 적이 다가오면 길목으로 집결시켜 적과 맞서는 것이었다. 그러나 전력이 비슷하다면 모르지만, 오합지졸에 불과한 병력이 이런 전술로는 잘 훈련된 침략군을 막아낼 순 없었다. 오히려 적에게 방대한 지역을 헌상하는 결과만 가져올 뿐이었다. 정유재란 때 기동 방어 체제를 버리고 거점방어 체제로 전환하려 한 것은 그 때문이었다. 공격하기 어려운 산성에 진지를 구축하고, 옥쇄의 각오로 적과 맞서는 것이었다. 이를 위해 조선은 왜군의 재침이 구체화되자, 부산이나 울산 지역에 상륙한 적군이 호남으로 가는 길목인 창녕의 화왕산과 함양의 황석산, 그리고 남원의 교룡산에 있던 산성을 전면적으로 증개축했다.

그러나 실제로 전투가 벌어진 곳은 황석산성이 유일했다. 왜군은 곽재우 장군의 잘 조직된 의병이 버티고 있던 화왕산성은 비껴갔다. 임진왜란 때 너무나 혼이 났던 터였기에 전력과 시간을 낭비할 시간이 없다고 보았다. 교룡산성은 전시작전권을 쥐고 있던 명나라 장수 양원楊元이 산성을 버리고 평지성인 남원성을 거점으로 삼도록 하는 바람에 허무하게 넘어갔다. 남원에서 산성을 버린 결과는 참혹했다. 불과 사흘 만에 성을 지키던 명군 3,000명과 조선군 1,000명이 몰살당했고, 성안으로 끌려오다시피 했던 민간인 1만여 명이 피해를 당했다.

임진년 그렇게 참화를 겪었지만, 조선의 왕실과 조정은 여전히 무능했다. 1597년 1월 울산과 부산 일원에 상륙한 왜군(정유재란)이, 그해 7월 칠천량전투에서 조선 수군을 궤멸시킬 수 있었던 것도 순전히 조정의 무능 때문이었다. 7월 말 왜군은 전군을 좌우로 나눠 우선 호남 정벌에 나섰다. 우군은 밀양·창녕·고령·합천·거창·함양·장수·진안을 거쳐 전주성으로 가고, 좌군은 김해·고성·사천·하동 등 물길을 따라 이동한 뒤 구례·남원을 거쳐 전주성에 입성하려 했다. 좌군은 4만 5,000여 명, 우군은 7만 5,000여 명. 우군이 많았던 것은 전주성 함락

후 북진의 주력이었기 때문이다.

창녕 화왕산성은 비껴갈 수 있었지만, 황석산성은 피해갈 수 없었다. 안의에서 전주로 가려면 반드시 넘어야 하는 게 육십령이고, 육십령으로 가는 중간에 버티고 있는 게 황석산이었다. 비껴가는 것은 외길에서 등을 내주는 것이나 다름없었다.

우군은 14일 산 밑에 도착, 정찰을 끝내고 15일 전투 배치를 완료한 뒤 남문부터 공략했다. 동, 북, 서문은 너무 가팔라 공격 대열을 갖추기 힘들었다. 저항은 거셌다. 왜군들 사이에 군신으로 추앙받던 가토 기요마사가 치명상을 입고, 그의 부대가 예봉이 꺾여 퇴각할 정도였다. 16일 정예병력을 총동원해 공성에 나섰다. 이번에도 죽기를 각오한 조선 백성의 저항 앞에서 물러서야 했다. 17일에도 파상공세는 이어졌다. 늙은 부모의 목숨을 앞세워 투항을 유도하는 심리전도 병행했다. 성안 군민은 흔들리기 시작했다. 기운도 떨어지고 돌도 화살도 기름도 바닥을 드러냈다. 산중인 데도 심지어 화목마저 떨어졌다. 해가 떨어지면서 다시 총공세가 펼쳐졌고, 동문부터 무너지기 시작한 것이었다.

황석산성이 적의 수중에 넘어갔다고 함부로 승패를 단정할 수는 없었다. 도요토미 히데요시의 감사장은 이렇게 이어진다. "앞으로 좌군과 협동하여 실수 없게 작전하시오. 마에다 겐지 등에게 잘 말해 두겠소." 말이 감사장이지, 치사가 아니었다. 치명적 손실을 입은 우군 장수들에게 보내는 경고였다.

실제 이 싸움 이후 왜군의 조선정벌계획은 근본적으로 수정됐다. 우군은 좌군보다 3~4일 늦게 전주성에 입성했다. 전투력 손실도 치명적일 정도였다. 전주성에서 북진할 때 우군의 병력은 2만 7,000여 명에 불과했다. 우군은 충청도 천안 근처의 직산전투를 제외하고는 전투다운 전투 한번 벌이지 않고 퇴각했다. 얼마나 자존심이 상했던지, 일제는 1910년 한반도를 병탄하자마자 황석산 황암사를 불태웠다. 숙종이 산성전투 때 순절한 이들을 배향하기 위해 지은 사당이었다. 안의군을 아예 폐군해서 면으로 강등시켰고, 현청은 헐어버리고 초등학교를 세웠다.

지금까지 우리 역사서는 왜군 2만 7,000여 명이 단 하루 만에 황석산성을 함락하고, 조선 병사 500여 명을 죽였다고 기록하고 있다. 수긍하기 힘들다. 그 이유는 산성에 한번 올라가 보면 안다. 험준한 능선을 잇는 산성은 길이만 2.75킬로미터에 이른다. 500명이 늘어선다 해도 6미터에 한 명꼴이다. 그 숫자로는 방어 자체가 불가능하다. 중과부적의 숫자를 채운 것은, 공식 역사가 지워버린 백성들이었다. 군무장 유명개의 신도비 연보를 보면, 산성엔 거창·함양·안의에서 각 1,000명 이상의 백성이 올라와 있었다고 했다. 많은 이들이 산성과 함께 운명을 같이했다. 이 싸움을 '백성의 전투'라고 말하는 까닭이다.

당시 백성들은 산 밑에 있으나 산 위에 있으나 마찬가지였다. 청야작전으로 마을엔 먹고 잘 곳이 없었다. 용케 버틸 곳이 있다 하더라도 왜군에 붙잡혀 노예로 끌려가거나 죽임을 당했다. 왜군의 눈을 피한다 해도 점령군 행세를 하는 명나라 군대나 호랑이보다 무서운 조선의 탐관오리가 버티고 있었다. 산성에 오르는 것이 오히려 생존 가능성이 더 컸다. 게다가 그런대로 선한 목민관들이 가족을 이끌고 산성으로 올라갔다.

황암사는 2001년에야 황석산성 기슭에 다시 세워졌다. 황석산순국선열추모위원회 등 순전히 민간이 노력한 결과였다. 역사서의 잘잘못이 드러나기 시작한 것도 박선호 황석산성연구소 소장 등 역시 순전히 민간의 노력 결과였다. 황암사에 봉안된 위패에는 특별한 신위가 있다. 중앙에 3위, 좌우로 각각 3위, 4위가 모셔져 있는데 한가운데에 있는 것이 '황석산성순국선열제위'다. 무명의 희생자 곧 백성을 중앙에 모신 것이다. 다른 배향 시설에서 백성은 언제나 권력자의 들러리일 뿐이었다.

사당 앞 충혼비 비문의 내용은 이렇다. "우리는 어느 때 어느 싸움에서 이런 충의와 충용과 충절에 빛나는 호국의 충혼을 찾을 것인가." 시인 구상具常이 죽기 전 남긴 문장이다. 권력자들이 버린 전장에서, 장렬하게 싸우다 이름 없이 스러져 간 수천 명의 민을 기리는 마음이 절절하다. 그러나 언제나 그 잊혀진 충혼, 잊혀진 이름을 되찾아 줄 것인가. 추모의 염이 아니라 부끄러움으로 고개가 꺾인다.

묻노니
의인가, 충인가

　학봉 김성일 방에 여장을 풀었다. 1,000여 년 동안 390여 명의 목사가 오고 갔지만, 독송獨松 유석증俞昔曾과 함께 나주가 가장 존경한다는 학봉이니 행운이다. 그곳에서 하룻밤 묵으며 목사 내아(살림집, 금학헌) 담장에서 자라는 팽나무에 소원을 빌면 무엇이든 이뤄진다고도 하니 더욱 그렇다. 500여 년간 내아와 관아 안팎의 정치와 행정, 민생과 민심을 지켜봤고, 언젠가 벼락에 제 몸이 둘로 갈라지고도 성성하게 살아 있으니, 신앙의 대상으로 충분하다.

　그러나 단잠은 불가능했다. 그곳에 퇴적된 1,000년 역사가 수런대고 있으니 어찌 잠에 빠질까. 고려 태조 왕건이 총애하던 장화왕후를 만나 화촉을 맺은 곳도 나주였고, 조선 말 세도가 김좌근金左根이 애첩 나합에게 빠져 정신을 놓다시피 한 곳도 그곳이었다. 로맨스야 그렇다 해도, 서성문 밖 교동의 할머니들에게 날이 궂으면 나타난다는 '흰옷 입은 사람들'은 머릿속을 하얗게 만들었다. 끝내 죽창을 들고 일어나 금학헌에서 한마장 거리, 서성문을 깨고 읍성으로 진입하려다 담장 높이만큼 쌓인 동지의 주검을 두고 퇴각해야 했던 사람들. 붙잡힌 이들은 관아 앞 정수루 광장에서 모진 고문을 당하고 남고문 밖 형장에서 스러졌다. 김성일 목사가 '원통한 일을 고하려는 사람은 치라'고 2층에 북을 설치했다는 정수루인데, 하필 그 정수루 앞을 아비규환으로 만들었을까. 목사 내아의 밤이 깊고 사위가 고요해질수록 수런대는 소리는 더욱더 커져갔다.

1894년 갑오년 7월 나주 북쪽 금성산 아래 진을 치고 있던 농민군은 낙타봉 줄기를 타고 월정봉에 이르렀다. 한숨을 돌린 농민군은 교동을 거쳐 서성문으로 밀려왔다. 전하는 이들은 '하얀 구름떼' 같았다고 했다. 이미 호남 대다수 지방관아에선 농민군 중심의 집강소 정치를 받아들인 터였다. 그러나 전국에서 세곡을 가장 많이 바치는 나주는 집강소를 거부하고 버티면서 농민군의 배후를 노렸다. 농민군에게 나주읍성은 입안에 박힌 가시였다. 그곳은 물리적으로도 강고했고, 그곳 향리와 일가권속, 그리고 관군의 결속력 또한 석고처럼 굳었다. 1,000여 년 지켜온 자신들의 부와 권력과 기득권을 지키려 그들 역시 목숨을 걸었다.

다른 큰 고을의 향리는 대개 70여 명이었다. 그러나 나주 향리는 270여 명에 달했다. 일가권속까지 합치면 수천 명이었고, 각 집안은 사병까지 거느렸다. 조선 후기 곡식 세금이 전국 1위였고, 인구는 전국 5위였으니 그 자존심도 대단했다. 게다가 민종렬閔種烈 목사는 다른 지방 수령들과 달리 지역민의 신망 또한 높았다. 농민군은 두 차례의 대규모 공성전에서 3,000여 명의 사상자만 남긴 채 물러섰다.

피해는 늘고 전선이 교착되자 전봉준全琫準 장군이 전주에서 직접 내려왔다. 그는 민종렬 목사와 담판을 지으려 했다. 민종렬은 그를 서성문을 통해 관아로 들어오도록 했다. 장군으로서는 제 발로 사자굴로 들어가는 격이었다. 1894년 8월 13일 장군은 바꿔 입을 옷 한 벌만 들고 관아로 들어갔다. 집강소를 받아들이라느니, 항복하라느니 옥신각신하다가 협상은 결렬됐다. 전봉준은 평화적 타결이 불가함을 알고는 잠시 밖으로 나갔다가 변복을 하고 성 밖으로 빠져나왔다.

농민군은 퇴각을 결정했다. 나주읍성을 함락할 가능성도 없고, 오히려 일본군이 개입할 빌미를 줄 수 있었다. 동학군이 나주에서 퇴각하자 조정은 화친에서 토벌 쪽으로 정책을 바꿨다. 9월 나주에 농민군 토벌사령부를 설치하고, 일본군까지 끌어들여 영암·강진·해남·보성 일대를 뒤쫓으며 퇴각하는 농민군을 토벌했다. 그해 겨울 잡혀온 농민군은 남고문 밖 전라우영(지금의 나주초등학교)에 투옥됐다가 처형됐다. 한 일본군 사병이 그린 형장 주변의 풍경은 이랬다. "남문 밖에 작은 산(외남산)이 있었고 거기에 주검들이 쌓여 산을 이뤘다…….근방은 악취로 진동했고 땅은 사람 기름으로 하얗게 얼어붙었다. 잔존 동학 무리 7명을 붙잡아와 오늘(1895년 1월 31일) 성 밖 밭 가운데에 일렬로 세운 뒤 모리타森田 일등 군조의 호령에 따라 총검으로 찔러 죽였다. 이를 구경한 한인들과 병사들이 경악했다."

전봉준 장군도 그해 12월 순창에서 체포돼 나주로 끌려왔다. 전라우영은 전라남도 일대에서 체포된 농민군의 집결지이자 처형장이었다. 그도 산처럼 쌓인 동지들의 주검을 보았을 것이고 그 앞에서 피눈물을 흘리며 한양으로 압송됐을 것이다. "……그대 떠나기 전에 우리는/ 목쉰 그대의 칼집도 찾아주지 못하고/ 조선 호랑이처럼 모여 울어주지도 못하였네./ 그보다도 더운 국밥 한 그릇 말아주지 못하였네……"(안도현, 「서울로 가는 전봉준」). 전봉준은 한 달여 동안 전라우영에 유치됐다가 1월 5일 서울로 압송됐다. 저녁에 소주와 함께 먹었던 다디단 나주곰탕 뜨거운 국물이 뒤늦게 울컥 올라온다.

농민군을 격퇴했던 수성군 지휘부의 운명도 처량했다. 나주읍성전투가 벌어지고 꼭 1년 뒤인 을미년 8월 일제는 명성황후를 시해했다. 꼭두각시가 되어버린 김홍집 내각은 11월 단발령을 선포했다. 전국 곳곳에서 양반 사대부들이 들고일어났다. 을미의병이다. 그때 호남에선 거의 유일하게 나주에서 의진이 형성되었다. 동학군 토벌 과정에서 호남 농민들이 거의 도륙이 났기 때문에 나주를 제외하고는 의병 결집이 불가능했다. 게다가 나주 향반들은 농민군과의 전투 경험도 있었다. 이들이 창의를 결의한 곳이 바로 서성문 밖 나주향교였다. 의진 형성의 배후는 향리의 대부인 호장 정석진鄭夕珍과 나주목사였던 민종렬이었다. 갑오년 전투 당시 정석진은 수성군 대장(도총장)이었고, 민종렬은 토벌대장(초토사)이었다.

정석진은 수성의 공로로 해남군수로 제수된 터였다. 1896년 2월 해남 임지로 떠나는 정석진을 배웅한 유림과 향리들은 읍성으로 돌아와, 일제에 부역하며 단발을 강제하던 부관찰사 안종수와 부패 관리 3명을 처단했다. 그러나 이들은 관군에 곧 진압되고, 정석진과 김창균 등 주동자는 전라우영 무학당 뜰에서 참수됐다. 그들이 1년 전 농민군을 처형했던 곳이었다. 그렇게 농민군과 수성군은 형장에서 피를 섞었다.

달빛 아래 정수루를 거쳐 망화루(금성관 정문) 앞에 선다. 나주목민은 나주를 지키는 것이 곧 왕조를 지키는 것이라고 믿었다. 왕궁에만 있는 월대를 금성관에 쌓고, 초하루 보름이면 망궐례를 행했다. 동익헌과 서익헌이 봉황의 날개 형상인 금성관은 근엄하기가 경복궁 근정전 못지 않다. 임진왜란 중 조선의 첫 의병은 나주에서 창의한 김천일 장군 부대였다. 김천일 의병 300여 명은 망화루 앞에서 출정식을 가졌다.

유림과 향반은 충忠을 내걸었지만 실제로는 이利에 맹목적이었다. 반면 나주의 민은 의義에 목숨을 걸었다. 김천일 의병 이외에 1929년 10월 남고문 밖 나주역사에서 일어난 학생들의 항일저항운동은 전국적인 학생의거의 도화선이 되었다. 1980년 광주항쟁 때는 나주경찰서의 무기를 탈취해 시민군에게 공급하는 등 시민항쟁이 영암·해남·강진·장흥 등 서남부로 확산하는 데 배후지 구실을 했다. 망화루는 창의의 진원지였다.

"나라마다 모두 황제라 일컬었는데 오직 조선만이 중국을 주인으로 섬기니, 이런 속국에서 살면 무엇하고 죽은들 무엇이 아까우랴. 내가 죽더라도 곡하지 말라." 조선의 풍운아 백호白湖 임제林悌의 기상은 민의 가슴으로 이어져 왔다.

읍성은 이제 없다. 복원된 남고문, 동점문, 서성문이 어색하게 자리를 지킨다. 부패한 봉건 왕조를 지키는 보루였고, 기득권의 상징이었던 읍성. 그것을 깨트린 것은 역설적이게도 일제였다. 일제는 나주읍 개발을 핑계로 성문을 허물었다. 일제의 토지 수탈에 의해 제 땅에서 쫓겨난 농민들이 남은 성벽을 해체했다. 큰 돌은 집 짓는 데 주춧돌이 되었고, 성벽을 채우고 있던 어중간한 돌과 진흙은 흙돌담이 되었다. 성문의 서까래는 기둥이나 들보가 되었다. 성 윗부분은 너비가 8미터에 이르고, 성 바닥 너비는 10미터에 이르니, 가난한 이들이 오두막을 짓고, 좁은 골목길도 들일 수 있었다. 남은 공간은 배추, 쪽파, 생강, 시금치 따위 성터민을 살리는 텃밭이 되었다. 일제는 바라던 바 해체를 방치했다.

그리하여 병탄 후 10여 년 만에 읍성은 사라졌다. 사라진 성곽 위는 살아남기 위해 읍내로 진입하려던 유민들의 집이 되고 골목길이 되었다. 성벽 바깥 선을 따라 쌓은 담벼락은 새로운 성벽이 되었고, 잇닿은 지붕과 처마는 총루, 포루 혹은 곡장을 대신했다. 3.7킬로미터 성터를 따라 형성된 달동네가 읍내를 포위하는 형상이 이뤄진 건 그런 까닭이었다. 일제의 나주경찰서가 남고문 옆 성터에, 대한민국의 나주경찰서가 북망문 쪽 성터에 올라앉기는 했지만, 나머지는 한 뼘 땅조차 없는 이들이 점거했다. 이끼가 품석을 덮듯이 민중은 그렇게 읍성을 점령했다. 그나마 옛 모습이 남은 곳은 농민군이 타고 넘으려 했다가 실패한 서성문 쪽이니, 이 또한 역사의 아이러니다.

이제 그곳엔 단 한 가구만 남았다. 빼곡했던 집들이 성벽 복원 결정에 따라 모두 철거되고, 3대째 살아온 종만 씨 집만 철거를 거부하고 있다. 종만 씨 집 바람벽엔 월정봉을 향한 들창이 있다. 120년 전 월정봉에서 흰 구름처럼 쏟아져 내려온 농민군을 향해 포를 쏘아댄 포루 같다. 상현의 반달이 월정봉에 걸렸다. 산기슭에 남아 있는 잔설이 달빛을 받아 흰옷의 사람들 같다.

성터 마을 고샅이 달빛에 환하다. "……어제도 가고 오늘도 갈/ 나의 길 새로운 길// 민들레가 피고 까치가 날고/ 아가씨가 지나고 바람이 일고// 나의 길은 언제나 새로운 길// ……내를 건너서 숲으로/ 고개를 넘어서 마을로"(윤동주, 「새로운 길」). 오래된 그러나 여전히 새로운, 억센 삶의 길이다.

석대들은 알까?
여자 동학 거괴의 꿈

동학년(1894년) 12월 27일(음력) 나주의 동학농민군 토벌군 대장 미나미 고시로南小西郎 일본 육군 제19대대장은 장흥의 조선 토벌군 우선봉右先鋒 이두황李斗璜에게 지휘 서신을 보냈다. "거괴 체포자를 나주로 압송하라."

나흘 뒤(1월 1일) 이두황은 회신했다. "민民이 처형을 원하고 있습니다. 게다가 초모관 백낙중에게 문초를 당해 살과 거죽이 진창이 되어 있고 지금은 생명이 얼마 남지 않은 상태입니다. 안정되면 압송하겠습니다." 그러나 미나미 고시로의 명령이 부담스러웠던지 이두황은 그날 오후 이소사를 나주로 보내고 재차 회신한다. "장흥부 민병에게 나주로 압송하도록 하였는바, 경유하는 각처는 각별히 호송하는 데 불편이 생기지 않도록 해주십시오." (이두황은 이듬해 을미사변 때 우범선과 함께 명성황

후 시해에 가담했으며, 이토 히로부미 통감과 데라우치 마사타케 총독의 총애를 받았다.)

동학농민군 '거괴'(巨魁 괴수) 이소사. 장흥전투의 선봉에 섰던 유일한 여성 동학농민군 간부. 당시 토벌군은 농민군이 체포되면 주요 지휘관들 외에는 2~3일 안에 즉결처분했지만, 그에 대해서만은 체포 후 7~8일 동안 극렬한 고문을 가하며 심문했고, 일본군은 조선군에 압송을 거듭 지시했다. 당시 장흥전투에는 이방언李芳彦 대접주를 비롯해 이인화·이사경·구교철·김학삼 접주 등이 있었지만 토벌군은 유독 이소사에 집착했다.

이소사에 관한 이야기는 이두황의 「우선봉 일기」나 일본의 「동학당정토약기」 혹은 일부 일본 신문에 단편적으로만 남아 있다. 그것도 미치광이이거나 사기꾼으로 매도하는 것뿐이다. 하다못해 그의 인적 사항이나 활동 내용이라도 알려줄 심문 기록조차 없다. 소사召史란 남편을 여읜 여인 혹은 여염집 아낙을 높여 부르는 존칭이니, 그의 실존은 어디서도 찾을 수 없다. 그냥 이씨로만 존재할 뿐이다.

일본군 기록인 「동학당정토약기」는 그에 대한 고문이 얼마나 그악스러웠는지 잘 그려져 있다. "……그 전부터 조선에서의 처벌이 매우 엄중하다고는 들었지만, 이 여자를 고문하는 것을 보고 놀랐다. 양쪽 허벅지의 살을 모두 잘라내어, 그 한쪽은 아예 살을 벗겨내어 뼈만 남고 다른 한쪽은 피부와 살이 떨어져 나갈 것처럼 매달려 있었다. 그 여자가 압송되어 나주성에 도착했을 무렵에는 거의 송장 상태였다. …… 상처 부위가 썩어 문드러져서 악취가 코를 찌르고…… 그 참담한 꼴은 무참한 감을 느끼게 하였다." 동학군 최고 지도자 전봉준·손화중·김개남 등에 대해서도 이런 고문은 하지 않았다. 왜 그랬을까?

체포 당시 소문처럼 그는 장흥부사 박헌양朴憲陽을 참시한 장본인도 아니었다. 거괴였다면 심문 기록이라도 남기는 게 정상이지만, 그와 관련해서는 인적 사항조차 남기지 않았다. "장흥 민인民人들이 체포한 여동학(이소사)이 껄껄 웃으며 신이부인神異夫人이라 칭하며, 요상한 말을 외우며 쏟아냈다. 혹 어리석은 사람의 하나이거나 대요물인바……." 이두황의 보고처럼 그들의 눈에 이소사는 미치광이이자 요물이었다.

일본의 『아사히신문』 오사카판은 1895년 4월 7일자(양력)에서 이렇게 보도했다. "장흥 부근의 동학도 무리에는 한 명의 여자가 있어 추천되어 수령首領이 되었다. 우리 병사가 잡아서 심문했는데, 완전히 미치광이였다. 동학도가 귀신을 얘기하고 신神을 말하는 것을 이용하여 천사天使 혹은 천녀天女라 칭하며 어리석은 백성을 선동했다."

이소사가 쏟아냈다는 '요상한 말'이란 것도 다름 아닌 동학의 21자 주문이었을 것이다. '지기금지 원위대강'至氣今至願爲大降의 8자 강령주와 '시천주조화정 영세불망만사지'侍天主造化定永世不忘萬事知의 13자 본주문이 그것이다. 8자 주문은 천지에 가득 찬 '한울님의 지극한 기운이 내게 임하여 나의 기와 하나 되소서'라는 기도이고, 21자 주문은 '한울님을 내 안에 모셨으니 모든 일을 바르게 헤아리는 한울님의 지혜를 영원토록 잊지 않겠다'라는 다짐이다.

이두황과 권력자들은 도대체 납득할 수도 용납할 수도 없었을 것이다. '모든 사람이 그 안에 한울님을 모신 존귀한 존재라니…… 그것도 미천한 여자가!' 그 때문에 그들은 살이 터지고 뼈가 부서지는 고문으로 그의 신념과 의기를 꺾으려 했을 것이고, 뜻대로 되지 않자 미치광이로 매도했을 것이다.

'거괴' 이소사에 대한 단편적이나마 중립적인 기록은 일본의 한 신문에 나온 다음의 기사가 고작이다. "동학당에 여장부가 있다. 나이는 꽃다운 스물두 살로 용모는 빼어나기가 경성지색이고, 이름은 이소사라고 한다. 오랫동안 동학도로 활동하였으며, 장흥부가 불타고 함락

될 때 그는 말 위에서 지휘를 하였다고 한다. 일찍이 꿈에 천신이 나타나 오래된 제기를 주었다고 하며, 동학도 모두가 존경하는 신녀가 되었다"(1895년 3월 5일자 『고쿠민 신문』). 역사학자 이배용도 이소사에 대해 "스물두 살의 젊은 여인으로 두령이 되어 동학농민군을 지휘했다고 전한다"라고 기록했다.

이 기록을 동학농민군 최후의 일전이었던 장흥전투에 대입하면 그의 용맹을 상상하는 건 어렵지 않다. 언론인 최혁은 그런 상상력을 바탕으로 픽션 『갑오의 여인, 이소사』를 발표했다. 장흥전투는 과연 혈전이었다.

11월 중순 우금치전투에서 패배한 동학군은 금구 원평, 태인에서 반전을 꾀하지만 실패하고, 11월 말 해산을 결의한다. 그러나 농민군은 돌아갈 곳이 없었다. 그들 앞에 놓인 것은 죽음이거나 노예의 삶이었다. 그들은 쫓기고 쫓겨 한반도 서남단까지 간다. 마침 장흥·보성 등 서남단에선 남도동학군이 다시 일어섰다. 남도동학군은 장흥의 남단 회진포를 함락하고 여세를 몰아 장흥부를 에워쌌다. 퇴각한 농민군들이 합류한다. 그 숫자는 3만여 명을 헤아렸으니 우금치전투의 농민군 2만여 명과 비교하면 그 규모를 짐작할 만하다. 그들의 선택은 하나뿐이었다. "도망가거나 숨어 있다가 잡혀 죽는 건 얼마나 추레한가. 정수리에 말뚝이 박힌 채 짚불에 불태워져 죽느니 포탄이나 총알을 맞고 죽는 게 얼마나 깨끗한가."

농민군은 벽사역, 흥양현에 이어 12월 5일 장흥부 장녕성을 함락했다. 이때 '말을 타고 선두에서 농민군을 지휘한' 이소사가 등장한다. 장녕성 함락은 농민군을 다시 일으켜 세웠다. 농민군은 7일 강진현 그리고 10일 병영성을 함락했다. 병영성은 반도의 서남단 53주 6진을 통할하는 육군 지휘부로 상비군만 2,000여 명에 이르렀다.

농민군은 여세를 몰아 곧바로 전라도 서남부 행정과 군사 중심지인 나주로 진격하려 했다. 이때 전봉준·김개남·손화중·김인배 등 농민군 지도부가 차례로 체포됐다는 소식이 전해졌다. 10일엔 농민군 주력을 연파한 일본 육군 19대대와 조선토벌대가 나주를 거쳐 남진한다는 정보가 접수됐다.

농민군은 강진 병영성을 떠나 장흥의 유치면 조양촌, 부산면 유양동, 용산면 어산리 등 산간 지역에 포진했다. 12일부터 조양촌, 유앵동 부근에서 토벌군과 두 차례의 전투가 있었다. 하지만 화력의 열세와 작전 미숙으로 참패했다. 잇단 패배에 농민군은 전열이 흔들렸다. 지도부는 지체할 수 없었다. 14일 일전을 벌이기로 하고, 남외리 석대들로 나온다.

수적으로만 우세할 뿐 농민군에게는 소량의 화승총과 죽창이 고작이었다. 조일토벌군은 신형 야포와 회전포(미제 개틀링 기관총) 그리고 1분에 열두 발을 발사할 수 있는 신형 소총으로 무장하고 있었다. 게다가 석대들은 화력이 승패를 결정짓는, 둔덕 하나 없는 벌판이었다.

전투는 장렬했지만 처참했다. 14일 동학군은 적진으로 돌격했다. 그러나 비 오듯 쏟아지는 기관총탄 앞에서 추풍낙엽으로 쓰러졌다. 15일 낮 다시 정면돌파를 시도했지만 마찬가지였다. 최혁의 소설 속에서 이소사는 단기필마로 기관총 진지를 습격하지만, 활로를 뚫을 수는 없었다. 이틀간의 석대들전투에서 농민군은 1,000여 명의 사망자와 수많은 부상자를 남기고 퇴각했다. 당시 들판은 쓰러진 농민군의 흰 바지저고리로 눈에 덮인 듯했고, 들을 비껴 흐르는 탐진강은 농민군의 피로 붉게 물들었다고 한다. 농민군은 퇴각하면서 추격해 온 토벌군과 16일 고읍면 옥산촌에서, 그리고 17일 대흥면 월정마을에서 반전을 시도했지만 실패했다.

소설에서 이소사의 고향은 관산면 송현리 송천마을로 그려진다. 관산에서 구전된다는 "송현리에 한울을 모시는 여자가 나타나고, ……개수정 돌바위 밑에 용천검과 갑옷이 있다 하여 사람들이 구름처럼 모였다"라는 전설에 기대어 구성한 것이었다. 소설은 이소사가 송천마을로 피신했다가 다시 회진을 통해 덕도로 탈출을 시도하던 중 그곳에서 민병에 체포되는 것으로 그린다. 물론 근거는 없다. 하지만 당시 농민군 패잔병은 회진포에서 500여 명이 덕도로 건너갔고, 덕도에서 소년 뱃사공 윤성도의 도움으로 다시 생일, 금일, 약산 등 완도의 작은 섬으로 은신한 것은 사실이었다.

'민병'에 체포된 이소사는 능멸되고 난자된다. "신녀라고? 그럼 신통술을 부려 이곳에서 빠져나가 보라." 로마군이 예수에게 그랬듯이, 혹은 프랑스를 구한 잔 다르크를 화형대에 세운 권력자들이 그랬듯이 그를 능멸하고 온몸을 난자했을 것이다.

하지만 권력자들의 조소와 달리 이소사를 비롯한 수많은 이름 없는 여성 동학들은 봉건적 차별의 벽에 결정적인 균열을 냈다. 조선 조정은 이듬해 갑오개혁 속에서 과부의 재가를 허용했다. 문벌·반상제도, 문무존비文武尊卑 구별 등 각종 차별정책도 폐지했다. 그건 동학농민군이 갑오년 건의한 폐정개혁안에 포함된 것이었다.

민족 해방의 신앙,
육탄혈전으로 완수하라

일본의 병합 수단은 사기와 강박과 무력 폭행 등에 의한 것이므로 무효이
니, 섬은 섬으로 돌아가고 반도는 반도로 돌아오고, 대륙은 대륙으로 회복
하라. …… 2,000만 동포는 국민 된 본령이 독립인 것을 명심하여 육탄혈
전함으로써 독립을 완성해야…….

1918년 음력 11월, 만주와 러시아로 망명했던 독립지사를 중심으로
대한독립선언서(무오독립선언)가 발표된다. 서명자는 김교헌·김동삼·조
용은·신규식·이상룡·이동녕·박은식·이시영·이동휘·윤세복·신채
호·안창호·이승만·김좌진 등 39인. 선언은 만주의 화룡현 삼도구 대
종교 총본사에서 이루어졌다. 무원茂園 김교헌金教獻은 대종교 2대 종
사였고, 윤세복尹世復은 김교헌의 뒤를 이을 후계자였다. 선언문 기초

자인 조소앙趙素昂을 비롯해 나머지 대다수 참여자들도 대종교 교도들이었다. 무오독립선언으로 더 잘 알려진 이 선언은 일본 도쿄에서 조선 유학생들에 의한 2·8독립선언, 서울에서의 3·1독립선언과 잇따른 전국적인 만세운동의 촉발제가 되었다.

독립운동의 자취를 좇다 보면 어김없이 만나는 게 대종교다. 민족주의 진영인가 사회주의 진영인가, 좌파인가 우파인가 혹은 나라 안인가 나라 밖인가, 무장투쟁노선인가 계몽노선인가, 문화운동인가 국학운동인가 등 노선상의 차이를 떠나 모든 독립운동의 정수리엔 대종교의 신조가 있었고, 전위엔 대종교 신도가 있었다. 지금은 주류 역사학계나 주류 종교들로부터 미신 혹은 국수주의적 망상으로 매도당하지만, 일제하에서 대종교의 종지는 민족 정체성의 원천이었고, 대종교 신앙은 민족해방운동의 이념이었다.

무오선언이 있던 해 12월 백포白圃 서일徐一 종사는 북로군정서를 조직한다. 육탄혈전의 맹세를 실천에 옮기려는 것이었다. 북로군정서는 서일 총재에, 백야 김좌진을 사령관으로 한 만주 동북 지역 항일무장독립투쟁 최대 조직이었다. 서일은 이미 1911년 두만강을 건너 망명한 의병들을 중심으로 중광단을 조직했고, 대종교 교도를 중심으로 정의단으로 확대했으며, 1918년 8월 김좌진·이범석 등 정규군 출신을 받아들여 전투병 부대를 편성한 터였다. 지휘부는 서일·김좌진 이외에 현천묵·조성환·이장녕·김규식·계화·정신·이홍래·나중소·박성태 등 대부분 대종교 교도였고, 전투병 역시 교도들이었다. 3·1독립선언 이후, 기관총 3문, 장총 500여 정 등 체코제 무기를 다량 확보해 무장도 갖췄다. 김좌진 지휘 아래 사관훈련소도 두었다. 북로군정서는 최진동의 군무도독부, 홍범도의 대한독립군 등 다른 항일무장투쟁 조직과 제휴해 연합체인 대한독립군단을 결성하고 서일을 총재로 추대했다.

1920년 6월 대한북로독군부(사령관 최진동)는 일본의 월경추격대 1개 대대를 왕칭현 봉오동에서 대파했다. 이 전투의 주역이었던 홍범도 역시 대종교 신도였다. 이에 일본군은 훈춘사건을 조작해 1만 5,000여 명에 이르는 대부대를 동원해 허룽현 백두산 산록에 집결해 있던 독립군들을 토벌하려다 10월 말 독립군에게 대패한다. 청산리대첩이다. 대첩의 주력은 서일이 총재였던 독립군 연합체 대한독립군단이었다. 부대별 성격은 달랐지만, 전투병 대부분은 허룽현 일대의 대종교 교도들이었다.

항일무장투쟁에서 빼놓을 수 없는 신흥무관학교의 설립을 주도한 이시영도 대종교 신도였다. 이석영·이회영·이시영 형제들은 1911년 조국 광복의 중견 간부를 양성할 목적으로 신흥강습소 신흥중학교를 설치했다. 1919년 이 학교에서 군사반만 유지해 유하현 고산자가에 설립한 것이 신흥무관학교였다. 지청천·이범석 등 주요 교관들은 대종교 교도였다. 1920년 일제의 탄압으로 폐교되자, 지청천은 사관생도 300여 명을 인솔하고 홍범도 부대와 연합했다. 무오독립선언이 선언한 무장투쟁노선('육탄혈전')은 대종교에 의해 그렇게 구체화됐다. 1923년 김원봉의 부탁으로 신채호가 작성한 의열단 강령 '조선혁명선언'도 그 연장에서 나왔다.

홍암弘巖 나철羅喆은 스물아홉 살인 1891년 문과에 급제해 승정원, 승문원 등에서 봉직하다가 일제의 침략이 본격화하자 관직을 사임했다. 1904년 비밀결사인 유신회를 조직해 구국운동을 했고, 1906년 을사오적을 살해하려다 체포됐다. 1908년 오기호·강우 등과 단군교를 공표했으며, 1910년 8월 대종교로 이름을 바꾸었다. 1911년 총본사를 화룡현 청파호로 옮기고, 단군조선의 강역을 토대로 5개 교구를 두었다. 백두산 기슭에 총본사를 두고, 동만주와 연해주를 담당하는 동도교구(책임자 서일), 상하이에서 산해관에 이르는 서도교구(신규식), 북만주의 북도교구(이상설), 백두산 이남 한반도의 남도교구(강우) 그리고 해외 교구를 둔 것이다. 동도교구엔 북로군정서의 용장들 이외에 윤정현·황학수·김승학·김혁·윤복영·여준·이동하·한기욱 등 무장투쟁가들이 있었다. 서도교구에선 상하이 임시정부를 중심으로 신규식과 김구·이동녕·이상룡·이시영·안재홍·김규식·신채호·박은식 등이 활약했다. 임시정부 국무위원급에 올랐던 교도만 37명에 이르렀다.

당대의 지사들이 대종교 교문에 들어선 것은 대종교가 종교를 떠나 한민족 정체성의 원천으로 기능했기 때문이었다. 한민족의 뿌리(단군), 한민족이 추구할 가치(홍익인간), 그리고 국가적 축전(개천절) 등은 모두 대종교에서 비롯됐다. 나철이 처음 쓰기 시작한 단기(단군기원, 서기전 2333년)는 1905년 『황성신문』이 4월 1일자(1,905호)부터, 그리고 『대한매일신보』가 8월 1일자부터 썼다. 『만세보』, 『예수교회보』, 『공립신보』, 『신한민보』 등 국내외 신문이 그 뒤를 따랐다.

기독교 신자였던 이승만도 어천절 찬송사를 읊었고, 안창호와 이동휘도 개천절 송축사를 통해 단군 자손으로서 자긍심을 강조했다. 김구는 "배달민족으로서 대종교인이 아닌 사람이 어디 있느냐"라고 말하곤 했다. 만주의 기독교 계열 학교로 시인 윤동주, 독립지사 송몽규, 민주투사 문익환 목사 등이 다닌 명동학교에선 학교 설립자 김약연金躍淵 목사가 교실에 단군 초상화를 걸었고, 명동교회 예배당엔 십자가와 단군기를 함께 놓았다. 독립운동 지도자들은 대종교의 종지를 조선의 정체성으로 받아들인 것이다.

국학과 말글살이 운동에서도 대종교 지도자들은 그 중추적 역할을 했다. 당시까지만 해도 조선에선 민족주의란 존재하지 않았다. 중화주의만 존재했을 뿐이다. 단재 신채호도 대종교를 경험한 이후에야 민족주의 사관을 체계화했다. 신채호는 윤세복(대종교 3대 종사)이 회장이던 광복회에서 부회장을 맡았고, 신규식의 초청으로 상하이로 가서 대종교 종립학원인 박달학원을 설립하고 한국사를 강의했다. 그가 『조선상고사』를 집필한 것은 펑톈 화이런현의 대종교 종립 동창학교 교사 시절이었다.

박은식 역시 애초 중화주의에 깊이 빠져 있었다. 입교 후 『대동고대사론』 등을 통해 유교적 사대주의 청산을 강조했다. 사상가이자 역사학도였던 2대 종사 김교헌은 조선 역사에 만주를 포함시켜 조선의 역사를 신라와 발해, 고려와 요금, 조선과 청 등의 남북조시대로 정리했다. 이런 사관은 이상룡·정인보·유인식·유근·안재홍·장도빈 등에게 영향을 끼쳤다.

민족의 얼을 지키려는 한글 운동의 처음과 끝을 장식한 것도 대종교 교도였다. 한글의 아버지로 꼽히는 한힌샘 주시경은 애초 기독교 세례 교인이었지만, 대종교에 입교한 뒤 한글의 체계화 및 대중화의 초석을 놓았다. 그의 직계 제자인 김두봉 조선어연구회 회장은 나철의 6인 시자 가운데 수석 시자로서, 『조선어사전』 편찬 및 대중화에 뼈대를 세웠다. 그가 지은 『조선말본』은 당시 발표된 문법학설로는 가장 깊이 있는 연구서였다. 조선어학회 간사장이었던 이극로李克魯는 윤세복 종사가 가장 아끼던 제자였다. 나철이 김두봉에 대해 그랬던 것처럼 윤세복은 이극로를 후계로 점찍기도 했다. 이극로는 윤세복의 지원으로 유럽 어문학을 체계적으로 배워 한글을 체계화할 수 있었다. 이극로와 함께 대종교의 지원으로 유학한 인물이 경남 의령, 고향 친구인 신성모와 안호상이었다. 조선어학회를 함께 이끌었던 신명균·최현배·이병기·권덕규·이윤재·이희승 등도 대종교 교도였다. 언어학자이자 역사학도였던 정신鄭信은 북로군정서와 신민부의 핵심요원이었다. 그는 『사지통

속고』를 남겼다. 한글과 함께 에스페란토를 사랑했던 백남규(한국에스페란토학회장 역임) 역시 대종교 비밀결사인 귀일당 요원이었으며 종단 안에서는 수행의 고수였다.

국학 운동에서도 대종교의 영향은 지대했다. 역사학, 양명학, 한학 등 국학의 거두였던 위당 정인보는 대표적이다. '얼이 빠지면' 학문도 헛것이고, 예교도 빈 탈이며, 문장은 허깨비가 되고, 역사정신 또한 공허하다는 게 그의 소신이었다. 한국문학 통사를 확립하려 했던 자산 안확이나 최남선·현진건·이병기도 마찬가지였다. 현진건은 『동아일보』에 '단군성적순례'를 연재했다. 대쪽 같은 시조시인 가람 이병기는 1920년 입교했다. 그에게 입교 여부는 중요하지 않았다. 이미 3,000여 년 동안 그 정신 속에서 살아왔는데······. "······제 어버이를 공경하지 아니하고 다른 어버이를 공경하며, 또 저의 아들을 사랑하지 아니하고 다른 아들을 사랑한다 함은 합리한 일이 아니다. 진실로 우리가 한배님을 버리고 누구를 높이며 믿으랴. 한껏 한배님의 가르치심이 이 누리로 가득하여 나아가기를 빌고 또 비노라."

조소앙·안재홍·안호상 등은 홍익인간의 정신을 사상적으로 발전시켜 안으로는 민족통합과 조국독립, 밖으로는 세계평화의 철학적 토대를 제시했다. 조소앙의 삼균주의는 개인, 민족, 국가 간 균등과 함께 정치 경제 교육의 균등을 실현해 세계가 하나의 가족을 이루는 이상사회를 추구한다. 삼균주의는 1941년 임시정부에 의해 건국 기본이념으로 채택됐다. 안재홍은 해방 후 통합된 민주적 국가 건설을 위한 사상적 토대로 신민족주의를 주창한다. 민주주의를 기초로 모든 민족이 신분과 계급을 떠나 균등한 사회, 공영하는 국가를 설립하자는 것이다. 안호상 역시 남녀, 신분, 지역, 당파, 빈부, 귀천 등 모든 차별을 없앤 한백

성주의를 제창했다.

이 밖에 민족경제 실천에 앞장선 백산 안희제, 영화「아리랑」의 감독 나운규, 한국 최초의 비행사 안창남, 베를린올림픽 마라톤 우승자 손기정 등도 신심이 두터웠다. 안희제는 일제가 1942년 11월 만주에서 대종교 지도자를 일망타진하기 위해 벌인 임오교변 때 고문 등으로 사망한 대종교 지도자 10명 가운데 한 명이다.

대종교의 역할과 위상이 이렇다 보니 해방 전이나 해방 후나 집권세력은 대종교를 집요하게 탄압했다. 일제는 대종교의 급속한 교세 확장에 당황해 1915년 종교통제안을 공포하고, 유독 대종교에 대해서만 포교를 하지 못하도록 했다.

해방 후 집권한 이승만은 대종교의 힘을 무시할 수 없어 일단 주요 인사들을 요직에 기용했다. 이시영 부통령, 이범석 총리, 안호상 문교부 장관, 명제세 심계원장, 정인보 감찰위원장, 신성모 국방 장관 등을 초대 내각에 포함시켰다. 민세 안재홍은 이미 미군정청 민정 장관으로 활동하던 터였다. 그러나 이들에게서 정통성의 단물만 취하려던 이승만과 홍익인간에 기초한 민주공화국을 꿈꾸던 이들이 함께 갈 수는 없었다. 6·25전쟁 전후로 신성모를 제외하고는 모두 이승만 내각을 떠났다. 김두봉·이극로·정열모·유열·정인보·권덕규·안재홍·명제세 등은 6·25전쟁 전후로 월북하거나 납북됐다.

대종교를 소외시키려던 이승만에게는 좋은 빌미가 되었다. 독립군을 토벌했던 일제의 만주군 장교 박정희에게도 대종교는 불편했다. 이들의 시대를 거치며 대종교는 국수주의적 신화이거나 시대착오적 신앙으로 매도됐다. 그와 함께 독립투쟁 과정에서 희생당한 10만여 명의 넋과 민족의 제단에 저의 몸을 바친 선각자들의 희생도 모두 지워졌다.

1916년 8월 16일 일제의 전면적인 탄압 앞에서 나철 대종사는 스스로 숨을 멈춤으로써 조천朝天한다. 일제에 대한 항거이자 민족의식을 일깨우려는 마지막 선택이었다. 그는 8월 4일 단식에 들면서 '세상을 떠나는 노래'離世歌를 지었다. "간사하고 악독한 자 용서 없이 다스리며, 정직하고 착한 사람 보전하여 왕성케 하고, 살벌풍진 쓸어내고 도덕세계 새로 열어보세."

단식 중 조천을 앞두고는 이런 내용의 유서를 남겼다. "모두가 근본을 잊으며 근원을 저버려 가달길에 잠기어서 죄의 바다에 떨어짐에, 귀신이 휘파람 하고 도깨비가 뛰노니 사람겨레의 피고기가 번지르르 하도다. 나라 땅은 유리 조각으로 부서지고 티끌모래는 비바람에 날렸도다. 날이 저물고 길이 아득한데 인간이 어디메뇨?"

그로부터 100여 년, 지금 휘파람 불며 날뛰던 귀신과 도깨비는 사라졌는가? 진정 사람의 세상은 이루어졌는가?

부활하는 죽음,
나철에서 신명균까지

일몰의 풍경은 시간의 속도로 진행되지 않는다. 천천히 물 들던 하늘과 구름, 그리고 바다는 온통 붉게 타오르는가 싶더니 돌연 암전한다. 물 드는 건 오래여도 소멸은 순간이다. 빛과 어둠, 충만과 소멸 사이엔 오로지 한순간만 있다.

그런 반전은 통상 허망하기 짝이 없지만 일몰의 풍경은 그와 반대로 충만과 평온으로 이끈다. 남김없이 태워버린 장렬한 산화에 동화되는 탓도 있겠지만, '태양은 다시 뜬다'라는 자명한 진실을 기억하고 있기 때문일 것이다. 세상은 자살 혹은 자결을 패배로 치부하지만, 세상엔 그런 일몰과도 같은 장엄한 자결이 있다.

대종교 홍암弘巖 나철羅喆, 1863~1916 대종사는 1916년 음력 8월 15일

황해도 구월산 삼성사에서 스스로 숨을 멈춰(폐식) 조천했다. 조선의
문화와 영혼을 말살하려는 일제의 무단통치가 극성할 때였다. 일제는
1915년 10월 발표한 종교 규칙을 통해, 유독 대종교에 대해서만 포교
활동을 금지했다. 민족 정체성을 지키고 되살리려는 대종교의 활동이
우려됐던 것이다. 나철은 온갖 수모와 모멸을 감수하면서 총독부에 탄
원서까지 냈지만 조롱과 겁박만 받았다. 그는 교도에게 남긴 유서에서
다음 두 가지를 강조했다. "치욕을 잊지 말라", "널리 세상을 구하라."

최남선崔南善은 『조선독립운동사』에서 그의 죽음을 '육신제'肉身祭라
고 규정했다. 조국의 해방과 구국의 운동에 불을 지피기 위해 민족의
제단에 제 몸을 봉헌했다는 것이다. "그로 말미암아 쇠퇴해 가던 민족
전선은 치열하게 되살아났다."
　그의 제자이자 상하이 임시정부의 산파역이었던 예관睨觀 신규식申
圭植은 추도만장에서 "우리 민족의 기상은 쇠하지 않았으니, 그 뜻을 이
을 자 끊이지 않으리라"고 추모했다. 신규식은 『한국혼』에서 그의 죽음
을 기억하며 불퇴전의 '혈전주의'를 촉구했다. "치욕을 알게 되면 피로
써 죽엄을 할 수 있고, 치욕을 씻으려면 피로써 씻어야 할 것이다. 치욕
을 잊어버린 자는 피가 없는 것이다. …… 오호! 동포들이여! 피가 있는
것인가, 없는 것인가."

나철이 조천하고 5년 뒤인 1921년 음력 8월 27일, 백포 서일 종사는
북만주 밀산의 당벽진 숲속에서 스승의 절명시를 읊조리며 숨을 멈췄
다. "나라 땅은 유리 조각으로 부서지고 티끌모래는 비바람에 날렸도
다. 날이 저물고 길이 아득한데 인간이 어디메뇨?"
　나철은 일찍이 서일의 그릇을 알아보고 그를 후계자로 지목했다. 그

러나 서일은 독립 혈전에 헌신하겠다며 고사했다. 서일은 1911년 최초로 무장투쟁을 지향했던 독립단체 중광단을 조직하고, 이를 대한정의단으로 확대·개편했으며, 김좌진·지청천 등을 받아들여 정규군 체제의 북로군정서로 발전시켰다. 북로군정서는 1920년 10월 말 청산리 일대에서 일본 정규군 2만여 명에 맞서 대승을 거뒀다. 북만주 일대의 다른 무장독립부대들이 서일을 중심으로 힘을 합쳐 연합작전을 펼친 결과였다.

봉오동전투와 청산리전투에서 대패한 일제는 만주 일대의 한인들을 잔혹하게 학살했다. 이 '경신참변'에서 10월부터 11월까지 공식 집계된 희생자만 한인 3,600여 명이 학살당하고, 가옥 3,200여 채와 학교 41곳이 전소됐다.

서일로서는 이런 일본 정예군의 광란에 맞설 수 없었다. 그는 북로군정서를 이끌고 중국과 러시아 국경지대인 밀산으로 이동했다. 그곳에서 10여 개 독립군 단체를 통합해 대한독립군단을 결성했다. 그러나 혹독한 추위와 식량난 속에서 3,000여 병력을 지탱할 순 없었다. 그는 부대를 우호적인 러시아 적군 점령 지역인 시베리아 자유시로 이동시켰다. 자신은 밀산 당벽진에 남아 둔전을 통해 경제적인 토대를 확보할 계획이었다.

그러나 적군은 강제로 한인 독립부대를 무장해제하려 했다. 한인 무장투쟁단체들 사이에 주도권 다툼이 일었다. 여기에 적군이 개입하면서 북로군정서 대원 수백 명이 사살당하고 수천 명이 체포되거나 실종됐다. 이른바 '자유시 참변'이었다. 북로군정서는 남은 병력 100여 명을 이끌고 1921년 6월 당벽진으로 돌아왔다. 그로부터 불과 1개월 뒤 당벽진 기지는 다시 마적떼의 대규모 습격을 받았다. 서일을 믿고 따르던 동지 대부분이 죽고, 마을은 쑥대밭이 되었으며, 독립군의 재기를 위한 경제적 토대 역시 무너졌다.

"조국 광복을 위해 생사를 함께하기로 맹세한 동지들을 모두 잃었으니 무슨 면목으로 살아서 조국과 동포를 대하리오. 차라리 이 목숨을 버려 사죄하는 것이 마땅하리라." 그는 숲속 풀밭에 누워 돌베개를 베고는 스승의 뒤를 따랐다.

1940년 11월 10일 또 한 사람이 두 스승의 뒤를 따랐다. 비타협적인 민족주의자였으며 한글 규범 정리와 한글 보급에 신명을 바친 조선어학회 2대 간사장 신명균申明均, 1889~1941이었다. 그는 말없이 갔지만, 죽기 전날 그를 만난 후배 작가 홍구는 신명균의 마지막 심경과 모습을 이렇게 전했다. "……일본 제국주의의 야만적 정치는 조선으로 하여금 영원한 노예화를 목적으로 언어와 성명을 박탈하였다. 그때 선생의 비분은 말할 수 없었다. 이것이 선생이 자결하시기 직전의 사회적 사건이었다."

그는 이전에도 자결을 시도했었다. 1938년 2월 조선어학회는 일제의 압박에 못 이겨 국민정신총동원연맹에 가입하고, 간판을 국민총력조선어학회연맹으로 교체했다. 외래어표기법 통일과 조선어사전 편찬 사업을 마무리하는 상황에서, 타협을 해서라도 작업을 완성하는 게 낫겠다는 판단에 따른 것이었다. 사정은 이해했지만, 신명균은 그 치욕을 참을 수 없었다. 이에 대해 누군가는 역사 앞에서 사죄를 해야 한다고 생각했다.

4월엔 그가 17년간 가꾸어 온 조선교육협회가 강제로 해산당했다. 고학생에게 무료로 기숙사를 제공하고, 노동자 농민 계몽활동과 문맹퇴치를 위해 전국 순회강연이나, 노동야학 혹은 농민학원에서 쓸 교과서를 편찬해 지원하던 단체였다. 참을 수 없었던 그는 서울 종로구 화동 129번지 조선어학회 사무실에서 자결하려 했다. 다행히 집주인에게 발견됐다.

1940년으로 접어들면서 일제의 광란은 더욱 그악스러워졌다. 창씨 개명도 강제됐다. 조선인 징병과 징용을 손쉽게 하려는 것이었지만, 근본적으로는 민족 정체성을 말살하려는 것이었다. 이미 학교에서 한글 학습이 금지된 터에 이름도 한글로 못 쓰다니…… 신명균으로선 달리 선택의 여지가 없어 보였다.

신명균은 1911년 조선어강습원에서 주시경 선생을 만나 민족의식과 한글에 눈을 떴다. 최현배·권덕규·김두봉·이병기·장지영 등이 강습 원 동기였다. 주시경 선생이 별세한 뒤 조선어연구회를 조직해 맞춤법 과 한자음 표기의 규범을 정리했다. 1929년 결성된 조선어사전편찬회 에서 상임위원으로 활동했고, 이극로·최현배·이윤재 등과 조선어학 회를 발족시키면서 철자법 제정위원, 표준어 사정위원으로 활동했다. 『조선어문법』과 『조선어철자법』도 저술했다. 1936~37년엔 소설가 김 태준金台俊과 함께 시조 및 가사를 포함한 『조선문학전집』 1~6권 편찬 작업을 했다. 역사책 『조선역사』도 지어 민족의식을 일깨우려 했다. 그 에게 한글과 역사는 조선의 독립을 위한 뿌리였다.

동덕여고보 교사 시절 동맹휴교투쟁을 주도한 사회주의자 이관술李 觀述은 이렇게 회고했다. "맹휴투쟁을 이해해 주고 협력해 준 사람은 저 민족적 치욕이던 창씨제도에 반항하여 자살해 버린 양심적 민족주의 자 신명균 씨 단 한 사람이었다"(「반제투쟁의 회고」에서).

그는 청년 시절 대종교 청년회에서 활동했다. 대종교는 그에게 이런 사생관을 갖게 했다. 죽음은 돌아감, 곧 귀천歸天이다. 하느님의 분신으로 세상에 나와 하늘의 본성을 올바로 닦고 지켜, 다시 본 자리로 돌아가는 것이야말로 아름다운 삶이고 죽음이다!

어떤 공동체든 자살을 금기시한다. 특히 종교는 죄악으로 간주한다. 그러나 어떤 이들의 죽음은 다시 뜨는 태양처럼 사람들 가슴에서 부활한다. 시대의 어둠이 깊어지면 살아나고 또 살아나, 시대의 어둠을 밝히고, 나아갈 길을 비춰준다.

"꿈을 꾸면 내가 애들하고 숨바꼭질하고 있는 거예요. 나는 아이들을 찾고, 아이들은 나를 찾고. 왜 내가 그런 꿈을 꿔야 하는 거죠?" 2016년 6월 17일 잠수사 김관홍 씨가 주검으로 발견됐다. 그는 침몰한 세월호에서 아이들의 주검 25구를 수습했다. 잠수병을 얻어 삶의 터전인 바다에서 떠날 수밖에 없었고, 낮에는 꽃을 팔고 밤에는 대리운전을 하면서도 그는 '세월호의 진실'을 수장하려는 권력에 맞섰다. 세월호의 진실을 인양하기 위해 제 삶을 던졌다. 하지만 그는 아이들을 다 거두지 못했다는 죄책감, 이 더러운 시대에 살아남았다는 치욕에 고통스러워했다. 그 역시 죽음으로 그 치욕을 씻으려 했다.

죽어서 다시 사는 새,
불사조 영성

"1960년 4월 26일 낮기도 양심성찰 기간이었습니다. 가톨릭대학교 (당시 대신학교) 학장 신부님이 이승만 대통령의 하야를 전해 주시며 강론을 했습니다." 함세웅咸世雄 신부의 회고다. "이제 비로소 우리는 자유를 찾았습니다. 이 자유는 경무대 앞에서 경찰의 총에 스러져 간 어린 학생, 청년, 시민들의 피의 대가입니다. …… 자신의 죽음을 통해 우리에게 자유와 민주주의를 가져다준 이분들이야말로 우리 시대의 불사조입니다." 이집트 불사조 신화를 소개하며 순교의 의미를 강론한 이는 4대 전주교구장을 역임한 한공렬韓公烈 주교였다.

한공렬 주교의 뒤를 이은 5대 전주교구장 김재덕金在德 주교는 1979년 9월 10일 시국미사를 집전하면서, 박정희 정권의 직무집행 정지 가처분을 주장했다. 김영삼 신민당 총재가 직무정지를 당한 사실을 상기시키며, "직무정지를 당해야 할 사람은 김영삼 총재가 아니라 박정희"라고 직격탄을 날린 것이다. 무사할 리 없었다. 박정희 정권은 김재덕 주교를 13일 구속하기로 하고, 이를 교황청 대사, 김수환 추기경 등에게 미리 통보했다. 정의구현사제단 신부들이 즉각 서울로 집결하자, 박정희 정권은 12일 꼬리를 내렸다. 34년 뒤 박근혜 대통령의 사퇴를 촉구하는 첫 시국성명이 다시 그곳에서 나왔다. 개신교, 불교, 원불교, 천도교 등 전 종교계와 시민사회가 그 뒤를 따랐다. 박근혜는 결국 임기를 못 채우고 탄핵됐다.

시작은 그곳에서 이루어지곤 했다.

광주학살을 알지도 못하고, 안다고 한들 입에 담을 수조차 없었던 시절, 전주교구는 그 진실을 국내에 알리는 진원이 되었다. 5·18 직후 광주를 탈출한 김현장 씨에게서 광주의 비극을 전해들은 김재덕 주교는 교구 정의평화위원회 차원에서 김씨가 작성한 '전두환의 광주 살육작전' 문건을 1만 장 복사해 서울·부산·대구 등으로 보내도록 했다. 고산성당 문규현 신부는 유닛 앰프를 종탑에 걸어놓고 광주학살을 폭로했다. 여산성당 박창신 신부는 5월 21일부터 보름간 금마, 마전, 신도리 등 모든 공소를 돌아다니며 광주의 참상을 전했다. 6월 25일 박창신 신부는 괴한 4명으로부터 칼과 쇠파이프로 테러를 당했다. 그로 말미암아 하반신 마비를 겪었고, 지금도 걸음걸이가 불편하다. 5월 23일 희생자 위령미사가 처음으로 전주교구에서 열렸다.

박종상 신부는 1978년 7월 경찰 기동타격대에 붙잡혀 처절하게 구타를 당한 뒤 도로변에 버려졌다. 문정현·리수현·김진화 신부 등 전주교구 신부들도 한두 번씩 당했다. 한국 천주교의 성지 가운데 하나인 전주 전동성당을 비롯해 군산 오룡동성당 등은 방화를 당했고, 전주 파티마성당, 익산 창인동성당은 경찰에 침탈당했다. 박종철 씨 고문치사사건이 알려지자 교구 사제단은 단식기도에 들어갔다. 임수경 씨 방북 때 북한으로 건너가 임씨와 함께 휴전선을 넘어온 것도 전주교구사제단 문규현 신부였다. 신자 20만여 명, 교세는 작지만 투옥과 고문과 폭행, 그리고 죽음의 문턱을 넘나드는 일들이 거기서 그렇게 일어났다. 도대체 두려움을 모르는 전주교구 신부님, 공권력은 오히려 그들이 무섭다.

……일제는 전주부 성을 헐면서, 풍남문만 남겼다. 그 아름다움과 격조를 밀어버리기엔 스스로도 부끄러웠나 보다. 풍남문에서 500미터쯤 떨어진 곳에 경기전이 있다. 조선의 건국자 이성계의 어진이 있는, 조선의 탯자리와도 같은 곳. 풍남문과 경기전 중간쯤에 전동성당이 있다. 비잔틴 양식과 로마네스크 양식을 혼합한, 한국의 가장 아름다운 건축물 가운데 하나다.

윤지충尹持忠과 사촌 권상연權尙然은 1791년 모친의 제사를 폐하고 신주를 불태웠다. 그들은 풍남문 밖 이곳 전동성당 자리에서 참수당했다. 시비, 호불호를 떠나 천주교 입장에서 그들은 조선의 첫 순교자였다. 10년 뒤 신유사옥 때 다시 유항검柳恒儉 등 수십 명이 그곳에서 육시 혹은 참수를 당했다. 그 머리는 풍남문 문루에 걸렸다. 숲정이, 서천교, 초록바위 등 전주 인근엔 널린 게 순교지다. 여산 옛 동헌엔 '천주쟁이'를 돌 위에 눕히고 얼굴에 한지를 씌운 뒤 물을 천천히 부어 질식사시키는, 이른바 백지사 터도 있다. 신유사옥 때 전국에서 처형당한 천주교인은 500여 명. 이 가운데 전주 인근에서만 200여 명이 희생됐다.

240

그로부터 100여 년 뒤 신자들은 전주부 성의 돌로 주춧돌을 삼고, 성곽 흙으로 벽돌을 구워 쌓아올렸다. 6년간의 공사 끝에 전동성당은 완공됐다. 그 앞에 서면 아름다움에 대한 찬탄에 앞서 등이 서늘해진다. 전동성당은 순교자의 피와 뼈로 쌓아올린 것이었다.

이제 조선의 정신(혹은 신앙)을 지키려던 경기전과 거기에 천주교인들의 성지 전동성당은 2차선 좁은 도로를 사이에 두고 마주보고 있다. 경기전, 전주객사, 오목정, 한옥마을, 전동성당, 풍남문 등이 몰려 있는 이곳 전주 답사 1번지를 찾는 이들은, 순교지 앞 풍남정이나 풍남문 밖 남문시장에서 비빔밥 혹은 콩나물국밥으로 허기를 달랜다. 피순대를 안주 삼아 목을 축이기도 한다.

전동성당을 출발해 완주·김제·익산을 거쳐 다시 원점으로 돌아오는 장장 240킬로미터의 순례길. 그것이 전북에서만 가능했던 건 이런 역사적 뿌리 때문이었다. 그러나 정태현 신부는 이런 의문 때문에 고민했다. "박해 100년 동안 무려 1만 2,000~1만 3,000명의 천주교인이 신앙을 지키기 위해 목숨을 버렸다. 도대체 그 믿음의 근거는 무엇이었을까. 순교병이라도 걸렸던 것일까"(「우리 순교자들의 성서적 삶」).

치명자(순교자의 옛말) 산을 오르노라면 그 의문은 더 커진다. 산 정상엔 천주교 역사상 첫 동정 부부였던 이순이李順伊 루갈다와 유중철柳重喆 요한 그리고 그의 가족 5명이 합장돼 있다. 신앙을 포기하면 살려주겠다는데도, 빨리 죽여줄 것을 간청한 이들. 때로 맹신과 독선으로 흐르기 쉬운 게 신앙인데……. 그러나 루갈다는 누구보다 전통적 가치와 덕에 충실한 이였다. 시부모는 그런 며느리를 딸처럼 아꼈다. 루갈다에겐 그 뜻을 받들어 따를 대상이 더 있었다. 만물의 근원이라고 믿는 천주. 그의 나라는 영생복락을 누리는 그런 곳이 아니라, 차별과 억압, 부조리와 불의가 없는 곳이었다.

"저희 두 사람은 약속했습니다. 부모님께서 재산과 가업을 물려주시면, 재산을 서너 몫으로 나누어서 한몫은 가난한 사람들에게 나누어주고, 또 한몫은 시동생에게 주어 시부모님을 모시도록 하고……"(「루갈다의 옥중편지」). 불공정하고 불의한 현실 속에서 그들은 하늘의 공정과 정의에 기대려 했고, 그 뜻에 따르려 했다. 기복과는 거리가 멀었다. 물리적 차원의 천당과 지옥에 대해 비판적이었다. "혼뿐인데 어찌 부귀영화를 누릴 것이며, 굶주림과 고통에 시달릴 것인가." 기복과는 거리가 멀었다. 제사를 거부한 것은 허례허식을 부정하는 차원이었다. "혼이 어떻게 음식을 먹고 마시겠는가."

"요한 오라버니에게 향하는 저의 정은 죽음을 앞둔 지금까지도 잊지 못합니다. 제가 가장 마음으로 복종하고 좋아하는 사람은 요한 오라버니입니다. 오라버니는 이 세상에서 저를 위한 마음이 지극하였으니, 하늘에서도 제가 고통에 못 이겨 남몰래 오라버니를 부르는 제 목소리가 귓가에서 떠나지 않을 것이에요"(루갈다). 참수당한 요한의 유품엔 이런 편지가 있었다. "나는 누이를 격려하고 위로합니다. 누이여, 하늘나라에서 다시 만납시다." 인간의 정 또한 따뜻했다.

루갈다는 언니들에게 신신당부했다. "믿음, 소망, 사랑 이 세 가지가 가장 중요한 덕입니다. 이 덕을 진실하게 실천하면 다른 덕은 자연히 따르게 됩니다." 단순한 고행주의나 금욕주의자가 아니었다. 그에게 신앙은 곧 덕의 실천이었고, 오륜의 바탕이었다.

신유박해가 전라도로 미친 1801년 3월 시아버지 유항검柳恒儉이 먼저 체포되고 이어 남편 유중철이 투옥됐다. 루갈다는 그해 9월 나머지 가족들과 체포되어 전주감영에 갇힌다. 남편은 오랜 고문과 회유 끝에

10월 9일 처형됐고, 루갈다는 함경도 유배형이 떨어졌다. 루갈다는 거듭 처형을 요구했고, 유배 도중에 전주로 되돌아와 1802년 1월 31일 숲정이 형장에서 참수형을 당했다. 그때 나이 스무 살이었다.

1884년 4월 전주성당 주임 보두네Baudounet, 尹沙勿 신부는 장수 양악 교우촌을 방문했다. "진실로 감탄스러운 것은 서로 베푸는 사랑과 정성이었습니다. 빈부나 신분 차별 없이 없는 재물을 나누며 살아갑니다. 이곳에선 마치 초대 그리스도 교회에 와 있는 것 같기만 합니다." 달레 신부의 기록(『한국천주교회사』)도 비슷하다. "모든 이가 가난 속에서도 없는 형제에게 도움을 주고, 과부 고아를 거두어주니, 이 불쌍한 시절보다 우애가 깊었던 일은 일찍이 없었습니다."

......

"이미 환하게 밝혀진 진실을 그릇이나 침상 밑에 둘 수는 없다. 숨겨진 것은 드러나고 감추어진 것은 알려져 훤히 나타났다(「루카복음」8:16-17). …… 진실을 요구하는 수많은 국민들의 요구를 묵살하는 대통령은 이미 대한민국 국민이 선택한 대통령이 아니다"(2013년 11월 22일 전주교구 사제단 시국성명). "불의에 대한 저항은 우리 믿음의 맥박과 같은 것이다. 시련은 교회의 영혼을 정화하고 내적으로 단련시켜 준다. 늘 그랬듯이 우리는 가시밭길도 마다하지 않을 것이다. 우리에게 그것은 기쁨이며 당위다"(12월 4일, 전국사제단 성명).

신화 속 불사조는 죽지 않는 새가 아니다. 오히려 반드시 죽어야 다시 사는 새다. 때가 이르면 자신의 둥지에 향기로운 나뭇가지들을 모아놓고, 스스로를 불태운다. 잿더미 속에서 알 하나가 탄생하고, 알에서 새 생명이 부화한다. 찬란한 자태를 뽐내지 않는다. 필요할 때만 나타나 도움을 주고 홀연히 사라진다. 해가 뜨는 아침이면 아름다운 지저귐으로 자신을 알릴 뿐이다. 불사조, 죽어서 다시 사는 새. 자신을 던져 의를 실현하려는 사제들이 꿈꾸는 신앙의 상징이다.

'학살과 희생의 묵상', 프란치스코 교황께……

무죄한 이의 희생은 숭고한 가치의 씨앗입니다. 그 씨앗은 인간성을 파괴하고 생명을 억압하는 차별과 억압, 폭력과 수탈 등 죽음의 땅을 뚫고 새로운 생명의 싹을 틔웁니다. 자유와 평등, 박애와 평화는 거기에서 맺은 열매입니다. 무죄한 이들의 희생은 인간 존엄성을 증언하는 영원한 증거이며, 이로 말미암아 이 땅은 좀 더 거룩해지고 고귀해집니다.

해미는 벌써 부산합니다. 4개월이나 남았는데, 당신의 초상화와 축하 펼침막은 해미읍성, 자리개다리, 진둠벙, 여숫골 등 수난의 길을 밝히고 있습니다. 하지만 당신은 알고 있습니다. 2,000년 전 예수가 이 땅에 올 때 그랬듯이, 당신은 환영을 받으러 이곳에 오는 것이 아님을 말입니다. 당신이 되짚게 될 그 길들은 무죄한 이들이 짓밟히고 스러져

간 곳입니다. 그곳은 세계사에 유례없는 폭력과 죽음의 길이었습니다. 그곳에서 당신은 폭력과 학살에도 굴하지 않는 인간 정신의 고결함을 확인하고, 인간의 존엄성을 선포해야 합니다.

그날 마침 해미읍성은 한가했습니다. 읍성 한가운데 회화나무는 하늘에 신록을 융단처럼 깔아놓았습니다. 150년 전 사람들이 산 채로 매달려 있던 동쪽 가지는 크게 잘려나갔지만, 그 자리에서도 작은 가지들이 신록을 피워 올렸습니다. 슬며시 다가가, 거친 수피에 이마를 댑니다. 볼도 대고 입을 맞춰봅니다. 눈 감고 귀를 기울입니다. 오래전 나무가 보고 들었던 그 희생자들의 기도를 들어봅니다.

덕산 황무실에서 붙잡힌 방 마리아는 1868년 5월 해미읍성 호서좌영 감옥으로 이감됐습니다. 덕산 관아에서 매질로 살이 터지고, 주리를 틀려 정강이가 으스러진 몸으로 넘던 한티고개는 말씀으로만 듣던 골고다 언덕이나 다름없었습니다. 길가엔 가야산 화사한 봄꽃들이 지천이었습니다. 배고플 때 먹던 찔레꽃도 한창이었습니다. 야속하지 않았습니다. 해미읍성은 내포의 치안을 총괄하는 병영. 홍주·면천·덕산·아산·예산·당진, 심지어 보령과 평택 등 내포 전역에서 '천주 죄인'들이 끌려왔습니다. 읍성 안 내옥과 외옥은 차고 넘쳤습니다. 죽음의 문턱에 올라선 것이었지만 오히려 평안했습니다. 아무러면 개돼지만도 못하게 취급당했던 지난날보다 고통이 더 하겠습니까.

군정·전정·환곡 등 삼정을 앞세운 지방수령은 피에 굶주린 사자였습니다. 군포를 더 거둬들이기 위해 뱃속에 있는 아이, 집에서 키우는 개, 심지어는 절굿공이까지 군적에 올렸습니다. 3년 전 돌아가신 시아버지에게까지 군포를 물렸고, 딸을 아들로 바꾸어 군포를 징수했습니다. 내지 못하면 소도 끌고 가고 개도 끌고 가고 가재도구까지 빼앗았습니다. 경작하지 않는 땅에도 세를 물렸고, 세율은 수령 멋대로 정해 졌습니다. 양반 사대부, 돈 많은 사람들은 뒷돈 주고 빠져나갔으니, 가 난한 이들은 그 몫까지 짊어져야 했습니다. 환곡엔 고리가 붙었습니다. 6개월만 연체하면 두 배로 불어났습니다. 차라리 굶겠다고 해도 강제 로 환곡을 할당했습니다. 더구나 모래가 반쯤 섞인 환곡이었습니다. 사 자의 아가리에 목을 디밀고 있는 것보다, 여기서 목을 내주는 것이 나 았을 것입니다.

병인년부터 시작된 천주학 토벌은 1868년에 이르러 극성했습니다. 감옥에서 100보쯤 떨어진 곳에 오래된 회화나무 한 그루 서 있습니다. 문초 중에 얻어터지고, 주리 틀려도 배교하지 않은 사람들이 매달리던 나무였습니다. 머리카락을 꼬아 나뭇가지에 걸친 철사에 묶었습니다. 서문 쪽 영장 숙소 앞 활터엔 장졸들이 시위에 화살을 먹이고 회화나무 에 걸린 이들을 겨누고 있었습니다. 이제는 떠나는가, 죽음이여 화살보 다 빨리 오라. 그러나 왜 그리도 질긴지, 화살은 비켜갔습니다.

진남문으로 또 한 무리의 형제들이 끌려옵니다. 부서진 몸으로 먼 길 오느라 파김치가 되었지만, 저들은 앉아 있을 옥사도 없습니다. 이젠 저들에게 옥사를 내주고 떠나야 합니다. 탱자나무 가시 울타리로 둘러 쳐진 지성문(서문)을 나서야 합니다. 성안의 하수가 흘러나가고, 옥사한 주검이 실려나가고, 처형당할 이들이 형장으로 끌려나가는 문입니다.

서문 문간엔 십자가며, 묵주며, 천주책이 널려 있습니다. "밟아라, 앞 으로는 믿지 않겠노라고 한마디만 하라. 그러면 이 문은 살아나가는 문 이 될 것이고, 아니면 지옥으로 넘어가는 문이 되리." 문밖은 지옥도 그 자체였습니다. 교수형, 참수는 양반이었습니다. 돌구멍에 꿴 줄에 목을 맨 뒤 지렛대로 줄을 조여 숨을 끊거나, 돌바닥에 엎드려 놓고 긴 돌기 둥을 내리눌러 압사시키거나, 한지로 덮은 얼굴에 물을 부어 질식시키

는 등 형용할 수 없었습니다. 더구나 도랑 위 자리개 돌에 사람을 패대
기쳐 죽이기도 했습니다. 형리들이 사지를 잡아 돌판에 내리꽂으면 머
리가 깨지고 가슴이 터졌습니다. 그것을 보여 주며 말했습니다. "밟으
라, 그리하면 살아 나가리."

그래도 대기자는 늘었습니다. 형리는 다시 끌고 갔습니다. 핏물 흥건
하고, 피비린내 진동하는 도랑을 따라 걸었습니다. 곧 해미천이고, 조
산리 들로 넘어가는 다리입니다. 모내기를 끝낸 논엔 파란 싹이 물결치
고 있었습니다. 저 또한 수탈의 대상일 뿐이니, 아름다울 뿐 부럽지도
한스럽지도 않았습니다. 개울 건너엔 깊은 둠벙이 있었습니다. 웬만한
가뭄에도 마르지 않는 못이었습니다. 형제들 등에 맷돌과 바위가 하나
씩 묶여졌습니다. 한 명씩 둠벙으로 떨어트렸습니다. 하나둘 굴러떨어
져 둠벙은 금방 찼습니다. 가까이에 숲정이가 있습니다. 5월의 신록이
빛나는 숲이었습니다. 서포리 바닷가에서 밀려오는 해풍을 막아주고,
일하는 이들의 몸과 마음을 쉬게 하던 곳. 그곳에 넓찍한 흙구덩이가
여기저기 파헤쳐져 있었습니다. 남은 이들이 들어갈 구덩이였습니다.
형제들은 그 속에서 무릎 꿇었습니다. 흙더미가 쏟아져 내렸습니다. 홍
주에서 오신 문 마리아님도 박 요한님도 모두 기도했습니다. 먼 훗날,
밭을 갈던 농부의 쟁기 끝에 걸려 드러난 인골들이 하늘을 향하고 있었
던 건 무릎 꿇은 채 생매장당했기 때문이었습니다.

그렇게 희생당한 사람은 병인박해에만 1,000여 명. 실명이 확인된 사
람은 132명, 유해만 발굴된 이는 47명. 대부분 하층민이었습니다. 그들
이 이 땅에서의 삶 대신 저 처참한 죽음을 선택한 까닭은, 역시 천주쟁
이라 하여 강진에서 18년간 귀양살이했던 다산 정약용의 시 「애절양」
哀絶陽을 보면 알 수 있습니다. 1803년 가을, "그때 갈밭에 사는 백성이
아이를 낳은 지 사흘 만에 군적에 편입되고 이정里正이 소를 토색질해

가니, 그가 칼을 뽑아 자신의 양경을 베면서 '내가 이것 때문에 이러한 곤액을 받는다' 하였다. 그 아내가 양경을 가지고 관청에 나아가니 피가 뚝뚝 떨어지는데, 울기도 하고 하소연하기도 했으나, 문지기가 막아 버렸다"라는 이야기를 듣고 쓴 시였습니다.

갈밭마을 젊은 아낙 통곡소리 그칠 줄 모르고/ 관청문을 향해 울부짖다 하늘 보고 호소하네./ 정벌 나간 남편은 못 돌아오는 수는 있어도/ 예부터 남자가 생식기를 잘랐단 말 들어보지 못했네./ 시아버지 상에 이미 상복 입었고 애는 아직 배냇물도 안 말랐는데/ 조자손 삼대가 다 군적에 실리다니/ 급하게 가서 호소해도 문지기는 호랑이요./ 향관은 으르렁대며 마구간 소 몰아가네./ 남편 칼을 갈아 방에 들자 자리에는 피가 가득/ 자식 낳아 군액당했다고 한스러워 그랬다네./ 자식 낳고 사는 건 하늘이 내린 이치기에/ 하늘의 도는 아들 되고 땅의 도는 딸이 되지./ 불깐 말 불깐 돼지도 서럽다 할 것인데/ 하물며 뒤를 이어야 할 사람에 있어서랴./ 부호들은 일 년 내내 풍악이나 즐기면서/ 낟알 한 톨 비단 한 치 바치는 일 없는데/ 같은 백성인데 왜 그리도 차별일까?

저희가 오로지 갈구했던 것은 차별받지 않고, 수탈당하지 않고, 양반 사대부, 권력자 앞에서 굽실거리지 않고, 인간으로서 존중받는 것이었습니다. 그것을 천주학에서 보았습니다. 천주, 곧 하늘님 앞에서는 남자도 여자도, 양반도 상놈도, 지주도 소작도, 권력자도 천민도 모두 같다고 했습니다.

정약용은 개탄했습니다. "나라의 무법함이 어찌 여기까지 이를 수 있겠는가?" 그리고 경고했습니다. "이 법(군정, 軍政)을 바꾸지 않으면 백성들은 모두 죽고야 말 것이다." 경고대로 한편에선 순교와 죽음의 저항이 일어났고, 다른 한편에선 무기를 든 농민들의 거센 봉기가 잇따랐습니다. 남쪽에선 진주농민항쟁이, 북쪽 평안도에선 서북농민항쟁이 일어났습니다. 결국 1894년 동학농민혁명으로 이어졌습니다. 순교의 저항이 동학의 혁명운동으로 이어진 것이니, 이 모든 것이 인간 존중의 선언이었습니다. 뒤따른 증산도, 원불교도 인간 평등, 존엄한 인간의 정신을 이어받았습니다.

인간성에 대한 폭거는 그것으로 끝나지 않았습니다. 읍성 뒤 오학리는 1세기 뒤 이념의 광기가 휩쓸고 지나간 땅이었습니다. 1950년 7월 퇴각하던 경찰은 보도연맹원들을 체포해 서산 성연면 메지골에서 처형했습니다. 9월 이번엔 인민군이 퇴각하면서 양대동 바닷가에서 보복 처형을 자행합니다. 그리고 12월 경찰은 인공 기간 중 이른바 부역자 1,856명을 체포하고 일부를 갈산동 산기슭에서 죽여 버립니다. 희생자만 500명 이상이었고, 가난한 오학리 사람이 많았습니다. 전쟁을 전후해 보도연맹사건과 관련 1,000명 이상 살해된 곳이 대전 대덕과 경북 경산 등이었고, 서산처럼 500명 이상 학살된 곳이 청주·부산 등 전국에 18개소나 됐습니다.

순교의 신심을 기억하기에 앞서, 무죄한 희생자의 죽음을 기억해야 합니다. 그들이 감당해야 했던 삶의 모순과 고통을 기억해야 합니다. 사무치게 염원했던 자유롭고 평등한 세상의 꿈을 기억해야 합니다. 아직도 이 땅에선 무죄한 이의 희생이 되풀이됩니다. 국가 폭력에 의한 용산참사, 쌍용차 노동자의 비극 등은 그 상징입니다. 돈이 인간을 노예로 삼고, 돈이 인간을 죽음으로 내몰기도 합니다. 저 회화나무 아래의 프란치스코 교황께서는 선언해야 합니다. 무죄하게 죽어간 이들의 이름으로, 맑고 순수한 청년들의 이름으로, 인간 존엄성 회복을 향한 담대한 행진을 선포해야 합니다.

제 3 부

이토가 두려워했던
목사님과 청년들

1906년 여름, 서울 남창동 1번지 상동교회 담임목사 윌리엄 스크랜턴William Scranton은 메리먼 해리스Merriman Harris 선교사에게 이끌려 필동의 이토 히로부미 통감 관저로 갔다. 해리스는 미국 감리교 선교회의 한국과 일본 책임자로, 일제가 조선을 병탄한 것을 두고 '하느님의 축복'이라고 떠벌리던 지독한 친일파였다. 이토 히로부미는 해리스를 시켜 스크랜턴을 불러온 것이었다.

이토 히로부미는 스크랜턴을 추궁했다. "상동교회 (엡웟)청년회 Epworth League는 무슨 목적으로 결성됐나?" "선교 목적이다." "3,000~4,000명이나 된다는데 모두가 신도인가?" "아닌 사람도 있다." "사업 목적과 다른데 신자가 아닌 사람을 내보낼 수 없는가?" 대화가 아니라 취조였다. 이토 히로부미의 요구는 청년회를 해산하라는 것이었다.

남산의 통감부에서 지척인 명례방 상동교회 청년회는 이토 히로부미에게 '턱밑의 송곳'과도 같았다. 이토 히로부미가 심혈을 기울인 을사5조약 체결에 대해 장안에서 대놓고 반대운동을 했던 게 바로 그들이었다. 청년회는 을사늑약 추진 때부터 상동교회에서 매일 구국기도회를 열어 여론을 환기했고, 정순만과 이희간은 외부대신 박제순朴齊純의 집에 침입해 칼을 들이대며 결사 반대를 압박했다.

그럼에도 늑약이 체결됐다. 엡윗청년회 전국연합회 회장 전덕기全德基, 1875~1914는 총회를 소집했다. 황해도 책임자였던 백범 김구도 참석했다. 총회는 5~6명씩 조를 짜 덕수궁 대한문 앞에서 '도끼 상소'를 하기로 하는 한편, 종로에서 대규모 집회를 병행하기로 결의했다. 청년회 활동은 대중적으로 큰 반향을 일으켰다. 이와는 별도로 을사오적 처단을 위해 평안도 장사들로 암살단을 조직했다. 목회자의 신분으로 암살을 도모할 수 있겠는가 하는 의문도 있지만, 그에게 매국노 처단은 공의의 실천이었다. 이런 사실을 보고받은 이토 히로부미로서는 그냥 놔둘 리 없었다.

결국 상동청년회는 11월 해산됐다. 스크랜턴은 이듬해 미국의 선교본부에 해리스의 교체를 건의했다. 받아들여지지 않자 선교사는 물론 목사직도 사임했다. 대신 전덕기를 상동교회 담임목사로 추천했다.

전덕기는 담임을 맡고 나자 더 큰 일을 벌였다. 청년회 열성 회원이었던 최남선은 훗날 이렇게 회고했다. "상동교회 뒷방에는 전 목사를 중심으로 이회영·이상설·이준·이갑·이승훈 등 지사들이 무시로 모여 국사를 모책하였는데, 그 방은 이준 열사의 헤이그밀사사건의 온상이었다."

호머 베잘렐 헐버트Homer Bezaleel Hulbert 선교사는 전덕기에게 1907년 6~7월 네덜란드 헤이그에서 만국평화회의가 열린다는 소식을 전했다. 전덕기는 이회영 등과 협의해 특사 파견을 상소하기로 했고, 처 이종누이인 김 상궁을 통해 고종에게 상소문을 전했다. 고종의 신임장은 헐버트를 통해 전덕기에게 전해졌다. 3인의 밀사 가운데 정사 이상설과 부사 이준은 청년회 회원이었다. 블라디보스토크에서 여비를 마련해 건네준 정순만은 청년회 서기였고, 미국에서 통역사로 윤병구와 송수헌을 헤이그로 보낸 박용만은 부회장이었다. 생명을 건 헤이그 밀사 파견은 상동교회 전덕기의 방에서 이루어진 것이었다.

상동교회 엡윗청년회는 당초 1897년 결성됐다가 1900년 해산되었으며, 1903년 전덕기를 회장으로 다시 출범했다. 당시는 국내에서 교육을 통한 구국운동이 들불처럼 번졌다. 상동교회에는 스크랜턴의 모친 메리 스크랜턴이 1897년 공옥여학교를 설립했고, 1899년 전덕기는 공옥남학교를 세웠으며, 이듬해부터 두 학교를 통합한 공덕소학교를 전덕기 책임 아래 운영하고 있었다. 마침 하와이 사탕수수밭 이주노동자 강천명이 1903년 교육사업에 쓰라며 50달러를 보내왔다. 상동청년회는 이를 계기로 1904년 청년학원을 설립했다.

당시 다른 학교들은 대개 초등학교 과정이거나 일어나 영어, 측량기술 등만 가르치는 특수 교육기관이었다. 그러나 상동학원은 처음부터 3년제 중등과정으로 출범했다. 교사도 각 분야 전문가로 꾸려졌다. 국문학자 주시경이 국어, 동경물리학교 출신의 류일선이 수학, 메리 스크랜턴이 영어, 헐버트와 이동녕이 세계사와 국사, 김진호가 한문을 맡았다. 한국군 부교였던 이필주는 교련을 가르쳤다. 학생들은 목총을 메고 군가를 부르며 구보와 행진을 했고, 이는 일제에 대한 무언의 시위였다.

1907년에는 수업 연한을 4년제로 하고 천문·기하·대수·화학·생물학·경제학·윤리학·법학 등을 포함시켜 전문 지식인 양성에 주력했다. 전덕기는 성경을 가르쳤다. 이승만이 잠깐 원장을 맡았고 애국지

사 이회영·남궁억·조성환·최남선·장도빈·노병선·이중화 등도 학
감 혹은 교사로 참여했다. 부설 야학도 설립해 일하는 이들도 배울 수
있도록 했다. 배화학교 교사였던 남궁억, 배재학당 부교장이었던 강매,
언론인 장지연 등 당대의 명사들이 교사로 일했다. 청년학원은 이 밖에
우리나라 최초의 여성지 『가뎡잡지』를 발간하고, 수학 전문지 『수리학
잡지』도 펴냈다. 주시경 책임 아래 하기 국어강습회도 개설했다. 이들
교사진은 머잖아 구국운동과 독립운동의 거대한 뿌리인 신민회 결성
의 주춧돌이 되었다.

　신민회는 1907년 4월 양기탁을 총감독, 이동녕을 총서기로 하여 출
범했다. 안창호가 미국에서 귀국하고 불과 2개월 만이었다. 발족을 위
한 논의와 준비는 1906년 초 이미 시작되었다. 전덕기의 제자로서 그
를 도와 청년회와 학원을 이끌던 김진호金鎭浩는 이렇게 전한다.

　"상동청년회는 매주 목요일 오후 7시에 잠깐 예배와 기도를 드리고
시사논평이 있었는데 그때 시사가 점점 글러지고 대관들의 비행이 매
국행위에 지나지 못함으로 민심이 수습하기 어렵게 되면서, 청년회의
간부 몇 사람이 상동교회 지하실에 따로 모여 결사구국을 목적하고 회
를 조직하니 곧 신민회였다." 발기인 7인 가운데 양기탁과 안창호를 제
외한 전덕기·이갑·유동열·이동휘·이동녕 등은 청년회 회원이었다.
'따로 모여 논의한 사람' 중엔 전덕기·이동녕·양기탁·이회영·이승
훈이 포함돼 있었다.

　전덕기는 신민회의 재무와 서울 총감을 맡았다. 재무는 궂은일이었
다. 신뢰 없이는 맡을 수도 맡길 수도 없는 일이었다. 그런 일을 전덕기
는 독립협회 시절부터 담당했다. 독립협회에서 이동휘·지석영·이만
수 등과 함께 재정 담당인 서무부 부장급으로 활동했다. 1900년 상동
교회 건축 때는 교회 건축 재정을 맡았으며, 청년학원에서나 『가뎡잡

지』창간 때도 회계를 맡았다. 그만큼 사람들은 그를 믿고 따랐다.

　한번은 고종 황제가 청년학원을 위해 종로의 단성사 건물을 하사하려 했다. 전덕기는 관의 개입을 우려해 사양했다. 송병준이 사람을 시켜 거액을 희사할 뜻을 전해왔을 때도 일언지하에 거절했다. 하지만 재정은 항상 부족했다. 문제가 생기면 그는 숙부 소유의 가옥을 저당잡히기도 했다.

　일제는 전덕기의 '암약'을 눈치채고는 있었지만, 함부로 다룰 수 없었다. 상동교회는 정동교회와 함께 미국 감리교 선교회의 중심 교회였다. 이토 히로부미가 안중근 의사의 총탄에 절명했을 때에도 배후 세력으로 전덕기와 이른바 '상동파'를 지목해 먼지 털 듯이 조사했지만, 억지로 조작까지 할 순 없었다.

　1910년 말 안명근安明根 군자금모금사건(안악사건)으로 신민회 조직이 일부 드러났다. 기회만 엿보던 일제는 1911년 '데라우치 총독 암살음모사건'을 조작해 양기탁·이승훈·윤치호·유동열·안태국 등 신민회 회원 및 애국지사 600여 명을 검거하고 122명을 기소했다. 1심 재판부는 105명에게 유죄판결을 내렸다. 이른바 '105인 사건'이었다. 그러나 1913년 7월 대구복심법원은 105명 가운데 99명을 무죄로 석방했다. 조작이었음을 재판부가 인정한 것이었다.

　다행히 주요 간부들이 이토 히로부미의 피살을 전후해 간도와 연해주·미주 등지에서 독립투쟁을 하기로 하고 흩어졌다. 박용만·이승만 등은 미국으로, 우덕순·이동녕·이상설·정순만 등은 연해주로 떠났고, 김창환·이동녕·이동휘·이시영·이회영·정재면 등은 간도로 떠나 무장투쟁의 근거지를 확보했다. 상하이 임시정부가 설립되면서 신민회의 주요 동지들은 다시 임시정부에서 만난다. 이승만을 임정 초대 대통령으로 세우기도 했다. 이것은 전덕기의 제자 손정도孫貞道 목사가 "평생 가장 잘못한 일 가운데 하나"라고 했던 일이었다.

전덕기도 체포했지만, 처벌할 순 없었다. 다른 사람처럼 혐의를 조작해 처벌했다가는 외교 문제로 비화할 수 있었다. 전덕기는 3개월여 만에 풀려났다. 그러나 그때 당한 고초로 지병인 폐결핵이 악화됐고, 3년 뒤 세상을 뜨게 된 원인이 됐다.

전덕기는 1875년 운양호사건이 나던 해 서울 정동에서 태어났다. 부모는 그가 아홉 살 때 별세했고 그는 북창동에서 숯장사를 하던 작은아버지 밑에서 집안일을 도우며 자랐다. 이웃에는 한 살 아래의 주시경이 큰아버지 집에서 살고 있었다. 열일곱 살 되던 해 그와 주시경은 정동의 스크랜턴 선교사 집 앞을 지나가는 길에 돌을 던져 유리창을 박살냈다. 이 나라를 집어삼키려는 코쟁이의 코를 납작하게 해주리라 벼르고 한 일이었는데, 스크랜턴은 웃는 얼굴로 "무슨 일인지 말로 할 수 없습니까"라고 되물었다. 전덕기는 스크랜턴에게 반했다. 그는 스크랜턴의 병원과 교회에서 일을 하며 형제처럼 지내기 시작했다. 주시경은 평생지기로 상동학원 국어 교사가 되어 전덕기를 지원하고, 전덕기는 하기 국어강습소를 열어 주시경이 제자들과 함께 조선어연구회의 전신인 국어연구학회를 세울 수 있도록 했다.

'가난한 자에게 복음을! 포로된 자에게 해방을! 억눌린 자에게 자유를! 고통받는 자에게 평안을!' 전덕기가 스크랜턴에게 이어받은 복음의 사명이었다. 나부터 새 사람이 되어 이웃을 변화시키고 공동체를 바꿔 더불어 행복한 세상을 만들고자 했다. 그것이 하나님의 공의라고 믿었다. 백범 김구는 그런 그를 두고 이렇게 회고했다. "철저한 실천 신앙과 철저한 애국심을 강조했으며, 과제를 앞에 두고는 결코 미온적인 태도를 보이지 않았다."

그는 전도에 나서는 후배 목사들에게 '나막신과 마른 쑥, 의지(관 대신 시체를 옮기는 데 쓰이는 물건)'를 상비하라고 충고했다. 당시 빈민가였던 회현동 남·북창동 일대엔 전염병 등으로 죽은, 아무도 거두지 않는 주검이 곳곳에 널려 있었다. 그는 이런 주검을 거두어 장례를 치러주곤 했는데, 그럴 때면 부패한 시체에서 흘러나온 체액 때문에 나막신을 신고 방 안에 들어가야 했고, 악취를 막기 위해 마른 쑥으로 코를 막아야 했으며, 관 대신 의지에 시체를 담아 장례를 치러야 했다.

이런 태도로 말미암아 민중은 물론 동료 목회자로부터도 존경을 받았다. 김진호·최성모·이필주·손정도·장낙도·이익모·현순·김종우 등은 그의 지도와 감화를 받아 목사가 되었으며, 이 가운데 최성모와 이필주는 기미독립선언서에 서명한 33인 가운데 1인이 되었다. 현순 손정도는 상하이 임시정부의 요인으로 활동했다. 가장 오래된 어린이 잡지 『새벗』의 창간 편집주간이었던 최석주 목사는 한국 교계에서 가장 훌륭한 사람으로 감리교의 전덕기와 장로교의 한석진을 꼽았으며, 동양의 위대한 교육가로는 한국의 전덕기와 일본의 오쿠마 시게노부大隈重信를 꼽았다. 최남선 역시 전덕기를 가장 존경하는 인물로 꼽았다. "존경하는 이로는 이승훈, 안창호 씨가 있었지만, 나에게 가장 감화를 준 사람은 상동교회 목사로 열렬한 신앙가요 애국자였던 전덕기 목사였다." 김진호 목사는 그의 비문에 새긴 추모시에서 그를 두고 "교육 태두요 종교 동량"이라고 했다.

총독부 기관지 『매일신문』 1914년 3월 23일자는 놀랍게도 그의 부음을 알렸다. "슬프다, 오늘날 세상을 떠난 전덕기 씨여……"로 시작되는 기사는 비록 1단이었지만 23줄이나 되는 장문이었다. 총독부 기관지조차 외면할 수 없는 죽음이었던 것이다.

  장례식에는 애국지사는 물론 가난한 사람, 병든 사람, 장사꾼, 천민, 창기들까지 몰려와 그의 마지막 길을 애도했다. 그는 경기도 고양군 두모면 수철리 묘지에 묻혔다. 하지만 일제는 그에게 유택도 허락하지 않았다. 이장을 강요해 그의 유해는 화장하여 한강에 뿌려졌다. 착잡하게도 일제 말 교단 지도부는 천황에게 교회를 봉헌했고, 해방 후에도 오랫동안 그를 외면했다.

강성갑

용서하소서,
저들은 제가 하는 짓을 모릅니다

군용 트럭은 창원군 마산리를 지나 일동리로 가고 있었다. 8월 1일 자정을 넘어가는 시간이었다. 달빛에 반짝이는 물결이 보였다. 낙동강이었다. 학살자들은 수산교 밑 나루터에 차를 댔다. 카빈총을 멘 군경에 등을 떠밀려 모래밭에 섰다. 음력 열여드레, 붉게 충혈된 달빛에 반사된 대여섯 개의 총구가 보이고, 군인과 경찰의 얼굴 윤곽이 드러났다. 대개는 입술을 굳게 다물고 있었지만, 인솔자인 듯한 사람의 이빨만은 달빛에 반짝였다.

"나는 목사이니 기도할 수 있는 시간을 달라." 목소리는 담담했다. 떨림도 없었고 원망도 없었다. 한 번 더 나직이 부탁했다. "기도하게 해달라." 인솔자가 고개를 끄덕였다. "주여, 이 죄인들을 용서하시옵소서.

이 겨레, 이 나라를 가난과 재앙에서 건져주시옵고, '한얼'을 축복해 주시옵소서. 이제 이 죄인은 주의 뜻을 받들어 주의 품에 육신과 혼을 기탁하오니…… 주여 남기고 가는 저들을 보호하옵소서." '아멘' 소리와 함께 총구에서 일제히 불이 튀었다.

선교사들이 '한국의 페스탈로치'로까지 칭송했고, 교육학계의 원로 심진구 경인교대 명예교수가 1968년 쓴 논문에서 '한국 교육의 성자'로 칭송했던, 경남 김해 진양읍 한얼중학교 교장 강성갑姜成甲, 1912~50 목사는 그렇게 세상을 떠났다. 마을 유지와 군인과 경찰이 공모해 그를 죽인 이유는 단지 '공산주의자'라는 고변 하나였다.

그러나 요즘 '빨갱이 잡기'에 앞장서는 김동길金東吉은 이렇게 회고한다. "나는 십자가를 지고 골고다로 가신 예수 그리스도의 정신이 한국인 강성갑의 가슴속에 그대로 살아 있다고 믿는다." 그가 한 인터넷 매체에 기고한 '내가 가장 존경한 사람'이라는 글에서였다. 저서 『어떤 사람이기에』(범우사, 2002)의 「그리운 사람 강성갑」에서는 "민족과 국가를 살리는 길은 농촌 부흥에 있다고 믿고, 이는 고등교육이 아니라 중등교육을 통해 실현될 수 있다고 믿었던" 사람이라고 썼다.

하나님의 의를 이 땅에 세우는 길만을 걸어온 고 박형규 목사에게도 그는 "해방 후 사회적·사상적 혼란 속에서 가장 많은 영향을 끼친 분 가운데 한 사람"이었다. 박형규 목사의 어머니는 일제강점기, 기독교적 가치를 지키기 위해 외롭게 저항했던 주기철 목사를 따르던 이였다. 강성갑 목사가 부산의 대형교회, 초량교회에서 사실상 담임목사로 재직 중일 때, 작고 보잘것없는 김해 진영교회로 초빙하는데 앞장선 이가 그였다. 초빙 요청을 받자 강성갑 목사는 다만 이렇게 물었다고 한다. "그곳에서 농촌운동을 해도 좋겠습니까?" 그가 진영교회로 온 것은 1946년 초였다.

한때 민주화의 길을 걷다가 전두환 체제에서 국보위 입법회의에 참여했던 고 조향록 목사도 마찬가지였다. "6·25사변에서 귀한 인재들을 무수히 잃었으나 그중에서도 가장 큰 별이 강 목사님." 그는 강성갑 목사가 학살당한 이듬해 스승인 장공 김재준 목사와 동료인 강원룡 목사의 설득으로 한얼중학교 교장으로 부임해 한얼중학교 재건에 헌신했다.

강성갑은 1912년 경남 의령 지정면 오천리 웅곡마을에서 태어났다. 열세 살에 초등학교 4학년으로 들어갔고, 3년 뒤 마산상업학교를 마쳤으며, 인근 장유에서 금융조합 서기로 근무하면서 동생 강무갑을 일본으로 유학시킨 뒤 뒤늦게 1937년 연희전문 신학과에 들어갔다. 일본 도시샤대학 신학부에 유학한 후 1943년 귀국해 초량교회 부목사로 부임했다. 1945년 11월 경상남도 교사 양성소에서 4기생까지 배출했고, 1946년 9월엔 국립부산대학교의 전신인 부산대학교 교수가 되었다. 동생은 이승만 치하에서부터 혁신계 운동을 하다가 박정희 정권 때 소위 인혁당사건에 연루돼 온갖 고초를 당하다가 고문 후유증으로 세상을 떠났다.

그는 목회자나 교육자로서 탄탄대로가 보장돼 있었다. 그러나 교육을 통한 농촌개혁과 구국구민의 꿈을 버릴 수 없었다. 유학 시절, 그는 덴마크 중흥의 할아버지로 추앙받는 니콜라이 그룬트비Nikolai Grundtvig의 신학과 사상과 실천에 심취했다. 덴마크가 비옥한 땅을 프로이센에 빼앗기고 척박한 유틀란트로 밀려났을 때 그는 애토愛土, 애린愛隣, 애천愛天 등 3애 정신 아래 절망한 민중에게 용기와 희망을 주고, 재기의 의지를 끌어냈다. 그룬트비는 목회자에 머물지 않고, 정치가가 되어 모든 국민이 고등교육을 받고, 모든 농부가 농지를 가질 수 있는 제도를 정초했다.

강성갑은 1946년 복음고등공민학교를 설립하면서 3애 정신을 교훈으로 삼았다. 애토란 조국의 문화와 역사, 그리고 전통을 존중하자는 것이고, 애린이란 이웃, 곧 내 나라와 민족을 사랑하자는 것이다. 사람은 본질적으로 이기적이기에 공동선을 끝까지 추구하기 어려우므로 신앙, 곧 하나님에게 의지해야 한다는 게 애천이었다.

그가 학교를 세울 당시 김해엔 중학교가 없었다. 이듬해 부산대 교수직을 버렸다. 1948년 1월엔 학교재단 삼일학원과 한얼중학교 설립 인가를 받아낸 뒤 교직원과 학생들은 일심동체가 되어 교실 짓기에 나섰다. 당시 장면을 김동길은 「그리운 사람 강성갑」에서 이렇게 전한다. "학생과 함께 흙벽돌을 빚어 담을 쌓고, 담이 네 번이나 무너져도 다시 세우셨다. 농가를 방문할 때면 꼭 감나무 한 그루씩 심어주며 장래를 기대하자고 당부했다. 미장이, 토목공, 이발사 모두가 그에게는 똑같은 선생님이었고, 월급도 똑같았다."

교사도 학생과 똑같이 생활했다. 학생들은 형편이 되는 대로 공납금을 내도록 했고, 의령 등 다른 지역에서 유학 온 가난한 학생들은 기숙사에서 생활하도록 했다. 가난한 학생들이 멀리 통학하지 않도록 이듬해 3월엔 진례, 10월엔 녹산에 분교를 세웠다.

틈만 나면 인근 자연부락을 다니며 농민들을 상대로 강연을 했다. 학습 정도에 따라 둘로 나눠 행사를 진행했는데, "어찌나 재밌는지 종일 들어도 싫증이 나지 않았다"라고 그의 고향인 웅곡마을 강병화는 전했다. 전국적으로도 유명 강사였다. 강연에서 그가 강조한 것은 고등유민을 만들어내는 당시 교육제도에 대한 비판과 전체 인구의 70퍼센트가 거주하는 농촌의 개혁과 개발을 통한 나라와 민족을 살리는 것이었다. 그의 강연에 감동한 김동길, 이규호(전 문교부 장관), 최죽송(전 수원농대 교수) 등 서울의 대학생들이 진영으로 내려와 학생을 가르치고 교실을 짓기도 했다.

한얼중학교는 경향 각지에 소문이 났다. 연희전문 시절 스승이자 그역시 연루됐던 조선어학회사건의 외솔 최현배 교수, 연희전문 총장 언더우드 2세(원한경), 문과대 학장 백낙준, 유재기 흥사단 단장 등이 학교를 다녀갔다. 동향인 안호상 초대 문교부 장관은 학교 이름을 작명하는데 도왔다. "얼은 사람의 마음, 뜻, 혼을 나타내며, '한'은 우리 민족을 나타내고, 크다 혹은 하나라는 뜻도 갖고 있으니……." 애초 그는 교사, 학생들과 논의 끝에 동지중학교로 하려 했다. 평소 학생들에게 "우리는 모두 새 나라를 건설하는 동지"라고 말하던 그였다. 당시 전국에서 한글 이름의 중학교는 '서울중학교'와 '한얼중학교'뿐이었다.

당시 지역의 경찰과 관리들은 그가 몹시 불편했다. 대개 일제 때 관리를 하거나 부역했던 그들은 6·25전쟁이 발발했을 때도 피난민 구호금품을 빼돌리기에 혈안이었다. 그런 그들의 행태를 강성갑은 시민들에게 공개하고 면전에서 질타하기도 했다. 1950년 7월 중순 그가 마산 헌병대에 구금된 것은 그 때문이었다.

그로부터 보름여 뒤인 1950년 8월 2일 학교장 앞으로 진영지서에서한 통의 공문이 날아왔다. 학생들을 학도병으로 모집하겠으니, 아무 날아무 시까지 소집하라는 내용이었다. 강성갑은 두말하지 않고 공문을 찢어버렸다. 당시 학도병 대상은 고등학생이었다. 중학생은 대상이 아니었다. 지서장, 부읍장, 청년회 간부 등은 그에 대한 처리를 공모했다. 마침 특무대에서 지서에 회색분자 명단을 요구했다. 지서장은 강성갑교장과 학교재단 이사장인 최갑시의 명단을 건넸다. 군경은 그날 밤 형님 집에서 자고 있던 강성갑을 체포해 수산교 밑으로 끌고 갔다.

그를 회색분자 혹은 공산주의자로 낙인찍은 이유는 이렇다. 첫째, 그가 불온한 모임에서 자주 강연을 했다(그를 부른 것은 농민들이었고 교회와 학교였다). 둘째, 학교에 국기를 게양하지 않았다(그때 학교는 짓는 중이었다). 셋째, 학교재단이 운영하는 공장에서 생산된 성냥곽에 소련 국기와 비슷한 괭이가 그려져 있었다. 넷째, '빨갱이' 안창득 한얼중학교 이사의 선거운동을 도왔다(안씨는 재판을 받고 복권돼 2대 총선에 출마했다). 다섯째, 학생들이 행사 때 삽이나 괭이를 메고 시가행진을 했다. 여섯째, 졸업식을 밤에 하고, 학교에 써붙인 표어가 모두 빨간 글씨였다(표어는 성경 구절이었다). 일곱째, 교직원과 가족이 공동생활을 했다(가난한 교직원과 가족은 한 푼이라도 비용을 아끼기 위해 공동생활을 해야 했다). 여덟째, 학생들의 학도병 모집을 거부했다. 65년이 지난 요즘도 횡행하는 '빨갱이 식별법'의 모델이었다.

1954년 5월, 진영에선 그의 장례식이 뒤늦게 열렸다. 함태영 부통령을 비롯해 최현배, 백낙준 선생 등 정계·학계·교계 인사와 진영 인근 주민 2,000~3,000명이 참석했다. 그러나 그에게 찍힌 낙인이 씻긴 것은 아니었다.

전쟁 중 수많은 민간인 학살 주동자 가운데 유일하게 진영지서장이 사형에 처해지긴 했다. 미국 선교사들과 교계는 물론 미국 정부, 유엔 한국통일부흥위원회가 들고일어나자 이승만 정권으로서는 강성갑 목사를 학살한 주범들을 재판에 회부하지 않을 수 없었다. 재판부는 지서장 사형, 다른 공모자 징역 10년 등의 형을 선고했다. 그러나 전시 최종 처분권을 쥐고 있던 경상남도 계엄사령부(사령관 김종원 대령)는 지서장을 제외하고 모두 무죄 방면했다. "여러 정황으로 보건대 강성갑은 공산주의자이니, 그를 죽였다 해도 무죄"라는 것이었다. 지서장은 마을 처녀 강간미수 및 살해 사실도 병과돼 있어 처형을 피하지 못했다. 그로

266

말미암아 강성갑 목사와 가족들은 오랫동안 빨갱이의 덫에서 풀려날 수 없었다. 지금도 마찬가지다.

'소처럼 꾸준하게'를 좌우명으로 삼았던 사람. 오로지 학교 이름 다섯 자와 본인의 교육관만으로 학교재단과 학교 설립 인가를 받아냈고, 달랑 15전으로 혼례를 올리고, 불과 4~5년 만에 맨손으로 한국 교육의 새로운 지평을 열어 보인 사람. 그가 평소 학생들에게 귀가 따갑도록 한 말이다. "흙에서 낳나니 흙을 사랑하라"(「창세기」), "일하기 싫으면 먹지도 말라"(「데살로니가 후서」), "한 알의 밀알이 썩어 많은 열매를 맺는다"(「요한복음」), "뜻이 있는 곳에 길이 있다."

수산교 아래 학살 현장, 이제는 학살자도 없고 학살당한 이도 없다. 무심하게 흐르는 낙동강 곁으로 소슬한 늦가을 바람에 갈꽃이 뒤척일 뿐이다. 귀 기울이면 들리리라. '저들을 용서하소서. 저들은 저희가 하는 짓을 모릅니다.' 그 뜻을 따라 부인은 지서장에 대한 선처를 정부에 호소했다.

한얼중학교의 본래 터였던 현 진영여자중학교엔 그의 흉상이 보일 듯 말 듯, 한 귀퉁이에 숨겨져 있다.

평화?
"새는 숲에, 물고기는 물에, 꽃은 핀 자리에"

1961년 가을이었다. 철학자 안병욱安秉煜은 익산의 원불교 총부의 요청으로 200여 명의 교역자 앞에서 현대사상에 대한 강연을 한 뒤 원불교 지도자인 정산鼎山 송규宋圭, 1900~62 종법사를 만났다. 그로부터 5년 뒤 안병욱은 한 일간지에 '가장 아름다운 얼굴'이라는 글을 기고한다.

"나는 황홀한 마음으로 그 얼굴을 가만히 보았다. 품위와 예지와 성실의 빛이 흐르는 얼굴은 인간이 가질 수 있는 가장 고귀한 것이었다." "나는 하나의 경이를 눈앞에 보는 듯하였다. 보면 볼수록 마음이 공연히 기뻐지는 얼굴이었다. 얼마나 정성껏 수양의 생활을 쌓았기에 저와 같은 화열和悅과 인자가 넘치는 얼굴이 되었을까. 나는 한 대 얻어맞은 것 같았다." "내가 이 세상에서 본 한국인의 얼굴 중에서 가장 아름다운 얼굴이었고, 평생을 두고 잊을 수 없는 얼굴이었다."

당시 정산 종법사는 10년째 뇌졸중의 후유증으로 시달리고 있었다. 부축을 받고서야 움직일 수 있을 정도로 거동이 불편했다. 게다가 암세포가 온몸으로 퍼져가고 있는 중이었다. 지독한 고통에 시달리는 말기암 환자였다. 그럼에도 안병욱에게 그의 얼굴은 '세상에서 가장 아름답고 고귀한 모습'이었다.

안병욱과 만나고 얼마 지나지 않아 서울대 병원에 입원했다. 수술을 받고 항암 치료도 받았다. 그러나 얼굴 표정은 바뀌지 않았다. 아무도 그의 기색만 보고서는 말기암 환자임을 알 수 없었다. 간병을 하던 시자가 궁금했다. "말기암은 통증이 엄청나다는데, 종법사 님은 고통스럽지 않으세요?" 미소로 대신하는 듯하더니 정산은 조용히 입을 뗐다. "바늘 한 쌈지로 쿡쿡 쑤시는 것 같구나."

『마의상법』등 관상서는 귀한 얼굴의 조건을 이렇게 정리한다. 이마, 턱, 광대뼈가 코를 중심으로 바라보는 형태로, 코는 높지도 낮지도 않다(오악조귀, 五岳朝歸). 턱 끝에서 코밑, 코밑에서 눈썹, 눈썹에서 이마 끝까지 거리가 같다(삼정평등, 三停平等). 턱이 둥글고 원만하다(지각원만, 地閣圓滿). 눈빛이 호수처럼 빛난다(안광여수, 眼光如水). 귀가 얼굴보다 희다(이백과면, 耳白過面). 정산의 초상화를 그린 초상화가 범해 김범수는 정산 종사의 상이 이런 기준에서 한 점 어긋남이 없다고 말한다. 그러나 사람의 얼굴을 어찌 타고난 이목구비로만 평가할 수 있을까. 로마의 철학자 키케로는 "얼굴은 정신의 초상"이라고 말했다.

안병욱의 글은 이렇게 이어진다. "나는 정산 선생의 얼굴을 바라보면서 저 청순과 화열의 표정이 깊이 조각되기까지에는 얼마나 정성된 노력을 하였을까 생각했다. 저 화열의 표정은 저절로 주어진 것이 아니다. 스스로 만든 것이다. 꾸준한 인간 수양의 결정이다." 이목구비는 타고나지만, 청순과 화열의 풍모는 수행과 실천의 결과라는 것이다. 안병욱이 철학자답지 않게 이렇게 단언한 것은 그 때문이리라. "여러분은 10년만 공부하면 나 같은 사람이 될 수 있지만 나는 100년을 공부해도 그분과 같은 얼굴을 가질 수 없다."

정산은 1900년 경북 성주 초전면 소성리의 달마산·형제봉·연봉·호봉 등에 에워싸인 첩첩산중에서 태어났다. 아명은 송도군. 집안은 충숙공 야계佛溪 송희규宋希奎의 후손으로, 영남의 대표적인 유림 가운데 하나다. 그는 유년 시절 조부에게서 한학을 배우고 열한 살이 되어선 집안 어른인 공산恭山 송준필宋浚弼로부터 경서를 배운다. 송준필은 19세기 말 대표적인 유학자인 사미헌四未軒 장복추張福樞의 제자로, 1919년 1차 유림단사건을 주도한 핵심 가운데 한 명이다. 당시 고산정에 살고 있던 야성 송씨 일문에선 10여 명이 옥고를 치렀다.

가풍은 엄격했다. 하지만 그는 마음 한구석이 항상 허전했다. 조선 500년의 통치 이념으로 생활화된 신유학(주자학)이지만, 당대 민중이 겪는 모순과 고통을 해결할 수 없었다. 삶과 죽음의 일대사에 대한 의문을 깨치는 데도 한계가 있었다. '생로병사의 고통을 넘어 천하 인민 모두가 화평을 누릴 수 있는 진리의 길은 없는 것일까?' 때는 동학을 시작으로 대종교, 증산도, 보천교 등 민중 종교가 우후죽순 일어서고 있었다. 그는 구도행에 나선다.

소성리에서 소야를 거쳐 열세 살에 결혼하면서 박실마을로 이사한다. 그곳엔 '심벽 하나 통천한' 터가 있는데, 멀리 바다를 꿈꾸는 거북이 형상을 한 바위가 있었다. 그는 그 아래에 단을 차리고 수행을 시작했다. 처음엔 정통 유학자인 조부와 부친은 그런 그에게 경서 공부를 재촉했다. 엄하게 꾸짖기도 했다. 그럴수록 송도군의 마음은 굳어졌다. "남아가 세상으로 나섬에 마땅히 공공의 일에 몸을 던져 민생을 살리는 데 기여해야 할 것입니다." 그는 장문의 글로 오히려 조부와 부친을 설득했다. 거북바위 수행에서 한 걸음 더 나아가 도인을 찾아 상주 백화산, 합천 가야산 등을 순력했다. 부친은 그의 치열함에 두 손을 들었다. 집안에 그가 기도할 수 있는 독방을 마련해 주었다.

열일곱 살이 되어서는 스승을 찾아 집을 나섰다. 부친은 전라도로 떠나는 그에게 땅을 팔아 여비를 마련해 주었으며, 달마산을 넘어 김천까지 60리 길을 배웅했다. 송도군은 보천교의 차경석車京石도 만나고, 증산도 창시자 증산 강일순姜一淳의 선돌부인과 함께 수행했다. 증산도의 '후천개벽'이 그의 마음을 끌었다. 강일순은 현실(선천)의 어둠과 고통과 갈등 넘어 빛과 평화의 후천세상이 개벽하는 도리와 이치를 설파하고 있었다. 그는 강일순의 부인의 지도를 받았으며, 딸 강순임으로부터 '정심요결'을 받기도 했다. 강일순이 '귀인이 오면 전하라'고 했다는 비서였다.

정산은 1918년 4월 증산도인 김해운과 함께 정읍 북면 화해리에 머물 때 스승 소태산少太山 박중빈朴重彬과 조우한다. 눈을 감으면 떠오르던 '고요한 해변에서 온 원만하신 용모'의 스승이었다. 박중빈 역시 그동안 '체격이 작고 얼굴이 깨끗한 소년'을 만나기를 고대했다. 어느 날 문득 '느낌'이 들어 홀연히 정읍 화해리로 길을 떠났던 터였다. 박중빈은 화해리 김도일 집에서 그를 만나자마자 한눈에 '그토록 오랫동안 기다렸던 사람임'을 알아봤다.

박중빈은 당시 진리적 종교의 신앙과 현실적 도덕의 훈련을 통해 정신의 기운을 확장해 물질의 기운을 이겨내는 길을 열어가려 했다. 정신적 수행만이 아니라 실생활에서의 실천을 강조했다. 공동생활, 공동실천이라는 무아봉공無我奉公의 삶을 살았다. 당대의 시대정신에 따라 실제의 생활 속에서 대중과 함께, 모든 생령이 그 본성에 따라 조화롭고 아름다운 한생명을 이루는 일원상의 진리를 이 땅에 구현하려는 것이었다.

사람은 '없어서는 살 수 없는 힘'(은혜, 恩惠)의 관계 속에서 존재한다. 그 은혜를 자각하고 감사하며 보은하면 항상 서로 살리고 서로 화합하는相生相和 기운을 받게 된다. 은혜의 관계는 천지, 부모, 동포, 법률(사회제도)로 이루어지는데 이것이 '사은'四恩이다. 사은에 보답하는 길은 정신 수양을 통해 무아의 이치를 깨달아, 자력양성, 지자본위, 타자녀 교육, 공도자 숭배 등 네 가지 요목(사요, 四要)을 실천해야 한다. 처처불상이요 사사불공이다.

박중빈은 1917년 동지들을 모아 저축조합을 꾸리고, 근검절약과 허례 폐지, 숯장사를 통해 경제적 기초를 세우려 했다. 이를 위해 영광의 버려진 갯벌에 방언공사로 2만 6,000여 평의 옥답을 개간했다. 두 차례의 시련을 이겨낸 여덟 명의 제자와 함께 교화단을 꾸렸다. 훗날 그와 만난 도산 안창호는 그의 무아봉공 정신이 곧 민족해방의 또 다른 길임을 알고, "저는 말로 일을 하지만 선생은 온몸으로 민족운동을 하고 계신다"라고 말했다.

당시 박중빈은 교화단의 중앙위를 비워두었다. 상수제자가 될 누군가가 곧 오리라는 것이었다. 그가 바로 정산이었다. 정산이 귀의했을 때 교화단은 방언공사에 한 사람의 노동력이라도 아쉬웠다. 박중빈은 정산을 제방공사에 나오지 못하도록 했다. 대신 인근 옥녀봉 아래 토굴을 파고 그곳에서 정진하도록 했다. 박중빈은 이듬해 정산을 수위단 중앙위에 임명했다. 일찌감치 후계로 지명된 정산은 고향으로 돌아가 조부와 부친, 모친, 부인 그리고 동생(주산 종사) 등 가족과 함께 영광으로 이주한다.

1943년 박중빈이 열반한 후 그는 후계자가 되어 광복을 맞는다. '불교연구회'로 불려온 임시 교명을 원불교로 개명하는 한편 교리를 집대성하고 교헌과 교단체계를 정비했다. 이와 함께 귀환 전재동포를 위한 구호소를 전국 각지에 세워 사회적 '봉공'에 앞장섰다. 당시 원불교로부터 의료 및 의식주 지원을 받은 귀환 전재동포는 80만여 명에 이르렀다. 그의 동생이자 원불교의 또다른 성인인 주산主山 송도성宋道性 종사는 구제활동 중 과로로 세상을 떴다.

정산은 가람 이병기의 말마따나 "작은 키에 둥그런 얼굴을 가진, 특별한 학벌이나 문장이 있는 것도 아닌" 사람이었다. 그러나 "수많은 인재와 학자들이 그 앞에서 공손히 머리를 숙였"다. 수행에서도 박중빈의 지적처럼 "입문한 이래 정식으로는 단 3개월도 입선하지 못"했다.

평소에도 특별한 가르침을 전하는 게 아니라 그저 '공부 잘하라'고 당부만 할 뿐이었다. 말년 그가 병실에 있을 때 교도가 꽃을 가져오면 "세상 어디나 도량입니다. 핀 곳에 그대로 있다면 더 많은 대중이 그 아름다움을 즐길 수 있겠지요"라든가, 거동이 불편한 그를 위해 종법사 방에 조롱을 가져오거나 작은 수족관을 설치하면 "새의 집은 숲이요, 물고기가 사는 곳은 바다나 강"이라는 말로 돌려보내는 정도였다.

그럼에도 "그의 제자 중에는 특별한 선지식과 법사 제자들이 헤아릴 수 없이 많았다"(임종권). "어떤 마음으로 어떻게 생을 가꾸었으면, 보는 사람으로 하여금 자연스레 감화를 받게 할 수 있을까"라는 의문은 비단 김일상 교무(평전『정산 송규 종사』의 저자)만의 것이 아니었다. 독불장군에 개신교 장로인 이승만마저 해방 직후 그를 보고는 "우리나라에 이처럼 훌륭한 분이 초야에 계실 줄이야"라고 감탄했다.

그는 1960년 회갑을 맞아 철학자 박종홍朴鐘鴻이 찬탄해 마지않던 '삼동윤리'三同倫理를 반포한다. "모든 종교와 교회가 그 근본은 다 같은 한 근원의 도리인 것을 알아서, 서로 대동 화합해야 하고(동원도리, 同

源道理) 모든 인종과 생령이 근본은 다 같은 한 기운으로 연계된 동포인 것을 알아서, 서로 대동 화합하고(동기연계, 同氣連契), 모든 사업과 주장 이념은 더 좋은 세상을 꾀하는 것임을 알아서 서로 대동 화합하자(동척 사업, 同拓事業)." 그가 평생 온몸으로 살아왔던 평화의 도리와 준칙이다. 2년 뒤인 1962년 1월 22일 이런 게송을 남겼다. "한 울 안, 한 이치에 한 집안, 한 권속이 한 일터, 한 일꾼으로 일원세계를 건설하세요." 그는 이틀 뒤 세상을 떠났다.

정산 송규 종사에게 평화란 특별한 게 아니었다. 새는 숲에, 물고기는 물에, 꽃은 핀 자리에 있다면, 그것이 평화가 아니고 무엇이겠는가. 조용히 스미는 꽃향기, 조용히 퍼지는 미소처럼 평화도 조용히 스미고 퍼질 것 아닌가.

성주 소성리와 박실마을엔 정산의 흔적이 곳곳에 남아 있다. 태어난 집이 복원됐고, 그가 구도 역정을 시작한 곳에 대각전이 세워졌다. 생가 뒷산인 달마산 초입의 진밭교 옆에는 이런 이정표가 세워져 있다. '평화의 계곡, 피정의 집.' 10여 년 전 알코올중독자들을 돌보기 위해 그곳에 둥지를 튼 피정의 집 수녀들이 세운 것이다. 그 안온하고 평화로운 산수와 정취에 감동을 받아 이름한 것이었다. 그런데 바로 그곳에 사드가 배치됐다. 소성리 마을회관에서 2킬로미터, 진밭교 평화의 계곡에서 1킬로미터도 채 안 되는 곳이었다.

원불교 교무들이 마을 주민들과 사드 배치를 막기 위해 농성을 시작한 지 158일째 되는 날(2017년 3월 7일)이었다. 사드 발사대가 한국에 도착했다. 허탈할 법도 한데 교무들은 성을 내거나 분을 토하지 않았다. 그들의 표정은 단호했지만 부드러웠다. 평화를 지키는 일에 화를 내서야 되겠는가…… 정산 종사께서는 말씀하셨다. "세상에서 강한 것은 부드러운 것, 쇠보다 물이 강하고, 물보다 공기가 강하다."

그날 저녁 교당 옆 요사채에서 저녁상을 받았다. 상 위에는 김장김치, 무장아찌, 미나리무침 세 가지 반찬이 가지런히 놓여 있었다. 곧 잔치국수가 한 대접씩 올라왔다. 교무들의 다문 입초리가 귀에 걸릴 듯 올라갔고 얼굴이 달덩이처럼 환해졌다. 그 가난한 밥상 앞에서, 수고한 이들의 얼굴에 번지는 미소란 얼마나 평화로운가.

정산은 이렇게 말하곤 했다. "화평하고 고운 얼굴을 갖고 싶거든 아무리 어려운 역경을 당하더라도 화를 내지 말고 남의 마음 상하게 하는 일을 하지 마세요. 청소를 잘 하되 특히 대중이 귀중히 여기는 곳과 더러운 곳을 깨끗이 해야 합니다."

모심과 섬김,
후천개벽은 그렇게 오리니

"사람이 오거든 사람이 온다고 하지 말고 한울님이 온다고 하라."

해월海月 최시형崔時亨, 1827~98은 '사람이 곧 한울'이라고 했다. 짐승도 풀도 모두 한울이라고 했다. 그런 생명을 어찌 박대하고 멸시할까. 그가 꿈꾸던 세상은 모두가 서로 존경하고 존경받는 세상이었다. 권력은 노했다. 어찌 천한 것들이 하늘을 자처하는가! 권력은 그를 잡아 죽이려 했고, 그는 보따리 하나 메고 천지를 떠돌며 천한 이들을 섬기고 또 섬겼다.

120~130여 년 전, 봉건 압제의 모순이 폭발하기 직전이었다. 차별과 억압, 천대와 경멸, 굴종과 증오가 임계점에 이르렀던 때였다. 그런 시대를 향해 해월은 말했다. '일마다 한울의 뜻이 있고 생명마다 한울이 있다事事天 物物天.' '밥 한 그릇엔 세상의 진리가 담겨 있다.' '밥을 먹

는다는 것은 한울님을 내 안에 받아들이는 것이다.' '한울 섬기듯 사람을 섬기라事人如天.'

해월 시대로부터 100여 년 뒤 무위당无爲堂 장일순張壹淳은 그렸다. 들꽃 속에서 웃음 짓는 한울님을, 새가 지저귀며 전하는 한울님의 뜻을. 그런 해월과 장일순을 두고 박맹수 원광대 교수는 말했다. "100년 전 무위당이 해월이었다면, 100년 후 해월이 무위당이다." 장일순의 전생은 해월이었고, 해월의 현생이 장일순이라는 것이다.

1990년 4월 12일, 원주시 호저면 고산리 지방도로 옆 송골마을로 들어서는 길목에 작은 비석 하나 세워졌다. 장일순이 치악산 고미술동우회원과 함께 조성한 해월 추모비였다. 상단부 오석엔 '모든 이웃의 벗, 최보따리 선생님을 기리며'라는 글이, 몸돌엔 "천지즉부모요 부모즉천지니, 천지부모는 일체라"(천지는 부모요, 부모는 천지이니, 하늘 땅 부모는 한몸이다)라는 해월의 글이 장일순 글씨로 새겨졌다.

그날 장일순은 온몸이 들썩이도록 오열했다. 벗들은 그 까닭을 짐작했다. 가장 낮은 곳으로 천리만리 기어다니며 모심을 실천한 해월, 그는 경멸과 증오의 세상을 존경과 섬김의 세상으로 바꾸려 했다. 그런 해월을 소수 천도교 신자들만 동학 2대 교주로 숭모할 뿐, 누구도 기억하려 하지 않는다. 따르려 하지 않는다. 사후 92년이 되어서야 겨우 표석 하나 세워졌다!

그날 어쩌면 장일순에겐 예수의 최후와 겹쳐지는 해월의 체포 당시 모습이 떠올랐을지도 모른다. 추모비에서 500여 미터 떨어진 원진녀가옥은 해월이 마지막으로 체포된 곳. 1898년 4월 5일이었다. 해월은 평소처럼 새끼를 꼬면서 그를 체포하러 오는 관병을 기다리고 있었다. 2,000여 년 전 예수가 겟세마네 동산에서 로마 병정들을 기다리고 있었듯이. 그렇게 끌려간 해월은 종로통에서 교수대에 달렸고, 예수는 골고다에서 십자가에 달렸다.

마침 동학이 가장 기념하는 날 가운데 하나인 수운 최제우의 도통제일이었다. 전날 손병희·임순호·김연국·손병흠 등 애제자들이 향례를 위해 찾아왔다. 해월은 이들을 모두 돌려보냈다. "군들은 각자 집으로 돌아가 향례를 지내라." 제자들은 따졌지만 해월의 답은 단호했다. "생각한 바 있으니 명을 어기지 마라." 이튿날 아침 해월은 홀로 조촐하게 향례를 올렸다. 그 시각 여주에서 해월의 행선지를 알아낸 관군은 송골로 다가오고 있었다.

이전까지 해월은 필사적인, 아니 신출귀몰한 도망자였다. 최제우에게서 도통을 전수받는 1863년부터 1898년까지였으니 무려 35년 동안이었다. 경상도·강원도·충청도·전라도·평안도·함경도 등 그가 머문 피난처는 200여 곳에 이르렀다. 구명도생을 위한 것은 아니었다. 차별 없는 세상을 열어갈 '길'을 알리기 위한 순례였다.

해월은 세 번의 위기를 맞았다. 최제우의 처형, 영해작변, 동학농민전쟁이 그것이다. 최제우가 처형된 후 동학교도들은 모두 수배자 신세가 되었다. 해월은 경북 영양 일월산 용화동으로 들어갔다. 그곳에서 교단을 어렵게 추스렸지만, 영해작변과 함께 다시 붕괴됐다. 그 후 20년간 전국을 돌아다니며 인즉천의 길을 가르치고, 제자를 길러 갑오년에 이르러서는 세상을 뒤엎을 만큼 교세를 키웠다. 그러나 동학농민전쟁 이후 그는 또 강원도·경기도·충청도, 그리고 강원도로 쫓겨다니며 다시 마음과 뜻을 모아야 했다.

피신 생활은 곤고했다. 『도원기서』는 그 일단을 이렇게 전한다. 영해작변으로 피신할 때였다. "무릎이나마 간신히 펼 수 있는 바위를 찾아 이파리를 쓸어내고 자리를 만들고, 풀을 엮어 초막을 지었다. ……마시지 못하고 먹지도 못한 지가 열흘이요, 소금 한 옴큼도 다 떨어지고, 장 몇 술도 비어버렸다."

고난 속에서 깨달음과 의지는 깊어졌다. 용화동 시절 해월은 시천주(侍天主, 사람마다 한울을 모시고 있다) 교리를 인즉천(人卽天, 사람이 곧 한울이다)으로 발전시켰다. "사람은 곧 한울님이라, 사람은 평등하며 차별이 없나니, 사람이 사람으로써 귀천을 나누는 것은 한울님의 뜻에 어긋남이라, 일체의 귀천을 철폐하라."

1870년대 주요 피난처였던 영월 직동은 매봉산·백운산·두위봉 등 해발 1,000미터 이상 산으로 둘러싸인 벽지였다. 그곳에서 해월은 실천윤리를 확립했다. "덕으로써 사람을 교화하는 것이 순천이라면 힘으로 사람을 굴복시키는 것은 역천이다.""사람이 폭력과 분노로 대하거든 인자함과 용서로써 대하고, 상대가 힘과 돈으로 억누르려거든 공정과 정의로써 대하라."

요체는 비폭력 평화였고, 그 바탕은 사사천事事天·물물천物物天, 3경敬 사상이었다. '일마다 한울을 모시는 것이요, 생명마다 한울님이니 한울을 공경하고敬天, 사람을 공경하고敬人, 만물을 공경하면敬物 세상이 화순해진다.'

약자에 대한 섬김은 특별했다. 당대의 가장 약한 이는 여성과 어린이였다. 1884년 말, 청주 북이면 한 제자집에 들렀을 때 베 짜는 소리가 들렸다. "누가 베를 짜는가.""제 며느리입니다." 다시 묻고 답했다. "누가 베를 짜는가.""제 며느리입니다." 해월이 말했다. "한울님이 베를 짜고 있느니."

해월은 1890년 초 「내칙」과 「내수도문」을 반포한다. "과거에는 부인을 억압했으나, 이제 부인이 도통하여 사람을 살리는 일이 많을 것이다. 이는 사람이 모두 어머니의 포태에서 나서 자라는 것과 같다." 어린이에 대해서는 "아이를 때리는 것은 한울님을 치는 것"이라고 단언했다.

제자 의암義菴 손병희孫秉熙(천도교 3대 교주)는 스승의 뜻을 꽃으로 피웠다. 천도교는 1908년 여성전도회를 조직했고, 여성 월간지 『부인』과 『신여성』을 창간했다. 손병희의 사위 소파 방정환은 1923년 9월부터 전국을 누비며 동화대회 등을 열어 아이들에게 꿈과 희망을 심어줬다. 이 땅의 여성운동과 어린이운동의 뿌리는 서구가 아니라 동학이었다.

충북 음성 되자니전투를 끝으로 1894년 12월 24일 동학농민군의 해산을 명한 그는 다시 험난한 피난길에 오른다. 음성 구계리, 황새말, 매산을 거쳐 강원도 인제 느릅정이에 머물며 함경도와 평안도 등지로 장사를 겸한 포덕에 나섰다. 1년 뒤 원주 치악산 수레너미(현재 횡성군 안흥면 강림리)에 오두막을 짓고 머물다가 또 충주·음성·청주·상주·여주 등지를 떠돌며 제자를 길렀다.

체포되기 1년 전인 1897년 4월 5일 이천군 설성면에서 그는 전대미문의 제례법을 공식화한다. "부모의 영령은 자식에게 남아 있다. 제사를 받들고 위를 베풂은 자식을 위하는 것이 본위가 되어야 한다. 평상시 식사하듯이 나를 중심으로 위와 음식을 진설하고, ……부모의 유업과 유지를 생각하면서 맹세하는 것이 옳다." 벽을 향하던 제사(향벽설위)를 나를 향한 제사(향아설위)로 바꿨다. 한울을 모신 이가 중심이었다. 동서양의 다른 모든 제례와 전례는 산 자가 죽은 자에게, 인간이 신에게 올린다. 해월은 이를 전복해서 신위도 음식도 살아 있는 이를 향해 진설하도록 한 것이다. 내 안에 한울님이 모셔져 있고 부모님 영령이 있는데, 어찌 벽에다 대고 절을 하랴.

다시 여주 전거론으로 옮아가 머물던 중 관병의 급습을 당한다. 용케 빠져나와 양평·홍천 등지를 거쳐 1898년 1월 송골로 피신했지만, 4월

5일 체포됐다. 해월은 서소문 감옥에 갇혔다. 혼자서는 일어서기도 힘든 큰 칼을 목에 찼다. 서울 공평동 평리원으로 재판을 받으러 오가는 동안, 나졸이 도와주는데도 그 무게를 이기지 못하고 주저앉곤 했다. 6월 2일에야 큰 칼을 벗고 교수대에 올랐다. 해월은 경기도 여주시 금사면 주록리에 잠들어 있다.

"모든 생명은 한울님을 모시고 있다. 한울님을 섬기듯이 모든 생명을 존중하고 섬기라." 모심과 섬김. 세상이 평화에 이르는 길이요, 사람이 행복에 이르는 길이다. 하지만 그때 권력자에겐 대역죄였다. 지금이라고 다르지 않다. 인간의 처지는 오히려 더 비천해졌다. 상품이 되어버렸다. 돈만 있으면 구할 수 있는 게 상품. 상품은 쓰고 버려진다. 존중과 섬김이 들어설 여지가 없다.

장일순은 한 세기가 지났음에도 여전한 그 현실이 참담했을 터이고, 그것이 통곡으로 터져나왔을 것이다. 장일순은 추모비 제막 후 4년이 지나 세상을 떠났다.

원주 봉천 무위당의 길,
'기어라, 천리라도 기어라'

원주역 플랫폼에 들어서면 항상 반갑게 맞아주는 이가 있다. 역사 허름한 창고 회벽에 그려진 무위당无爲堂 장일순張壹淳, 1928~94이다. 장일순을 기리는 이 지역 대학생들이 그린 벽화 속에서 선생은 언제나 그랬듯이 환한 얼굴로 이렇게 말한다. '너는 나다.'

역사 왼쪽 해가 잘 비치는 자리였을 것이다. 노점상, 지게꾼, 행상, 건달 등 역에 터 잡고 살아가는 이들로 항상 북적이는 곳이다. 언젠가 선생은 그곳에 자리를 깔았다. 노점에서 소주를 시켜놓고 아침부터 그곳 사람들과 술자리를 벌였다. 영락없는 노숙자였다. 하루이틀이면 끝나리라고들 생각했지만 장일순의 기행은 계속됐다. 자초지종이 입에서 입으로 퍼졌다.

'한 시골 아낙이 선생을 불쑥 찾아왔다. 딸 혼수 비용을 마련해 원주로 내려오다가 기차 안에서 몽땅 소매치기당했다는 것이다. 아낙은 다짜고짜 매달렸다. 돈을 찾아달라고. 선생이 역전에 자리를 깐 것은 아낙을 돌려보내고 나서였다.'

그런 어느 날 한 남자가 조용히 찾아왔다. 그는 말없이 돈뭉치를 건넸다. 쓰고 남은 돈이었다. 그는 아무 말하지 않았고, 장일순도 훈계 따위의 말 한마디하지 않았다. 장일순은 그 남은 돈에 당신의 것을 보태 원금을 채워 아낙에게 전했다. 그 뒤에도 선생은 가끔 역전에 갔다. 스리꾼에게 위로의 술을 건네려는 것이었다. "미안하네. 내가 자네 영업을 방해했어. 자 한잔 받으시고, 날 용서하시게."

'원주의 아버지.' 김지하金芝河는 그를 이렇게 묘사했다. "하는 일 없이 안 하시는 일 없으시고/ ……밑으로 밑으로만 기시어 드디어는/ 한 포기 산속 난초가 되었다."

그의 말마따나 장일순은 하는 일이 별로 없었다. 서울공대 전신인 경성공업전문학교를 다니다 국립대학교설치안 반대 데모 때 제적당하고 다시 서울대 미학과를 입학했으나 중도에 귀향해 고등공민학교에서 아이들을 가르쳤다. 학교 살림이 어렵게 되자 아예 공민학교를 인수해 대성중고등학교를 설립했다. 당시 원주엔 고등학교가 없었다. 선생은 손수 교실을 짓고 교사 겸 재단 이사장 노릇을 하긴 했지만 그게 다였다. 5·16 군사정권에 의해 반공법 위반으로 3년간 옥살이를 하고 나서 쫓겨났다. 이후 직장을 다니며 집에 월급을 가져간 적이 없었다. 그러나 그는 안 하는 일이 없었다.

원주 봉산동 자택엔 열 명의 대가족이 살았다. 한 지붕 아래 안방엔 부모님, 옆방엔 동생들, 문간방엔 장일순 내외가 기거했다. 그는 아침에 일어나면 안방 앞에 무릎 꿇고 문안인사를 드렸다. "밤새 평안하시었습니까." 내놓은 요강을 뒷간에 비우고, 깨끗이 씻은 뒤 물을 가득 부어놓았다. 부모님 생전 한번도 거르지 않던 일이었다. 그건 어른의 가르침을 몸에 새기는 수행이었다.

그의 집엔 거지가 하루도 거르지 않았다. 인기척이 나면 할아버지는 말씀하셨다. "아가, 손님 오셨다." 어머니는 바가지를 들고 온 이들에겐 밥과 반찬을 가지런히 담아 보냈고, 빈손인 손님에게는 건넌방에 상을 차려주었다. 돈이 필요한 이들을 위해서도 몇 푼씩 준비해 두었다. 건네는 일은 주로 동생 화순이 맡았다. 어느 날 동냥아치의 차림이 너무 지저분해 동생은 돈을 거지 앞으로 던졌다. 등 뒤에서 아버지의 불호령이 떨어졌다. 동생은 떨어진 돈을 주워 두 손으로 공손히 건네야 했다. 어머니는 형제에겐 찬밥을 주어도, 거지에겐 따뜻한 밥을 차려주었다.

해방이 되고 정부가 토지의 유상몰수 유상분배방침을 발표하자, 소작인들에게 부쳐먹던 땅을 무상으로 나눠준 할아버지였다. 당시 고등학생이던 동생 화순이 이전 서류 작성을 맡았다. 볼멘소리가 나오곤 했지만, 그때마다 할아버지는 "땅값은 그동안 받은 소작료로 충분했다"고 일축했다. 6·25전쟁이 나고 피난을 가지 못한 할아버지와 가족을 지켜준 건 바로 그 소작인들이었다. 그들은 장씨 일가에게 안방을 내주고 저희들은 문간방에서 지냈다.

"쥐를 위해 늘 밥을 남겨놓는다. / 모기를 염려해 등불을 붙이지 않는다. / 절로 돋아나는 풀을 위해/ 계단을 함부로 밟지 않는다." 장일순이 즐겨 소개하던 묵암선사의 선시는 그런 가풍을 표현한 것이기도 했다.

아들(장일순)이 옥살이하는 동안 어머니는 단 하루도 이불을 깔고 자지 않았다. 석방된 이후 다시 보안관찰 대상으로 묶였다. 인가도 별로 없던 곳이었는데, 골목 어귀에 파출소도 들어섰다. 장일순은 그때 다시

284

붓을 들고, 할아버지(여운 장경호)와 차강此江 박기정朴基正에게서 배운 글씨와 난을 다시 쓰고 치기 시작했다. 유홍준 교수가 훗날 조선의 마지막 문인화라며, '민초도'라고 명명한 장일순 난은 이때 잉태했다. 하는 일 없는 그를 묵묵히 뒷바라지한 것은 아버지(장복흥)와 형제들이었다.

언젠가 정현경 전 이화여대 교수가 물었다. "사람들은 흔히 선생님을 도인이라고도 하는데, 언제 수련하시나요." "방축을 걷는 동안이죠."

자택에서 시내까지는 20여 분 거리. 파출소를 지나 둑보다 낮은 동네를 가로질러 방축에 오르면 봉천이다. 개봉교를 지나 쌍다리에 이르면 건너가 시내다. 방축 밑 노천시장을 따라 중앙시장 쪽으로 가다 보면 밝음신협이 나온다.

"땅에 뿌리를 박고 밤낮으로 해와 달을 의연히 맞아들이는" 방축의 풀들이나 가난한 노점상, 이발소, 구멍가게, 식당 사람들은 그를 일깨우는 스승이었다. 대성학원 설립자 시절부터 그가 선 주례만 2,000여 건. 서민들에게 그는 좋은 주례였다. 부탁이라면 집까지 담보로 내놓는 그가 주례 부탁을 피할 리 없었다. 그곳 사람들은 대개 그런 인연 등으로 아는 사람들이었다.

'잘 지내셨느냐', '건강하신가' 따위의 인사가 오가고, 아이들 소식, 살림살이, 작황, 벌이 등으로 이야기가 넘어갔다. 이야기를 할 때면 눈높이를 맞추기 위해 아예 쪼그리고 앉는다. 이런저런 문제에 대해 상담을 해오기도 하지만, 선생이 딱히 내놓을 답은 없었다. 그저 그렇게 얘기를 들어주는 것으로도 상대의 마음은 편해졌다. 쪼그리고 앉아 이야기를 나누는 모습이 풀과 풀이 서로 기대고 부비는 것 같았다고 한다. 그러다 보면 20분 거리가 두어 시간 걸리기 일쑤였다. '물속을 천리라도 기어가라'는 자신의 이야기를 장일순은 그렇게 실천했다.

이 과정에서 자신이 더 많은 것을 얻었다고 장일순은 말하곤 했다.

1968년부터 시작된 신용협동조합운동의 싹도 사실 그 속에서 돋아났다. 농민이나 도시 서민에게 가장 필요한 것은 저리의 융자와 여윳돈을 유익하고 안전하게 맡길 곳이었다. 지학순池學淳 주교와 함께 시작한 원주의 신협운동은 강원도 일대 농촌과 어촌, 광산촌으로 퍼져나갔다. 원주의 밝음신협은 지금 사회공헌과 안정성에서 국내 최고로 꼽힌다.

1972년 남한강 지역을 휩쓴 대홍수 때 독일의 가톨릭 구호단체에서 가톨릭 원주교구에 거금 187억 원을 보내왔다. 장일순은 지학순 주교를 설득해 그 돈을 좀 더 근본적인 사회개혁에 쓰기로 하고, 기금은 재해 지역의 농민회, 노동자회, 어민회, 영세시민회 등 풀뿌리 조직의 싹을 틔우는 데 썼다. 그 결과 유신시대, 원주는 반유신 민주화운동의 실질적 구심이 되었다. 유신정권은 그런 '원주 캠프'를 깨기 위해 1974년 지학순 주교를 빨갱이로 몰아 구속했다.

유신체제가 말기로 접어들면서 장일순의 사유는 인간에 대한 억압과 착취에서 인간에 의한 자연과 생명 파괴의 문제로 확장됐다. 요컨대 우주적 생명 곧 한생명을 살리자는 것이었다. 이게 있어야 저게 있고, 저게 없으면 이게 없으니, 누구를 무시하고 무엇을 따돌릴 수 있겠는가. 모든 생명을 똑같이 존엄하게 볼 때 사람도 사회도 근본적으로 변화할 수 있는 것 아닌가.

그때 함께 고민한 이들이 김지하·박재일·김영주·최혜성·서정록 등이었고 그 결과로 태어난 게 1983년 10월 농산물의 도농직거래 조직인 한살림이었다. 표면적으로는 생산자와 소비자 사이의 농산물 직거래 조직이지만, 병들어 죽어가는 하늘과 땅과 물과 생명, 이 모든 것이 담겨 있는 밥상을 살리자는 게 한살림 설립의 취지였다. 평생 수천 점의 서화를 쓰고 그렸지만 돈 받고 판 적이 없었다. 그러나 한살림의 밑천 마련을 위해 1988년 그는 처음으로 전시회를 열었다. 그때 여야 3당대표가 '그림마당 민'으로 찾아와 한살림 설립에 일조했다.

방축을 따라 자택으로 돌아갈 때는 항상 벗들이 곁에 있었다. "저 산 보이지." "치악산이요?" "그게 모월산이야. 모월산. 하는 일 없는 것 같지만 세상을 살리는 일이라면 안 하는 게 없지." 어쩌면 자신에게 하는 말이었는지 모른다. 산처럼 하는 일 없어 보이지만 안 하는 일이 없는 그런 어머니와 달 같은 산.

어느 초겨울 날이었다. 술 한 잔 걸치고 김영주와 돌아가던 중 장일순은 걸음을 멈추더니 한곳을 물끄러미 바라보았다. 군고구마 포장마차였다. "군고구마 자시겠습니까?" "아니, 그게 아니고……." 잠시 후 선생이 입을 뗐다. "초롱불에 비춰진 저 글씨를 보게. 저 글씨를 보면 고구마가 머리에 떠오르고, 손에는 따듯한 고구마의 온기가 느껴지고, 살아가는 정감이 전해오지 않는가. 그런데 내 글씨와 그림과 글은 그렇지 못하거든. 어설프게 보이지만 저게 진짜고 내가 쓴 것은 죽은 글씨야. 가짜란 말이지." 돌아가는 길은 반성의 길이었다. "'오늘 또 내가 허튼소리를 많이 했구나' 반성도 하고 '이 못난 사람을 사람들이 많이 사랑해 주시는 구나' 감사도 했다."

그의 좁은 문간방은 방문객들로 북적였다. 전국의 활동가들이 충전이 필요하면 그곳으로 찾아왔다. 그중에는 리영희·임재경도 있었고 이부영·최열·김민기도 있었고 이철·유인태·원혜영도 있었다. 1군사령부의 별을 단 군인들도 왔고, 그를 회유하려던 5공 실세도 왔고, 원주시장도 있었다. 상지대의 김문기도, 교수협의회 교수들도 찾아왔다. 김영주·박재일 등 이른바 '원주 캠프' 핵심들의 본거지이기도 했다.

그런 그의 집에는 스승이 또 한 분 있었다. 하는 일 없이 바쁜 그를 오롯이 지켜준 부인 이인숙이었다. 경기여고와 서울대를 나온 재원이었다. 그가 봉산동으로 시집와 밥 지을 때면 동네 아낙들은 울타리 밖에서 그를 지켜봤다. '서울대 나온 규수는 어떻게 밥을 지을까?' 그는 장일순과 살면서 한 번도 거르지 않고 밤낮없이 북적대는 손님들에게 따듯한 밥상을 내어놓았다.

장일순이 옥살이를 할 때는 영치금을 마련하기 위해 평화시장에 납품하는 봉제공장에서 시다 노릇을 했다. 주말마다 받는 임금은 '죽고 싶을 만큼 비참한 액수'였다. 당시로서는 최고의 학벌을 갖고 있음에도 그는 교직에 한 번도 설 수 없었다. 남편이 위험한 사상범이어서 연좌됐기 때문이었다.

그런 아내에게 남편이 할 수 있는 일이란 별로 없었다. 그는 자신의 말마따나 건달이고 하숙생이었다. 돈 한 푼 내지 않는 하숙생. 부탁을 받으면 마다하지 못해 보증 섰다가 집안에 채무만 안겨주는 그런 이상한 하숙생이었다. 오로지 그가 할 수 있는 것은 지극한 존중과 공대였다. 얼마나 지극했으면 전라도 사람 위구환은 넋이 나갈 정도로 감동을 먹었다. "다녀오겠어요." "예, 조심히 다녀오세요." "그래 바깥에서 하신 일은 잘 되었어요?" 내외가 쓰던 남향의 문간방은 여름이면 몹시 더웠다. 더위를 많이 타는 아내는 잠 못 드는 날이 많았다. 선생은 부채질로 아내의 더위를 쫓아 잠들게 한 뒤 잠자리에 들었다.

그런 아내에게 가장 소중한 재산은 뜰이었다. 장일순에게 둑방길이 있었다면, 아내에겐 밥상에 필요한 모든 걸 주는 뜰이 있었다. 밭 한가운데에 집을 지었으니 뜰은 곧 밭이었고 밭이 곧 뜰이었다. 뜰에는 꽃다지, 냉이, 제비꽃이 피고 지고, 배추와 푸성귀가 풀들과 함께 항상 넘쳐났다. 뜰 한구석에 있는 뒷간에서 나온 거름을 먹고 풀도 채소도 잘도 자랐다. "찬은 없었지. 그저 된장찌개에 마당에 있는 질경이 뜯어 볶

아내고, 울타리에 노란꽃이 피는 아네모네라는 것도 이파리를 무쳐서 냈지. 수도 없이 뜯었는데도 계속 나오는 거야."

장일순이 떠나고 집은 쇠락했다. 동생(화순)네와 함께 쓰던 마당이 중간에 길이 나는 바람에 더욱 옹색해졌다. 2016년 미수를 바라보는 나이에도 아내는 집을 혼자 지키고 있었다. 지팡이에 의지해야 할 만큼 다리도 불편했다. "힘들지 않으세요?" 빙그레 웃기만 한다. 또 묻는다. "나처럼 앞뒤 꼭 막힌 여자가 아니라 좀 더 똑똑한 사람 만났으면 좀 더 편하셨을 텐데……." 이번엔 딴소리다.

"깊은 골 사람이 없다 하여 난은 그 향기를 그치지 않는다"幽蘭不以無人息其香. 이 화제와 난은 필경 장일순이 부인을 그리며 쓰고 친 것 같았다.

장일순은 1994년 예순일곱에 '제 몸 안으로 찾아온 손님'(위암)과 함께 세상을 떴다. 지인들은 병명을 사리암이라고 했다. 술을 못 하는 선생이 저희를 생각해 마신 술이 사리(암)가 되었다는 것이다.

시?
경허를 만나는 것이지

프리랜서 작가 박원자 씨가 묻고 설악 무산 스님이 답했다. "시란 무엇입니까." "경허를 만나는 것이지." "경허란 무엇을 뜻하는 겁니까." "경허 선사지." "……." 경허가 진흙 속에 꼬리를 묻고 다니다가 세상을 뜬 지 80년쯤 지난 1992년의 인터뷰였다. 박원자 씨가 다시 물었다. "경허 선사를 만나보셨습니까." 스님은 창밖 하늘만 물끄러미 바라보았다.

경허鏡虛 성우惺牛, 1864~1912를 만나러 간다. 몸을 벗어버린 지 100년도 넘은 사람을 어찌 볼 수 있겠는가마는, 가다보면 요행히 시라도 한 편 건질지 어찌 알겠는가. 충남 서산시 고북면 장요1리 1번지, 연암산 아래 마을은 태평하다. 마을을 벗어나 솔숲길이 끝날 때쯤 가파른 벼랑길이 막아선다. 지그재그로 나 있는 계단을 100미터쯤 올라가자 문득 용마루부터 절집이 차근차근 그 모습을 드러낸다. 천장암天藏庵, 과연 그 이름처럼 하늘이 감춘 암자다.

지금은 벼랑을 깎아 높다란 축대를 두 단이나 쌓아 한 단에는 2층 대중방도 두고, 다른 단에는 퇴설당도 두었지만, 일찍이 그곳엔 인법당 하나뿐이었다. 인법당이란 법당과, 공양간 그리고 요사 모두를 한 채에 들인, 가난한 시절의 절집이다. ㄷ자 형태의 한옥 전면에 법당, 왼쪽 날개에 살림방, 오른쪽 날개엔 부엌을 두었다. 뒤쪽으로 뻗은 두 날갯죽지엔 쪽방을 내어 스님들 처소로 삼았다. 그 소박한 격식이 세상으로부터 저를 숨기기에 안성맞춤이다.

인법당엔 하늘이 감춘 곳이 또 하나 있다. 경허의 방이다. 1849년 송동욱宋東旭이 태어난 곳은 전주 자동리이지만, '경허 성우'가 탄생한 곳은 바로 그 방이었다. 가로 2.3미터, 세로 1미터. 형무소 독방의 절반 만하다. 일제 치하 유관순 열사가 갇혔던 서대문형무소 독방은 가로세로 2미터로 1.2평이었다. 9척(180센티미터) 장신에 풍채가 우람했던 경허가 누우면 좌우 위아래가 꼭 끼는 크기다. 부엌 쪽으로는 가로세로 2.3미터의 제자 셋이 함께 쓰던 방이 있었으니, 부엌에서 아무리 불을 지펴도 온기가 닿을 수 없는 냉골이기도 했다. 경허는 자신을 그 방에 1년 반 동안 감금했다.

법당에는 경허 친필의 '염궁문'念弓門이 걸려 있다. 생각의 화살을 쏜다?

만공의 손제자 원담 스님(전 수덕사 방장)의 이야기다. "사냥에 나선 한 사냥꾼이 호랑이를 조우했다. 죽느냐 사느냐는 화살 한 발에 달려 있었다. 빗나가면 잡아먹힐 것이다. 온몸의 힘을 모아 시위를 당기고, 모든 정신을 집중해 호랑이를 겨냥했다. 화살은 호랑이의 이마 정중앙에 박혔다. 그런데 호랑이는 쓰러지지 않았다. '이제 죽었구나.' 사냥꾼은 졸도했다. 한참 뒤 깨어보니 호랑이는 그대로 서 있었다. 살펴본즉 그건 호랑이를 닮은 바위였다. '내 화살이 어떻게 바위를 뚫었을까?' 저의 공력에 스스로 놀란 사냥꾼은 다시 바위를 향해 화살을 쐈다. 그러나 화살은 쏘는 족족 부러지거나 튕겨나갔다."

염궁문이란 생사의 일대사를 향해 생각의 화살을 그런 자세로 쏘는 곳이라는 뜻이다. 원담 스님의 이야기는 이렇게 이어진다. "(경허 선사는) 옷을 벗지도 않고, 양치하는 일도 없고, 세수하는 일도 없고, 하는 일이라곤 밥 주면 밥 먹고 오줌똥 누러 나가는 일밖에 없었다. 탁, 앉아서는 눕는 일도 없고, 누구하고 이야기하는 일도 없고, 바깥에 나가는 일도 없고. 누더기옷에 빈대와 이가 꽉 차 온몸을 물어뜯어 만신창이가 되어도 긁는 법이 없고, 구렁이가 들어와 어깨와 등에 올라가 기어다녀도 그저 무심히 앉아 정진했다."

경허는 계룡산 동학사에서 공성空性의 이치를 깨쳤다. 곧 형님이 모친을 모시고 있던 천장암으로 자리를 옮겼다. 그곳에서 증득 과정은 치열했다. 원담 스님의 이야기는 그때 경허의 신화적인 수행 자세를 전하는 것이었다.

인법당 벽면을 두르고 있는 심우도尋牛圖 중에는 초동들이 작대기로 한 스님을 두들겨 패는 기이한 그림이 있다. 경허는 어느 날 초동들에게 돈을 줄 테니 나를 패라고 제안했다. 초동들이 작대기로 무수하게 팼지만 그는 한사코 '나는 맞지 않았'노라고 고집했다. 스님이 돈을 떼어먹으려는 것으로 생각한 초동들은 더 가열차게 두들겨 팼다. 경허는 매타작 속에서도 저의 마음이 흔들리는지 여부를 시험한 것이었다.

한번은 마을을 지나다 물동이를 지고 가는 여염집 처자의 귀를 잡고 깊은 키스를 했다. 아니나 다를까 동네 장정들이 일제히 달려들어 몽둥이로 혹은 발길로 두들겨 패고 걷어차고 짓밟았다. 빈사상태가 되자 장정들은 '이거 너무 팬 거 아니야'라며 겁이 나는지 뒷걸음쳤다. 경허는 물러가는 이들의 등을 향해 이렇게 말했다. "시러배 놈들 같으니라고, 그럼 이놈들아 남의 색시를 강제로 입 맞췄는데 이만 매도 안 맞겠는가." 마음을 시험하기 위해 몰매를 자청한 것이었다.

그 작은 방에서 쏜 경허의 화살은 상투적인 계율과 교리를 꿰뚫고, 왜색화하는 조선 승가의 노예의식을 꿰뚫었으며, 매임이 없는 대자유의 길을 향해 날아올랐다. 삶에 매이지도, 죽음에 끄달리지도 않는 세계. 그와 함께 조선의 죽어가던 선불교 전통이 되살아났다. 보림 중 그는 정진력 제일의 수월, 지혜 제일 혜월 그리고 원만 제일 만공을 키웠다. 한국의 선불교를 중흥시킨 이들이었다.

상투적인 설법과 교리 해석으로 이룰 수 있는 게 아니었다. 송광사 불사 점안식에 증명법사로 초청받았을 때였다. 법상에 오른 그는 주장자 대신 술병과 돼지 뒷다리를 꺼내들고 일갈했다. "술과 고기 맛이 기가 막히니 이곳이 고불 도량임을 알겠다. 달은 밝고 바람은 맑으니 이것이 본래 면목의 소식이 아니겠느냐, 천상에서 내려오는 부처들이 곧 그대들의 불성인데, 그 불성에 눈을 뜨지 못한 자 오늘에야 눈을 뜨리라."

해인사 조실로 초청되었을 때는, 길에 쓰러진 여인을 퇴설당(조실방)에 들여놓고 열흘간 동숙했다. 대중에게 쫓겨날 판이 되었을 때에야 모습을 드러낸 여인은 코와 입과 손발이 문드러진 나환자였다.

그렇다고 대자유란 인간을 벗어난 상태는 아니다. 인간이 어찌 인간을 떠날 수 있을까.

제자들과 서산 부석사에 머물 때였다. 경허는 어느 날 홀연히 사라졌다가 1년여 만에 피골이 상접해 돌아왔다. "스님, 어디를 가셨다가 그 모습이 되었습니까." "저기 포변(갯가)엘 갔더니 바닷바람도 심하고 파도가 심해서 자연 그렇게 되었네." 그러나 실은 연모하던 여인이 시집을 가자, 그 집의 머슴을 하면서 통정을 하다가 들통이 났고, 가문의 체통을 생각한 시집식구들에 의해 초죽음을 당해 소금창고에 버려졌다가 사흘 만에 깨어나 돌아온 것이었다.

술이면 술, 색이면 색, 그는 마음속에서 이는 감정을 숨기지 않았다. 오히려 그 바닥끝까지 밀고 들어갔다. 욕망을 모두 털어냈다면 어떻게 중생의 번민과 고통을 알고 공감할 수 있을까. 어떻게 입전수수, 화광동진을 말하며, 자비행을 실천할 수 있을까. 그는 욕망의 바다를 유영하며, 인간의 고독과 절망과 허무를 몸소 드러냈다.

어느 날 만공이 술 좋아하는 스승의 옆구리를 슬쩍 찔렀다. "저는 술이 있으면 먹고 없으면 마시지 않습니다. 파전도 있으면 먹고 없으면 먹지 않습니다." "자네의 내공이 깊어졌구먼. 나는 술이 마시고 싶으면 좋은 밀씨를 구해 정성껏 심어 추수한 뒤 좋은 알곡만 골라 술을 빚어 마실 거라네. 파전도 파씨를 심어 좋은 파만 골라 전을 부쳐 먹을 거라네." 만공은 그 앞에 엎드려 일어나지 못했다.

일본의 대표적 선승이라는 이큐 소준一休宗純, 1394~1481은 이런 '포르노' 시를 남겼다. "미인과의 정사 속에 애액愛液 넘치나니/ 누자노선樓子老禪이 누 위에서 신음하네./ 그대 안고 빨고 핥는 이 홍취여/ 화탕지옥인들 어떠리, 무간지옥인들 어떠리." 「음방에서」라는 시로, 사창가에서 노는 늙은 중 이야기다. 선시인지 음담인지는 각자 판단하겠지만, 그가 전하고 싶은 뜻은 다음의 시에서 조금 명확해진다. "입으로는 진리를 지껄여대는 자들이여/ 권력자 앞에서는 연신 굽신거리네./ 이 막된 세상에서 진짜 스승은/ 금란가사를 입고 앉아 있는 음방의 미인들이네"(「진짜 스승」).

강백으로 초청받아 화엄사 수도암에 머물 때였다. 경허는 낮에는 술

을 받아오도록 했고, 밤에는 주막의 색시를 불러오도록 졸랐다. 진응
화상이 말했다. "대사라는 분이 어찌 그런 정념을 제어하지 못한답니
까." "성공(性空, 성품이 공함)을 보고 있으니까 그런 것이 생각에 걸리지
(괘념, 掛念) 않는구려. 대승은 작은 예절에 구애받지 않는다고나 할까.
식색食色은 인간의 본능이거니 이것을 어찌하겠소."

이런 행리를 두고 한국 불교에선 경허 당시나 지금이나 시비가 구구
하다. 이능화는 『조선불교통사』에서 이렇게 개탄했다. "세상의 납자들
은 다투어 이를 본받아 막행막식의 진흙탕 속으로 들어갔으니, 이런 폐
풍은 실로 경허로부터 만들어진 것이다."

그러나 조계종 전국수좌회 상임공동의장을 역임한 휴암은 이렇게 변
호했다. "계를 하늘처럼 받들어도 무심을 이루기는 어렵다. 중도의 자
세로 특별하게 지킬 기준도 없고 깨트릴 일도 없으며, 그저 인연 따라
무심하게 나아가는 사람이 있다면 그 사람이야말로 대자유, 대해탈의
인간상에 더 가까이 갔다 할 것이다." "시비가 없는 진여의 세계에서
'지킨다'느니 '깨트린다'느니 하는 것은 마른 똥막대기일 뿐이다."

이런 시비에 대해 경허는 무심했다. "세상과 청산 중 어느 것이 옳으
냐고 묻지만, 봄날 성안에 꽃 피지 않은 곳이 없다네, 누군가 성우의 근
황을 묻는다면, 석녀의 노래 속에 겁외가 있나니"世與靑山何者是, 春城無處
不開花, 傍人若問惺牛事, 石女聲中劫外歌.

인생이란 풀잎 끝 이슬 같은 것. 그가 남긴 시나 문장은 깨달음 저편
의 허무와 무상과 고독의 정서로 가득하다. 1904년 다시는 돌아오지
않는 만행을 떠나며 법제자 한암에게 이런 전별사를 준다. "나는 천성
이 세간의 티끌 속에 섞여 살기를 좋아하고, 꼬리를 진흙 속에 끌고 다
니기를 좋아하는 사람일세. ……덧없는 인생은 늙기가 쉽고, 좋은 인연
은 다시 만나기 어려우니, 이별의 쓸쓸한 마음 더 무어라 말할 수 있으

리오. ……아, 그대가 아니면 내가 누구와 더불어 지음이 되리."

이런 별사도 있다. "멀리 떠나는 그대에게 시를 주어 보내려니, 눈물이 앞서는구려, 사람살이 백년이 여관 같거니와, 끝내 내 고향은 그 어디인가, 먼 산굴에서 조각구름 피어오르고, 지는 해는 긴 물가에 내리네, 인간의 일을 손꼽아 세어보니, 아득해라 모두가 시름뿐이네."

경허는 잠시 천장암에 돌아와 만공에게 전법을 하고는 끌고 다니던 꼬리마저 감추고 삼수갑산으로 사라진다. 갑산에 머물며 유건을 쓰고 아이들을 가르치다가 1912년 4월 25일 새벽 첫 닭이 울 때 갑산 웅이방 도하동 초막에서 한지 위에 동그라미 하나 그린 뒤 '마음과 경계 함께 잊었으니, 다시 이 또한 무슨 물건인고'라는 열반송을 남기고 입적한다. 하지만 해탈의 경지보다 더 그의 가슴을 미어지게 했던 것은 이런 정한이었다.

'삼수갑산 깊은 골에, 속인도 아니요 중도 아닌 송경허라, 천리 고향 인편이 없어, 세상 떠난 슬픈 소식은 흰 구름에 부치노라.' 스스로 써서 부친 이 부음은 그가 입고 있던 저고리 안에서 발견됐다.

몇 해 뒤 만공은 그의 유해를 수습하며 이런 송사를 바친다. '착하기는 부처님보다 더 했고 악독하기는 호랑이보다 더 했던 분, 경허 선사여! 천화하여 어느 곳으로 가셨나이까? 술에 취해 꽃 속에 계십니까.'

전국 사찰에 180여 개 선방을 세우고, 정혜결사를 통해 맥이 끊긴 간화선 선풍을 되살리고, '북송담 남진제' 선맥의 원천이었지만, 경허는 인간이었다. '속세와 청산 어느 것이 옳은가, 봄볕이 닿는 곳마다 꽃이 피거늘.' 세간에서 출세간으로, 다시 세간으로 오간 그였지만, 그에게는 그곳이 그곳이었다.

다시 묻는다. 경허란 무엇인가? 무산 스님은 말이 없고, 경허의 방은 적요하다. 눈 어두운 이 중생은 무산 스님의 선시 한 편으로 그 윤곽을 더듬는다. "대중이 잠들어 달빛을 받은 나뭇가지들이 산방 창호지 흰 살결에 얼룩덜룩한 그림을 그리고 있을 때, ……(김행자는) 땅바닥에 무릎까지 쌓인 인경소리를 한동안 밟다가 거기 보타전 맞은편 관음지 둑에 웬 낯선 사내가 두 무릎을 싸안고 앉아 있는 것을 보았지요. ……마침내 달이 기울면서 자기 그림자를 거두어가고 관음지에 흐릿한 안개비가 풀어져 내리자 사내는 늙은이처럼 시시부지 일어나며 '그것 참 ……물속에 잠긴 달은 바라볼 수는 있어도 끝내 건져낼 수는 없는 노릇이구먼……' 하고 수척한 얼굴을 문지르며 흐느적흐느적 산문 밖으로 걸어 나가는 것을 다음 날 새벽녘에 보았지요"(『절간이야기』6).

퇴계,
조선의 며느리들을 울리다

경북 안동시 토계리 퇴계 종택 솟을대문을 들어설 때만 해도 씁쓸했다. '여기서도 한 여인이 희생됐군. 열녀의 허울 아래 청춘과 행복을 빼앗기고……' 솟을대문의 문과 들보 사이 홍살에 걸린 정려문을 보고 든 생각이었다. '열녀 통덕랑 사온서 직장 이안도 처 공인 안동 권씨 지려.' 남편 이안도는 퇴계의 맏손주이니, '열녀 권씨'는 퇴계退溪 이황李滉, 1501~70의 손부다.

한사코 무릎을 꿇고 손님을 맞이하는 팔순의 종손(이근필)과 마주하고서도 찜찜한 마음은 가시지 않았다. 솟을대문을 나설 때 김병일 선비문화원 이사장(전 기획예산처 장관)으로부터 뒷이야기를 듣고서야 비로소 푸념이 부끄러움으로 바뀌었다. 사실 그 이야기는 김병일이 특별한 연고가 없는 퇴계 가와 인연을 맺고 도산서원 선비수련원 이사와 이사장을

7~8년째 맡고 있는 이유이기도 했다.

권씨는 뒤늦게 연년생으로 아들과 딸을 낳았다. 아들을 낳고 불과 6개월여 만에 딸이 들어서면서 그나마 부족했던 젖도 나오지 않게 됐다. 암죽으로 겨우겨우 연명은 했지만 아들은 날로 쇠약해졌다. 마침 종가의 하녀 학덕이 출산을 했다. 손자는 할아버지에게 간곡히 부탁했다. "증손주의 젖어미로 학덕을 보내주십시오."

종이란 집안에 딸린 재산 물목 가운데 하나였던 시절이었으니, 그건 예사로운 부탁이었다. 그러나 퇴계는 손주에게 이런 답을 보냈다. "네가 좌우명처럼 읽고 배운 『근사록』에 '다른 사람의 자식을 죽여서 내 자식을 살리는 것은 몹쓸 일'이라는 가르침이 있는 것을 너는 잘 알고 있을 것이다. 모름지기 배운 대로 실천하지 않는 건 선비가 할 일이 아니다." 맏증손자 창양은 시름시름 앓다가 두 돌이 갓 지나 세상을 떴다.

아들이자 종손을 잃은 권씨의 심정이 어떠했을지는 굳이 따질 필요도 없을 것이다. 하지만 권씨는 시할아버지를 원망하지 않았다. 오히려 가르침과 실천을 더욱더 존중했다. 퇴계(1570년)에 이어 시아버지(1583년), 남편(1584년)이 차례로 세상을 뜨고 오래잖아 임진왜란까지 닥쳤다. 집안의 대소사를 관장하던 권씨는 피난 중 퇴계의 저작물을 자신의 생명보다 더 소중히 지켰다. 지금 퇴계의 저작을 보고 배울 수 있는 건 권씨의 이런 정성 덕분이었다.

철학자 박종홍은 퇴계의 철학을 성誠과 경敬 두 글자로 압축했다. 지극한 마음과 공경이다. 실제 퇴계가 강조해 온 덕목의 하나가 일체경지一切敬之였다. '세상의 모든 생명을 똑같이 사랑하고 공경하라.' 가부장 신분질서 속에서 사회의 최하층을 이루는 건 종과 천민, 특히 남성의 부속품으로 여겼던 여성들이었다. 퇴계는 이들을 사대부 혹은 권력자와 똑같이 공경했다. 그에게 종 학덕과 그 아이의 생명은 손주와 손주 며느리 그리고 훗날 종손의 생명만큼이나 소중했다.

종택에서 5리쯤 거리의 건지산 산비탈에 있는 퇴계 묘를 방문하자면 반드시 거쳐야 할 묘가 있다. 맏며느리 봉화 금씨의 묘다. 남편(장남 준)은 제법 떨어진 죽동에 묻혔는데, 금씨는 죽어서도 시아버지 곁에서 시아버지를 시봉한다.

준은 이웃마을인 외내의 자칭 명문가인 금재의 딸과 혼인했다. 혼례 때 퇴계는 상객으로 사돈댁에 갔다. 그곳에서 퇴계는 사돈 이외의 모든 금씨 일가친척들로부터 홀대를 당했다. 그들은 퇴계와 눈도 마주치려 하지 않았다. '별 볼 일 없는 가문에서 사위를 본 것'에 대한 불만을 멋대로 털어놓았다. 퇴계가 떠나자 그들은 퇴계가 앉았던 자리를 물로 씻어내라 하고, 심지어 대패로 밀어버리라고까지 했다.

그런 사실을 금씨도 잘 알고 있었다. '무슨 낯으로 시아버지와 남편을 뵐 것인가…….' 그러나 퇴계는 일체 내색하지 않았다. 오히려 혹시 며느리가 상처를 받을까 봐 더 자상하게 챙겼다. 며느리가 저고리나 버선을 해오거나 기워주면, 꼭 편지를 보내 고마움을 표시했다. '몸도 성치 않은데 고맙다. 맞춘 것처럼 몸에 잘 맞는구나.' 편지와 함께 꼭 머리핀이나 실패, 골무 등 가사용품도 보냈다. 금씨가 아프면 약을 직접 챙겨 보냈으며, '제대로 돌보지 못한' 아들을 나무랐다. 금씨는 시아버지의 극진한 사랑을 잊지 못했다. 그래서 이렇게 유언했다. "시아버님 묘소 밑에 나를 묻어라. 그분의 지극한 사랑을 받았지만 보답하지 못했으니 죽어서라도 그분의 혼을 모시겠노라."

사대부에게 나라가 주는 '정려'는 가문의 자랑이었다. 너나 할 것 없이, 젊어 혼자 된 며느리에게는 수절을 강요했다. 퇴계는 달랐다.

족보를 보면 둘째 아들 채의 부인 자리가 비어 있다. 비록 스물두 살에 죽었지만, 그는 분명히 열여섯 살에 혼례를 올렸다. 문중 주변에선 이런 이야기가 전해 온다. 채가 죽고 4년 뒤 퇴계는 맏아들에게 당부했다. '둘째 며느리를 실본시켜라.' 퇴계로서는 젊어서 홀로 사는 둘째 며느리의 불행을 모른 척할 수 없었다. 호적에서 이름을 파, 개가의 길을 터준 것이다. 어느 날 퇴계가 한양 가는 도중 날이 저물어 한 여염집에 유숙했다. 집에서 나오는 음식이 너무나 입에 맞아 이상하다 싶었다. 이튿날 집을 떠나 동구 밖을 나서는데 문득 누군가 따라오는 것 같아 돌아보니 낯익은 한 아낙네가 얼른 얼굴을 숨기고 몸을 피했다. 여인의 인상이 둘째 며느리와 똑같았다.

'미친×'은 예나 지금이나 가장 천한 존재를 일컫는 이름이다. 실성한 여자는 가문의 수치이자 집안의 망조로 여겼다. 그런 이를 거두어 정부인으로 삼아 극진히 챙긴 이 또한 퇴계다. 그는 첫째 부인 허씨와 스물한 살에 결혼해 스물일곱 살에 사별했다. 3년 뒤 둘째 부인 안동 권씨를 맞이했다. 권씨는 정신이 온전치 못했다.

그는 예안에 유배 중이었던 권질權碩의 딸이었다. 권씨 집안은 연산군 때부터 중종 때까지 여러 사화에 휘말려 줄줄이 재앙을 당했다. 할아버지 권주는 승정원 주서 시절 연산군 생모인 폐비 윤씨에게 사약을 들고 갔다는 이유로 갑자사화 때 처형당했다. 아버지 권질은 이후 연산군 폭정에 대한 투서사건에 본의 아니게 연루돼 거제도로 유배를 당했다. 중종반정으로 복권되었지만, 신사무옥에 휘말려 예안으로 유배됐다. 작은아버지 권전은 투서의 주동자로 몰려 장살당했으며, 숙모는 노비로 끌려갔다. 그 끔찍한 일들을 지켜보면서 권씨는 혼이 나갔다.

권질은 평소 잘 알던 퇴계를 예안으로 초청했다. "자네는 내 집안에서 일어난 일을 잘 알고 있을 걸세. 두 차례의 사화로 내 여식은 혼이 나가 온전치 못하네. 이미 혼기도 넘겨버렸네. 저 아이를 두고 어찌 눈을 감겠는가. 내 딸을 데려가 주시게나. 자네밖에는 믿고 맡길 사람이 없네." 퇴계는 한동안 생각하다가 담담하게 말했다. "알겠습니다. 어머니께 아뢰어 승낙을 받고 곧 예를 갖추어 혼인을 치르겠습니다. 마음 놓으시고 기력을 보존하소서."

결혼 후 권씨는 제삿날 제상에서 떨어진 배를 치마폭에 숨겨 나오거나 제기 위의 대추를 집어먹다가 걸리는 등 정신 나간 일로 퇴계를 난처하게 하곤 했다. 그러나 퇴계는 그런 부인을 한 번도 꾸짖거나 외면하지 않았다. 사별할 때까지 16년간 권씨의 따뜻한 바람막이가 되어주었다. 권씨가 세상을 떠나자 퇴계는 첫째 부인 허씨 소생의 아들들에게 친모상처럼 시묘살이를 하게 했으며, 자신은 권씨의 묘지가 보이는 곳에 초막을 짓고 1년 넘게 무덤을 지켰다. 장인도 깍듯이 모셨다. 얼마나 고마웠던지 권질은 사위가 자신의 초당에 지어준 당호 사락정四樂亭을 제 아호로 삼았다. 먼저 떠난 첫째 부인과 그 가족에게도 마찬가지였다. "하루에도 열두 번씩이나 백발이신 장모님 생각에 한양 벼슬길로 차마 발을 옮기지 못하겠구나." 안타까움이 문집 곳곳에 남아 있다.

퇴계는 손주 안도가 장가갈 때 이런 내용의 편지를 넣어줬다. "부부는 남녀가 처음 만나 세계를 창조하는 것이다. 부부는 가장 친밀한 사이이므로 더욱 조심해야 하며 바르게 행해야 한다. 중용에서 '군자의 도가 부부에서 발단이 된다'라고 한 것은 이 때문이다."

제자 중에는 부인과 사이가 안 좋아 얼굴도 마주치지 않는다는 이(이함형)가 있었다. 퇴계는 제자가 순천집으로 돌아가던 날 아침상을 같이 한 뒤, 고향집 사립문 앞에서 읽으라며 편지를 건넸다. "공자께서 말씀하시기를 '천지가 있은 후에 만물이 있고, 만물이 있은 후에 부부가 있고, 부부가 있은 후에 군신이 있고, 군신이 있은 후에 예의가 있다' 하였으며, 자사子思는 말하기를 '군자의 도는 부부에서 시작되나 그 궁극적인 경지에서는 천지의 모든 원리와 직결된다'고도 하였다. 또 시詩에서 말하기를 '처자와 잘 화합하되 마치 거문고와 비파가 조화되듯 하라' 하였으며, 또 공자가 말씀하시기를 '부모란 자식이 화합하면 그저 따를 뿐'이라고 하셨다. 부부의 윤리란 이처럼 중대한 것인데 어찌 마음이 서로 맞지 아니한다고 소박할 수 있겠는가. …… 사람됨이 박절하면 어찌 부모를 섬길 수 있으며, 어찌 형제와 친척들을 대하고, 마을에서 처신할 수 있으며, 무엇으로 임금을 섬기고 백성을 다스리는 근본을 삼을 수 있겠는가. …… 후한의 질운郅惲이 '아내와 부부의 도리를 어기어 자식에게 인정받지 못하는 자는 실로 진리를 어지럽히는 사특한 자이다'라고 말한 바가 있는데, 이 말을 빌려 자네에게 충고하노니, 자네는 마땅히 거듭 깊이 생각하여 고치려 힘쓰도록 하라. 끝내 고치는 바가 없으면 굳이 학문을 해서 무엇을 할 것이며, 무엇을 실천한단 말인가."

퇴계는 이듬해 세상을 떴다. 이함형李咸亨 부부는 친자식처럼 3년 동안 상복을 입고 상례를 갖추었다.

경북 영주 소수서원에서 소백산 국망봉으로 올라가는 초입에 배점리라는 마을이 있다. 천민인 대장장이 배순裵純의 대장간이 있던 곳이다. 퇴계가 풍기군수 시절 소수서원에서 제자들을 가르칠 때였다. 배순은 너무 공부가 하고 싶어 강의 때마다 뜰에서 무릎을 꿇고 귀동냥을 했다. 이를 본 퇴계는 강당 뒷자리를 내주며 함께 공부하도록 했다. 퇴계가 고향으로 내려간 뒤에도 공부를 계속한 배순은 선생이 별세했다는 소식을 듣고는 쇳물로 퇴계의 상을 만들어놓고 3년상을 치렀다. 그의 지극한 행실을 기억하기 위해 조정에선 '충신 백성 배순지려'라는 정려를 내렸으며, 마을 이름도 배점리라고 했다고 한다.

퇴계학의 산실이자, 360여 명의 제자를 길러낸 도산서당은 방·마루·부엌 각 1칸씩 3칸의 작고 조촐하다. 퇴계가 직접 설계하고, 치수까지 정하고, 4년에 걸쳐 지은 집이다. 만년의 퇴계는 그곳의 삶이 얼마나 흡족했던지 이런 글을 남겼다. "달은 밝고 별은 깨끗하며 강산은 텅 비어 있는 듯 적적하여, 천지가 열리기 이전 세계의 한 생각이 일어났다." 발 디딘 곳은 낮았지만, 학문은 지극히 높았으며, 살림은 궁색했지만 도는 천리를 통했다.

그런 퇴계를 고봉高峯 기대승奇大升은 이렇게 추모했다. "……산도 오래되면 무너지고, 돌도 오래되면 삭아 부서지지만, 선생의 이름은 천지와 더불어 영원하리라."

이 불후의 문장은 그러나 퇴계의 자찬 묘비명 앞에선 빛을 잃는다. 조촐한 갈석의 비석 뒷면에 새긴 96자 명문은 이렇게 시작하여 이렇게 끝난다. "……나면서부터 어리석기 짝이 없었고, 크면서는 병통도 많았구나! 중년엔 어찌하여 학문을 즐겼으며, 늙어서는 어찌하여 벼슬을 하였던고?" "……근심 속에 낙이 있고, 기쁨 속에 근심 있네. 자연으로 사라지니, 또다시 무엇을 구하리오." 사후 제자나 지인이 쓸 경우 꾸미거나 과장할 우려가 있어 생전 자신이 직접 지은 문장이다.

앞면에는 '퇴도만은 진성이공지묘'(늦게서야 도산으로 돌아온 진성 이씨의 무덤)라는 글씨만 새겨져 있다. 증직된 의정부 영의정 등 숱한 벼슬 경력은 하나도 쓰지 않았다.

제월대 영화담에 어린
선비의 초상

1968년 초봄, 아버지 홍기문洪起文과 함께 찾아뵌 말년의 할아버지를 손자 홍석중洪錫重은 이렇게 기억한다. "그날 따라 전례 없이 침중했던 할아버지는 이윽히 아버지를 쳐다보시다가 조용히 말씀하셨다. '난 못 가보는가 보다. 너나 가봐라.' 그로부터 며칠 뒤인 3월 5일 할아버지는 창밖에서 쏟아지는 진눈깨비를 내다보시며 세상을 떠나셨다." 벽초碧初 홍명희洪命熹, 1888~?가 팔십 평생 못내 그리던 귀로의 끝, 아들이라도 꼭 돌아가기를 소망했던 곳은 어디였을까?

1910년 초, 홍명희는 일본 다이세이중학을 마지막 한 학기만 남긴 채 돌연 괴산 인산리(현 동부리) 자택으로 돌아온다. 3년 내리 수석을 해 일본의 신문에서도 주목했던 수재였으니 모두가 의아했다. 일본 유학이 그에게 가르쳐준 것은, 조선인은 끔찍한 차별과 혐오의 대상이라는 사실뿐이었다. 그는 제 마음속에서 증오가 불길처럼 일어나는 걸 느꼈다. 그런 일본에서 더 무엇을 배울 것인가.

그해 여름, 금산군수로 있던 부친 일완一阮 홍범식洪範植은 경술국치의 날 자결했다. "아아, 내가 이미 사방 백 리의 땅을 지키는 몸이면서도 힘이 없어 나라가 망하는 것을 구하지 못하니, 속히 죽는 것만 같지 못하다." 그는 죽기 전 올린 상소에서 순절하는 뜻을 밝혔다. "신하로서 임금을 배반하고 적에게 굴복함은 본래의 뜻이 아니니 차라리 돌아가신 시종무관장 민영환과 지하에서 함께 지내길 원할지언정 난신적자와 더불어 이 세상에 같이 살기를 원하지 않습니다."

부친은 객사에서 망북 배례하고는, "사직을 안보하지 못하고 오늘에 이르렀사오니 불충한 신 홍범식은 죽음으로써 사죄합니다"라고 고했다. 들보에 목을 매려는 순간 사령이 뛰어들어 말려 실패하자, 옷매무새를 가다듬어 사령을 안심시켜 돌려보내고는, 조용히 객사 후원 조종산에 올라 당신의 갈 길을 갔다. 객사 벽에는 "國破君亡 不死何爲(나라가 파멸하여 임금이 없어지니 죽지 않고 무엇하리)" 여덟 자가 쓰여 있었다고 한다.

부친은 가족들에게 열 통의 유서를 남겼고 장남 명희에게는 이렇게 당부했다. "망국노의 수치와 설움을 감추려니 비분을 금할 수 없어…… 피치 못해 가는 길이니 내 아들아, 너희들은 어떻게 하나 조선인으로서 의무와 도리를 다하여 잃어진 나라를 기어이 찾아야 한다. 죽을지언정 친일을 하지 말고 먼 훗날에라도 나를 욕되게 하지 말라."

그날 이후 홍명희는 예전의 홍명희가 아니었다. "천붕지괴(天崩地壞, 하늘이 무너지고 땅이 꺼짐)라, 온 세상이 별안간 칠통 속으로 들어간 듯 눈앞이 캄캄하였다." 그 시각부터 홍명희에게 "(세상의) 모든 물건이 하치 않고, 모든 사람이 밉살스럽고, 모든 예법이 가소"로웠다. 홍명희는 부친의 유서를 액자에 넣어 책상 앞에 걸어놓고, 아침저녁으로 마음을 벼렸다. 부친의 당부는 밤하늘의 별과 같은 길잡이가 되어 평생 조국의 독립과 민족 해방의 외길을 걷게 했다.

이 사건을 온몸으로 감당해야 했던 곳이 인산리 고택이다. 무미건조하게 복원된 인산리 고택엔 그때 그 고통과 울분의 흔적은 찾을 길 없다. 생전 김장을 담그는 데만 한 달이나 걸릴 정도로 많은 식구가 살았던 대저택이었지만, 지금은 사랑채와 안채가 박제처럼 세워져 있다. 어딜 보아도 홍명희 이름 석 자는 찾을 수 없다.

홍명희는 9년 뒤, 부친의 유언을 책상 앞에 걸어두었던 바로 그 사랑채에서 숙부 용식과 태식, 아우 성희 그리고 이재성, 김인수 등과 만세운동을 모의하고 3월 19일 괴산 장날, 장터에서 충북 지역 최초의 만세시위를 일으켰다. 명희, 용식 등이 투옥되자 아우 성희는 다음 장날인 24일 더 큰 규모의 만세 시위를 주도하고 투옥됐다. 집안에서 무려 넷이나 청주교도소에서 징역을 살았다. 장터는 고택 앞 동진천 건너 지척이었으니 사랑채에서 귀를 기울이면 그때 그 만세소리가 들릴 듯하다.

부친은 인산리 자택에서 10리쯤 떨어진 제월리 선영에 묻혔다. 홍명희는 묘막에서 3년상을 치렀다. 증조부, 조부, 부친 3대가 이조판서, 병조참판, 군수를 지낸 집안이어서, 묘막은 일반 양반가에 버금가는 저택이었다. 3년상이 끝나자 홍명희는 편지 한 통만 남긴 채 훌쩍 서간도로 떠났다. 부친이 당부한 삶은 그렇게 시작했다.

서간도에서 위당爲堂 정인보鄭寅普와 함께 1년여 모색기를 거친 뒤이듬해 상하이로 건너가 신규식·신채호·김규식·조소앙·문일평 등과 함께 독립운동단체 동제사를 결성한다. 그 시절 단재(신채호)와 호암(문일평)에 대한 기억은 특별했다. 훗날 신채호의 옥사 소식에 "사귄 시일은 짧으나 사귄 정의는 깊어서 나의 오십 반생에 충심으로 경앙하는 친구가 단재였다"라고 가슴 아파했다. 문일평이 1936년 떠났을 때는 "나는 무애(신채호) 저서에 뿌리던 쓰라린 눈물을 또다시 호암 유저에 뿌리지 아니치 못하였다"라며 오열했다.

홍명희는 1918년, 생모처럼 돌보아주던 증조모가 별세하자 괴산으로 돌아온다. 만세사건 이후 기울던 가세는 형편없었다. 인산리 저택을 처분하고 제월리 묘막으로 이주했다. 암담했던 제월리 시절 그의 신산한 마음을 달래준 것은 두 마장 거리의 제월대였다. 속리산에서 발원한 달천은 제월리에서 평지 돌출의 고산을 만나 음태극과 양태극을 이루며 쉬어 간다. 제월대 밑 영화담엔 천길 벼랑과 기화묘초가 어리고, 그런 풍광을 오롯이 감상할 수 있는 곳에 관어대가 있어 홍명희는 낚싯대를 드리우곤 했다. 일찍이 조선 선조 때 충청관찰사 유근은 그곳에 고산정사와 만송정(지금의 고산정)을 짓고, 퇴직한 뒤엔 아예 그곳에 은거했다.

홍명희는 유년 시절부터 『수호지』, 『삼국지』, 『춘추』 등을 외우다시피 했다. 민족의 대하소설도 쓰리라 다짐하곤 했다. 『임꺽정』은 서울 익선동에서 쓰여지기 시작했고, '임꺽정'의 고향은 경기도 양주지만, 그를 잉태한 곳으로 제월대를 꼽는 데는 그런 사정이 있다. 홍명희 문학비도 그곳에 있다. "『임꺽정』만은 사건이나 인물이나 묘사로나 정조로나 모두 남에게서는 옷 한 벌 빌려 입지 않고 순조선 것으로 만들려고 하였습니다. 조선 정조로 일관된 작품. 이것이 나의 목표였습니다."

홍명희의 흔적이 철저히 지워진 인산리 고택에서 예감했겠지만, 문학비 역시 홀대의 기색이 역력하다. 기단부 받침돌은 떨어져 나가고, 깨져 있으며 판석과 판석이 어긋나 덜렁거리고, 판석이 떨어져 나간 뒷면은 엉성하게 마감된 시멘트가 부스러져 기단이 언제 주저앉을지 모를 형국이다. 비문의 먹도 반쯤 벗겨졌다. 한국 근현대문학의 금자탑 『임꺽정』의 주인공 '임꺽정'은 열심히 팔아먹으면서 작가는 어떻게든 숨겨보려는 지방자치단체의 심보가 고약하다.

홍명희는 제월리에 은거하고만 있을 순 없었다. 호구지책도 문제고, 아버지의 유훈이 그를 채찍질했다. 30명에 이르는 대가족을 이끌고 상경했다. 가진 것이 없으니 셋집을 전전해야 했고, 때론 셋집에서 쫓겨나 고모, 누이동생네 집으로 흩어져 살기도 했다. 1921년 셋째 아들 기하, 1922년 막내아우 교희와 둘째 아우 도희가 차례로 세상을 떠났고, 1925년엔 부친과 다름없던 조부도 별세했다. 서러운 시절이었다.

다만 그의 문재와 천재성은 널리 알려진 터여서 조선도서주식회사 전무, 동아일보사 주필 겸 편집국장, 시대일보 사장, 정주 오산학교장 등 여기저기서 그를 불렀다. 살림은 어려웠지만 직장에 매여 있을 수도 없었다. 1927년 2월 그의 주도로 신간회가 발족됐다. 좌우로 나뉘어 갈등하던 국내 독립운동 세력의 역량을 집결하려는 그의 꿈이 담긴 단체였다. 홍명희는 신간회의 노선을 이렇게 표명했다. "민족운동만으로 보면 가장 왼편 길이나 사회주의운동까지 겸하여 생각하면 중간 길이 될 것이다. 중간 길은 오히려 험할 것이요, 길의 첫머리는 갈래가 많을 것이다."

초대 회장에는 월남月南 이상재李商在가 선임되고, 그는 상근 부회장에 선임됐으나 총무담당 간사를 자청해 조직 사업 등 궂은일을 도맡았다. 신간회는 1929년 광주학생의거를 전국으로 확산시키는 민중대회를 추진했고, 홍명희는 핵심으로 지목돼 2년 가까이 실형을 살았다.

신간회 활동 중 호구지책은 따로 세워야 했다. 1928년 11월 21일 『조선일보』에 『임꺽정』 연재를 시작한다. 익선동 교동초등학교 뒤편 셋집에서였다. 『임꺽정』은 역사의 주체를 민중이 아닌 위대한 개인으로 설정하는 전통적 역사소설의 영웅사관을 철저하게 거부했다. 『임꺽정』은 백정 신분의 인물을 중심에 두고, 주인공이 아니라 사건 중심으로 이야기를 풀어나갔다. 궁중비화를 배격하고 민중의 사회사를 지향함으로써 진보적 역사소설의 전형을 이뤘다. 당대의 평론가 김남천은 단언했다. "사실주의 문학의 처음이자 마지막 작품. 작은 논두렁길을 걷던 조선 문학은 비로소 광활한 숲을 경험하였다." 소설가 박종화朴鍾和도 "벽초 선생의 풍부한 소설적 어휘는 마치 바다와 같이 왕양하여 그의 문학을 읽을 때마다 항상 부러움을 금치 못한다"라고 하였다.

1935년 그는 북촌을 떠나 사대문 밖인 마포 한강변 대흥동으로 이사를 간다. 만주 침략과 함께 거칠어져 가던 일제의 광기를 피해 반쯤 은둔했다. 1937년 중일전쟁 도발 이후 전시총동원체제의 광풍은 날로 거세졌다. 지기였던 이광수·최남선 등은 이미 일제의 나팔수가 되어 청년 학생들을 전선의 총알받이로 동원하고, 여성과 장년층은 정신대로 내모는 데 앞장서고 있었다. 다시 더 멀리 떨어진 경기도 양주군 노해면 창동 244-1번지(현재 서울 도봉구 창동 820번지, 창동초교 뒤)로 이주했다. 홍명희는 모든 집필활동을 중단했다. 신간회사건으로 투옥되면서 중단했고, 출옥 후 1932년 12월 재개했다가 신병으로 1935년 12월 중단했으며, 1937년 재개했던 『임꺽정』의 신문 연재도 1939년 7월 영원히 중단했다. 소극적으로나마 저를 지킬 수 있는 유일한 길이었다.

당시 창동에는 가인 김병로, 위당 정인보, 고하 송진우 등이 살고 있었다. 요시찰 인물들이 한미한 창동으로 속속 이주하고 보니, 경무국에선 양주경찰서에 고등계를 설치하고 창동주재소에 고등계 형사를 상주시켜 이들의 동향을 감시했다. 감시가 심하다 보니 사람들은 홍명희와 마주치는 것조차 꺼렸다. 우연히 마주치면 전봇대 쪽으로 돌아가 오줌 누는 척하는 지인도 있었다고 한다. 그 꼴을 당하며 홍명희는 심산 김창숙에게 이런 마음을 전한다. "관 뚜껑이 닫히기 전에는 항복도 하지 않고 모욕도 받지 않으리라."

해방 이후 세태는 180도 바뀐다. 모든 단체가 그를 끌어들이기 위해 혈안이었다. 일제 치하에서 한 번도 훼절하지 않고 조국의 독립과 민족 해방의 기치를 한 번도 내리지 않았던 그였으니, 각 단체가 해방 정국의 주도권을 잡는 데 홍명희 이름 석 자만큼 유용한 것은 없었다. 박학보는 『신세대』에 이런 인물평 기사를 썼다. "왕년에 조선 3재로 불리던 세 사람 중 일제 말 친일한 최남선·이광수는 해방과 함께 버림받다시피 한 반면, 홍명희는 여기저기서 고문이라 위원장이라 홍씨 자신이 원치 않는 명예직이 소낙비 쏟아지듯 쏟아진다. ……그건 좌도 아니요 우도 아닌 중간적인 존재로서 좌우에서 다 이용하려는 그런 심산을 가졌기 때문이다. ……그는 조선의 대표적인 민족통일자요 민족주의 좌파의 좌파"다.

1945년 9월 4일, 김성수金性洙 등 지주와 자산가들은 한국민주당을 발족시키면서 임시정부를 정식 정부로 받아들이기로 결의한다. 이와 함께 '임시정부 및 연합군 환영준비위원회'를 결성하고, 홍명희를 위원회 고문으로 올렸다. 9월 6일엔 중도좌파인 여운형이 주도하는 건국준비위원회는 홍명희를 고문 12명에 포함시켰다. 12월 19일 한국민주당이 주관한 임시정부 개선 환영대회에선 3인의 부회장 가운데 한 명으로 올랐고, 행사 당일 회장 대신 환영사를 낭독한 것도 홍명희였다. 불과 나흘 전 좌익 계열 단체들은 김일성 무정 장군 독립동맹 환영준비회를 결성하면서 위원장에 홍명희를 저희들 마음대로 추대했다.

신탁통치 찬반 갈등 속에서 '성명의 도용'은 극심해졌다. 12월 28일 모스크바 3상회의에서 임시정부 수립과 신탁통치를 결의하자, 우파들은 반탁국민총동원위원회를 결성하는데, 상무위원 21명 가운데 맨 앞자리에 홍명희를 올렸다. 이틀 뒤 좌파들이 결성한 반파쇼공동투쟁위원회에서 홍명희는 위원장에 올라 있었다. 신탁통치에 대한 그의 생각은 분명했다. 모스크바 3상회의 결의 직후 가진 대담에서 "탁치는 전 민족이 절대 반대하는 것이다. 우리는 빵을 주리라 믿었는데 돌을 던진 것이 곧 탁치"라고 단언했다.

결국 홍명희는 이듬해 1월 5일 『서울신문』에 개인 명의로 '성명'이란 제목의 성명을 발표해야 했다. "나는 지금 우리나라의 파쇼 정체가 무엇인지 모르는 사람인데 성명 석 자가 반파쇼 위원장이 되고, 나는 총동원조직을 마음에 합당하게 여기지 않는 사람인데 성명 석 자가 위원회의 상무가 되어 있다. 그러나 이만 정도는 참을 수 있지만 나는 신탁통치에 대하여 열렬한 반대자의 한 사람으로 자처하는데 성명 석 자가 삼국회의를 지지한다는 시민대회의 회장이 되었다니 이것은 그대로 참고 묵과할 수가 없다……. 일후에는 홍명희 성명 석 자가 나도는 것을 금지하여 필부의 의지도 권위 있는 것을 보이려고 결심하였다. 이후에도 나돌면 그것은 나의 친구의 호의가 아니고 적의 악의인 것을 미리 단언하여 두겠다."

홍명희는 정치인이 아니었다. 부친의 뜻에 따라 좌우, 사회주의자·민족주의자 모두가 단합해 조국의 완전한 독립을 이루고자 했을 뿐이다. 그러다 보니 정치적으로는 우유부단하게 비쳤다. "용감하게 나아가지는 못하나 날카롭게 보고 굳게 지키는 분"이라고 아들 홍기문은 평했고, 홍명희 자신도 "내가 다른 데는 유약해도 무엇이든지 안 하는 데는 강하다"라고 자평했다. 신문학의 개척자로 꼽히는 눈 밝은 평론가 양건식梁建植의 평처럼 그는 천상 원칙과 양심에 투철한 선비였을 뿐이다. "동경 세 재자才子의 1인으로 꼽히는 홍 군이지만 나에게는 한 단아한 선비로구나 하는 느낌을 먼저 주었다. 보통 중키에 약질로 생긴 사람이 조금 이마에 대머리가 진 갸름한 얼굴에 총명한 듯하고도 공겸하고 한아하고도 친절하고, 상글상글 웃으면서도 수줍어하는 태도로 내 눈앞에 나타날 때 이를 한문식으로 평하여 여옥기인(如玉其人, 옥 같은 사람)이라 할는지, 세상에 흔히 보는 문사와는 같지가 아니하였다." 그의 풍모에 대해 '차림차림이 그대로 선비'라던 『새한민보』 사장 설의식薛義植의 평이나, 홍명희의 살림을 두고 '역시 가난한 나라의 선비의 살림살이로는 이만하면 족하다 하겠다'라고 한 시인 설정식의 평이나 모두 같았다. 그는 천상 선비였다.

하지만 완전한 독립은 멀어지고 있었다. 우파인 고하(송진우)도 중도 좌파인 몽양(여운형)도 살해됐다. 대구 사태는 무력 진압되고, 급기야 제주 4·3학살까지 벌어졌다. 여운형의 죽음 앞에서 이렇게 통탄했다. "이런 분을 마침내 어쩌자고 죽인단 말고, 애닯도다 좌익 우익 다투다가 함께 망하는 꼴이다." 마음은 북으로 기울었다. 남쪽은 이미 친일파의 나라가 되어가고 있었다. "민족역량으로 독립을 완수하지 못하면, 장차 강대국의 부속국이나 괴뢰국이 되어, 한반도에서 미·소 양국이 충돌하는 전쟁이 발발할 것"이라는 그의 경고는 외면당했다.

20년이 흘렀다. 조국은 미증유의 살육전을 겪었고, 분단의 벽은 더욱 공고해졌다. 이제 마지막으로 그가 머리를 둘 곳은 어딘가. 달천이 제월대를 감싸고 도는 제월리 선영이었을까? 홍명희는 언젠가 자식들에게 이렇게 말했다고 한다. "나는 『임꺽정』을 쓴 작가도 아니고 학자도 아니다. 홍범식의 아들이다. 일생 동안 그 명예를 잃을까 봐 그 명예에 티끌조차 묻을세라 마음을 쓰며 살아왔다"(북한 작가 한승걸).

12월 제월대는 뼈가 아프도록 차가웠고, 눈이 시리도록 맑고 밝았다. 매화의 향기는 사무치는 한기로 더욱 맑아진다지만, 홍명희가 감당해야 했던 그 시린 세월은 무엇으로 영글 것인가. 지조 높은 한 선비의 초상이 제월대 영화담의 깊고 푸른 물에 아프게 어렸다.

그대 가니,
구름도 달도 없어졌어라

당대의 혁명적 지식인이었던 허균許筠. 그러나 그 역시 가부장 사회의 특권을 온전히 누리던 난봉꾼이었다. '얼굴이 아름답지는 않았지만……'으로 시작하는 매창梅窓, 1573~1610과의 첫 만남에 대한 그의 기록은 이를 알려주는 좋은 본보기였다. 그가 보기에 매창은 기껏해야 "재주와 정취가 있어서 함께 얘기를 나눌 만한" 기생에 불과했다. 주연이 끝나고 매창이 돌아가자, 그는 매창의 조카딸과 잠자리를 함께 했다 (허균, 「조관기행」).

허균의 그런 태도는 시간이 가면서 뿌리부터 바뀐다. 만난 지 10년째, 매창의 부음이 전해지자 허균은 통곡으로 쓴 5언율시 두 편을 그의 영전에 바친다. 그중 한 편. "처량하구나, 만첩여가 부치던 부채여/ 슬프구나, 탁문군의 거문고여/ 흩날리는 꽃잎을 보니 속절없이 한만 쌓이고/ 시든 난초를 보니 그저 마음만 상하네……."

불과 한 세대 전 백호百湖 임제林悌는 평안도 도사로 부임하는 길에 기생 황진이 무덤에 술 한 잔 올리고 시조 한 수 읊었다는 이유로 권력투쟁의 희생양이 되어 부임도 못하고 파직당했다. 허균 시대엔 등 뒤에서 총질하던 자들이 더 극성이었다. 정적들은 그의 약점을 잡아 제거하기 위해 일거수일투족을 매처럼 쏘아보고 있었다. 하지만 허균은 이런 눈초리를 아랑곳하지 않고, 한갓 기생의 죽음 앞에서 통곡하며 추모시를 짓고, 이것을 문집에 버젓이 올렸다.

매창. 부안현 관아 소유의 관기. 관아에선 계축년에 태어났다고 계癸랑이라 불렀다. 그러나 그는 관기 주제에 '방자하게도' 이를 무시하고 계수나무 계桂, 계랑이라고 자신의 이름을 바꿨다. 나아가 아호(매창)와 자(천향)를 스스로 지어 그렇게 부르도록 했다. 그런 매창을 당대의 문장가 석주石洲 권필權韠은 1603년 한 번 만나고는 '여반'女伴, 시의 길을 함께 가는 동반자로 삼았다. "신선과 같은 자태는 이 세상과 맞지 않아/ 홀로 거문고 안고 저무는 봄을 원망하네./ 현이 끊어질 때 간장 또한 끊어지니/ 세간에 음률을 아는 이 만나기 어려워라." 시의 제목은 「여자 친구 천향에게 주며」였다. 전라도 관찰사 한준겸韓浚謙은 그를 시기詩妓 혹은 가기歌妓라 하여 허투루 보지 않았다.

임제의 사촌동생 임서는 1605년 무창현감 시절 자신의 생일잔치에 나름 심혈을 기울여 쓴 시를 보낸다. "봉래산 소식이 아득하여 전해지지 않으니/ 홀로 향기로운 봄바람을 맞으며 망연히 그리워합니다./ 아름다운 사람이여 안녕하신가요./ 요지 술자리에서 선녀가 오기를 기다리고 있습니다." 관기였으니 부안현감에게 '빌려 달라'고만 하면 될 일이었는데 그는 이토록 정중하게 매창을 초대했다. 임방任埅은 『수촌만록』에 이렇게 기록했다. "당시 권문세가와 문장가들 가운데 '매창의 시권에 시를 지어 써주지 않은 사람이 없었다." 매창은 당시 문화계의 디바였다.

하지만 해어화. 말귀나 알아듣는 꽃이었다. 사대부들은 한철 노리개 삼아, 그의 마음을 빼앗고는 떠나거나, 몸을 집적대다가 사라졌다. 촌은村隱 유희경劉希慶과의 관계를 '지고지순한 사랑'의 대명사로들 치켜세우지만, 유희경도 사실은 40대 초반에 10대 중반의 순진한 처녀 매창의 몸과 마음을 가져가고는 돌아오지 않았다. 매창을 그리워하는 시 7~8편을 문집에 남기긴 했지만, 그를 삶과 문학의 동반자로 삼은 건 아니었다.

매창과 관련한 기록은 한자로 80자 안팎인『매창집』발문과, 그와 잠시 시간을 함께했던 이들이 자신의 문집에 남긴 두어 줄 인상 비평이 전부다. 그의 순결한 사랑과 빛나는 우정의 순간은 사실 대부분 추정이다. 부안현 아전이던 이탕종의 딸로 1573년 나서 관기로 살다가 1610년에 죽었다! 따지고 보면 그게 전부였다. 어머니가 관기였기에 기생의 운명은 피할 수 없었다고도 하고, 부안의 태수가 범하고 버린 탓에 부친이 기적에 올렸다고도 하고, 의지가지없는 그가 먹고 살도록 부친이 죽으면서 그를 기방에 넣었다고도 하고……, 그의 삶은 오리무중이다.

유희경과의 만남도 열네 살 때인지 열아홉 살 때인지 분명치 않다. 『촌은집』중 남학명이 쓴「행록」에는 "일찍이 기생을 가까이하지 않다가 이에 이르러 파계를 했다"라고 한 것으로 보아, 유희경이 첫눈에 반한 것만큼은 부인하기 힘들다. 하지만 며칠 뒤 유희경이 훌쩍 상경하고는, 양대 왜란 탓도 있겠지만 둘 사이엔 접촉이 없었다.

물론 둘은 그리워했다. 늘그막에 심금이 공명한 매창이었으니 유희경으로서는 얼마나 그리웠을까. 그는 이렇게 탄식했다. "……그리워도 서로 볼 수 없으니/ 오동잎에 닿는 빗소리에도 애가 끊어지는구나." 그러나 첫사랑을 여읜 처녀의 마음이야 오죽했을까. "이화우 흩날릴 제 울며 잡고 이별한 임/ 추풍낙엽에 저도 날 생각하는가/ 천 리에 외로운 꿈만 오락가락하여라." 그러나 유희경이 다시 매창을 찾아온 것은 16~17년 뒤, 그의 나이 환갑 전후였다.

유희경과 이별 후 누군가의 기첩이 되어 3년간 서울살이를 했다는 이야기도 있다. 매창의 시 「홀로 마음 아파하며」(자상 1) 중 "서울에서 보낸 꿈 같은 삼 년/ 호남에서 또다시 새 봄을 맞네……"라는 대목이 그 근거로 꼽힌다. 200년 뒤 나온 이능화의 『해어화사』 중 '진사 서우관의 사랑을 받아 서울로 왔다'라는 대목도 방증으로 꼽힌다. 하지만 이와는 다른 기록도 있다. 홍만종은 『속고금소총』에서 매창이 '선상기로 뽑혀 서울로 올라왔'으며 김명원·심희수·장자당·류도 등과 시를 주고받았다고 했다.

당시 관기는 고달팠다. 행수가 되어야 한 달에 좁쌀 3말이나 조 5말에 불과했다. 빨래와 청소 등 온갖 궂은일은 물론 온갖 감정노동에 시달려야 했다. 그래서 어떤 권력자나 사대부의 눈에 들어 기방에서 벗어나는 것은 당시 관기들이 누릴 수 있는 최고의 호사였다. 어찌 됐든 임진왜란, 정유재란의 난리 중에는 매창을 언급한 기록이 단 한 자도 보이지 않는다.

그의 삶이 다시 기록 속에 등장한 것은 1601년 허균이 다시 부안에 나타나면서부터다. 허균은 그해 7월 세미를 배로 실어나르는 일을 감독하는 전운판관이 되어 전라도에 내려왔다. 부안에서 재회했을 때 매창의 나이는 스물아홉, 기생으로선 환갑이었다. 난봉꾼에겐 '대단치 않아' 보였을 터이나 그날 이후 허균에게 매창은 저의 삶에서 뗄 수 없는 반려가 되었다.

문집에서 "성품이 고결하다"라고 한 것으로 보아 허균을 매료시킨 것은 매창의 시와 몸가짐으로 드러나는 품성이었다. 『조선해어화사』는 그런 매창을 "성정이 절개가 있고, 깨끗하여 세상 어지러움에 물들지 않았으며, 음란한 일을 좋아하지 않았다"라고 전했다. 이수광의 『지봉유설』에는 이런 일화가 나온다. "어떤 손님이 그녀의 명성을 듣고 시를 지어 꾀니, 계랑이 즉시 그 시를 차운해 이렇게 답했다. '떠돌며 밥 얻어먹기를 평생 부끄럽게 여기고/ 차가운 매화 가지에 비치는 달을 홀로 사랑했네/ 고요히 살려는 내 뜻 세상 사람들은 알지 못하고/ 멋대로 손가락질하며 잘못 알고 있군요.' 선비는 머쓱해서 돌아갔다."

취해서 매창의 몸을 집적거리는 자도 있었다. "취한 손님이 명주 저고리를 잡으니/ 저고리가 그 손길에 찢겨졌네/ 명주 저고리 하나쯤이야 아까울 게 없지만/ 임의 은정까지 끊어질까 두려워라." '은정이라니……' 취객은 부끄러워 얼굴을 돌렸다.

그런 매창을 중국 역사상 최고의 여류시인이라는 설도薛濤에 비유한 이는 전라도 관찰사 한준겸이었다. 1602년 부임해 그해 한 차례 시를 주고받았던 한준겸은 이듬해 매창과 함께 모악산 용안대에 올라 「가기 계생에게」라는 시를 건넨다. "변산의 맑은 기운 호걸을 품었더니/ 규수 천 년에 설도가 다시 있어라." 허균도 매창의 부음을 듣고 이런 시를 헌정했다. "오묘한 시구는 비단을 펼친 듯하고/ 청아한 노래는 구름도 멈추게 했네/ ……부용 휘장에는 등불이 어둡게 비치고/ 비취색 치마에는 향내 아직 남았어라/ 명년 복사꽃 필 즈음엔/ 그 누가 설도의 무덤 찾을런가."

매창보다 1,000여 년 앞서 살았던 설도도 기생이었다. 그의 대표작인 「춘망사」는 시인 원진元稹과의 이루어질 수 없는 사랑 속에서 탄생했다. 그 셋째 연이 한때 우리나라의 국민가요였던 '동심초' 가사다. "꽃잎은 하염없이 바람에 지고/ 만날 날은 아득타, 기약이 없네./ 무어라

맘과 맘은 맺지 못하고/ 한갓되이 풀잎만 맺으려 하는고." 이렇게 번안한 시인은 김억金億. 매창 사후 300여 년 뒤『매창집』을 필사할 정도로 그를 사랑했던 사람이다.

매창은 나이 듦에 따라 권문세가, 문장가의 기억 속에서 잊혔지만, 허균만은 예외였다. 1608년 공주목사 시절 그는 퇴직 후 아예 부안 우반골에 터를 잡기로 하고 당시 부안현감이던 심광세沈光世에게 편의를 부탁했다. 그해 여름 파직당하자 바로 우반동의 정사암을 개축하고, 그곳에 눌러앉았다. 불행하게도 그해 말 조정에 다시 불려 올라가 일생에서 가장 행복한 시절은 4개월 만에 끝났다. 우반동 시절 그는 매창과 내변산을 유람하고, 문집을 정리하고, 새로운 세상에 대한 불온한 설계도 세웠다. 가는 곳마다 기생을 끼고 자고, 그것을 자랑스럽게 문집에 남기던 허균이 그 앞에서 수도승처럼 얌전했다. 그와 매창은 도반이었다.

1609년 3월 그는 매창에게 이런 편지를 보낸다. "근래에도 참선을 하시는가. 그리움이 더욱 사무치네." 6개월 뒤 다시 긴 편지를 보낸다. "봉래산 가을빛이 한창 무르익었으리니, 돌아가고픈 흥을 가눌 길 없네. 낭자는 응당 내가 구학의 맹세를 저버렸다 비웃겠지. 그때 만약 한 생각이라도 어긋났다면 나와 낭자의 사귐이 어찌 10년간 끈끈하게 이어질 수 있었겠나. 이제야 진회해가 사내가 아님을 알겠네. 하지만 선관을 지님이 몸과 마음에는 유익함도 있지. 언제나 하고픈 말 마음껏 나눌 수 있을지, 종이를 앞에 두니 서글퍼지는구려."

그즈음 매창의 몸과 마음은 병으로 무너지고 있었다. 허균에게서 일장서를 받긴 했지만, 아무런 기약도 없다. 여생을 부안 정사암에서 살겠다고 한 그의 약속 또한 한때의 헛맹세. 세상의 양반이란 이들이 모두 그러하지 않았던가. 허균과 함께 새로운 세상을 꿈꾸던 이들도 모두 떠났다. 후원자였던 현감 심광세도 1609년 정월 사직하고 고향으로 돌아갔다. 자신을 '여반'이라 했던 권필도 그해 여름 잠깐 들렀다가 기약 없이 떠나갔다. 언제나 그랬듯이 그는 혼자였다. 누가 마흔 다 된 퇴기를 찾을까.

"독수공방 외로워하다 병에 지친 몸만 남아/ 가난과 추위 속에 40년이 흘렀네/ 인생을 살면 얼마나 산다고/ 어찌 수심에 옷깃 마를 날이 없는가"(『병중수사』). 이듬해 그는 마지막 노래를 남긴다. "새장에 갇혀 돌아갈 길 막혔으니/ 곤륜산 어느 곳에 낭풍이 솟았던가/ 푸른 들에 해 저물고 푸른 하늘 끊어진 곳/ 구령산 달이 밝아 꿈속에서도 고달파라/ 홀로 수심에 젖어 서 있으니/ 황혼의 까마귀들만 숲속에 떠들썩하네/ 긴 털 병든 날개 죽음을 재촉하니/ 해마다 노닐던 언덕 그리워 슬피 우네." 백조의 마지막 노래였다.

그해 봄날, 매창은 죽었다. 떨어지는 매화가 봉창에 그림자를 남길 때쯤이었다. 그제야 매창은 조롱을 벗어났다. 그가 떠나고 나서야 변산 채석강처럼 한과 그리움과 원망으로 켜켜이 퇴적된 그의 삶과 시들은 이 땅의 그늘을 밝히는 빛이 되었다. 가장 낮은 곳에서 고통을 당하는 여인들의 울음이 되었고, 또 위로가 되었다.

그걸 두고 남정네들은 지아비를 향한 지고지순한 사랑이라 하여, 그를 다시 조롱 속에 가두려 했다. 그가 바라는 것은 조롱 밖 세상, 그 어떤 차별이나 억압도 없는 푸른 하늘로 비상하는 것이었는데…….

그런 매창을 끝까지 기억하고 기리고 사랑했던 것은 그와 같은 '천한' 백성들이었다. 매창의 외로운 주검을 수습해 봉덕리 마을묘지에 묻었고, '내가 사랑하는 건 시와 거문고라오'라는 그의 말을 기억해 그의 주검 옆에 거문고를 두었다. 나무꾼과 초동들은 묘지 앞을 지날 때마다 웃자란 풀들을 깎아주고, 술 한 잔씩 올렸다. 매창이 죽고 45년 뒤엔 혹시 잊힐세라 묘 앞에 비석까지 세웠다. 그런 민중의 애틋함으로 말미암아 그의 묘지가 있는 언덕은 '매창이뜸'이라는 이름도 얻었고, 유랑극단이나 사당패들이 부안에서 연희할 땐 먼저 매창묘에 신고식을 했다.

1668년 부안의 아전들은 십시일반 정성을 모아 그동안 구전돼 오던 매창의 시들을 모아 문집을 만들었다. 개암사에서 『매창집』 목판을 판각하고 책으로 발간했다. 당시 문집 발간은 도백道伯의 허가 사항이었고, 양반 사대부도 관의 힘을 빌려야 할 수 있는 일이었다. 목판이 사라진 19세기와 20세기엔 김정환金正煥과 김억이 각각 필사본을 남겼고, 시인 신석정辛夕汀은 매창집 한글 대역본을 내 누구나 읽을 수 있도록 했다.

이제 그에 대한 사랑은 신분을 넘어섰다. 부안군은 1974년 부안의 진산 성황산 서림공원에 매창 시비를 세웠다. 그 옛날 매창이 거문고를 즐겨 뜯었다는 '금대'와 매창이 즐겨 마셨다는 혜천이라는 석간수가 옆에 있는 곳이다. 시인 묵객들은 매년 4월 5일 매창묘에서 추모제를 지낸다. 추모제는 부안 유림이 주관한다.

그렇다면 매창의 비원은 이루어진 것일까? 불행하게도 그와는 무관하다. 여전히 『가곡원류』에 한 줄 나오는 평가인 '수절' 코드로 그의 시와 삶을 조롱 안에 가두려 한다. 신분사회 가부장 질서에 순종했던 여인! 권력욕에 장삿속까지 더한 것 아닌가 싶어 씁쓸하다.

허균의 추모시 한 구절이 가슴에 더 아프게 맺히는 건 그 때문일 것이다. 매창에 앞서 매창의 꿈을 꾸다가 가부장 권력에 무참하게 무너진 누이 허초희(허난설헌)의 죽음 때문이었을까. 허균은 매창의 그 지독하게 외로운 죽음 앞에서 진심으로 부끄러워했다. "자네가 가고 나니 ……봉래섬 구름은 자취도 없어지고, 푸른 바닷속으로 달도 잠겼어라……."

가부장 앞에서 길 잃은 '시혼'

이수광의 『지봉유설』에는 이런 이야기가 전한다. 승지 조희일趙希逸은 명나라에 사신으로 갔다가 원로대신으로부터 시집 한 권을 받는다. 놀랍게도 이옥봉李玉峰 시집이었다. 이옥봉은 조희일의 부친인 조원趙瑗의 첩. 대신이 들려준 자초지종은 이러했다.

"40여 년 전 바닷가에 괴이한 주검이 떠돌아, 사람을 시켜 건져올리도록 했다. 주검은 종이로 수백 겹 말려 있었고, 안쪽 종이엔 시가 빼곡히 적혀 있었다. 말미엔 '해동 조선국 승지 조원의 첩 이옥봉'이라고 적혀 있었다. 시가 워낙 빼어나 책으로 엮었다."

물론 신화다. 그러나 '햇빛에 바래면 역사요, 달빛에 물들면 신화가 된다'(소설가 이병주)고 했던가. 못난 정인에게 버림받아 불행하게 죽어간 여인 이옥봉의 '시혼'을, 당대의 여인들은 달빛에 물들이고 또 다듬어 신화를 빚어낸 것이었다. 이옥봉, 조희일, 조원은 모두 실재 인물. 이 가운데 이옥봉은 시를 목숨보다 더 사랑했고, 조원을 시보다 더 사랑하다가 아낙이 글을 쓰는 것이 못마땅하던 조원에게 소박당한 여인이었다.

조원의 셋째 아들인 조희일은 명나라 사신으로 간 적이 없었다. 다만 1606년 허균과 함께 종사관으로 명나라 사신 주지번朱之蕃 일행을 맞이한 적은 있다. 종사관은 중국 사신이 조선땅에 발 디딜 때부터 이들을 수행하며 접대하는 직책. 단순히 향응만 베푸는 것이 아니라 문장으로 나라의 자존심을 세우는 역할도 했다.

1652년 중국에서 간행된 『열조시집』에 이달(36수), 이옥봉(11수), 허균(10수), 허봉(4수) 등 조선 시인들의 시가 실린 것은 당시 종사관 허균의 '활약' 덕분이었을 것이다. 이달은 허균의 스승이고 허봉은 허균의 형이다. 이옥봉은 허균이 제 누이 허난설헌과 함께 당대 최고의 여류시인으로 꼽았던 인물이다. 『열조시집』이 나올 즈음 중국에선 『난설헌집』도 간행돼 널리 애송됐는데, 이 또한 허균이 누이의 사후 그의 시들을 모아 편집해 놓은 것이었다. 당시 조선 사대부들은 난설헌의 시를 '음란하다' 하여 금기시했다.

달빛에 물든 이옥봉의 신화는 더 있다. 남도소리 하면 '육자배기'요 서도소리 하면 '수심가'라 했다. 80여 소절로 이루어진 수심가를 여는 사설은 이렇다. "약사몽혼若使夢魂으로 행유적行有跡이면, 문전석로門前石路가 반성사半成沙로다, 생각을 허니 님의 화용이 그리워 나 어이할까." '꿈속 내 혼이 자취를 남겼다면, 님의 집 앞 돌길은 이미 반쯤 모래가 되었을 거라오'라는 뜻이다. 이옥봉의 '자술'(「自述」, 내 마음을 술회함) 또는 '몽혼'夢魂의 전구와 결구다. 기구와 승구는 이렇다. "묻노니, 임께서는 요즘 어찌 지내시나요? 사창엔 달빛이 가득한데 이내 가슴엔 한만 가득합니다." 현실에선 갈 수 없는 그곳을 꿈속에서 얼마나 오갔으면 길에 깔린 돌이 모래가 되었을까. 정한은 처절하지만, 시는 달빛처럼 맑고 단아하다.

'수심가'엔 이옥봉의 시 또 한 편이 박혀 있다. "님 떠날 내일 밤이야 짧고 짧아도, 님과 함께하는 오늘 밤은 길고 길었으면. 닭의 홰치는 소리 새벽을 재촉하니, 천 가닥 눈물 두 눈에서 흐르네"(「별한」別恨). 이옥봉의 한은 당시 조선 여인의 한이었고, 이옥봉의 시는 조선 여인의 한을 풀어내는 노래('수심가')였다.

이옥봉은 조선 왕실의 후손인 자운 이봉의 서녀로, 이봉이 옥천군수를 지낼 때 태어났다. 비록 첩의 자식이었지만, 어려서부터 영특할뿐더러 자존심도 강했다. 당시 여자라면 전공필수였을 길쌈, 바느질 등 가사에는 관심 없이, 글공부와 시 짓기에 열중했다. 10대의 이옥봉은 이미 인근에 잘 알려진 여류시인이었다.

시집갈 나이가 되었지만 도대체 관심이 없었다. 그는 서녀였기에 서얼금고법에 따라 양반가에 정실로 시집갈 수 없었다. '가봤자 첩인데, 기왕 첩으로 갈 바에야…….' 그는 제 마음에 드는 사람을 짝으로 삼으리라 각오했다. 마침 그의 눈에 한 남자가 들어왔다. 문장이 그런대로 쓸 만하고, 풍채 좋은 멋쟁이였다. 운강 조원. 이조판서를 지낸 신암新菴 이준민李俊民의 사위였다.

딸의 고집을 잘 알고 있던 부친은 그 뜻을 받아들여, 조원을 찾아가 사정을 했다. 조원은 거절했다. 부친은 포기하지 않았다. 이번엔 조원의 장인을 찾아가 사정했다. 이옥봉의 빼어난 시문과 아름다운 자태에 감복한 이준민은 사위를 설득했다. 조원이 진사시험에 장원한 1564년 이옥봉은 그의 첩이 되었다.

짝을 맺는 건 길고 힘들었지만, 버림당하는 건 한순간이었다. 1589년부터 1592년 사이의 일이었다. 조씨 집안의 먼 친척으로 선산을 지키던 이가 소도둑으로 몰려 잡혀갔다. 이옥봉은 그 아내의 간청에 못 이겨 글 한 편을 써줬다. 이 호소문을 본 형조의 당상관들은 문장에 감탄하며 피의자를 풀어주도록 했다. 소식을 들은 조원은 불같이 화를 냈다. "어찌하여 소백정의 아내에게 그런 글을 써주어, 남들의 귀와 눈을 번거롭게 하는가? 이것은 크게 몹쓸 짓이니 집에서 나가라." 이옥봉은 그날로 소박을 당했다.

당쟁의 와중에 빌미가 잡혀 출셋길이 막힐까 걱정했던 것이다. 당시 조정은 김효원金孝元과 심의겸沈義謙을 우두머리로 한 동서 붕당으로 갈라져 있었다. 그는 이조좌랑 시절 서인의 총대를 메고 심충겸(심의겸의 동생)을 동인 김효원 후임으로 이조정랑에 추천했다가 동인의 지탄을 받아 괴산군수로 좌천된 바 있었다.

그렇다고 사대부가 향리의 토색질에 희생당한 산지기의 억울함을 모른 척하는 건 도리가 아니었다. 더군다나 문장가를 자처하는 자임에랴……. 이옥봉의 호소문은 과연 명문이었다. "세숫대야로 거울을 삼고/ 물을 기름 삼아 머리를 빗질한 뒤 쓰옵니다/ 신첩이 직녀가 아닐진대/ 어찌 낭군이 견우(소를 훔친 사람이라는 은유)가 되리이까."

일각에선 이옥봉이 첩이 되는 조건으로 절필을 약속했으며, 이 약속을 어긴 것이 소박의 이유였다고 주장한다. 하지만 그건 사실과 거리가 멀다. 조원은 함께 살면서 이옥봉의 문장에 기댄 바 컸다. 하다못해 부탁을 거절할 때도 이옥봉에게 의지했다. 어느 날 한 선비가 책력 한 부를 부탁하는 서신을 보내왔다. 조원은 고민하다가 이옥봉에게 답장을 부탁했다. "어찌 남산의 스님에게 빗을 빌려 달라고 하지 않으십니까."

조원이 삼척부사 시절 쓴 이옥봉의 「추사」秋思는 외직으로 전전하던 남편 구명용이었다. "서리 내려 나무에 진주가 달렸으니, 성안엔 벌써 가을이 가득하겠네. 마음은 임금 곁에 있지만, 몸은 바닷가 끝에서 일에 매였네……." 조원의 부탁으로 함경병마절도사 신립申砬에게 보낸 시로 추정되는 것도 있다. "……북소리 울리자 쇠피리 함께 울고, 달이 창해에 잠기니 어룡도 춤을 추네"(「증병사」). 그가 본처 소생의 아들에게 보낸 시(「증적자」)는 자부심으로 가득했다. "……네가 붓 한 번 놀리면 바람이 놀라고, 내가 시 한 수 지으면 귀신이 곡했지."

1589년 조원은 성주부사로 있다가 한양으로 돌아오던 중 상주관아에서 하루 묵었다. 친구인 윤국형 상주목사가 술자리를 베풀자, 조원은 이옥봉에게 시 한 수 지어 답례할 것을 요청했다. 이옥봉은 즉석에서 시를 읊고, 조원이 받아 적었다. 윤국형은 그때 그 모습을 이렇게 그렸다. "시를 읊고 생각하는 동안 부채를 부치면서 때로는 입술을 가리기도 했는데, 목소리가 맑고 처절해서 이 세상사람 같지 않았다"(『문소만록』).

그로부터 얼마 지나지 않아 애오라지 제 출세만 생각하던 조원은 이옥봉을 버렸다. "문명은 있었지만, 국량과 식견이 좁아 사류의 신망을 얻지 못했다." 조원에 대한 일부의 평가였다. 그는 권력 주변을 서성이다가 임진왜란 중인 1595년 죽었다. 그의 묘비명 어느 구석에도 이옥봉에 대한 언급은 한 자도 없다. 그러나 그런 조원에 대한 이옥봉의 사랑은 맑고 깊기가 그야말로 한겨울 달빛 같았다. "……기다리다 여윈 얼굴, 님에게 보이기 민망해, 매화 핀 창가에 앉아 반달눈썹 그리네"(「낭군에게」). 까다로운 평자 이덕무李德懋는 『청비록』에서 "멋과 운치가 있다"라고 했고, 권응인權應仁은 『송계만록』에서 "여자로서 이처럼 시를 잘 짓는 이는 예로부터 드물다"라고 평가했다.

조원은 이옥봉의 흔적을 남기지 않았지만 고손자 조정만이 1704년 부친의 명을 받아 고조부터 조부까지 3대의 문집 『가림세고』를 엮으면서 부록에 「옥봉집」을 실었다. 중국의 『열조시집』에도 올라 있으니 그제야 이옥봉 시를 가문의 자랑으로 삼으려 했던가 보다. 「옥봉집」 말미엔 이런 평가가 덧붙여져 있다. "비록 쫓겨났어도, 남편을 원망하지 않고 자신을 단속해서 전란 속의 어려운 시절에 정절을 잘 보전하였다. 그리하여 천하 사람들이 아름답게 여기게 되었다." 참으로 가당찮다. 누가 누구에게 그런 말을 할 수 있을까. 조원은 과객으로 왔다가 사라졌지만, 이옥봉은 중국에서까지 애송됐다. 그래서 이런 반성을 피할 수 없었을 것이다. "그 삶은 불행했으나, 그 죽음은 불후하였다."

이옥봉은 소박당한 뒤에도 애걸복걸하지 않았다. 정한은 쌓여 병이 되었지만, 그저 속으로 삭였다. "이불 속에서 흘린 눈물, 얼음장 밑 흐르는 물 같아, 밤낮 이불을 적신들, 그 누가 알겠습니까"(「규정」閨情). 속좁은 남자가 어찌 '얼음장 밑을 흐르는 물' 소리를 들을 수 있을까.

이옥봉의 시가 정한에만 매여 있는 건 아니었다. 허균은 시평집 『학산초담』에서 이옥봉의 시를 두고 "맑고 굳세어 지분(화장)의 태가 전혀 없다"라고 극찬했다. 특히 그는 「비」와 「영월도중」을 높이 평가했다. "흩어지는 구름 사이로, 햇살 쏟아지니, 은빛 대나무 하늘 가득, 강을 가로질러 흐르네"(「비」).

권응인은 「계미북란」을 두고 "청신 원활하고 장하고 고와서 여인의 손에서 나온 것이 아닌 듯하다"라고 했다. "……경원성 흘린 피로 산하가 붉게 물들고, 아산보 요사한 기운에 일월이 흐렸어라……서울에 아직 반가운 소식 닿지 않으니, 강호의 봄빛마저 처량하기만 하구나."

조선 중기의 문인 신흠申欽은 『청창연담』에서 단 열 자에 불과한 「죽서루」를 조선 최고의 시로 꼽았다. '강물에 노니는 갈매기의 꿈은 드넓고江涵鷗夢闊, 하늘 멀리 나는 기러기의 수심은 아득하구나天入雁愁長.' "고금의 시인 가운데 이렇게 표현한 자가 아직 없었다."

이옥봉, 그의 시혼은 갈매기 꿈처럼 드넓었으나, 가부장 사회에서 그가 가야 할 길은 기러기의 북행처럼 멀고 고단했다. 사족 하나 보탠다.

"강함옥몽활江涵玉夢闊, 천입봉수장天入峰愁長." 옥과 봉은 이 땅의 여인의 또 다른 이름이다.

제월대는 높아 외롭고,
취묵당은 낮아 평온하네

달래강은 제월리에서 고산을 만나 암태극과 수태극을 이루며 한바탕 어우러지고 개향산을 만나 크게 만곡을 그리며 흐르는 듯 머문다. 달래강이 휘도는 고산 제월대는 천군만마를 호령하는 장수의 기개로 우뚝하고, 발아래 달래강이 고요한 개향산 취묵당은 선정에 든 수행자처럼 적정하다.

암울했던 1920년대 벽초 홍명희는 무력감과 절망을 떨치기 위해 제월대를 찾았고, 양대 호란과 당쟁으로 황폐했던 17세기 중후반 백곡栢谷 김득신金得臣, 1604~84은 몸을 감추고 이름을 숨기려 취묵당에 들었다. 홍명희는 제월리 묘막에서 항일과 독립의 뜻을 벼렸고, 김득신은 능촌리 초당에서 시어를 벼렸다. 제월리엔 노론의 명문가 풍양 홍씨 추만공파 일족의 선영이 있고, 취묵당 뒤편 능촌리엔 '4세문과'의 문벌 안동 김씨 제학공파 일족의 선영이 있다.

종내 이룬 드높은 성취는 같았지만, 두 사람의 타고난 재주는 천양지차였다. 홍명희는 다섯에 천자문을 떼고 여덟에 『소학』을 배웠다. 그는 여덟 살 때 이미 돌아가신 어머니를 그리워하는 한시를 지었다. "파리는 해마다 생겨나는데, 우리 어머니는 왜 안 돌아오시나." 김득신은 열 살이 되어서야 비로소 글을 배우기 시작했고, 어린이용 『십구사략』의 첫 단락 26자를 사흘이 지나도록 구두조차 떼지 못했다. 열한 살이 되어서도 "다리 밑에서 노니는 물고기"橋下魚走를 보고 "각하육주"脚下肉走라 하여 부친을 실색케 하였다.

홍명희는 난삽하기 짝이 없는 『서경』의 「우공」 편을 일곱 번 만에 외웠고, 김득신은 『사기』의 「백이」 편을 11만 3,000번이나 읽었다. 홍명희는 열한 살부터 탐독한 장편 한문소설 『삼국지』, 『수호지』, 『동주열국지』, 『서한연의』 등을 서너 번 만에 외우다시피 했고, 김득신은 1만 번 이상 읽은 고문만 36수나 됐다.

당대의 천재 홍명희는 부러움의 대상이었지만 김득신의 노둔함은 당대의 우스개로 회자되곤 했다. 수도 없이 읽은 「백이」 편 첫머리나 한시 입문서인 『당음』唐音의 첫 시조차 기억하지 못해, 어깨너머 귀동냥으로 외운 하인의 기억력을 빌려야 했다. 어느 날 담 너머로 글 읽는 소리가 들려왔다. "夫學者載籍極博……"(부학자재적극박, 배우는 자에게 서적은 많으나……). 많이 듣던 문장이지만 출처가 기억나지 않았다. 수염을 배배 꼬며 고심하는 모습을 본 하인이 말했다. "그건 선비님이 수없이 읽던 『사기』의 「백이」 편에 나오는 대목 아닙니까." 김득신이 무려 11만 3,000번이나 읽은 글이었다. 또 말 위에서 문득 떠오른 '마상봉한식'(馬上逢寒食, 말 위에서 한식을 맞았네)의 대구를 찾지 못해 안절부절하자, 이번에도 하인은 '도중송모춘'(途中送暮春, 길 위에서 다시 봄을 보내네)이라고 읊조렸다. 『당음』의 첫 장에 나오는 송지문의 시로, 김득신이 이미 1만여 번 읽은 것이었다.

그러나 김득신은 성품이 맑고 깨끗했다. 맡아놓은 꼴찌였지만, 질투도 시기도 하지 않았다. 배울 게 있으면 누구나 스승이었다. 하인에게서 대구를 들은 그는 타고 가던 말에서 내려 하인더러 말에 타라고 했다. "네가 나보다 낫구나. 내가 말구종을 해야겠으니 고삐는 내게 주어라."

그럼에도 훗날 두 사람이 문학에서 일군 경지는 다르지 않았다. 홍명희는 불세출의 장편 대하소설 『임꺽정』으로 조선의 문화와 풍속, 말과 글, 사투리를 집대성했고, 막 눈을 뜨기 시작한 조선의 문학을 세계 문학에 편입시켰다. 김득신은 17세기 황폐한 조선의 시단을 '당음'唐音 수준으로 끌어올렸다. 조선의 대표적인 문장가 택당澤堂 이식李植은 그의 시를 '당대의 으뜸'이라고 평가했다.

김득신은 나아가 시를 오로지 입신양명의 수단으로 쓰던 풍토 속에서 인간의 정조와 진정성을 표현하는 시풍의 싹을 틔웠다. "만물의 형상을 심도 있게 묘사한 것이 그 진정과 흡사하다. 산천과 나그네의 곤궁한 형상과 달밤에 노니는 흥취가 눈앞에 있는 듯하여 읽는 자로 하여금 감탄을 금할 수 없게 만드니, 김득신의 시는 다른 사람이 미칠 수 있는 바가 아닌 듯하다"(서계 박세당).

두 사람에게는 또 하나의 공통점이 있었다. 달리 스승이 없었던 그들의 삶을 지켜준 것은 부친이었다. 동시대의 훼절한 천재 최남선이나 이광수와 달리 홍명희로 하여금 항일과 독립운동의 외길을 가도록 한 이는 부친 홍범식이었다. 홍범식은 나라가 일제에 병탄당하자 맏이인 홍명희에게 이런 유언을 남기고 자결했다. "너는 잃어버린 나라를 기어이 찾아야 할 것이고, 죽을지언정 왜놈들에게 친일하는 일은 없어야 한다." 부제학과 경상감사를 역임한 김득신의 부친 김치金緻는 아들의 노둔함을 질책하기는커녕 오히려 격려하고 희망을 심어주었다. "학문의 성취가 늦는다고 성취하지 말라는 법은 없다. 그저 읽고 또 읽으면 반드시 큰 문장가가 될 것이다. 공부를 게을리하지 말거라." 김득신은 서른아홉 살에 진사과 곧 국립대학(성균관) 입학의 문을 통과했고, 등용문인 대과는 쉰아홉 살에야 가까스로 급제했다.

1662년 3월 급제한 김득신은 괴산으로 내려갔고, 그해 8월부터 청안현감의 지원을 받아 달래강변 개향산 언덕 위에 취묵당을 짓기 시작했다. 부친이 입향조인 고조 김석金錫을 비롯해 조상의 무덤 22기를 조성해 봉안한 백현능원 근처였다. 오랫동안 과시에 매달리긴 했지만, 사실 그는 벼슬에 뜻이 없었다. '4대 문과 급제'라는 부친의 꿈을 이루기 위해 응시한 것이었다.

부친을 포함해 조상들은 벼슬살이 동안 당쟁에 휘말려 온갖 고초를 겪었다. 고조 김석은 기묘사화에 휘말려 낙향했고, 증조부는 명종 때 양재역벽서사건에 연루돼 21년간 서원(서청주)에서 귀양살이를 했다. 이 사건은 선조 대에 이르러 '소윤'이 '대윤'을 치기 위한 조작사건으로 판정됐다. 부친은 광해군 시절 '대북'과 '소북' 싸움에 휘말렸다.

집안이 그러하니 출사했을 경우 김득신도 그런 운명을 피하기 힘들었다. 시험 단계에서 번번이 낙방한 것은 노둔함 때문이기도 했겠지만, 집안의 이런 정치적 내력과 무관하지 않았다. 급제한 뒤 홍천과 정선군수, 사헌부 장령으로 발령을 받고서도 그는 부친과 맞섰던 자들의 반대로 취임조차 못했다.

그의 대표작으로 취묵당 전면 기둥 주련에 새겨져 있는 시 「용호」(지금의 용산 앞 한강)에는 당시의 심사가 잘 나타나 있다. "古木寒雲裏(고목은 찬 구름 속에 잠기고) / 秋山白雨邊(가을 산엔 소낙비 들이치네) / 暮江風浪起(날 저문 강에 풍랑이 일자)/ 漁子急回船(어부는 급히 뱃머리 돌리네)." 당시 집권 노론 세력은 저희들의 패악질에 대한 시비로 해석해 처벌을 주장했다. 찬 구름, 소낙비, 풍랑 등의 시어들은 이를 상징하는 것으로 볼 수 있겠다. 하지만 효종은 '당음에 넣어도 부족하지 않다'라고 극찬하며, 이 시의 풍경을 병풍에 그리도록 했다.

당시는 소윤과 대윤, 동인과 서인, 대북과 소북의 피비린내 나는 권력투쟁에 이어 집권 서인이 골육상쟁 속에서 노론과 소론으로 분당하려던 국면이었다. 그의 막역지우 윤선거尹宣擧도 우암 송시열의 편협을 지적했다가 정치적 위기에 몰렸다. 그런 암투가 얼마나 지긋지긋했던지 윤선거는 급제하자마자 초야에 묻히려는 그를 두고 "세상 사람들은 어리석다고 할 만도 하지만 김득신은 결코 어리석지 않다"라고 말했다.

「취묵당기」는 이런 사정을 여실하게 드러내고 있다. "진실로 취해도 고요히 침묵하고, 깨어도 조용히 침묵하여, 입을 병마개 막듯이 꼭 봉함을 일상의 습관으로 삼으면, 반드시 재난의 기틀을 건드리지 않을 것이다." "만약에 취중에 침묵하지 못하고 취한 다음에도 침묵하지 못한다면, 비록 몸이 들판 바깥에 있다 하더라도 성곽으로 둘러싸인 도시 가운데 있으면서 말을 삼가지 않는 사람과 그 순간을 함께할 것이다." 그는 일체 어떤 당파에도 줄 서지 않았고, 어떤 논란에도 끼지 않고, 마개로 병을 막듯이 입을 봉했다.

1670년 취묵당에 '억만재'라는 새 이름을 쳤다. 그 연유가 참으로 기막히다. "나는 태생이 노둔해서 다른 사람보다 배나 더 읽었다. 『사기』, 『한서』와 한유韓愈와 유종원柳宗元의 글은 모두 베껴서 1만여 번이나 읽었고, 그중에서 「백이전」을 가장 좋아해 1억 1만 3,000번이나 읽어 드디어 내 방을 억만재라 하였다." 「백이전」은 788자에 불과했다. 하지만 그런 노력이 스스로도 대견했다. "전한, 당, 송의 글을 두루 찾아서, 입에서 침을 날리며 1만 번 읽었다."

지인들은 그런 그를 놀릴 양으로 이렇게 묻곤 했다. "지난 경술년 팔도에 흉년이 들어 이듬해 경향 각처에 쌓인 시체가 헤아릴 수 없었는데, 그대가 책 읽은 수와 죽은 사람 수 가운데 어느 쪽이 많은가." 김득신은 싱긋이 웃는 것으로 대답을 대신했다.

김득신에 앞서 다독으로 유명한 이들은 많았다. 방 안에 처박혀 책만 읽던 괴애乖崖 김수온金守溫은 어느 날 대청에 나가 낙엽 쌓인 것을 보고서야 이미 가을이 지나가고 있음을 알았고, 허백당虛白堂 성현成俔은 변소에서 책을 읽다가 나올 줄 몰랐다. 김일손金馹孫은 한유의 글을 1,000번 읽었고, 소재蘇齋 노수신盧守愼은 『논어』를 2,000번 읽었다. 간이簡易 최립崔岦은 『한서』를 5,000번, 그중에서 「항적전」만 1만 번 읽었다. 동악東岳 이안눌李安訥은 두보의 시를 수천 번, 어우당於于堂 유몽인柳夢寅은 장자와 유종원의 글을 1,000번씩 읽었다.

하지만 김득신이 「고문삼십육수독수기」에서 밝힌 것처럼 「백이전」 1억 1만 3,000번을 포함해 1만 번 이상 읽은 글이 36수에 이르는 이는 없었다. 게다가 그건 서른 살부터 예순여섯 살까지 읽은 것이니, 그 이전이나 이후 여든한 살까지 얼마나 더 읽었을지는 알 수 없다.

그의 이런 노력은 후세인들에게 큰 귀감이 되었다. 그보다 158년 뒤 태어난 다산 정약용은 「백곡의 독서를 변증한다」를 지어, "글이 생긴 이래 상하 수천 년과 종횡 3만 리를 통틀어 독서에 부지런하고 뛰어난 이로는 백곡을 제일로 삼아야 할 것"이라고 상찬했다. 송곡松谷 이서우李瑞雨는 한술 더 떠 이렇게 극찬했다. "공은 노둔하다고 스스로 포기하지 않고 독서에 발분하였으니 뜻을 세운 사람이라고 할 수 있겠고, 한권의 책 읽기를 억 번(10만 번), 1만 번에 이르고도 그치지 않았으니 그 뜻을 지킨 사람이라 할 수 있겠다. 조금씩 쌓아가면서 애를 쓴 뒤에 터득하였으니, 그 뜻을 이룬 사람이라고 하겠다."

황덕길이 지은 「독수기 뒤에 쓰다」의 한 대목은 특별하다. "곽희태는 다섯에 『이소경』을 다섯 번 읽고 외웠고, 그의 아들 곽지흠은 일곱에 『이소경』을 일곱 번 읽고 외웠다. '우공'을 배운 권호는 한 번 읽은 뒤, 권민은 배우자마자 외워버렸다. ……하지만 그들의 문장은 단지 한때 재능이 있다는 이름만 얻었을 뿐 후세에 전하는 것은 없다."

증평군 율리에 있는 그의 무덤 앞 묘비엔 이현석이 지은 묘갈명과 서문이 새겨져 있다. 서문엔 김득신의 이런 말이 인용돼 있다. "재주가 남만 같지 못하다 해서 스스로 한계를 짓지 말라. 나같이 노둔한 사람도 없지만 끝내는 역시 이룸이 있었으니, 이것은 부지런히 힘쓰는 데에 달렸을 뿐이다. 만약 재주와 기량이 넓지 못하더라도 하나하나에 정성을 다해 공을 이룬다면, 재주가 많으면서 이룸이 없는 것보다는 낫다."

홍명희는 정통 성리학에서부터 서구의 자유주의를 섭렵했고, 민족주의와 사회주의를 아울렀다. 생래적인 관용의 정신, 학문과 사상의 폭이 넓어 편협되거나 걸리는 것이 없었다. 김득신 역시 유불선 그 어느 것에도 매이지 않고 그 고갱이를 받아들였다. 과시 준비를 할 때는 여러 사찰에 머물렀으며, 임진왜란 때 승병장을 지낸 벽암대사 등과 친분을 맺으며 유학자로서 편협과 고루를 벗어버렸다. 혜정 스님에게 이런 편지를 보내기도 했다. "유교와 불교는 비록 도는 다르나 이럭저럭 30년을 지냈지. 행여나 다음 생에 다시 만나면 우리 함께 참선이나 하세." 『장자』, 『노자』도 수천 번 읽어 도교의 무위자연도 체화했다.

홍명희는 군계일학의 빼어남 때문에 평생 풍파에 시달렸다. 일제하에서는 일경의 감시나 총독부의 회유가 괴롭혔고, 해방 공간에서는 좌익과 우익 사이에서 고초를 겪었다. 때문에 대하소설 『임꺽정』도 완성하지 못했다. 하지만 김득신은 그 타고난 노둔함으로 말미암아 온전히 저의 길을 갈 수 있었고, 태산을 옮기는 인고의 삶으로 1,500여 수의 시와 산문 180여 편을 남겼다. 이를 통해 저의 부족한 재주로 말미암아 상처받은 사람들에게 위로와 희망을 주었다. 둘 다 여든한 살까지 장수했지만, 홍명희는 목을 길게 늘어트리고 고향 하늘만 바라보다가 타향에서 삶을 마감했고, 김득신은 서시보다 곱다고 자랑하던 고향 산천에서 잠들었다. 제월대는 높아 외롭고, 취묵당은 낮아 평안하다.

김득신은 증평 청안에서 태어나 증평 율리에 묻혔다. 부친이 별세하자 목천 잣밭마을을 중심으로 글공부를 했다. 말년은 괴산 능촌리 초당에 머물렀다. 태어나고 묻힌 곳은 밤티마을(율리)이었으며, 학문에 전념하던 곳은 잣밭마을(백전)이었고, 시문학의 일가를 이룬 곳은 능촌리였다. 지자체 간 연고권을 놓고 시비가 있어 부연한다.

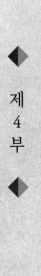

제4부

손곡의 꿈,
높아서 비감하였다

강원도 원주시 부론면 읍내를 지나 손곡마을로 향한다. 가을걷이를 끝낸 들판은 햇살만 눈부신데, 길가는 나락이며 참깨며 고추며, 온갖 결실로 가득하다. 넓게 팔 벌려 들을 감싸는 낮은 산들이 한눈에 들어올 즈음, 바람에 실려온 들녘이 온통 고소하다. 어느 철모르는 손주 녀석이 할머니와 깨를 터는가, 참깨 향기가 천지 사방으로 톡톡 튄다.

"산그늘 내린 밭 귀퉁이에서 할머니와 참깨를 턴다/ 보아 하니 할머니는 슬슬 막대기질을 하지만/ 어두워지기 전에 집으로 돌아가고 싶은 젊은 나는/ 한 번을 내리치는 데도 힘을 더한다/ 세상사에는 흔히 맛보기가 어려운 쾌감이/ 참깨를 털어내는 일엔 희한하게 있는 것 같다/ 한 번을 내리쳐도 셀 수 없이/ 쏴아쏴아 쏟아지는 무수한 흰 알맹이들/ 도시에서 십 년을 가차이 살아본 나로선/ 기가 막히게 신나는 일인지라/

휘파람을 불어가며 몇 다발이고 연이어 털어낸다."

　시인 김준태金準泰의 「참깨를 털면서」 덕분에 비로소 나는 연어처럼
아주 오랜 시간 속으로 회귀하고 있음을 실감한다. 손곡리 할머니는 백
운산 여신이 되었고, 그곳을 지키는 늙은 자식들 역시 전설이 되어간
다. 그곳에선 지금도 할머니와 손주는 참깨를 털고 있었다. 마을 고샅,
길가에 농가들 하나둘 이어지고, 어수룩한 건물 하나 덜렁 서 있다. 창
고려니 했지만, 간판은 예사롭지 않다. '이달의 꿈' 그리고 '예술극장,
광대패 모두골.' 빛바랜 행색과 너른 들판을 보아하니 마을엔 일손이며
곳간이며 부족할 텐데, 무슨 예술극장 광대패인가. 게다가 이달의 꿈이
라니, 도대체 이 마을이 꾸는 꿈이 수상쩍다.

　맞은편엔 손곡蓀谷 이달李達, 1539~1612의 시비가 있다. "시골집 젊은
아낙이 저녁거리가 떨어져/ 빗속에 보리를 베어 수풀 속을 지나 돌아
오네/ 축축한 생섶은 불도 붙지 않고/ 문에 들어서니 어린 딸은 치마자
락 붙잡고 우는구나." 이런 시도 남겼다. "밭고랑에서 이삭 줍는 시골
아이 하는 말/ 하루 종일 동서로 다녀도 바구니가 안 차네요/ 올해엔
벼 베는 사람들도 교묘해져/ 이삭 하나 남기지 않고 관아 창고에 바쳤
다네요."

　앞의 시는 「보릿고개」요 뒤의 시는 「추수 끝난 뒤의 풍경」이다. 무능
한 조정과 부패한 관리, 잇따른 왜란에 초근목피로 버티던 백성을 그렸
다. 응시하는 시인의 시선엔 차가운 분노가 날카롭다. 하지만 거기까지
다. 최경창·백광훈과 함께 '3당唐 시인'에 꼽혔던 그의 시풍은 여전히
애상과 아취다.

　손곡리에서 5년여 수업 끝에 성당의 시풍으로 혁신한 그는 호까지
손곡으로 바꾼 뒤, 강릉의 명문세가 허엽許曄 집안의 가정교사로 들어
간다. 그곳에서 가르친 이가 허균·허난설헌 남매. 장차 무능하고 부패

340

한 왕조를 뒤엎으려다 극형에 처해진 조선의 풍운아 허균, 가부장제의 억압 속에서 시댁과 남성 권력자들과 불화하다가 스물일곱에 요절한 여성 시인 난설헌. 허균이 '홍길동'을 스승 이달을 모델로 창조했다 하니, 그로써 이달의 이상과 꿈을 짐작할 만하다.

원주의 광대패 모두골 네 가족이 호저면 광격리 영산마을로 귀촌한 것은 1998년. 그해 말 서울 한신대 목회자 모임에서 돌아온 광대패들이 한자리에 모였다. 상쇠가 봉투 하나를 꺼냈다. 사례비 70만 원. '대호네는 네 식구이니 얼마, 바우네는 세 식구이니 얼마……' 그는 이런 식으로 나눴다. 상쇠의 눈에서 이미 맺혔던 눈물이 주르륵 쏟아졌다. 가족들이 뒤엉켜 흐느꼈고, 통곡했다. 몇 푼 안 됐지만, 광대패를 전업으로 삼은 뒤 처음으로 가족에게 쥐어준 돈이었다.

지학순 주교와 장일순 선생이 버티고 있던 원주는, 여느 지방과 달리 일찌감치 민주화운동의 성채를 이루고, 살림과 모심을 통한 새로운 삶을 시도했다. 경향 각지에서 몰려온 젊은이들이 생협·신협 등 협동조합운동을 펼쳤고, 탈춤이나 판소리, 대동굿의 복원을 통해 공동체의 회복을 시도했다. 그때 원주 민속연구회에서 활동하던 청년들이 통일문화연구회, 광대패 골굿떼를 거쳐 결성한 것이 광대패 모두골이었다. 1993년의 일이었다.

전업 예인으로 살기로 했지만, 연습장조차 꿈도 꿀 수 없는 소도시에선 불가능한 일이었다. 너나없이 호시탐탐 귀촌을 도모한 것은 그 때문이었다. 먹을 것은 함께 씨 뿌려 가꾸고, 비닐하우스 속에서 연습하고 창작하면 될 것 아닌가. 그래서 찾아간 곳이 영산마을. 다행히 곳곳에서 공연 혹은 연희 요청이 왔다. 자리를 잡는가 싶었는데, 2001년 지주가 나타났다. 어쩌겠는가. 떠나야지.

마침 손곡리 주민들이 이들에게 마을 행사 기획과 연희를 맡겼다. 그야말로 주민들과 손님들이 '뿅' 가게 놀았다. 그랬더니 집이든 공연장이든 땅이든 필요한 것 마련해 줄 테니 손곡으로 오라는 제안이 왔다. 이보다 더 좋을 수가! 공연장 '이달의 꿈'은 그렇게 해서 탄생했고, 몇 해 뒤 공동체 '신화마을' 실험이 시작됐다.

율도국은 허균의 이상향. 홍길동은 민중을 이끌고 저 무능한 왕조와 부패한 공권력이 미치지 않는 섬나라로 떠나, 그곳에서 차별 없고 억압 없고 빈부 없는 이상향을 일구려 했다. 난설헌 역시 차별 없는 자유롭고 평등한 세상을 꿈꿨다. 그런 꿈을 심어줬던 이달. 그들은 모두 주인 없는 주검이 되어 사라졌다. 꿈이란 얼마나 불온하고 또 위험한 것인가.

떠돌던 이달은 언젠가 제자에게 이런 시를 보낸다. "나그네의 시름은/ 가을을 맞아 더하고/ 고향 그리는 마음은/ 밤이 되면서 더 깊어지네// 어둠 속의 귀뚜라미는/ 별 가까이서 울고/ 차가운 이슬방울은/ 성긴 숲속으로 떨어지네/ 서울길에 나그네 된 지도 벌써 오래인데/ 산과 바다에 노닐자던 마음만은 아직도 잊을 수 없네/ 향을 사르며 앉아/ 잠도 이루지 못하노라니/ 궁궐의 물시계 소리 따라/ 밤만 더욱 깊어간다네."

허균은 그런 스승을 그리며 『손곡산인전』을 지었다. '손곡산인蓀谷山人 이달은 자가 익지益之다. 고려 말 이첨의 후손으로 귀족 신분이지만, 모친이 기생이었으므로 세상에 나와 등용되지 못하고 원주의 손곡리에 살았다. ……그의 마음은 항상 텅 비어 한계가 없었으며, 살림살이를 돌보지 않아 언제나 가난했다. 이 때문에 평생을 떠돌아다니며 걸식하니 많은 사람들이 그를 천하게 여겼다. 가난과 외로움으로 늙어간 그는 가난한 시인의 대명사였다. 그러나 몸은 곤궁했지만, 그의 시는 영원할 것이니, 어찌 한때의 부귀로써 그 이름을 바꾸겠는가?

이달은 저의 신세를 단 네 문장으로 그렸다. "외로운 학 먼 허공 바라보며/ 차가운 밤 외발로 서 있네/ 가을바람 대숲에서 싸늘하게 우는데/ 온몸이 찬 이슬에 젖어 있네"(「화학」畵鶴). 그 스승에 그 제자다.

뜻이 높으면 세상과 불화할 수밖에 없고, 꿈이 크면 세상의 따돌림을 피할 수 없다. 알산골, 능골, 뒷골, 은골, 오리울, 어재골 등 손곡리의 골골엔 그런 큰 뜻을 가진 이들의 신화가 지금도 살아 있다. 알산골엔 반역의 피를 어쩌지 못하던 이괄李适의 탄생 설화가 있고, 능골엔 위대한 무장이었지만 정치꾼들의 농간에 놀아나 버림받은 임경업林慶業 장군의 설화가 있다. 이괄은 인조반정의 일등공신이었지만, 인조에 맞서 다시 반란을 일으켰다가 효수된다. 임경업은 청군을 벌벌 떨게 했지만 그가 지키려던 조선 왕실의 배반으로 만리타향에서 죽임을 당했다. 공교롭게도 이괄의 난을 진압한 것은 임경업이었으니, 손곡마을의 운명 또한 기박하다. 미륵세상을 꿈꾸던 궁예가 왕건에게 대패해 그 꿈을 꺾은 곳도 문막과 부론 들판 사이 그 어디쯤이었다. 꿈이 컸기에 절망도 컸던 이들이 잠든 곳이다. 손곡리의 옛 이름은 손위실. 고려의 마지막 왕 공양왕이 왕위를 내주고(손위) 이 지역으로 유배왔다고 해서 얻은 이름이다.

손곡에서 광대패 모두골은 거침없었다. 정월 대보름 달맞이굿, 섣달 그믐 서낭당제 등 각종 대동굿으로 마을의 일체감을 제고하고 백운산 산신제, 장군굿 등의 제의를 통해 신화적 삶의 복원을 꿈꿨으며 각종 공연과 연희로 이웃 사람들을 불렀다. 청소년에게 풍물을 가르치고, 방과후 공부방 손곡학당도 개설해 위기의 중고교를 구하려 했다. 2009년엔 인근 문막 취병리 진밭마을 김봉준 화백의 도움을 받아, 신화마을

프로젝트에도 나섰다. 스스로 살리고(자립), 서로를 살리고(공생), 신화로써 공동체를 살리자는 기치 아래 생산부터 유통까지, 문화 발굴에서 창조까지 주민들과 함께하려는 것이었다. 모심의 정신 아래 각자의 영성을 일깨워 사람과 사람, 인간과 자연이 하나 되는 생명의 공동체를 추구했다.

예상은 했다. 그러나 밀월은 오래가지 않았다. 더 빠른 결실을 기대하는 주민들의 재촉이 잦아졌고, 생산과 유통에서 전통적 관행을 바꿔내는 것은 더 힘들었다. 광대들은 전업 예인으로서 커가고 싶었지만, 머슴처럼 동원되다 보니 정체성이 흔들렸다. 하나둘 마음도 몸도 떠났다.

공연장 앞에는 생명대장군과 살림여장군이 나란히 있다. 어디서든 장승은 그렇게 둘이 붙어 있다. 신화마을에도 이지원, 정대호 두 장승이 있었다. 그러나 이제 둘은 떨어져 있다. 한 사람은 영농조합, 다른 사람은 광대패에만 전념한다. 두 장승이 등 돌린 채 먼 산만 쳐다보는 형국이니 신화마을은 위태롭다. 서로 다름보다 지쳤다. 꿈은 깊은 상처가 되었다. 지켜보는 이들의 마음도 비감하다. 이달, 허균, 이괄, 임경업 그리고 오늘의 광대들. "……아아 손곡리 가는 길은/ 지난겨울의 꿈이 되었나"(정토, 「손곡리 가는 길」에서).

이제 다시 참깨를 털던 할머니로 돌아간다. "사람도 아무 곳에나 한 번만 기분 좋게 내리치면/ 참깨처럼 쏴아쏴아 쏟아지는 것들이/ 얼마든지 있을 거라고 생각하며 정신없이 털었다/ 그걸 가엾게 지켜보시던 할머니가/ 조용히 나무라하셨다/ 아가, 모가지까지 털어져선 안 되느니라." 성급했던가, 참깨 모가지가 부러지면 안 된다. 성급했나? 참깨 모가지가 부러졌다!

나이 오십 줄을 넘어 이달은 한 소식 한다. "인간 세상 만 가지 일이

뜻 같지 않아/ 득실에 유유悠悠하며 새옹塞翁을 보네./ 달 좋은 누대에서 도리어 병이 들고/ 꽃 지는 시절에는 늘 바람도 많네./ 뜻밖의 높은 벼슬은 허무해지고/ 과거의 영웅들도 적막 가운데 있으니/ 오십 년 나이가 무슨 소용이랴./ 한 소리 길게 읊으며 먼 하늘 바라보네"(「서회」書懷). 하지만 장승처럼 발목을 땅에 묻고 서 있기엔 나이 쉰너댓은 너무 젊다. 그는 전국을 유랑하다가 평양에서 객사했다.

부론읍의 한 호프집 화장실엔 이런 글이 걸려 있었다. "누구를 미워도/ 누구를 원망도 하지 말자// 많이 가졌다고 행복한 것도/ 적게 가졌다고 불행한 것도 아닌 세상살이// 재물 부자이면 걱정이 한 짐이요/ 마음 부자이면 행복이 한 짐인 것을/ 죽을 때 가지고 가는 것은 마음 닦는 것과 복 지은 것뿐이라오// 누군가를 사랑하며 살아갈 날도 많지 않은데/ 누구에게 감사하며 살아갈 날도 많지 않은데/ 남은 세월이 얼마나 된다고 가슴 아파하며 살지 말자/ 버리고 비우고 또 채워지는 것이겠지 하는 마음으로, 감사하는 마음으로 살아가자." 그 밑에 이런 글귀가 붙어 있었다. "내가, 사랑이 머리에서, 가슴으로 내려오는데, 칠십 년이 걸렸다오." 김수환 추기경의 글이란다.

도망悼亡,
이 한 영원히 사라지지 않으리

조선 중기 이후 죽은 이를 추모하고, 사랑하는 이를 보내는 애통한 심정을 담은 만시輓詩 와 만사輓詞 가 널리 퍼졌다. 얼마나 유행했던지 다산 정약용이 "만시는 만장으로 만들어 상여 앞에 세우지 말고 자신의 글 상자에 거두는 것이 옳다"라고 비판할 정도였다. 산 자의 사회적 지위와 신분, 사회적 영향력을 과시하는 수단으로 변질됐던 것이다.

만시 가운데 아내의 죽음을 애도한 것을 도망시悼亡詩 라고 했다. 죽은 이를 애도한다는 뜻이지만 중국 서진西晉 의 시인 반악潘岳 의 「도망」 이래 그렇게 굳어졌다. 철저한 가부장제 사회에서 지아비가 아내에게 보내는 애달픈 헌사여서 조선의 도망시는 특별했다.

지금도 많이 인용되는 것 가운데 하나가 추사 김정희의 것이다. "중신 할매 내세워 명부에 소송을 해서라도/ 다음 생에서는 부부가 바꿔 태어나/ 천리 밖에서 나는 죽고 당신은 살아/ 지금 내 마음의 슬픔을 당신이 알게 하리라." 김정희가 쉰일곱 살인 1842년 섣달 열나흗날 유배지인 제주에서 부인 예안 이씨가 한 달 전 동짓달 열사흗날 별세했다는 부음을 듣고 지은 것이다.

유배 중 김정희는 부인에게 많은 편지를 보냈다. 부음을 받고 보니 그가 보낸 마지막 편지는 부인이 죽고 7일 뒤에 쓴 것이었고, 직전 것은 부인이 죽은 날 보낸 것이었다. 부인은 남편의 편지 두 통을 읽지도 못하고 세상을 뜬 것이었다. 그러나 김정희의 도망시는 평소 그의 성품처럼 여전히 현학적이었다.

허균의 스승 손곡蓀谷 이달李達의 「도망」은 서정성에서 으뜸으로 꼽힌다. "비단옷엔 향기 사라지고 거울엔 먼지 앉았네/ 문 닫자 복숭아꽃 적막한 봄일세/ 옛날처럼 그대 방엔 밝은 달빛 와 있는데/ 드리운 저 주렴 걷어올리던 이 누구였던가?" 절제된 애상이 가슴을 찌르지만 반악의 「도망」 모작 시비에 휘말려 그 빛을 잃었다.

효전孝田 심노숭沈魯崇의 「동원」 역시 곡진하다. 가끔은 패물을 팔아 밥상에 향기로운 술을 올리던 아내였다. 아내는 봄이면 딸과 들에 나가 쑥을 캐서 탕도 끓이고 나물도 무쳐 냈다. 그런 아내는 먼저 이승을 떠나면서 쑥이 돋는 것을 보면 자신을 생각해 달라고 당부했다. 심노숭이 석 달 동안 관서지방 유람에서 돌아온 뒤였다. 이듬해(1793년) 남산의 옛 집에 갔다가 마침 제수씨가 차려준 상에 쑥이 올라온 것을 보고는 이런 시를 지었다. 「동원」이다. "……그때 나를 위하여 쑥 캐주던 그 사람은 어디로 갔는가/ 그 얼굴 위로 흙이 쌓이고 거기서 새 쑥이 돋았구나." 그러나 그는 1년 뒤 도망시의 먹이 마르기도 전에 재혼했다. 여러

기생과도 염문을 뿌렸으니, 시적 진정성은 인정 받을 수 없었다.

영재寧齋 이건창李建昌은 삶과 시가 한결같았다. 처음 유배를 당하고 돌아오니 아내는 스물둘에 이미 저세상 사람이 되어 있었다. 어린 아들은 글을 읽는다는 것이 숫제 통곡이었다. "술잔의 눈물이 채 마르기도 전에/ 살평상엔 먼지만 가득히 쌓였소/ 차마 떨어지지 않는 발걸음 중문 안으로 들이지만/ 내 집에 있어도 손님만 같구려……." 이건창의 이런 삶과 문장은 어쩌면 집안 내력이었다. 이건창의 7대조 할아버지 이진위는 각리 이진검의 넷째 동생이고, 각리의 넷째 아들이 바로 당대의 시서화 삼절 원교圓嶠 이광사李匡師 다.

이광사는 영재보다 120여 년 전 도망시 한 편을 남겼다. "…… 천지가 뒤바뀌어 태초가 되고/ 해와 달이 빛을 잃어 연기가 되어도/ 이 한은 맺히고 더욱 굳어져/ 세월이 흐를수록 단단해지리라/ …… 당신의 한도 정녕 그러하리니/ 두 한이 오래도록 흩어지지 않으면/ 언젠가 다시 만날 인연 있으리."

이광사. 전주이씨 덕천군파 왕족으로 노론과의 권력투쟁 과정에서 몰락한 폐족의 집안에서 태어나, 하곡霞谷 정제두鄭齊斗의 뒤를 이어 조선 양명학의 적통을 잇고 서예에서 동국진체를 완성한 당대의 슈퍼스타였다. 그러나 그는 쉰한 살에 귀양을 떠나 23년 동안 유배 끝에 절해고도에서 죽음을 맞았다. 그런 그의 비극의 절정엔 부인의 자결이 있었다.

1755년 쉰한 살에 그는 영문도 모른 채 나주괘서사건에 연루돼 투옥됐다. 주모자 윤지尹志의 아들 윤광철尹光哲과 친하다는 것이었다. 집안 어른들이 잇따라 역모에 휘말리던 터여서, 그는 죽음을 피하기 힘들었다. 영조가 직접 국문을 하기도 했다. 부인 문화 유씨는 그가 체포되자 자식들에게 유서를 쓰고 식음을 전폐했다. "이런 일에 휘말려 들었으니…… 뭘 바라고 구차하게 살 것인가.""서울 집을 팔고 바로 강화도로 들어가거라. …… 사대부 냄새 피지 말고 몸소 밭 갈아 먹어라. 남과 만나지도 말고 남의 비위에 거슬리게도 말며 단정히 살아라." 단식 6일째 이광사가 처형되리라는 소문이 들렸다. 부인 유씨는 들보에 광목천을 걸고 목을 맸다. 남은 삼남매를 살리는 길은 자신의 목숨을 내놓는 것뿐이라고 생각했다.

소문과 달리 이광사는 유배형에 처해졌다. 함경도 부령으로 끌려가면서 부인의 자결 소식을 한 달 뒤에야 들었다. 유배지에서 그가 가장 먼저 쓴 것이 「도망」이었다. "내가 죽어 뼈가 재가 될지라도/ 이 한은 결코 사라지지 않으리./ 내가 살아 백번을 윤회한대도/ 이 한은 정녕 살아 있으리……."

부인 유씨는 이광사보다 아홉 살 아래지만 속이 깊고 현숙했다. 가난한 이광사는 재혼하던 해 경기도 고양으로 이사 갔다가 이듬해 서대문 밖 셋집으로 돌아왔고, 이듬해 다시 강화도로 갔다가 1년 만에 한양으로 되돌아왔다. 유씨는 그동안 거들떠보지도 않던 집안의 땅을 팔아 마련한 자금으로 4~5년 만에 묵은 빚도 갚고, 둥그재 밖(아현동)에 집도 마련했다. 그런 유씨에게 이광사는 어린 동생처럼 기댔다.

부부금슬은 장안에 파다했다. 그야말로 닭살 부부였다. 원교는 「망처 문화유씨기실」에서 이런 일화를 전한다. 아내의 생일 때였다. "내가 돌아보며 장난 삼아, '오늘 태어난 이가 어찌 갑자기 웃고 말하며, 어찌 갑자기 키가 이리 커졌소? 또 젖을 먹지 않고 밥을 먹으며, 어찌 이리 신통하오? 그 조숙함이 고신씨보다 훨씬 낫구려.' 식구들 모두가 다 웃으니 그대 또한 빙그레 웃었지."

이런 일도 있었다. 둥그재 집엔 이광사의 글씨를 받으려는 이들이 장사진을 쳤다. 그들은 담배며 생선이며 옷감을 들고 왔다. 이광사가 그걸 받아오면 유씨는 대뜸 물었다. "무슨 명목으로 받으셨소?" "인정상

어쩔 수 없었소"라고 우물쭈물하면 부인의 훈계가 따랐다. "장부가 유순하여 이렇듯 맺고 끊질 못하면 무슨 일을 하시겠소?" 이광사는 아내가 죽은 뒤 12년 동안 열 편의 제망실문(죽은 아내를 애도하는 글)을 짓고, 실기 한 편, 묘지명 한 편을 지었다.

아내에 대한 사랑은 유배 당시 여덟 살에 불과했던 늦둥이 딸에게로 이어진다. "이월 그믐, 감기로 누워 있자니 어린 딸 생각이 한층 간절하여 정을 달랠 길이 없다. 부모 곁에서 재롱부리던 곱고 사랑스런 딸의 모습이 눈에 선하다. 아픈 중에 억지로 풀잎 자리에 누워 인편을 기다렸다가 멀리 부친다"라는 길고긴 제목의 편지에서 그는 이렇게 통탄했다. "아, 이승에서 너를 다시 볼 수 있다면, 헤어진 후의 뒷이야기를 모두 다 들려줄 텐데……."

그런 아비에게 어린 딸은 아버지가 즐겨 까먹던 수박씨를 보냈다. 아비는 눈물이 밴 장문의 시를 딸에게 보낸다. "좋은 사위 가려서 늙마를 즐기겠더니/ 뉘 알았으리오! 여덟 살에 어버이를 다 잃을 줄이야/ 나야 생이별에 애가 마디마디 무너지나/ 네 어미 어이 차마 널 버리고 죽는단 말인가/ 저승에서도 그 눈 응당 감지 못하리니."

글에 나타나듯 이광사는 꾸미는 걸 지독하게 싫어했다. 임진부작위任眞不作爲라, 본래 제 모습에 충실할 뿐 꾸미지 않는다는 것을 글과 글씨, 그리고 삶의 원칙으로 삼았다. 그의 글이 때론 직정적直情的이고 때론 한없이 유장한 건 그 때문이었고, 그의 글씨가 '괴이'하다는 평가를 받은 것 역시 그 때문이었다. 아들 영익에게 보내는 편지에서 '참는 것만이 미덕이 아니'라며 이렇게 말했다. "결코 자신을 속이려 하지 말며 마음이 일어남을 억누르지 말라. 주의할 것은 방종이지 억지로 뽑아 펴는 것은 아니다. 본래 마음을 찾아 안으로 거둬들이면 내실은 커지기 마련이다." 그는 마음속의 한과 뜻과 기운을 있는 그대로 글과 글씨에 담왔다.

마음속에 의기가 모아지고 감정이 일어나면, 사람은 말을 하게 되고, 말로 다 드러내지 못하면 탄식을 하고, 탄식으로 안 되면 노래를 하고, 노래로도 안 되면 손과 발로 춤을 추는 법. 글씨나 그림도 다르지 않았다. 평소 글씨를 쓸 때 가객으로 하여금 노래를 하게 하였다. 노래가 우조이면 웅혼하게, 평조에 이르면 평온한 분위기의 글씨가 흘러나왔다.

지리산 밑 천은사에서 일주문 편액 글씨를 써달라는 부탁을 해왔다. 한때 감로사였으나, 중창을 하면서 구렁이를 죽였더니 물이 마르고 화재가 자주 발생한다는 사연도 덧붙였다. 이광사는 지리산 계곡을 굽이쳐 흘러가는 물처럼 글씨를 썼다. 이후 화재는 멎었고, 일주문에선 지금도 한밤 귀를 기울이면 신운의 물소리가 들린다고 한다. 두륜산 대흥사 일주문의 편액 '해탈문'은 신덕사 동종의 비천문처럼 혼이 승화하는 형태고, 대흥사의 침계루 편액 글씨는 베고 있는 계곡물처럼 시원하고 유장하다. 강진 백련사 만경루 편액처럼 꿈틀꿈틀 일렁이는 경우도 있고, 행서체의 '사언시'처럼 결구가 들쭉날쭉하고 기울기도 한다.

그는 '오랑캐' 청의 글씨를 버리고, 중화 서체의 본이라는 중국 동진의 왕희지王羲之 글씨를 모본으로 삼아 서예를 배웠다. 그러나 이런 틀보다는 마음에서 일어나는 의기와 정조의 표현, 원칙과 변화의 조화를 중시했다. 결구가 삐뚤빼뚤하고, 윤곽이 비스듬히 누웠으며, 획은 찌르는 듯한 경우가 많은 건 이 때문이었다. 그의 곡절 많은 삶과 가슴에 쌓인 한이 밴 결과였다. 그가 완성한 동국진체는 사랑하는 아내를 잃고 유배지를 떠돌지 않았다면 이룰 수 없는 것이었다.

대표적인 게 해남 대흥사 '대웅보전' 편액. 자체는 엄정하지만 획 안에 칼날의 서기가 배어 있다. 그것을 보고 노론의 명문가에서 태어나

청나라 완원阮元, 옹방강翁方綱 등을 사숙한 추사 김정희가 가만히 있을 리 없었다. 게다가 이광사는 경종 시절 노론 4대신을 죽음에 이르게 하고, 영조를 인정하지 않으려 했던 소론의 핵심 집안 출신 아닌가. 그는 제주도로 유배를 가는 중에 대흥사에 들러 주지 초의 선사에게 현판을 떼도록 했다. 그리고 제주도에서 대웅전 편액으로 '무량수각'을 써서 보내며 이런 내용의 편지를 보낸다. "(이광사의 글씨는) 조송설(趙松雪, 조맹부)의 형식 속으로 타락했음을 면치 못했으니 나도 모르게 아연하며 웃을 수밖에 없다." 그는 다른 글(잡지)에서도 이렇게 폄하한다. "'지붕 밖에 푸른 하늘이 있으니 다시 이를 보라'는 말도 있는데, 동쪽 사람들이 원교의 필에 묶여 있고, 또 왕허주(王虛舟, 청나라 서예가) 등 여러 거장이 있는 것을 모르고 함부로 붓을 일컫고 있으니, 나도 모르게 웃음이 나온다."

김정희의 이런 비웃음은 7년 3개월여 제주도 유배 생활을 거치면서 깨끗이 사라진다. 해배되어 귀경하던 중 다시 대흥사에 들렀을 때 김정희는 초의 선사에게 대웅전 현판으로, 제 것을 떼어내고 원교 것을 다시 걸도록 했다. 유배지의 고독과 절망 속에서 추사체를 완성한 뒤에야 비로소 역시 유배지에서 완성한 이광사의 동국진체를 알아본 것이다. 지금 대흥사 대웅전엔 이광사의 편액(대웅보전)이 걸려 있고, 김정희의 '무량수각'은 한 단 낮은 요사체(백설당)에 걸려 있다.

이광사는 부령에서 7년 만에 노론 대신들의 성화에 따라 진도로, 진도에서 다시 완도 옆 신지도로 이배된다. 그러나 신지도 유배객 쉰한 명 가운데 유일하게 병영(송곡진) 밖인 금실촌 황치곤의 집에서 기거했다. 뒤뚱산이 아담한 병풍 구실을 하고, 앞개에 물이 들고 나는 모습이 잘 보이는 자리였다. 이광사는 그곳에서 동국진체의 전형인 원교체를 완성하고, 서예 평론 및 이론서인 『원교서결』을 썼다. 찾아오는 이들에게 서예를 가르쳐, 창암蒼巖 이삼만李三晩 등을 통해 호남에 동국진체가 뿌리내리게도 했다. 혜원蕙園 신윤복申潤福의 부친 신한평申漢枰은 신지도까지 내려와 그의 초상화를 그리기도 했다. 1급 유배객치고는 자유로웠다.

그러나 유배지에서의 제한된 자유가 '금강석인들 뚫을 수 있으랴'던 그의 한을 풀 수는 없었다. 뜰 앞에 서서 상산·상왕산·두륜산 너머를 바라보는 그의 시선엔 언제나 한 사람이 있었다. "영영 이별한 뒤 봄도 지나고 여름도 다 가버렸소. 서리 바람이 쌀쌀한데 옥체는 편안하시오. ……아들아이가 가져온 친척들의 편지가 상 위에 가득하오만, 오직 당신 것만 한 글자도 없으니, 어찌 이런 일이 있단 말이오. 창자는 마디마디 끊기는 것 같고, 눈물은 강물이 쏟아져 내리는 듯 흐르오. 살아서 혼이 끊어지기보다는 차라리 죽어 한 무덤에 묻히는 게 낫겠소."

이광사는 아들 영익에게 '죽은 부인에게 보내는 편지'를 주면서 아내의 무덤 앞에서 읽고 태우라고 하였다. 편지는 이렇게 이어진다. "어서 죽기만을 간절히 기도하지만 하늘은 이 소원마저 들어주지 않소. 낮과 밤이 어찌 이리 길단 말이오. 삶이 정말 괴롭소. ……영혼이 깨어나서 만약 부인과 내가 한자리에 앉을 수 있다면, 이승에서 맛난 음식 함께 맛보며 다시 즐길 수 있을까요. 그윽하고 고요했던 모습, 바르고 정숙했던 태도를 이승에서 다시 볼 수 있을까요. 해도 달도 별도 시들지만 내 가슴에 쌓이는 한은 사그라지지 않는구려." "바라건대 밝고 환한 넋이 와서 듣고, 늙은 홀아비의 정을 측은히 여겨주시오. 눈물이 먹을 적셔 글이 써지질 않는구려."

성패를 묻지 말라,
오로지 양심에 의지할 뿐!

1996년에야 복원된 강화도 사기리의 영재^{寧齋} 이건창^{李建昌, 1852~98} 생가는 낮고 좁고 단조롭다. 어깨높이의 담장은 띠를 얹었고, 역시 초가지붕의 살림채는 두 평 남짓 대청에 사랑방과 안방이 ㄱ자로 붙어 있다. 사랑방은 반듯한 1평 남짓이고, 안방은 그런 게 두 개 잇대어 있다. 구한말 조부는 이조판서, 본인은 참판을 지낸 명문가의 종택이라고는 믿기지 않는다.

당호인 '명미당' 편액을 보아도, 뒤란의 '정경' 지위에 오른 선대의 묘를 보아도, 대갓집의 격에 어울리지 않는다. 생가 오른편 이건창을 기리는 문학비에 이르러서야 실망은 부끄러움으로 바뀐다. 회원만 1,000여 명을 헤아리는 한국의 문학인이 망라된 한국문학비건립동우회가 생가 복원 이듬해인 1997년 7월 건립한 것이다.

시비 뒷면의 약전은 이렇다. "맑고 고운 시문으로 구한말 사단을 빛낸 문장가요 시인이시며 양명학을 가학으로 받들고 고궁을 가헌으로 지킨 조선시대 선비의 전형이며 …… 대쪽 같은 기개와 신념으로 불의와 타협을 거부한 전통시대 관아의 모범이셨다." 창강滄江 김택영金澤榮이 여한9대가麗韓九大家로 꼽았고, 민영규 전 연세대 교수가 강화학파의 마지막 종장으로 평가했던 이건창.

문학비 앞면엔 그의 시 「숭양 가는 길」 일부가 새겨져 있다. "개성을 육 년 사이 다섯 번이나 오갔지만/ 부소산 채하동도 들르지 못했네/ 자세히 헤아리니 일생 벼슬살이에서/ 마음 맞는 것보다는 몸만 고달팠네." 그제야 오로지 맑고 밝다는 택호가 다시 눈에 들어오고, 생가의 가난은 주인장의 드높은 자존과 곧은 정신의 또 다른 표현이었음을 깨닫게 된다.

생가 뒤편 가묘 중엔 조부 이시원李是遠의 묘가 있다. 조부는 1866년 병인양요 때 동생 지원과 함께 자결했다. 프랑스 군대에 의해 강화읍성이 함락되자 관리들은 모두 도망쳤다. 나라의 녹을 먹는 자들이 그러했으니, 누군가는 그 죄를 받아야 하는 것 아닌가. 조부는 30리길 건평리의 아우 지원을 찾아갔다. 나라에 은혜를 입고, 땅의 보살핌을 받아 지금까지 살아왔는데, 이런 치욕 앞에서 어찌할 것인가. 늙은 몸으로 싸우는 건 개죽음. 죽어 귀신이라도 되어야 그나마 무언가 할 수 있지 않겠는가? 조부는 말했다.

동생은 형을 따라 나섰다. 사기리 종가 대청에 세 형제가 마주 앉았다. 셋째 희원은 남은 가족을 돌보도록 했고, 첫째와 둘째는 치사량의 간수를 마셨다. 장손 이건창은 그 장면을 낱낱이 지켜보았다. 조부는 어려서부터 이렇게 말했다. "질의 참됨만이 네가 갈 길이다. 결과의 대소고하는 따질 일이 아니다." 손자의 삶에 결정적인 영향을 끼친 조부는 죽어서도 손자를 보살폈다.

이건창은 그해 조선 과거 사상 최연소(15세)로 급제했다. 너무 어려 4년 뒤에야 벼슬에 나섰다. 하지만 참됨만을 따랐던 탓에 벼슬은 언제나 유배로 끝났다. 조정의 부름에 따라 출사했다가는 곧 유배를 당하고, 유배에서 돌아오면 또 불려나갔지만 다시 귀양길에 올라야 했다. 말년엔 내리는 벼슬을 모두 고사했다. 고종이 최후통첩을 했다. "벼슬이냐, 아니면 유배냐." 그는 주저하지 않고 유배를 택했다. 가장 혹독하다는 절해안치를 자청해 고군산열도로 갔다. 그에게 중요한 건 무엇이 되느냐가 아니라, 무엇을 왜 하여야 하는가였다. 그런 사생관은 조부의 영향도 컸지만 그 바탕엔 가학으로 내려온 조선 양명학, 곧 하곡霞谷 정제두鄭齊斗의 가르침으로 말미암은 바 컸다.

정제두는 당쟁이 정점으로 치닫던 숙종 말 한양을 떠나 강화도에 정착했다. 당시 주자학 유일사상 체제 아래서 양명학은 집권 노론에 의해 사문난적으로 단죄됐다. 앞서 허균·박제가·유수원·이수광 등이 양명학을 받아들였지만, 스스로 양명학자임을 밝힌 이는 정제두가 유일했다.

사문난적으로 몰리면 자신은 처형당하고 가문은 폐족이 되고, 동료 학인들은 숙청되는 시절이었지만 정제두는 학문적 양심을 속일 수 없었다. 그는 소용돌이를 피해 한양 살림을 접고 조선 양명학의 기틀을 세우는 데 집중했다. 그가 강화로 이주할 때 노론과의 권력투쟁에서 뿌리가 뽑힌 소론 계열의 이광명·신대우 등이 그 뒤를 따랐다. 이건창은 이광명의 종손이요, 이광명은 동국진체를 완성한 원교 이광사의 종형. 정제두의 학문은 이들에 의해 가학으로 전승됐다.

양명학은 마음이 곧 이치라 하여, 주체성을 강조했다. 마음 밖에 사물이 없고 마음 밖에 이치가 없다는 것을 종지로 삼았다. 따라서 인간은 누구나 도덕적 본성과 합리적 이성을 갖추고 태어난 평등하면서 존귀한 존재였다. 이에 비해 주자학은, 이치는 객관적 사물에 내재한다고 보았고, 따라서 사물의 본성이 곧 이치라 하였다. 조선의 성리학은 한 걸음 더 나아가 공맹의 경전과 주자의 해석으로 그 이치가 남김없이 드러났으니, 배우고 따르기만 하면 된다는 도그마를 세웠다. 주자의 해석은 일점일획도 수정되거나 달리 해석해서는 안 되는 것이었다.

양명학의 입장에서 보면 마음이 곧 이치이므로 본래 마음을 되살리면 누구나 세상을 바르게 보고 진리를 드러낼 수 있다고 보았다. 신분의 귀천은 관계가 없었다. 모두가 도덕적 본성과 이성, 그리고 불성 혹은 영성을 갖추고 태어난, 평등하면서 존귀한 존재였다. 신분질서는 사물에 내재한 객관적 본성으로 간주했던 주자학적 입장에서 보면 이단이었다.

특히 주자는 『대학』의 친민親民을 신민(新民, 백성을 새롭게 한다)으로 바꿔, 사대부 중심의 계급질서를 합리화하려 했다. 이에 비해 양명학은 경전 본래의 친민(백성과 가까이 하여 그 고통과 슬픔과 기쁨을 같이한다)으로 돌아가야 한다고 했다. 백성을 계도의 대상이 아니라 함께하는 존재로 보았다. 봉건 계급질서에 대한 도전이었다. 여기에 "백성이 가장 중하고, 둘째는 사직이며 군왕은 가볍다"라는 『맹자』의 내용까지 더했으니, 성리학 입장에선 사문난적이 아닐 수 없었다.

양명학의 핵심 개념인 양지良知란 모두가 다 갖추고 있는 밝고 순수하고 차별 없고 우주만물에 열려 있는 앎이다. 따라서 오롯이 자신의 내면에 천착하여 사욕을 씻어내면 밝게 드러난다고 보았다. 양지를 온전하게 드러내고 확장하는 과정을 치양지致良知라고 했다. 하지만 아무리 맑은 거울이라도 거기에 비친 것이 온전한 진실일 수는 없다. 양지의 거울을 통해 드러난 앎도 실천을 통해 검증되어야 진리는 확인될 수 있다. 따라서 '앎은 행의 시작이요 행은 앎의 완성(지행합일)'이라고 하였다.

정제두와 그 제자들은 여기서 한걸음 더 나아가 '실심 실학'이라 하여, 동기의 순수함과 실천의 치열함을 극단적으로 강조했다. 동기가 순수하다면 끝까지 뜻을 실천에 옮겨 앎과 삶을 일체화하고 완성해야 한다는 것이다. 이런 정제두의 학풍을 이어받아 구한말에 이르러 강화학을 성립한 이들이 바로 시원·지원 형제 등이었다. 강화학파 대부분이 민족의 비극 앞에서 장엄한 최후를 선택한 것은 그런 앎과 삶을 일체화한 까닭이었다. 이건창이 '벼슬이냐 유배냐'라는 양자택일 앞에서 주저하지 않고 유배를 택한 것도 마찬가지였다.

이건창의 문장을 흠모했던 매천 황현은 경술국치를 당하던 해 자결했다. 그는 죽기 전 이건창을 한 번이라도 더 보고자 경재 이건승, 난곡 이건방과 함께 강화도 화도면 건평리 이건창의 무덤을 찾았다. "홀로 외로이 누웠다고 서러워하지 마시라, 그대는 살아서도 이미 혼자 아니었던가."

아우인 이건승, 정제두의 7세손인 기당 정원하 전 참판은 을사조약이 체결되던 해 자결을 시도했다. 가족의 저지로 실패하자 경술국치의 해 문원 홍승헌 전 참판, 수파 안효제 등과 함께 만주로 항일투쟁의 길을 떠났다. 뜻은 비장했지만, 육십 노구에 할 수 있는 건 없었다. 그들은 관조차 마련하지 못하는 처절한 궁핍 속에서 생을 마감했다. 안효제는 1912년, 홍승헌은 1914년, 이건승은 1924년, 정원하는 1926년 세상을 떠났다.

헤이그 밀사로 파견됐던 보재 이상설은 1888년 이건창이 전남 보성으로 유배를 떠날 때 성문 앞에 술상을 차려놓고 기다리던 제자였다. 이상설은 성문이 열리고 이건창이 압송돼 나오자 술 한 잔 따르고 큰 절을 올렸다. 그는 만주와 극동 지역을 오가며 독립운동을 하다가 1917년 러시아의 니콜리스크(우수리스크)에서 세상을 떠났다. 경재, 기당, 문원 집안과 세교를 맺었던 이석영·이회영 형제, 그리고 이동녕도 그렇게 죽음을 맞았다. 강화학의 영향을 받은 단재 신채호, 백암 박은식도 마찬가지였다. 해방 1년 전, 지리산 천은사 입구 월곡 저수지에 뛰어든 매천의 동생 석전 황원의 죽음은 강화학파의 장렬한 산화 행렬의 대단원이었다.

거명된 이름만으로도 알아차렸겠지만, 이들은 철두철미 보수주의자였다. 갑오년 혁명을 일으킨 동학농민군에 대한 토벌을 주장하며 타협과 협상을 반대했다. 개화를 막기 위해 버텼고, 갑오경장을 거부했으며, 단발령에 저항했다. 개화파들을 두고 이 나라를 도박판의 판돈으로 이용하려는 자들이라고 규탄했다.

그러나 이들은 농민봉기 이전에 그 원인이 되었던 신분질서를 혁파하고 부정부패를 발본해야 한다고 주장했다. 개화를 반대한 것은 스스로 혁신하지 않고는 개화가 곧 망국으로 이어지리라는 판단 때문이었고, 외세의 꼭두각시 노릇이나 하는 것으로 비춰진 개화파의 행태를 용서할 수 없었다. 그들은 개화에 앞서 왕과 신하가 이 나라를 바로 세우겠다는 굳건한 의지(실심)를 갖추고 실효를 거둘 방책을 수립하는 게 먼저라고 주장했다. "실심이 없다면 결국 강대국에 먹히고 말 것이오"(이건창).

황현, 김택영과 함께 조선 말 3대 문장가로 꼽혔던 이건창에게 "문장은 시대를 위해 써야 하고, 시는 현실의 문제를 위하여 써야"(당나라 백거이) 하는 것이었다. 그래서 그의 문장은 권력자들의 죄상을 성토하는 데 추상 같았고, 그의 시는 약자의 고통을 뼈에 사무치게 드러냈다.

"…… 남편은 굶주림을 참으며 작은 논에 모내기를 하다가/ 여름을 넘기지 못하고 굶어 죽었다/ 남편이 심은 벼를 수확한 추석날/ …… (그 아내가) 유복자 안고 죽은 남편을 향해 오열하다가/ 기절한 지 오래지 않아/ 돌연히 아전들이 사립문을 부수며/ 세금 내놓으라고 소리 지른다." 1878년 충청우도 암행어사로 나갔다가 농민들의 참상과 관리들의 패악질을 눈으로 보고 쓴 장시 「전가추석」의 일부다.

수탈을 피해 산중으로 숨어든 화전민에게 닥친 재앙을 전하는 「협촌기사」는 가슴을 후벼 판다. "이 산중에 호랑이도 없고/ 근방에 산적도 없거늘/ …… 관속배 팔을 걷어붙이고/ 노인을 치고 부인네 욕보이고/ 해괴하기 말로 다 못하겠소/ …… 놀란 아기 반쯤 사색이요/ 움츠린 개 숨을 헐떡헐떡/ 다시 챙겨봐야 무엇하랴/ 빈 방구들에 해진 삿자리뿐인데……."

1892년 함흥민란을 수습하는 안핵사로 갔다 올 때 지은 「금파」가 전하는 백성들의 실상은 이랬다. "백골이 가시덤불에 쌓여 있음에랴/ 쑥대머리 백성들 의지할 바를 잃고/ 빗속에 서서 도깨비불을 서러워한다……." 1893년 보성 유배지에선 명문거족에 고위관료로서 자신의 삶을 이렇게 자책한다. "하급관리는 현문으로 가고/ 늙은 농부는 들판으로 간다./ 담장의 계집애는 장대 들고 대추 밤을 따고/ 중은 날이 저물도록 시주를 구하러 다니네./ 나는 누구이기에 앉아서 안일을 누리는가." 하루 세끼 얻어먹는 것조차 부끄러웠다.

이웃집에 살았지만 평생 얼굴 한 번 보지 못했던 짚신장이 유씨의 죽음 앞에서, 매장할 땅을 내주고 쓴 「유수묘지명」의 명문은 그의 인간 존중 정신과 문장의 한 절정을 보여 준다. "백성들은 오곡이 풍성한 것을 보배로 여기고/ 열매는 거두어 먹고 짚은 버렸네/ 유씨 노인은 이것으로써 늙을 때까지 마쳤으니/ 살아서는 신을 삼았고 죽어서는 거적에 싸여 갔네."

이건창의 종제 난곡 이건방으로부터 강화학을 전수받은 위당 정인보는 해방 직후 백범과 임시정부 요인의 환영식에서 중국 한나라 장건張騫의 시 한 편을 소개한다. "곤륜산을 타고 흘러내린 차가운 물 사태沙汰가, 사막 한가운데인 염택鹽澤에서 지하로 자취를 감추고, 지하로 잠류하기 또 몇 천 리, 청해에 이르러 그 모습을 다시 지표로 드러내서, 장장 8,800리 황하를 이룬다."

정인보는 임시정부 요인의 귀환과 함께 진정으로 나라와 민족을 걱정했던 보수주의자들의 잠류하던 꿈이 비로소 현실로 드러나고 꽃을 피우게 되리라 기대했던 것이다. 그 제자 민영규의 말처럼 정인보로 말미암아 "잠류하던 강화학 선학들의 슬픈 사연이 광복하게 된 것"은 맞지만, 정인보의 판단은 기대에 그치고 말았다. 이후 김구를 비롯해 이 땅의 참보수주의자들은 암살당하거나 숙청됐다. 마땅히 그들이 지켜야 할 자리는, 조선에선 부귀와 권력을 누리고, 구한말 망국의 시기엔 나라를 팔아 일제로부터 보호를 받았던 자들이 차지했다.

건평리 바다를 등지고 동남의 진강산을 바라보는 자리에 이건창 묘가 있다. 진강산 서쪽 기슭엔 정제두 묘가 있다. 이건창은 간곡하게 정제두를 바라보고, 정제두는 하일리 해 지는 바다를 응시할 따름이다. 더 무슨 말이 필요할까. "시작과 끝을 오직 진실과 양심에 호소할 뿐, 성패를 묻지 않는 것일진대."

그럼에도 이건창의 통탄이 들리는 듯하다. 오로지 저의 영달을 위해 나라도 팔고, 양심도 팔고, 신념도 파는 자들이 지금 보수주의를 자처하며 국정을 농단하고 역사까지도 농단하고 있으니⋯⋯, 청류는 다시 사막에 이르러 땅속으로 스몄고, 모래바람만 미쳐 날뛴다. 아직도 빛은 어둠에 갇혀 있는(주역의 상괘) 형국인가?

'날더러 코 묻은 떡이나
다투라는 건가'

　　공자의 제자 자공이 한수 기슭을 지날 때 한 노인이 항아리로 물을 길어 채소밭에 주는 것을 보고 말했다. "어째서 양수기를 쓰지 않습니까?" 노인의 답은 퉁명스러웠다. "기계에 마음이 팔리면 순박하지 못하고, 정신의 안정을 이룰 수 없어 도를 지킬 수 없습니다. 양수기를 몰라서 쓰지 않는 게 아니라 일부러 쓰지 않는 것이오." 노인이 되물었다. "그대는 뉘시오?" "공자의 제자입니다."

　　노인이 돌아서 하던 일을 계속하며 혼잣말처럼 중얼거렸다. "아, 선부른 지식으로 성인 흉내를 내고博學以擬聖, 허망한 말로 사람들의 눈을 가리고於于以蓋衆, 홀로 거문고를 타고 슬픈 노래를 불러 천하에 명성을 파는 그 사람 아니오獨弦哀歌以賣名於天下者乎"(『장자』 12편 「천지」). '어우'(허망한 말로……)의 출처다.

조선 왕조 통치 이데올로기의 원천인 공자를 능멸한 이 일화에서 유래한 '어우'를 제 호로 삼은 이가 있다. 조선 중기 당대의 문장가로 꼽히던 유몽인柳夢寅, 1559~1623이다. 묵호자, 간재 등 점잖은 호도 있지만 그는 사실 '어우'로만 불리길 원했다. 이본이 30종이나 되는 조선의 베스트셀러이자 스테디셀러였던 그의 야담집 제목도 『어우야담』이고, 자신의 문집 역시 『어우집』이라 이름했다. 1세기 후의 문인 홍만종洪萬宗은 이렇게 말했다. "옛 문인들은 취향에 따라 독특한 호를 쓰곤 했는데, 이 중에서도 특이한 것이 유몽인의 '어우'였다."

그렇게 전복적인 그였으니 "누구에게도 머리 굽혀 가르침을 받은 적이 없"었다. 나이 열다섯에 처고모부인 우계牛溪 성혼成渾 밑에서 수학했지만, 채 1년도 있지 못했다. 그 이유를 『연려실기술』은 이렇게 전했다. "가르침을 잘 지키지 않고 행실이 경박해 (성혼은 유몽인을) 꾸짖고 끊어버렸다." 성혼은 서인의 영수요 교조적 성리학의 대부였다. 그런 이의 눈에 유몽인의 자유분방한 사유와 행동은 경박할 수밖에 없었다. 유몽인 자신도 훗날 "(성혼은) 나를 장자로 인정했지만, 나는 누구에게도 머리 굽혀 가르침을 받은 적이 없다"라고 호언했다.

그는 1589년 서른 살에 증광문과에서 장원을 했다. 당시 최고의 문형(문장 평론가)이었던 노수신, 유성룡 등은 그의 시권(답안지)에 대해 "조선 100년 이래 한 번도 없었던 기이한 문장"이라고 평가했다. 당시 최립崔岦을 최고의 문장가로 쳤지만, 권벽權擘 같은 이는 "옛사람을 모방하지 않고 자신의 흉중에서 나온 것이기에 최립의 문장보다 낫다"라고 평가했다. 유몽인은 이렇게 피력하곤 했다. "무릇 문장은 내 흉중에 쌓인 것을 스스로 노력해 구해야지, 구구하게 전작을 연습해 따르는 것은 중시할 가치가 없다." 이런 자유정신에서 탄생한 것이 『어우야담』이다.

한국 최초의 야담집 『어우야담』은 과연 기상천외한 반전과 굴절로 당시의 세태를 풍자하고 세계관을 전복했으며 권력자의 부정부패를 고발했으며 양반 사대부의 이중성을 조롱했다. 김침金浸 이야기는 대표적이다. 김침은 당대의 한국판 카사노바였다. 장안 기생들로부터 최고의 인기를 구가하던 그가 죽음에 이르렀을 때 장안의 한량들은 그 비결을 알아내려 성화였다. 그가 은밀히 전했다는 비결은 이렇다. "종처럼 굴라."

그는 조선 최고의 도학자인 퇴계 이황과 남명 조식도 등장시켜 여색에 대한 음담도 풀어놓았다. '음란한 창녀의 몸이라 정렬로 기려질 수 없다'라는 관기이었음에도 논개의 정절과 의기를 역사 전면에 등장시킨 것도 유몽인이다. 황진이 이야기를 통해서는 당시의 가부장적 질서와 여필종부의 가치를 흔들었다.

불가침의 규범이었던 삼년상도 대놓고 비판했다. 삼년상을 치르느라 영양실조로 죽어나간 수많은 인재를 소개한 뒤 중종 때 재상 정광필鄭光弼의 말을 빌려 당시의 가치관을 전복했다. "우리 집안엔 효자가 필요 없다!"

양반가 최고의 명예였던 정려문의 컴컴한 이면에 대해서는 이런 일화를 남겼다. 당시 사대부가에선 정려 때문에 수많은 홀로 된 여인에게 피눈물을 강요했다. 한 양반댁 과부가 땡추와 놀아났다. 통정 중 땡추가 불의의 죽음을 당해 그 사실이 집안에 알려졌고, 사고 수습을 위해 집안에선 난리가 났다. 며칠 뒤 그 집안사람들은 이렇게 호들갑을 떨었다. "며느리가 겁탈에 저항하다가 손가락이 잘리고 온몸에 자상을 입었다!" 조정은 후일 그 집안에 정려문을 내렸다.

그 내용이 얼마나 전복적이었던지 문장가 성유학의 『어우야담』 「서문」 역시 파격적이었다. "그 오묘함은 장자와 더불어 구만리 창공을 날아올라 함께 수레를 몰아 나란히 달릴 만하니 진실로 웅장하고 위대하며 비범하다. ……두려운 것은 하늘의 상제가 천둥과 번개를 치면서 내려와 이 책을 취하여 가져가 버리지 않을까 하는 것이다."

　그가 급제한 해는 조선 오백 년 역사상 최대의 정치사건인 기축옥사가 일어난 해였다. 이후 조선은 임진·정유 양대 왜란, 온갖 사화와 옥사 그리고 반정에 반정으로 혼란이 극심했다. 그 속에서 그는 벼슬살이 중에도 시비옥석을 가리는 데 목숨을 걸었고, 벼슬 알기를 헌신짝같이 하였다. 임진왜란 발발 직후인 1592년 12월, 3년차 신참 관료(사헌부 지평)였던 그는 선조에게 이런 발칙한 상소를 올린다. "지금 왜적을 물리치는 것이 시급함에도 신하들을 접견하는 경우는 매우 적고 오히려 구중궁궐에 틀어박혀 환관이나 궁첩들 따위랑 시간을 보내는 일이 많아서야 쓰겠습니까." 1602년 홍문관 교리 때는 민생을 외면하고 권력투쟁에 전념하는 동서 패당을 못 본 척하던 선조에게 이런 상소를 올렸다. "언로를 열고 ……사치를 억제하고 검약을 숭상하며, 탐욕스런 무리를 제거해야 합니다." 바꾸어 말하면, 국왕이 언로를 닫고 사치를 일삼으며 간신배들과 어울린다는 것이었다. 당연히 그는 파직됐다.

　하지만 그는 검증된 행정가이자 외교관이었다. 선조는 1603년 경기도 암행어사로 불러들였고, 동부승지, 대사성, 대사간을 거쳐 죽기 직전인 1608년 1월 도승지에 임명했다. 대통을 이은 광해군은 유몽인이 임진란 당시 호종했던 터여서 출세는 보장된 듯했다. 그러나 대쪽 같은 처신은 그로 하여금 더 큰 부침을 겪게 했다. 선조의 유지에 따라 유일한 적자인 영창대군을 잘 보살펴 달라는 내용의 유교遺敎를 일곱 대신에게 전달한 문제로 북인 이이첨李爾瞻 일파의 탄핵을 받아 곧 쫓겨났다.

　이듬해 대명 사신으로 복귀했다가 모친상 때문에 잠시 조정을 떠난 것은 그에게 행운이었다. 당시 집권 북인은 대북大北과 소북小北으로 나뉘어 소북·서인 등과 피 튀기는 권력다툼을 벌이고 있었다. 정인홍·이이첨 등 대북은 당시 영의정 유영경 등 소북을 몰아내고 영창대군을 제거하기 위해 계축옥사를 일으켜 조정을 피바람 속으로 몰아넣었다. 현직에 있었다면 그는 영창대군과 관련된 유교 전달 문제로 숙청을 피할 수 없었다.

두 차례의 파직 끝에 1614년 한성부 좌윤으로 복귀, 1615년 이조참판에 올랐다. 그의 말마따나 "남의 숟가락이 조금만 커도 고변을 할" 정도로 권력자들의 정치공작이 극성했던 때였다. 그는 1618년 인목대비 폐모 문제를 놓고 대북과 정면으로 맞섰다. 나아가 저처럼 폐모론에 반대했다가 투옥됐거나(이현문·허국 등), 조작역모사건(해주옥사)에 걸려든 이들의 방면을 추진했다.

1618년 4월 안처인 무고사건이 발생했다. 남산에서 봄놀이를 하던 그는 이조참판이자 추국관으로서 국문장으로 호출됐다. "이처럼 좋은 시절에 어떤 도깨비 같은 자가 감히 익명으로 고변하여 이런 즐거움을 만끽할 수 없게 만든단 말인가." 이렇게 개탄하며 읊은 「백주지창」이 사달을 일으켰다.

추국 결과는 무고였다. 그는 광해군 앞에서 "어떤 자가 이런 재앙을 만들어내어 100명씩이나 연루되는 옥사를 빚었단 말입니까?"라고 호소했다. 하지만 권력집단은 「백주지창」을 빌미로 그를 쫓아냈다. 그가 저희들을 '목 베어야 할 늙은 간신배'라고 무고했다는 것이었다.

그는 선산이 있는 양주 서산(지금의 송추)에 머물며 독서와 글쓰기로 소일했다. 1620년 광해군은 그를 예문관 제학에 임용했지만 그는 출사하지 않았다. 1621년 월사月沙 이정구李廷龜가 그를 대제학에 추천했다는 소식이 들렸다. 그는 이정구에게 편지를 보냈다. "지난해 기근 때 아이들이 떡 하나를 먹겠다고 서로 다투는데, 그 떡이란 것이 코 묻어 먹을 수도 없이 더러운 것이었다. 오늘날 조정에서 벼슬을 한다는 것은 코 묻은 떡을 서로 먹겠다고 아우성 치던 그 아이들과 다를 게 없다. 날

더러 코 묻은 떡을 놓고 함께 다투라는 것인가?" 1622년 그는 아예 금
강산으로 들어가 버렸다.

그가 거처를 철원 보개산 영은사로 옮겼을 때인 1623년 4월, 인조
반정이 일어나고 광해군이 폐위됐다는 소식을 들었다. 주지가 물었다.
"새로운 임금이 나타나자 벼슬을 구하는 자가 몰려드는 것 같은데 왜
중로에서 배회하십니까." 유몽인이 답했다. "산에서 내려온 것은 관직
때문이 아니라 식량이 떨어졌기 때문이외다."

그곳에서 「상부탄」(청상과부의 탄식)을 남긴다. "일흔 살 늙은 과부가/
혼자서 규방을 지키는구나/ 사람마다 개가를 권하는데/ 무궁화꽃 같
은 멋진 남자였네/ ……(그러나 과부는) 태임(太妊, 중국 주나라 문왕의 어머
니)·태사의 훈계 조금은 알았지/ 흰머리를 젊은 얼굴로 단장한다면/
어찌 연지분이 부끄럽지 않겠는가."

이 시로 말미암아 7월 그는 돌아오지 못할 길로 떠난다. 그가 체포된
것은 양주 서산(지금의 송추 가마골)의 선산에서였다. 그가 역모와 무관하
고 「상부탄」 역시 '못난 아버지도 아버지로 모시겠다'라는 뜻임을 반정
주역들도 익히 알고 있었다. 하지만 "그를 처벌하지 않으면 반정에 따
르지 않는 세론이 커질 것"(이귀)이라는 우려 때문에 그를 처형했다.

170년이 지난 뒤 정조는 유몽인에게 씌워진 반역죄를 신원하면서 그
이유를 이렇게 밝혔다. "혼조(昏朝, 광해군) 때는 바른 도리를 지켜 은거
하였고, 반정 후에도 한번 먹은 마음을 바꾸지 않았다." 정조는 '김시습
을 설악산에 비기고 몽인을 금강산에 비기는' 세론을 상기시키며 부연
했다. "한 사람은 살아서, 다른 한 사람은 죽어서 지켰다는 차이만 있을
뿐, 조용히 의리를 취한 정성은 털끝만치도 차이가 나지 않을 것이니,
시습에게 베푼 것을 몽인에게 베풀지 않아서야 되겠는가"(「어우 유몽인 신
원사실기」).

그는 위창 오세창이 『근역서화징』에서 조선의 명필로 꼽을 정도로 서예에도 조예가 깊었다. 문장처럼 서예도 독학으로 이룬 것이었다. 당시 조선의 서예가나 사대부들은 무조건 중국의 구양순歐陽詢이나 왕희지 서체를 모사하는 것을 능사로 삼았다. 그는 신라의 최치원崔致遠, 고려의 김구金絿, 조선의 백광훈白光勳 등 토종 서예가의 필체를 연구해 독창적인 서체를 완성했다. 주변에서 비웃으면 이렇게 대꾸했다. "멀리 있는 것은 배우기 어렵고, 가까이 있는 것은 배우기 쉽다네."

그는 풍류남아였다. 『어우야담』 속 「서장관이 중국 미녀에게 준 시」와 관련된 이야기는 이렇다. 한 문사가 중국에서 나귀를 타고 가는 미인에 온통 마음을 빼앗겼다. 그는 문에 기대어 넋을 놓고 있다가 이런 글을 여인에게 건넸다. "마음은 아리따운 아가씨 따라서 가고/ 텅 빈 몸만 문에 기대어 있네." 여인은 이런 대구를 보내왔다. "나귀가 짐이 무겁다고 성내더니/ 누군가의 마음이 더해서였구려."

그의 문장은 권세가들에겐 추상 같았지만, 민중에게는 따듯했다. "베 짜는 아낙네는 눈물만 뺨에 가득/ 겨울옷 애초에 낭군 입힐 작정이었지/ 내일 아침 끊어서 관리에게 건네주면/ 즉시 다른 관리가 찾아오리"(「양양 가는 길」 전문).

지금까지 가평에 전해 내려오는 용묘전설은 그런 그에 대한 민중의 헌사였다. 그는 죽어 부인의 묘(가평 하색리)에 합장됐다. 반정 세력은 그 터가 천하명당이라는 이야기를 듣고 묘를 파보니 과연 유몽인이 용이 되어 날아오르려 하는 것 아닌가. 그들은 용을 잡아 능지처참했다. 그 후 유몽인의 묘는 '용묘'라 했고, 그 지역은 능골이라 했다.

권력자들은 그를 집요하게 매장하려 했다. 기껏해야 재담꾼 정도로만 기억하게 했다. 하지만 민중의 전승 속에서 그는 억압받는 이들을 구원하려다 실패한 용(메시아)이었다.

368

악樂을 모르고
어찌 정치를 하려는가

……세종이 가야금 줄을 다 고를 때쯤 고불古佛 맹사성孟思誠, 1360~
1438이 내전에 도착했다. "고불, 피리를 꺼내시오." "피리라니요? 어찌
관리가 악기를……." "다 알고 하는 말이니 꺼내시오." 맹사성은 쭈뼛
쭈뼛 소맷자락에서 피리를 꺼냈다. 곧 가야금과 피리 소리의 어울림이
승천하는 선녀의 옷자락처럼 나풀대기 시작했고, 무아의 경지를 오르
내리던 화음은 절묘의 극으로 치달아 오르다가 조용히 가라앉으면서
멎었다…….

소설가 신봉승의 『세자 양녕』의 한 장면이다. 고불 맹사성의 피리 솜
씨는 세상이 인정하는 바였지만, 세종의 가야금 실력도 그에 못지않았
다. 그는 손수 「여민락」을 작곡하기도 했다. 하지만 왕과 신하의 합주
나 무아의 경지 등은 소설가의 상상으로 봐야 하겠다. 『조선왕조실록』

엔 이런 대목이 있다.

세종의 왕자 시절 이도李裪는 늘 불안했다. 왕자의 난을 통해 형제를 제압
하고 왕좌를 차지했던 부친 태종은 제 자식 사이에도 이런 난이 발발할까
여간 걱정이 아니었다. 태종의 처남(세종의 외삼촌) 민무질, 민무구 형제조
차 세자 이외의 다른 형제를 미리 제거해 후환을 없애자고 주장할 정도였
다. 이도가 습관적으로 편·과식을 하고, 책에 빠져 지내고, 때론 잘난 체
하거나 고자질을 하곤 했던 것도 사실 이런 환경과 무관하지 않았다.

태종은 이도가 열일곱 살 되던 해 가야금 등 악기를 선물했다. "너는
세자가 아니어서 따로 할 일이 없다. 편안히 즐기기나 하여라." 전전긍
긍하는 셋째가 안타까웠던 것이고 동시에 이를 경계하도록 한 것이었
다. 이도는 그 뜻을 알아차렸다. 음악에 빠지면서 불안도 가시고, 평상
심도 되찾았다. 형들과 관계도 원만해졌다. '실록'에 따르면, 그는 형들
에게 악기를 가르칠 정도의 실력이었다.

이때의 경험은 훗날 세종이 예악의 기틀을 세우는 계기가 됐다. 그런
세종의 뜻을 결정적으로 뒷받침한 인물이 바로 맹사성이었다. 둘은 소
설 속의 협연자일 뿐 아니라 현실에선 예악정치의 막역한 파트너였다.

조선은 유교의 경세론인 예악정형禮樂政刑을 뼈대로 통치체제를 구
축하려 했다. 예로써 마음을 절제하고, 악으로써 마음을 화순하게 하
며, 정치로써 이를 따르게 하고, 형벌로써 방지한다는 것이다. 예와 악
은 천지자연에 고유한 것으로, 예가 천지자연의 구별과 질서를 추구한
다면, 악은 그런 위계와 질서를 초월하는 천지자연의 조화와 화합을 지
향한다. "예에 구별이 있음은 천지자연의 분별을 본받음이며, 악의 조
화는 천지자연의 조화를 본받음이다"(『예기』). "예악이 밝게 갖추어져야

천지가 자리를 잡고 만물이 성육하는 결실을 얻는다"라고 믿었다.

그러나 건국 초기 예악은 불가능했다. 아들이 아비의 뜻을 거역하고, 동생이 형을 몰아내고, 아비가 자식을 죽이려는 난리 속에서 내걸 수 있는 이상이 아니었다. 세종 대 역류가 멈추고서야 예(질서)와 악(조화)의 정치를 백성들 앞에 내세울 수 있었다.

당시 조정에는 의식을 위해 중국에서 들여온 아악과 삼국시대로부터 내려온 향악이 의례에 함께 쓰이고 있었다. 세종은 박연朴堧과 정양鄭穰 등 신진 사류를 통해 아악의 이론을 정리하고, 악기를 정비했으며, 악보 채집과 연주법을 정리하도록 했다. 박연 등은 성실하게 그 일을 해 냈지만, 아예 우리 음악인 향악을 버리려 했다.

세종은 우리말이 중국말과 달라 훈민정음을 창제했던 것처럼, 우리의 악기와 성음에 맞는 음악을 기대했다. 세종은 좌의정 맹사성과 우의정 권진權軫을 부른 자리에서 이렇게 말했다. "박연, 정양 등 신진 사류에게만 전적으로 의뢰할 수 없으니 경들은 유의하라."

세종의 뜻은 이러했다. "아악은 본래 우리나라의 성음이 아니고 중국의 성음이다. 중국인들은 평소에 익숙하게 들었으므로 제사에 연주해도 마땅할 것이다. 그러나 우리나라 사람들은 살아서는 향악을 듣고, 죽은 후에는 아악을 듣는 것이 과연 온당하겠는가?"(『세종실록』) 두 정승의 의견도 같았다. "아악과 향악을 겸해 쓰는 것이 옳습니다." "중국의 풍악과 같지 않으면 예전대로 향악을 쓰는 것만 못하옵니다."

세종은 맹사성의 인품과 경륜, 그리고 음악적 식견을 믿었다. 맹사성은 박연을 설득하고 이끌어 아악을 정비하는 한편 소멸당할 뻔했던 향악을 아악과 어깨를 나란히 견줄 수 있도록 발전시켰다. 종묘제례악도 이런 팀플레이 속에서 사실상 그때 완성됐다. 동포東浦 맹사성과 탄부坦夫 박연 그리고 성종 때 『악학궤범』을 완성한 성현成俔을 일컫는 '탄

연포맹 현작궤범'坦堧浦孟俔作軌範이란 말이 나온 건 그 덕분이었다.

맹사성의 음률은 선왕인 태종과 그 중신들도 이미 인정했던 터였다. 태종 11년(1411년) 그가 충주목사로 제수되자 예조는 "음악은 아무나 할 수 없다"라며 철회를 진언했고, 황해도 관찰사로 임명되자 이번엔 영의정 하륜河崙이 "나라의 악보가 다 없어지고 사라진 형편인데, 오직 맹사성만이 악보에 밝아 오음을 잘 어울리게 할 수 있다"라고 태종을 설득했다. 그는 4년 뒤 음률을 관리하는 관습도감 제조와 예조판서에 제수됐다.

그의 한양 집은 북촌 가회동에 있었다. 좌의정 시절 병조판서 황상이 공무를 논의하러 찾아왔다. 마침 소나기가 쏟아지자 곳곳에 물이 새 방 안이 흥건했다. 황상은 돌아가자마자 짓고 있던 행랑채를 헐어버리게 했다. 지금의 정독도서관(화동)에서 그의 집 사이엔 고개가 하나 있다. 맹사성은 검은 소(기라마) 잔등에서 피리 불며 그 고개를 넘어 출퇴근했다. 사람들은 그 마루에서 피리 소리로 맹사성이 집에 있고 없음을 알았다. '맹현'의 유래다. 우리나라에서 유일하게 사람 성씨를 붙여 지은 고개 이름이다. 그에 대한 존경심을 민초들은 이렇게 표현했다.

조선 전기의 문신 서거정徐居正은 『필원잡기』에서 그를 이렇게 소개했다. "고불은 음률을 깨우쳐서 항상 하루에 서너 곡씩 피리를 불곤 했다. 혼자 문을 닫고 조용히 앉아 피리 불기를 계속할 뿐 사사로운 손님을 받지 않았다. 공무로 오는 등 꼭 만나야 할 손님만 맞이할 뿐, 피리 부는 것이 그의 삶의 전부였다. …… 여름이면 소나무 그늘 아래서 피리를 불고, 겨울이면 방 안 부들자리에 앉아 피리를 불었다. 그의 방에는 오직 (피리와) 부들자리만 있을 뿐 다른 물건은 없었다."

악樂의 경지는 오로지 성인만이 이를 수 있다(『예기』)고 하였다. 공자의 꿈은 인애에 의지하여 예술의 경계에서 노니는 것이었다. 맹사성은 조정에 있을 때나 향리에 있을 때나 악의 경지에서 노닐었다. 상하 좌우 노소 남녀, 그에겐 걸림이 없었다.

어느 해 한식, 온양의 부모님 산소를 찾아 성묘하고 검은 소 기리마를 타고 피리를 불며 한양으로 올라가던 길이었다. 용인에 이르러 소나기를 만나 주막에 들어가니 젊은 선비가 아랫목에 있었다. 선비는 비를 쫄딱 맞고 들어오는 시골 노인네에게 아랫목을 권했다. 기특했던지 맹사성은 장기를 두자고 했고, 청년도 호응해 판을 벌였지만 상대가 되지 않았다. 그래서 맹사성은 말끝에 '공'과 '당'을 붙여 누가 먼저 말문이 막히는가 내기를 하자고 했다. 이른바 공당문답이다. "서울엔 무엇하러 가는공?" "녹사 시험 보러 간당." "내가 합격시켜 줄공?" "그런 건 옳지 않당." 그새 비가 그쳐 각자 서울로 올라갔다. 며칠 뒤 맹 정승 집 무실로 녹사에 합격한 그 젊은이가 인사하러 왔다. "어떻게 되었는공?" 조아린 머리를 올려보니 바로 그 시골 노인 아닌가. 선비는 엎드려 답했다. "죽어 마땅하옵니당?" 자초지종을 듣고는 만장에 폭소가 터졌다.

꿈 같은 이야기다. 부패한 청와대 권력과 부패한 언론 권력이 드잡이하고, 대통령까지 뛰어든 이 아사리판에서 어떻게 그런 예악의 정치, 공당문답이 가능할까.

충남 아산 배방읍 중리엔 맹사성 고택이 있다. 1330년, 최영 장군의 부친 최원직이 지었다는, 우리나라에서 가장 오래된 살림집이다. 어느 날 최영은 꿈속에서 용 한 마리가 울타리 배나무를 서리서리 감고 있는 것을 보았다. 소스라쳐 일어나 밖으로 나가보니 한 어린아이가 배서리를 하고 있었다. 아이는 도망치지도 않고 "설마 장군께서 이까짓 배를 따먹는다고 저를 혼내지야 않겠지요"라고 말하더란다. 맹랑한 태도에 반한 최영은 그 아비(맹희도)를 만나 손녀사위로 정혼하면서, 맹씨 가에 넘겼다고 한다.

가운데 2칸 대청을 중심으로 양쪽 날개에 3칸씩 방이 있다. 작지만 반듯하고 다부지다. 싸리나무 기둥이며, 벽체·창호 등이 옛 모습 그대로다. 물 사발이나 겨우 드나들 쪽창이 앙증맞다고 누군가 떼어갔다고 하니, 윗놈들은 들보를 빼가고, 아랫놈은 쪽창이라도 빼가는 게 요즘 세상 인심인가.

고택 오른편 둔덕엔 수령 600년이 넘은 은행나무 두 그루가 있다. 공자가 그랬듯이, 그 그늘에서 후학을 가르치기 위해 맹사성이 심었다는 나무다. 고택 일원이 '맹씨행단'으로 더 알려진 까닭이다. 뒷문 밖 비탈밭을 지나면 맹사성과 황희 그리고 권진, 세 정승이 느티나무 아홉 그루를 심었다는 구괴정이 있다. 지금은 두 그루만 남았다. 한 그루는 속이 빈 채 열반하기 전 부처처럼 비스듬히 누웠다. 기념관은 소박하다. 도장, 표주박, 비녀, 벼루, 갓끝, 잔, 경갑 등의 유물이 전시돼 있지만 눈에 띄는 건 백옥적 하나가 고작이다. 평소 집안에 부들자리밖에 없었다고 했으니, 그런 남루로 하여 맹사성의 청백이 오히려 완연하다.

맹사성은 일흔여섯 살(1435년)에 사직을 간청하여 귀향했고 대금을 벗 삼다가 3년 뒤 별세했다. 조정에선 문정文貞이라는 시호를 내렸다. "문文은 예로써 사람을 대접한다는 의미이고, 정貞은 청백하게 절조를 지켰다는 의미"라고 사관은 실록에서 설명했다.

'그의 노래는
절제된 통곡이었다'

대학로 12길 오래된 건물 벽에 브론즈 부조가 걸려 있다. 오석을 다듬어 만든 받침에는 이런 글이 적혀 있다. "……영원한 가객 김광석, 그가 1995년 8월 11일 콘서트 1,000회를 맞은 이곳에, 그의 노래를 기리며 그 흔적을 남깁니다." 김광석을 여기서 만나다니…… 망외의 선물 앞에서 노래비를 바라보는 이들의 얼굴엔 기쁨과 숙연함이 교차한다.

부조에서 10미터쯤 떨어진 곳에 한 사내가 담배를 피우고 있다. 방금 물꼬에서 나온 농사꾼 행색이다. 시선을 내리깐 것이 오가는 시선이 머쓱한가 보다. 부조 앞에 서 있던 이들은 노래비 속 '이곳'이 가리키는 '학전블루'의 작은 간판을 호기심 어린 눈으로 돌아보고는 곧 발길을 떼려다 사내의 모습이 눈에 걸렸나 보다. 몇 걸음 가다가 돌아본다. 그러나 도리질 두어 번 하고는 길을 재촉한다. '그 사람 맞아? 설마…….'

하지만 맞다. 그는 김민기다. 1970년대엔 이미 통기타로 상징되는 청년문화의 신화가 되었고, 1980년대엔 노래운동의 살아 있는 전설이 되었고, 1990년대부턴 소극장 뮤지컬의 신화를 쌓아올렸다. 동판 속 김광석도 그의 소극장 안에서 전설이 되었다. 전인권과 들국화, 안치환, 권진원, 노영심, 윤도현, 나윤선 등도 그 울타리 안에서 노래의 씨를 퍼트렸다.

그러나 지금 그는 신화의 그림자일 뿐이다. 사람들은 오래전 침전된 기억의 앙금으로 그를 기억할 뿐이다. 연출가 주철환이 농담 삼아 "형님, 너무 오래 산 거 아냐"라고 물었던 건 그런 까닭이었다. 청주 예술의전당에서 '콘서트 생각 2013 김민기'가 열렸다. 지역의 음악인들이 김민기를 찾는 공연이었다. "김민기의 노래를 듣고 부르던 사람들은 지금 어디에서 무슨 생각을 하며 살고 있을까?" "김민기는 우리에게 무엇을 말하려 했을까?" 전화로 물어봐도 될 일을 사람들은 그렇게 까치발을 하고 그를 찾는다. 참혹했던 1970년대나 지금이나 그는 여전히 그곳에서 노래의 밭을 가꾸고 있다.

20대 초 눈 밝은 양희은은 그런 그의 자리를 알아보고는, 그에게 별명 하나 지어줬다. '석구.' 구석을 뒤집어 만든 별명이었다. 무대는 그의 자리가 아니었다. 무대 위가 아니라 무대 뒤에서 무대를 빛내는 자리, 그는 한사코 그 자리를 고집했다. 분장·조명·의상·극본·작곡·연출·반주 등이 그의 자리였다. 양희은과 작업할 때도 그랬다. 그가 부를 노래를 짓고, 노래할 때 기타 반주를 하고, 음반을 낼 때 프로듀싱을 했다. 쟁이들 사이에서 호칭되는 '뒷것,' 그는 자신을 그렇게 부른다. 강요된 일이긴 했지만, 심지어 제 노래나 음반에 제 이름을 달 수 없었던 아주 긴 시절도 있었다.

낮은 곳으로 흐르는 것이 물의 천성이라면, 삶의 바닥으로 흘러 스미는 건 김민기의 숙명. 그래서 공장으로 농촌으로 탄광으로 떠났다. 사회변혁의 열정 때문이 아니라 그냥 낮은 곳에서 더 낮게 흐르는 것을 제 운명으로 받아들였을 뿐이다. 지금도 그가 생각하기에 가장 부자였던 시절은 1978년 익산에서 머슴 살 때였다. 먹여주고 재워주고 입혀주고……, 떠날 때 수중에 3만 원이나 남았더라나?

굴곡진 물길에 여울이 휘돌듯, 역류하는 세상 속에서 그의 삶은 그 소용돌이에 던져졌을 뿐이다. 벗 이도성을 도와 야학을 세우고, 도시산업선교회의 현장 활동가로 나섰고, 채희완·임진택·이종구 등 문화운동 1세대들과 탈춤의 현대화를 통한 마당극 운동을 벌이는가 하면, 김지하 시인 등 가톨릭 문화운동패와 「금관의 예수」 순회공연도 했다. 원주의 장일순 선생 아래서 생활협동조합운동과 생명운동을 체험하기도 했다.

그렇게 사람들 속에 있다 보니, 그들의 이야기가 노래가 되고 극이 되었다. 퇴역하는 늙은 하사관을 위해 지은 「늙은 군인의 노래」가 그랬고, 함께 일하던 공장 노동자들의 합동결혼식 축가였던 「상록수」도 그렇게 해서 나왔다. 탄광 생활 속에서 노래극 「아빠 얼굴 예쁘네요」가 탄생했고, 농삿꾼 생활에서 「개똥이」와 「엄마, 우리 엄마」가 나왔다.

노래의 탄생이 그러했으니 그 울림은 깊을 수밖에 없었다. 김지하는 그의 회고록에서 1971년 겨울 김민기의 노래를 처음 들었을 때의 느낌을 이렇게 기록했다. "저 밑바닥의 밑바닥으로부터 올라오는 깊고 애잔한 저음으로 슬픔을 지극한 데까지 끌어올리는, 그것은 노래가 아니었다. 차라리 아슬아슬하게 절제된 통곡이었고 거센 압박 속에서 여러 가지 색채로 배어나고 우러나는 깊디깊은 우울의 인광이었다." 수사의 현란함이 김민기의 기질과는 영판 다르지만, '밑바닥의 밑바닥'은 정곡이었다.

혹자는 그의 이런 낮은 삶을 두고 원조 현장파라고 부르기도 했다. 하지만 그건 오해. 부천의 공장에 취직한 것은 제대 후 마땅히 먹고살 일이 없었던 까닭이었다(정권의 감시 때문에 변변한 데 취직할 수도 없었다). 여공들에게 새벽마다 영어를 가르친 것을 두고 의식화 야학이라고 했지만, 실은 원단의 라벨을 읽지 못해 고생하는 여공들의 모습이 안타까워한 일이었다. 전곡, 연천에서 농사를 짓다보니, 중간에서 너무 많이 뜯어가는 것을 보고는 생산자-소비자 직거래를 시도했다. 비료 상인과 수년 동안 법정 다툼을 벌인 것도 힘없이 당하는 농부들을 대신한 것이었다. 그에게 삶에서 더 높은 단계란 없었다. 발 딛고 있는 그곳이 바로 고향이자 무덤이었으며, 가장 신성한 곳이었다.

유신체제가 미쳐가고 있던 1978년, 죽음의 공포 속에서 제작했던 노래극 「공장의 불빛」도 마찬가지였다. 당시 사법부는 죄 없는 이들을 사형대에 올렸고, 중앙정보부는 멀쩡한 사람들을 간첩으로 조작하고 또 죽였다. 경찰은 어린 여공들을 곤봉으로 두들겨 패고, 군홧발로 짓밟았으며, 정치깡패들은 심지어 똥물까지 퍼부었다. 그들과 함께하지 못했다는 자책 속에서 「공장의 불빛」은 불과 두 달 만에 카세트테이프로 완성됐다. 세상에 나오자마자 남산에 끌려갔다. 그런데 희한하게도 중앙정보부는 그를 풀어주었다. 뒤에 안 얘기지만, '김지하를 한 명 더 만들어낼 수 있다'고 뜻밖의 합리적 판단을 했다는 것이었다.

중앙정보부에서 풀려난 뒤 그는 서울을 떠나야 했다. 저들의 생각이 바뀌어 그에게 고문을 가하며 함께 작업한 이들을 불도록 한다면, 버틸 재간이 없을 것 같았다. 서울대 노래패 '메아리', 이화여대 노래패 '한소리', 경동교회의 '빛바람중창단' 등이 함께 노래했고, 이호준·조원익·배수연 등 당대의 연주자들이 반주를 했으며, 가수 송창식은 연습실을 제공했던 터였다.

그는 고향인 전북 익산의 한 농가 머슴으로 내려갔다. 단순한 잠적이 아니라 아예 주민등록 주소지까지 옮겼다. '나 예 있소', 광고한 셈이다. 정권을 안심시키고 만약의 사태에 대비하려는 것이었다.

김제로 옮아가 소작을 할 때 소설가 황석영을 만나러 가끔 광주에 들렀다. 광주의 활동가들과 우연히 야학의 필요성에 대해 이야기를 나눴다. 얼마지 않아 광주에서 한 야학이 탄생했다. 이 야학의 첫 졸업식, 졸업 기념 연극은 배경 음악으로 「공장의 불빛」 반주부였다. 섶을 지고 불길 속으로 뛰어들기로 작정한 것이었다. 이듬해 5·18 때 항쟁의 횃불에 불쏘시개가 되었던 들불야학이었다.

박정희가 죽고, 유신체제가 종언을 고했으면 대처로 나올 법도 했다. 그러나 그는 경기도 연천의 전곡에서 연천의 민통선 안으로 더 멀리 떠났다. 겨울철 농한기엔 탄광 갱부로 혹은 하의도 김양식장 품팔이로 나섰다. 그가 다시 서울로 나온 건, 1983년 겨울 화재가 민통선 안 그의 보금자리를 홀랑 삼켜버린 뒤였다. 마침 서울의 노래패들이 그를 간절히 찾고 있었던 때이기도 했다. 이듬해 그는 장안의 노래패들과 함께 「개똥이」 작업을 하고, 지금은 노래운동의 전설이 된 '노래를 찾는 사람들(노찾사)' 음반 1집을 제작했다.

2003년 11월 9일, 「지하철 1호선」 2,000회 기념 공연이 있었다. 공연을 앞두고 그는 초청할 사람들의 명단을 꼽아보았다. 누구랄 것 없이 모두 노래의 씨앗이 되고, 삶의 희망이 되고, 서로에게 꽃이 되었던 이들이었다. 그는 명단 정리를 포기했다. 그런 분들에게 어떻게 등급을 매겨 선별할 것인가. 그러고 보니 그의 삶이란 게 그런 사람들로 이루어진 대간大幹이나 다름없었다. 그분들은 봉우리 혹은 능선이었고, 그 위에 바람 한 줄기 혹은 새 울음 하나 얹으면 노래가 되었다.

그가 대학 초년 때 만났던 백낙청·김윤수·염무웅 그리고 김지하, 그리고 야학과 도시산업선교회, 그리고 대학 문화운동과 원주 생명운동을 함께했던 이들, 부천의 노동자들과 「공장의 불빛」 제작팀, 익산·김제·연천 등지에서 함께 농사를 짓던 사람들, 광산과 덕장에서 사잣밥을 함께 먹던 이들. 이들은 그의 삶과 창작의 대간이었다.

14년간 운행하며 65만 명의 관객을 실어나르며 한국형 소극장 뮤지컬의 가능성을 보여 준 「지하철 1호선」은 그곳에서 분기한 새로운 정맥이었다. 그 정맥에서 자란 재목이 재즈 가수 나윤선을 비롯해 배우 김윤석·설경구·황정민 등이었다. 또 전인권·김광석·안치환·노찾사·노영심 등은 소극장 콘서트라는 또 다른 정맥으로 분기했다.

어머니가 살림을 서울로 옮겨오신 뒤였다. 그 작은 집에 온갖 사람들이 어머니를 찾아왔다. 손자뻘부터 자식뻘에 이르는 이들 중엔 한센인도 있었고, 지게꾼도 있었고, 여객 전무도 있었다. 부자 혹은 가난뱅이, 출세한 사람, 실패한 사람 등 그들의 면면은 우리 사회의 축소판이었다. 그들은 한결같이 친어머니처럼 대했다. 어머니가 조산원을 하며 받은 아기들이었다. 얼마나 될까. "아마 2,000~3,000명은 되겠지?" 조산원이 산부인과를 대신하던 시절이었다.

어머니가 아기를 받으셨으니, 그 아이들을 건강하게 자라도록 응원하는 건 내 몫 아닐까? 돌아보면 그건 운명이었다. 관심을 갖고 보니 할 일도 많았다. 미취학 아이들을 위한 공연과 놀이는 넘치도록 많다. 그러나 일단 학교를 입학하면, 공연이든 전시든 모든 문화에서 차단됐다. 입시교육, 입시경쟁에 허덕대는 아이들이 어떻게 한가롭게 문화 운운할 수 있겠는가. 감수성이 예민하고 상상력이 무궁할 때의 아이들은 그래서 추상적이고 도식적인 숫자와 낱말들 틈에서 도구화된다.

1984년 「개똥이」 작업 이후 그의 관심은 온통 '아이들의 시선'으로 옮아갔다. 그 속엔 세상을 바르게 보는 눈과 세상을 온전하게 비추는 거울이 있었다. 「아빠 얼굴 예쁘네요」, 「엄마, 우리 엄마」 등을 거쳐 「모스키토」, 「분홍병사」, 「의형제」, 「더 복서」, 「굿모닝 학교」, 「도도」, 어린이무대가 기획·제작한 「슈퍼맨처럼」, 「우리는 친구다」, 「고추장 떡볶이」, 「무적의 3총사」 등 학전을 대표하는 레퍼토리는 그렇게 탄생했다. 어린이 청소년 음악극은 이제 그의 삶의 대간이 되었다.

2008년 연일 손님을 가득 채운 채 전국 각지는 물론 세계로 내달리던 「지하철 1호선」의 운행이 돌연 중단됐다. 어린이 청소년 노래극에 집중하기 위한 김민기의 결단이었다. 보통 한 작품이 안정 궤도에 들어가기 위해선 3년 정도 공연을 하면서 다듬고 다듬어야 한다. 헌데 「지하철 1호선」에 집중하다 보니, 다른 작품에 신경 쓸 여력이 없었다. 매년 두 차례씩 교체하는 출연진을 훈련하는 것만으로도 진이 빠졌다. 어린이 청소년용 레퍼토리의 완성도를 높이는 데 전념하고 싶었다.

김제에서 농사지을 때였다. 모내기가 끝나면 물꼬를 돌보는 게 가장 큰 일과였다. 힘든 일도 아니었다. 논물이 얕으면 한 삽 흙을 떠서 물꼬를 막고, 논물이 너무 깊으면 물꼬의 흙 한 삽을 떠내면 됐다. 어느 날 물꼬의 흙을 한 삽 떠내다 말고 논두렁에 넙죽 엎드렸다. 아, 내가 농사짓는다며 한 일이란, 물꼬에 흙 한 삽 얹거나 떠내는 것뿐, 나머지는 하늘과 땅이 해주었다! 노래 농사라고 다를 게 무언가, 고통과 절망 속에서 사랑하고 희망하고 싸우는 이들이 다 지은 게 아니고 무언가.

소리의 위대한 조연,
'소희는 가고, 소리만 남았구나'

소리꾼들 사이엔 이런 전설이 있다. 19세기 조선에 전북 고창의 동리桐里 신재효申在孝가 있었다면, '20세기 일제 치하엔 전남 담양의 효남曉南 박석기朴錫驥, 1899~1952가 있었다! 신재효가 판소리 열두 마당을 정리하고 소리꾼을 후원해 민족의 소리를 지켜냈다면, 박석기는 일제의 문화말살정책 속에서 교육과 공연기획 및 제작으로 소리의 맥을 이어갈 수 있도록 전 재산을 바쳤다. 신재효에게 최초, 최고의 여성 소리꾼 진채선陳彩仙이란 연인이 있었다면, 박석기에겐 불세출의 가객 김소희金素姬란 여인이 있었다. 신재효와 진채선은 서른네 살, 박석기와 김소희는 열여덟 살 터울이었고, 두 커플의 사랑은 모두 비련으로 끝났다!

다만 신재효는 지금도 판소리계의 위대한 주연으로 기억되지만, 박석기는 판소리의 영원한 디바 만정 김소희의 한때 남편으로만 기억

된다. 그런 박석기를 위해 국립국악원은 2015년 음악극 「박석기를 생각하다」를 무대에 올렸다. 명인 명창도 아닌 사람을 창작극의 주제로 삼았으니. 국악계가 기억하는 박석기는 신재효를 잇는 또 다른 전설이었다.

효남 박석기. 1899년 담양 창평의 갑부 박진규의 둘째 아들로 태어나, 춘강 고정주가 개설한 창흥의숙, 창평보통학교를 다니며 일찍이 근대 문물에 눈을 떴고, 경성보통학교(경기중고) 4년 때 일본에 유학해, 프랑스계 학교에 잠시 적을 두었다가 교토 제3고보를 거쳐 도쿄제국대학 불문과를 졸업한 식민지 조선의 손꼽히는 지식인이었다.

도쿄제대 법학부 재학 중이었던 형 박석윤朴錫胤은 무정부주의 계열의 이념 단체인 흑우회, 공산주의 계열인 코스모구락부 회원으로 활동했다. 박석기도 형의 영향으로 이념 문제에 관심을 갖긴 했지만, 그의 주 관심사는 문학이었다. 프랑스계 학교에서 접한 프랑스 대혁명과 문학의 영향이었다.

두 형제는 재일본 조선유학생들로 이루어진 동경조선기독교청년회 야구부를 이끌었다. 형제는 피처와 캐처를 맡을 정도로 팀의 대들보였다. 당시 한국에는 몽양 여운형이 이끌던 조선기독교청년회 야구부가 있었다. 1921년 결성된 유학생 야구단은 그해 7월 조국을 방문해 친선 경기를 했다. 박석윤은 전주에서 경기를 앞두고 불온한 연설을 했다 하여 구류를 살기도 했다. 형제는 야구를 통해 민족의 의분을 깨우려 했다.

그러나 박석기는 형과 달리 지독한 결벽증과 내성적 성격 탓에 나서기를 꺼렸고, 무언가 흔적을 남기는 것도 싫어했다. 1953년 10월 쉰네 살의 나이로 세상을 떴을 때 유족들이 영정 사진을 구하지 못해 신분증 사진을 확대해 쓴 것은 그 때문이었다. 그가 남긴 기록물이란 그가 작사하고 안익태가 작곡한 조선유학생야구단의 응원가가 고작이었다.

"원한과 분격뿐인 한국 남아야/ 고국산천 떠나서 이역천지에/ 누구를 위해 분투하느냐/ 한국 반도야 잘도 있거라/ 우리는 너희 회포 풀으리라." 첫 소절부터 '원한과 분격뿐인 한국 남아'라고 했으니 시대에 대한 그의 '분노'를 알 만하다. 이 응원가는 조선 청소년들의 애창곡이 되었고, 일제는 곧 금지곡으로 묶어버렸다.

일본에서 귀향한 그는 고향에 칩거했다. 도쿄제대 법문학부 출신으로 출셋길을 택했던 형 박석윤이나 대학 동창들이 그의 관계 진출을 위해 성화를 부렸지만 그는 두문불출했다. 이들 중에는 고교 및 대학 시절 절친했던 기시 노부스케岸信介도 있었다. 일제의 괴뢰국이었던 만주국의 산업 및 통상 최고 책임자였으며, 도조 히데키東條英機 내각의 상공대신을 역임했고, 패전 후 1급 전범으로 구속됐다가 석방된 뒤 외무상을 거쳐 총리를 역임한 자다. 지금의 아베 신조安倍晉三 총리는 그의 외손주다. 형은 일제의 괴뢰국인 만주국의 포르투갈 영사, 폴란드 대사 등을 지냈다.

그는 중·고교 시절부터 거문고를 틈틈이 배웠다. 고향에 칩거하면서부터는 아예 당대의 명인 백낙준을 독선생으로 모셨다. '백낙준류' 거문고를 어느 정도 전수받았을 즈음 열다섯 살의 한갑득이 소문을 듣고 찾아왔다. 그 그릇을 알아본 박석기는 한갑득을 집안에 들어앉히고 자신이 배운 거문고 산조와 영산회상 등을 그대로 전수했다. 7년간 그 밑에서 먹고 자고 배운 한갑득은 백낙준, 신쾌동을 잇는 거문고 산조의 명인이 된다. 김소희와의 사이에서 태어난 딸 윤초는 유년 시절을 이렇게 기억했다. "어릴 적 아버지의 거문고 소리를 들으며 자고, 아버지의 거문고 소리에 잠에서 깼다."

한갑득이 계기가 되어 그는 남면 지실마을 성산 산자락에 소리학교 지실초당을 지었다. 송강 정철 후손들의 집성촌인 지실마을 사람들은 마뜩치 않았다. 박석기가 말을 타고 드나드는 것도 거슬렸지만, 소리꾼 학교가 이른바 양반 동네에 들어서는 것이 영 내키지 않았다. 하지만 담양 갑부에 도쿄제대 출신인 그에게 대놓고 시비할 순 없었다.

학생들이 먹고 자며 소리에 전념할 수 있도록 기숙사도 세웠다. 소리 선생으로 담양 출신의 명창 박동실朴東實도 초빙했다. 기숙사엔 "항상 스무 명 이상이 숙식을 하며 배우고, 선생도 박동실 외에 서너 명 더 있었다"(명창 박송희). 모두 무료였다. 학생들이 경조사 때문에 집에 갔다 올 때는 여비까지 줬다. 그렇게 배운 이들이 김소희, 한애순, 한승호 형제, 김녹주, 박귀희, 박후성, 임춘앵, 임유앵, 박송희, 장월중선張月中仙 등이었다. 가히 조선의 명인 명창 산실이었다. "(초당에는) 박동실 명창에게서 김소희·박초월·한애순 등이 판소리를 배웠는데, 노래하는 사람, 악기하는 사람들이 쉴 새 없이 들락거렸다"(한갑득).

박석기가 박동실을 모신 것은 단순히 같은 고을(담양 객사리)에서 동년배(2년 연상)로 태어난 명창이라는 이유 때문만은 아니었다. 박동실과는 저 밑바닥에서 공명하는 뭔가가 있었다.

박유전·이날치·김채만金采萬의 맥을 이어 서편제의 중시조쯤으로 기억되는 박동실. 그러나 그는 송우룡宋雨龍 등 동편제의 대가로부터 소리를 배운 부친 박장원에게서 소싯적 목을 틔웠다. 송우룡의 스승 송만갑宋萬甲은 서편제의 비조라는 박유전朴裕全으로부터 소리를 배운 터였다. 박동실류를 서편제도 동편제도 아닌 광주소리로 자리매김한 것은 그 때문이었다. 송만갑(동편)과 김채만(서편)의 지도를 받은 김정문은 두 스승에 대해 이렇게 평했다. "송만갑의 소리는 호화찬란한 높은 누각과 같고, 김채만의 소리는 문방사우 아정하게 맞춘 한옥의 품격과 같다."

박동실은 당시 서울로 몰려가던 소리꾼들과 달리 고향에 머물며 제자를 양성했고, 광주에서 창극단도 결성해 서울과 맞섰다. 일제에 의해 서서히 스며들던 근대화의 겉멋을 거부한 그의 고집 때문에 광주소리는 지금까지도 조선 판소리 고유의 색깔과 맛을 간직하고 있다는 평가를 받는다.

두 사람은 지실초당을 일제의 문화 침탈과 민족혼 말살 정책에 맞서는 조그만 교두보로 삼았다. 박동실과 박석기는 특별했다. 박동실은 세상이 아는 소리 명창이었고, 박석기는 소리꾼들이 인정하는 귀명창이었다. 박동실이 공연을 하고 작창을 할 때면 박석기는 작곡의 길을 잡아줬다. 박동실은 독립운동이라도 하듯히 제자들을 치열하게 가르쳤고, 박석기는 아낌없이 후원했다.

해방 후 시대는 다시 역류해 친일파가 득세했다. 일제가 물러간 자리엔 미군이 들어와 있었다. 시대의 역류에 맞서는 데도 두 사람은 힘을 합쳤다. 그 결실이 판소리 「열사가 1~4」, 「해방가」였다. 물론 작곡은 박동실의 몫이었지만, 그 방향을 제시하고 길을 잡은 것은 박석기였다. 박동실은 6·25 때 월북해, 그곳에서 판소리의 민족음악적 양식을 발전시켜 현대적 해방 가극의 토대를 만들었다. 이 또한 「해방가」의 연장이었다. 그러나 소리에 무지한 김일성의 '교시'에 따라 거친 탁성을 없애야 했다. 소리의 어금니를 빼버린 격이었다.

지실초당은 중일전쟁을 전후해 일제의 압력으로 폐쇄됐다. 박석기와 박동실은 포기하지 않았다. 1938년 명칭에서부터 그 성격을 분명히 한 화랑창극단을 창단했다. 박동실이 총감독을 맡고 김소희·한갑득·한승호·박녹주 등 지실초당 출신들이 단원으로 뛰었다. 화랑창극단은 최초의 창작 사극 「봉덕사의 종소리」를 무대에 올려, 단순한 소리패가 아니라 민족혼의 기수가 되겠다는 기치를 곧게 세웠다. 이어 「팔담춘몽」, 「망부석」 등 민족의 비애를 담은 창작극을 무대에 올렸다. 박석기와 가까운 최남선·이보상·정노식·이광수 등 당대의 문장가들이 창작극의 사설과 고증을 지원했다.

　총독부로서는 눈엣가시였다. 순회공연에는 고등경찰을 붙여 감시하고 제재했다. 창극단 운영은 힘들었다. 민족혼을 앞세운 창작 창극을 주로 하다 보니 대중성이 떨어졌다. 게다가 순전히 사명감 때문에 돈 안 되는 지방 순회공연도 강행했다. 지방 공연은 대부분 적자였다. 때론 단원들의 숙식비마저 충당할 수 없었다. 여관 빚을 갚지 못하면 창극단의 얼굴 김소희를 인질로 잡혀두고, 단원들은 다음 행선지로 떠났다. 그때마다 돈을 마련해 달려온 것은 박석기였다. 지실초당 시절 선생과 제자 사이였던 두 사람은 이 과정에서 연인 관계로 발전했다. 박석기는 그래도 창극단을 끌고 가려 했다. 하지만 1942년 총독부 경무국은 화랑창극단을 조선성악연구회의 조선창극좌에 통합했다.

　김소희에게 박석기는 가까이 할 수 없는 사람이었다. 지체 높은 사대부가에 담양의 내로라하는 갑부집 자제로서 도쿄대 출신이었으니, 고창의 피죽도 끓여 먹기도 힘든 집안 출신에 배운 것이라곤 상것들이나 하는 소리와 춤뿐이었던 김소희로서는 올려보기도 힘든 처지였다. 게다가 지실초당에서 스승과 제자로 알게 된 사이였다.

　먼저 관심을 가진 것은 박석기였다. 김소희의 소리와 춤은 그야말로 당대 최고였다. 거리에서 소리와 춤을 파는 그런 예인이 아니었다. 박석기에게 예와 악은 선비가 갖춰야 할 최고의 자질이었다. 예가 질서를 추구한다면 악은 조화를 추구하는 것이니 어느 한쪽이 부실하면 균형을 잃고 강퍅함이나 문란에 빠질 수 있는 것이었다. 박석기는 김소희가 대중에게 예기를 파는 기능인이 아니라, 정신세계의 완성을 추구하는 예술인이 되기를 바랐다.

　그러나 김소희에게는 거둬야 할 사람이 많았다. 가난한 친정 식구들은 김소희만 바라보고 있었다. 끊임없이 무대에 서야 했고, 경향을 막론하고 명망가들이 찾으면 가야 했다. 둘 사이는 오래가지 못했다. 1944년 둘 사이에서 윤초가 태어났지만 김소희는 가정을 돌볼 수 없었다. 해방 후에도 김소희는 박귀희 등과 여성국극단을 결성해 전국 순회공연에 나섰다. 윤초는 아버지에게 맡겨졌다. 윤초가 어머니의 예술적 재능을 이어받았지만 가는 길은 아버지의 정신을 따랐던 것은 그 때문이었다. 김소희는 그런 윤초를 "너는 천상 아버지의 딸"이라며 "나를 의식 있는 예인으로 만든 것은 바로 니 아버지"라고 말하곤 했다.

수천 석에 이르던 재산은 일제 말 이미 바닥을 드러냈다. 형 박석윤의 맏아들은 이렇게 말하곤 했다. "우리 집 재산은 작은아버지가 다 썼다네." 형은 제가 버는 것만으로도 충분했지만, 아우에게 늘 미안했다. 부친으로부터 받은 막대한 유산은 동생이 마음대로 처분하도록 했다.

해방 후 마음만 먹으면 출세할 수도 있었다. 초대 내무부 장관을 지낸 윤치영은 박석기를 지금의 중앙인사처장(옛 총무처장)쯤 되는 자리에 추천하려 했다. 박석기는 거절했다. "내가 들어가면 빗자루로 쓸어버릴 사람뿐인데, 내가 어찌 그 자리에 앉아 있을 수 있겠는가." 그는 오매불망 창극단을 이끌고 미국 순회공연에 나서는 꿈을 꾸었다. 한국의 소리를 제대로 들으면 미국인들이 우리 국민을 보는 눈도 달라지리라…….

박석기는 1·4후퇴 때 부산으로 피난 갔다. 그곳에서 유치진의 희곡 「가야금」을 창극으로 제작해 햇님국극단과 함께 무대에 올렸다. 주인공 배꽃아기에 김소희, 가실왕에 박귀희가 출연했다. 당시 일곱 살이었던 딸 윤초는 학으로 분장해 학춤을 췄다. 유치진의 강권으로 이뤄졌지만, 한 가족이 무대를 이룬 것은 이것이 처음이자 마지막이었다. 박석기로선 생전 마지막 공연이기도 했다. 박석기는 휴전 3개월 뒤 쉰네 살의 나이로 급서했다.

김소희는 언제나 박석기에게 돌아가고 싶었다. 그러나 그에게 박석기는 너무나 높은 산이었다. 김소희가 시름겨울 때마다 불렀다는 춘향가 속 「갈까부다」를 딸 윤초가 특별히 기억하는 것은 그 때문일 것이다. "갈까부다 갈까부네 님을 따라 갈까부다 천리라도 따라가고 만리라도 따라 나는 가지 바람도 쉬여넘고 구름도 쉬여넘는 수진이 날진이 해동청 보라매도 쉬어넘는 동설령 고개 우리 님이 왔다 하면 나는 발 벗고 아니 쉬어 넘으련만 어찌허여 못 가는고 무정허여 아주 잊고 일장 수거 돈절인가 뉘여느 꼬임을 듣고 영영 이별이 되었는가 하날의 직녀성은 은하수가 막혔어도 일 년 일도 보건만은 우리 님 계신 곳은 무삼 물이 맥혔기로 이다지도 못 오신가 차라리 내가 죽어 삼월동풍 연지가 되어 임 계신 처마 끝에 집을 짓고 나가 노니다가 밤만 되면 임을 만나 만단정회 풀어볼 거나 아이고 답답 내 일이야 이 일을 장차 어찌꺼나."

김소희의 그 애원성을 들을 수 있을까? 지실초당을 찾는다. 그러나 주인이 떠난 담양 남면 지곡리 지실초당엔 돌덩이(하마비) 하나만 옛터를 지킨다. 초당은 개조돼 식당으로 쓰이고, 연못은 변형되어 옛 모습을 알 수 없고, 숙사는 흔적도 없다. '출세용 문장'에서 당대 최고였던 송강 정철을 기리는 가사문학관이 앞에 떡 버티고 있으니 더 답답하다.
주변 대숲에 옛 모습이 남아 있다고 하나, 어찌 댓바람이 그 시절 그 이야기를 전해 줄 수 있을까. 그저 김소희가 초당에서 무던히도 불렀음 직한 소리 한 자락이 들려올 듯하여 눈을 질끈 감는다. 김소희를 소리의 세계로 이끌었던 심청가 중 「추월만정」이다.
"추월은 만정하야 산호주렴 비쳐 들제, 청천의 외기러기는 월하에 높이 떠서 뚜루 낄룩 울음 울고 가니 ……오느냐 저 기럭아, 소중랑 북해 상에 편지저튼 기러기냐 도화동을 가거들랑 불쌍하신 우리 부친 전에 편지 일장 전하여라……."

손암이 있어
흑산은 현산이었네

흑산도는 296개의 섬 가운데 285개가 무인도이지만, 무인도라고 소홀히
봐선 안 됩니다. 겉보기엔 바위와 황토뿐이지만, 여름이면 지란이 손가락
꽂을 틈도 없이 자라고, 기암괴석은 금강산 못지않습니다.

유람선은 예리항을 떠나, 가도 솔섬을 거쳐 다물도로 향한다. 크고
작은 무인도를 지날 때마다 유람선 선장의 지란 자랑이 빠지지 않는다.
그 입심이 기묘한 풍광에 뒤지지 않는다. 노래는 「흑산도 아가씨」요 초
목은 지란인가? 그리고 보니 으스스한 흑산은 온데간데없고, 그윽한
현산이 아릿한 향기로 다가온다.

지란을 그리도 탐하는 걸 보면 그의 심성을 알 만하다. 지란芝蘭? 공
자가 군자에 비유했던, 지초와 난초다. "지란은 깊은 숲속에 나지만, 사

람이 없다 하여 향기를 거두지 않는다"芝蘭生於深林不以無人而不芳. 군자란 함께 있을 때나 홀로 있을 때나 도리에 어긋남이 없이 몸가짐, 마음가짐이 반듯하다는 뜻일 게다. 『명심보감』「교우」편엔 이런 이야기도 있다. "착한 사람과 함께 있으면 마치 난초의 방에 든 것과 같아서, 오래 있으면 그 향기를 맡지 않아도 그와 같게 되고, 착하지 못한 사람과 함께 있으면, 마치 절인 생선가게에 든 것 같아서, 오래 있으면 그 냄새를 맡지 않더라도 그와 같게 된다. 단丹을 지닌 자는 붉게 되고 칠漆을 지닌 자는 검게 된다. 그러므로 군자는 함께 지내는 자를 반드시 삼가야 한다."

공자에게 지란이 군자의 상징이었다면, 사대부에게 지란은 밝고 맑고 총명한 아이들을 뜻했으며, 벗들은 인간관계의 으뜸으로 지란지교芝蘭之交를 꼽았다. 그러고 보니 선장님의 거듭된 지란 자랑이 예사롭지 않다. 음울한 유배지를 인문人文의 향기 그윽한 지란의 땅으로 바꿨다는 손암巽庵 정약전丁若銓, 1758~1816을 기억하라는 뜻인가? 정약전의 아우 다산 정약용은 천주교도로 몰려 죽임을 당한 스승 권철신權哲身에게 이런 헌사를 묘비명으로 남겼다. "가정에서는 부모에게 순종하여 그 뜻에 맞도록 행동하고, 형제들을 한 몸처럼 아끼는데 힘쓰니, 그의 집안에 들어가는 사람은 온화한 기운이 감돌고 향기가 엄습하는 것이 마치 지란의 방에 들어간 듯한 느낌을 받는다." 이 헌사는 사실 훗날 정약전에게 바치려는 것이었다. 정약전의 죽음을 뒤늦게 전해듣고는 이렇게 원통해했다. "오호라! 현자가 그토록 곤궁하게 세상을 떠나시다니, 그 원통한 죽음 앞에서 목석도 눈물을 흘릴 터. 더 말해 무엇하랴." 정약용은 형님이 계신 흑산을 '그윽할 현玆'의 현산이라 했다.

흑산도. 목포에서 예리항까지는 92.7킬로미터. 요즘 쾌속선으론 두 시간 거리. 그러나 바람에나 의지하던 시절 바람 좋아야 보름 만에 당도할 수 있었다. 비금, 도초도를 벗어나면 갑자기 파도가 거칠어진다. 대형 여객선 속에서도 멀미에 뱃바닥을 구를 정도다. 그 옛날 일엽편주 속에서 보름 넘게 사투를 벌여야 했을 유배객의 절망은, 형장으로 나서는 것과 다르지 않았을 것이다. 오죽 험악했으면 흑산도를 유배지에서 제외하자는 논의가 조정에서 나왔을까. 정약전은 입도하면서 호를 매심每心에서 손암巽庵으로 바꿨다. 손巽은 '들어간다'는 뜻이니, 한번 들어가면 돌아올 수 없음을 각오한 것일 게다.

정약용 또한 이 사실을 알고 있었다. 함께 유배길에 올랐던 형님과 나주 율정점에서 헤어지면서 이렇게 슬퍼했다. "……일어나서 샛별을 보니/ 다가올 이별 더욱 슬퍼/ 나도 그도 말이 없고/ 목청 억지로 바꾸려니 오열이 되고 마네./ 멀고 먼 흑산도는 하늘과 바다가 맞닿은 곳/ 형님이 어찌 그곳에서 살아갈 수 있을까./ 이빨이 산과 같은 고래가/ 배를 삼켰다 뱉었다 하며/ 쥐엄나무만 한 지네에/ 독사가 다래덩굴처럼 엉겼다네……." 다산이 흑산을 현산이라 부른 것은 이름마저 '어둡고 처량하여 두려운 느낌을 더하는 까닭'이었다.

정약전은 일단 흑산도 남동쪽 하루이틀 거리의 우이도에 정착했다. 80여 년 뒤 유배된 최익현崔益鉉 역시 처음엔 우이도에 머물렀다. 이들은 아예 그곳을 소흑산도라 이름하고, 진리·예리 등 흑산도의 지명을 옮겨놓았다. 조정에서 점검 왔을 때 흑산도인 양 하기 위해서였다. 흑산에 대한 두려움이 그만큼 컸던 것이다. 그러나 그곳엔 먹고살 게 너무 없었다. 최익현은 그곳을 "겨우 부지하고 있는 목숨조차 보존하기 힘든 곳"이라고 하였다. 이들은 결국 먹을 걸 찾아 본섬으로 들어갔다.

비금도를 떠나 쾌속선으로 40~50분쯤 가면 큰 산 하나가 눈에 가득 들어온다. 시커먼 덩어리가 과연 흑산이다. 이번엔 관광버스 기사의 자랑이다. "돌아보세요. 우리나라에서 가장 아름답다는 열두 굽이 길을 여러분은 오르고 있습니다. 왜 흑산인지 궁금하지요. 이 섬의 초목 95 퍼센트는 상록수입니다. 그중의 90퍼센트가 동백이고, 나머지가 구실 잣밤나무, 굴거리 등입니다. 가까이서 보면 푸르지만, 조금만 벗어나면 섬 전체가 검푸르게 보이고, 10분 정도만 나가면 검게 보입니다."

이름만 흑산이었던 건 아니다. 없는 것도 많다. 특히 먹고사는 것과 직결되는 비도 드물고, 눈도 드물다. 부쳐 먹을 땅도 거의 없다. 손바닥만 한 땅도, 가물다 보니 곡식을 키우지 못한다. 고구마가 유일하게 그 혹독한 기후를 버티는 작물이었다. 인심이 후할 리 없었다. 그런 흑산도에서도 남동쪽 귀퉁이에 박혀 있는, 오갈 데 없는 마을이 사리다. 그 척박한 마을은 정약전이 들어서면서 바뀐다. 지란의 향이 퍼지기 시작한 것이다.

정약전이 아이들을 가르쳤던 사촌서실에는 우물이 있다. 목욕을 하려면 쾌속선 타고 목포에나 가야 하는 곳이 흑산도다. 수원지 구실을 하는 작은 저수지도 단 한 곳이며, 이것으로 5,000명 가까운 주민들이 살아간다. 정약전이 살던 시절엔 그마저 없었으니, 주민들이 기댈 것은 하늘의 비와 마을의 우물뿐이다. 그 귀한 우물을 정약전의 거처 앞에 파는 것으로 마을 사람들은 그에 대한 사랑과 존경을 표시했다.

정약전은 일반 유배객들과 달랐다. "상스러운 어부들이나 천한 사람들과 친하게 어울려 귀한 신분으로서의 교만을 부리지 않았다. 이 때문에 섬사람들이 매우 좋아하여 서로 다투어 자기 집에만 있어주기를 바랐다"(다산). 정약용은 "오랑캐 같은 섬사람"이라고 했지만, 정약전은 바로 그들과 함께 먹을 것을 구하고, 그들의 의문을 풀어주고, 문맹을 깨치고, 함께 시를 지었다. 6척 거구에 '말술도 넘어 섬술'을 마시며 어울렸으니 사람들은 그 곁에 모였다. 그는 양반 사대부의 세상을 버리고, 민중의 세상으로 들어간 것이다.

정약용은 강진 유배시절 초기, 한 노파가 내준 방에서 "창문을 닫아 걸고 밤낮으로 혼자 있었다"라고 고백했다. 그러나 정약전은 이웃과 하나가 되었고, 어부들을 위해 우리나라 최초의 해양생물학 서적 『현산어보』를 지었고, 나무꾼을 위한 삼림육성정책 보고서인 『송정사의』를 지었고, 문순득의 표류기인 『표해시말』을 기록해 오키나와·필리핀·중국의 문물을 소개했다. 특히 그곳 사람들에게 필요한 새로운 배 건조법을 자세하게 소개했다. 20세기에 와서야 뒤늦게 정부는 그런 정약전을 과학기술인 명예의 전당에 헌정했다. 지금까지 헌정된 사람은 세종대왕·장영실·허준·우장춘 등 모두 29명뿐이다.

그곳에 전해오는 평판도 다르지 않았다. 목포성당 첫 주임신부였던 프랑스인 알베르 데에 신부의 사목보고서는 "그(정약전)에 대한 평판은 존경으로 가득 찬 것이었다. 모든 사람이 그를 겸손과 정결함의 모범으로 이야기했다"라고 했다.

1814년 여름 정약용은 편지를 보내 그해 안으로 유배에서 풀려날 수 있을 것 같다며, 귀로에 형님을 뵈러 가겠노라고 전했다. 그 험한 바닷길을 아는 터라, 정약전은 아우가 그런 바다를 두 번 건너지 않도록 우이도로 떠나려 했다. 그러나 주민들은 그를 놔주려 하지 않았다. 안개 자욱한 밤 우이도 사람을 불러 섬을 빠져나왔다. 그러나 이를 알아챈 동네 사람들이 쫓아와 그를 사리로 '나포'했다. 수개월 동안의 간곡한 설득 끝에야 정약전은 우이도로 이사할 수 있었다. "요즘 세상에 그 고을 수령이 서울로 올라갔다가 다시 그 고을에 올 때는 백성이 모두 길을 막고서 들어오지 못하게 한다는 말은 들었지만, 귀양살이하는 사람이 다른 섬으로 옮겨가려 하자 본도의 백성이 길을 막고 더 머물게 하였다는 말은 듣지 못했다"(다산,「선중씨 묘비명」). 그러나 정약전은 아우를 만나지 못했다. 정적들의 농간으로 정약용의 해배는 4년 늦춰졌고, 해

394

배 1년 전 정약전은 숨을 거뒀다.

정약전은 일찍이 허황된 벼슬아치의 꿈을 버리고 실사구시의 삶을 꿈꿨다. 초년에 진사가 되었으나 과거에 나서지 않았다. '대과는 나의 뜻이 아니'라며 주변의 권고에 번번이 쐐기를 박았다. 대신 수학·물리·기상 등 실용적인 서학에 몰두했다. 정약용은 이와 관련 "일찍이 이벽李檗과 종유從遊하여 역수曆數의 설을 듣고는 기하幾何의 근본을 연구하고 심오한 이치를 분석하였다"라고 전했다. 20대 말 증광별시에서 장원을 하며 정계로 나섰지만, 그건 가족과 주위의 강권에 따른 것이었을 뿐이다.

『현산어보』는 유배생활에서 펼친 꿈의 한 자락이었다. 해양생물의 생김새와 습성, 분포, 나는 시기와 쓰임새 등을 연구하여 완성한 우리나라 최초의 해양생물학 연구서다. 『경상도 지리지』, 『동국여지승람』, 『우해이어보』 등의 책자가 있긴 하지만, 항목 수나 내용의 방대함에서 『현산어보』와는 비교가 되지 않는다. 물고기뿐 아니라 갯지렁이·해삼·말미잘·갈매기·물개·고래·미역에 이르기까지 226개 표제 항목을 다루고 있으며, 항목마다 등장하는 근연종까지 더한다면 개체 수는 훨씬 많아진다. 이름만 나열하거나 중국의 책을 베낀 것에 불과한 기존의 책자와 달리『현산어보』는 생물을 채집·관찰·해부까지 해가며 얻은 지식을 낱낱이 기록했다. 상어와 가오리의 발생 연구, 척추뼈 수를 세어 청어의 계군을 나누는 등 오늘날 생물학자들도 감탄할 정도다. 식용 여부, 요리법, 양식 방법, 약성, 쓰임새 등은 물론 흑산도 방언도 언문으로 그대로 옮겨놓아 이름의 변천 과정까지 알 수 있게 했다.

관련 속담, 의견, 인용문까지 망라했으니 지금 읽어도 재미가 쏠쏠하다. 이런 식이다. "(홍어의) 모양은 연잎과 같은데 암놈은 크고 수놈은 작다. 검붉은 색을 띠고 있고, 입은 주둥이 아래쪽의 가슴과 배 사이에 일

자형으로 벌어져 있다. 꼬리는 돼지꼬리처럼 생겼고, 중심부에 가시가 어지럽게 돋아나 있다. 수놈의 생식기는 두 개다.""뼈로 이루어진 그것은 흰 칼 모양을 하고 있으며, 아래쪽에 고환을 달고 있다. 두 날개에는 가는 가시가 있어서 암놈과 교미할 때에는 그 가시를 박고 교합한다. 암놈이 낚싯바늘을 물면 수놈이 달려들어 교미하다가 낚시를 들어올릴 때 나란히 끌려오기도 한다. 암놈은 먹이 때문에 죽고 수컷은 간음 때문에 죽는다고 말할 수 있으니 음란하게 색을 밝히는 자의 본보기가 될 만하다."

서문엔 이런 내용이 나온다. "섬 안에 장덕순張德順, 즉 창대昌大라는 사람이 있었다. ……나는 드디어 그를 맞아 함께 묵으면서 물고기 연구를 계속했다……." 이 책이 평민 장덕순과 공저임을 밝힌 것이다. 저작권법도 없던 그 시기에 양반도 아닌 일반 평민의 이름을 적시했으니, 정약전의 학자적 양심은 물론 신분제 혁파의 의지도 선명하다.

그런 정약전이었지만, 자신에게는 한없이 엄격했다. 그는 병조좌랑에서 물러나 고향으로 돌아와 서실을 짓고는 매심재每心齋라 이름했다. 뉘우치는 곳이라는 뜻이다. "'매심이란 뉘우침(悔), 나는 뉘우칠 일이 많다네, 뉘우칠 일을 잊지 않고 항상 마음에 두려는 뜻에서 이렇게 이름하였으니, 기를 붙여주시게나' 형님의 부탁에 따라 나는 이렇게 썼다. 뉘우침이 마음을 길러주는 것은 마치 거름이 곡식의 싹을 틔워주는 것과 같다. 거름은 썩은 오물로 싹을 길러 좋은 곡식을 만들고, 뉘우침은 죄나 잘못으로 덕성을 길러주는 것이니 그 이치가 같다"(다산, 「매심재기」).

"신문받은 죄인으로서 압송하던 장교들을 울며 작별케 한 사람", "세상을 뜨자 유배지의 모든 사람이 마음을 다하여 장례를 치러준 사람" 정약전. 그는 신분제의 나라 조선에서 신분을 잊고 민중 속으로 들어가, 마침내는 민중과 하나가 된 '민중의 선비'(사학자 이덕일)였다. 정쟁에

찌들고, 권력과 벼슬자리에 목을 매고 있던 자들이 보기에 위험천만한 인물이 아닐 수 없었다. 사촌서실 툇마루에 앉으니 박석무 다산연구소 이사장의 울분이 비장하다. "무너져가는 나라를 바로 세우고자 했던 이들을 누가 왜 이런 곳으로 쫓아냈을까요. 그건 바로 썩은 정치였습니다. 그로 말미암아 조선은 망국을 피할 수 없었습니다. 지금도 그 정치는 계속되고 있으니 어쩌면 좋단 말입니까."

그러나 흑산의 입장에선 행운이었다. 정약전은 "청산이 그 무릎 아래 지란을 기르듯"(서정주, 「무등을 바라보며」) 아이들을 가르치고, 시와 문학의 향기를 흑산에 뿌렸다. 그 앞에서 "가난은 한낱 남루에 지나지 않았다." 심리의 장 노인, 문암의 계고재, 우이도의 박생, 사리의 장창대 등이 더불어 일도 하고 시도 지었으니, 흑산은 곳곳이 지란의 땅이었다. "서너 나그네가 가을빛을 따라와/ 시 지으며 흥을 돋우니 재주를 따지지 않네/ 서늘한 바람 나무에 있건만 매미는 아직 울고/ 맑은 달빛 모래밭에 가득하니 기러기 돌아오려네/ 푸른 산 오막집에 추위가 스며들자/ 사방 이웃들이 막걸리 잔을 건네네/ 나무꾼에 고기잡이까지 기쁘게 친구가 되니/ 집집마다 마음껏 웃음꽃 피었구나." 이 얼마나 향기로운 정경인가. 다시 서정주를 인용하면, 정약전은 "어느 가시덤불 쑥구렁에 놓일지라도/ 늘 옥돌같이 호젓이 묻혔다고 생각"하는 대인이었다.

동생과 율정점에서 헤어질 때 건넨 시에서 "……갈기 늘어진 말을 타고 열흘 올 때에/ 우리는 한 송이 꽃이었다네"라고 했던 정약전. 흑산도의 고기잡이, 나무꾼 역시 그의 형제였다. 유람선은 다물도 기암괴석을 돌아 예리항으로 돌아간다. 선장은 또 예의 그 지란 자랑이다. "날씨 화창한 날 흑산도로 오세요. 손가락이 들어가지 않을 정도로 빼곡히 핀 그 지란의 향기……."

오호라! 몽연일세,
강상의 이별은 꿈결 같고……

추사 김정희는 1840년 9월 2일 한양에서 제주도로 유배길에 나서 20일 해남에 도착했다. 일지암에서 초의草衣와 함께 하룻밤을 보내고 완도 이포로 떠났다. 이포까지 배웅한 초의가 일지암으로 돌아왔을 때는 해가 이미 저물고 있었다. 멀리 김정희가 떠난 뱃길과 하늘은 이미 붉게 물들어 있었고, 마당엔 엊그제 핀 자미화가 후두둑 떨어져 있었다.

오늘 아침 안개비 따라 봄마저 가버리고/ 그대마저 떠나간 석양 하늘을 바라보네/ 꽃을 떨군 줄기는 앙상하여 초췌한데/ 줄기에서 떨어진 꽃은 태연히 잠들었네.

소치小癡 허련許鍊, 1809~92은 초의에게서 서화의 틀을 익히고, 김정희에게서 서화의 도를 배웠다. 그는 내로라하는 도화서 화공을 제치고 현종의 어진을 그렸다. 왕은 그를 불러 물었다. "추사와 초의 선사의 관계가 각별하다는데 어떤 사이인가." 불경스럽게도 허련의 답은 이 한마디였다. "몽연夢緣이지요." 허련은 환갑이 되어 자서전을 쓰고는 그 제목을 '몽연록'이라 했다.

"편지를 보냈지만 한 번도 답장을 받지 못했습니다. 산중에 바쁜 일은 없을 것 같은데 혹시 나 같은 세속의 사람과 어울리고 싶지 않아서 그러나 보구려. 나는 이처럼 간절한데 그대는 묵묵부답인 걸 보니 절교를 하자는 것입니까. 이것이 과연 스님으로서 맞는 행동입니까?"

김정희는 시서화 3절의 당대 슈퍼스타. 그러나 초의만 생각하면 철부지로 돌아갔다. 감정을 감추지 않고 쏟아냈다. 반면 초의는 불립문자不立文字를 앞세운 불제자인지라, 답장도 인색했고 감정을 드러내지도 않았다. 그런 초의였지만, 과연 돌아올 수 있을지 모를 제주도로 김정희가 유배를 떠나는 것을 볼 때는 무너져 내리는 억장을 감출 수 없었다. "안개비에 봄마저 떠나가고……."

그동안 초의는 편지 대신 때마다 자신이 덖은 차 가운데 가장 좋은 것을 골라 김정희에게 보냈다. 김정희는 그 차를 마시며 초의를 그리워했다. "정좌처다반향초 묘용시수류화개"靜坐處茶半香初妙用時水流花開, 고요히 앉아 차를 반쯤이나 마셨는데 향기는 처음 그대로네. 주인이 선정에 빠져드니 물은 흐르고 꽃은 피네"(효당 최범술 번역). 다선 삼매에 든 초의의 모습을 상상하며 쓴 글이었다.

"스님은 멋대로 마냥 웃고 있으소. 걸림 없는 곳이 바로 우리 사는 데라오. …… 한 침상에서 다른 꿈 없는 것이 좋기만 하고, 같은 음식 먹었으니 어찌 창주가 다를까." 뱃속마저 다르지 않다는 게 김정희가 본 둘의 우정이었다.

1856년 김정희는 일흔 살의 나이로 세상을 떴다. 초의가 김정희의 영전에 바친 제문은 선사답지 않게 시작부터 다짜고짜 비탄이다. "슬프다, 선생이시여. 42년의 깊은 우정을 잊지 말고 저세상에서는 오랫동안 인연을 맺읍시다. …… (생전) 정담을 나눌 제면 그대는 실로 봄바람이나 따스한 햇볕 같았지요. …… 슬픈 소식을 들으면 그대는 눈물을 뿌려 옷깃을 적시곤 했지요. 그대 모습 지금도 거울처럼 또렷하여 그대 잃은 나의 슬픔 헤아릴 수 없습니다."

퇴계 이황1501~70은 작고하기 한 해 전 이조판서에 임명되지만 칭병稱病을 평계로 겨우 고향으로 돌아가게 됐다. 1569년 3월 4일 한양을 떠나 그날 밤 지금의 옥수동 동호의 몽뢰정에서 보냈다. 이튿날 한강을 건너 봉은사에 묵었다. 수행자 중엔 고봉 기대승1527~72이 있었다. 기대승은 이황이 배편으로 남한강을 거슬러 떠나는 것을 배웅하고 한양으로 돌아와 3월 15일 편지를 썼다.

강 위의 이별은 꿈결처럼 아득했습니다. 양근에서 돌아온 김별좌에게서 길 떠나시던 모습을 들으니 슬프고 그리운 마음 갑절이나 더했습니다. 그리는 마음 말로 다하기 어렵습니다. …… 앞으로 가까이 모시지 못하게 되었음을 생각할 적마다 마음이 절로 슬퍼집니다.

달포여 만에 편지를 받아든 이황은 4월 2일 답장을 보냈다.
"동호의 배 위에서 나누었던 정이 꿈결 속에 되살아나니, 봉은사까지 따라와 묵은 하룻밤의 뜻이 더욱 깊어집니다. 서로 취해 말없이 바라보며 천리의 이별을 다 이루었습니다. 손수 쓰신 편지와 시 한 편을 받으니 마치 다시 얼굴을 대하는 듯하여 참으로 위로되고 다행스러움을 말로 표현하기 어렵습니다. 앞으로는 만날 날이 아득하여 기약이 없으니……."

이황과 기대승의 가연 또한 김정희와 초의의 허련 못지않았다. 두 사람이 처음 인연을 맺은 것은 명종 13년(1558년) 10월. 문과에 을로 급제한 신진 학자 기대승은 오늘날 국립대 총장인 성균관 대사성 이황을 찾아갔다. 그가 다녀간 뒤 12월 이황은 기대승에게 첫 편지를 보냈고, 이후 두 사람의 서신 교환은 1570년 12월, 이황이 세상을 뜨기까지 13년 동안 계속됐다. 특히 1559년부터 1566년까지 편지로 이어진 사단칠정 논쟁은 당시 조선 지식인 사회 최고의 관심사였다.

당대의 석학 이황은 첫 만남에서 기대승의 그릇을 알아봤다. 첫 만남 직후 그가 기대승에게 보낸 편지는 이렇게 시작하고 끝을 맺는다. "기 선달에게 감사하는 마음으로 씁니다. 병든 몸이라 문밖을 나가지 못하다가, 덕분에 어제는 마침내 뵙고 싶었던 바람을 이룰 수 있어 얼마나 다행이었는지요. …… 내일 남쪽으로 가신다니 추위와 먼 길에 먼저 몸조심하십시오. 덕을 높이고 생각을 깊게 하여 학업을 추구하시기를 간절히 바랍니다."

기대승을 대하는 이황의 자세는 정중했다. 편지글은 언제나 "이황이 두 번 머리 숙여 절합니다"로 시작하거나 "병든 늙은이, 진성의 이황은 눈이 어두워 함부로 적었으니 송구합니다." 혹은 "이황이 삼가 말씀드렸습니다"로 맺었다. 스물여섯 살 터울이자, 당대의 석학과 신진 학자 사이라고 저의 주장을 강요하는 일이 없었다. 오히려 기대승 앞에서 더 겸손했다. "그대의 논박을 듣고 제 견해가 잘못되었음을 알았습니다. 그래서 이렇게 고쳐 보았는데…… 이처럼 하면 괜찮을런지요." 얼마나 저를 낮추었는지 기대승은 이렇게 하소연했다. "저에 대한 예우가 너무 무거워 소생이 감당할 수 있는 바가 아니니, 헤아려주시면 다행이겠습니다."

이황은 기대승과 봉은사에서 이별한 이듬해 별세했다. 기대승은 2년 뒤 성균관 대사성 등을 지내다가 벼슬에서 물러나 귀향 도중 전북 고부에서 세상을 떠났다. '계류가 절벽에 걸리면 폭포가 되고, 구름이 해에 걸리면 채운이 되나니⋯⋯.' 청말 장조張潮의 잠언집『유몽영』속 글귀처럼처럼 기대승에게 이황은 절벽을 얻은 계류였고, 이황에게 기대승은 태양에 걸린 구름이었다.

육필 편지는 이제 찾아보기 힘들다. 빛의 속도로 전달되는 전자우편이 있는데, 도착에 사나흘 걸리고, 쓰고 지우고 다시 쓰다 보면 하룻밤을 꼬박 새우기 일쑤인 편지를 누가 주고받을까. 그러다 보니 영혼의 떨림이 편지로 전달되는 일은 사라졌다. 하지만 예외도 있는 법.

스님, 그간 소식 올리지 못했습니다. 결제 중이신 줄 모르고 출판사를 통해 책을 우송했습니다. 안거에 방해가 되지 않기를 바랍니다. 저는 입원과 퇴원을 거듭하고 있습니다. 특히 불편한 것은 척추신경에 장애가 와서 운신이 매우 어렵다는 점입니다. 그런대로 적응하려고 노력하고 있습니다만 스님께서 권고하신 매일 매일의 집필은 엄두를 내지 못합니다. 죄송합니다. 지금쯤 얼음 시내에도 물소리 들리겠지요.

"근계, 안거라는 이름으로 산짐승처럼 동면에 들기 위해 백담사 무문관에 있습니다. 그제『감옥으로부터의 사색』,『신영복 강의』두 권의 저서를 받았습니다.「국어사전 290쪽」은 세 번 읽었습니다. 들경 밑으로 흐르는 물소리를 참 오랜만에 들었습니다. 신영복申榮福의 백랑도천 같은 분노요 통곡이요 어깨울음이었습니다."

서울 성북동엔 흥천사가 있다. 절집 언덕 위에 삼각선원이 있고, 입구엔 낯익은 글꼴의 '손잡고 오르는 집' 현판이 걸려 있다. 유홍준이 명명한, 신영복의 이른바 백성 '민民체'다. 흥천사 조실 설악무산 스님은 집을 짓고는 선어록의 한 귀퉁이에 있는 '파수상 동행'을 택호로 삼고, 우리말로 써줄 이를 찾다가 신영복과 인연이 맺어졌다. 2013년 7월의 일이었다.

그러나 두 사람의 인연은 짧았다. 신영복의 몸엔 이미 악성종양이 퍼져나가고 있었다. 몇 차례의 만남과 너덧 차례 전자편지 오간 게 전부였다. 그러나 무량겁 인연이 있었던지 곧 지음知音을 이뤘다. 스님의 마지막 전자편지는 이렇게 맺었다.

"……노골이 신영복 선생이 체험한 그 일기일경을 다 사량하고 어떻게 증득할까마는 '강의'를 들으면서 사색하면 올겨울은 동면에 들기 전 해동을 맞을 것 같습니다. 입원하셨다는 소식만 들었을 뿐 퇴원하셨다는 소식은 못 들었습니다. 설악무산 합장."

신영복 선생은 2016년 1월 15일 세상을 떠났다. 그의 부음은 아마도 들경 밑을 흐르는 물소리가 스님에게 전했을 것이다.

스님은 2018년 5월 입적했다. 스님의 부음은 무엇이 전했을까?

별을 꿈꾸던 소년,
별들을 이 땅에 새기다

서산시 부석면과 인지면에 걸쳐 있는 도비산島飛山. 하늘로 날아오르고 싶은 새의 형상을 하고 있다 하여 얻은 이름이다. 지금은 밋밋한 야산 가운데 하나지만, 천수만 간척사업이 이뤄지기 전만 해도 도비산은 내륙으로 깊숙이 들어온 천수만에 삼면이 에워싸인 섬 같은 산이었다. 팔봉산으로 흘러가는 나지막한 구릉 때문에 간신히 뭍으로 이어져 있을 뿐이었다.

때문에 도비산에선 동서남북 어디로든 망망무제였다. 땅의 길이든 바닷길이든 하늘길이든 거칠 게 없었다. 동쪽 멀리로 가야산 줄기가 물결치고, 서쪽 천수만 너머로 안면도가 띠처럼 길게 누워 있다. 그 너머로는 물비늘이 반짝이는 서해요, 망망한 바다 건너로는 "날이 맑으면 보인다는 청제 곧 산둥반도"(『서산지』)가 있었다.

도비산은 중국으로 가는 길목이었기에 신라의 의상대사나 최치원 등 중국 유학생들이 거쳐갔던 곳이었다. 의상義湘은 서방정토를 향해 날아오르는 새의 형상에 감복한 나머지, 무사 귀환하면 그곳에 불사를 일으키겠노라고 서원했다. 의상이 약속에 따라 지은 절이 도비산 부석사였다. 소년 류방택柳方澤, 1320~1402이 별을 헤아리기에 이곳보다 더 좋은 곳은 없었다.

집안은 6대조 서령부원군 류성간 이래 할아버지(류굉, 상호군), 아버지(류성거, 전객령)까지 대대로 모두 고려의 당상관에 올랐던 명문가였다. 집안 분위기는 소년에게 문과 급제를 압박했지만, 소년은 등과에는 전혀 관심이 없었다. 낮에는 과거와 무관한 경서나 주역을 읽고, 해 지면 쏜살같이 들이나 산에 올라 별을 보았다.

물론 별을 보고 헤아리는 건 서산 갯마을 사람들이 해 지고 별 뜨면 으레 하는 일과였다. 바다로 나가든 들로 나가든 그들은 별을 보고 방위를 가늠하고, 별을 살펴 내일의 날씨를 점쳐야 했다. 그래서 북극성 등 중요한 별들과 별자리가 마을 지도처럼 익숙했고, 별의 색깔로는 내일의 날씨를 헤아렸다. 비가 오려나, 바람이 불려나…….

도비산 마루엔 봉화대가 있었다. 별들이 손에 잡힐 듯 가까웠고 시간에 따른 별들의 운행이 한눈에 들어왔다. 북두칠성은 하룻밤에 한 번씩 북녘 하늘을 한 바퀴씩 돌았다. 할머니는 북두칠성 일곱 개 별이 인간의 수명과 길흉화복을 주관한다고 했다. 그런 북두칠성은 한 번도 북극성으로부터 일정한 거리 밖으로 벗어나지 않았다. 북두칠성을 하늘의 임금 곧 천제가 순라를 돌 때 타는 수레라고 했던 건 그 때문이었다. 칠성각은 그 별을 모시는 집이다.

시간이 가면서 소년의 눈에는 별들이 짝을 이뤄 저마다 다른 형상으로 다가왔다. 봄부터 여름까지 도비산 남쪽 하늘에선 청룡 형상의 별무리(서양에선 전갈자리)가 떠오르고, 가을과 겨울엔 호랑이 형상의 별무리(서양에선 오리온자리)가 떠올랐다. 북두칠성 국자 밑에는 별 두 개씩 계단 모양을 이루는 삼태육성三台六星이 있었다. 탄생과 생육을 관장한다 하여 할머니들이 정성껏 치성 드리는 별자리였다. 은모래처럼 반짝이는 은하수가 흐르고, 은하수를 사이에 두고 굵은 눈물처럼 떨어져 내릴 것 같은 견우와 직녀성이 반짝였다.

소년은 성년이 되어 예조판서 손애의 맏딸과 결혼했다. 집안에선 아들이 철 들기를 기대했지만, 류방택의 일상은 바뀌지 않았다. 낮에는 주역과 경서를 읽고 밤에는 별자리를 헤아렸다. 이웃에는 20대 초반에 출사한 사촌 류숙柳淑이 살았다. 그는 공민왕이 왕자 시절(강릉대군) 인질로 원나라에 갈 때 그를 시종해 4년간 중국에서 살았다. 그 인연으로 류숙은 대중국 외교 전문가가 되어 중국을 자주 드나들었다. 류숙은 사행길에서 돌아올 때마다 새로운 책들을 많이 가져왔다. 거기엔 준기지학(천문학) 관련 서적도 포함돼 있었다.

류방택은 서른두 살(1352년)이 되어서야 환로(벼슬길)에 오른다. 종8품 섭산원. 7년 만에 한 품계 올라 수직랑이 되었으니, 벼슬은 적성에 맞지 않았다. 1359년 침입했던 홍건적이 1360년 20만 대군을 이끌고 다시 침입했다. 개경이 함락되고 왕은 경북 안동으로 피했다. 강화도로 피난 갔던 그는 사력(개인이 제작한 달력)을 제작해 강화병마사에게 제공했다. 전란 속에서 조정은 국력(국가의 달력)조차 만들지 못했고 백성은 시도 때도 절기도 모른 채 살아야 했다. 강화병마사는 월과 일, 절기와 일식, 월식, 물의 들고남을 따져 군령과 군정에 이용했다. 홍건적도 몽골군처럼 물길에 어두워 강화도를 범할 수 없었다. 그제야 류방택의 천문지식이 조정에 알려지기 시작했다. 하지만 난리가 끝나자 그는 귀향해 도비산으로 들어갔다.

동아시아의 천문학은 음양오행설과 결합돼 하늘의 뜻을 읽고 땅의 도리를 전해 주는 제왕을 위한, 제왕의 학이었다. 제왕은 하늘의 명을 받아 제위에 오르고 백성을 다스리는 존재였다. 천체의 변화를 읽을 수 있는 천문도는 왕조의 정통성과 권력의 정당성을 증거하는 물증이었다. 하늘을 공경하고 부지런히 백성을 보살핀다는 경천근민敬天勤民은 제왕의 기본 책무였다.

그러나 전통사회에서 맨눈으로 광대무변한 천체의 변화를 읽기란 쉬운 일이 아니었다. 매년 춘분점과 추분점이 서쪽으로 미세하게 이동하고 별자리도 바뀐다. 별의 위치도 2만 6,000년을 주기로 순환한다. 붙박이별로 알려진 북극성도 언젠가 그 이름을 잃어버릴 수밖에 없다. 그건 자전축이 23.5도 기운 채 돌아가는 지구의 세차운동으로 말미암은 것이었다.

돌아온 류방택의 눈에 그런 변화가 들어왔다. 초저녁과 새벽, 자오선을 지나 남쪽에 걸리는(남중) 별들이 달라지고 있었다. 그건 고구려 때 다르고 고려 때 달랐다. 그에게 밤하늘은 예전의 그 밤하늘이 아니었다. 대제학을 지낸 정이오鄭以吾는 그런 그에 대해 "낙구의 이치와 천체의 운행을 꿰뚫어 통하지 않음이 없었다"(「금헌 류방택 행장」)라고 했다.

전통 천문학은 하늘을 3원 28수로 나눠 관찰했다. 자미궁, 태미궁, 천시궁이 3원이다. 북극성을 중심으로 형성된 자미궁은 천상의 권부로, 천제와 종실이 거주하는 정궁이다. 태미원은 북두칠성 뒤편 남쪽 하늘에 위치한, 인간 역사를 관장하는 정무궁으로, 태미오제라는 다섯 천체가 번갈아 가면서 주인 구실을 한다. 은하수를 끼고 있는 천시원은 하늘의 도시이자 시장이다. 천구를 둘러싼 하늘엔 28개 구역이 있고 제각각 대표 별자리(28수 수거성)가 있었다. 하늘은 1개의 특별시와 2개의 직할시 그리고 28개의 도로 이루어진 것이다.

태미오제는 수덕·화덕·금덕·목덕·토덕을 가진 다섯 천제로, 오덕의 운행에 따라 대위에 올라 세상을 관장한다. 누가 오르느냐에 따라 세상도 그에 맞는 덕의 소유자가 나라를 열고 제위에 오른다. 수덕이 화덕을 이기고, 화덕이 금덕을, 금덕이 목덕을, 목덕이 토덕을, 토덕이 수덕을 딛고 일어섬에 따라(오행상승설) 나라의 흥망성쇠가 이루어진다. 고대 중국에선 목덕의 하나라가 쇠하여 금덕의 은나라가 일어서고, 금덕의 은나라가 쇠하여 화덕의 주나라가 일어섰다. 류방택이 보기에 그런 태미오제 별자리에 변화가 일고 있었다. 토덕이 쇠하고 목덕이 흥하고 있었다. 그렇다면 이 땅에서도? 실제로 토덕의 고려는 쇠하고 있었다. 목덕을 가진 자는 누구일까.

류방택은 1367년 12월 나라의 부름에 따라 다시 서운관으로 들어갔다. 1375년 실무 책임자인 부정(종4품)이 되고, 1379년 원윤으로서 서운관을 총괄하는 판서운관사를 겸직했다. 예감대로 왕王씨는 저물어가고 이李씨가 일어서고 있었다.

1392년 공양왕이 왕위를 이성계에게 선위했다. 역성혁명이었지만 선위 형식을 취했기에 고려의 서운관 일관들은 길일을 잡아 태조의 즉위식을 치를 수 있도록 준비해야 했다. 서운관 책임자 류방택은 "천시를 점쳐서 대위에 오를 일시를 선택"(『태조실록』)했고, 본의 아니게 그 공로로 원정공신에 책봉됐다. 하지만 즉위식이 끝난 뒤 다시 도비산으로 숨는다.

이성계는 권력투쟁의 칼부림과 피의 숙청을 통해 권력은 장악했지만, 백성은 갈피를 잡지 못했다. 부패하고 무능한 고려왕조에 넌더리가 났지만, 신생 조선이 미더운 것도 아니었다. 그런 백성의 마음을 잡아야 했다. 그러자면 조선의 개국과 이성계의 즉위가 '천명'에 따른 것임을 세상에 알려야 했다. 경천근민의 의지를 천명해야 했다. 아울러 천

명의 증거이자 경천근민 의지의 표현인 천문도를 확보해야 했다.

마침 고구려 초에 제작된 옛 천문도 탁본이 발견됐다. 이성계는 환호했다. '드디어…….' 그러나 오랜 세월이 흘러 별들의 위치가 달라져 있었다. 그 천문도로는 천명과 정통성을 주장할 수 없었다. 천문도를 다시 작성해야 했다. 서운관 관원들은 한결같이 말했다. "이 일을 할 수 있는 사람은 류방택뿐입니다." 태조는 서산으로 사람을 보냈다. 얼마나 급했던지 태조가 몸소 예산 연봉장까지 내려갔다는 전설 같은 이야기도 있다.

고민 끝에 류방택은 부름에 따른다. '이것 또한 저의 운명'이었다. 그는 서운관 책임자(제조)가 되어 한양을 기준점으로 삼아, 고구려본과 비교하며 별자리의 위치 변화를 관찰했다. 우선 절기별로 초저녁과 새벽녘에 남중하는 별을 헤아려 남중 시각과 거극도(천구 북극으로부터 거리값)를 계산해 혼효중성도수를 완성했다. 아울러 28수 수거성 사이의 거리인 수거도를 계산해 천문도를 다시 그렸다. 을해년 작성된 류방택 천문도에는 3원 28수의 별 1,467개가 포함됐다.

그는 1394년 혼효중성도수와 천문도를 서운관에 제출했다. 서운관에선 그로부터 1년 동안 검증 작업을 거쳐 실제와 차이가 없음을 확인한 뒤 『신법중성기』라는 이름으로 1395년 6월 태조에게 올렸다. 태조는 돌에 새겨 소실되거나 인멸되지 않도록 명했다. 그것이 '천상열차분야지도각석'이었다.

석각 천문도로는 1247년 중국에서 제작된 '순우천문도'가 있지만, 우리의 별자리 위치와는 현저하게 달라 참고할 게 못 됐다. 태조는 류방택에게 개국일등공신을 하사했지만 류방택은 이미 송도(개성) 취령산 밑 김포방으로 몸을 감춘 뒤였다.

그는 야은冶隱 길재吉再와 함께 공주 동학사 옆에 사당을 짓고 고려에 의리를 지킨 포은圃隱 정몽주鄭夢周와 목은牧隱 이색李穡의 혼을 모셨다고 한다. 후일 길재의 위패가 함께 봉안되면서 삼은각이 됐다. 삼은각엔 후일 세조가 단종을 죽이고 권력을 찬탈한 계유정난 때 의리를 지키다 죽은 세 정승과 여섯 신하, 그리고 살아서 절개를 지킨 이들이 생육신으로 추숭되면서 위패가 봉안됐다. 류방택의 위패도 뒤늦게 봉안됐다.

류방택은 여든두 살의 나이에 취령산 밑 어디에선가 눈을 감았다. 두 아들에게는 "나는 고려 사람으로 개성에서 죽으니, 내 무덤을 봉하지 말고 비석도 세우지 말라"(「금헌 공 행장」)고 유언했다고 한다. 어느 왕조를 섬겼느냐를 떠나 별에서 내려와 다시 별이 되어 올라간 그였으니 이 땅에 무덤을 둘 이유는 없었다.

가로 122.5센티미터, 세로 211센티미터, 두께 12센티미터의 흑요석에 새겨진 '천상열차분야지도각석'은 1985년 8월 국보 제228호로 지정됐다. 2006년엔 보현산 천문대에서 발견한 소행성의 이름도 '류방택별'이라 명명했고, 2007년엔 1만 원권 지폐의 도안을 바꾸면서 뒷면에 천문시계인 혼천의와 보현산 천문대 천체 망원경 그림을 넣고, 바탕은 천상열차분야지도로 깔았다. 국민들이 가장 많이 쓰는 1만 원권을 통해 이렇게 공지하려는 것이었을까? "낮(앞면)을 지키는 건 세종대왕이로되 밤(뒷면)을 지키는 건 류방택!"

주먹은 통쾌했고,
구라는 시원했다

1953년 봄, 벚꽃이 흐드러질 때였다. '배추'방동규, 1935~ 는 친구들과 창경원에 놀러 갔다. 마침 북파공작부대인 '켈로' 대원들이 밴드까지 불러놓고 술판을 벌이고 있었다. 작전에 투입되면 살아 돌아오기 어려운 사람들. 그래서 그들에겐 거칠 게 없었다. 객기가 동했다. '술 한 잔 얻어먹읍시다.' 나이 열여덟 살, 덩치는 컸지만 한눈에 봐도 애송이였다. 소대장으로 보이는 이가 권총을 만지작거리며 말했다. "총알 맛 좀 볼래?" 친구들은 줄행랑을 쳤지만, 구경꾼들은 삽시간에 장사진을 쳤다. 이판사판이었다. "그럼, 일대일로 맞장 떠봅시다."

3미터 거리를 두고 마주섰다. 켈로의 손이 권총으로 가는 찰나 배추의 몸이 먼저 총알처럼 튀어나갔다. 가슴을 파고든 그는 상대의 오른손을 비틀어 쓰러트린 뒤 짓뭉갰다. 순식간에 당한 일이라 '켈로'는 대번에 늘어졌다. 한참 뒤 일어난 그는 말했다. "졌다. 한 잔 할래?"

'퀠로와의 결투' 후 '배추'의 주먹은 전국구가 되었다. 부산에서도 대구에서도 목포에서도 '배추'란 이름의 주먹이 나타났다. 이정재·유지광·임화수 등 당대의 조폭 두목으로부터 함께 일하자는 제의가 잇따랐다. 정치권과 줄 대고 주먹을 휘두르며 이권을 챙기던 정치깡패들이었다. 배추는 거절했다. 떼로 몰려다니면서 협박·공갈·폭력으로 '삥' 뜯는 건 질색이었다.

개성에서 태어난 배추는 중2 때 서울로 전학 와 경신, 보성, 경신, 송도고(인천) 등을 전전했다. 순전히 싸움 때문이었다. 경신에선 우익학생 단체 간부를 두들겨 팼다가 쫓겨났고, 보성에선 유도부장을 떡으로 만들고 쫓겨났다. 한 번은 주먹질을 하다가 경찰에 붙잡혔다. 담당 형사가 제안했다. "나랑 붙어서 이기면 석방이고 지면 콩밥이다." 형사는 유도 고단자였다. 싸움은 엎치락뒤치락 10여 분 계속됐다. 형사가 창피했는지 손을 들었다. "마, 다음부턴 싸움질하지 마."

객기는 1954년 겨울 친구의 소개로 백기완白基玩을 만나면서부터 쑥 빠졌다. 백기완은 초면에 다짜고짜 물었다. 바싹 말랐지만, 눈에선 번갯불이 번득이는 듯했다. "힘께나 쓴다며? 그래 몇 명이나 때려눕히는데?" "한 열 명쯤⋯⋯." 그 말과 동시에 눈에서 불이 났다. 따귀가 얼얼했다. "사나이가 주먹을 쥐면 천하를 울리고 흔들어야지, 고작 사람이나 때려? 꺼져!"

어물어물 물러나왔다. 속에서 열불이 났다. 한 주먹도 안 되는게⋯⋯. 저절로 주먹이 불끈 쥐어지기도 했다. 그러나 시간이 지나면서 열불은 차츰 부끄러움으로 바뀌었다. 며칠 동안 속앓이를 하다가 백기완을 다시 찾아갔다. "친구로 받아 달라." 둘은 평생지기가 되었다. 1992년 백

412

기완이 14대 대통령선거에 출마했을 때 그는 경호대장이 되었다.

물론 객기가 완전히 빠진 건 아니었다. '백기완 몰래 슬금슬금 튀어나오던 객기'는 1956년 한여름 '장충동사건' 뒤부터 완전히 사라졌다. 채무자를 찾아갔는데 30대 남자가 막소주를 내놓고 숯불을 피우고 있었다. "배추 형님, 오셨소? 영광이외다." 불길이 오르자 석쇠를 올리고는 느닷없이 칼로 제 허벅지를 찔렀다. "형편이 어려우니, 이 살이라도 구워 술 한 잔 합시다." 눈앞이 아득했다. 아, 가난이란 이런 건가.

객기가 사라졌다고 '주먹의 의리'마저 사라진 건 아니었다. 파독 광부 시절이었다. 죽기 살기로 일만 하던 당시 그의 별명은 '땅만 보고 다니는 바보'였다. 일행 중에는 광부를 감시하는 정보부 '끄나풀'이 있었다. 그는 배추의 하숙집 주인 딸에게 추근거렸다. 배추가 점잖게 말렸다. 그는 한심하다는 듯 이죽거렸다. "그 꼴에……." 마침 그는 왼팔에 깁스하고 있었다. 맞붙었다. 그의 손에는 회칼이 들려 있었다. 하지만 싸움은 싱겁게 끝났다. 상대가 찌르기 위해 예비동작을 취하는 순간 배추는 그의 복숭아뼈를 걷어찼다. 상대는 공중제비 한 바퀴 돈 뒤 나뒹굴면서 제 칼로 제 왼팔 동맥을 찔렀다.

광부 생활을 끝내고 파리에 있을 때였다. 유학 중인 철학도 김씨와 어울렸다. 그는 주사가 심했다. 한 번은 술에 취해 데이트 중이던 스페인계 조폭을 희롱했다. 상대의 덩치는 엄청났다. 엉겨 붙었지만 힘으로는 절대 열세였다. 밑으로 깔리면 끝장인데 하는 순간, 상대의 육중한 몸이 그를 짓누르기 시작했다. 그때 박치기! 상대가 잠시 정신을 놓는 순간 저도 모르게 오른손 검지와 중지가 상대의 눈을 향해 나갔다. 손끝이 물컹했다. 상대는 나자빠졌다. 나중에 알았지만, 그는 조직원만 400여 명에 이르는 조폭 두목이었다. 배추에게 부두목 자리를 제의했다. 물론 거절했다. 이후 그와는 둘도 없는 친구가 됐다. 근처 레스토랑에서 커피며 위스키를 공짜로 마음껏 즐겼다.

　중동 건설노동자 시절이었다. 회사 쪽은 주먹들을 고용해 노동자를 통제하고 감시했다. 사소한 일로 으레 임금을 삭감했다. 작업반장이었지만 그 꼴을 지켜볼 수 없었다. 주먹들과 17 대 1 싸움을 벌였다. 배추는 '내가 졌다'고 했지만, 그 후 노동자들의 환경은 한결 좋아졌다. 그러나 그는 회사에서 쫓겨났고 한국으로 추방됐다.

　작고한 김태홍(전 국회의원)은 그에 대해 이렇게 말하곤 했다. "배추 형님? 주먹, 그 이상이지. 주위에 북적대는 사람들을 봐. 흉내 못 낼 발상과 언행, 죽음을 불사하는 의리가 있기 때문이지."

　1986년 여름이었다. 월간 『말』의 보도지침 폭로 사건으로 지명수배 중이던 김태홍을 광주로 피신시켰다. 이 일로 남영동 대공분실로 끌려갔다. '여기서 죽는구나 싶을' 정도로 15일간 줄창 고문을 당하다 『조선일보』 선우휘鮮于煇의 '빽'으로 풀려났다. 고문기술자 이근안이 미안했던지 대공분실 옆 찻집까지 따라 나왔다. "나도 왕년엔 좀 놀았다"라고 너스레를 떨었다. "야 인마, 그런데 왜 사람을 묶어놓고 패! 2개월 뒤 제대로 붙어볼래? 내가 지면 평생 네 꼬붕이다. 내가 이기면 너 사표 내고 착하게 살아라. 됐냐!" 이근안은 멀뚱멀뚱 하늘만 쳐다봤다고 한다.

　그때 그 혹독한 고문과 이간질은 그를 2년여 동안 대인 기피증에 시달리게 했다. 오죽했으면 이 지긋지긋한 땅에서 벗어나려고 이민 수속까지 밟았을까. 고문기술자들은 취조하기 전 꼭 그가 아는 사람들의 이름과 세세한 인적사항, 그와의 관계를 열거하며 "걔들이 네 죄를 다 불었다"라고 말했다. 거짓말이었지만, 그런 거짓말을 계속 듣다보니, 나중엔 그 친구들에 대한 불신과 회의가 뼈에 박혔다.

2005년 12월 26일 인사동 이모집에 언론인 임재경·성유보, 정치인 이부영·유인태·김태홍·이재오, 문학평론가 구중서, 시인 신경림, 춤꾼 이애주, 화가 여운, 김용태 그리고 유홍준 당시 문화재청장 등 당대의 명사 열댓 명이 모였다. '방배추 취직 축하연'이었다. 나이 일흔에 경복궁 관람질서 지도위원으로 취직한 걸 축하하는 자리였다. 마침 그 자리엔 황석영의 딸이 와 있었다. '조선의 3대 구라'란 말을 탄생시킨 황석영이었으니, 본인이 못 오게 되자 대신 딸이라도 보낸 것이었다.

한 번은 황석영이 '라지오'를 틀었다. "배추 형님, 요즘 조선 3대 구라는 갔다고 합니다. 백구라(백기완), 방구라, 황구라 대신 신흥 구라들이 몰려오고 있다는 거예요. 으핫핫." "신흥 구라? 맨 앞이 누군데?" "유홍준이 만만치 않습니다. 백만 권 이상 팔려나간 『나의 문화유산 답사기』로 유명해져 동네방네에 라지오를 풀고 다닌다는데……." "걔가 무슨 구라꾼이야? 글쎄, 교육방송쯤이면 딱이겠지. 인생이 없잖아."

배추가 최고로 치는 구라는 백기완이었다. "스케일이 엄청나고 웅장하면서도 때론 비감"해 '대륙형 구라'라 했다. 황석영에 대해선 "육담으로 질척거리는" '뒷골목 구라'라고 했다. 본인은? 인생과 구라! 황석영도 인정했다. "배추 형님이 마이크 잡으면 말 잘하는 유홍준부터 꼬리를 내리죠, '지방방송은 끕니다…….' 그의 파란만장한 삶은 현대사의 압축판이죠."

김지하도 한 구라 했다. 하지만 배추에겐 '쉬어터진 밥맛'이었다. "목에 힘을 너무 주더라고. 그러면 구라가 안 되거든." "요즘 광화문에서 터져나오는 100만~200만 시민의 함성을 두고, 개 한 마리가 그림자 보고 짖으니 동네 개들이 따라 짖는 꼴이라고 떠들었다는 데, 그런 게 바로 개소리지. 그런 건 구라가 아니야."

10대에 돼지 장사를 했고, 채석장 인부, 파독 광부, 파리의 집시, 중동 노가다도 해봤다. 패션 양장점으로 성공하기도 했고, 중국집이나 신발 가게도 경영했고, 중국 칭다오에서 직원 3,000여 명을 거느린 공장 사장도 했다. 박정희 정권과 전두환 정권 때는 간첩으로 몰려 피똥 싸도록 두들겨 맞았다. 그게 인생파 구라의 밑거름이었다. "인생이 없는데 무슨 라지오냐, 교육방송이지." 혹은 "몇 달이나 노동해 봤어?" 이 한마디에 당대의 '구라' 유홍준도 황석영도 '깨갱' 했던 이유였다.

그가 가장 행복했던 건 원시공동체를 꿈꾸며 시작한 노느메기 농장 시절이었다. 1970년 파리에서 서울로 돌아오자마자 그는 농촌으로 가려 했다. 그러자 어머니는 청산가리라며 하얀가루를 입에 털어넣으려 했다(나중에 알고 보니 그건 밀가루였다! 대단한 어머니. 그 아들에 그 어머니였다). '장가 들기 전에는 못 간다'는 것이었다. 팔자에도 없이, 파리 패션을 흉내 낸 '살롱 드 방'을 세운 건 그 때문이었다. 문희·윤정희·남정임 등 당대의 스타들이 단골로 드나드는 명소가 되었다. 하지만 2년 뒤 때려치우고 서울을 떠났다. 포항 영일의 한 시골에서 머슴살이를 한 뒤 1973년 초 철원 지포리에서 독지가를 만나 10만여 평을 무상으로 임대받았다. 도깨비는 도깨비를 알아본다더니, 일제강점기 때 아버지를 패던 일본 순사를 때려죽이고 일본으로 밀항했던 빽구두의 '형님'이 그를 알아본 것이었다.

땅을 파느라 하루에 삽자루가 10개나 부러질 정도로 고됐다. 그러나 백기완이 있는 돈 없는 돈 털어 20만 원 보태주고, 선우휘가 흑염소 20마리, 밤·호두·오동 나무 묘목을 지원하고, 장준하·함석헌 등이 우정 방문하고, 김도현·김정남 등 아우들이 함께 일하기도 했다.

'구라'를 펼 때 그가 자주 인용하는 경구가 있다. "소유? 그것은 도둑질이 아닌가"(조제프 프루동). 헬렌 니어링과 스콧 니어링 부부의 경구도 있다. "친구여, 어리석음이 더욱 커지기 전에 그대를 묶어놓고 있는 것들로부터 멀어지게나. 시골이라면 그대와 어울릴 것이니, 나무와 물에게 먼저 베풀라. 땅 위에 그대 보금자리를 만들면, 땅과 풀이 그대를 먹여 살리리라." 폼 잡는 게 아니다. 그가 추구했던 가치와 꿈이 녹아 있는 말이었다.

그러나 불과 1년 만에 농장은 깨졌다. 문제의 인물들이 드나들자, 박정희 정권은 그를 '김일성과 교신한 간첩'으로 몰아 체포했다. 같이 일하던 친구 후배들은 뿔뿔이 흩어지고, 공동체는 풍비박산났다. 그러나 1년 동안이었지만, 그곳에서 많은 것을 얻었다. 특히 어머니 소망대로 성악과 출신의 재원과 결혼도 하고, 딸도 얻었다.

그의 구라가 거친 밑바닥 삶에서 나온 것만은 아니었다. 나름 철학과 문학의 토양이 깔려 있다. 개성에서 딱 두 대뿐인 '컨버터블' 승용차를 굴리던 시절, 아버지는 맨날 사고치고 다니는 아들을 위해 세계문학전집을 들여왔다. 그리고 읽었는지 여부를 꼭 점검했다. 물론 읽을 리 없었다. 그러면 부친은 사랑방으로 데리고 가서 그에게 유도를 가르쳤다. 메치기, 누르기, 조르기……. 그건 수련이 아니라 혹독한 벌이었다. 그런 '수련'을 피하려고 그는 책을 읽기 시작했다. 그것이 훗날 구라에 문학적 결을 더해줄 줄이야.

서대문형무소 시절 수감자들은 그를 '선생님'이라며 따랐다. 그가 수감자들을 울리고 웃기던 구라 중엔 모파상의 소설 「비곗덩어리」가 있었다. "보불전쟁이 한참이던 시절, 독일군의 점령지 '루앙'을 탈출하는 마차 안에 귀족, 상인, 수도승 등과 함께 '비곗덩어리'라는 별명의 살찐 창녀가 한쪽에 타고 있었다. 국경에서 독일군이 마차를 세웠다. 검문을 이유로 통과를 자꾸만 지체시켰다. 독일군의 속셈을 눈치챈 귀족과 수도승이 '비곗덩어리'에게 신호를 보냈다. '네 한 몸만 희생하면 우리 모두가 살 수 있는데……' 비곗덩어리는 마차에서 내렸다가 한참만에 돌아왔고, 마차는 무사히 국경을 통과했다. 그러자 마차 안의 분위기가 돌변했다. 아무도 그에게 곁을 주지 않으려 했고, 눈길조차 마주치려 하지 않았다. 그를 향한 수도승과 귀족들의 눈길에는 혐오감만 가득했다. 더럽고 추잡한 년……." "학생 여러분, 누가 진정한 인간이고 애국자일까요?" 수감자들 중엔 '간첩 선생님'이 푸는 구라에 눈물짓는 이도 적지 않았다.

여든한 살의 나이에도 배추는 헬스클럽을 다닌다. 덤벨은 양손에 15킬로그램, 역기는 100킬로그램을 주로 이용한다. 몸 만들려는 게 아니다. 노가다에 필요한 힘을 기르려는 것이다. 12월 초까지만 해도 군산의 조선소에서 일했다. 지금은 부인의 부업을 돕는다. 나사못에 앵커를 조립하는 일이다. 한 개에 3원. 3만 원을 벌려면 하루 15시간 꼬박 일해야 한다.

그렇게 일해 3,000만 원 정도 모으면 석양이 아름다운 서해 섬으로 떠나고 싶다. 중동에서 노가다할 때 거대한 태양이 아득한 모래언덕을 붉게 물들이며 떨어지는 광경을 지금도 잊지 못한다. 그곳에 박혀 있으면 그리운 사람들은 더욱더 그리워지리라.

반갑다는 인사가 어깨를 툭 치며 "한번 붙어볼까"였던 리영희. 그러면 배추는 "제가 몸이 워낙 약골인지라……"라며 머리를 조아리고 물러섰다. 해외에서 김포공항으로 귀국하자마자 술 한 잔 같이 하자며 충남 홍성으로 바로 찾아오곤 했던 '대륙형 술꾼' 김태선. 말년엔 간이 망가져 술 마시다가도 코피를 흘렸다. 벗들의 걱정에 그는 "별거 아냐. 술로 틀어막으면 돼"라고 했다. 경기고등학교 출신 최고의 의리 주먹 박윤배. 언젠가 그는 탄광의 어깨들을 데리고 와서는 귓속말로 "형님, 오늘 야자 해도 용서해 주십시오"라고 양해를 구한 뒤, 가오를 잡았다. 독재자들과 막역했지만 그를 친동생 이상으로 보살펴 주었던 선우휘. 술값이나 용돈은 물론 장사나 농장 밑천까지 챙겨주고 두 번이나 감옥에서 빼줬다. 문화계의 재야 대통령 김용태, 서울대 출신으론 드물게 술 잘 먹던 김태홍, 여운……, 이젠 모두 떠났다.

평생 그림자로 남고 싶은 친구 백기완, 초임 기자 시절 술에 취하면 바락바락 대들던 말라깽이 이부영李富榮, 긴급조치 1호로 수감됐다가 출소하던 날 두부 사들고 찾아왔던 김도현, 서대문구치소에서 벽에 귀를 대고 통방하던 유홍준, 그리고 그가 출소할 때 일제히 머리를 내밀고 박수치던 형무소 학생들. 그땐 그들에게 너무 미안해 감방으로 돌아가고 싶었다. 무작정 상경해 펨프, 레지 등 온갖 짓 다하다가 그를 따라 노느메기 공동체를 했던 박근서, 방수포 회사를 소개해 줘 팔자에도 없던 시이오CEO를 하게 했던 염무웅, 3대 구라를 놓고 논란이 일던 소설가 천영세, 그리고 주재환·신학철·오윤·강요배·박재동 등 그림쟁이들과 당대의 이야기꾼 임진택…….

해관의 다섯 가지 맛과
'어른'의 조건

"예수께서 선생을 만나면 이렇게 말할 것 같다. '저기 오는 저 사람은 참한국인이다. 마음이 순진무구하구나.'" 신학자 이정배 전 감신대 교수에게 해관海觀 장두석1938~2015의 분노는 의롭고, '거룩'했다. 암도 스님(전 백양사 주지)은 "해인(불가의 근본진리)을 마음으로 보는 사람"이라고 했다.

그런 장두석이지만 처음 대면하면 대개 기겁한다. "제국주의가 이 나라를 망하게 하고 민초들을 병들게 하고, 민족정신과 문화를 망하게 하고……." 다짜고짜 제국주의 비판을 쏟아낸다. '좌빨?' 하지만 선생은 정효자 기념사업을 주도한 동복향교 장의였고, 배달문화선양회 대표로 해마다 천제를 올리며, 호주제 폐지 반대운동에도 앞장섰다. 그러면 '수꼴?' 선생은 이승만, 박정희, 전두환 등 역대 독재정권에서 체포, 투옥을 거른 적이 없다. 가톨릭농민회, 신용협동조합, 생활건강 등 민생운동에는 언제나 선두에 섰다.

그에게 좌우, 혹은 진보·보수는 무의미하다. 민족이 건강해야 국가가 건강하고 국가가 건강해야 민중이 건강하다는 신념만 따를 뿐이다. 인체와 자연, 자연과 사회, 민족과 국가는 둘이 아니다. 하나의 유기체로서 인체·자연·사회가 유기성을 회복하지 못하면 우리 몸은 망가질 수밖에 없다. "병은 역천逆天하기에 생기는 것, 순천順天만이 나라와 개인의 건강을 되찾게 한다."

순천의 요체는 민족의 식의주 생활을 잘 살려 잘 먹고 잘 싸는 것. 나쁜 음식 먹고 배설을 제대로 못해 체내에 찌꺼기가 쌓이고, 쌓인 찌꺼기가 썩어서 독소를 내고 온몸에 염증을 일으키는 것이 만병의 근본이다. 다섯 가지 잡곡과 오신채 식단으로 찌꺼기를 줄이고, 짜게 먹어 썩거나 염증이 생기는 걸 막고, 맵게 먹어 기혈이 잘 돌도록 하고, 물을 많이 마셔 찌꺼기를 배출하게 해야 한다. 금수목화토金水木火土 오행과 청황적백흑靑黃赤白黑 오색, 산함신감고酸鹹辛甘苦 오미가 조화된 밥상이야말로 건강의 으뜸이다. 오행·오색·오미를 고루 갖출 때, 오장이 잘 돌아가고, 오장이 건강해야 몸이 건강하며 성정 또한 바르고 뚜렷하다. 불의에는 맵고, 무원칙에는 쓰고, 약한 것에는 달고, 강한 것에는 시고, 기름진 것에는 짜다. 장두석의 성정이 그렇다.

맵다

매운맛은 기혈을 순환시키고, 몸 안 독소를 내보낸다. 장두석은 걸어온 길 자체가 고초, 당초보다 더 매웠다. 학력은 초등학교 2년이 고작. 그때 책들을 불태운 뒤 '이 더러운 일본 놈 학교 다니지 말자'며 자퇴했다. 6·25전쟁 전 마을 청년 8명이 서북청년단에 총살당하는 걸 보고는 전쟁이 나자 소년 빨치산이 되어 산으로 올라갔다. 그때 얻은 폐수종과 간장질환으로 죽음이 지척이었다. 먹거리라곤 소금만 들고 옹성산 옹성사 토굴로 들어가 구사일생으로 살아났다. 정약용의 '민간요법'과 의약서 『약성가』도 꿰지만, 그가 그때 체득한 것은 자연치료의 이치였다. 안 먹으면 낫고, 똥 잘 싸면 무병하다. 탐욕과 미움이 없어야 건강하다. 마음씨 고약하면 병든다.

이승만 시절 진보당원으로 활동했고, 3·15부정선거 때 고향 전남 화순군 이서면 지서에서 난리를 치다가 체포됐다. 4·19혁명 이후 민주자주통일중앙협의회(민자통)에서 활동하다가 5·16쿠데타와 함께 수배자로 쫓겨 다녔다. 1974년 유신 땐 민주회복국민회의에 참여하고, 1976년 가톨릭농민회에서 농민운동을 시작했고, 1979년엔 명동YWCA사건, 광주YWCA사건으로 체포됐다. 1980년 5·18항쟁 땐 수습대책위원회의 일원으로 죽음의 행진에 나섰다가 내란죄로 12년형을 선고받았다. 보안사에서 조사받을 땐 "나라를 전복하고 살인을 한 것은 너희들이지 광주 시민이 아니"라고 맞서다가 정강이뼈가 으스러지는 고문을 당했다. 군사재판 최후 진술에서 "이 재판은 내가 받을 게 아니라 개두환이 받아야 한다"라고 호통쳤다. 불의에 대한 그런 '불호령'은 지금도 다름없다.

쓰다

그의 호통은 몹시 쓰다. "하도 심하다 보니 그의 호통은 독선으로 오해를 사기도 하지만, 실은 몸과 자연 사회의 맺힌 것을 풀어내는 효과가 있다"(이윤선 목포대 교수).

쓴맛은 기열을 배출해 몸속의 염증을 억제하고 몸 안의 습을 말린다. 막힌 기를 뚫는다. 이 나라는 허리가 잘리면서 기가 막혀 버렸다. 원흉은 제국주의. 제국주의는 나라만 동강 낸 게 아니라, 생로병사 모든 과정을 돈벌이 대상으로 만들어버렸다. 출산의 상업화는 그 상징. 의료자본은 자연분만을 없앴다. 강제분만을 위해 척추 마비주사를 놓아 아기가 스스로 나올 수 있도록 하는 옥시토신 분비를 봉쇄한다. 유도분만이라지만 아기는 강제로 끌려나온다. 산모의 자궁경부가 온전할 수 없으며, 태아가 건강할 수도 없다. 아기는 50시간 정도 굶어야 배내똥을 모두 눈다. 그래서 엄마도 그 시간만큼 젖을 내지 않는다. 그런데 나오자마자 소젖을 먹이니, 아기는 평생 똥을 몸 안에 담고 산다. 당뇨 등 온갖 질병의 원인이 된다.

언젠가 이화여대 강연에서 제국주의적 식의주, 사고습성을 어찌나 매섭게 몰아쳤던지, 학생들이 훌쩍거리더란다. 그래서 더 크게 호통을 쳤다고 한다. '고개 들어, 이 서양 년들아!' 학생들은 깜짝 놀라 울음을 멈추더란다. '대학물 먹으면 버린다. 공부를 할수록 불한당, 거지가 된다.' '주부가 대학을 나오면 가정이 죽는다.' 생활건강을 책임지는 여성에 대한 쓴소리는 소태 씹는 맛이다.

시다

반찬은 감식초와 군소금만으로 버무리면 끝이다. 식초는 나쁜 균을 없애 부패를 막고, 발효를 증진시킨다. 신맛은 몸 안 진액이 빠져나가는 걸 막는다.

병원이 시키는 온갖 치료를 다 해본 뒤 실오라기라도 잡는 심정으로 민족생활관을 찾아온 이들에게 선생은 이렇게 요구한다. "생사의 주체는 바로 당신들이니 스스로 목숨 걸고 결단해야 한다." "병은 스스로 다스려야지 다른 사람이 치료해 줄 순 없다."

충고는 시큼하다. "장독대를 살려라. 장독대를 없애 가족이 병들었다." 면역력은 몸속 발효균이 얼마나 왕성한가에 따라 결정되는데, 발효의 원천이 장독대다. 그러나 장독대 있는 집이 어디 있나. "요즘 여성 모두가 삼각팬티 입는데, 꼭 조이는 팬티는 자궁이 숨 쉬는 걸 막아 자궁을 병들게 한다. 배꼽에 걸쳐야 할 허리띠를 골반에 걸쳐 자궁을 옥죈다. 브래지어로는 유방을 압박하니 몸이 건강할 수 없다." 시큼한 충고를 듣다보면 입에 침이 고인다.

짜다

짠맛은 뭉친 것을 풀어 연하게 해준다. 변을 부드럽게 해주며, 담을 없앤다. 염증은 억제하고 발효 혹은 소화를 촉진한다. 물을 많이 섭취하게 해 체내 찌꺼기 배설을 돕는다. 저염식은 제국주의자들이 강요한 대표적인 식습관이라고 그는 확신한다. 염분 섭취를 억제하면 변이 제대로 배출되지 못하고 몸안에서 썩어 온갖 종양을 키운다.

가톨릭농민회와 함께했던 농민운동, 서민의 삶을 부축하는 신용협동조합운동, 지식인 학생들의 구심점 노릇을 했던 양서조합, 민초들 스스로 건강을 지킬 수 있는 민족생활의학운동 등 선생이 걸어온 자취는 하나하나가 소금과 같은 것이었다. 1960년대 광주·전남 지역에 신협운동의 씨를 뿌려 밀알신협, YWCA신협, YMCA신협, 삼애신협, 계림신협 등을 탄생시켰고, 1970년대 농민운동의 금자탑이었던 함평 고구마 투쟁에도 앞장섰다.

민족생활의학운동은 1975년 세운 자연건강대학 설립과 함께 본격화해, 1989년 민족생활학교로 개편할 때까지 모두 260회의 강의에, 2만 5,000여 명을 배출했다. 민족생활학교 정규과정 이수자까지 합치면 4만여 명에 이른다. 1999년엔 사단법인 한민족생활문화연구회를 세웠고, 전국에 민족생활관 24곳을 운영하며, 스스로 병을 다스리는 법을 전파했다. 민족생활관은 의를 위해 핍박받는 이들을 돕는 전진기지 구실도 한다. 그에게 나라의 병은 더 위험하다. 그는 1994년 월간 『신동아』가 꼽은 '생활을 통한 국내 명의사 7인'에 선정됐다.

그가 의사들에게 꼭 하는 말이 있다. "의료는 춥고 배고파 본 사람만이 할 수 있다." 의료는 인간을 대상으로 한 의학적 실천이므로 철저한 인간 이해로부터 시작해야 하며 그 이해는 사랑과 인간윤리 기반 위에서 가능하다는 것이다.

달다

"풍류에 달통"했다(시인 김준태). 신명이 오르면 장구를 두드리며 「진도아리랑」과 「양산도」를 열창하고 덩실덩실 춤을 춘다. 천지인 합일에서 나오는 것이 신명, 신명의 드러남이 춤. 그런 선생을 두고 김준태는 "우리 시대의 마지막 샤먼"이라고도 했다. 그는 신을 부르고, 신을 즐겁게 하고, 신을 배웅하는 과정을 주관한다. 그런 자리는 맵고 쓰고 시고 짜지만, 결국 달다. 단맛은 몸 안의 여러 기능을 조화롭고 평안하게 한다.

담소하던 그에게 한 여인이 다가와 큰절을 한다. 매무새가 어찌나 정갈하고 지극한지 큰절 한 번 하는 데 2~3분이나 흐른 것 같다. "선생님 이제 돌아가겠습니다. 감사합니다.""아, 그러시오. 몸 잘 다스리시고……." 보름 전 실려오다시피 했다가 돌아가는 여인이라고 한다. 눈짓으로 배웅한다. "병이란 건 없어. 제가 만든 것이니 제가 스스로 다스리면 돼."

어른. 때론 불호령이 매섭고, 쓰고 짜며 감싸안는 품이 따뜻한 사람. 노년을 비루하고 처량한 난폭자로 만드는 탐욕스런 도시, 비열한 거리에서 더욱 그리워진다. 박몽구 시인은 이렇게 말했다. "선생의 얼굴에는 늘 젊은 느티나무 한 그루가 겹칩니다……. 온 마을이 물바다가 되어도, 든든하게 마을로 가는 길 일러주던 이정표가 흔들림 없이 깃들어 있습니다. 그 느티나무 주름지고 꼬부라진 허리에, 온몸으로 견디고 이겨온 배동정의 한국 현대사가 고스란히 담겨 있습니다. 온 세상이 아무리 흔들린다 해도, 조금도 흔들림 없이 깊게 뿌리내린 느티나무." 시대의 당산목이다. 강희남 목사도 생각이 같다. "(해관은) 사람이 행복하기 힘든 세상에서 자기 이상의 삶, 곧 자기 그늘 아래 많은 이들이 쉬어갈 수 있는 큰 길가의 정자나무였다."

나무는 멀리 화순군 이서면 인계리 무등산 자락(양현당)에 있지만, 그 그늘은 남북 삼천리에 걸쳤다. 장두석은 2015년 3월 25일 일흔여덟 살의 일기로 세상을 떠났다. 장례식은 그가 평소 즐겨 부르던 「진도아리랑」과 「양산도」 가락 속에서 치러졌다. 삶과 죽음이 둘이 아니요, 자연에서 와 자연으로 돌아가는 데 슬퍼할 일이 어디 있겠는가…….